1781

Jonathan Hull

# *In der Ferne die Normandie*

Roman

Aus dem Amerikanischen von
Bernhard Jendricke und Robert A. Weiß,
Kollektiv Druck-Reif

Hoffmann und Campe

Die Originalausgabe erschien 2003 unter dem Titel
»The Distance From Normandy«
im Verlag St. Martin's Press, New York

1. Auflage 2004

*www.hoffmann-und-campe.de*
Schutzumschlaggestaltung: sander köhn wehrmann
Foto: White Packert/Getty Images; John Brown/Getty Images
Satz: Dörlemann Satz, Lemförde
Druck und Bindung: GGP Media, Pößneck
Printed in Germany
ISBN 3-455-03586-8

HOFFMANN
UND CAMPE

*Ein Unternehmen der*
GANSKE VERLAGSGRUPPE

*Zum Andenken an meinen Vater,*
*der mir das Wunder der Bücher zeigte*
*und die Weisheit der Freundlichkeit.*

*Morton D. Hull*
*1927-2003*

Die Trauer lässt uns alle wieder zu Kindern werden.

*Ralph Waldo Emerson, Tagebücher 1842*

# *Teil eins*

# *Kapitel 1*

Sie hatten sich verspätet. Mead schaute noch einmal aus dem Wohnzimmerfenster und warf einen Blick auf seine Armbanduhr. Bereits eine Stunde überfällig. Typisch Sharon. Schon vor langer Zeit war er zu dem Schluss gekommen, dass dies ein genetischer Defekt sein musste, so wie Haarausfall oder Kurzsichtigkeit, nur ärgerlicher. Bereits als Kind hatte sie sich ständig verspätet – wenn sie wieder einmal den Schulbus verpasst hatte, bettelte sie, man solle sie mit dem Auto hinbringen, oder sie trödelte noch verträumt am Klettergerüst herum, obwohl die Schulglocke längst geläutet hatte, und tänzelte vor dem Abendessen erst im allerletzten Moment die Treppe herunter, mit einem strahlenden Lächeln auf ihrem runden Gesicht, das seinen Zorn sofort verrauchen ließ. Sogar bei ihrer Geburt war sie zwei Wochen überfällig gewesen, so dass Sophie anschwoll wie eine Seekuh und die Entbindung schließlich künstlich eingeleitet werden musste. Mead ließ sich wieder in seinen dunkelblauen Polstersessel fallen, blätterte die Zeitung durch, stand erneut auf und spähte noch einmal aus dem Fenster.

Nachdem er die Zeitschriften und Bücher auf dem großen eichenen Couchtisch Kante an Kante gelegt und die braunen Sofakissen in Form geklopft hatte, zog er noch die graue Staubschutzhülle über dem Teleskop zurecht, das auf einem dreibeinigen Stativ in der Zimmerecke stand. Dann marschierte er wieder über den hellblauen Teppich in die Küche, wischte ein letztes Mal die Arbeitsplatten, schenkte sich Kaffee nach und nippte am Becher, während er den Blick über die leere Spüle, die exakt gefalteten Handtücher am Griff der

Herdklappe und die ordentlich aufgereihten Gewürzdöschen und Medizinfläschchen auf dem Fensterbrett wandern ließ. Verflucht viele Arzneien. An den Fingern zählte er ab, wann es Zeit für die nächste Einnahme war: nachmittags um vier. (Vermutlich reine Geldverschwendung, dachte er und ärgerte sich, weil sie ihm seine Gebrechlichkeit vor Augen hielten.)

Er stellte den Becher auf die Arbeitsplatte und ging über den kurzen, spärlich beleuchteten Flur zur ersten Tür links, um einen Blick in das Zimmer zu werfen. Sophies Reich. Auf einem weißen Tischchen stand immer noch die robuste Singer-Nähmaschine aus den sechziger Jahren, als ob sie auf etwas warten würde. »Überlass mir einfach ein klitzekleines Kämmerchen, wo ich meinen Kuddelmuddel anrichten kann«, hatte sie gesagt, als sie sich 1954 das erste Mal nach einem eigenen Haus umsahen. Als Sharon ausgezogen war, um aufs College zu gehen, und sie 1974 ihr drittes Haus kauften, konnte er ihr diesen Wunsch endlich erfüllen. »Es ist *ideal*«, jubelte sie, als sie das kleine Gästeschlafzimmer in Augenschein nahm. »Warte nur, bis ich es eingerichtet habe.« Kaum war es mit einem neuen Teppich und etwas Farbe in Schuss gebracht, zog sie sich oft stundenlang zurück, um fröhlich summend zu nähen, zu bügeln, zu basteln oder anderweitig herumzuwerkeln – oder um einfach wie eine Königin in ihrem handbemalten Schaukelstuhl am Fenster zu sitzen und voller Stolz ihren kleinen Gemüsegarten zu betrachten, der nun ungepflegt und zugewuchert war. Die Natur hatte ihn sich zurückgeholt. Wie Sophie.

Das erste Vierteljahr nach ihrem Tod hielt Mead diese Tür stets geschlossen. Er schaffte es nicht, auch nur einen Fuß in das Zimmer zu setzen, als befürchte er, sie könne dort plötzlich vor ihm stehen und müsste dann alles noch einmal durchmachen. Dieses unerträgliche Leiden. Deshalb ließ er die Tür zu und lief immer hastig daran vorbei, auch wenn es ihm manchmal vorkam, als hätte er dahinter etwas gehört, ein Seufzen vielleicht oder das Rascheln von Stoff.

Als Sharon am ersten Thanksgiving nach Sophies Tod zu

Besuch kam – vor inzwischen fast drei Jahren –, versuchte sie, ein wenig aufzuräumen, und legte die Kleider ihrer Mutter in großen Stapeln zum Weggeben bereit. Aber kaum hatte sie sich auf den Weg zum Supermarkt gemacht, um die Vorräte in seinem Kühlschrank aufzufüllen, zog Mead rasch einige der Sachen, an denen sein Herz besonders hing, aus dem Haufen und verstaute sie wieder in Sophies Wandschrank, wo in einem rosafarbenen Drahtgestell an der linken Seite noch ihre besten Schuhe steckten. Und ihre Slipper. Ihre abgetragenen, alten gelben Slipper, an denen sich noch die Form ihrer schmalen Füße der Größe siebenunddreißig abzeichnete. Mead brachte es einfach nicht fertig, ihre Slipper wegzuwerfen.

An der Türschwelle stehend, horchte er auf, als ein Auto vorüberfuhr, und sah anschließend erneut auf die Uhr. Drei Tage hatte es ihn gekostet, das Zimmer für seinen Enkel herzurichten. Er hatte einige der Fotografien von der Kommode genommen, aber doch noch so viele stehen lassen, dass der Junge an seine Wurzeln, seine familiäre Herkunft erinnert wurde. Die vielen Plastikschachteln mit den Garnspulen, Steck- und Stricknadeln, Stoffresten und Schnittmustern hatte er unter dem Doppelbett verstaut. Und auch die Knöpfe. Schachtelweise hatte Sophie Knöpfe gehortet, wie ein Eichhörnchen die Nüsse für den Winter. Sie war ganz vernarrt in Knöpfe gewesen, weil sie so schön glänzten, so klein waren, zueinander passten und niedlich aussahen. Sobald sie bemerkte, dass Mead einen Knopf verloren hatte, blitzte in ihren Augen eine eigentümliche Entschlossenheit auf, sie schnappte das betreffende Hemd oder die Jacke und sauste damit in ihr Zimmer. »Ich kann dir *genau den gleichen* wieder annähen«, sagte sie dann und wühlte geräuschvoll in ihren Knopfschachteln.

Wenn ihn das Aufräumen zu sehr ermüdete, machte er es sich in dem Schaukelstuhl bequem, dachte an die Zeit zurück, als sie darin gesessen hatte, und sinnierte darüber nach, wie viel in diesem Raum immer noch an sie erinnerte. Eine ganze

Menge. Genug, dachte er, um weiterleben zu können. Zumindest einige Jahre lang. Aber es war für ihn keine Gedenkstätte, kein Mausoleum – nicht etwas so Morbides –, sondern einfach der Ort, an dem sie gegenwärtiger war als anderswo, an dem man ihren Duft noch am stärksten wahrnehmen konnte. Und so hatte er sich angewöhnt, jeden Tag ein paar Minuten in dem Schaukelstuhl zu verbringen, ihr dabei etwas zu erzählen und sich vorzustellen, was sie erwidern, wie sie lachen, schimpfen oder ihn mit jenem typischen Blick ansehen würde, bei dem sich ihre Augenbrauen zusammenzogen. Nachdem er drei Tage lang herumgeräumt hatte, glaubte er schließlich, seinem Enkel ein angemessenes Zimmer bieten zu können. Das musste für ein paar Wochen genügen, danach würde er alles an seinen alten Platz stellen.

Er strich noch einmal die Tagesdecke glatt, bevor er in die Küche zurückkehrte, wo er den Kaffee austrank und den Becher auswusch, abtrocknete und ins Regal stellte, um dann erneut die Arbeitsplatten abzuwischen. Dann prüfte er den Inhalt des Kühlschranks: jede Menge Sandwichfleisch, Orangensaft, Milch (Vollmilch und auch Meads Magermilch mit einem Prozent Fettgehalt), Gatorade in zwei Geschmacksrichtungen – grässliches Zeug, dachte er nach einem Probeschluck – zwei Packungen Frankfurter aus Rindfleisch, mehrere Pfund mageres Hamburger-Fleisch, Schweizer Käse, Eier, Schinken, Würste und Rinderhack. Sogar einige Packungen Eiscremeriegel mit Nüssen, wozu er sich erst nach reichlicher Überlegung entschlossen hatte. (Seit zwei Jahren mied er Eiscreme, nachdem er eine gewisse Schwabbligkeit um die Hüften herum festgestellt hatte.) Das war doch schon mal eine ordentliche Auswahl. Wer konnte denn wissen, was dem Jungen schmeckte?

Er ging zurück ins Wohnzimmer und spähte aus dem Fenster, setzte sich wieder in seinen blauen Sessel und wartete.

Ein Messer. Ein gottverdammtes Taschenmesser.

Andrew saß schweigend neben seiner Mutter, die Arme um den Rucksack geschlungen. Total blöde Sache. Total blöde Welt. Und jetzt auch das noch. Er kickte in den Boden. Und er würde es wieder tun, wenn es sein musste. Er würde sich wieder wehren. Er presste sich den Rucksack an die Brust. *Zuschlagen, zuschlagen, zuschlagen.* Darum ging es, und um nichts anderes. Geschlagen werden und zurückschlagen. Also hatte er sich schließlich gewehrt. Heftig. Und jetzt wollten ihn alle fertigmachen.

Das wollten sie ja schon immer.

Es war nicht Hass, was er fühlte, nicht der gewöhnliche Hass, der ihn unter solch einen Überdruck setzte, dass ihm die Ohren wehtaten. Eher ein Brennen auf seinem pickligen, sommersprossigen Gesicht. Unablässig dachte er daran, was sein bester Freund Matt gesagt hatte: Manchmal habe er das Gefühl, das Leben würde seinen Schädel zum Platzen bringen. Und dann, eines Tages, konnte Matt den Schmerz nicht mehr ertragen; es reichte. *Wie konntest du mich einfach so verlassen?* Nun wusste Andrew nicht mehr, ob er es selbst noch länger aushalten würde.

Er starrte aus dem Autofenster auf ein silberfarbenes Porsche-Cabriolet, das sie gerade überholte, am Steuer ein Typ mittleren Alters, der selbstgefällig in ein Mobiltelefon sprach. Sechzehn Jahre, und immer noch so beschissen hilflos. Kann man durch Willenskraft in die Haut eines anderen schlüpfen? Aber wer würde mit ihm tauschen wollen? Keiner. Er beobachtete den Fahrer, der die eine Hand lässig aufs Lenkrad gelegt hatte, in einer Geste, als gehörte ihm die ganze Welt. Raunt wahrscheinlich seiner geilen Freundin irgendwelche Schweinereien ins Ohr. Und hat ein silberfarbenes Porsche-Cabrio, das seinen reichen Arsch überallhin bringt. Andrew versuchte sich diese Freiheit vorzustellen, diese vollkommene Unabhängigkeit: Nur das tun, worauf man Lust hatte, überallhin fahren, wie es einem gefiel. Einfach einsteigen und *abhauen* können. Kam es nur darauf an, lange genug zu warten? Bis man kapierte, wann man zuschlagen musste? Aber er hatte schon immer gewartet. Er hatte das Warten satt. Er setzte sich den Kopfhörer auf und drehte die Lautstärke seines CD-Players auf. Scheiß Warterei.

Sie hatten das Haus um neun Uhr früh verlassen, um von Chicago nach San Diego zu fliegen, wo sie kurz nach Mittag landeten. Aber seine Mutter nahm den falschen Bus zum falschen Autoverleiher, und so dauerte es eine weitere Dreiviertelstunde, bis sie bei Thrifty waren, wo man ihnen einen winzigen weißen Zweitürer gab, mit den kleinsten Reifen, die Andrew je gesehen hatte. Typisch, dachte er, als er sich in den Beifahrersitz quetschte und wieder den Kopfhörer überstülpte. Immer nur das Billigste.

Er warf seiner Mutter einen kurzen Blick zu, sah dann wieder zum Fenster hinaus und wechselte zum nächsten Song. Jetzt würde er noch viel länger warten müssen. Vielleicht ewig. Na okay, dann eben ewig. Was spielte das schon für eine Rolle? Spielte überhaupt etwas eine Rolle? Denn ein Gedanke schwirrte ihm ständig durch den Kopf: Eigentlich spielte *überhaupt nichts* eine Rolle. Der ungeheure Stumpfsinn von allem grinste ihn immer und überall an – wenn er eine Klassenarbeit schrieb, wenn er für die Schule lernte, wenn er jeden Morgen zwanzig Minuten lang vor dem Badezimmerspiegel stand und verzweifelt versuchte, mit dem Make-up der Mutter seine Akne zu übertünchen. Alles war so unglaublich sinnlos. Einfach alles: die Noten in der Schule, der Sport, die mathematischen Beweise und die Grammatikanalysen, dass man ständig etwas vorspielen musste, was man nicht war, und vor allem, dass sich jedermann so angestrengt bemühte, den anderen zu imponieren. *Sinnlos.* Ja, er hatte es durchschaut. Er durchschaute eine Menge Dinge. Aber *es zu wissen* machte alles noch schlimmer. Und keiner ahnt, dass du es weißt. Sie haben keinen Schimmer, dass du alles durchschaust. Oder vielleicht haben sie vergessen, dass sie früher einmal auch alles durchschaut haben. (Liegt es daran? Er war sich nicht ganz sicher, was mit Erwachsenen passierte, warum sie so erbärmlich wurden.) Er drehte die Lautstärke des CD-Players höher. Aber erst einmal musste er die nächsten drei Wochen überstehen. Einundzwanzig Tage zusammen mit seinem Großvater. Mit Mr. D-Day höchstpersönlich. Dem großen Nazi-Killer. Allein schon der Gedanke daran jagte ihm solche Angst ein, dass sich sein Magen verkrampfte. Und mehr als alles andere hasste es Andrew, Angst zu haben. Er hatte es satt, Angst zu haben.

Seine Mutter tätschelte ihm die Schulter. »Na, wie geht's dir?«

Andrew zuckte nur die Achseln.

»In einer Viertelstunde müssten wir da sein.«

Wieder nur ein Achselzucken.

»Du wirst dir doch Mühe geben?«

Keine Antwort.

»Bitte?« Sie blickte bekümmert drein, und damit war er immer zu kriegen.

»Ja doch, ich versuch's.«

Er hasste seine Mutter nicht. Das hätte er nie gekonnt, nicht so wie manche Typen, die einen tiefen Ur-Hass auf ihre Mütter hatten. Seine Mutter war einfach zu beschränkt, um sie zu hassen. Nett, aber so beschränkt, dass sie ständig irgendwelche Sachen verlor, die Autoscheinwerfer brennen ließ, die Telefonrechnung zu zahlen vergaß und sich mit den weltgrößten Arschlöchern verabredete. Und dann heulte sie auch noch dauernd, es wurde immer schlimmer, so dass ihre Wimperntusche permanent verschmiert war, was Andrew völlig auf die Palme brachte. Sie heulte wegen jedem Mist: bei Filmen im Fernsehen, wegen seiner Schulnoten und ihrer Männer, weil das Essen angebrannt war und weil sie kein Geld hatten. Nein, er hasste sie nicht. Dafür war sie zu zerbrechlich. Aber er konnte überhaupt nicht mit ihr reden. Kein bisschen. Früher einmal, da hatte er sich danach gesehnt, da hatte er gehofft, sie würde kapieren, was mit ihm los war, da hätte er ihre Hilfe gebraucht. Aber das war vorbei. Wer möchte denn schon, dass seine Mutter alles über einen weiß – dass ihr Sohn langsam, aber sicher vor die

Hunde geht, dass er jeden Morgen regelrecht *stirbt,* wenn er in diesen kalten hallenden Schulkorridoren an den verächtlich grinsenden Gesichtern und den abweisenden Cliquen vorbeischleicht?

Er wechselte die CD.

Und das war das Schlimmste: ihr wehzutun. Ihm ging das Bild nicht mehr aus dem Sinn, wie sie ins Direktoratszimmer kam und ihn dort sitzen sah, mit dem Messer auf dem Tisch und dem Bullen und den zornroten Gesichtern und den Beschuldigungen. Als wäre er durchgeknallt wie diese Irren im Fernsehen, die im schwarzen Kampfanzug das ganze blöde Footballteam kaltmachen, bevor sie sich selbst umlegen.

Nein, er war nicht durchgeknallt. Die anderen waren es. Er wollte doch nur, dass diese Schikanen aufhörten.

*Hört bitte auf, mich zu schikanieren.*

An jenem Abend hatte Sharon ihren Vater angerufen.

»Mein Gott, Dad, du wirst nicht glauben, was passiert ist …«

»Nur raus damit.«

»Andrew ist von der Schule geflogen. Er ist mit einem *Messer* in die Schule gegangen und hat einen Klassenkameraden bedroht. Er hat ihn nicht verletzt, aber –«

»Jetzt mal ganz ruhig. Ein *Messer*? Bist du sicher, dass das stimmt? Andrew kommt mir nicht vor wie ein …«

»Natürlich bin ich mir sicher. Sie haben ihn *rausgeschmissen.* Andrew ist von der Schule geflogen.« Sie brach in Tränen aus. »Er lässt sich von mir nichts mehr sagen, Dad. Ich weiß, im Grunde ist er ein guter Junge, aber er lässt sich von mir nichts sagen.«

»Wie lange darf er nicht mehr in die Schule?«

»Mindestens drei Wochen, das heißt die ganze Zeit bis zu den Sommerferien.« Sharons Stimme zitterte. »Ich weiß nicht, was im Herbst sein wird. Es gibt eine Anhörung. Möglicherweise wird er angezeigt.«

»Noch mal von vorn: Was für ein Messer?«

»Ein Taschenmesser. Er hat es von dir gekriegt, als du ihn in das Zeltlager geschickt hast.«

Mead erinnerte sich an das kleine Messer mit dem Hirschhorngriff, ein Geschenk zu Andrews zehntem Geburtstag, auf das er den Namen seines Enkels eingravieren ließ. Genau so eines hatte ihm sein eigener Vater geschenkt, und er hatte es während des ganzen Krieges bei sich getragen. Lag es noch irgendwo herum? »Und du sagst, er hat jemanden damit *bedroht*?«

»Einen älteren Jungen namens Kevin Bremer. Von dem weiß ich nur, dass er im Footballteam spielt.«

»Vielleicht wollte Andrew nur damit angeben, den anderen Jungs imponieren.« Mead konnte sich nicht vorstellen, dass sein Enkel jemanden verletzten wollte. Dass er selbst verletzt würde, schon eher.

»Nein, er war drauf und dran ... diesen Jungen niederzustechen. Das haben zumindest die anderen Kinder gesagt.« Sharon versuchte, ihr Schluchzen zu unterdrücken. »Ich kann es einfach nicht fassen. Ich habe völlig versagt. Ich bin am Ende, Dad. Ich weiß nicht mehr, was ich tun soll. Seit dem Selbstmord ist Andrew ... o Gott, Dad, was soll ich nur tun?« Sie war völlig in Tränen aufgelöst.

Ein halbes Jahr zuvor hatte sich Andrews bester Freund mit einer Überdosis Alkohol und einer Packung Beruhigungsmittel seiner Mutter umgebracht. Mead hatte vorgeschlagen, den Jungen in ein Internat zu schicken, um ihm einen Neuanfang zu ermöglichen, aber Sharon wollte Andrew in ihrer Nähe haben.

Und nun das. Mead schüttelte den Kopf. Die ganze Welt ging vor die Hunde. Und er hatte es seit Jahren kommen sehen. Soziale Unruhen, Rassenkonflikte, Drogen, Gewalt, Sexbesessenheit. Herr im Himmel, der ganze Dreck im Fernsehen. Reine Pornografie zur besten jugendfreien Sendezeit. Wenigstens hatten all diese jungen Soldaten, die fern der Heimat gefallen waren, nicht miterleben müssen, was aus dem

Land wurde, für das sie ihr Leben geopfert hatten. Freiheit? Eher so etwas wie Anarchie. Aber er würde bald schon nicht mehr hier sein. Und, offen gesagt, das war ihm nur recht. Er hatte genug gesehen, vielen Dank.

»Das verfluchte Fernsehen ist schuld«, sagte er schließlich. »Das und die Musik und diese Computerspiele, die sie haben, und der allgemeine Mangel an Respekt. Du wirfst jetzt deinen Fernseher auf den Müll und sagst dem Jungen, er soll sich am Riemen reißen, sonst sorge ich dafür, dass er es tut. Noch besser, du schickst ihn auf die Militärakademie, ich zahle die Ausbildung.«

»Dad, wir reden hier über Andrew«, erwiderte Sharon. *»Andrew.«*

Mead blickte auf das Foto auf dem Couchtisch: Sharon und Andrew, als der Junge gerade die Junior Highschool abgeschlossen hatte. Eigentlich ein netter Junge, dachte Mead, aber schüchtern, klein und schmächtig, als wäre er unterernährt, mit fettiger Haut und bedrücktem, verschlossenem Gesicht. Offen gesagt: enttäuschend. Vier minus. Und was die Teenager insgesamt anging – meine Güte –, Mead konnte ihren Anblick kaum ertragen, wenn sie in den Einkaufszentren herumhingen, die Mädchen angezogen wie Nutten und die Jungs mit Hosen, die ihnen praktisch zwischen den Knien hingen, so dass jeder die Arschritze sehen konnte. »Zieh dir die Hose hoch, Junge«, murmelte er dann zu sich selbst, obwohl er sich kaum vorstellen konnte, wie sie überhaupt oben bleiben konnte. Jedes Weihnachten schenkte er Andrew den schönsten Gürtel, der für Geld zu haben war. Aber der Junge trug nie einen. Ebenso wenig wie die anderen.

Trotzdem hatte er immer noch eine Schwäche für Andrew, das einzige Kind seines einzigen Kindes. Genau wie Sophie in den Jungen vernarrt gewesen war, ihm Kindersachen geschneidert und mehr Geschenke gekauft hatte, als er je brauchen konnte. Schon bei seiner bloßen Erwähnung war sie immer ganz aus dem Häuschen geraten, als wäre ein Enkelkind die Krönung ihres Lebens. Und Mead wusste, dass es für den Jungen nicht leicht gewesen war. Sein Vater, Carl, der Widerling, hatte sich mit irgendeiner Schlampe davongemacht, als Andrew gerade acht war, und rief kaum jemals an, außer wenn er blau war. Bei seiner ersten Begegnung mit dem Widerling hatte Mead ein komisches Gefühl gehabt, und auf der Hochzeitsfeier hatte er sich ständig gefragt, was in Gottes Namen er bloß falsch gemacht hatte, dass seine Tochter – seine liebe, teure Sharon, das einzige Kind, das Sophie hatte bekommen können – sich einen solchen nichtsnutzigen Scheißkerl ausgesucht hatte. (Obgleich sie, was Männer betraf, seit jeher einen grässlichen Geschmack gehabt hatte – wie eine Farbenblinde, die sich ein Kleid aussucht.) O ja, er hatte den Widerling von Anfang an auf dem Kieker gehabt, und jedes Mal, wenn er notgedrungen mit seinem Schwiegersohn reden musste, hätte er diesem arroganten Teiggesicht am liebsten einen gut platzierten Faustschlag verpasst.

»Warum hat er das getan? Es muss doch einen Grund dafür geben.«

»Wie soll ich das wissen?«

»Frag ihn, dann weißt du's.«

»Er würde es mir nicht sagen. Er erzählt mir *überhaupt nichts.*«

»Dann sperr ihn in sein Zimmer ein, bis er den Mund aufmacht.«

»Du kennst ihn nicht, Dad. Er würde drinbleiben, bis er verhungert wäre. Er ist ... er hat sich verändert. Es brodelt in ihm.« Sie verstummte, um sich geräuschvoll die Nase zu putzen. »Ich weiß, dass er es nicht leicht hatte – ich tue alles, was ich kann – aber nun das?«

»War er nicht in irgend so einer Therapie?«

»Das hat er nur eine Zeit lang gemacht. Dann ist er nicht mehr hingegangen.«

»Dann musst du ihn zwingen!«

»Dad ...« Ihr versagte die Stimme. »Er lässt sich einfach nichts mehr von mir sagen. Ich habe mir für morgen frei genommen, obwohl ich gerade erst diese Stelle angetreten habe und …« Sie fing wieder an zu weinen.

Mead zuckte zusammen, als er sie schluchzen hörte. Was war bloß mit ihr geschehen? Wieso hatte das Leben sie so klein und elend gemacht, dass er jedes Mal, wenn sie anrief, gleich mit dem Schlimmsten rechnete? Ohne nachzudenken, sagte Mead: »Warum schickst du ihn nicht einfach ein paar Wochen zu mir?«

Eine lange Pause. »Zu dir?«

»Wieso nicht? Vielleicht kann ich ihn ein bisschen zur Vernunft bringen.«

»Weißt du, du würdest spätestens nach fünf Minuten durchdrehen.«

»Traust du mir so wenig zu?«

»Sagen wir mal so: Teenager sind nicht gerade dein …«

»Mein was?«

»Ist es dein Ernst?«

»Klar ist das mein Ernst.«

Stimmte das wirklich? Mead überlegte, ob er noch einen Rückzieher machen konnte.

Wieder trat eine lange Pause ein. »Vielleicht wäre es gut für ihn. Weiß Gott, er braucht wirklich einen Mann als Bezugsperson. Und du meinst es wirklich ernst?«

Mead schluckte schwer. »Natürlich meine ich es ernst.«

Mead stand auf dem Bürgersteig vor seinem kleinen weißen Haus, einem einstöckigen Gebäude im Landhausstil, als der Wagen heranfuhr. Drei Jahre Dienst bei der Armee hatten ihn eines gelehrt: Melde dich nie freiwillig zu etwas. Aber Sharon brauchte ihn. Offen gesagt brauchte sie eine ganze Menge. Das arme Ding stolperte ständig von einem Unglück ins nächste. Sophie hatte Recht gehabt, ihre Tochter war einfach nicht dafür geschaffen, eine gute Mutter zu sein. Oder mit Männern zurechtzukommen. Aber habe ich wirklich drei Wochen gesagt? Du wirst allmählich zu einem gutmütigen alten Trottel. Entscheidend ist, gleich am Anfang die Regeln festzulegen. Klar zu machen, welche Folgen es hat, wenn man gegen die Regeln verstößt. Und dass es tatsächlich Folgen hat.

Aber welche genau? In den vergangenen Tagen hatte Mead sich reichlich den Kopf darüber zerbrochen. Er konnte den Jungen ja nicht einfach übers Knie legen und versohlen (auch wenn ihm das vielleicht gut getan hätte). Er konnte ihm zwar jederzeit das Ausgehen verbieten, aber wohin sollte er schon ausgehen wollen? Der Junge hatte ja keinerlei Freunde in der Gegend. Und was um Himmels willen sollten sie drei Wochen lang miteinander anfangen? Diese Frage machte ihn völlig ratlos. Immerhin hatte er gestern in einem Anfall von Panik einen Basketballkorb samt Netz und Brett gekauft; vier Stunden hatte es gedauert, bis er das Ding in der Auffahrt montiert hatte. Also konnte er dem Jungen verbieten, Basketball zu spielen. Und ihm das Gatorade streichen. Eine freche Antwort, und das Gatorade landet im Ausguss, wo es sowieso hingehört.

Aus dem Haus auf der gegenüberliegenden Straßenseite trat seine Nachbarin Evelyn, um die Blumen zu gießen; sie blieb stehen und winkte ihm fröhlich zu. Während er höflich zurückwinkte, hoffte er, sie würde ihm nicht gleich wieder einen Berg von diesen entsetzlichen Rosinenkeksen herüberbringen. Irgendwie wurde er aus Evelyn nicht so recht schlau. Sie war ein paar Jahre jünger als er, seit zehn Jahren verwitwet und schien den größten Teil ihrer Zeit mit der Pflege des Gartens und dem Backen von Rosinenkeksen, Schokoladenkuchen und Muffins zu verbringen, die sie, verpackt in schmucke Döschen, regelmäßig auf Meads Türschwelle stellte. Was ihr Gelegenheit gab, ebenso regelmäßig zu einem Plausch vorbeizukommen und die leeren Dosen wieder mitzunehmen. Sie und Sophie hatten sich oft über Gartenpflege unterhalten, Tipps und gelegentlich auch Rezepte ausgetauscht, aber sie hatten sich nie nahe gestanden. Wahrscheinlich glaubte Sophie, Evelyn habe ein Auge auf ihn geworfen. (Ihr entging nicht die kleinste Kleinigkeit.)

Und dass Evelyns Bougainvillea wie entfesselt das Spalier emporschoss, während Sophies Pflanzen unter Höhenangst zu leiden schienen, tat wohl noch ein Übriges. Tatsächlich beschämte Evelyns Blumengarten die ganze Nachbarschaft, wenn er in üppigen Rot-, Gelb-, Orange- und Blautönen erstrahlte, noch nachdem die anderen Gärten – auch der von Sophie – in der Sommerhitze längst verwelkt waren. »Ich glaube, sie *benutzt* irgendwas«, meinte Sophie dann immer vorwurfsvoll.

Evelyn sah gar nicht schlecht aus für ihr Alter (was keine geringe Leistung war). Mead verbot sich jedoch derartige Gedanken. Tatsächlich war er in ihrer Gegenwart stets äußerst zurückhaltend, um keine falschen Hoffnungen bei ihr zu wecken. Der Gedanke, dass Sophie sich vor Eifersucht im Grab umdrehen würde, war ihm einfach unerträglich. Außerdem vertraute Mead nicht allzu sehr auf seine Fähigkeit, die subtilen Signale in den Beziehungen zwischen Mann und Frau richtig zu deuten. Vor Jahren war er beschämenderweise völlig unbeabsichtigt das Opfer der energischen Nachstellungen einer kettenrauchenden, eins siebenundachtzig großen Geschiedenen namens Frances geworden, die in der Buchhaltung seiner Ingenieursfirma arbeitete. Zuerst hatte er es für einen Zufall gehalten, dass sie immer dann am Kaffeeautomaten auftauchte, wenn er gerade seine Tasse nachfüllte, aber als sie ihn auf der Weihnachtsfeier ins Hinterteil kniff, nachdem sie dem Punsch zu sehr zugesprochen hatte, wusste er, dass er in Schwierigkeiten steckte. Am nächsten Tag kaufte er sich eine Thermoskanne, und fortan traf er ausgeklügelte Vorkehrungen, um sich nicht mit ihr in einem Zimmer aufhalten zu müssen. Doch zwei Monate später lag in seiner Büropost ein Umschlag ohne Absender. Darin steckte ein Gedicht, das eine ganze Seite lang war und sich – soweit er es verstand – mit dem Spiel von Licht und Schatten an einem Sonntag Nachmittag befasste, wobei er argwöhnte, dass es sich dabei um einen unsittlichen Antrag in verschlüsselter Form handelte. Insgesamt erhielt er drei solcher Gedichte, und obwohl er sie alle auf der Stelle in den Reißwolf steckte, fühlte er sich danach schmutzig und wie ein Ehebrecher (trotz einer makellosen Treuebilanz). Sollte er Sophie davon erzählen? Aber wie denn? *Du hast ihr bestimmt schöne Augen gemacht.* Andererseits: wenn er es für sich behielt, verbarg er etwas vor ihr. Ein Geheimnis. Dennoch erzählte er Sophie nie davon – trotz mehrerer gescheiterter Anläufe –, und zum Glück hörten die Nachstellungen so schlagartig wieder auf, wie sie begonnen hatten. Doch dieses Erlebnis brachte ihn zu der Überzeugung, dass man im Umgang mit dem anderen Geschlecht nie vorsichtig genug sein konnte. Verstohlen spähte er zu Evelyn auf der anderen Straßenseite hinüber, wandte dann aber rasch den Blick ab und tat so, als sei er vollauf damit beschäftigt, den Rasensprenger einzustellen.

Schließlich bog ein kleiner weißer Wagen um die Ecke – so klein, dass er dachte, es sei ein Elektroauto –, fuhr die Straße entlang und holperte über den Bordstein in seine Auffahrt.

»Hallo, Dad.« Sharon sprang aus dem Wagen und umarmte ihn herzlich. Er hatte vergessen, wie vertraut sie roch. Trotz ihrer Körpercremes und Shampoos und dem schrecklichen Parfum, das ihm und Sophie stets Tränen in die Augen trieb – *bist du sicher, dass das kein Tränengas ist?* –, konnte er immer noch den ihr eigenen Duft ausmachen, der an dem Tag in sein Leben geweht war, als er zum ersten Mal ihren zerzausten kleinen Haarschopf küsste, damals in dem Krankenhaus in Tampa, wo sie nach dem Krieg drei Jahre lang gewohnt hatten.

»Ihr seid spät dran.«

»Tut mir Leid. Wir hatten ein kleines Problem mit dem Mietwagen.«

»Mom ist versehentlich zu Hertz gefahren«, murmelte Andrew. »Der hier ist von Thrifty.« Er deutete angewidert auf das Auto. »Wir hätten einen von Hertz nehmen sollen. Alle gehen zu Hertz.«

So ein vorlauter Bengel, dachte Mead und musterte seinen

Enkel, dessen übergroße Jeans ohne weiteres dem dickbäuchigsten Schützen aus seinem alten Korps gepasst hätte. Er trug verdreckte Turnschuhe ohne Schnürsenkel, an den Fersen niedergetreten wie Schlappen, und ein großes zerknittertes T-Shirt mit einer Art Satansfratze darauf. An seinem rechten Ohrläppchen baumelte ein kleiner goldener Ohrring, und sein Haar – eigentlich braun, aber oben mit gelben Strähnen – sah aus, als habe man es mit einer Blechschere geschnitten und dann mehrere Wochen lang unter einem Helm gären lassen. Kurz gesagt, der Junge sah aus wie ein Flüchtling oder ein Drogensüchtiger.

Mead lief ein kalter Schauer über den Rücken. Mein eigener Enkel – ein Rowdy. Er griff in die Hosentasche, wo er das Röhrchen mit den Tabletten gegen Sodbrennen stecken hatte. Was zum Teufel dachte sich Sharon dabei, ihren Sohn in dieser Aufmachung mit auf die Reise zu nehmen? Kein Wunder, dass sich viele von Meads Freunden im Laufe der Jahre in Seniorengehege zurückgezogen hatten, wo sie eingekapselt in der Geborgenheit eines behaglichen Lebensabends und in Unkenntnis ihrer Bedeutungslosigkeit dahinlebten. So etwas würde für Mead nie in Frage kommen. Er hatte keineswegs die Absicht, sich hinter einem blöden Tor mit Wächter zu verstecken. Schließlich trat er einen Schritt vor und streckte dem Jungen die Hand entgegen. »Wie geht es dir, mein Sohn?«

Der Junge zuckte die Achseln und reichte ihm eine feuchte, schlaffe Hand, so dass Mead schon befürchtete, er würde dem Jungen die Knochen zerquetschen, wenn er zu fest zudrückte.

»Na, dann hol mal deine Sachen und komm rein.«

Andrew hievte seinen Rucksack, einen Matchbeutel und ein Skateboard aus dem Wagen, während Sharon ihren Vater mit Tränen in den Augen ansah. »Danke«, flüsterte sie. »Ich weiß nicht, was ich sonst sagen soll.«

Einen Moment lang blickte Mead zu dem Jungen und überlegte, ob er ihm helfen sollte – nein, der soll sein Zeug selber schleppen –, dann drehte er sich um und ging voran ins Haus. Hoffentlich würde Sharon nicht gleich losheulen.

»So, das ist dein Zimmer«, sagte Mead, während er verlegen an der Schwelle zu Sophies ehemaligem Reich stand.

»Das hat einmal Mom gehört«, meinte Sharon.

»Ihr hattet getrennte Schlafzimmer?«

Mead runzelte die Stirn. »Natürlich nicht. Das war ihre ... Werkstatt.«

»Mom hat dieses Zimmer sehr geliebt.«

»Was hat sie hier drin gemacht?«, wollte Andrew wissen, während er sich argwöhnisch umsah.

»Frag lieber, was sie nicht gemacht hat«, meinte Sharon. »Sie war unglaublich geschickt mit den Händen. Ich glaube, ihr habt mich in Wirklichkeit adoptiert.«

»Deine Großmama hat viel von den Sachen hier im Haus selbst gemacht«, sagte Mead stolz. »Zum Beispiel diesen Spiegel da mit den Muscheln. Sie hat jede einzelne Muschel selbst gesammelt.«

»Als sie noch in Tampa gewohnt haben«, erläuterte Sharon. »Mom liebte Strandspaziergänge.«

»Und schau nur, wie sorgfältig sie jede einzelne Muschel angeklebt hat«, ergänzte Mead. »Dafür könnte man einiges Geld bekommen. Und die Vorhänge da hat sie auch selbst gemacht und den Bettüberwurf ...« Andrew beäugte die Tagesdecke in den hellen Orange- und Brauntönen. »Und das Bild da an der Wand.«

»Eine Fotomontage«, sagte Sharon.

Eine Weile standen sie schweigend da und traten von einem Fuß auf den anderen.

»Nun denn – willst du nicht deine Sachen auspacken? Deine Mom und ich gehen so lange ins Wohnzimmer«, meinte Mead schließlich. Kaum waren sie draußen, hörte Mead hinter sich die Tür ins Schloss fallen.

Nachdem sich Mead kurz ins Badezimmer zurückgezogen hatte, um zwei Tabletten gegen Sodbrennen zu schlucken, bot er Sharon einen Saft an – Fresca, sein Lieblingsgetränk –, setzte sich in seinen blauen Polstersessel und musterte sie prüfend. Sie sah schmaler aus als sonst, ihre großen haselnussbraunen Augen wirkten ein wenig geschwollen, und ihr ovales Gesicht wies Falten auf, an die er sich nicht erinnern konnte. Sogar ihre Hände schienen dünner geworden, die Adern zeichneten sich deutlich ab. *Was ist nur aus dir geworden, Prinzessin?* Es brach ihm das Herz, dass sie offenbar nirgendwo festen Halt fand und die Jobs und die Männer wechselte wie andere Leute das Hemd. Was hatten sie bloß falsch gemacht? Nichts. Sophie hatte – zu Meads Entsetzen – sogar angeboten, nach Chicago zu ziehen und ihre Tochter bei Andrews Betreuung zu unterstützen, nachdem sich der Widerling aus dem Staub gemacht hatte. (Gott sei Dank hatte Sharon davon nichts wissen wollen.)

Sie hatte ein großes Herz, vielleicht ein zu großes. Was ihr fehlte, war gesunder Menschenverstand. Er blickte auf ihr lichter werdendes dunkelbraunes Haar, das schon grau zu werden begann, und erinnerte sich, wie voll und glänzend es einst gewesen war und dass Sophie es morgens vor der Schule oft zu allen möglichen Mustern geflochten hatte. »Schau nur, Dad!« Was für eine Schönheit sie gewesen war, eine Schönheit, die durch Leid und Schicksalsschläge immer mehr verblasst war. Mead holte tief Luft, um die Beklemmung aus seiner Brust zu vertreiben.

»Wie ist es dir ergangen, mein Mäuschen?«, fragte er sanft.

»Willst du die Wahrheit hören? Grauenvoll.« Sie beugte sich auf dem Sofa zu ihm vor. »Ich weiß einfach nicht, was ich mit Andrew machen soll. Er ist … er ist kein schlechter Junge, Dad. Das weißt du ja. Aber in ihm drin herrscht ein solches Durcheinander, und ich weiß nicht, was man dagegen machen kann. Seit dem Tod von Matt ist er …« Sie hob die Hände, und Tränen stiegen ihr in die Augen.

»Hat die Schule noch was verlauten lassen?«

»Nächste Woche erfahre ich mehr. Sie überlegen, ob sie ihn im Herbst wieder aufnehmen sollen.«

»Wie sind seine Noten?«

»Fürchterlich. In den letzten Jahren hat er sich einfach nicht mehr angestrengt. Dabei ist er so intelligent. Das weiß ich doch.« Sie wischte sich die Augen.

Mead ergriff ihre Hand. »Gibst du auch genügend Acht auf dich selbst?«

»Ach, mach dir doch meinetwegen keine Sorgen.«

»Das tu ich aber. Du bist so dünn geworden.«

»Ich war noch nie dünn.«

»Quatsch. Treibst du irgendeinen Sport?«

Sie zuckte die Achseln. »Ich hab ein paar Mal die Woche Fitnesstraining gemacht, bis ich diesen neuen Job bekam. Ich muss mich dort erst eingewöhnen.«

»Aber du rauchst jetzt nicht mehr?«

»Hab aufgehört – und zwar *endgültig*.«

Mead zog die Augenbrauen hoch.

»Seit einem Monat. Ehrlich.«

»Ihr zwei könntet doch hierher ziehen. Und etwas Sonne tanken.« Mead war über seinen Vorschlag selbst überrascht und hoffte halb, sie würde ablehnen.

»Dad, ich *mag* Chicago.«

»Darf ich dir ein bisschen Geld geben?«

»Du hast mir doch gerade erst einen Scheck geschickt.«

»Ich habe mehr, als ich brauche.«

»Ich bin doch keine Wohlfahrtsempfängerin.«

»Du bist meine Tochter.«

Sie küsste ihn auf die Wange. »Aber wie geht es dir eigentlich?«

»Bin fit wie ein Turnschuh.«

»Ich hoffe, ich hab deine Gene geerbt, auch wenn mir allmählich Zweifel kommen.«

Mead überlegte, ob er sie über die neuesten Ereignisse in ihrem unsteten Liebesleben ausfragen sollte, ließ es dann aber lieber bleiben. »Also, äh, was meint denn Andrew zu …«, er machte eine ausladende Handbewegung, »… dem hier?«

»Du meinst dazu, dass wir hierher kommen? Tja, er wirkte nicht sonderlich begeistert. Er ist ein bisschen aufgeregt.«

»Na klar.«

»Ich weiß nicht, wie ich dir danken kann. Mit diesem neuen Job und ...«

»Mach dir keine Gedanken.«

Sie rieb sich die Augen und verschmierte dabei die Wimperntusche. »Ich bin überzeugt, du wirst einen guten Einfluss auf ihn ausüben. Er braucht eine männliche Bezugsperson, Dad. Ich glaube wirklich, er lässt sich nur von einem Mann was sagen.«

Mead holte tief Luft und trank sein Fresca aus. »Na, wir werden ja sehen.« Er hörte Geräusche aus Sophies Zimmer. Himmel, räumte der Junge etwa das Zimmer um? Das würde er nicht dulden.

Sharon sah auf ihre Armbanduhr. »Herrje, ich bin ja schon in einer halben Stunde mit Cindy verabredet. Erinnerst du dich noch an Cindy? Ich kann heute bei ihr übernachten, und gleich morgen früh fliege ich wieder nach Hause.«

Mead straffte die Schultern. »Du hättest auch hier schlafen können«, sagte er und versuchte sich seine Kränkung nicht anmerken zu lassen.

Sharon ließ den Blick durch das Wohnzimmer schweifen. Auf der einen Seite standen ein Esstisch und sechs Stühle, auf der anderen ein Sofa, zwei Sessel und ein Couchtisch, gruppiert um einen kleinen offenen Kamin mit Gasbefeuerung und drei künstlichen Holzscheiten darin.

»Ich hätte auf der Couch geschlafen.«

»Das ist lieb von dir, aber ich habe Cindy jahrelang nicht mehr gesehen.« Sie stand auf und umarmte ihn. »Danke, dass du die Flugtickets bezahlt hast. Du bekommst das Geld wieder. Versprochen.«

»Du weißt doch, dass ich das nicht zulassen werde.«

Sharon versuchte zu lächeln und deutete dann in Richtung Flur. »Ich sag ihm nur schnell auf Wiedersehen.«

Mead nickte.

»Er ist wirklich ein guter Junge, Dad. Er ist einfach nur ...«

»Wir werden schon miteinander klarkommen.«

Mead stand auf der vorderen Veranda, als Sharon davonfuhr. Er winkte, bis der Wagen um die Ecke bog, winkte sogar dann noch weiter, als ihr Besuch nur noch Erinnerung war. Einen Augenblick lang verharrte er so, ballte eine Hand zur Faust, um nicht die Fassung zu verlieren, holte schließlich die Post aus dem Briefkasten, ging wieder ins Haus und verriegelte die Tür hinter sich, bevor er sich in seinem Sessel daranmachte, die Rechnungen und Kataloge durchzublättern und zu überlegen, was er zum Abendessen machen sollte. Wieder drangen Geräusche aus Sophies Zimmer. Was zum Teufel ging da drinnen vor?

Als Andrew nach einer halben Stunde immer noch nicht aufgetaucht war, stapfte Mead in den Flur und stellte sich mit gespitzten Ohren vor die Tür. Totenstille. Herr im Himmel, machte er womöglich ein Nickerchen? So etwas würde Mead unterbinden müssen, damit der Junge sich an einen festen Tagesablauf gewöhnte. Zwanzig Minuten später horchte er noch einmal an der Tür. »Möchtest du ein Gatorade?«

»Was?«

»Ich sagte: Möchtest du ein Gatorade? Ich hab es in zwei Geschmacksrichtungen.«

»Nein, danke. Ich mag Gatorade nicht.«

Mead blieb noch einen Augenblick an der Tür stehen. »Ich auch nicht«, brummte er und ging in die Küche, wo er die beiden Gatorade-Flaschen aus dem Kühlschrank nahm, sie öffnete und den Inhalt ins Spülbecken kippte.

Eine Stunde später ging er erneut zur Tür und lauschte. »Kommst du da irgendwann wieder raus?« Keine Antwort. Mead klopfte. »Ich sagte: Hast du die Absicht, irgendwann mal wieder rauszukommen – oder soll ich vielleicht das Essen unter der Tür durchschieben?«

»Tut mir Leid, ich habe gerade Musik gehört. Klar, ich kann natürlich rauskommen. Wann denn?«

Während Mead die Tür anstarrte, fiel ihm auf, dass die Farbe verblichen war. Im Grunde konnte das ganze Haus einen neuen Anstrich vertragen. Er erinnerte sich, wie er und

Sophie Wochen damit verbracht hatten, es eigenhändig neu zu streichen; das Geld, das sie dabei gespart hatten, verwendeten sie für eine Reise nach Hawaii. Musste jetzt fünfzehn Jahre her sein. »Wann willst du denn herauskommen?«

»Egal.«

»Wann ist denn ›egal‹?«

Kurz darauf öffnete sich die Tür einen Spalt breit, und Andrew spähte verschüchtert heraus. Nicht zu glauben, was für todtraurige Augen der Junge hatte. Mead trat einen Schritt zurück. »Gut, ich bin dann im Wohnzimmer. Abendessen gibt es um sechs. Um *Punkt sechs.*« Kaum hatte er sich umgedreht, fiel hinter ihm wieder die Tür ins Schloss. Drei Wochen, dachte Mead und schüttelte den Kopf, als er es sich erneut in seinem blauen Sessel bequem machte und die Zeitung durchblätterte. Ich sollte besser meinen Vorrat an Bourbon aufstocken.

Als Erstes musste die orange-braune Tagesdecke verschwinden. Zu aufdringlich. Das war ja, als würde man sein Zimmer mit einem Orang-Utan teilen. Er faltete sie zusammen und stopfte sie ins oberste Fach des Wandschranks. Nachdem er eine Weile über die Anordnung der Möbel nachgedacht hatte, vertauschte er den Schaukelstuhl mit der Kommode, rückte dann aber beides wieder an den alten Platz zurück. Vielleicht sollte das Bett besser am Fenster stehen. Er probierte vier Varianten aus, bis er sich schließlich entschied, das Bett in die Ecke beim Fenster zu stellen, neben die Kommode, ans Fußende den kleinen Schreibtisch aus Rattan und den Schaukelstuhl in die Ecke gegenüber. Er überlegte, ob er seinen Rucksack auspacken sollte, aber bis auf zwei Schubladen war die Kommode voll gestopft mit Pullovern, Halsketten, Ohrringen, Garnknäueln, Socken und Schals. Großmamas Sachen. Er nahm einen gelben Pullover heraus und schnüffelte daran, ehe er ihn wieder zurücklegte und die Schublade schloss. Gruselig. Dann würde er eben alles im Rucksack lassen. Nicht nötig, etwas auszupacken. Waren ja nur drei Wochen. Mit etwas Glück kam er vielleicht sogar schon früher wieder heim. Das musste er einfach durchstehen.

Er saß auf dem Bett und überlegte, ob er ein paar von den Fotos und billig aussehenden Kunstgewerbesachen abhängen sollte, diesen Nippes, der auf privaten Flohmärkten verkauft wurde. Dabei trommelte er mit den Fingern auf seine Kniescheiben. Tag eins. Sollte er einen Strich in die Wand ritzen? Zumindest würde er *Die zwei Türme* und vielleicht sogar *Die Rückkehr des Königs* zu Ende lesen können. Aber, o Mann, drei Wochen zusammen mit diesem Weltkriegstypen? Er erhob sich vom Bett und begutachtete die gerahmten Fotografien seiner Großeltern, die säuberlich nebeneinander auf der Kommode aufgestellt waren. Als er sie aus der Nähe betrachtete, merkte er zum ersten Mal, dass sowohl sein Großvater als auch seine Großmutter einmal ganz passabel ausgesehen hatten, zumindest in Schwarzweiß. Er nahm ein Foto in die Hand, auf dem sein Großvater in Uniform posierte, und staunte, wie jung er darauf wirkte, fast so, als würde er sich noch gar nicht rasieren müssen. Eine richtig stattliche Erscheinung: faszinierende Augen – im wirklichen Leben von einem tiefen Blau, was Andrew stets rätseln ließ, weshalb seine Augen schmutzig braun waren – eine wohl geformte Nase, ein typisch amerikanisches Gesicht eben. Eigentlich hat er viel besser ausgesehen als ich. Und das Merkwürdige war, dass keinerlei Ähnlichkeit zwischen ihnen bestand. Er versuchte sich in dem jungen, erwartungsvollen Gesicht seines Großvaters wiederzuerkennen, aber es gelang ihm nicht. Nicht einmal ansatzweise. Er stellte das Foto auf die Kommode zurück. Großvater, der Nazi-Killer. Hat wahrscheinlich Dutzende von Deutschen umgebracht. Aus zahlreichen spätabendlichen Fernsehsendungen hatte Andrew einiges über den großen Krieg erfahren. Er hatte gesehen, wie deutsche Stukas heulend aus dem Himmel herabstürzten, wie die Jungs ins Wasser sprangen und an den Strand wateten, und er kannte auch das große Finale mit dem Wolkenpilz und den endlosen Reihen weißer Kreuze. *Der Soldat James Ryan* war total beeindruckend gewesen, besonders die Szene, in der der Jude von dem Deutschen abgestochen wird. Ekelhaft. Aber Andrew schaffte es nicht, sich diesen alten Typen, der in seinem grünen Pullover mit dem geknöpften Kragen drüben im Wohnzimmer hockte, auf den Schlachtfeldern Europas vorzustellen. War ja schon um die *fünfzig* Jahre her.

Behutsam stellte Andrew das Foto auf die Kommode zurück, kniete sich vor den Rucksack, öffnete ein Seitenfach und holte den extragroßen Ziploc-Beutel heraus, in dem Matt steckte beziehungsweise das, was von ihm übrig war. Es hatte ihn überrascht, dass die Asche eigentlich gar keine Asche war – nicht das, was er vom Lagerfeuer kannte –, sondern eher so etwas wie kleine, grobkörnige weiße und graue Muschelreste, die man am Strand findet. Stundenlang hatte er sich auszumalen versucht, wie Matts Leichnam auf einen riesigen Rost gelegt, in einen glühend heißen Ofen geschoben und wie ein Kartoffelchip geröstet wurde. (Zwei Stunden lang eine Hitze von bis zu 1000 Grad Celsius, dann Pulverisierung – laut einer Website, die er studiert hatte.) Wie konnte es sein, das man da keinen Schmerz spürte, selbst wenn man tot war? Wie fingen sie die Asche auf und verhinderten, dass sie sich mit der Asche anderer Personen vermischte? Und wenn das gar nicht Matt war, was er da in Händen hielt, sondern irgend so eine fette Alte von der South Side? Behutsam öffnete er den Plastikbeutel, steckte einen Finger hinein und rührte die kleinen Knochenstücke um. War es strafbar, gestohlene Asche von einem Bundesstaat in einen anderen zu bringen? Egal – Matts Asche zu stehlen war das Beste, was Andrew jemals getan hatte. Als er erfahren hatte, dass man Matt zu irgendeinem Familiengrab in Indiana bringen wollte, wusste er, was er zu tun hatte. Matt *hasste* Indiana, wo er jedes Jahr Thanksgiving und Weihnachten auf einer Farm verbringen und seine Verwandten – allesamt tief religiös – besuchen musste. Alle hatten Andrew in Verdacht gehabt, aber sie konnten ihm nichts beweisen. *Das perfekte Verbrechen.* Er grinste und bettete Matt in seinen Schoß.

Eigentlich war diese Asche für ihn gar nicht Matt, denn er glaubte fest daran, dass sich Matt inzwischen bereits in etwas anderes reinkarniert hatte. Ständig hielt er nach ihm Ausschau und musterte eingehend alle Katzen, die ihm um die Beine strichen, Hunde, die ihn ableckten, Babys, die im Lebensmittelladen zu heulen begannen, und jeden Unbekannten, der ihn eines längeren Blickes würdigte. Er wusste, Matt war irgendwo da draußen; es war nur eine Frage der Zeit, bis er Kontakt aufnehmen würde.

Schließlich legte er den Beutel auf die Kommode und zog ein Tütchen heraus, das drei Joints enthielt; mehr hatte er für die Reise nicht ergattern können. Würde sein Großvater seine Sachen durchstöbern? (Taten das nicht alle?) Er sah sich im Zimmer um, ging zum Wandschrank, griff wahllos nach einem der Schuhe seiner Großmutter und schob das Tütchen mit den Joints bis zur Spitze hinein, wobei er über seinen schlauen Einfall grinsen musste. Dann drückte er Matts Asche sanft flach und verstaute sie unter der Matratze, am Kopfende. Anschließend setzte er sich wieder aufs Bett und schaute auf die Uhr. Ob der Alte wohl im Wohnzimmer auf mich wartet? Aber was zum Teufel sollen wir miteinander anfangen?

In Gegenwart seines Großvaters (der für ihn nie *Opa* gewesen war) hatte er sich noch nie wohl gefühlt. Bei seiner Großmama dagegen schon; sie hatte mit ihm stundenlang Karten, Dame und Parcheesie gespielt und ihm immer selbst gemachte Plätzchen und Schokokuchen mitgebracht, wenn sie zu Besuch kamen. Seinen Großvater kannte er kaum – der schien immer wachsam im größten Sessel zu thronen wie ein Lehrer bei einer Klassenarbeit. Natürlich schätzte er ihn, besser gesagt, er respektierte ihn, wie man einen Astronauten oder einen Athleten bei den Olympischen Spielen bewundert oder einem Toten Ehrerbietung erweist. Aber vor allem fühlte er sich von ihm eingeschüchtert, und er hasste es, wenn er sich diesem großen Mann gegenüber so mickrig und verdruckst vorkam. Die Generation seines Großvaters hatte die Welt gerettet, und seither war nur Gesindel nachgekommen. Aber genau genommen war dieser Typ – ob Held oder nicht – total verkniffen, ein echter Klemmarsch. Als hätte man einen Bullen, einen Pfaffen und einen Pauker in einer Person vor sich. Und was sollte diese riesige amerikanische Fahne vor dem Haus? Man fühlte sich ja wie in irgendeinem bescheuerten Postamt.

Andrew stand auf und sah sich noch einmal die Fotos an. Er versuchte sich vorzustellen, wie dieser junge Mann in Uniform zu dem verschrobenen alten Zuchtmeister hatte werden können, der dort drüben im Wohnzimmer saß. Was zum Teufel tat er wohl, wenn er mal *Spaß* haben wollte? Polierte er seine Orden? Was hatten seine Großeltern miteinander im Bett gemacht? Allein der Gedanke daran ließ ihn schaudern, als hätte er in eine Zitrone gebissen. Genervt hockte er sich wieder aufs Bett. O Mann, volle drei Wochen!

Mead entschied sich für Hamburger. Premiumqualität, verfeinert mit seiner speziellen Gewürzmischung. Er wusch sich gründlich die Hände, trocknete sie ab, breitete auf der Arbeitsplatte in der Küche sorgfältig ein Stück Wachspapier aus und knetete das Hackfleisch, so lange, bis die Portionen genau richtig waren, fest und rund, aber in der Mitte nicht zu dick. Vier Portionen mussten eigentlich reichen. Diese Kids konnten ja futtern wie die Scheunendrescher. Er gab noch eine Prise Pfeffer hinzu und einen weiteren Spritzer Worcester-Sauce. Es ging eben nichts über Meads saftige Burger. (Zum Teufel mit den Ärzten!) Nachdem er sich die Schürze umgebunden hatte – die schwarze mit der weißen Chefkochmütze darauf, die ihm Sophie zum fünfundsechzigsten Geburtstag genäht hatte –, nahm er eine Schachtel Streichhölzer, die auf dem Kühlschrank lag. Erfüllt von einem seltenen Gefühl der Zufriedenheit, trat er durch die Fliegengittertür in den Garten hinaus, um den Grill anzuzünden.

Als die Burger auf dem Rost lagen, schnitt er einige Zwiebeln, Tomaten und etwas Gemüse in Scheiben und stellte die

Saucen bereit – Ketchup, zwei Sorten Senf (French's und Grey Poupon) und Meerrettichaufstrich – sowie etwas Cheddar. Er wollte zwei Cheeseburger zubereiten und zwei normale Hamburger. Dann hatte der Junge die Wahl. Aber wo sollten sie essen? Für gewöhnlich frühstückte Mead an dem kleinen Tisch in der Küche, zu Mittag und zu Abend aß er an dem Fernsehtischchen im Wohnzimmer. *Hmm.* Sie konnten sich ja an den Gartentisch setzen und die Abendluft genießen. Allerdings konnten die Mücken lästig werden. Er starrte auf den kleinen Küchentisch und stellte sich vor, wie sie einander gegenübersitzen würden. Ausgeschlossen. Aber es gab ja noch den Wohnzimmertisch, der bestimmt genügend Ellbogenfreiheit bot. Ach nein, das wäre zu förmlich gewesen. Außerdem aß Mead nie am Wohnzimmertisch. Der war seiner Meinung nach nur dazu da, um mit Gästen zu feiern, und das hatte er jetzt ganz bestimmt nicht vor. Na schön, dann würden sie eben im Wohnzimmer ganz zwanglos von Tabletts essen. Er betrachtete die Saucen und malte sich aus, wie sein Enkel Ketchup und Senf auf Sofa und Teppich tropfen ließ. Mücken hin oder her, sie würden doch draußen essen. Er ging wieder hinaus und kontrollierte die Burger, die den verführerischen Duft von frisch Gebratenem verströmten. Als er sie ein letztes Mal wendete – inzwischen waren sie fast durch –, erschien Andrew.

»Was ist denn das?«

Mead blickte stolz auf die brutzelnden Burger und belegte zwei von ihnen mit Käse. »Also, wenn mich nicht alles täuscht, bezeichnet man solche Dinger hierzulande als Burger. Als *Hamburger.* Und zufällig sind sie meine Spezialität.«

»Sind das Fleischburger?«

»Ich glaube, ich kann dir nicht ganz folgen, mein Junge.«

»Sind sie aus Fleisch gemacht?«

Mead legte seinen Spachtel beiseite. »Was glaubst du denn?«

»Ich meine, aus *richtigem* Fleisch?«

Mead musterte seinen Enkel und fragte sich, ob er vielleicht unter Drogen stand. Das würde einiges erklären. Aber seine Augen waren ganz klar, und er schien sicher auf den Beinen zu stehen. »Ja, du siehst hier richtige, echte Hamburger. Hamburger der Spitzenklasse. Da hat ein Prachtstück von Kuh ihr Leben gelassen, damit wir was zu futtern kriegen.« Er griff wieder zu dem Spachtel. »Nimm dir einen Teller.«

»Ich dachte, es wären vielleicht vegetarische Burger.«

»Wie kommst du denn auf so was?«

»Weil ich kein Fleisch esse.«

Mead war wie vom Donner gerührt. »Du isst ... kein Fleisch?«

»Ich bin aber kein fanatischer Veganer. Ich mag Käse und Tunfisch. Aber keine Landtiere. Schon seit fast einem Jahr nicht mehr.« Andrew steckte die Hände in die Hosentaschen. »Die Landwirtschaft ist einer der größten Umweltverschmutzer«, murmelte er. »Mit der Energie, die man für die Aufzucht einer einzigen Kuh braucht, könnte man Tausende von Menschen ernähren. In Indien gelten Kühe sogar als heilig. Hast du das gewusst? Sie sind dort praktisch so etwas wie Rockstars. Mann, wenn ich eine Kuh wäre, würde ich ganz bestimmt in Indien leben wollen.«

Mead blickte erst auf die Burger und dann wieder auf den Jungen. »Du isst also kein Fleisch?«

»Nö. Aber mit Tofu ...«

»Bei Gott, kein Wunder, dass du so dünn bist! Du bekommst ja gar kein Protein.«

»Bohnen haben haufenweise Protein.«

Wieder wanderte Meads Blick zwischen dem Jungen und dem Grill hin und her. Die Hamburger waren mittlerweile mehr als durchgebraten. Weil er nichts mehr verabscheute als angekohlte Burger, schnappte er sich einen Teller und nahm sie vom Rost.

»Ich dachte, Mom hätte es dir gesagt.«

Mead erwog, seinen Enkel zu zwingen, auf der Stelle einen Cheeseburger zu verschlingen, und zwar in Rekordzeit. Womöglich war das genau die richtige Therapie. »Braucht man für dich vielleicht so etwas wie eine Bedienungsanleitung?«

»Ich habe sowieso keinen Hunger«, murmelte Andrew.

»Und hör um Himmels willen auf zu murmeln.« Mead trug die Hamburger in die Küche, während Andrew ihm die Fliegengittertür aufhielt. »Ich hab noch etwas Tunfisch. Du sagtest doch, dass du Tunfisch magst?«

»Ja, ich ess dann vielleicht ein bisschen Tunfisch.«

Mead stellte die Hamburger auf der Arbeitsplatte ab. Bis er dazu kommen würde, sie zu essen, würden sie kalt sein. Hart und kalt. Er dachte an das viele Fleisch, das er noch im Kühlschrank hatte. Genug für eine halbe Kompanie. *Scheiße.* Er würde einen Teil einfrieren müssen, sonst ginge es kaputt. Oder war es schon zu spät, Fleisch einzufrieren, das bereits zwei Tage im Kühlschrank lag? Trotzdem lieber einfrieren und dann beim Auftauen daran riechen, ob es noch genießbar war. Er blickte erneut auf seine verkohlten Hamburger. *Ruhig Blut jetzt.*

»Ich bereite dir einen tollen Tunfisch zu«, sagte er schließlich betont freundlich. »Deine Oma hat mir das Geheimnis beigebracht. Man muss ihn mit den Fingern in ganz kleine Stücke zerlegen. Dann einen Spritzer Zitrone, ein wenig Grey-Poupon-Senf, Mayonnaise und abschmecken.«

»Ich mag nur Majo, bitte, wenn's geht ...«

Mead stand da und betrachtete den Jungen, der gut zwölf Zentimeter kleiner war als er. (Mead maß eins fünfundachtzig oder bildete sich zumindest ein, dass er noch so groß war.) »Gut. Dann machst du den Tunfisch. Er ist hier im Schrank.« Mead holte eine Schüssel heraus, einen Dosenöffner und die Mayonnaise und deckte schließlich die Hamburger mit Alufolie zu. »Ich gehe so lange ins Wohnzimmer.«

»Du kannst ruhig schon essen«, meinte Andrew.

»Ich warte auf dich«, erwiderte Mead, machte sich auf den Weg Richtung Bourbon und merkte, wie sein Magen knurrte. Er hörte, wie Andrew den Küchenschrank durchstöberte.

»Ganz vorne im zweiten Fach müssten ein paar Dosen liegen«, rief Mead, der genau wusste, dass zwischen dem Glas Pastasauce von Prego und den beiden Dosen Ananasscheiben von Dole fünf Tunfischdosen von Starkist lagen.

»Ich schaue gerade, ob du vielleicht auch Tunfisch in Wasser hast.«

»Wie bitte?«

Wieder hörte er, wie Gläser und Dosen hin und her geschoben wurden. Verflucht noch mal. Mead erhob sich aus seinem Sessel. »Stimmt mit meinem Tunfisch etwas nicht?«

»Hier ist nur welcher, der in Öl eingelegt ist.«

»Ja doch, der Starkist-Tunfisch. Herr im Himmel.«

»Den gibt es auch in Wasser eingelegt – aber der hier geht auch.«

Mead ließ sich in seinen Sessel zurücksinken und überlegte, ob er Sharon anrufen und ihr erklären sollte, dass alles ein Missverständnis gewesen sei – Camp Mead habe nämlich dieses Jahr schon geschlossen, und deshalb werde dieser kleine Trauerkloß morgen früh in dem ersten Flugzeug Richtung Heimat sitzen, zusammen mit einer Tüte Karotten, an denen er mümmeln könne.

Kurz darauf tauchte Andrew im Wohnzimmer auf. »Wenn du jetzt essen willst – ich wäre so weit.«

Mead schob ein Brötchen in den Toaster, beschmierte seinen Hamburger dick mit Sauce, schenkte sich noch einen Bourbon nach und setzte sich Andrew gegenüber an den kleinen weißen Küchentisch, wo er schweigend aß.

Mitten während des Essens klingelte es an der Tür. Die Nervensäge mit den Rosinenplätzchen, dachte Mead und schüttelte den Kopf.

»Ich geh schon aufmachen«, sagte Andrew.

Mead sprang auf, um ihn aufzuhalten, aber da war Andrew schon fast an der Tür.

»Du musst Andrew sein«, hörte er Evelyn sagen. »Vom Scheitel bis zur Sohle genauso ein hübscher Bursche wie dein Großvater.« Über wen machte sie sich hier lustig? »Ich hoffe, ich störe nicht beim ...«

»Nein, bitte kommen Sie herein. He, Großvater, du hast *Besuch*.«

Mead wischte sich hastig den Senf vom Mund und griff nach den drei leeren Keksdosen auf dem Kühlschrank. »Hallo, Evelyn.«

»Hallo, General.«

»General?« Andrew grinste seinen Großvater an. »Ich wusste gar nicht, dass du *General* warst.«

»Das war ich auch nicht.«

»Aber er sieht aus wie einer, nicht wahr? Muss an seiner imposanten Erscheinung liegen.« Sie zwinkerte ihm zu. »Wie dem auch sei – ich habe Ihnen ein paar Muffins mitgebracht.« Sie nahm Mead die drei leeren Dosen ab und reichte ihm eine volle. »Ich hätte noch mehr gebacken, wenn ich gewusst hätte, dass Ihr Enkel zu Besuch kommt.«

»Diese hier reichen allemal«, erwiderte Mead.

»Wie lange bleibst du denn?«, wandte sie sich an den noch immer grinsenden Andrew.

»Ein paar Wochen – vielleicht.« Andrew nahm Mead die Dose ab, öffnete sie und suchte sich ein Muffin aus. »Echt lecker«, meinte er nach dem ersten Bissen. »Ich stehe voll auf Rosinen.«

O Gott, dachte Mead, jetzt wird sie einen Zentner davon anschleppen. Sie lächelte ihn strahlend an. Wie er sich eingestehen musste, hatte sie wirklich ein hübsches Lächeln, wohl ein Zeichen ihrer Frohnatur, das sich im Laufe vieler Jahre in ihr Gesicht eingegraben hatte. Sie war größer als Sophie, hatte freundliche haselnussbraune Augen, Sommersprossen – die Haut war zwar ein bisschen faltig, aber noch nicht schlaff – und eine gute Haltung. Ihr graues Haar war kurz und unauffällig geschnitten. Sie trug Khakihosen, Turnschuhe und ein lavendelfarbenes Hemd. Entweder lag es an ihrer genetischen Ausstattung oder an ihrer gesunden Lebensweise oder an beidem. (Wie rasch war Sophie in ihren letzten Jahren gealtert und immer mehr in sich zusammengesunken, so dass er fast hätte glauben können, er würde noch wachsen.)

»Ich versuche zu verhindern, dass dein Großvater vom Fleisch fällt«, erklärte sie Andrew, der sich gerade die zweite Hälfte des Muffins in den Mund schob.

»Super«, murmelte er.

»Evelyn wohnt in dem weißen Haus gegenüber«, erklärte Mead.

»Ach ja, verstehe«, meinte Andrew mit einem wissenden Grinsen, das Mead erröten ließ. »Freut mich sehr, Sie kennen zu lernen.«

»Jetzt lasse ich euch beide in Ruhe zu Ende essen«, sagte Evelyn und schenkte Mead abermals ein Lächeln, das ihm entgegenschwebte wie ein zarter Frühlingshauch. Spätestens jetzt wäre ihr Sophie an die Gurgel gesprungen, dachte er.

»Danke für die Muffins«, sagte er und begleitete sie zur Tür.

»Ja, die sind *geil*«, rief ihnen Andrew aus der Küche hinterher.

Nach dem Abendessen pflegte Mead einen Spaziergang zu machen – was ihm einen Stuhlgang bescherte, nach dem man die Uhr stellen konnte. Allerdings wollte er Andrew nicht allein im Haus zurücklassen. Genauso wenig war ihm jedoch daran gelegen, dass ihn sein Enkel begleitete. Dies war seine Lieblingstageszeit. Er pflegte die Veränderung der Farben zu beobachten und genoss es, wenn die Hitze endlich nachließ. Im Winter blickte er verstohlen in die Fenster der Nachbarn, wo sich kleine Szenen von Einsamkeit und Chaos abspielten.

Nachdem sie zu Ende gegessen hatten – immerhin räumte der Junge sein Geschirr selbst weg –, zog sich Andrew in sein Zimmer zurück, während Mead wieder ins Wohnzimmer ging. Meine Güte, das ist ja, als würde man mit einem Mönch zusammenwohnen, dachte er und überflog ein letztes Mal die Zeitung, während er dem Ticken der silbernen Uhr auf dem Kaminsims lauschte. Sophies Eltern hatten sie ihnen zur Hochzeit geschenkt, zusammen mit einem Namensschild aus Messing, das immer noch über der Klingel neben der Haustür prangte. Mead fand allerdings, ein solches Schild gehöre eigentlich zu einem viel größeren Anwesen (weshalb er es jahrelang ganz hinten im Wandschrank versteckt hatte, bis Sophie kurz nach ihrem letzten Umzug darauf bestand, es endlich an der Tür anzubringen). »Wirkt für meinen Geschmack ein bisschen zu protzig«, murmelte er, als Sophie mit einem Bleistift die Stelle markierte, wo sie es angedübelt haben wollte.

»Alle haben so eines«, erwiderte sie und reichte ihm den Bohrer.

»Alle?« Mead sah zu den anderen Häusern hinüber. »Dann sollte man es aber auch den Nachbarn sagen.« Doch seine Mühe wurde durch Sophies strahlenden Blick belohnt, als sie einen Schritt zurücktrat und das Schild bewunderte.

»Ist das nicht unglaublich anheimelnd?«

Mead hörte, wie Andrew aus seinem Zimmer kam, ins Badezimmer ging und rasch die Tür hinter sich schloss. Der Junge muss ja öfter als ich.

Mead sah zu der Uhr hinüber. Ein bisschen miteinander zu reden wäre nicht schlecht, so von Mann zu ... jugendlichem Straftäter. Was zum Teufel ist in dich gefahren, ein Messer in die Schule mitzunehmen? Bist du verrückt geworden, Junge? Ach, er hätte dem Burschen schon einiges erzählen können! Dieses bescheuerte vegetarische Zeug essen und sich um Kühe grämen, aber gleichzeitig Klassenkameraden mit dem Messer bedrohen. Mead nahm noch einen Schluck Bourbon. Weißt du, was ich gearbeitet habe, als ich so alt war wie du? Hast du überhaupt eine Ahnung, was Arbeit ist?

»Gute Nacht«, sagte Andrew, der nun im Flur stand, wieder mit seiner Trauerkloß-Miene.

Mead sah auf die Armbanduhr. »Himmel, es ist doch erst acht«, erwiderte er. »Dachte, wir könnten vielleicht noch eine Runde Darts spielen.« Er deutete auf das dunkle hölzerne Schränkchen, das über der kleinen Bar hing. Sophie hatte es ihm von ihrem ersten Gehalt gekauft. Sie hatte in einem Stoffgeschäft gearbeitet, nachdem Sharon ausgezogen war, um aufs College zu gehen. Mead genoss es, die beiden aus Kirschholz gearbeiteten Flügel aufzuklappen, wobei die Zielscheibe und die schmale Schublade darunter zum Vorschein kamen. Darin befanden sich sechs Wurfpfeile mit Spitzen aus gehärtetem Wolframstahl, massiven Aluminiumschäften und echten Vogelfedern. An der Innenseite der linken Tür waren eine kleine Schiefertafel zum Notieren des Spielstands und eine weitere Schublade für Kreide und Schwamm angebracht. Mead hatte die Höhe der Dartscheibe millimetergenau ausgemessen, so dass der innerste rote Zielkreis exakt einen Meter und 72,7 Zentimeter über dem Boden lag, und er hatte einen Tisch und einen Stuhl genau so platziert, dass quer über dem Teppich eine virtuelle Linie verlief, die zwei Meter 37,3 Zentimeter von der Zielscheibe entfernt war. Genau entsprechend der Regeln.

Mead trat zu dem Schränkchen und klappte es voller Stolz auf.

»Ich bin müde«, sagte Andrew.

Mead zögerte. »Na klar. Nach der langen Reise.« Er schloss das Schränkchen wieder. »Tja, hast du alles, was du brauchst, Zahnpasta und so?«

»Ich hab alles.«

»Im Badezimmer lasse ich ein Licht brennen. Morgens stehe ich immer um sechs auf.«

»Gute Nacht.«

»Gute Nacht. Und vergiss nicht, dir die Zähne zu putzen.« Mead hörte, wie sich die Tür zu Sophies Zimmer leise schloss. Dann ging er nach draußen, holte die amerikanische Flagge ein, faltete sie sorgfältig zusammen und legte sie im Flurschrank auf das oberste Brett. Nachdem er sich einen weiteren Bourbon eingeschenkt hatte, klappte er die Türen des Schränkchens wieder auf und wählte drei Wurfpfeile.

Was für ein seltsames Gefühl, dass noch jemand anderer im Haus war. Nach Sophies Tod hatte er die Stille gehasst, die so erdrückend war, dass er sich oft dabei ertappte, wie er auf Zehenspitzen durchs Haus schlich. Eines Abends fiel ihm in der Küche ein Glas aus der Hand und zersprang mit einem so lauten Klirren, dass er fluchtartig aus dem Raum stürzte. In den Monaten darauf ließ er stets, sogar nachts, das Radio laufen, eingestellt auf einen Klassiksender, und wenn das noch nicht reichte, summte er vor sich hin. Eines Nachmittags jedoch fiel der Strom aus, worauf die Stille so plötzlich und total über ihn hereinbrach, dass ihm sein Kummer förmlich in den Ohren dröhnte, so als wäre Einsamkeit etwas, das man hören konnte. Aber er hatte sich ihr gestellt, und als drei Stunden später der Strom wiederkam, ließ er das Radio ausgeschaltet und gewöhnte sich allmählich an die gedämpften Töne, die das Witwerdasein mit sich brachte. Trotzdem wollte das schreckliche Gefühl, allein zurückgelassen worden zu sein, nicht weichen, wie bei einem Kind, das auf dem Rummelplatz seine Eltern verliert und sich nicht mehr an den vereinbarten Treffpunkt erinnern kann. Jedes der Zimmer wirkte verwaist und schien nach ihrer Gegenwart zu verlangen, so dass er sogar einen Umzug erwogen hatte. Als jedoch die nassforsche junge Maklerin mit der langen Laufmasche im Strumpf meinte, das Haus ließe sich besser an den Mann bringen, wenn man ein paar *fröhliche* Möbel hineinstellen würde, gab er sein Vorhaben auf, weil ihm klar wurde, dass er anderswo nur noch weiter von Sophie entfernt wäre.

Mead zielte sorgfältig und platzierte alle drei Pfeile knapp unter dem roten Innenkreis.

Sogar noch im Sterben war sie die Stärkere gewesen. Als sie erfuhr, dass sie nicht wieder gesund werden würde, begann sie sogleich zu überlegen, wie er ohne sie zurecht kommen konnte.

»Aber Mäuschen, mach dir um mich keine Sorgen.«

Doch genau das tat sie. Am liebsten hätte sie ihm für die nächsten zehn Jahre Essen vorgekocht und es in beschrifteten Tupperware-Dosen tiefgefroren. *Montag, Abendessen, Ofen auf 160 Grad vorheizen. Dienstag, Mittagessen, über Nacht auftauen lassen.* Sie hatte für ihn sogar eine Sammlung von einfachen Rezepten angelegt, die sie mit möglichst klaren Anweisungen und ab und zu mit Smiley-Gesichtern versah.

*Nein, es lässt sich nicht in der halben Zeit braten, wenn man den Ofen auf 300 Grad stellt!* (Er versuchte es trotzdem, aber natürlich hatte sie Recht gehabt.) Das Letzte, was sie tat, bevor sie bettlägerig wurde, war, eine spezielle Pastasauce, die ihm besonders gut schmeckte, in riesigen Mengen zu kochen und einzufrieren. Aber er brachte es nicht über sich, diese Sauce zu essen. Als er sie zwei Monate nach ihrem Tod auftaute, war der Duft einfach zu viel für ihn. Ebenso wenig brachte er es aber übers Herz, sie wegzuwerfen, zumindest so lange, bis sie schimmelig wurde. *Tut mir Leid, Mäuschen.*

Nachdem er die Wurfpfeile weggelegt hatte, schaltete er im Wohnzimmer das Licht aus und blieb noch eine Weile im Dunkeln sitzen, um auf die Müdigkeit zu warten.

Er blickte zum burgunderfarbenen Sofa hinüber. Darauf hatte er in jenem letzten Monat geschlafen, als Sophie in dem Krankenhausbett lag, das sie im Wohnzimmer aufgestellt hatten, zusammen mit den Infusionseinrichtungen und dem Sauerstoffgerät.

»Ich habe etwas ganz Wunderbares geträumt«, sagte sie eines Nachts, als sie sich im Dunkeln liegend miteinander unterhielten.

»Na, dann lass mal hören.«

Sie musste husten. Es klang fast, als würde sie ersticken, aber dann kam sie wieder zu Atem. »Du wirst mich auslachen.«

»Das werden wir ja sehen.«

»Also, wenn du unbedingt meinst.« Sie hustete erneut und räusperte sich. »Heute Nachmittag habe ich geträumt, dass wir beide ein wunderbares Picknick veranstaltet haben – auf dem Dach des Doms in Florenz.«

»Auf dem Dach? Aber wir waren doch nie in Italien!«

»Ich weiß aber, wie der Dom aussieht.« Das stimmte. Zur Vorbereitung auf eine Reise, aus der nie etwas geworden war, hatte sie sich Dutzende von Bildbänden über Italien, Frankreich und Spanien besorgt.

»Weißt du, wir hatten gerade in der Sixtinischen Kapelle geheiratet und ...«

»In der Sixtinischen Kapelle? Aber uns hat nicht zufällig der Papst höchstpersönlich getraut?«

»Doch, genau! Es war Paulus.«

»Du meinst Johannes Paul?«

»Nein, der erste Paulus. Der heilige Paulus.«

»Der heilige Paulus? Donnerwetter, das nenne ich eine Trauung, besonders wenn die Brautleute Unitarier sind.«

»Ist ja nur ein Traum, Dummchen.«

»Erzähl weiter.«

»Jedenfalls war es eine wunderbare Trauung, aber dein Magen hat dabei ständig geknurrt.«

»Wahrscheinlich, weil ich so aufgeregt war.«

»Und deshalb habe ich beschlossen, mit dir ein Picknick auf dem Dach des Doms in Florenz zu machen.«

»Prima Idee. Aber ist das nicht ein Schrägdach?«

»Deshalb sind uns ja immer die Weintrauben davongekullert.«

»Das kommt von den Arzneien, mein Schatz.«

Sie schwiegen eine Weile und lauschten auf das Geräusch eines Flugzeugs. Plötzlich fing Sophie an zu lachen.

»Was ist denn jetzt?«

»Ich dachte gerade an den Abend, als du um meine Hand angehalten hast. Weißt du noch, wie du immer wieder auf die Toilette gerannt bist? Mindestens vier Mal.«

»Müssen wir denn wirklich ...«

»Um die Wahrheit zu sagen: Ich dachte damals, du hättest ... äh, du weißt schon, Probleme.«

»Ich habe dort nur meinen Text eingeübt.«

»Das hast du mir nie erzählt.«

Es war wahr. Mead war vier Mal auf die Toilette gegangen, um vor dem Spiegel seinen Heiratsantrag zu proben. Aber es hatte wenig genützt. Als er Sophies Hand ergriff und zu sprechen anfing, brachte er die Worte vollkommen durcheinander, worauf sie seinen Satz zu Ende brachte.

»Ich bin wohl die einzige Frau, die sich selbst einen Antrag gemacht hat«, meinte sie.

»Irgendwann hätte ich es schon noch selbst geschafft.«

Mead horchte, wie sie sich auf die Seite drehte und abermals hustete, was ihn zusammenzucken ließ. »Kann ich dir irgendwas bringen?«

»Nein, nein, alles in Ordnung.« Sie hustete erneut. »Tut mir Leid, dass ich dir so zur Last falle.«

»Mäuschen, bitte.«

»Ich möchte wirklich nicht, dass um mein Begräbnis ein großes Getue gemacht wird.«

Mead schlug die Augen auf und starrte auf das rote Blinken des Monitors neben ihrem Bett. »Sprechen wir nicht darüber.«

»Ich will einfach nicht, dass man so ein großes Theater macht.«

»Gut.«

»Wirst du weiterhin in die Kirche gehen?«

»Sophie ...«

»Ich muss das wissen.«

Mead zögerte. »Ich werde einen Fuß in der Tür behalten.«

»Versprochen?«

»Ich sagte: einen *Fuß*.«

»Das reicht mir schon.« Sie seufzte. »Ich mache mir solche Sorgen um dich.«

»Ach, lass doch, ich bin ein zäher alter Bär.«

»Oh nein, das bist du nicht. Du bist ein großer gutmütiger Teddybär.« Sie lachte. »Ich werde nie dein Gesicht vergessen, als du Sharon zum Traualtar geführt hast. Meine Güte, du hast fast die ganze Kirche unter Wasser gesetzt.«

Das stimmte. Obwohl er seinen Schwiegersohn verabscheute, hatte ihn der Anblick von Sharon in ihrem Hochzeitskleid ungeheuer gerührt. Es gab auch noch andere Ereignisse, bei denen ihn plötzlich solche Gefühle übermannten, dass er nicht mehr aus noch ein wusste: Geburtstage, Weihnachten, die Silvesternacht, als Guy Lombardo und seine Band spielten. Er kämpfte immer dagegen an, weil es ihm peinlich war, die Beherrschung zu verlieren. Trotzdem wurde es von Jahr zu Jahr schlimmer.

»Ich weiß gar nicht, wie du meine Beerdigung überstehen sollst«, sagte sie mit plötzlich piepsender Stimme.

»Um Himmels willen, Mäuschen, lassen wir doch dieses Thema.«

Sie hatte Recht gehabt. Denn als er in der ersten Reihe vor ihrem Sarg saß, zerfloss er in Tränen.

Ihr letzter Wunsch war gewesen, zu Hause zu sterben, und doch hatte er ihn nicht erfüllt. Als sie eines Abends keine Luft mehr bekam und die Monitore zu flackern anfingen, hatte er es einfach nicht mehr ausgehalten und den Notarzt angerufen. *Kommen Sie schnell!* Die Sanitäter rissen sie trotz der Patientenverfügung, die sie Monate zuvor getroffen hatte, ins Leben zurück und bürdeten ihr so eine weitere grässliche Woche auf, die sie hinter den Vorhängen eines kleinen, halb privaten Krankenhauszimmers durchlitt.

»Es tut mir so Leid«, versicherte er ihr wieder und wieder, über ihr Bett gebeugt und bemüht, die aufdringliche Krankenschwester abzuwehren, die ihr einmal am Tag das Wasser aus der Lunge absaugte.

Sie drückte ihm nur die Hand.

Es wurde ihm zur Gewohnheit, das Grab zweimal täglich zu besuchen, wobei er ihr gelbe Tulpen – ihre Lieblingsblumen – brachte und darauf achtete, dass die Friedhofsgärtner alles in Ordnung hielten. Aber egal zu welcher Tageszeit, stets traf er dort eine üppige Witwe an, die sich auf einem Klappstuhl vor dem Nachbargrab niedergelassen hatte und pausenlos auf ihren verstorbenen Gatten Henry einredete.

»Heute hättest du bei den Rennen dabei sein sollen, Henry. Sämtliche Außenseiter haben sich platziert. Und hab ich dir schon von der Dreierwette erzählt? Mein Gott, Henry, wir hätten fast die Dreierwette gewonnen! Fünftausend Dollar, Henry!«

Sechshundert Gräber, und weit und breit kein Besucher zu sehen außer dieser fetten, lauten Irren, die einen Meter von Sophie entfernt dasaß und ihren toten Mann voll quatschte.

»Verzeihung, aber könnten Sie vielleicht ein wenig leiser

sprechen?«, sagte Mead schließlich an einem drückend heißen Nachmittag.

Ein gekränkter Ausdruck erschien auf ihrem breiten, schwammigen Gesicht, das stark gepudert war. »Ich unterhalte mich doch nur mit Henry.« Stolz tätschelte sie Henrys grauen Grabstein.

»Ja, aber wissen Sie, ich kann so nicht hören, was ...« Mead deutete auf Sophies Grabstein, ließ den Arm wieder sinken und kam sich vor wie ein Vollidiot.

Sie zwinkerte ihm zu. »Sie auch? Und meine Töchter halten mich für verrückt.«

»Nein, Augenblick mal ...«

»Keine Sorge.« Sie beugte sich zu ihm hinüber und drückte verschwörerisch seinen Arm, ehe sie sich wieder dem Grab ihres Gatten zuwandte. »He, Henry, möchtest du die Nachbarn kennen lernen? Wir sind ja praktisch Nachbarn.« Sie grinste Mead breit und lüstern an.

Er legte die Blumen auf das Gras unter Sophies Namen, entschuldigte sich stumm für den kurzen Besuch und wandte sich zum Gehen.

»Vielleicht könnten wir ja mal zusammen die Rennbahn besuchen oder essen gehen oder so?«, flüsterte die Witwe. »Wie unter Nachbarn eben.«

Erschrocken sah Mead sie an. »Ich glaube nicht, dass Henry das gefallen würde«, erwiderte er laut. Dann eilte er zu seinem Auto.

Andrew lag im Dunkeln und lauschte einer Weile der Musik aus dem Kopfhörer. Dann legte er ihn auf den Tisch neben sich, zog die Bettdecke hoch und drehte sich auf den Bauch, die Finger ins Kopfkissen gebohrt. Es hatte ihn wieder gepackt, es hielt ihn fest in seinen Krallen und zerrte an ihm. So sehr er sich auch aufbäumte, er konnte der schrecklichen kalten Leere um ihn herum nicht entkommen.

Was er an der Stille am meisten fürchtete, war diese Leere. Wenigstens konnte die Musik sie vertreiben, die wie ein

Bäume entwurzelnder Wirbelsturm all die Gedanken und Bilder davonstieben ließ. Aber die Stille? Ihm graute vor der Stille. Nachts im Bett war es am schlimmsten, dann stürmten all die Ängste auf ihn ein, dann wand und krümmte er sich und versuchte sie zu verscheuchen und fühlte sich allein schon deshalb schuldig, weil er am Leben war.

Es war ihm rätselhaft, wie die anderen Menschen das aushielten. Wie konnten sie nur so ruhig sein, und sogar fröhlich? Hatten sie denn überhaupt keine Ahnung? Ja, Scheiße noch mal, fünfzehn Jahre die Schulbank drücken, um eine Stelle zu kriegen, wo man seinem Chef in den Arsch kriechen kann? (Sämtliche Chefs seiner Mom waren ausgemachte Arschlöcher.) *Meine Fresse*. Und wenn du dann jahrelang diese ganze Scheiße auf dich genommen hast, was passiert dann? Dann kratzt du ab.

Sehr witzig.

Seit Beginn der Pubertät wurde Andrew von der Vorstellung verfolgt, er sei in ein primitives und brutales Stadium der menschlichen Evolution hineingeboren worden. Je älter er wurde, umso schwieriger empfand er es, die Augen vor den sich häufenden Beweisen dafür zu verschließen, dass das Leben – um es mit einem Wort zu sagen – lächerlich war; ein großer Schwindel, der einem die Hoffnung auf wunderbare Dinge vorgaukelte – ständigen Sex, ewiges Leben, Weltfrieden –, die es nur leider nicht gab (nicht einmal in Ansätzen). Wozu also das Ganze? (Und welcher Gott würde ein Wesen mit Bedürfnissen erschaffen, auf deren Erfüllung es nicht hoffen konnte?) Und doch schien das andere Menschen nicht im Geringsten zu stören. Massenweise Mist, wohin man auch schaute, und niemand außer ihm schien sich auch nur im mindesten darüber aufzuregen. War er einfach anders gepolt? (Manchmal stellte er sich vor, er sei eine dieser großen Parabolantennen und würde sämtliche schlechten Nachrichten im Kosmos auffangen. War er vielleicht der Einzige, der eine Antenne dafür hatte?)

Er setzte sich auf und öffnete das Fenster ein Stückchen

weiter. Als er sich wieder hinlegte, konnte er das einschläfernde Murmeln des Fernsehers aus dem Nachbarhaus und kurz darauf das Ächzen eines elektrischen Garagentors hören. Er schloss die Augen und spürte, wie ihm wieder die Wut durch die Adern pulste.

Er hatte immer geheult. Nachts, wenn sich seine Eltern wieder einmal anschrien – meistens sein Dad seine Mom –, verkroch er sich ganz hinten im Wandschrank unter einem Stapel Kleidung und heulte, die Hände auf die Ohren gepresst.

»Verflucht noch mal, Sharon, kannst du nicht mal ein Scheckheft führen?«

»Ich dachte, ich hätte …«

»Jedes Mal fünfundzwanzig Dollar, wenn du so einen beschissenen Scheck platzen lässt!«

»Carl, bitte!«

»Wo ist dein Scheckheft?«

»Ich hab doch gesagt, dass ich nicht mit dir diskutiere, wenn du betrunken bist.«

»Gib mir sofort deine Handtasche!«

»Schrei bitte nicht so herum, Carl.« Gebrüll. Ein Sessel wurde beiseite gestoßen.

Andrew presste die Hände noch fester auf die Ohren.

»Rück sie sofort raus, du blöde Schlampe!«

Ein Krachen.

Und dann jener Tag in der dritten Klasse, als er nach Hause kam und sein Dad verschwunden war. Zuerst dachte er an einen Einbruch. Der Fernseher und die Stereoanlage fehlten, das ganze Haus war durchwühlt, im Schlafzimmer seiner Eltern standen sämtliche Schubladen offen. Voller Panik rief er seine Mutter in der Arbeit an.

»O mein Gott«, sagte sie, »dein Vater hat uns verlassen«.

Anfangs glaubte er es nicht. Erst als er in sein Zimmer kam und den Zettel auf seinem Bett fand:

Andy,

ich weiß nicht, wie ich es dir erklären soll, aber deine Mutter und ich kommen nicht mehr miteinander zurecht. Deshalb habe ich beschlossen, wegzugehen und mir was Neues zu suchen. Glaub mir, es ist das Beste für uns alle. Tut mir Leid, dass ich dir nicht mehr auf Wiedersehen sagen konnte, aber ich rufe dich an, sobald ich ein neues Zuhause gefunden habe, und dann kannst du mich besuchen kommen, ja? Also sei stark und gib auf deine Mutter Acht, okay, Tiger?

Dad

Er rief aber nicht an. Jedenfalls nicht in der ersten Woche. Als Andrews Mom ihm schließlich neun Tage später den Telefonhörer reichte, klang die Stimme am anderen Ende der Leitung weit entfernt und undeutlich. »Sei mir bitte nicht böse, Tiger.« Drei Tage darauf rief er nochmals an, dann einmal die Woche, dann ein oder zwei Mal im Monat, und immer machte er Versprechen, die er nie hielt.

Nach diesem Ereignis hörte Andrew auf, sich im Wandschrank zu verkriechen. Stattdessen lag er einfach im Bett und heulte, ohne zu wissen, wann es anfangen würde oder wie er es je wieder abstellen konnte. Eines Nachts jedoch konnte er nicht mehr heulen. Er war leer.

Nachdem er sich wieder auf den Rücken gedreht hatte, beobachtete er den Schein einer Straßenlaterne, der durch die Vorhänge schimmerte. Er versuchte sich vorzustellen, wie seine Oma in der Ecke saß und diese Vorhänge nähte, Stich für Stich, mit runzligen Fingern. An ihre Hände konnte er sich noch ganz genau erinnern, an die großen braunen Flecken, die bläulichen Adern, die sich zwischen den Knöcheln schlängelten, die Art, wie sich ihre Finger bewegten, und dass sie aussahen, als wären sie schon ein Dutzend Mal gebrochen.

Er setzte sich wieder den Kopfhörer auf, drehte den CD-Player auf volle Lautstärke und zuckte unter der Decke im

Rhythmus dazu. Sie hatten es begriffen. Aus der Musik und den Texten konnte er erkennen, dass sie dort gewesen waren. So wusste er, dass er nicht allein war, sondern dass es dort draußen auch noch andere gab. Diesem beschissenen Gott sei Dank.

Musik war im Grunde das Einzige, was nicht Scheiße war. In ihr steckte einfach *alles*. Seit er mit acht Jahren sein erstes Radio bekommen hatte, konnte er nicht genug davon kriegen. Er sang auch selbst gern. Manchmal, wenn er unter der Dusche stand, schmetterte er so laut, dass seine Mutter an die Tür klopfte: »Zeit, zur Schule zu gehen, Pavarotti.« Stundenlang tänzelte er bei dröhnender Stereoanlage durch sein Zimmer, röhrte in seine Haarbürste und traf jeden Ton exakt. Er wusste, dass er eine gute Stimme hatte, vielleicht sogar eine richtig gute. Als kleiner Junge hatte er im Kirchenchor gesungen, und die stets schwitzende Ms. Swanson hatte ihn oft gelobt. »Du hast Talent, junger Mann«, hatte sie gesagt und ihn dabei in seine gerötete Wange gekniffen.

Nur konnte er mit diesem Talent nicht viel anfangen. In der sechsten Klasse verließ er den Kirchenchor, nachdem er beim Weihnachtskonzert sein Debütsolo vermasselt hatte – er war vor Angst wie gelähmt gewesen und hatte angefangen zu hyperventilieren –, und auf den Schulchor hatte er keine Lust mehr, denn dort zu singen war nicht nur total uncool, sondern angeblich auch mit bestimmten sexuellen Neigungen behaftet. Er überlegte, ob er nicht eine eigene Band gründen sollte – Matt spielte Klarinette und war taktfest –, aber Andrew konnte sich nicht vorstellen, vor einem Publikum aufzutreten, außer in betrunkenem Zustand. (An die Tafel vortreten zu müssen war schon schlimm genug.) Außerdem hatte er nicht genügend Freunde, um eine Band zusammenzubekommen. Also sang er eben unter der Dusche und in seinem Zimmer und auf dem Schulweg – wenn niemand in der Nähe war –, und auf Matts Drängen hin begann er, in ein Notizbuch eigene Songtexte zu schreiben.

Er hatte auch gesungen, als er zum ersten Mal richtig verprügelt worden war. Das war in der zweiten Woche seines fünften Schuljahrs gewesen. Er schlenderte gerade von der Schule nach Hause und trällerte *Sunshine on My Shoulders* vor sich hin (seine Mom war eine große Verehrerin von John Denver, und so hatte sich ihm unfreiwillig Denvers gesamtes Repertoire eingeprägt). Zwar hatte er sich vergewissert, ob auch keine anderen Leute in der Nähe waren, aber irgendwie war er so sehr auf den Song konzentriert gewesen, dass er nicht bemerkt hatte, wie die Laffley-Brüder, die einige Jahre älter waren und die vier Straßenzüge zwischen Andrews Zuhause und der Schule beherrschten, von hinten herangeschlichen waren. Gerade als er bei den hohen Tönen angelangt war – *makes me crrryyyyyy* –, sprangen sie vor und drehten ihm den linken Arm auf den Rücken, ehe sie sämtliche Jungs im Umkreis herbeiwinkten und Andrew befahlen weiterzusingen.

»Dann schmetter mal los, Sonnenschein«, forderten sie unter höhnischem Gelächter und gaben ihm so den Spitznamen, der ihm noch jahrelang anhaften sollte.

»Lasst mich los«, schrie er, während sich immer mehr Jungs erwartungsvoll im Halbkreis um ihn scharten.

Die Laffley-Brüder bogen ihm den Arm langsam nach oben, bis er mit den Tränen rang.

»Nun sing schon, Sonnenschein!«

Hilfe suchend blickte Andrew in die Gesichter der Umstehenden, aber er erntete nur Grinsen.

Nach diesem Vorfall schien er immer öfter Prügel abzubekommen – meistens verbal, manchmal aber auch mit den Fäusten, so dass er sich bald jedes Mal, wenn er an einer Gruppe von Schulkameraden vorbeiging, wie eine Zielscheibe vorkam. Seine Mutter wusste nichts davon. Schon vor Jahren hatte er aufgehört, ihr solche Dinge zu erzählen, weil sie sich auch schon so ständig aufregte. Bereits als Kind hatte er gespürt, dass sie genug damit zu tun hatte, für sich selbst zu sorgen – da sie anscheinend jeden Job, den sie bekam, ganz schnell wieder verlor, glaubte er, es liege daran, dass sie sich um ihn kümmern müsse und deswegen immer zu spät zur Arbeit kam. Und deshalb war er entschlossen, ihr zu zeigen, dass er sehr gut für sich selbst sorgen konnte. Er wollte nicht, dass sie ihn ebenfalls verließ.

Andrew war schon immer ein Einzelgänger gewesen. Er verhielt sich so vorsichtig und unauffällig, dass er sich selbst oft wie ein Geheimagent vorkam, der durch den Tag schlich. Aber erst irgendwann in der fünften Klasse wurde ihm bewusst, dass man ihn aus der Gemeinschaft ausgestoßen hatte, dass er immer allein bleiben würde und nicht mehr so tun konnte, als habe er seine Einsamkeit aus freien Stücken gewählt. Offenbar war es ihm entgangen, dass von einem bestimmten Tag an sämtliche Leute in der Schule irgendwelchen Geheimbünden oder Cliquen beigetreten waren, die sich durch verschlüsselte Zeichen verständigten und Insiderwitze austauschten. Früher, als er noch kleiner gewesen war, hatte er sich der Klasse zugehörig gefühlt, er wurde zu sämtlichen Geburtstagspartys eingeladen und durfte an den Spielen in der Pause teilnehmen. Aber mit einem Mal gab es nichts anderes mehr als Banden, Clans und Cliquen, und nirgendwo fand er Zugang, bis er Matt kennen lernte. Aber selbst da fühlte er sich allein, weil es die Einsamkeit war, die sie miteinander verband.

Ein paar Jahre lang versuchte er sich einzureden, es mache ihm nichts aus und er habe Wichtiges vor, wenn er in der Schule durch die Gänge oder über den Schulhof lief. Er hatte eben andere Pläne und Freunde. Doch nach dem Wechsel auf die Montrose Highschool konnte er sich nichts mehr vormachen. An der Highschool lässt sich nicht mehr verbergen, wer man ist. Die anderen durchschauen einen sofort. Zunächst stellten ihn all die unausgesprochenen Regeln und Rituale der Highschool vor enorme Rätsel. Schon die Frage, wo man als unbeliebter Neuling morgens sein Rad in den Fahrradständern abstellen durfte, war schlimm genug; der Spießrutenlauf durchs Klassenzimmer jedoch war fast unerträglich. Und kann ich in der Toilette gefahrlos am Pissbecken stehen, wenn links und rechts von mir zwei ältere Schüler pissen? Wenn eine Horde Sportskanonen meinen Spind blockiert (zu seinem Schrecken befand sich sein Spind genau in der Mitte einer als sakrosankt geltenden Spindreihe, der so genannten »Football-Ecke«), soll ich dann versuchen, mich höflich durchzuquetschen, um an meine Bücher zu kommen, oder ist es besser, unvorbereitet, aber dafür unbelästigt in die nächste Unterrichtsstunde zu gehen? Stundenlang zerbrach er sich den Kopf darüber, wo genau die Grenzen verliefen, was ihm zugestanden war und was nicht. Eines Tages kam er dann plötzlich dahinter und knackte den Code. Es war alles eine Frage von Nummern.

Es verschlug ihm fast den Atem, als ihm auf einmal alles klar wurde und er begriff, worum sich in der Highschool in Wirklichkeit alles drehte. Und gleichzeitig deprimierte es ihn maßlos. Denn von diesem Tag an gab es kein Entrinnen mehr vor den *blöden Scheißnummern*. Jeden Tag, wenn er mittags mit seinem Essenstablett in der Cafeteria stand und überlegte, an welchen Tisch er sich setzen sollte, konnte er sie sehen – die alles beherrschenden Rangfolgen, die stündlich aktualisiert wurden und jedem einzelnen Schüler ins Gesicht geschrieben standen, von Nummer 1 – Sue Richards, das hübscheste Mädchen der Schule – bis zu Nummer 3000 – Bill Humphrey, der mit seinen hundertdreißig Kilo Lebendgewicht der unumstrittene Paria der ganzen Schülerschaft war. Diejenigen, die zu den obersten dreißig gehörten, gluckten an dem einen Tisch zusammen, die Nummern einunddreißig bis sechzig am nächsten. Nachdem sich die Oberen wie selbstverständlich und beinahe instinktiv zusammengefunden hatten, teilten sich die Unteren, die Parias, die Tische, die man ihnen übrig gelassen hatte. Und so stand Andrew Tag für Tag mit dem Tablett in den Händen da und ließ den Blick ängstlich über die Tische schweifen, um herauszufinden, wohin er gehörte – was hieß, dass er zuerst diejenigen Tische aussonderte, an denen er nichts zu suchen hatte.

Jahrelang galt seine ganze Bewunderung den Mitschülern,

die besonders beliebt waren; verzweifelt versuchte er, alles zu imitieren, was sie taten und sagten, immer in der Hoffnung, dass er eines Tages irgendwie in die Elite aufgenommen würde. Er beobachtete genau, was sie trugen und wie sie sich bewegten und sogar wie sie lachten oder die Stirn runzelten. Aber seine Versuche, sie nachzuahmen, waren ein Witz, denn was immer er auch tat, er würde nie so werden wie sie. Nicht im Entferntesten. Und dann begann er sie zu hassen. Jedes Mal, wenn er sah, wie sie an den besten Tischen zusammenhockten und einen Riesenspaß hatten, hasste er sie. Er hasste ihre teure Kleidung, ihren perfekten Haarschnitt und ihre makellosen Zähne, ihre hübschen Gesichter und ihre Belobigungen und ihre Autos. Aber am meisten hasste er sie dafür, dass sie sich über Leute wie ihn lustig machten.

Nummer eins bis Nummer dreitausend – die Ziffern standen jedem einzelnen Schüler ins Gesicht geschrieben. Es gab kein Entrinnen vor der eigenen Nummer. Man konnte sie vielleicht vor seinen Eltern verbergen, aber nicht vor den Mitschülern. Aus irgendeinem Grund schätzte Andrew sich selbst immer als Nummer 2888 ein, deutlich unterhalb von Matt – was eigentlich egal war, denn jede Zahl über 500 bedeutete das soziale Nichts –, aber noch über solchen Totalversagern wie Phil Lubman, Beth Rodriguez und Stuart Smith, deren nervöse Ticks und körperliche Anomalien lediglich von Bill Humphreys unzähligen übel riechenden Fettwülsten übertroffen wurden. Ja, jeder konnte Andrews Rang auf den ersten Blick erkennen. Sogar Andrew selbst.

Er erinnerte sich immer noch an jenen Morgen, als er in dem winzigen Badezimmer mit der abblätternden gelben Decke, das er mit seiner Mutter teilte, vor dem Spiegel stand und auf einmal erkannte, wie hässlich er war. Als wäre er an dem einen Tag einfach noch ein Junge gewesen wie jeder andere, schüchtern und still, aber mit durchschnittlichem Aussehen, und am nächsten Tag nur mehr hässlich. *Deshalb also mögen sie mich nicht,* dachte er, und vor dem Spiegel liefen ihm die Tränen über sein dummes, hässliches Gesicht. Aus verschiedenen Blickwinkeln betrachtete er seine Ohren und wunderte sich, dass er bisher nicht bemerkt hatte, wie auffällig sie waren, so als würden sie zu einem viel größeren Kopf gehören. Dann prüfte er seine Zähne, die sich alle vorne in seinem kleinen Mund zusammenzudrängen schienen (eine Zahnspange in der sechsten Klasse hatte sie zwar gerade gerückt, aber nicht den Überbiss beseitigt, weshalb er wie ein wiehender Esel aussah, wenn er lächelte). Er trat einen Schritt zurück und begutachtete sein Gesicht erst von der einen, dann von der anderen Seite. Sosehr er sich auch bemühte, das Kinn vorzurecken, immer rutschte es irgendwie nach hinten, als würde er einen dicken Schal tragen. Zutiefst beunruhigt, näherte er sein Gesicht dem Spiegel und musterte seine Nase. Einigermaßen gerade, aber ein bisschen kurz, so dass die Nasenflügel ein wenig aufgebläht wirkten. Mein Gott, habe ich schon immer so ausgesehen?

Er knipste das Licht im Badezimmer aus und wieder an und betrachtete sein Gesicht erneut. Ahhh! Ich kann mich ja nicht über Nacht verwandelt haben. Doch wohin er auch blickte, nirgendwo stimmten die Proportionen. Seine schmutzig braunen Augen schienen ein wenig zu weit auseinander zu stehen, und es fehlte ihnen die Ausdruckskraft, wie er sie von anderer Leute Augen kannte. Seine schmalen, hängenden Schultern erinnerten an einen zerbrochenen Kleiderbügel, und seine Haut wurde von Tag zu Tag fettiger. Kurz gesagt, er war ein Ausbund an Hässlichkeit. Er knipste das Licht erneut aus, hockte sich auf die Kloschüssel, vergrub den Kopf in den Händen und heulte, als hätte er durch einen schrecklichen Fehler das falsche Gesicht bekommen. Und da begriff er, dass er noch *jahrelang* durch die Hölle würde gehen müssen.

An manchen Tagen, wenn er nach der Schule sein Gesicht im Spiegel betrachtete, hätte er es sich am liebsten stückweise heruntergerissen. Mehr und mehr erschien es ihm wie eine Maske, die ihn gefangen hielt. Die anderen Leute konnten ihn zwar anschauen, doch sie sahen ihn nicht, und das erklärte fast alles. Keiner drangsaliert dich, wenn du gut aussiehst. Das ist wie eine *Rüstung*. Gut aussehende Leute sind praktisch Berühmtheiten. Sie kriegen *alles*. Aber wenn du ein hässliches Gesicht hast, ist es nur einen Scheißdreck wert.

Im Spanischunterricht wusste er nicht, was schlimmer war: von Cori Fletcher (eine genetisch perfekte Göttin, auf die er schon seit der vierten Klasse ein Auge geworfen hatte) angesehen zu werden – vor allem dann, wenn sein Gesicht gerade mit Pusteln übersät war – oder von ihr ignoriert zu werden. Er versuchte immer, direkt hinter ihr zu sitzen, und brachte dann die ganze Stunde damit zu, auf ihren Nacken zu starren und mit dem Teufel zu schachern. (Nur eine Minute lang ungestört die zarte Stelle hinter ihrem Ohr streicheln und, ach, das Gesicht dort vergraben – und dafür fünf Jahre in der Hölle schmoren. Was hältst du davon, Satan?) Hätte sie ihn nur so gesehen, wie er sein konnte – wie er sein *würde* –, und nicht als das, was er war! *Sieh mich an, Cori. Nein, nicht mein Gesicht, sondern* mich. *Schau in mein Innerstes.* Aber sie sah ihn nicht. Keiner sah ihn. Und so wurde ihm klar, dass Gott bloß ein einziger blöder Witz war.

Er drehte sich wieder auf den Bauch und dachte daran, wie es sich angefühlt hatte, als er das Messer in der Hand hielt, welche Macht er verspürt hatte, als er es Kevin Bremer unter seine blöde Nase hielt. *Na, wer hat jetzt Angst?* Es kam ihm vor, als wäre das gar nicht er gewesen, der das Messer hielt. Und doch schien sein ganzes bisheriges Leben in genau diesem Augenblick zu kulminieren: Nachdem er auf dem Spielplatz, auf dem Schulweg, auf den Korridoren und im Sportunterricht herumgestoßen worden war, schlug Sonnenschein dann eines Tages zurück.

*Überraschung.*

Anfangs nahm er es nur mit ins Bett, wie einen Talisman, dessen Kraft man sich zu Eigen machen möchte. Ihm gefiel die Glätte des Griffs und der schimmernde Glanz der Klinge, die so scharf und todbringed war wie nur irgendwas. Erst als Matt tot war – nachdem sie ihn mit ihren Schikanen umgebracht hatten –, begann Andrew es in der Hosentasche bei sich zu tragen, wie einen Freund, den man nicht verlieren darf. Allein die Gewissheit, dass er es bei sich hatte, machte einen gewaltigen Unterschied aus, wenn er morgens zur Schule aufbrach und sich wieder einmal auf Prügel gefasst machte. Wenn ihr nur wüsstet, dachte er. Wenn ihr nur wüsstet.

Eine Weile lag er nur da, lauschte der Musik von der CD und beobachtete, wie das Licht der Straßenlaterne langsam die Falten des orangefarbenen Vorhangs entlangkroch. Allmählich wurde die Musik immer leiser. Er prüfte den Lautstärkeregler: voll aufgedreht. Lag wohl an den Batterien. Das war es, was er vergessen hatte einzupacken: das Netzgerät. *Scheiße.*

Verzweifelt presste er sich mit beiden Händen den Kopfhörer gegen die Ohren. *Warum hast du mich verlassen, Matt? Warum?* Und als er die Augen schloss, sah er Matts bleiches Gesicht wieder vor sich und spürte die Kälte seiner Wangen, wie damals, als er seinen Kopf hin und her geschüttelt hatte, um ihn zu wecken. *Wach auf, Matt! Bitte, bitte, wach auf!*

Er hielt sich den Kopfhörer an die Ohren, bis die Musik erstarb. Dann rollte er sich auf der Seite zusammen und wiegte sich in den Schlaf.

# *Kapitel 2*

Um neun Uhr morgens begann Mead sich Sorgen zu machen. Was, wenn sich der Junge durchs Fenster davongestohlen oder irgendetwas Verrücktes angestellt hatte? Er dachte an einen rothaarigen Burschen aus Pittsburgh – Munitionsträger für eine MG-Schützeneinheit und stark wie ein Bär –, der nach der Postausgabe in dem Wald hinter ihrem Biwaklager in Deutschland verschwunden war. Er hatte einen Schrei ausgestoßen, dass einem schier das Blut in den Adern gefror, und sich mit zwei Handgranaten in die Luft gesprengt. Gerade hatte er erfahren, dass seine Verlobte mit einem Musiker durchgebrannt war. Und drei Wochen später war Hitler tot.

Mead lauschte an der Tür, marschierte noch ein paar Mal im Wohnzimmer auf und ab und beschloss dann zu klopfen.

Keine Antwort.

»Lebst du noch?«

Stille.

»Andrew?«

Schließlich knarzte das Bettgestell – das Geräusch, das ihm stets verraten hatte, dass Sophie von ihrem Nachmittagsschläfchen erwacht war. Anfangs hatte sie immer nur eine halbe Stunde nach dem Mittagessen geschlummert, in ihren letzten Lebensjahren aber immer länger, bis er am Ende sehnsüchtig auf das vertraute Knarzen gewartet hatte. Dann hatte er ihr aus der Küche Eistee mit einer Zitronenscheibe und einer Prise Zucker geholt, sich neben sie auf die Bettkante gesetzt und die Dinge bewundert, an denen sie gerade arbeitete. Bis ihre knochigen Hände am Ende so steif waren, dass sie sie nicht mehr gebrauchen konnte.

»Ja?«

»Schläfst du noch?«

Pause. »Hab ich, bis gerade eben.«

Mead sah auf seine Armbanduhr. »Na, ich würde sagen, es ist höchste Zeit aufzustehen. Du magst doch Frühstücksflocken, oder? Ich habe Haferflocken und Cornflakes, sogar fettreduzierte, glaube ich.«

»Ja, Cornflakes sind okay.« Erneute Pause. »Hast du Sojamilch?«

»Herr im Himmel!« Mead lehnte den Kopf an die Tür und rang um Fassung. »Nach dem Frühstück gehen wir einkaufen, was hältst du davon?«

»Klar, wenn du meinst. Ich muss nicht unbedingt Milch haben. Hab auch gar keinen Hunger.«

Mead zögerte und starrte auf die Türklinke. »Ich bin dann im Wohnzimmer.«

Im Supermarkt, bei Vons, war Andrew so höflich, den Einkaufswagen zu schieben und die Tüten zum Wagen zu tragen. Aber er blieb äußerst schweigsam. Bei der Hin- und Rückfahrt erhielt Mead stets nur einsilbige Antworten, die zudem kaum verständlich waren. Aber es gab auch nichts, worüber sie hätten reden können. Mead zermarterte sich das Hirn nach möglichen Themen. Sport, natürlich. Aber der Junge interessierte sich nicht für Sport. Ob Lakers, Bulls, Cubs oder Cardinals – sie schienen ihm alle egal zu sein. Und da schrillten bei ihm die Alarmglocken: ein sechzehnjähriger Bursche, der sich nichts aus Sport machte. Mead trommelte mit den Fingern auf das Lenkrad.

Mädchen? Mead hatte keine Lust, sich mit seinem Enkel über derlei Dinge zu unterhalten. Auch wenn ihn gerade dieses Thema mehr als alles andere beschäftigt hatte, als er in Andrews Alter gewesen war. Er erinnerte sich, wie er Sophie kennen gelernt hatte, kein Mädchen mit irren Kurven, aber ein richtig niedliches Ding in ihren Söckchen und dem Rock und mit dem welligen, schulterlangen blonden Haar, das ihr freundliches, offenes Gesicht umrahmte. Lächelnd dachte er daran, wie er ihr zum ersten Mal unter die Bluse gefasst und gezittert hatte, als er diese unglaubliche Zartheit spürte, wie er fürchtete, sie zu verletzen oder zu kratzen. Bei einem Stoppschild musste er heftig auf die Bremse treten und hätte um ein Haar seinen Vordermann gerammt. Mensch, gib auf den Straßenverkehr Acht. Sein Enkel starrte ihn verwundert an.

Worüber konnten sie sonst noch reden? Hobbys? Anscheinend hatte der Junge keine, abgesehen von Messern. Er warf einen flüchtigen Blick auf die kleinen, weichen Hände des Jungen, noch Kinderhände, ohne hervortretende Adern. Burschen, kaum älter als er, hatte man losgeschickt, um die Festung Europa zu knacken und Mann für Mann die Deutschen zurückzuwerfen, die nicht aufgeben wollten. (Und kämpfen konnten sie, diese Scheißkerle.) Mead betrachtete den Krieg immer als eine Art Brennofen, in dem seine Generation gehärtet worden war – zumindest diejenigen, die überlebt hatten. Aber heute? Es schien ihm, als bräuchten die jungen Leute ewig, um erwachsen zu werden, mit neunzehn oder zwanzig waren sie immer noch Kinder, die erwarteten, dass sie alles umsonst bekamen. Mein Gott, dachte Mead, das werden lange drei Wochen.

Als sie in die Einfahrt bogen, goss Evelyn gerade die Blumen in ihrem Garten.

»Ich hab den Eindruck, sie mag dich«, meinte Andrew.

Mead funkelte ihn an.

Andrew lächelte. »Du musst zugeben, dass sie ganz nett ist.«

»Das ist aber auch schon alles.«

Evelyn winkte, als sie aus dem Auto stiegen, bedeutete ihnen dann zu warten und lief rasch ins Haus. Wenige Augenblicke später tauchte sie mit einer großen roten Keksdose wieder auf.

»Klasse, ich bin am Verhungern«, sagte Andrew und trottete über die Straße.

Mead beobachtete, wie Evelyn und Andrew miteinander gackerten wie die Hühner. Es war das erste Mal, dass er seinen Enkel so lebhaft sah. Lag das an den Rosinen?

»Die sind sogar noch besser«, meinte Andrew, als er triumphierend mit der Dose zurückkehrte. Nachdem sie die Einkäufe ausgepackt hatten, fragte Andrew, ob noch etwas zu erledigen sei, ansonsten würde er in sein Zimmer gehen.

»Wenn du mich so fragst – der Rasen könnte mal wieder gemäht werden.«

Andrew nickte, ohne eine Miene zu verziehen. »Wo ist der Rasenmäher?«

»In der Garage.« Mead deutete auf die Tür, die vom Flur in die Garage führte, doch dann überlegte er es sich anders. »Das kann aber auch noch einen Tag warten«, meinte er mit einem gezwungenen Lächeln. »Ich habe da draußen einen Basketballkorb. Ganz neu. Der Ball liegt in der Garage. Vielleicht hast du ja Lust auf ein paar Würfe?«

»Später vielleicht.«

»Klar, dann später.«

Sie standen da und sahen einander an.

»Hör mal, ich weiß, dass es nicht deine Idee war, hierher zu kommen ...«

Andrew starrte zu Boden und fummelte dabei mit der Hand an seinem Ohrring.

»Ich wollte nur sagen, dass ... na ja, dass mich diese ganze Geschichte ziemlich auf die Palme gebracht hat.«

»Tut mir Leid.« Andrew steuerte auf sein Zimmer zu.

»Wohin willst du?«

»Ich wollte lesen.«

»Ich bin *sauer*, hast du das kapiert?«

»Ja.«

»Und es passt mir nicht, wenn du da drinnen alles umräumst.«

»Dann räume ich es eben wieder zurück.«

Mead zögerte. »Ach, was soll's, jetzt kannst du erst mal alles so stehen lassen, wie du's haben willst. Aber räum nicht noch mehr herum, ja? Und gib auf die Sachen Acht, verstanden? Es ist das Zimmer deiner *Großmutter*.«

»Ja, hab's schon kapiert.« Andrew drehte sich um und ging den Flur hinunter. »Danke, dass du die vegetarischen Burger gekauft hast«, sagte er, ehe er die Tür schloss.

Sechzehn. Mead versuchte sich zu erinnern, wie er sich mit sechzehn gefühlt hatte, aber das konnte man nicht vergleichen. Er ließ sich in seinen Sessel sinken, schloss die Augen und dachte an seinen sechzehnten Geburtstag zurück. Juni 1940 – in Akron goss es in Strömen, und irgendwo jenseits dieser Felder und Fabriken ging die Welt in Flammen auf. Keine zwei Jahre später sollte sein Bruder Thomas umkommen, als sein Kreuzer im Pazifik von zwei Torpedos versenkt wurde. Danach wollte Mead nur noch eins: zur Armee gehen. Er erinnerte sich, wie er an seinem achtzehnten Geburtstag voller Stolz zur Rekrutierungsstelle marschierte, seine schicksalhafte Bestimmung stand ihm förmlich in das jungenhafte Gesicht geschrieben. *Ich zahle es ihnen heim, Thomas.* Dann die Musterung und der Fahneneid, und als er sich in seiner schneidigen neuen Uniform zum ersten Mal im Spiegel sah, fühlte er sich als Teil der größten Sache, die es je gab, bereit, die Welt zu retten. Die Mädchen seiner Heimatstadt würden ihm zu Füßen liegen.

Er hörte, wie die Tür von Sophies Zimmer aufging, dann die Badezimmertür geschlossen wurde, und gleich darauf das laute Plätschern von Urin.

Sechzehn. Mead hatte Sechzehnjährige getötet. Sogar noch Jüngere. Denn am Ende hatte Hitler ihnen nichts mehr anderes entgegenwerfen können. Nur noch Kinder.

»Sie kommen!«

Mead spähte gebannt und entsetzt zugleich über den Rand seines Schützenlochs, als zwei Dutzend Deutsche schreiend aus dem Wald hervorbrachen und über ein schneebedecktes Feld stürmten. Er begann links außen, zielte und schoss auf Brusthöhe. Einer fiel, noch einer und ein dritter, der sich wieder aufzurappeln versuchte, bis Mead ihn erneut traf. Doch inzwischen waren die Übrigen näher gekommen. Noch vierzig Meter, dreißig, zwanzig. Aus dem Schützenloch zu seiner Rechten hörte Mead einen Schrei, gefolgt von Hilferufen. Er schoss wie verrückt weiter, bis eine explodierende Granate ihm den Helm vom Kopf riss und ihn kurzzeitig blendete. Blut strömte ihm aus der Nase. Während er hektisch nachlud, musste er ständig blinzeln, dann zielte er wieder auf einen Deutschen, den er an der Schulter erwischte. Wieder folgte der ohrenbetäubende Knall einer Granate, doch er feuerte weiter, nun schon aus kürzester Entfernung.

Und dann war es vorbei. Zwei Dutzend Deutsche lagen tot oder verwundet auf dem verschneiten Feld, hellrotes Blut sickerte ins flaumige Weiß. Hitlerjungen.

Erst ging die Toilettenspülung, einen Augenblick später öffnete sich die Badezimmertür, kurz darauf wurde Sophies Tür geschlossen.

Er hatte jahrelang versucht, die Gesichter zu vergessen und diese kleinen Körper, verdreht und verkrümmt, wie sie niedergestürzt waren, als seien sie Teil eines ungeheueren aztekischen Opfers. Manchmal, in einem Laden oder auch am Strand, sah er ein Gesicht, das ihn abrupt innehalten ließ, ein Gesicht, das ihn anklagte, so wenig es sich dessen auch bewusst war. Ganz besonders war ihm das Gesicht eines jungen Deutschen in Erinnerung geblieben, der genauso ausgesehen hatte wie ein Junge aus der Straße, in der Mead aufgewachsen war. Er lag rücklings im Schnee, blutete aus dem Bauch und schrie, und für einen flüchtigen Moment kreuzten sich ihre Blicke, ehe Mead weiterstürmte, weil einfach keine Zeit blieb, dem Jungen zu helfen. Als Mead am nächsten Tag auf demselben Weg zurückkehrte, lag der Bursche erfroren da, die Arme immer noch gen Himmel gereckt.

Im Januar waren die Ardennen übersät mit gefrorenen Leichen, manche hielten noch ihre Waffe in der Hand, so dass man auf sie schießen musste, um festzustellen, ob sie wirklich tot waren. Mead überlief auch jetzt noch ein Schauder, wenn er an die schneidende Kälte zurückdachte, die durch den Mantel, die Handschuhe, die Wollsocken mit der extra dicken Sohle, die Strickmütze und das Bettlaken gedrungen war, das er sich wie einen Schal umgebunden hatte. Der kälteste Winter seit Jahren, weswegen man nicht auf seine Waffe atmen durfte, weil sie sonst möglicherweise einfror.

*Bitte, hilf mir.*

Er konnte sich an das Gesicht des erfrorenen deutschen Jungen in allen Einzelheiten erinnern, an den Reif, der sich um Augen, Nasenlöcher und Mund gebildet hatte, an die bläulich verfärbten Lippen und Ohren. Es gab Dutzende von Gesichtern, die er nie vergessen würde, Gesichter, die ihn über Jahre hinweg heimsuchten wie ungebetene Gäste, die an die Tür klopften. Sein ganzes Leben hatte Mead sich von der anderen Seite dagegen gestemmt und gebeten, dass das Schloss hielt. *Lasst mich doch in Ruhe.* Jahrelang war es ihm gelungen, sie draußen zu halten. Indem er alles, was er auftreiben konnte, an der Tür aufgestapelt hatte, hinderte er die Gesichter daran, einzudringen und über ihn herzufallen. Doch er wusste ganz genau, dass sie allzeit da draußen lauerten; die Gesichter von Freunden und Feinden, von Lebenden und Toten drückten gegen die Tür und verlangten, gesehen zu werden.

Mead massierte sich mit den Zeigefingern die Schläfen, dann stand er auf, ging zum Sofa und überlegte, sich ein paar Minuten hinzulegen. Bin einfach nicht daran gewöhnt, Jugendliche um mich zu haben. Vielleicht liegt es aber auch an dem neuen Schilddrüsenmedikament. Behutsam nahm er seine Nickelbrille ab, klappte sie zusammen, um sie auf den Couchtisch zu legen, verschränkte die Hände vor dem Bauch und schloss die Augen. Er versuchte an die aktuellen Tabellenstände der Baseballliga West zu denken, dann beglückwünschte er sich zu seinem üppigen, dunkelgrünen Rasen. Ihm fiel die Abschiedsfeier anlässlich seiner Pensionierung ein und wie peinlich es ihm gewesen war, dass er bei seiner kleinen Ansprache so gepatzt hatte. Schließlich versuchte er sich daran zu erinnern, welche Mannschaften in welcher Reihenfolge die ersten zehn Super Bowls gewonnen hatten. Okay, das war schon besser. Immer mit der Ruhe. Mal sehen – war es 1968 Green Bay oder Oakland? Doch er spürte, wie es kam. Egal, woran er zu denken versuchte, er fühlte es kommen, und unversehens war er wieder in dem nobel ausgestatteten Landhaus in Berchtesgaden, im Mai 1945, und griff nach seiner Pistole. Und da sah er ihn. Zum ersten Mal seit Jahren sah er den jungen Deutschen mit den braunen Augen, der hohen Stirn und dem kleinen Kinn wieder, wie er vor ihm stand und ihn ungläubig anschaute. *Das wirst du doch nicht tun, oder? Und ob ich das tun werde.* Wie lange hatten sie einander in verzweifeltem Schweigen angestarrt? Dreißig Sekunden? Eine Minute? Und dann, nach einem Augenblick der Raserei, war es zu Ende.

Hans Müller.

Mead sah die eckige Unterschrift des Deutschen auf der Innenseite des abgegriffenen Soldbuchs noch immer vor sich. Und er erinnerte sich auch an die Luger, die Ehrenabzeichen, die Armbanduhr und die schwarze Lederbrieftasche voller Fotos; kleine, wohl gehütete Schnappschüsse von Mutter, Vater, Schwester und Freundin, die alle auf Hans Müllers Rückkehr warteten. Und er hätte zurückkehren können. Ja, Hans, du hättest zurückkehren können.

*Peng.*

Mead öffnete die Augen und setzte sich auf. Sein Herz schlug so schnell, dass er fast befürchtete, einen Herzinfarkt zu bekommen. Nachdem er mehrmals tief durchgeatmet und sich den Nasenrücken gerieben hatte, setzte er seine Brille wieder auf. Er stand auf, ging in die Küche und nahm vier Arzneifläschchen vom Fensterbrett. Mit zitternden Händen versuchte er die Verschlusskappen abzuschrauben. Als es ihm endlich gelungen war, goss er sich ein Glas Wasser ein und spülte damit die Pillen hinunter. Dann schraubte er die Fläschchen wieder zu, spülte das Glas und trocknete es ab, stellte es aufs Regal zurück und ging in den Garten hinaus, um den Grill zu schrubben. Doch sosehr seine Hände auch beschäftigt waren, immer musste er an das Landhaus in Berchtesgaden denken und an den letzten Gesichtsausdruck des jungen Deutschen.

*Bitte lasst mich doch in Ruhe.*

Wenigstens hatte er jetzt Batterien. Sein Großvater hatte ihm einen Achterpack gekauft. Von Matt wusste er, dass man verbrauchte Batterien noch ein paar Mal aufladen konnte, indem man sie in Wasser kochte. (Sofern sie nicht explodierten.) Natürlich würde er warten müssen, bis der alte Kommisskopf aus dem Haus war. Aber ging er überhaupt jemals aus? Was machte er denn den ganzen Tag außer Zeitung lesen, Darts spielen und den Grill putzen? Das war doch kein Leben.

Andrew war geil und hätte gern onaniert. Es kam ihm ein bisschen abartig vor, das im Haus seiner Großeltern zu tun, womöglich war es sogar eine Sünde. Aber drei Wochen abstinent bleiben? Er konnte sich nicht erinnern, wann er es zuletzt auch nur drei Tage ausgehalten hatte, außer als er mit einer Grippe im Bett lag. (Nach achtundvierzig Stunden zeigten sich immer die ersten Symptome eines drohenden Nervenzusammenbruchs, woraufhin unverzüglich gehandelt werden musste.) Vielleicht später. Er sah seine CDs durch und legte eine in den Player ein, dann ließ er sich aufs Bett plumpsen und wünschte sich, er hätte seine Playstation dabei.

Als er auf seine Uhr blickte, fiel ihm ein, dass seine Klassenkameraden jetzt im Unterricht saßen. Normalerweise hätte er jetzt Spanisch, würde Cori Fletcher anglotzen und sich dabei fragen, was für einen Sinn das Leben denn hatte, wenn sie sich nicht mal dazu herabließ, ihn eines Blickes zu würdigen. Bestimmt redeten sie immer noch über ihn und lachten über den durchgeknallten Typen, der Kevin Bremer mit einem Messer bedroht hatte und von der Schule geflogen war. Wieder spürte er das Brennen im Gesicht und drehte die Lautstärke des CD-Spielers höher.

Würden sie ihn nächstes Jahr wieder auf die Schule gehen

lassen? Was, wenn sie ihn ins Gefängnis steckten oder – noch schlimmer – in eine Besserungsanstalt? Vielleicht würde er zur Strafe ein Jahr zurückgestuft werden. Dann würde er sich auf der Stelle umbringen. Er fragte sich, was für Tabletten Matt genommen hatte und wo er sich solche besorgen konnte. Irgendwie war es tröstlich zu wissen, dass Matt immer da sein und auf ihn warten würde; dass er jederzeit zu ihm gehen konnte. Das war so eine Art geheimes Hintertürchen. Aber er wollte nicht zu ihm. Noch nicht. Er schleuderte die Schuhe von den Füßen und überlegte, wie die Schulleitung wohl entscheiden würde. Auf jeden Fall würden sie ihn im Auge behalten, er würde immer unter strenger Aufsicht stehen. Er ballte die Fäuste, kniff die Augen fest zusammen und hätte am liebsten irgendetwas in Stücke geschlagen. Ob sein Dad schon Bescheid wusste? Hatte seine Mom ihn angerufen? Was würde er dazu sagen? Oder wäre es ihm völlig egal?

Er dachte an das letzte Gespräch vor drei Monaten, als Dad aus Texas angerufen hatte.

»Deine Mutter sagt, du bist schlecht in der Schule.«

»So schlimm ist es auch nicht.«

»Zwei Fünfen findest du nicht schlecht?«

»Ich hab eine Vier in …«

»Hör mal, Freundchen, ich möchte, dass deine Noten im nächsten Halbjahr besser aussehen, verstanden?«

»Ja.«

»Gut. Bring ein paar Einsen und Zweien nach Hause, dann gehen wir mal zusammen angeln. Was hältst du davon?«

Ständig versprach er, Andrew zum Angeln mitzunehmen, doch es wurde nie etwas daraus. Das letzte Mal war Andrew noch ganz klein gewesen. An den einen Ausflug nach Wisconsin konnte er sich noch gut erinnern, sie hatten ihr kleines Schutzzelt aufgebaut und den selbst gefangenen Fisch in Folie gewickelt, um ihn über dem Lagerfeuer zu braten. Es war das tollste Gefühl überhaupt gewesen, Mom zum Abschied zuzuwinken, auf den Vordersitz von Daddys rotem Cherokee-Jeep zu steigen, den Kasten mit der eigenen neuen Angelausrüstung auf dem Schoß zu haben und zu einem Abenteuer aufzubrechen, nur sein Dad und er. Doch dann hatte er alles verdorben, weil er in der ersten Nacht meinte, einen Bären zu hören – da war tatsächlich etwas grunzend ums Zelt herumgeschlichen –, und so hysterisch wurde, dass sein Dad ihn am nächsten Morgen nach Hause verfrachtete, weil er noch nicht Manns genug sei, um zelten zu gehen. »Herrgott, du bist ja noch ein Baby.«

Scheiß auf ihn. Scheiß auf alle. Andrew presste die Handflächen gegeneinander, so fest er konnte, und biss gleichzeitig mit aller Kraft die Zähne zusammen. Was soll's, ist doch alles egal. Sogar dieser Planet ist ziemlich egal, wenn man bedenkt, wie groß das Universum ist. Und das ist das Tollste daran, wenn man bekifft ist, dass man nämlich diese Größe wirklich *spüren* kann.

Matt verstand das. Er verstand alles. Sie waren die besten Freunde seit einem Winternachmittag in der siebten Klasse, als Andrew feststellte, dass seine Schultasche randvoll mit Schnee war. Matt hatte ihm geholfen, den Ranzen zu leeren und seine Hausaufgabenhefte zu trocknen, womit auch er bei den anderen unten durch war. Doch Matt meinte, dass sie ihn ohnehin nie akzeptieren würden. Er hatte zu viele Dämonen in sich, um wirklich irgendwo dazuzugehören. Ja, mit Dämonen kannte Matt sich aus, vielleicht sogar noch besser als Andrew. Die Gewissheit, dass sein Freund all das verstand, machte ihm das Leben wieder erträglicher.

Die Rache folgte auf dem Fuß. Als Andrew und Matt am nächsten Tag zusammen heimgingen, hagelte plötzlich ein Bombardement von Schneebällen auf sie nieder. Matt fiel weinend und mit blutender Nase zu Boden, während Andrew Schnee zusammensammelte, um sich zu verteidigen. Allerdings konnte er keinen Angreifer entdecken und wusste auch nicht, woher die Schneebälle gekommen waren. Der Feind war *überall*.

»Das zahlen wir ihnen heim«, sagte Andrew und half Matt auf die Beine. »Ich schwör dir, das zahlen wir ihnen heim.«

Matt war ebenso schmächtig wie Andrew, nur etwas kleiner, ein Junge mit schwarzen Locken, dunkelgrünen, tief liegenden Augen und einem schmalen Gesicht. Er war aber schlauer und las ständig alle möglichen Bücher, um herauszufinden, ob die Welt wirklich so erbärmlich war, wie es schien.

Wenn sie zusammen kifften, strich Matt ihre Chancen im Leben stets sehr schnell auf zwei ziemlich unerfreuliche Alternativen zusammen.

»Schau, wir beide wissen, dass das Leben letztlich eine einzige Scheiße ist, stimmt's?«

»Stimmt.«

»So, wie ich es sehe, haben wir zwei Möglichkeiten.«

Andrew hielt den Rauch in der Lunge, dann stieß er ihn geräuschvoll aus. »So weit kann ich mich noch erinnern, aber ich weiß nicht mehr, was die zwei Möglichkeiten sind.«

»Ganz einfach: Entweder wir tun so, als merkten wir nicht, dass alles ein einziger großer Witz ist, was bedeutet, dass wir genauso große Schwindler sein müssen wie alle anderen, oder wir lassen es bleiben.«

»Und was passiert dann?«

»Dann sind wir am Arsch.«

»Reich den Joint rüber.«

Matts Dad war ebenso unberechenbar wie der von Andrew. Zuweilen konnte er der netteste Mensch sein, den Andrew kannte. Zum Beispiel baute er eine Modellrakete mit ihnen – sie explodierte mitten im Flug, was zwar schade, aber auch irgendwie cool war –, oder er nahm sie zum Schlittschuhlaufen oder zu einer Autoausstellung mit. Dann wieder saß er im Wohnzimmer und sah fern, und wenn jemand auch nur einen Pieps von sich gab, begann er mit Bierflaschen um sich zu werfen. Zwei Mal verpasste er seinem Sohn ein blaues Auge, und von der achten Klasse an lud Matt niemanden mehr zu sich nach Hause ein. Stattdessen trieben sie sich bei Andrew herum, wo sie Videospiele machen und Musik hören konnten, oder verdrückten sich in den Wald, in das Naturschutzgebiet neben der Schnellstraße, wo sie ein Geheimdepot mit geklauten Zigaretten, Schnaps, Knallkörpern und Pornoheften angelegt hatten, alles gut vergraben in einem Plastikbehälter. Ja, dort waren sie gewesen, in jenem Wald, eingemummt in ihre Schlafsäcke und mit dem Wissen, dass niemand sie finden konnte.

*Wach auf, Matt.*

Sie wohnten nur fünf Straßen auseinander in nahezu identischen hässlichen Mietshäusern aus Ziegelstein, wo sämtliche Mülltonnen mit Graffiti beschmiert waren und auf kleinen Terrassen finster dreinschauende alte Damen hockten, die alles genau im Auge behielten. Wenn man in einer Mietwohnung lebte, blieb man aus bestimmten Kreisen ausgeschlossen. Darüber verlor niemand ein Wort, es verstand sich einfach von selbst. Matt konnte klasse zeichnen, er verbrachte Stunden damit, Grundrisse von großen, prächtigen Häusern zu entwerfen, mit Arbeits- und Fernsehzimmern, eingelassenen Whirlpools, Schwimmbecken, Saunen, Terrassen und Hobbyräumen mit Billard- und Airhockeytischen, Tischtennisplatten und den neuesten Spielautomaten. Für Andrew gab es nichts Schöneres, als an einem warmen Nachmittag im Wald zu sitzen, an der Flasche Southern Comfort zu nuckeln, die Matt seinem Vater geklaut hatte, und die Pläne für die Häuser zu diskutieren, die sie sich bauen würden – nebeneinander liegende Häuser in einer Sackgasse in Hollywood, South Beach oder Aspen.

»Ich will absolute Schallisolierung«, betonte Matt immer, wenn er die letzten Feinheiten seines Wohnzimmers ausspann. »Mit eingebauten Lautsprechern *überall.*«

Andrew malte sich aus, wie er in einem Haus voller Einbaulautsprecher von einem Zimmer ins andere wanderte, und wohin er sich auch wandte, waren die Gitarren, das Schlagzeug und der Gesang so präsent, als spazierte er in seinem Kopf umher. *Irgendwann mal.*

Unter allen Leuten, die Andrew kannte, war Matt als Einziger noch sensibler als er selbst. Als ob er immer barfuß auf Kies ging. Zwar war Matt nicht ganz so hässlich wie Andrew, aber er wurde ständig gehänselt, weil er so klein und anders als die anderen war, denn er trug stets schwarze Kleidung und hatte grün gefärbte Haare und ein Piercing auf der Zunge. Matt wehrte sich nie. Wenn er geschlagen wurde, rollte er sich lediglich wie ein Embryo zusammen und sann auf Rache. Laut seiner Theorie musste jeder Mensch entweder als Kind oder als Erwachsener durch die Hölle gehen, demzufolge brachten sie beide die Scheiße einfach nur früh hinter sich. »Ich hoffe bloß, dass du Recht hast«, meinte Andrew, als sie nach der Schule nebeneinander rücklings im Wald lagen und kifften.

Eine Weile versuchten sie sich den anderen vorsichtig anzunähern, wie streunende Hunde, die ausprobieren wollen, wie nah sie sich an den Grill heranwagen können, ohne getreten zu werden. Doch auch das gaben sie wieder auf, nachdem sie eines Nachmittags auf dem Parkplatz von McDonald's, wo sich nach der Schule immer alle herumtrieben, von ein paar Sportskanonen verprügelt worden waren.

»Da sind ja unsere Beanie Babies«, meinte jemand, als sie näher kamen.

Matt sah Andrew gequält an.

»Beachte sie einfach nicht«, flüsterte Andrew in der Hoffnung, einen Blick auf Cori zu erhaschen.

Lässig dahinschlendernd, die Hände tief in den Taschen vergraben, versuchten sie sich ganz beiläufig unter die anderen zu mischen. Matt trug eine schwarze Strickmütze und zündete sich mit seinem Zippo-Feuerzeug, auf dem ein Totenschädel und gekreuzte Knochen prangten, eine Zigarette an. Andrew entdeckte Cori inmitten einer Gruppe Mädchen und versuchte ihre Aufmerksamkeit zu erregen. Mein Gott, sie war einfach vollkommen. Was für ein Gefühl war es wohl, so perfekt zu sein? Er stellte sich vor, wie er sie auf ihr hinreißendes Näschen küsste und dann die Arme um sie schlang. *Aaach …*

»He, Sonnenschein, hast du deine Latschen von der Heilsarmee?«

Andrew tat, als habe er nichts gehört, und versuchte sich unauffällig von der Horde Sportskanonen zu entfernen, ohne ihre Jagdinstinkte zu wecken. Aber es stimmte, die Schuhe waren blöd. Wie oft er seine Mutter auch bekniete, sie wollte ihm nicht die richtige Marke kaufen.

»Glaubst du etwa, ich gebe achtzig Dollar für ein Paar Turnschuhe aus? Du träumst wohl.« Also trug er die billigen Imitationen, und jeden Morgen, wenn er sie anzog, kroch ihm die Scham förmlich die Beine hoch.

»Bist wohl in Trauer, oder was?«, meinte ein anderer und deutete auf Matts schwarze Klamotten. »Oder ist deine Mutter vielleicht ein Vampir?«

Andrew und Matt wichen noch ein Stück zurück, zogen die Köpfe ein und starrten angestrengt ins Leere. Mittlerweile schauten alle Mädchen herüber.

»He, du Zwerg, hast du mal Kohle für 'nen Burger?«, fragte Bremer, ein riesiger Kerl und zweifellos eines der unangenehmsten menschlichen Wesen auf diesem Planeten.

»Verpiss dich«, erwiderte Matt.

O Scheiße, dachte Andrew. »Komm, hauen wir ab«, flüsterte er seinem Freund zu.

»Ich glaube, der Zwerg will eine Tracht Prügel«, sagte Bremer und baute sich vor Matt auf, der gerade halb so groß war wie er.

»Lass ihn zufrieden«, mischte sich Andrew ein.

»Du hältst die Klappe, Sonnenschein.« Bremer wandte sich wieder Matt zu. »Wie war das eben?«

»Ich habe gesagt: Verpiss dich.«

Bremer schubste Matt einige Male, dann verpasste er ihm einen Magenschwinger, dass Matt sich krümmte. Er schlug nicht zurück, sondern sackte zusammen und fiel zu Boden, während Bremer weiter auf ihn einprügelte. Andrew wäre am liebsten weggelaufen. Einfach nur laufen, immer weiter und weiter. Aber mit einem Mal schoss eine so gewaltige Woge von Angst und Hass in ihm hoch, dass er sich auf Bremer stürzte und wie wild auf ihn einschlug. Sofort nahm Bremer ihn in den Schwitzkasten und drückte ihn langsam zu Boden, bis er umfiel wie ein Kalb beim Rodeo. Er japste nach Luft. Aus den Augenwinkeln nahm er wahr, dass Cori ihn ansah. Die Schläge spürte er kaum.

Zwei Tage später rief Matt Andrew an, um ihm zu verkünden, dass er den perfekten Plan ausgetüftelt habe. Als Erstes brauchten sie große Mengen Unkrautvernichtungsmittel, das sie in mehreren Geschäften in verschiedenen Vierteln kauften, um keinen Verdacht zu erregen. Am darauf folgenden Samstag übernachtete Matt bei Andrew. Nachdem Andrews Mom zu Bett gegangen war, spielten sie im Wohnzimmer bis zwei Uhr morgens leise mit der Playstation, dann zogen sie sich an, löschten alle Lichter und schlichen hinaus zu ihren Mountainbikes, um zur Schule zu radeln, wo sie zehn Flaschen Unkrautvernichtungsmittel versteckt hatten – gut verpackt in grünen Mülltüten im Gebüsch hinter dem Footballfeld.

»Tu einfach, was ich sage«, meinte Matt und zog ein großes Blatt Papier mit einer Zeichnung und ein Maßband aus seiner Tasche. Außerdem hatte er eine Flasche mit einer Mischung aus Cola und Bacardi mitgebracht; er nahm einen kräftigen Schluck, ehe er sie Andrew reichte.

»Warum sagst du mir nicht, was es heißen soll?«, fragte Andrew, als er neben Matt über den Rasen kroch und getreu seinen Anweisungen eine Flasche Unkrautvernichter nach der anderen vergoss.

»Wart ab, dann siehst du es. Und jetzt machst du eine exakte Neunzig-Grad-Drehung und gehst noch einen Meter weiter.« Matt kroch auf allen vieren, das Blatt mit der Zeichnung zwischen den Zähnen. »Perfekt!«

Am nächsten Sonntag besuchten Matt und Andrew zum ersten Mal ein Footballspiel ihrer Highschool-Mannschaft. »Wir sind hier in tiefstem Feindesland«, raunte Andrew seinem Freund zu, als sie sich durch das Gedränge der Sportskanonen und Möchtegerns schoben. Cori lief direkt an ihm vorbei, ohne ihn im Mindesten zu beachten. Er starrte auf ihren

Hintern, über dem sich die hautenge Jeans spannte, und versuchte sie sich nur mit einem Slip bekleidet vorzustellen. *Heirate mich.*

»Komm schon.« Matt bahnte ihnen einen Weg zu den nicht überdachten Tribünenplätzen, und als sie in der obersten Reihe angekommen waren, stieß er einen Freudenschrei aus. Andrew drehte sich um und sah auf den Platz hinunter, wo in riesigen Buchstaben aus abgestorbenem braunen Gras *Spielplatz der Schwanzlutscher* geschrieben stand. Das war ihr schönster Augenblick.

Bremer wusste sofort, wer die Übeltäter waren. In der Woche darauf schlug er Matt nach der Schule beinahe einen Zahn aus und traktierte Andrews Fahrrad, das seine Mutter ihm zum fünfzehnten Geburtstag geschenkt hatte, mit einer Brechstange.

»Und trotzdem, es hat sich gelohnt«, nuschelte Matt durch seine geschwollenen Lippen, als er Andrew half, die Überreste seines Fahrrads nach Hause zu tragen.

»Ich bringe ihn um«, sagte Andrew bebend. »Verflucht, ich bringe ihn um.«

Stundenlang ergingen sich Andrew und Matt in Fantasien darüber, wie sie Bremer foltern, demütigen und seinen großen haarigen Arsch Haien, Krokodilen oder einer Meute hungriger Pitbulls zum Fraß vorwerfen würden. (Jedes Weihnachten baten sie ihre Eltern um einen Pitbull – oder wenigstens einen Rottweiler –, aber ohne Erfolg.) Es war das Einzige, worüber sie fast so viel redeten wie über Sex: wie man Kevin Bremer umbringen sollte.

Der große, breitschultrige und unerträglich arrogante Bremer wirkte etwa fünf Jahre älter, als er war, hatte mächtige Arme und stets einen dunklen Drei-Tage-Bart. Er war nicht nur der gefeierte Verteidiger des Football-Teams, sondern hielt auch den Schulrekord im Gewichtheben – 145 Kilo – und fuhr ein nagelneues Motorrad, eine blauweiße Suzuki Supersport, die jeder für gestohlen hielt. Andrew und Matt saßen in den ersten beiden Highschool-Jahren in der gleichen

Klasse wie Bremer – wie konnte man nur so viel Pech haben –, und irgendwie hatte Bremer sie von Anfang an auf dem Kieker. »Die Beanie Babies«, hänselte er sie, »der Zwerg und Sonnenschein.« Bei den Mädchen war Bremer äußerst beliebt. Sie schwärmten regelrecht von seinen blöden breiten Schultern, seinen bescheuerten Witzen und der Art, wie er nach der Halbzeit aufs Footballfeld stolzierte, als könne er allein die ganze Spielsaison retten. Warum ausgerechnet die hübschesten Mädchen – diejenigen, die Andrew Nacht für Nacht in seinen Träumen heraufbeschwor, bis er zwischen den Beinen wund war – so einen Schwachkopf wie Bremer anhimmelten, hatte er nie verstanden. Und wenn es so sein musste, genügte das nicht? Warum musste Bremer außerdem noch ihn und Matt schikanieren?

»Das Wichtigste ist, dass er wie ein Schwein leidet, bevor er krepiert«, meinte Matt, als sie wieder einmal im Wald saßen und Hasch rauchten. »Deshalb können wir ihm nicht einfach eine Kugel in den Kopf jagen.«

»Wie wär's denn mit Vergiften?«

»Ich bin immer noch der Meinung, dass es das Beste wäre, ihm die Eier wegzuschießen. Dann bräuchten wir ihn nicht mal umzubringen. Es wäre kein Mord.« Er gab Andrew den Joint zurück.

Da hatte Matt nicht ganz Unrecht. Sie lagen auf dem Rücken im Laub und stellten sich Bremer ohne seine Eier vor. Dann schob Andrew einen kleinen Baumstamm beiseite und grub den Plastikbehälter mit ihren geheimen Vorräten aus.

»Ich nehm den *Hustler*«, sagte Matt, und Andrew warf ihm die Zeitschrift zu.

»He, pass doch auf.«

»Du bist doch derjenige, der immer die ganzen Seiten vollsaut.« Andrew blätterte ein zerfleddertes Exemplar des *Penthouse* durch und überflog zwei *Playboy*-Hefte, bis er sich für *Gallery* entschied, wo es auf Seite 43 Erstaunliches zu sehen gab. Außerdem enthielt ihr Depot zwei Päckchen Feuerwerkskracher, sechs Leuchtraketen, drei Böller, zwei Einwegfeuerzeuge, vier Schachteln Marlboro, zwei Zigarren der Marke Garcia y Vega, eine Literflasche Southern Comfort, Zigarettenpapier und ein Tütchen Marihuana.

»Mann o Mann, sieh dir die mal an«, sagte Matt und reichte Andrew den *Hustler.*

»Die ist mir zu mager«, meinte Andrew.

»Zu mager? Spinnst du? Die ist allererste Sahne!«

Andrew vertiefte sich in das Foto einer Rothaarigen, die sich über einen Tisch beugte, und versuchte vergeblich, sich in eine intime Szene mit ihr hineinzufantasieren.

»O Gott, die haut mich um!«, rief Matt.

»Halt die Klappe, ich versuche mich zu konzentrieren.« Andrew stierte jetzt auf ein Bild der Rothaarigen, wo sie in eine heiße Badewanne stieg. *Komm, du scharfer Macker, nimm mich, mit Haut und Haar.* Schließlich legte er die Zeitschrift beiseite, zündete erneut den Joint an und reichte ihn ziemlich niedergeschlagen an Matt weiter. »Ich hab 'ne Fünf für meine Bio-Hausaufgabe gekriegt«, sagte er.

»Mach dir deswegen keine Sorgen. Ich hab meine noch nicht mal abgegeben.«

»Aber du bist doch gut in Bio.«

»Ich weigere mich aber, ein Schwein zu sezieren.«

»Da kommst du nicht drum rum«, sagte Andrew.

»Ohne mich. Was wollen sie denn tun, mich von der Schule schmeißen, bloß weil ich kein Ferkel zerstückeln will? Was bin ich denn, ein Sushi-Koch? Und was soll das überhaupt? Das geht mir nicht ins Hirn.«

»Dir geht, scheint's, vieles nicht ins Hirn.«

Matt nahm noch einen Zug und hustete. »Das Zeug hier aber schon. Das knallt richtig rein.«

»Wo wir schon beim Knallen sind: Hab ich dich gestern nicht mit Megan reden sehen?« Schon seit drei Jahren war Matt unsterblich in Megan Wynn verliebt, ungeachtet der Tatsache, dass sie nichts von ihm wissen wollte. Stundenlang erzählte er von ihr, beschrieb ihre Lippen, ihre Nase, ihre Ohren, ihre Knie und die Art, wie sie den Kopf in den Nacken warf. »Gott, das bringt mich um«, sagte er oft und versank in Verzweiflung bei dem Gedanken, dass er sie niemals auch nur würde berühren dürfen. Als er seine Gefühle nicht mehr im Zaum halten konnte, begann er sogar, ihr Briefe und Gedichte zu schreiben, zunächst anonym, doch dann erklärte er ihr ganz offen seine Liebe, denn so war Matt nun mal: schüchtern, aber gleichzeitig irre mutig. Sie war das Einzige auf der Welt, woran er hing, und manchmal hatte Andrew den Eindruck, dass Matt sich nur deshalb morgens aus dem Bett quälte und einer Dusche unterzog, weil er möglicherweise Megan über den Weg laufen würde.

Matt zuckte die Achseln.

»Ich weiß doch, dass ich euch zusammen gesehen habe.« Er stupste Matt mit dem Ellbogen an. »Du hast sie nicht etwa gefragt, ob sie mit dir ausgehen will, oder?« Andrew lachte schallend los, was nicht böse gemeint war, aber er konnte sich einfach nicht vorstellen, dass Megan und Matt ein Rendezvous hatten – *das* wäre wirklich ein Knaller gewesen.

»Doch, hab ich«, antwortete Matt.

Andrew setzte sich auf. »Ohne Scheiß? Was hat sie denn gesagt?«

Neuerliches Schulterzucken.

»Na los, was hat sie gesagt?«

»Sie hat gesagt, ich sei ein Widerling und solle sie in Ruhe lassen.«

»Das hat sie gesagt?«

»Ja, und wenn ich nicht aufhören würde, ihr Briefe zu schreiben, würde sie mich anzeigen.«

»Echt?«

Matt verzog das Gesicht, um nicht gleich loszuheulen. »Sie sagt, ich belästige sie.«

»*Belästigen?* Mann, das ist doch Blödsinn.«

»Das hat sie aber gesagt – dass ich ein Widerling bin und aufhören soll, sie zu belästigen.« Er vergrub das Gesicht in den Händen.

»Ach Scheiße, Kumpel, hör doch nicht auf so einen Mist. Das hat sie bestimmt nicht so gemeint.«

»Doch. Sie hat jedes Wort so gemeint.«

Zwei Wochen später waren Megan und Bremer ein Pärchen. Und wiederum eine Woche später brachte sich Matt um.

*Wach auf, Matt.*

Sharon rief am Abend an, als sie nach Chicago zurückgekehrt war.

»Wie geht's meinen beiden Männern?«, fragte sie nervös.

»Munter wie Fische im Wasser«, erwiderte Mead, der auf der Kante seines Betts saß und gerade seine Schuhe polierte.

»Mal ehrlich, wie läuft es denn so?«

»Du hast mir gar nicht gesagt, dass er Vegetarier ist.«

»Herrje, ich dachte, du wüsstest es. Und er ist auch schrecklich allergisch gegen Erdbeeren und Bienenstiche.«

»Gibt es sonst noch was, was ich wissen sollte?«

»Es läuft nicht besonders gut, wie?«

»Wir ... wir müssen uns nur wieder aneinander gewöhnen, weiter nichts.«

»Bist du dir sicher? Andernfalls ...«

»Natürlich bin ich mir sicher.«

»Ich kann dir gar nicht sagen, wie dankbar ich dir bin, Dad. Ich weiß nicht, was ich ohne dich getan hätte.«

Mead hielt die Schuhe unter die Nachttischlampe und bewunderte den Glanz. »Nicht der Rede wert. Du weißt doch, deine Mutter und ich würden alles tun, um euch zu helfen.«

»Mom fehlt mir so. Ständig denke ich, dass sie bestimmt gewusst hätte, wie man das alles hätte verhindern können.«

»Mir fehlt sie auch, Liebes.«

»Hat er dir schon was erzählt?«

»Ich habe eine ganze Menge über Tofu gelernt.«

Sharon lachte gezwungen.

»Du musst uns noch ein bisschen Zeit geben.«

»Ich mache mir solche Sorgen um ihn.« Wieder begann sie zu weinen.

»Na, nun sieh mal zu, dass es *dir* gut geht.«

»Er ist kein schlechter Junge, Dad. Ich habe doch keinen missratenen Bengel großgezogen.«

»Natürlich nicht.«

»Ich weiß nicht, was ich tun soll, wenn sie Anklage gegen ihn erheben.«

»Eins nach dem anderen.«

»Er hasst mich, Dad. Andrew hasst mich.«

»Aber nein.«

»Doch. Er hat mir nie verziehen, dass ich seinen Dad habe fortgehen lassen.«

»Wenn du mich fragst: Sei froh, dass du ihn los bist.«

»Und er ist richtig gemein zu den Männern, die ich kennen lerne.«

Vielleicht ist der Junge doch nicht auf den Kopf gefallen, dachte Mead.

»Ich weiß nicht, wie ich mit ihm noch reden soll. Wie ich diese Mauer der Aggressivität durchbrechen kann.«

»Er ist ein Teenager. Mit Teenagern kann man nicht reden.«

Sie atmete tief aus. »Ich liebe dich, Dad.«

»Ich liebe dich auch.«

»Und vergiss nicht, ihn daran zu erinnern, dass er sich abends an seine Hausaufgaben setzt. Seine Lehrer haben ihm einen ganzen Packen Aufgaben mitgegeben.«

»Darum kümmere ich mich schon. Aber du gibst auch auf dich Acht, hörst du? Und keine Zigaretten.«

»Versprochen.«

Nachdem er aufgelegt hatte, putzte er das Paar Schuhe zu Ende und klemmte die hölzernen Spanner wieder hinein, ehe er sie auf den Schrankboden zu den anderen stellte, die von hell bis dunkel aufgereiht waren. Dann zog er sich aus, schlüpfte in den hellblauen Schlafanzug, den Sophie ihm genäht hatte, ging ins Badezimmer und ließ warmes Wasser ins Waschbecken laufen. Als die Temperatur stimmte, beugte er sich vor und wusch sich behutsam das Gesicht.

Am nächsten Vormittag mähte Andrew den Rasen, wobei er mehrmals eine Pause einlegte, um sich mit Evelyn zu unterhalten. Mead spähte verstohlen aus dem Fenster. Worüber zum Teufel quasselten sie nur? Nachdem er Andrew auf sein Zimmer geschickt hatte, damit dieser sich eine Stunde lang seinen Schularbeiten widmete, nahm Mead den Rasen unter die Lupe, arbeitete an den Stellen nach, die sein Enkel übersehen hatte, und gab der Fläche ein ordentliches, von links nach rechts verlaufendes Diagonalmuster.

»Evelyn ist richtig krass, findest du nicht?«, meinte Andrew beim Mittagessen.

»Was meinst du mit *krass*?«

»Na, dass sie cool ist. Sie bringt mich zum Lachen.«

»Schön, dass das jemand schafft.«

»Ihr Mann ist gestorben, nicht?«

Mead nickte.

»Unternehmt ihr zwei manchmal was miteinander?« Der Junge grinste frech übers ganze Gesicht.

»Worauf willst du hinaus?«

»Ich habe mich nur gefragt, ob ihr vielleicht mal zusammen ins Kino oder essen geht oder so.«

»Die Antwort lautet nein.«

»War ja nur eine Frage.«

Nach dem Essen übte Andrew am Basketballkorb, während Mead staubsaugte, was ihm einen guten Vorwand bot, um Sophies Zimmer zu inspizieren. Als er die Tür öffnete, traf ihn fast der Schlag. Andrew hatte seine Sachen auf seinem Matchbeutel gestapelt, das Bett war in die Ecke gerückt, wo früher die Nähmaschine stand, und den Schaukelstuhl hatte der Junge in die gegenüberliegende Ecke neben der Tür platziert. Die gerahmten Fotos waren zwar noch an Ort und Stelle, allerdings anders angeordnet, und eines von Sophies Kleidern – das mit dem blau-gelben Blumenmuster, das sie für ihre letzte gemeinsame Reise nach Hawaii geschneidert hatte, um sich zu Ehren ihres Hochzeitstages fein zu machen – war vom Bügel gerutscht und lag zerknüllt auf dem Schrankboden. Mead hob es auf und hängte es sorgfältig an seinen Platz zurück. Dabei ließ er behutsam die Finger über die Falten des Kleides gleiten, als wären es die Saiten einer Harfe. Als er mit dem Staubsaugen fertig war, setzte er sich kurz in den Schaukelstuhl, dann ging er hinaus und schloss die Tür hinter sich.

Andrew war immer noch draußen und übte Korbwürfe. Mead beobachtete ihn durch das Erkerfenster im Wohnzimmer. Er mochte das rhythmische Geräusch des auf den Beton aufprallenden Balls. Doch offenbar hatte sein Enkel keine Begabung für diesen Sport: Er traf kaum einmal den Korb und ruderte beim Werfen wild mit den Armen, so dass das Zuschauen alles andere als ein Vergnügen war.

Nachdem Andrew noch ein paar Mal den Korb verfehlt hatte, legte er den Ball weg und kam herein.

»Setz dich«, befahl Mead, bevor er sich in sein Zimmer zurückziehen konnte.

Nervös sah sich Andrew um und ließ sich schließlich auf dem Rand des Sofas nieder, als wollte er jeden Moment wieder aufspringen.

»Ein hübscher Korbring, nicht?«

»Der Korbring? Ja, ja, der ist okay.«

»Hab ihn selbst montiert.«

»Ist hübsch.«

Langes Schweigen, während jeder am anderen vorbeisah.

Mead schluckte und beugte sich in seinem Sessel vor. »So, ich denke, es ist höchste Zeit, dass wir uns mal ein bisschen unterhalten.«

»Unterhalten? Worüber?«

»Über den Schlamassel, in den du dich gebracht hast.«

Andrew schien in seinem T-Shirt zusammenzuschrumpfen. »Da gibt es nicht viel zu sagen.«

»Oh, das sehe ich aber anders. Ich finde, was Blöderes hättest du gar nicht anstellen können.« Eigentlich hatte Mead ihn nicht so herunterputzen wollen, aber auf einmal konnte er sich nicht mehr beherrschen. »Du bedrohst jemanden mit dem Messer? Für wen, zum Teufel, hältst du dich eigentlich, für Marlon Brando?«

»Wer ist das?«

»Ein Schauspieler.«

»Ich habe nicht geschauspielert.«

»Das habe ich auch nicht gemeint.« Mead rieb sich die Stirn. »Du bedrohst jemanden in der Schule mit dem Messer?« Mit einem Schnauben lehnte er sich zurück, dann beugte er sich wieder vor. »Himmel, für so was kann man hinter Gitter kommen.«

»Tut mir Leid.«

»Es tut dir Leid? Ist das alles, was du dazu zu sagen hast?«

Andrew saß reglos da.

Da hieb Mead mit der Faust auf den Tisch. »Weißt du, wann man jemanden mit einer Waffe bedroht? Wenn man sie auch benutzen will. Dann und *nur* dann! Hast du das kapiert?«

»Ja.«

»Was zum Teufel kapierst du schon?« Mead ließ sich in seinen Sessel zurücksinken.

»Tut mir Leid.«

»Hast du auch nur die leiseste Ahnung, was du deiner Mutter damit angetan hast?«

»Das hat nichts mit ihr zu tun.«

»Nein, überhaupt nicht. Sie ist deinetwegen nur *krank* vor Sorge!«

Andrew zappelte unruhig herum. »Kann ich jetzt gehen?«

Mead spürte sein heißes, gerötetes Gesicht und überlegte, was er noch sagen sollte. »Jetzt setzt du dich noch eine Stunde auf deinen Hosenboden und machst Schularbeiten, verstanden?«

Andrew stand auf. »Ja, verstanden«, murmelte er kleinlaut und schlich durchs Wohnzimmer in den Flur hinaus.

Als Andrew gegangen war, blieb Mead, noch immer innerlich kochend, im Sessel sitzen. Hätte mein Temperament zügeln sollen. Aber der verdammte Bengel, was bildet er sich eigentlich ein? Mead strich die braunen Sofakissen glatt. Sharon ist viel zu nachsichtig mit dem Jungen. Sicherlich ist es schwierig ohne Vater, trotzdem lässt sie ihm zu viel durchgehen. Was er braucht, ist Disziplin. Die Wehrpflicht hätte nie abgeschafft werden dürfen. Andererseits ist die Armee auch nicht mehr das, was sie mal war. Herrgott, heute kann man seinen Ausbilder wahrscheinlich wegen Beleidigung verklagen. Als Mead in Fort Benning war, kamen fünf Männer ums Leben. Aber schließlich wurden sie ja für den Kampf gegen die Deutschen und die Japaner gedrillt.

Mead ging zum Kaminsims und nahm das mit Holz eingefasste Glaskästchen herunter, das sein Purple Heart, das silberne Flügelabzeichen der Fallschirmjäger, den Bronze Star und die Medaille für die Teilnahme am Europafeldzug enthielt. Das Kästchen hatte ihm Sophie geschenkt, denn sie bestand darauf, dass er einige seiner Auszeichnungen zur Schau stellte. (Sie war so stolz auf ihn gewesen.) Behutsam öffnete er es, nahm die Ehrenabzeichen nacheinander heraus und legte sie sich auf die Handfläche. Auf der Rückseite des Purple Heart war die Inschrift *Für militärische Verdienste* eingraviert, was ihn schon immer geärgert hatte. Zum Henker mit den Verdiensten, ich bin nur einer Flakeinheit in die Quere gekommen.

Er legte die Medaillen ins Kästchen zurück und klappte es zu. Sophie hatte stets eine gewisse Ehrfurcht empfunden vor dem, was er getan hatte. Wie auch all die anderen, seine Verwandten, Freunde und Nachbarn. Obwohl sie eigentlich gar nicht wussten, was er dort gemacht hatte, verehrten sie ihn dafür. Aber inzwischen waren die meisten von ihnen tot. Und über diese Dinge sprach er ohnehin nie. Während all des Rummels um den fünfzigsten Jahrestag der Landung in der Normandie hatte Sophie ihn überreden wollen, noch einmal nach Frankreich zu reisen, doch er hatte sich geweigert. Seit 1945 hatte er keinen Fuß mehr auf europäischen Boden gesetzt – und er wollte verdammt sein, wenn er es je wieder tat.

In den ersten Jahren nach seiner Heimkehr hatte Sophie

versucht, ihm Geschichten zu entlocken. Sie hoffte, dadurch nachvollziehen zu können, was er durchgemacht hatte, und ihn besser zu verstehen. Doch es gelang ihr nicht. Es gelang niemandem. Natürlich hätte er viel erzählen können. Nur nichts, was er erzählen *wollte*. Über Jahre hinweg trug er seinen ganz persönlichen Kampf aus – ein Hauen und Stechen, ein Ringen und Raufen mit all den Bildern, Geräuschen und Gesichtern, die in ganz unerwarteten Momenten wieder auftauchten. Und dann, am Tiefpunkt seiner Kräfte angelangt, schloss er eine Art Waffenstillstand: Ihr lasst mich zufrieden und ich euch. So lautete die Abmachung. Und er hatte seinen Teil davon erfüllt, Veteranentreffen gemieden und alle Nachfragen höflich zurückgewiesen. Und nichts, absolut nichts würde ihn jetzt umstimmen können. Er hatte nie begriffen, wie andere Veteranen auf Cocktailpartys immer und immer wieder durchkauten, wie sie diese Anhöhe und jenes Wäldchen erstürmt hatten. Es war verlogen, fand er, sie reduzierten den Krieg auf einzelne Szenen, als wäre er einem Drehbuch gefolgt. Und sie erzählten nie die ganze Wahrheit. Nicht einmal annähernd.

Sachte wischte er mit dem Ärmel über das Glaskästchen, dann nahm er sein Kreuzworträtselheft zur Hand, griff nach einem Bleistift aus dem silbernen Behälter auf dem Beistelltisch – stets gefüllt mit frisch gespitzten Bleistiften, die Spitze nach unten –, ließ sich in den Sessel sinken und zog die Gleitsichtbrille aus der Brusttasche. Die ersten beiden Wörter wusste er auf Anhieb, beim dritten musste er sein Kreuzworträtsellexikon zu Rate ziehen. Doch sosehr er sich auch anstrengte, seine Gedanken kreisten immer wieder um die Gesichter an der Tür.

Es gab eine Zeit unmittelbar nach dem Krieg, als er glaubte, es nicht mehr aushalten zu können. Seiner Mutter war es zuerst aufgefallen.

»Ich wusste, dass du nicht mehr derselbe sein würdest«, sagte sie leise eines Abends bei Tisch, einige Wochen nach seiner Heimkehr. »Weiß Gott, bei deinem Vater war es ganz genauso. Aber ich dachte immer ...« Sie rang um Fassung und straffte die Schultern. »Ich dachte trotzdem, ich würde dich wiedererkennen.«

Dann begann er zu trinken und hörte erst damit auf, als Sophie an einem Abend des Jahres 1948 sämtliche Flaschen in den Ausguss kippte und drohte, ihn zu verlassen. »Ich will nicht mit einem Säufer zusammenleben«, sagte sie unter Tränen. Auf ihr Drängen hin ging er dann einmal wöchentlich zu dem Pfarrer ihrer Gemeinde.

»Ich weiß genau, was Sie empfinden«, meinte Reverend Hadding, der Militärgeistlicher bei der Ersten Infanteriedivision in Sizilien gewesen war und drei Finger der linken Hand verloren hatte. »Ich habe auch so meine Tage. Wie wir alle. Es ist ein Teil unseres Lebens. Ein unvergesslicher Teil, keine Frage, aber meine Güte, das Leben geht weiter.«

Daran versuchte Mead sich zu halten. Er strebte einzig und allein danach, ein einfaches, anständiges Leben zu führen, mit ein paar Annehmlichkeiten, die Sophie zu ihrem Glück brauchte. Er arbeitete hart in seinem Beruf als Ingenieur und stieg allmählich die Karriereleiter hinauf, zeigte aber keinerlei Neigungen zu einer Führungsposition, was teilweise auch daran lag, dass er sich nicht dazu berufen fühlte, andere Menschen anzuleiten. Er sparte, unterstützte Sophie stets bei der alljährlichen kirchlichen Sammelaktion für die Hungernden, spendete mindestens zweimal im Jahr Blut (*Wir haben kein Blutplasma mehr, Captain*), und kramte in seinen Taschen stets nach Kleingeld für die Heilsarmee oder sonstige Bedürftige. Aber sosehr er auch darauf bedacht war, ein anständiges Leben zu führen, sosehr er sich bemühte, dem Beispiel der anderen Veteranen zu folgen und die Vergangenheit zu vergessen (*Vergangenes soll man ruhen lassen*) – im Lauf der Jahre tauchten immer wieder flüchtige Bilder jener Gesichter auf, Bilder, die ihn tagelang erzittern und verstummen ließen.

Während ihres ersten Urlaubs in Hawaii saßen Mead und Sophie am Hotelswimmingpool, als eine Gruppe deutscher Touristen auftauchte und sich neben ihnen niederließ. Es waren drei Pärchen, alle jung und sonnengebräunt. Zunächst versuchte Mead sie zu ignorieren, aber beim kehligen Klang ihrer Stimmen brach ihm bald der Schweiß aus. Und dann blickte er auf den jungen Mann, der ihm am nächsten saß – vielleicht zwanzig, mit hoher Stirn – und erkannte die Ähnlichkeit.

»Was hast du denn, Schatz?«, wandte sich Sophie an ihn.

»Ich ... nichts.« Mead starrte wieder auf die Zeitung und versuchte das Zittern seiner Hände zu unterdrücken. Der junge Deutsche sagte etwas zu seiner Freundin und brach in Gelächter aus.

»Ist mit dir alles in Ordnung?«

»Ja, ja.« Mittlerweile hatte Mead einen hochroten Kopf.

Sophie erhob sich, setzte sich auf den Rand seines Liegestuhls und befühlte seine Stirn. »Meine Güte, du glühst ja. Hast du vielleicht was Falsches gegessen?«

»Ich denke, ich gehe ein Weilchen aufs Zimmer.« Er versuchte die deutschen Laute zu seiner Linken auszublenden. *Nicht schießen!*

»Komm, ich helfe dir. Soll ich einen Arzt rufen?«

»Ist schon gut.«

Den Rest des Tages verbrachte er zitternd im Bett, während Sophie ihn hielt. Doch sooft sie ihn auch fragte, er konnte ihr nicht sagen, was los war.

Mead legte das Kreuzworträtselheft beiseite und nahm die Brille ab. Er fühlte sich ungewöhnlich müde. Kurz überlegte er, ob er ein Nickerchen machen sollte, aber er hatte immer ein schlechtes Gewissen, wenn er tagsüber schlief. Lieber noch mal die Kaffeemaschine anwerfen. Bloß ein halbes Tässchen. Er hatte nur einen Moment lang die Augen geschlossen, da merkte er, wie er fiel. Seine Hand suchte nach einem Halt, doch es war zu spät.

Allein schon ins Flugzeug zu kommen war eine Strapaze, mit den zusätzlichen fünfzig Kilo Gepäck und bereits benommen von den Pillen gegen die Luftkrankheit. Sein Springeranzug war steif und juckte wegen der chemischen Behandlung, die vor Giftgas schützen sollte. Immer wieder vergewisserte er sich nervös, dass seine Ausrüstung unter dem Gurtwerk des Fallschirms und der gelben Rettungsweste ordentlich befestigt war. Da er auf dem Klappsitz nicht bequem sitzen konnte, kniete er sich auf den Boden und stützte Ausrüstung und Fallschirm auf dem Sitz hinter sich auf. In seinen Eingeweiden rumorte die Angst. Zum dritten Mal an diesem Abend ging er in Gedanken jeden einzelnen Gegenstand durch: das M1-Gewehr, zerlegt und sicher verpackt in ein gepolstertes Gewehretui, das unter seinem Reservefallschirm festgezurrt war; drei Patronengurte, davon einer für MGs; eine Pistole Kaliber 45; zwei Dosen MG-Munition; eine Hawkins-Antipanzergranate; ein Spaten; eine Seilrolle für den Fall, dass er sich von einem Baum herablassen musste; die Ausrüstung für eine eventuelle Flucht, bestehend aus französischen Francs, einer kleinen Bügelsäge, einem Kompass und einer Frankreich-Karte aus Stoff; ein Knackfrosch aus Messing zum Signalgeben; eine Gasmaske, festgebunden am linken Bein; vier Blöcke TNT; zwei Verbandspäckchen; ein französisches Wörterbuch; ein Fallschirmjäger-, ein Graben- und ein Klappmesser; eine Feldflasche; zwei Rauchbomben; vier Splittergranaten; eine Gammon-Handgranate; zusätzliche Kleidung; zwei Stangen Zigaretten; ein in braunes Kunstleder gebundenes Militärgebetsbuch; Toilettenartikel und Verpflegung; Sophies Briefe.

Erneut empfand er das Bedürfnis, sich zu erleichtern. Aber dafür war es jetzt zu spät. Mussten die Nerven sein. Mühsam fischte er eine weitere Zigarette aus der Packung und zündete sie an, während sie endlos über England kreisten und eine V-Formation bildeten. Bestimmt an die tausend Flugzeuge. Wie viele würden abgeschossen werden, zwanzig, dreißig Prozent? Lass mich einfach nur lebend aus diesem Flugzeug kommen – gib mir eine Chance zu kämpfen.

Die letzten Tage hatten sie mit dem Studium von Landkarten, Luftaufnahmen und dreidimensionalen Modellen der

Normandie zugebracht und sich jede Straße und jede Geschützstellung gründlich eingeprägt. Die Einsatzbesprechungen dauerten Stunden, und in den Pausen wurden ihnen die besten Mahlzeiten aufgetischt, die sie seit Monaten bekommen hatten – sogar Eiscreme mit Nachschlag –, und lachend salutierten sie vor den Männern, die in den verschiedenen deutschen Uniformtypen und mit diversen deutschen Waffen im Lager herumspazierten, um die Truppe damit vertraut zu machen.

Zwei Stunden nach dem Start ging es endlich in Richtung Ärmelkanal. Jetzt ist es also so weit. Die entscheidende Nacht. Erneut zündete sich Mead, der erst vor ein paar Wochen zu rauchen begonnen hatte, eine Zigarette an und ging ein weiteres Mal seine Ausrüstung durch, angefangen beim Gewehr.

Nachdem er sich überzeugt hatte, dass alles sicher verstaut und am richtigen Platz war, sah er zu Jimmy Smith auf der anderen Seite des Gangs hinüber, doch der erwiderte seinen Blick nicht. Der schlaksige Bursche aus Kentucky mit dem Spitznamen Jimbo entstammte einer stolzen Ahnenreihe von Schwarzbrennern und hatte beim Pokern in einer einzigen Nacht eintausend Dollar gewonnen, die er prompt seiner Mutter schickte. Er und Mead hatten sich rasch angefreundet, als sie beide feststellten, dass sie unter unsäglicher Höhenangst litten, was sie vor den anderen krampfhaft zu verbergen suchten. »Bei mehr als drei Metern über dem Boden geht mir jeder Mumm flöten«, hatte ihm Jimbo mit seinem gedehnten Akzent zugeflüstert, als sie in Benning mit klappernden Zähnen auf einen der knapp achtzig Meter hohen Türme gestiegen waren, um einen Übungssprung zu absolvieren.

Mead vermied es, nach unten zu schauen. »Warum zum Teufel hast du dich dann freiwillig zu den Luftlandetruppen gemeldet?«

»Um bei den Mädchen Eindruck zu schinden, warum denn sonst?«

»Dumme Frage.«

»Und du?«

Mead klammerte sich ans Geländer und hoffte, dass seine Knie nicht nachgeben würden. »Ich hab gedacht, es würde mich von meiner Angst kurieren.«

»Hat's geklappt?«

»Bis jetzt noch nicht.«

Bei einem letzten Übungssprung in England war Jimbo durch das Glasdach eines Gewächshauses auf einem Landgut gestürzt und hatte sich mehrere Schnittwunden zugezogen. (Ein anderer Fallschirmjäger war bei einer ähnlichen Landung ums Leben gekommen, weil ihm die Glasscherben die Halsschlagader durchschnitten hatten.) Obwohl er am Kinn, an der Stirn, an den Händen und den Schienbeinen genäht werden musste, weigerte er sich zurückzubleiben. Denn für dieses Kunststück, meinte er, würde man ihn in ganz Kentucky auslachen. »Kapiert doch, ich kann nicht nach Hause zurück ohne eine gute Geschichte«, erklärte er. »Und zwar eine *wirklich* gute Geschichte.«

Jimbo wurde von seinen Kameraden oft wegen seiner Bildungslücken und seines extremen Aberglaubens geneckt – einmal täuschte er Übelkeit vor, um nicht an einer Schießübung mit Gefechtsmunition teilnehmen zu müssen, und das nur, weil er eine Warnung aus seinem morgendlichen Rührei herausgelesen hatte. Dennoch hatte er mehr gesunden Menschenverstand als die meisten anderen in der Truppe und einen sechsten Sinn, der geradezu unheimlich war. An dem besagten Tag waren zwei Männer umgekommen. Und kurz vor Beginn der Invasion wurde gemunkelt, Jimbo wisse genau, wer zurückkommen würde und wer nicht.

»Und was ist mit dir und mit mir?«, hatte Mead beunruhigt gefragt.

»Oh, darüber kann ich überhaupt nichts sagen«, hatte Jimbo erwidert und war Meads Blick ausgewichen.

Als das Flugzeug zu wackeln begann, blickte Mead erneut zu Jimbo hinüber, der schweigend und mit gesenktem Kopf dasaß, die Arme vor dem Reservefallschirm verschränkt.

Hinter den deutschen Linien. Dort würden sie bald sein.

Was dasselbe war wie »umzingelt«. Und diese hilflosen Momente des Hinabschwebens, wenn man völlig ungeschützt war. Mead versuchte den stechenden Schmerz in seinem Gedärm zu ignorieren. In einem See zu landen war das Schlimmste. Darin waren sich alle einig gewesen. Er betrachtete das Fallschirmgurtwerk und seine Ausrüstung und überlegte, wie schnell er es loswerden konnte, wenn er unterging. Nicht schnell genug. Keine Chance. Oder würde er in einem Baum landen oder auf einem Gebäude oder gar rittlings auf einem schmiedeeisernen Gitter? Herrgott, wie verdammt gefährlich das doch alles war! Wer weiß, womöglich landet man sogar direkt auf dem Turm eines Panther-Panzers!

Er betrachtete die Reihe verdrossener Gesichter in dem schwachen bläulichen Licht. Heilige Mutter Gottes, lass mich diese Nacht überstehen!

Beim Tiefergehen weitere Turbulenzen: Alle zuckten zusammen beim Geräusch von Flakfeuer, das zunehmend lauter wurde, so dass einige Männer sich die Hände vors Gesicht schlugen. Jimbo übergab sich und besudelte seine ganze Ausrüstung. »Ich halte alles aus, aber nicht dieses verfluchte Gewackel«, stöhnte er.

Durch die offene Luke am Heck sah Mead, wie die roten, grünen und blauen Leuchtspurgeschosse vorbeizischten und über ihnen explodierten, worauf die Maschine stark nach oben zog. Dann waren Explosionen unter ihnen zu hören, und als plötzlich Flakfeuer auf die Flügel prasselte wie Hagel auf ein Blechdach, wurde den Männern befohlen aufzustehen. Sechzehn Karabiner klickten, als sie ihre Aufziehleinen an dem Stahlseil, das über dem Mittelgang verlief, einklinkten. Alle Blicke waren auf das rote Licht am hinteren Ausstieg geheftet. *Nichts wie raus hier.*

»Ich sterbe«, sagte Jimbo und versuchte auf den Beinen zu bleiben, während er sich erneut übergab. Das Flugzeug schwenkte abrupt nach links, so dass Jimbo gegen Mead prallte und dieser sich an der Aufziehleine festhalten musste. »Worauf zum Teufel warten wir denn?«

Endlich Grün – *Los, los, los!* –, und schon war Mead in der Luft, der Windstoß des Propellers traf ihn wie ein Schlag – *einundzwanzig* –, über ihm öffnete sich krachend der Fallschirm, die Spannseile und Verbindungsstücke zischten ihm an den Ohren vorbei – *zweiundzwanzig* –, er machte sich auf den plötzlichen Ruck beim Öffnen der Fallschirmkappe gefasst – *plopp!* Er blickte nach oben. *Gott sei Dank*. Unter ihm kam das zornige Bellen von Maschinengewehren und Flugabwehrgeschützen immer näher. Verzweifelt versuchte er von den orangefarbenen Blitzen wegzusteuern und sich möglichst klein zu machen. Er zog die Beine an, um den Unterleib zu schützen, weil er glaubte, sie hätten ihn ins Visier genommen. *Und wenn ich direkt auf ihren Köpfen lande? Herr Jesus! Verlass mich nicht, Herr. Bitte verlass mich nicht.*

Er versuchte noch, den Boden zu erkennen, als er schon auftraf, ein kurzes Stück rutschte und sogleich hektisch den Fallschirm zusammenraffte. Nachdem er Reserveschirm und Gurte abgeschnallt hatte, rollte er den Schirm rasch zusammen, verstaute ihn im Unterholz und kroch hinter einen Baum, wo er sein Gewehr zusammenbaute und dabei versuchte, aus den schattenhaften Umrissen ringsum schlau zu werden. War das ein Strauch? Eine Kuh? Und dieses Geräusch dort drüben? Dann wieder Schüsse, diesmal deutlich näher. Er befühlte seine Taschen. Wo steckt bloß der verdammte Knackfrosch?

Über ihm das tiefe, klagende Brummen der Flugzeuge. In ehrfürchtigem Schrecken starrte er auf die Leuchtspuren, die Flakfeuer und die brennenden Flugzeugteile, die vom Himmel stürzten. Er konnte zwei Maschinen erkennen, deren Motoren Feuer gefangen hatten, und beobachtete, wie eine weitere direkt in eine Flaksalve geriet und zerfetzt wurde. Himmel, was ist, wenn die Landungstruppen zurückgeschlagen werden? Wenn wir hier allein zurückbleiben?

Zu seiner Rechten wieder Schüsse von Handfeuerwaffen. Eine deutsche Maschinenpistole. Den Klang kannte er aus der Ausbildung, es hörte sich an wie Rülpsen. Er kniff die Augen zusammen und konnte eine Gestalt erkennen, die stöhnend neben einem Fallschirm auf dem Boden hockte.

»Hab mir das blöde Bein gebrochen.«

Ein Kamerad. Mead versprach, den Sanitätern Bescheid zu sagen, dann schulterte er seine Ausrüstung, packte die Gasmaske weg und kroch auf allen vieren weiter durchs Unterholz. Wo sind sie nur alle?

Hinter einer kleinen Lichtung sah er jemanden von einem hohen Baum herabhängen. Er schlich näher heran, bis ein weißer Blitz, der von den Wolken reflektiert wurde, seinen Lichtschein auf das ausdruckslose Gesicht von Louie Lathrop warf, einem ruhigen, aber kräftig gebauten College-Studenten aus Kalifornien. Seine Stiefel baumelten nur knapp zwei Meter über dem Boden.

»Louie, alles in Ordnung?« Mead zog an einem Bein, worauf Louies Körper hin- und herpendelte. »Louie?«

Auf einmal Stimmen von Deutschen – *Amerikanische Fallschirmjäger!* –, so dass sich Mead schnell wieder im Gestrüpp verkroch. Eine kurze Maschinengewehrsalve peitschte gegen Louies Körper und ließ ihn wieder hin- und herschwingen. *Scheißkerle.* Mead zielte mit seiner M1 auf einen Mann aus dem Dutzend vorbeiziehender Soldaten. Soll ich abdrücken? Alle erwische ich auf keinen Fall. Aber mindestens zwei von ihnen. Zwei für einen. Genug, um auf lange Sicht einen Krieg zu gewinnen. Man würde von ihm erwarten, dass er schoss. Wahrscheinlich sein sicherer Tod, aber dafür war er schließlich ausgebildet worden, oder etwa nicht? Für den *Krieg.* Allerdings sträubte sich alles in ihm. Abermals legte er das Gewehr an, musste blinzelte, weil ihm Schweiß in die Augen lief, und zögerte. Zu spät. Die Gestalten rannten die Straße hinunter. Wie viele Amerikaner werden sie noch umbringen?

Ein paar Minuten verharrte Mead im Gestrüpp, schaute auf seinen Kompass und versuchte herauszufinden, wie weit er vom Sammelpunkt entfernt war. Er rief sich sämtliche Details des Sandkastenmodells, das sie damals in England studiert hatten, in Erinnerung und suchte den Horizont nach möglichen Orientierungspunkten ab, konnte aber nichts Vertrautes entdecken. Verdammt noch mal, wo waren sie nur alle? Über ihm schwebte ein Fallschirmjäger heran, von dem etwas herabhing, das wie ein abgewickeltes Seil aussah. Mead beobachtete, wie der Amerikaner näher kam. Gott im Himmel, Eingeweide! Als der Mann auf den Boden aufschlug, lief Mead sofort zu ihm. Der Mann war tot.

Da hörte er jemanden jenseits des Feldes rufen. In gebückter Haltung rannte er dorthin und warf sich immer wieder flach auf den Boden, um nach möglichen Feinden Ausschau zu halten.

»Hilfe«, schrie eine heisere Stimme.

Mead rannte die letzten Meter, bis er auf einen Amerikaner stieß, der rücklings auf dem Boden lag und einen Arm gegen die Brust drückte. »Bist du's, Jimbo?«

»Herrgott, Mead, ich hab meine Hand verloren. Ich kann meine verdammte Hand nicht finden!«

»Okay, beruhig dich erst mal, und lass mich sehen.« Mead löste rasch das Erste-Hilfe-Päckchen von seinem Patronengurt und beugte sich über Jimbo. Als er behutsam Jimbos gesunden Arm wegschob, sah er, dass die Hand des anderen Arms direkt über dem Handgelenk abgetrennt war. Aus der Wunde ragten gesplitterte Knochen, Blut strömte heraus.

»Sie ist weg. Meine Hand ist weg.«

»Es wird alles gut, Jimbo. Ich hole dir Hilfe.« Mead sah sich um, aber da war niemand. Ich muss nachdenken. Also, erst die Blutung stoppen, dann einen Sanitäter auftreiben. Herrgott, wo sind sie denn alle abgeblieben?

»Ich glaube, ich sterbe, Mead. Ganz im Ernst, ich glaub wirklich, mit mir geht's zu Ende.«

»Mensch, Kumpel, deine Verletzung ist doch ein Freifahrschein nach Hause.« Mead versuchte seine zitternden Hände ruhig zu halten, als er das Verbandspäckchen öffnete, das Tuch für die Aderpresse herausnahm und sie sorgsam fünf Zentimeter oberhalb der Wunde anlegte. War es so fest genug? Er versuchte sich an den Erste-Hilfe-Unterricht zu erinnern, konnte aber keinen klaren Gedanken fassen. Warum hatten sie ihn nicht gründlicher ausgebildet? Nachdem er den Sitz der Aderpresse erneut überprüft hatte, riss er ein Päckchen Sulfonamid auf, streute es über den Wundstumpf und unterdrückte dabei einen Würgreiz.

»Ich habe nicht mal eine gute Geschichte.« Jimbo begann zu schluchzen.

»Na klar doch.«

»Meinst du wirklich?«

»Na, wenn das nicht eine verdammt gute Geschichte ist! Aber jetzt ruh dich aus.«

Jimbo wirkte verwirrt. »Mir gehen so viele Dinge durch den Kopf, das kannst du dir gar nicht vorstellen.«

»Denk doch mal an das warme Bett, das du drüben in England haben wirst, während wir anderen armen Schweine hier festsitzen.«

»Hoffentlich ist meine Mutter nicht allein, wenn sie es ihr sagen. Seit mein Vater tot ist ...«

»Schscht.« Mead nahm Jimbo den Helm ab und befühlte seine Stirn, die noch mit Leinöl geschwärzt war. »Denk nur mal an die Schwestern, du Glückspilz.« Dann versuchte er die Wunde zu verbinden und zuckte zusammen, als er Gaze um das Fleisch und die Knochen wickelte.

»Mir geht's gar nicht gut. Ich kann nicht mal die Beine bewegen.«

Mead sah sich Jimbos Beine an, konnte aber keine Verletzung erkennen. »Das kommt nur vom Schock.« Er nahm eine Morphiumspritze heraus und schnitt mit dem Messer einen Schlitz in Jimbos Uniform, ehe er ihm die Spritze in den unverletzten Arm setzte.

Jimbo stöhnte noch immer und warf unentwegt den Kopf hin und her.

»Jetzt wird's dir gleich besser gehen.« Mead schraubte seine Feldflasche auf und hielt sie Jimbo an die Lippen. »Es wird alles gut, Kumpel.«

Jimbo starrte ihn mit einem Blick an, der voller Angst war. »Ich sage dir, mir geht's wirklich nicht besonders.«

»Das Morphium wird gleich wirken. Dann spürst du nichts mehr.« Erneut blickte sich Mead um, weil er plötzlich fürchtete, die Deutschen könnten sie entdecken. Er griff nach seinem Gewehr. »Bleib einfach einen Augenblick liegen, ich hole schnell Hilfe.«

Jimbo packte Mead mit der gesunden Hand am Arm. »Geh nicht weg. Ich will nicht allein sein.«

»Ich muss aber unbedingt Hilfe holen.« Mead sah, dass Jimbo kreidebleich wurde. Saß die Aderpresse fest genug? Er löste sie und zog sie wieder so weit an, dass die Blutung abnahm.

»Ich hab immer geglaubt, du würdest es sein«, flüsterte Jimbo, der zunehmend undeutlicher sprach.

»Wovon redest du?«

»Ich dachte immer, dich würde es erwischen, nicht mich.«

»Na, vielen Dank.«

Jimbo versuchte zu lachen, brach jedoch in Tränen aus. »Mir geht's nicht gut.« Er verdrehte die Augen, dass nur noch das Weiße zu sehen war, dann versuchte er den Blick wieder auf Mead zu richten.

»Möchtest du noch mehr Wasser, bevor ich gehe?« Jimbo antwortete nicht. Da bemerkte Mead, dass der Boden unter Jimbos Kopf blutig war. *O nein.* Sachte drehte er ihn auf die Seite und sah einen Granatsplitter aus seinem Nacken ragen.

»Was ist?«

»Nichts, gar nichts«, erwiderte Mead mit möglichst fester Stimme und zog Jimbos Ausrüstung zu sich heran, um ihn in Seitenlage zu halten. Er konnte das Zittern seiner Hände nicht unterdrücken, während er sich darüber klar zu werden versuchte, was nun zu tun war. Eine Kompresse kann ich wegen des Splitters nicht anlegen. Soll ich versuchen, den Splitter herauszuziehen, oder einfach nur die Wunde verbinden?

»Ich spüre meine Hand immer noch.«

»Sei ganz ruhig, spar dir deine Kräfte auf.« Mead streute Sulfonamidpulver auf die Nackenverletzung und gab Jimbo eine weitere Morphiumspritze in den Arm.

»Ich will, dass meine Mutter das Geld von der Versicherung bekommt, hörst du? Sag ihr, sie soll damit das Haus abzahlen.« Nun rang Jimbo nach Luft. »Und Onkel Frankie darf keinen Cent davon kriegen.«

»Das kannst du ihr doch alles selbst sagen.«

»Mir geht so vieles durch den Kopf, Mead.«

»Ich hole jetzt Hilfe, ja?«

»Noch nie in meinem Leben habe ich über so viele Dinge nachgedacht.«

»Bleib einfach nur ruhig liegen, ich bin in ein paar Minuten zurück.«

»Herrgott, das wird meine Mutter nicht verkraften.«

»Still jetzt.« Mead suchte den Horizont nach irgendwelchen Bewegungen ab.

»Es sind zehntausend Dollar, stimmt's? Kriegt sie nicht zehntausend Dollar? Das Geld könnte sie wirklich gut gebrauchen, um das Haus vielleicht neu streichen zu lassen und das Dach zu reparieren. Das blöde Dach ist schon seit Jahren undicht …«

Und als Mead den Kopf seines Kameraden in die Hände nahm, wusste er, dass er tot war.

Andrew saß auf dem Bett, hörte Musik über Kopfhörer und sang dazu, wobei er das eine Ohr nicht ganz abgedeckt hatte, um aufzupassen, dass er nicht zu laut wurde. Vielleicht sollte er auf ein Karaokegerät sparen und ein paar Demo-Aufnahmen machen. Er stellte sich vor, wie mehrere Topmanager der Musikbranche an einem großen glänzenden Konferenztisch in Hollywood saßen und ihm mit offenem Mund zuhörten. *Wer ist dieser Junge?*

Er kniete sich vor das Fenster und blinzelte ins grelle Sonnenlicht hinaus, wo sich gerade ein kleiner Vogel an dem Vogelbad aus Beton niederließ, das inmitten eines überwucherten Gemüsebeets im nicht ganz so gepflegten schmalen Gartenstück seitlich des Hauses stand. Der Vogel wandte den Kopf hierhin und dorthin, dann schaute er zu Andrew hinüber.

»Bist du's, Matt?«

Der Vogel legte spöttisch den Kopf schief, hüpfte ein wenig am Rand des Bades entlang und flog schließlich davon.

Andrew öffnete das Fenster und inspizierte das Fliegengitter. Unbemerkt hinauszuklettern wäre ein Kinderspiel. Aber wohin sollte er gehen? In dieser Gegend schien es nur alte Leute zu geben. Es war wohl das stillste Viertel auf der ganzen Welt, als ob alle im Koma vor sich hindämmerten und es nur eine Frage der Zeit wäre, bis die Verwandten erschienen und laut aufschrien.

Gerade als er den Rahmen des Fliegengitters aufstemmen wollte, ließ ihn ein lautes Klopfen an der Tür zusammenfahren.

»Ich dachte mir, wir könnten einen Ausflug machen«, sagte sein Großvater von der anderen Seite der Tür. »Vielleicht zum Strand runter.«

Rasch schloss Andrew das Fenster und setzte sich an den Schreibtisch. Was sollte er denn mit seinem Großvater am Strand? »Ich muss noch eine Menge arbeiten.«

»Das kannst du doch später auch noch.«

Eigentlich wäre es ja gar nicht schlecht, sich mal am Strand umzusehen. Er war erst einmal am Meer gewesen, und zwar im Winter an der Ostküste. (Bei ihrer alljährlichen Rundreise zur Verwandtschaft im Mittleren Westen, die über Michigan und Ohio verstreut war, hatten die Großeltern sie jedes Mal in Chicago besucht.) Ein Strand in Südkalifornien war da schon etwas ganz anderes. Aber zusammen mit seinem Großvater?

»Ja, ich bin dabei. Soll ich mir die Badehose anziehen?«

»Klar. Ich nehme die Handtücher mit.«

*Die Handtücher?* Wollte er denn auch schwimmen? Na großartig, ich gehe mit dem Grufti plantschen.

Mead stand in der Küche, er trug marineblaue Shorts, ein weißes, kurzärmeliges Hemd mit Knopfkragen, weiße Socken und weiße, funkelnagelneue Ledersportschuhe, wie man sie von Krankenschwestern kannte. Den Kopf schmückte ein weißer Strohhut mit schwarzem Band, der aussah wie vom Kostümverleih, und an seine goldgeränderte Brille hatte er getönte Gläser geklemmt, die hochgeklappt waren. Andrew dachte: So was Albernes habe ich selten gesehen.

Während der Fahrt schwiegen beide vor sich hin. Andrew betrachtete durchs Fenster die Palmen und Kakteen und versuchte sich einzuprägen, wie man zum 7-Eleven-Supermarkt in der Einkaufsstraße kam, die sie passierten. Nach dreißig Minuten waren sie am Strand. Mead steuerte einen besonders strandnahen Parkplatz an, der aber auch besonders teuer war, dann nahm er die Badetasche aus Leinen und die Handtücher, die er sich um den Hals hängte. Andrew trug die Wasserflasche und die beiden Klappstühle, die sie im Kofferraum verstaut hatten.

Als sie an einem Surfbrettverleih vorbeikamen, beäugte Andrew einen sonnengebräunten Teenager, der gelangweilt neben seinen Boogieboards hockte. Na, das wäre auch ein Job für mich.

»Wir können gern eines ausleihen, wenn du möchtest«, sagte Mead.

»Vielleicht später«, erwiderte Andrew achselzuckend.

»Du kannst doch schwimmen, oder?«

»Klar kann ich schwimmen.« In Wahrheit war Andrew ein ziemlich mäßiger Schwimmer. Er hatte in dem YMCA-Sportzentrum zu Hause ein paar Unterrichtsstunden genommen, war dann aber nicht mehr hingegangen, nachdem ihn mehrere Hispano-Rudelbumser in der Umkleide mit Handtüchern verhauen hatten. Im Meer war er noch nie geschwommen, und die Wellen sahen riesig aus.

Als sie die beiden Stühle im Sand aufgestellt hatten, überlegte sich Andrew, was er tun sollte. Dabei musterte er die anderen Jugendlichen, die er um ihre Bräune, ihre Muskeln und ihr sonnengebleichtes Haar beneidete. Nicht zu fassen, wie glücklich sie wirkten, was für ein strahlendes, selbstbewusstes Lächeln sie zur Schau trugen, wenn sie mit ihren Surfbrettern vorbeiliefen und ins Wasser sprangen. Und die Mädchen waren unglaublich – die schönsten, die er je gesehen hatte, so dass für ihn bereits feststand, dass er den Tag nicht überstehen würde, ohne sich nach allen Regeln der Kunst einen runterzuholen. Er kam sich albern vor, wie er käseweiß neben seinem genauso käseweißen Großvater stand. Plötzlich merkte er, dass seine Badehose viel zu kurz war. Er versuchte sie tiefer zu ziehen, dann kickte er in den Sand und machte ein paar Schritte Richtung Wasser.

»Gehst du rein?«, fragte sein Großvater und nahm ein Buch aus seiner Tasche.

»Mal sehen.«

»Was nuschelst du?«

»Ich habe gesagt: Mal sehen.«

»Das Wasser hat um die zwanzig Grad. Die Strömung geht in südliche Richtung, also behalte die Rettungswacht hinter uns im Blick, sonst landest du noch in Mexiko.«

Andrew schaute zu dem Hochsitz hinauf.

»Und gib auf Unterströmungen Acht. Du weißt, wie du dich verhalten musst, ja?«

»Logisch.«

Sein Großvater sah ihn zweifelnd an. »Du darfst nicht dagegen anschwimmen, verstanden? Schwimm parallel zur Welle, bis du aus ihr raus bist. Und gerate nicht in Panik.«

Andrew streifte sein T-Shirt ab, straffte die Schultern und lief zum Wasser, erst im flotten Schritt, dann gemächlicher. Ein echter kalifornischer Strand. Unwillkürlich musste er lächeln, als er den warmen Sand zwischen den Zehen spürte. Zwei etwa gleichaltrige Mädchen spazierten vorbei, als er ans Wasser gelangte, würdigten ihn jedoch keines Blickes. Sie trugen knappe Bikinis, lachten und drehten den Kopf so, dass ihr langes, makelloses Haar im Wind wehte. *Leg mich flach.* Schnell prägte er sich ihre wesentlichen Merkmale ein und fügte sie zu der reichhaltigen Sammlung innerer Bilder hinzu, die er sich fast jede Nacht zu Gemüte führte. Er würde auf sie wichsen, und auch auf die Mädchen, die da oben in der Nähe seines Großvaters saßen, und auf die Blondine, die da vorn in den Wellen plantschte. Auf sie alle. Vor dem Bild jeder Einzelnen von ihnen würde er sich einen runterholen, so dass sie mitten in der Nacht aufwachen und spüren würden, dass jemand da draußen in der Welt geile Träume von ihnen hatte.

Er watete tiefer ins Wasser, ließ die Wellen an sich hochschwappen und nahm sich vor, eines Tages ein Haus an einem kalifornischen Strand zu bauen.

Mead beobachtete, wie sein Enkel ins Wasser stakste, und fragte sich, ob der Junge wirklich schwimmen konnte. Genau deswegen hatte er einen Platz direkt vor dem Ausguck der Rettungssschwimmer ausgesucht. Er drehte sich um und blickte zu dem Hochsitz hinauf, wo sich zwei schlaksige junge Burschen in knallroten Badehosen in ihren Stühlen fläzten, die Hände zufrieden hinter dem Kopf verschränkt. Nicht gerade der Inbegriff von Wachsamkeit. Beide trugen verspiegelte Sonnenbrillen, und Mead argwöhnte, dass sie womöglich schliefen. Waren wahrscheinlich auf Drogen. Herrgott, so wie es aussah, war das ganze Land verdorben. Nichts als Hascher und Pädophile. Er legte sein Buch beiseite und beschloss, selbst ein Auge auf Andrew zu haben.

Noch bis vor ein paar Jahren war Mead möglichst einmal im Monat zum Strand gefahren und hatte sich damit gebrüstet, es auch mit den größeren Wellen aufnehmen zu können. Am meisten hatte er die Luft hier genossen, die so rein und feucht in seinen Brustkorb strömte. Trotzdem hatten ihn Strände stets auch ein wenig melancholisch gemacht. Wenn er dort saß und auf die Wellen hinaussah, musste er daran denken, wie klein und unbedeutend er doch war. Schon lange vor seiner Geburt waren die immer gleichen Wellen hier angerollt, und noch lange nach seinem Tod würden sie weiterhin gleichgültig gegen diesen Strand branden. Er blickte zum

Horizont und versuchte sich die Erdkrümmung vorzustellen. Was hatte er in seinem Leben bewirkt? Wenig. (Den Krieg zählte er nicht dazu.)

Sophie hingegen hatte etwas bewirkt. Sie hatte das Leben vieler Menschen verändert. Zu ihrer Bestattung waren zweihundert Trauergäste erschienen, und alle wussten zahllose Geschichten darüber zu erzählen, wie die gütige und selbstlose Sophie ihnen geholfen hatte, Geschichten, die er zum ersten Mal hörte, denn so war Sophie nun mal, stets bescheiden. Einige dieser Leute versuchten in den Monaten nach Sophies Tod mit ihm in Verbindung zu bleiben, luden ihn zu Festen ein oder schickten ihm zuweilen Grußkarten. Aber im Lauf der Zeit klingelte das Telefon immer seltener. Und er hatte es so kommen sehen. Da war sein Freund Marty, der ihn überreden wollte, zurück nach Florida zu ziehen, in eine Seniorengemeinschaft, wogegen er sich jedoch sträubte. (Ihm war der Gedanke unerträglich, herumzusitzen und sich immer wieder die Geschichten anderer Leute anzuhören – die Reisen nach Kenia und in die Toskana und nach Machu Picchu und damals, als Milly von dem Gondoliere einen Heiratsantrag erhalten hatte, und natürlich der Krieg – als wäre der verdammte Krieg das Größte, was es überhaupt gab.) Ab und zu traf er sich mit Bob und Angela Wright oder spielte mit Harry Braxton Golf, aber das war auch schon alles. Er war nun mal nie ein besonders geselliger Mensch gewesen. Im Gegensatz zu Sophie, die bei ihren Gesellschaften immer den größten Teil der Plauderei bestritten hatte. (Und plaudern konnte sie, die Gute.) Mead kümmerte sich lieber um die Bar und den Grill und beschränkte sich auf einen gelegentlichen witzigen Einwurf. Stille Wasser, pflegte Sophie lächelnd zu sagen.

Er schaute zu, wie Andrew mit ungelenken, zögerlichen Schritten in die Brandung watete. Was für ein dürres Kerlchen.

Was ging nur im Kopf eines solchen Jungen vor? Das war Mead schleierhaft. Sophie hätte gewusst, wie sie an ihn herankommen konnte, sie fand immer einen goldrichtigen Weg.

Aber, Herr im Himmel, ihr wäre das Herz gebrochen, wenn sie hätte miterleben müssen, was aus ihrem Enkel geworden war. Sie würde das alles nicht verstehen. Ebenso wenig wie Mead.

Es lag am Irrsinn dieser Zeit, die Kinder wurden doch alle mit diesem Babynahrungsdreck gefüttert und wuchsen in zerrütteten Familienverhältnissen auf, weil vom Heiraten heutzutage niemand mehr etwas wissen wollte. Und die Kriminalität! Man sollte ein paar von denen im Shoppingcenter aufknüpfen und die Zwangsarbeit für Sträflinge wieder einführen. Mit Mead sollten sie sich aber besser nicht anlegen. Er hatte immer noch seine belgische Browning – leichter und treffsicherer als der übliche 45er Colt – in seiner Nachttischschublade, voll funktionstüchtig und geladen. Bei Harry Braxton war zweimal eingebrochen worden, und einer Nachbarin hatte man das Fahrrad aus dem Vorgarten gestohlen. Heutzutage konnte man niemandem mehr trauen. Das war die verdammt traurige Wahrheit. Fressen und gefressen werden, und der Letzte macht das Licht aus. Aber ihn würden sie nicht kriegen. Dafür würde er schon sorgen.

Andrew war jetzt im hüfthohen Wasser angelangt, tauchte unter den Wellen hindurch oder ließ sie über sich zusammenschlagen.

Vielleicht konnte Mead ihn in die Kirche mitnehmen und eine kleine Unterhaltung mit dem Pfarrer arrangieren. Mead hatte den Kirchgang ein bisschen schleifen lassen, seit Sophie gestorben war. Jedes Mal, wenn er hinging, erinnerte ihn alles an Sophies Beerdigung, bis er es nicht mehr ertrug, dort zu sitzen, der Orgel zuzuhören und zu dem Jesus an der Wand aufzusehen, der geduldig auf den Rest seiner Herde wartete. Tatsächlich war er seit mehr als einem Jahr nicht mehr in der Kirche gewesen. *Ich werde einen Fuß in der Tür behalten.* Er rückte seinen Hut zurecht und trank einen Schluck Wasser aus der Flasche. Ja, er war in so mancher Hinsicht nachlässig geworden. Er versuchte sich zu erinnern, wann er zuletzt Golf gespielt hatte oder beim Bowling gewesen war. Musste ein halbes Jahr her sein. Aber er hatte einfach keine Lust, so oft auszugehen wie früher. Am wohlsten fühlte er sich in seinem Sessel mit einem guten Steak, einem Bourbon und seinen Kreuzworträtseln. Es war nicht Glück, was er suchte. Nein, das hatte er in dem Moment aufgegeben, als Sophies Hand erschlaffte und er noch eine Stunde mit ihr allein bleiben durfte, ehe sie sie hinausschoben. Es ging nur um die kurzzeitige Abwesenheit von Schmerz.

Er blickte auf und beobachtete eine Seemöwe, die herabstieß, knapp über dem Wasser dahinglitt und mit den Wellen höher und tiefer ging.

Sophie war gern am Strand spazieren gegangen. Wenn er sie zu Hernandez zum Essen ausgeführt hatte – einmal in der Woche überkam sie beide ein Heißhunger auf Nachos und Tacos mit Huhn –, fuhren sie anschließend zum Strand hinunter und machten einen Verdauungsspaziergang, sie mit ihrem großen weißen Hut, dem Halstuch und der riesigen Sonnenbrille im Stil von Jackie O. Vielleicht mochten sie den Strand deshalb so sehr, weil sie aus dem Mittleren Westen stammten. Damals, bei ihren ersten Rendezvous, hatten sie sich oft ausgemalt, dass sie irgendwo leben wollten, wo es mit dem Auto nicht weit zur Küste war. Denn bislang kannten beide nur das langweilige Ufer des Lake Erie.

»Du siehst also, du musst aus dem Krieg wieder heimkommen. Denn du hast versprochen, dass wir zusammen ans Meer fahren«, hatte sie bei einem ihrer ersten Rendezvous gesagt.

Lächelnd dachte Mead daran zurück, wie nervös er gewesen war, als er ihr in der Imbissbude unweit des väterlichen Eisenwarengeschäfts, in dem er nach der Schule arbeitete, gegenübersaß. Ständig fragte er sich, ob sie nicht irgendein Irrtum bewogen habe, mit ihm auszugehen.

»Ich weiß noch was viel Besseres. Ich kaufe uns ein Haus am Strand. Dann gehen wir jeden Tag ans Meer.«

Sie lachte. »Findest du nicht, dass wir uns erst mal besser kennen lernen sollten?«

»Ich kenne genug von dir«, hatte er gescherzt. Aber es stimmte. Ihr Humor, ihre unbeschwerte Art, ihre Aufrichtigkeit und ihre Gutherzigkeit – all das konnte er aus ihrem kleinen, ebenmäßigen Gesicht herauslesen. Mead wusste auf den ersten Blick, dass er genau das gefunden hatte, was er immer gesucht hatte. Und er würde beinahe alles tun, um jeden Tag neben diesem lächelnden Gesicht aufzuwachen. Er konnte es einfach nicht fassen, dass sie ihn ebenfalls mochte.

Zwar sah er ganz passabel aus, war groß und kräftig und hatte ausdrucksvolle, wenngleich etwas ernste dunkelblaue Augen; doch er war immer sehr zurückhaltend, wusste nie so recht, was er sagen sollte, bis es sich fast schon erübrigte. Wenn er nicht in der Schule war, arbeitete er gewöhnlich im Laden seines Vaters, Geselligkeit war deshalb nicht unbedingt seine Sache. Für lärmende Besäufnisse mit den anderen Burschen war er nicht zu haben, an ihren Faxen und Aufschneidereien nahm er nur selten teil. Lieber verbrachte er seine Freizeit damit, an einem seiner drei selbst gebauten Radios herumzubasteln.

»Weißt du, Mead, du bist ein bisschen altmodisch«, hatte Sophie gesagt, während sie sich vorbeugte und das Kinn auf die Hände stützte.

»Bin ich gar nicht«, hatte er protestiert.

»Aber natürlich. Das gefällt mir ja so an dir. Du bist geradeheraus und überhaupt nicht zynisch. Du bist«, sie hielt die Hände hoch, »eben Mead.«

Von dem Moment an, als sie beide frisch an die Highschool gekommen waren und sie ihm zum ersten Mal auffiel, hatte er ein Auge auf sie geworfen, denn er war nicht nur hingerissen von ihren smaragdgrünen Augen, dem ovalen Gesicht und dem sandfarbenen Haar, sondern auch von ihrem ungezwungenen Auftreten. Neben ihrer Selbstsicherheit und Ausgeglichenheit kam er sich schwerfällig und unbedarft vor. Monatelang beobachtete er sie und merkte, dass er sich in ihrer Gegenwart veränderte wie ein Vorstehhund auf der Jagd. Und dann tauchte sie eines Tages im Eisenwarenladen auf, um Gartengeräte zu kaufen, und schenkte ihm ein Lächeln, das sich ihm einprägte wie ein Brandzeichen.

So hatte ihn noch nie jemand angelächelt. Er hatte nicht einmal gewusst, dass es ein solches Lächeln überhaupt gab. In jener Nacht hatte er wach gelegen und war zu dem Schluss gelangt, dass er niemals glücklich werden würde, wenn dieses Lächeln nicht Teil seines Lebens werden würde. Und weil er nicht glaubte, dass dieses Mädchen Teil seines Lebens werden wollte, rechnete er damit, immer unglücklich zu bleiben. Noch nie hatte er eine so niederschmetternde Traurigkeit empfunden. Es war ihm beinahe unerträglich, sie in der Schule zu sehen – er fühlte sich wie ein schiffbrüchiger Matrose, der einen Mast am Horizont verschwinden sieht. Er verlor an allem das Interesse: am Essen, am Baseball, am Unterricht. Eines Sonntags blieb er sogar bis zur zweiten Predigt, denn er wollte sein Zwiegespräch mit Gott noch fortsetzen und Ihn bitten, irgendwie einzugreifen.

Bis sie eines Tages wieder ins Eisenwarengeschäft kam, zwischen den Regalen herumbummelte und ihm abermals jenes Lächeln schenkte.

»Wieso sagst du eigentlich nie was?«, fragte sie plötzlich und trat zu ihm an den Tresen, als gerade niemand außer ihnen im Laden war.

»Ich? Ich sage doch was. Oder nicht?« Er spürte, wie er rot wurde.

»In der Schule, meine ich. Du sagst nie was im Unterricht. Dabei weiß ich, dass du ein hellerer Kopf bist als die anderen.«

»Bin wohl kein großer Redner.«

»Große Redenschwinger mag ich auch nicht«, meinte sie, während sie mit einem Paar Arbeitshandschuhe spielte. »Aber du musst schon ein bisschen mehr sagen, wenn du jemanden kennen lernen willst, meinst du nicht?« Sie stand da und schaute ihn an, bis er spürte, wie ihm der Schweiß auf die Stirn trat. Schließlich sagte sie: »Ich heiße Sophie«, und streckte ihm die Hand entgegen.

Und in diesem Moment fragte er, ohne nachzudenken, ob

sie mit ihm ausgehen wolle, und sie sagte ja, was ihn dermaßen umhaute, dass er an jenem Abend nach dem Essen fünfhundert Hampelmänner machte.

»Ist heute irgendwas Besonderes passiert, mein Junge?«, fragte seine Mutter, die ihm von der Veranda aus zusah.

Dass er Sophie verlassen musste, war das Schwierigste bei seiner Rekrutierung. Sosehr er sich in seinen Briefen auch abmühte, er konnte nie das ausdrücken, was er eigentlich sagen wollte, und er konnte auch nie richtig daran glauben, dass sie noch für ihn da sein würde, wenn er zurückkam. Doch sie schrieb ihm fast täglich: lange, engzeilige Briefe, die manchmal in Packen von sechs oder zehn Stück ankamen.

*Ich werde immer auf dich warten.*

Und das hatte sie auch getan. Das größte Wunder seines Lebens geschah, als er aus dem Zug stieg und in der Menge auf dem Bahnsteig ihr Lächeln sah. *Du hast gewartet.*

Gleich nach Kriegsende heirateten sie, verzichteten aber auf die Hochzeitsreise, um für ihr Haus zu sparen. Nachdem er sein Ingenieurstudium an der Ohio State University abgeschlossen hatte – das Gesetz zur Förderung der Wehrdienstleistenden war mit Abstand das Beste, was der Staat jemals getan hatte –, waren sie nach Florida gefahren, wo er Arbeit bei einem Luftfahrtunternehmen bekam. Doch sie vertrugen das heiße Klima nicht, weshalb er sich drei Jahre später bei einer neu gegründeten Filiale in San Diego bewarb und die Stelle unbesehen annahm.

Er beobachtete, wie ein junges Paar – Mittvierziger – Händchen haltend vorüberging, ließ dabei aber seinen Enkel nie ganz aus den Augen.

Sophie. Mein Gott, was für eine Frau. Sie brachte immer das Beste in den Menschen zum Vorschein und wusste genau, wann sie ihm etwas mehr Freiraum zugestehen und sich mit seinen düsteren Stimmungen abfinden musste – sie war mit einfachen Dingen zufrieden zu stellen. *Ach, Mäuschen, ich hätte dir noch so vieles sagen wollen.*

Meads Blick wanderte über den Ozean zum verschwommenen Horizont. Dann erhob er sich, nahm Hut, Hemd und Brille ab, die er ordentlich auf seinen Stuhl legte, und ging zum Wasser.

»Wie ist es?«, rief Mead, als er ins Wasser watete.

Andrew drehte sich um und zuckte zusammen, als er seinen Großvater herankommen sah. Die weiße Haut an der Brust hing schlaff herab und war mit einem kleinen Büschel noch weißerer Haare bedeckt, wie bei einer dieser Mumien im Field-Museum. Noch nie hatte er seinen Großvater mit nacktem Oberkörper gesehen, und das kam ihm jetzt so unheimlich vor, dass er am liebsten die Augen geschlossen hätte. »Toll.«

»Schau mal, was da für eine kommt.« Mead deutete auf eine hohe Welle, die in der Ferne anschwoll.

Andrew blickte jedoch gerade auf eine Blondine, die rechts von ihm im Wasser herumhüpfte. *Sieh mich an,* befahl er ihr, aber sie wollte nicht, nicht ein einziges Mal, seit er hier war. Hastig entfernte er sich ein paar Schritte von seinem Großvater, bis ihm das Wasser bis zur Brust reichte, und drehte sich dann zum Strand um.

Die Welle zog ihm buchstäblich die Beine weg. Sie traf ihn mit solcher Wucht im Rücken, dass er nach Luft schnappte, ehe er merkte, dass er das besser nicht getan hätte, denn schon packte ihn der Wasserwirbel und schleuderte ihn in die dunkle Flut. Er prallte auf den Boden, wurde nach oben gerissen und abermals nach unten gezogen. Er versuchte sich an die Oberfläche zu kämpfen, hatte aber die Orientierung verloren, und die Woge spülte über ihn hinweg.

Da spürte er, wie ihn eine Hand am Arm packte. Endlich kam er wieder hoch, würgend und um Atem ringend.

»Ich hab dich.«

Andrew spürte, wie sein Großvater ihn an sich drückte, aber er konnte nur husten und würgen, bis ihn die nächste Welle traf und wegriss. Doch dann packte die Hand erneut zu, und schließlich spürte er wieder Boden unter den Füßen. Keuchend stand er da.

»Wende dem Meer nie den Rücken zu«, sagte sein Großvater und zog ihn in flacheres Gewässer. Andrew hustete weiter, in seiner Kehle brannte es säuerlich. »*Niemals.*«

Aus den Augenwinkeln erkannte Andrew, dass das Mädchen zu ihm hersah. Ihn direkt anschaute. In ihrem Gesicht lag Besorgnis, dann leise Belustigung, ehe sie sich abwandte und anmutig unter einer Welle wegtauchte. Als Andrew wieder zu Atem gekommen war, kehrte er seinem Großvater den Rücken zu und rannte zum Strand, während er immer wütender wurde.

Den restlichen Nachmittag blieb er in seinem Zimmer und kam nur zum Essen wieder heraus. Schweigend aßen sie an dem grünen Plastiktisch in dem kleinen rückwärtigen Garten. Die Mücken waren eine Plage, und Andrew wurde zweimal an den Beinen und einmal an der Wange gestochen.

»Ich gehe morgen zum Friseur«, sagte Mead, als er beim letzten Bissen seines Rippenstücks angelangt war. »Wie jeden zweiten Samstag. Dachte, sie könnten dir vielleicht auch mal einen ordentlichen Schnitt verpassen.«

Andrew schlug nach einer Mücke, die sich auf seinen Nacken gesetzt hatte, traf aber nicht. »Ich hab mir die Haare erst neulich schneiden lassen.«

Ungläubig musterte Mead den Wirrwarr aus fettigen braunen und gelb gefärbten Haaren auf Andrews Kopf, die keinen erkennbaren Schnitt aufwiesen. »Na, ich würde sagen, da haben sie ein paar Stellen übersehen, was?« Er stand auf und nahm seinen Teller. »Wir fahren um neun Uhr vierzig los. *Pünktlich.*« Dann ging er hinein, um seine letzte Kartoffel in seinem Sessel im Wohnzimmer zu essen.

An diesem Abend lag Andrew im Bett, die Kopfhörer auf den Ohren, und überlegte, was er tun sollte. Die Haare würde er sich keinesfalls schneiden lassen, so viel stand fest. Sonst war es nur noch eine Frage der Zeit, bis ihn der alte Feldwebel so weit hatte, dass er mit einer Krawatte herumlief, salutierte und Bibeln verkaufte. Aber er hatte keine Ahnung, wie er sich gegen ihn wehren sollte. Es war ... einfach undenkbar. Er stand auf und ging zum Fenster, schob den Vorhang beiseite und untersuchte das Fliegengitter. Er könnte seine Sachen zusammenpacken und abhauen, sich mit den vierzig Dollar, die er dabeihatte, bei 7-Eleven eindecken und zum Strand fahren. Oder gleich runter nach Mexiko und ein paar Jahre rumgammeln, bis Gras über alles gewachsen war; vielleicht bekam er ja einen Job in so einem coolen Urlaubsort, wo es Swimmingpools und Wasserfälle gab und überall tolle Mädchen herumlagen. Vor seinem geistigen Auge sah er schon seine triumphale Rückkehr, wenn er an seinem achtzehnten Geburtstag in einem nagelneuen roten Dodge Viper die Grenze passierte, in der Tasche ein Bündel Banknoten. *Du hättest warten sollen, Matt.*

Aber dann dachte er daran, wie sein Großvater das Bett leer vorfinden und panisch bei seiner Mutter anrufen würde, und wie sie dann heulen würde, bis ihr das Make-up die Wangen hinunterlief. Das war es, was er so hasste: Jedes Mal, wenn er sich ein bisschen Freiheit erobern wollte, musste er sich mit anderen Leuten anlegen, als ob sie ihn umzingelt hätten und er nur ausbrechen könnte, wenn er einen von ihnen niederschlug.

*Scheiße.*

Er kroch ins Bett zurück und zog die Decke über den Kopf.

Dann dachte er an das Mädchen am Strand. Wie ihre feuchten Brüste aus dem Bikini-Oberteil hervorquollen und wie sie ihn angesehen hatte, als sein Großvater ihn festgehalten hatte, als wäre er noch ein Kind. Er griff nach unten, zu seinem schlaffen Schwanz, und versuchte all die Schmach, die er empfand, aus seinen Gedanken zu verbannen. Ihm kamen auch die anderen Mädchen in den Sinn, die er an diesem Tag gesehen hatte – ihre flachen Bäuche und glatten, makellosen Oberschenkel und vor allem ihre prächtigen runden Hintern, die beim Gehen wackelten. Als er die Augen schloss und all die scharfen Mädchen des heutigen Tages vor seinem inneren Auge aufmarschieren ließ, wurde sein Glied schnell hart. Allein schon das Wort »Mädchen« machte ihn geil.

Mädchen. Der männliche Körper war im Grunde widerlich; darin waren er und Matt sich einig gewesen. Aber Mädchen?

Als er anfing, schneller zu reiben, begann das Kopfteil des Bettes gegen die Wand zu schlagen, und die Bettfedern quietschten. Er machte langsamer und wechselte die Stellung, so dass er nun schräg im Bett lag, doch dadurch wurde das Quietschen nur noch schlimmer. Also schälte er sich aus seinem T-Shirt, klemmte es zwischen Kopfteil und Wand und probierte es erneut. Das Bett quietschte aber noch immer. Schließlich legte er sich quer aufs Bett und ließ die Beine hinaushängen, doch kaum fing er wieder an, begann das Gequietsche abermals. Er hielt kurz inne und horchte, dann stand er auf, klemmte einen Stuhl gegen die Tür – die sich trotzdem noch öffnen lassen würde – und legte sich auf den hellgrünen Teppich, der ihn allerdings wie wahnsinnig am Rücken juckte. Doch er schaffte es, sich wieder zu konzentrieren und die Mädchen noch einmal vorbeidefilieren zu lassen. Er wichste immer schneller, bis es ihm in solch rasenden Zuckungen kam, dass sich sein Oberkörper aufbäumte. Nachdem er sich mit der Unterhose abgewischt und sie unters Bett gestopft hatte, kroch er wieder unter die Decke, drehte sich auf die Seite und versuchte nicht daran zu denken, wie belustigt ihn das Mädchen im Wasser angeguckt hatte.

Am nächsten Morgen erschien Andrew im Flur und erklärte: »Ich lasse mir die Haare nicht schneiden.«

Mead war wie vom Donner gerührt. »Unsinn. Los, mach voran, sonst kommen wir zu spät.«

»Sie brauchen nicht geschnitten zu werden. Ich war doch erst beim Friseur.«

Mead meinte, in dem Gesicht des Jungen Angst zu lesen, und wusste nicht, wie er reagieren sollte. »Herrgott, ich habe dir doch gesagt, dass wir heute zum Friseur gehen. Du siehst aus wie ein …« Ihm fiel kein passendes Wort ein.

»Bitte.« Das sagte der Junge so leise, dass Mead es ihm

praktisch von den Lippen ablesen musste. Er merkte, wie er errötete, und war ratlos. Sophie hätte gewusst, was zu tun wäre. Und der Junge hätte sich ihr auch nie so widersetzt. Er stand ja da, als müsste er den Gang zum Schafott antreten. Am liebsten hätte sich Mead in Sophies Zimmer gesetzt und über alles nachgedacht. Er wollte ihre Sachen sehen und riechen, die Schubladen ihrer Kommode öffnen und die Finger über ihre Pullover gleiten lassen. *Ich weiß nicht, was ich tun soll, Sophie.* Eigentlich hatte sie Glück, dass sie nicht mitansehen musste, was aus dem Jungen geworden war, aus dem lieben, schüchternen Kind, das gern Dame spielte und Drachen steigen ließ, wenn sie zu Besuch nach Chicago kamen und ihm jedes Mal einen ganzen Koffer voller Geschenke mitbrachten.

Mead stand da, den Blick auf Andrew gerichtet, und fand sich nicht mehr zurecht. »Ich bin in einer Stunde zurück«, stammelte er, schnappte sich die Autoschlüssel auf dem Flurtischchen und ging zur Haustür. »Du machst jetzt deine Schularbeiten, verstanden?«

Andrew nickte.

Nachdem Mead die Tür hinter sich geschlossen hatte, blieb Andrew noch im Flur stehen, bis er das Geräusch des wegfahrenden Autos hörte. Dann holte er die schmutzige Unterhose unter dem Bett hervor und warf sie zusammen mit seiner übrigen benutzten Wäsche auf einen Haufen, den er in die Garage trug und dort in die Waschmaschine steckte. Anschließend füllte er in der Küche einen mittelgroßen Topf mit Wasser, brachte es zum Kochen und warf seine gebrauchten Batterien hinein. Dann nahm er sich einen Eisriegel aus dem Kühlschrank und machte sich daran, das Haus zu inspizieren.

Angefangen beim Wohnzimmer, arbeitete er sich langsam zum Zimmer seines Großvaters vor, öffnete Schubladen und begutachtete sämtliche Gegenstände auf den Regalen – hauptsächlich Bücher und Fotos, dazu ein paar Statuetten und komische kleine bemalte Krüge und Teetassen. Er klappte das Dartsschränkchen auf und nahm einen der Wurfpfeile heraus, der ihm erstaunlich schwer vorkam. Vorsichtig befühlte er die Spitze und strich sich mit dem gefiederten Ende über die Nase. Richtig solide Darts. Er trat ein paar Schritte zurück, zielte auf die Scheibe und warf. *Mist*. Der Pfeil hatte sich in die Wand daneben gebohrt. Behutsam zog er ihn heraus und versuchte mit dem Finger den Rand des Lochs zu glätten, dann legte er den Pfeil in die Schublade zurück und schloss das Schränkchen. Er untersuchte noch einmal das Loch. Würde es seinem Großvater auffallen? Aber wie gut konnte jemand, der so alt war, überhaupt noch sehen?

Auf dem weiteren Weg durchs Haus begutachtete er zunächst den Wandschrank im Flur, ehe er zum Schlafzimmer seines Großvaters ging. An der Tür zögerte er. Die Höhle des Löwen. Nervös spähte er hinein: ein mittelgroßes Doppelbett, tipptopp gemacht, mit einer edlen blaugoldenen Steppdecke darauf, eine wuchtige Kleiderkommode, auf der verschiedene Gegenstände – ein Kamm, ein silberner Schuhlöffel, zwei Brillen – säuberlich aufgereiht waren. An den Wänden und auf den beiden identisch aussehenden Nachtkästchen zählte Andrew ein knappes Dutzend Fotos von seiner Mutter und seiner Großmutter, manche auch von ihm als kleines Kind.

Was ihm beim Betreten des Zimmers als Erstes auffiel, war der Geruch, wie eine Mischung aus Eau de Cologne und Babypuder. Zunächst nahm er sich den Schrank vor – unten die ordentlich, exakt in einer Linie ausgerichteten Schuhe, auf der Stange darüber links die Sportjacken, rechts die Freizeithosen. Ein Ordnungsfanatiker ersten Ranges. Er setzte sich aufs Bett und prüfte die Festigkeit der Matratze, dann zog er die beiden obersten Schubladen der Kommode auf. Drei alte Uhren, noch mehr Kämme, ein Schächtelchen mit silbernen und goldenen Krawattennadeln, ein Kompass, einer dieser Schrittzähler für die Hosentasche und sauber gestapelte weiße Taschentücher mit den Initialen seines Großvaters. In den nächsten Schubladen entdeckte er ordentlich zusammengelegte Hemden, zusammengerollte Strümpfe und weiße Unterwäsche – meine Güte, sogar die Unterhosen waren gefaltet. Die letzte Schublade enthielt nichts als dröge Pullover. Schließlich setzte er sich wieder aufs Bett und nahm ein goldgerahmtes Foto zur Hand, das seine Großeltern zusammen am Strand zeigte, vielleicht sogar an dem Strand, wo sie gestern gewesen waren. Sie sahen unverkennbar glücklich aus. Ob sie wohl immer noch irgendwie verliebt gewesen waren? Er versuchte sich vorzustellen, wie es für seinen Großvater gewesen sein musste, als seine Frau nach so vielen gemeinsamen Jahren starb. Bestimmt ziemlich hart. War es schlimmer, als einen Freund wie Matt zu verlieren? Nichts konnte so schlimm sein wie das. Er betrachtete ein weiteres Foto seiner Großmutter, wie sie strahlend auf einem Balkon stand, im Hintergrund das Meer. *Hallo, Großmama.* Dann griff er in die Schublade des Nachtkästchens. Und als er mehrere Pillenfläschchen und ein Päckchen mit Papiertaschentüchern beiseite schob, entdeckte er die Pistole.

Bingo.

Eine Zeit lang saß er nur da und starrte sie an, unsicher, ob er sie anfassen sollte. Ehe sich seine Finger schließlich um den Griff schlossen, prägte er sich ihre Lage in der Schublade ein. Dann nahm er sie vorsichtig heraus, hielt sie sich vors Gesicht und begutachtete sie von allen Seiten, stets darauf bedacht, den Abzug nicht zu berühren. Selbstverständlich war sie geladen, sonst würde sein Großvater sie ja nicht neben dem Bett aufbewahren. Ein echtes Wahnsinnsding. Er spürte den Kitzel, als er die Waffe abwechselnd in die eine und die andere Hand nahm, war fasziniert von ihrem Gewicht, ihrer Kühle und ihrer einschüchternden Ausstrahlung. Stammte wahrscheinlich noch aus dem Krieg. Mann, was für ein Gedanke. Er fasste an die Mündung und stellte sich vor, wie eine Kugel herausschoss und sich in die Brust eines Deutschen bohrte, der gerade eine Handgranate zünden wollte. *Peng peng peng!* Er warf die Pistole von der rechten in die linke Hand und wieder zurück. Mit ausgestrecktem Arm zielte er auf den Spiegel über der Kommode und überlegte, welchen Rückstoß sie wohl hätte, dann hielt er sich die Mündung an die rechte Schläfe. Paff. Überall Hirn. Er hörte, wie ein Auto näher kam, und schaute auf die Uhr. Der Wagen fuhr weiter. Er stand auf, zielte auf verschiedene Gegenstände im Zimmer und tat, als schieße er. Danach setzte er sich wieder, inspizierte die Pistole noch einmal ganz genau und übte verschiedene Griffhaltungen. Ein echtes Wahnsinnsding. Heilige Scheiße. Ein Weilchen blieb er noch einfach so sitzen, dann legte er die Waffe behutsam in die Schublade zurück und vergaß auch nicht, die Medizinfläschchen und die Taschentücher genau so zu platzieren, wie er sie vorgefunden hatte. Schließlich stand er auf, schlurfte in sein Zimmer und begann mit den Schularbeiten.

Mead ging immer gern zum Haareschneiden. Ihm gefiel dieser immer gleiche Ablauf, das unbeschwerte Plaudern mit Rick Moreni, die nicht ganz jugendfreien Witze. Und dieses Gefühl, propper und frisch zu sein, wenn Rick ihn abgebürstet und seinen Umhang ausgeschüttelt hatte und Meads Stuhl so drehte, dass er sich im Spiegel sehen konnte. »Goldrichtig«, sagte Mead dann stets und griff in seine Hemdtasche, um wie üblich fünf Dollar Trinkgeld auf dem Tresen liegen zu lassen. Rick wusste Bescheid, was in diesem Land vor sich ging. Er hatte in Korea gedient und kannte sich in vielen Dingen aus. O ja, Rick wusste Bescheid. Im Gegensatz zu den meisten anderen Leuten.

Heute jedoch war Mead unkonzentriert, er konnte nicht einmal Ricks Witzen oder seiner vernichtenden Kritik des gestrigen Spiels folgen. Er hatte zugelassen, dass der Junge ihm widersprach. Noch schlimmer: Er hatte nachgegeben. Das würde ihn teuer zu stehen kommen. Seine Hände umklammerten krampfhaft die Lehnen des Frisierstuhls. So weit hätte er es nicht kommen lassen dürfen. Entweder hätte er gar nicht erst darauf bestehen sollen, dass sich der Junge die Haare schneiden ließ, oder er hätte sich nicht erweichen lassen dürfen. Aber wie nur? Das war ihm ein Rätsel. Wie konnte er den Jungen dazu bringen zu gehorchen? Er konnte ihn ja nicht einfach am Schlafittchen packen, auch wenn er manchmal gute Lust dazu verspürte. Immerhin könnte er den Jungen zwingen, ein großes saftiges Steak zu essen. Ihm ein prächtiges Rippenstück grillen. (Möchte ihn mal sehen, wenn er sich einen Monat lang vom Kommissfraß ernähren müsste). Oder ihn ein paar Liegestütze machen lassen. In der Grundausbildung hatte Mead bestimmt eine Million Liegestütze gemacht. *Auf den Boden und dreißig Liegestütze, los, los!*

Er dachte an seinen Vater. Hatte in den Argonnen gekämpft. Und war streng wie ein Zuchtmeister gewesen. Soweit er sich erinnern konnte, hatte sein Vater ihn nur ein einziges Mal angefasst – abgesehen von den beiden Malen, als er Prügel von ihm bezog –, und zwar, als sie sich die Hände schüttelten, bevor Mead in den Zug nach Camp Toccoa stieg. »Komm heil zurück«, hatte sein Vater in einem Ton gesagt, als erteile er ihm wieder einen seiner Befehle. Und Mead hatte sich daran gehalten. Als er zurückkehrte, war sein Vater allerdings schon seit vier Monaten tot, niedergestreckt von einem Herzinfarkt im Lager des Eisenwarengeschäfts, das er dreißig Jahre lang geführt hatte.

»Geht's Ihnen nicht gut?«, erkundigte sich Rick und bürstete Mead ab, der sich gerade aus dem Sessel erhob.

»Doch, bin nur ein bisschen müde, weiter nichts.«

»Das kenne ich. Hab auch nicht gut geschlafen. Wegen Ritas überbackenen Lammkoteletts. Da kriege ich immer schreckliche Blähungen. Aber wenn ich sie nicht esse, macht sie mir die Hölle heiß. Wie man's macht, ist's falsch, nicht wahr?«

»Sie sagen es.«

Mead legte einen Fünf-Dollar-Schein auf den Tresen und bezahlte dann an der Kasse für den Schnitt.

»Heute in zwei Wochen wieder?«, fragte Rick wie jedes Mal.

»Tragen Sie mich ein«, erwiderte Mead, auch wie jedes Mal. Als er zum Wagen ging, hatte er das Gefühl, als schwebe Sophie über seiner rechten Schulter.

*Du weißt, was morgen für ein Tag ist, nicht wahr, Bärchen?*

*Lass mich raten.*

*Morgen ist Sonntag.*

*Ah.*

*Du hast es versprochen, erinnerst du dich?*

*Aber …*

*Ein Fuß in der Tür. Mehr verlange ich nicht.*

# *Kapitel 3*

Mead lud Andrew nicht zum Kirchgang ein. Vielleicht, dachte er, schaffe ich ja allein den Durchbruch, dann nehme ich den Jungen nächste Woche mit. Als er den Wagen vor dem Gotteshaus parkte und im Rückspiegel nochmals den Sitz der Krawatte prüfte, kamen ihm Schuldgefühle wie einem Trinker, der nach monatelanger Abwesenheit wieder bei den Anonymen Alkoholikern erscheint. *Wir haben uns schon gefragt, was aus Ihnen geworden ist,* würden sie säuseln, all diese Witwen, die zusammenhockten wie die Geier auf dem Aas. *Möchten Sie nicht mal zum Abendessen vorbeikommen? Sie sehen aber gut aus! Wissen Sie schon, was dem armen Mr. X zugestoßen ist?* Und dann der Blick, den ihm dieser Frömmler, dieser komische junge Priester, zuwerfen würde – was wusste der schon vom Leben? –, als ob er spürte, dass Mead mit dem Herzen nicht bei der Sache war.

Das war er auch nicht.

Weil es nicht die Nähe zu Gott war, wonach Mead suchte, als er zu Beginn des Gottesdienstes in die allerletzte Bankreihe neben dem Mittelgang schlüpfte. Sondern eher der Trost, an einem Ritual der Hoffnung teilzunehmen und mitzuerleben, wie andere Menschen die Nähe zu Gott suchten in der verzweifelten Sehnsucht nach etwas, das all das Schlechte wieder gutmachen würde. Mead mochte auch die Kirchenlieder und das Gefühl der Gemeinschaft, wenn sie alle Schulter an Schulter dastanden und inbrünstig sangen. (Ihm fiel ein, wie er einst eine Messe in den Ruinen einer belgischen Kirche erlebt hatte, wenige Stunden nachdem der letzte deutsche Scharfschütze erledigt worden war, und wie die Leute aus dem Ort so wunderschön gesungen hatten, dass es die Soldaten zu Tränen rührte.) Aber er war nicht auf der Suche nach Gott. Nein, das hatte er aufgegeben, seit er erlebt hatte, wie Jimbo in der Normandie verblutet war. *Lobet den Herrn und reicht mir mal die Munition rüber.* In seiner Bankreihe fiel ihm ein Mann auf, der etwa sein Alter hatte. Einsatz im Pazifik, mutmaßte er. Auf einem Zerstörer. Als Richtschütze. Für solche Dinge besaß Mead einen sechsten Sinn, während er selbst von anderen Leuten oft fälschlicherweise für einen ehemaligen Marineinfanteristen gehalten wurde. (Aber es gab Schlimmeres.) Nach dem Gottesdienst unterhielt er sich mit den anderen Kirchgängern gerade so lange, wie es die Höflichkeit gebot, entschuldigte sich dann und eilte zu seinem Wagen, weil ihm plötzlich die Befürchtung kam, Andrew könnte bei seiner Rückkehr verschwunden sein.

Andrew war aber noch da. Er stand in der Auffahrt zum Haus und versuchte sich im Korbwerfen. Als Mead den Bordstein hochfuhr, wunderte er sich erneut, wie um alles in der Welt sein Enkel es schaffte, dass ihm seine halb übers Gesäß hängende Hose nicht bis zu den Knöcheln herunterfiel. Sah aus, als habe er sich gerade erleichtern wollen, es sich dann aber anders überlegt. Benutzte er ein Klebeband? Oder irgendein Ding mit Schnüren und Häkchen? Würde ja gern sehen, wie er damit ein paar Runden läuft.

»Lust auf ein Spiel?«, fragte Mead.

»Bin irgendwie müde«, erwiderte Andrew und legte den Ball ins Gras.

»Dann vielleicht ein andermal«, meinte Mead. Er bemerkte die Keksdose auf der Veranda. »Wir haben wohl wieder Nachschub erhalten.«

»Ja, ist sie nicht toll? Äh, es macht dir hoffentlich nichts aus, aber ich habe sie zum Abendessen eingeladen. Als ich ihr von meinen Hotdogs aus Tofu erzählt habe und –«

»Du hast sie zum *Abendessen* eingeladen?«

»Für sieben Uhr. Ich werde kochen ...«

»*Heute Abend?*« Mead hatte Mühe, sich zu beherrschen.

Andrew fingerte nervös an seinem Ohrring herum. »Es ist ja nur, weil sie ziemlich einsam zu sein scheint, weißt du, und sie wollte so gern einen meiner Hotdogs probieren. Ich konnte ja nicht ahnen, dass ...«

»Himmel noch mal, was bildest du dir eigentlich ein?«

»Tut mir Leid.«

Mead warf einen verstohlenen Blick zu Evelyns Haus hinüber. »Von jetzt an kümmere *ich* mich um unsere gesellschaftlichen Verpflichtungen, kapiert?«

Mead fühlte sich todmüde, als er in seinem Sessel saß, ein Schinkensandwich aß und dabei die Sonntagszeitung durchblätterte, die offenbar nichts anderes zu bieten hatte als Werbung für Damenunterwäsche und hier und da einen Bericht über einen Mord oder sexuelle Übergriffe. Er ließ das Blatt sinken und malte sich aus, wie sie zu dritt am Esstisch sitzen würden. Gütiger Himmel. Er tastete in seiner Hosentasche nach den Magenpillen und steckte sich zwei davon in den Mund. Trotzdem war er auch ein wenig aufgeregt, hatte allerdings ein schlechtes Gewissen dabei. Sicher, es war nicht seine Idee gewesen. Er strich sich prüfend über die Wangen und überlegte, ob er sich noch einmal rasieren sollte. Was wäre wohl besser, Steaks oder Schweinekoteletts? Zumindest hatte er genug Fleisch in Reserve. Teufel noch mal, da konnte man ja gleich die ganze Nachbarschaft einladen.

Er nahm sich wieder die Zeitung vor, zuerst den Bericht über eine Mutter, die ihre beiden Kinder in der Badewanne ertränkt hatte, dann einen Artikel über einen Halbwüchsigen in Los Angeles, der seinen Fahrlehrer zwei Mal in den Kopf geschossen hatte. Dann legte er sie weg und lauschte, ob von Andrew irgendetwas zu hören war. Was er wohl gerade machte? Mead wollte am liebsten so tun, als sei der Junge gar nicht da – ach, wenn er nur eine Stunde Ruhe hätte –, aber dass sich Andrew wie ein Mönch in seinem Zimmer verkroch, gefiel ihm auch nicht. Es kam darauf an, dass sie ein bisschen Zeit miteinander verbrachten, damit er den Jungen irgendwie zu fassen kriegte. Vielleicht könnte ich mit ihm ins Einkaufszentrum fahren, überlegte er, und ihm dort eine richtige Hose spendieren. Mead sah auf die Armbanduhr. Was soll's, der Tag ist ohnehin gelaufen. Er erhob sich aus dem Sessel und ging zu Sophies Zimmer hinüber.

Anfangs schlenderten sie gemeinsam durch die Ladenzeilen, aber als Mead merkte, wie Andrew immer unruhiger wurde, schlug er ihm vor, sich in einer halben Stunde beim Imbissstand in der zweiten Etage wieder zu treffen. Er musste den Jungen wohl mal ein wenig von der Leine lassen. Mead sah ihn in einem CD-Laden verschwinden, dann schlenderte er gemächlich zum anderen Ende des Einkaufszentrums, wobei er hoffte, auf keine Bekannten zu treffen. Manche Ehefrauen fuhren ja fast jeden Tag hierher, als sei dieses Gelände eine riesige Rennbahn für ihr tägliches Fitnessprogramm, immer hin und her, hin und her, mit einem verjüngenden Einkauf da oder dort, bis sie schließlich mit Tüten und Schachteln beladen waren wie Packesel. Mead hatte sich nie viel aus Shopping gemacht. Anders Sophie: Sie konnte den ganzen Tag im Einkaufszentrum verbringen, alles Mögliche bestaunen und sich Anregungen für die Kleider holen, die sie schneiderte. Einkaufszentren empfand Mead als öden Abklatsch des geschäftigen Treibens auf der Straße, wie er es in seiner Jugend erlebt hatte, wenn er nach der Arbeit im Lagerraum seines Vaters auf einer Bank vor dem Laden saß und fast alle Leute, die er kannte, vorbeispazierten. Und außerdem gab es in diesen Einkaufszentren Horden von Jugendlichen, die wie tollwütige Hyänen umherstreiften. Einmal waren welche die Rolltreppe heraufgestürmt und hätten Sophie fast umgerissen.

Mead kam an zwei besonders abstoßenden Exemplaren vorbei, die mit ihren Milchgesichtern großspurig posierten wie Gangster aus den zwanziger Jahren. Denen sollte man auf der Stelle fünfzig Liegestütze aufbrummen. Jede Wette, sie würden nicht mal zwei Dutzend schaffen. So viele dicke

Kinder heutzutage, lümmeln vor der verdammten Glotze herum und verkümmern körperlich. Ob deutsche Kinder wohl auch so fett sind? Die Japsen jedenfalls sehen immer noch recht schlank aus, und sie sind es auch, die die vielen Fernseher produzieren. (Na, wer hat wohl *diesen* Krieg gewonnen?) Mead war stolz darauf, dass er nicht dick geworden war. Ja, er hatte ein wenig kürzer treten müssen und schaffte gerade noch knapp zehn annehmbare Liegestütze pro Tag (bis vor rund fünf Jahren waren es noch über vierzig gewesen). Aber er hatte es nicht so weit kommen lassen, dass er fett wurde.

Er betrat einen Buchladen und stöberte ein wenig herum, wobei er immer wieder auf die Uhr sah, eine Hamilton, die Sophie ihm zum dreißigsten Hochzeitstag geschenkt hatte. Er würde Andrew einen Imbiss spendieren und ihm dann bei Nordstrom etwas Ordentliches zum Anziehen kaufen, etwas, das er vielleicht sogar in der Kirche tragen konnte. Das wäre ja ein Ding, wenn er Sharon erzählen würde, dass Andrew mit ihm in die Kirche gegangen war – freiwillig! Er musste dafür sorgen, dass der Junge ein paar Fortschritte machte, damit Sharon daran anknüpfen konnte. Aber womit anfangen?

Mead bestellte sich einen Kaffee und setzte sich an einen kleinen Ecktisch, wo er an seinem Plastikbecher nippte, den Leuten zusah und gelegentlich einen Blick auf die Uhr warf. Genau an diesem Platz hatte er immer gesessen, wenn er auf Sophies Rückkehr von ihren Einkaufstouren wartete. Er hatte die Passanten betrachtet, bis er ihr strahlendes Gesicht entdeckte und die bunten Einkaufstaschen in ihren beiden Händen. Stets war sie auf der Schnäppchenjagd gewesen; in der Küchenschublade hatte sie Rabattmarken gesammelt und bei bestimmten Artikeln monatelang gewartet, bis der richtige Zeitpunkt gekommen war und sie zuschlagen konnte. *Hab's gekriegt!* Mead trank rasch seinen Kaffee aus, warf den Plastikbecher in den Mülleimer und machte sich auf den Rückweg. Eigentlich müsste Andrew mir in die Arme laufen, dachte er. Kurz vor dem CD-Laden fiel ihm auf, dass sich dort am Eingang eine Menschentraube angesammelt hatte. Er verlangsamte seinen Schritt, warf einen Blick durchs Schaufenster und sah Andrew, der an der Kasse von einem stämmigen Wachmann festgehalten wurde.

Nein.

Mead bahnte sich einen Weg durch die Menge. »Das ist mein Enkel. Was zum Teufel geht hier vor?«

Andrew sah ihn nicht an.

»Ich will wissen, was hier los ist!«

»Ich habe ihn erwischt, als er das da unter seinem T-Shirt verschwinden lassen wollte.« Mit der einen Hand hielt der Wachmann Andrew am Kragen fest, mit der anderen griff er nach einer CD, die auf der Ladentheke lag. »Wir rufen jetzt die Polizei.«

Mead war wie vom Donner gerührt. »Ich bin sein Großvater.«

»Ja, das können Sie dann alles der Polizei erklären. Mit Ladendieben verplempern wir nicht unsere Zeit.«

»Andrew, hast du das wirklich getan?« Meads Stimme zitterte.

»Natürlich hat er«, erwiderte der Wachmann, dessen Bauch sich unter der hellblauen Uniform wölbte. »Ich hab's doch *gesehen.*«

Andrew hielt immer noch den Kopf gesenkt.

»Bitte rufen Sie nicht die Polizei«, sagte Mead. »Ich bin sein Großvater. Ich werde alles erstatten. Er hat ... er hat eine schlimme Zeit hinter sich, und ich möchte das gern selbst regeln. *Bitte.*«

Der Wachmann runzelte die Stirn und blickte zu einer jungen Frau hinter der Theke hinüber, die bereits den Telefonhörer in der Hand hielt und unschlüssig die Achseln zuckte.

»Wir können ihn nicht einfach laufen lassen. Er hat gestohlen.«

»Ich werde ihn dafür bestrafen. Sie haben mein Wort.«

»Ich weiß nicht«, sagte der Wachmann.

»Aber ich bin schließlich sein *Großvater*«, sagte Mead und nahm dabei eine kerzengerade Haltung ein.

Der Wachmann sah abermals zu der Kassiererin hinüber, wandte sich dann wieder Mead zu und seufzte. »Ich will ihn aber hier im Einkaufszentrum nie wieder sehen, haben Sie verstanden?«

»Wir haben verstanden.«

Der Wachmann ließ Andrew los, der sich nicht von der Stelle rührte und Schultern und Kopf hängen ließ, so dass ihm das Haar über die Augen fiel.

»Komm jetzt, mein Sohn«, sagte Mead und packte ihn fest an der Schulter. Den einen Arm um Andrew gelegt, bahnte er sich einen Weg durch die Menge, die immer noch die Tür belagerte. Dann eilte er zum nächstgelegenen Ausgang und über den großen Parkplatz zum Wagen.

»Du verdammter Taugenichts, du«, fluchte er, während er nach den Schlüsseln suchte und aufsperrte. »Du verdammter Taugenichts.«

Wie gelähmt saß Andrew auf der Rückbank. Er hatte es doch gar nicht vorgehabt, ja nicht einmal im Traum daran gedacht. Aber dann war es einfach passiert – er hatte seine Geldbörse vergessen, und da war die CD, nach der er gesucht hatte, und plötzlich, ohne lange nachzudenken, hatte er sie einfach unter sein T-Shirt gesteckt. Scheiße, dieser Wachmann mit dem fetten Arsch war ihm gar nicht aufgefallen.

Er blickte auf seinen Großvater, der vor ihm saß, sein silbergraues, adrett geschnittenes Haar, der Nacken gesprenkelt mit Altersflecken oder wie man das nannte. Der Wagen roch nach Eau de Cologne und Babypuder.

Das war's also. Jetzt war alles aus. Sein Gesicht und seine Handflächen glühten, und er kämpfte mit den Tränen, weil er wusste, dass nun endgültig Feierabend war. Selbst nachdem er in der Schule das Messer gezogen hatte, hatte er noch gedacht, dass in ein paar Jahren Gras über die Sache gewachsen wäre und er eine zweite Chance haben würde. Aber jetzt nicht mehr. Man würde ihn in irgendein Heim sperren. Er blickte aus dem Fenster und sah ein Pärchen auf einem Motorrad. Das Mädchen hatte die Arme um den Typen geschlungen, die Schenkel gespreizt. *Warum der und nicht ich?*

»Willst du es deiner Mutter erzählen, oder soll ich es tun?«, sagte Mead schließlich.

»Weiß nicht«, antwortete Andrew kleinlaut und grub dabei die Finger ins Polster. Der Gedanke, seine Mutter könnte von dem Diebstahl erfahren, war ihm unerträglich. Und dass er es ausgerechnet während des Besuchs bei seinem *Großvater* getan hatte! Sie wäre nicht wütend, sondern am Boden zerstört. Das war das Schlimmste – dass sie immer heulte, wenn er Mist gebaut hatte, und ihn dann nicht einmal anschrie. Wenn sie ihn doch nur anschreien würde!

»Stehlen«, sagte Mead leise. »Nicht genug damit, dass du in der Schule jemanden mit einem Messer bedrohst. Jetzt bist du auch noch zum Dieb geworden.« Aus dem Rückspiegel blickte er Andrew an. »Mein eigenes *Enkelkind.*«

Mead musste sich auf den Verkehr konzentrieren, daran denken, beim Abbiegen zu blinken, und den Wagen in der Spur halten. Gott steh mir bei mit diesem Kerl, Sophie! Ich bin mit meinem Latein am Ende. *Stehlen.* Wenigstens ist die Polizei nicht eingeschaltet worden; Mead hatte die Sache zumindest noch selbst im Griff. Aber was nun? Und wie sollte er es Sharon sagen?

Zu Hause angekommen waren, wollte sich Andrew sofort in sein Zimmer davonschleichen, aber Mead hielt ihn zurück. »Du setzt dich hierhin und wartest auf mich«, befahl er und deutete auf das Sofa, bevor er im Flur verschwand. Er ging ins Badezimmer, um sich kaltes Wasser ins Gesicht zu spritzen, dieses zerfurchte graue Gesicht, das er im Spiegel betrachtete und das ihm immer fremder wurde. Mit angefeuchtetem Kamm fuhr er sich durch das schütter werdende Haar, dann ging er in sein Zimmer, setzte sich aufs Bett, nahm die Brille ab und massierte sich die Schläfen. War der Junge einfach von Grund auf schlecht? Ein geborener Versager? Aber so schlecht wirkte er gar nicht. Nur schüchtern und unglücklich. Ohne jedes Selbstvertrauen. Es bedrückte Mead, dass der Junge so wenig Selbstvertrauen hatte. Wie gerne hätte er ihn ein bisschen aufgebaut, etwas gefunden, wofür er ihn loben konnte. Aber diese Suche war bisher erfolglos gewesen. Wenn der Junge ins Zimmer kam, konnte man seine Anwesenheit kaum wahrnehmen – nur seine trübsinnige Miene, die herunterhängende Hose und das gelb gefärbte Haar. Er hatte überhaupt keine Ausstrahlung.

Also, diese Hose musste als Erstes verschwinden. Schluss mit Hosenboden auf Kniehöhe. Und dann würde es Aufgaben im Haushalt geben. Eine ganze lange Liste. Genau – Mead würde eine Liste mit Regeln und Pflichten aufstellen. Um den Kreislauf in Schwung zu bringen, machst du gleich nach dem Aufstehen ein paar Liegestütze und Hampelmänner, dann sprengst du den Rasen und wischst den Küchenboden, so etwas in der Art. Noch heute Abend würde er eine solche Liste schreiben. Aber jetzt war es erst einmal an der Zeit, ein Wörtchen mit ihm zu reden.

Er schaute zu dem Foto von Sophie auf dem Nachtkästchen hinüber, das sie auf dem Balkon ihres Hotels während ihres letzten Urlaubs auf Hawaii zeigte. Dann stand er vom Bett auf, zog sich das Hemd glatt und ging zurück ins Wohnzimmer, wo Andrew wie ein Häufchen Elend in dem blauen Polstersessel saß.

»Das ist *mein* Platz«, sagte Mead.

Andrew sprang auf und setzte sich aufs Sofa.

Mead blieb stehen. »Nun, was hast du zu deiner Entschuldigung zu sagen?«

Andrew starrte auf den Teppich. »Nichts, glaube ich.«

»*Nichts?* Ich fürchte, damit ist es nicht getan.«

»Es war blöd von mir. Ich habe nicht nachgedacht.«

»Scheint, du hast in letzter Zeit überhaupt nicht viel nachgedacht, oder?«

»Tut mir Leid. Hast du Mom schon angerufen?«

Mead zögerte kurz, bevor er antwortete. »Nein, noch nicht.«

»Was wirst du jetzt tun? Willst du mich irgendwo einweisen lassen?«

Mead musterte den Jungen und dachte, wie erbärmlich er aussah, wie ein frisch Verurteilter. Kein bisschen Mumm. »Es wird noch schlimmer.«

*»Schlimmer?«* Andrew blickte kurz auf, als versuchte er die Tragweite dieser Worte zu ermessen.

»Als Erstes wirst du dich hinsetzen und dem Geschäftsführer des Ladens einen Entschuldigungsbrief schreiben. Dann wirst du für die Schule büffeln, bis dir der Kopf raucht, und morgen bekommst du von mir eine Liste, was du alles zu tun hast. Und Regeln. Ich gebe dir eine Liste mit Regeln, die du haarklein befolgen wirst.«

»In Ordnung«, erwiderte Andrew leise. »Kann ich jetzt gehen?«

Mead blickte ihn an und überlegte, ob er etwas vergessen hatte. »Du kannst gehen.«

Andrew stand auf.

»Und keine Musik mehr. Du gibst mir dieses Gerät. Leg es auf den Küchentisch.«

Nach einem kurzen Zögern verschwand Andrew im Flur. Mead hörte, wie er den CD-Spieler auf den Tisch legte; gleich darauf fiel die Tür seines Zimmers ins Schloss. Eine Weile blieb Mead noch im Wohnzimmer stehen. Er bemühte sich, wieder ruhig zu atmen, und schenkte sich schließlich einen Bourbon ein. Gerade als er sich mit Stift und Papier hinsetzen wollte, um die Liste mit den Regeln zusammenzustellen, läutete es an der Tür.

»Bin ich zu früh dran?« Es war Evelyn. Sie trug ein grünblaues Kleid und einen leichten weißen Pullover, den sie sich um die Schultern gelegt hatte. Das sparsam aufgetragene Make-up brachte ihr hübsches Gesicht noch besser zur Geltung.

»Nein, ich ... kommen Sie herein.« Mead machte eine

einladende Geste und spürte, wie er rot wurde. *Dieser Saukerl.*

»Ist mit Ihnen alles in Ordnung?«

»Mit mir? Ja doch.« Er schloss die Tür hinter ihr und war einen Augenblick lang vom Duft des Parfüms abgelenkt, das raffinierter und angenehmer roch als das blumig-süßliche Zeug, in dem die meisten älteren Frauen zu baden schienen.

»Es ist nur so, dass ... also«, er seufzte, »das war heute ein verflixter Tag.«

»Andrew hat Ihnen aber doch gesagt, dass er mich eingeladen hat?«

»Ja, ja.«

»Gut. Ich habe schon befürchtet, er hätte es vielleicht vergessen.« Sie stand mitten im Wohnzimmer und lächelte Mead erwartungsvoll an.

Er rieb nervös die Handflächen aneinander. *Ruhig bleiben.* »Darf ich Ihnen etwas zu trinken anbieten?«

»Ich denke, ein Glas Weißwein würde nicht schaden.«

Mist, er war nicht mal zum Einkaufen gekommen. Er überlegte, ob im Küchenschrank wohl noch eine Flasche von Sophies Pinot Grigio lag. »Ich muss ihn noch ein wenig kaltstellen«, rief er aus der Küche herüber. Und er hatte noch nicht einmal den Tisch gedeckt. *Verdammt, verdammt, verdammt.*

»Nur keine Eile.«

Er griff nach der letzten verbliebenen Flasche, wischte den Staub ab und schob sie ins Gefrierfach. Dann klopfte er an Andrews Tür. *»Evelyn ist hier«,* brummte er leise.

»Ah!«

»Ich gebe dir zwei Minuten.« Mead hastete ins Badezimmer, um sich zurechtzumachen. Wie hatte er das nur vergessen können? Er hob die Arme und schnüffelte an seinem dunkelgrünen Polohemd. Sollte er vielleicht ein anderes anziehen? Aber dann würde sie merken, dass er sich nicht vorbereitet hatte. (Und dabei hatte er sein bestes Hemd und seine beste Freizeithose auf dem Bett bereitgelegt, bevor sie ins Einkaufszentrum gefahren waren.) Rasch kämmte er sich die Haare und putzte die

Zähne, dann eilte er zurück in die Küche. Brokkoli und Steaks, und vielleicht etwas Käse mit Kräckern als Vorspeise. Er griff nach den Zündhölzern auf dem Kühlschrank und lief zur Hintertür hinaus, um den Grill anzufachen.

»Kann ich mich irgendwie nützlich machen?«

»Nicht nötig, alles bestens«, erwiderte Mead und schnitt die vertrocknete Kante eines alten Stücks Cheddar ab, das er ganz hinten im Kühlschrank entdeckt hatte. »Machen Sie es sich bequem.« Er stellte den Käse beiseite und lief nochmals zu Andrews Zimmer.

»Los jetzt!«

Sie saßen am Tisch im Wohnzimmer, Mead und Evelyn an den beiden Stirnseiten, Andrew in der Mitte. Evelyn war so begeistert von Andrews Tofu-Hotdogs, das sie zwei davon aß und das Steak nicht anrührte, was Mead sehr verdross, aber Andrew unendlich freute. Trotz Evelyns guter Laune und ihrer Schlagfertigkeit schleppte sich die Unterhaltung so mühsam dahin, dass Mead der Schweiß auf die Stirn trat.

»Ich finde es toll, dass sich die jungen Menschen so um die Umwelt sorgen«, sagte Evelyn, nachdem Andrew eine Brandrede gegen die Rinder- und Geflügelindustrie gehalten hatte. »George, mein Mann, wollte immer Fleisch auf dem Teller haben. Manchmal frage ich mich, ob es nicht das war, was ihn umbrachte.«

»Lasst euch durch mich nicht stören«, erwiderte Mead und spießte mit der Gabel das letzte Stück seines Steaks auf, das so perfekt gegrillt war, wie es besser nicht hätte sein können.

»Sie müssen doch zugeben, dass Andrew in gewisser Hinsicht Recht hat.«

»Muss ich?«

»Schließlich wissen wir ja überhaupt nicht, was all diese Wachstumshormone mit uns anstellen, oder?«

»Ich für meinen Teil habe nicht vor, ewig zu leben«, erwiderte Mead.

»Wenn du dich schon nicht um dich selbst kümmerst, dann denk doch wenigstens an den Rest der Menschheit«, sagte

Andrew. »Hast du eine Ahnung, wie viel Giftmüll eine einzige Hühnerfarm erzeugt? Arkansas ist praktisch eine einzige Jauchegrube. Und hast du mal die Apparaturen gesehen, mit denen sie Kühe schlachten?«

»Seine Tischmanieren benötigen noch ein wenig Schliff«, entgegnete Mead kalt und funkelte Andrew an.

»Das ist doch nicht schlimm«, meinte Evelyn. »In meiner Familie hat man sich nie über interessante Dinge unterhalten. Ich bin mir nicht einmal sicher, ob wir uns überhaupt miteinander unterhalten haben.« Sie lächelte Mead an, der höflich zurücklächelte, sich dann aufrichtete, räusperte und mit den Fingern auf die Tischplatte trommelte. Andrew starrte mürrisch auf seinen Teller.

»Nun, was haben die beiden Herren heute Schönes unternommen?«

»Tja«, sagte Mead und rückte mit dem Stuhl ein wenig vom Tisch weg. »Mal überlegen. Wir haben im Einkaufszentrum vorbeigeschaut.«

»Wie schön. Haben Sie auch etwas gekauft?«

»*Eigentlich* nicht.« Mead suchte nach einem unverfänglichen Gegenstand im Raum, auf den er den Blick heften konnte, während Andrew immer kleiner wurde.

»Es geht mich ja nichts an«, meinte Evelyn schließlich, »aber ... stimmt irgendwas nicht?«

Andrew schielte nervös zu seinem Großvater hinüber.

»Ob irgendwas nicht stimmt?«, wiederholte Mead unsicher.

»Ich meinte ja nur, vielleicht ...«

»Ich glaube, wir sind ein wenig müde«, unterbrach er sie hastig. »War ein harter Tag. Ein sehr harter Tag.«

»Ich verstehe.« Sie blickte beide so freundlich und zugleich fragend an, dass Mead ihr plötzlich am liebsten alles gebeichtet und sie um Rat gebeten hätte. *Helfen Sie mir!* »Ihr hattet nicht zufällig einen Krach?«

»Nein ...«

»Eher einen Zusammenstoß«, sagte Andrew, stand auf und trug seinen Teller in die Küche.

»Verstehe.«

»Es ist nichts Ernstes«, meinte Mead. »Wie Teenager eben sind«, flüsterte er mit einem dünnen Lächeln. Er hörte, wie sich die Tür zu Sophies Zimmer schloss.

»Ist zwischen euch beiden wirklich alles in Ordnung?«

»Alles bestens.«

»Der Junge ist ja so nett.«

»Na, er ist schon eine Nummer für sich.« Sie lächelten sich verlegen an.

»Ach, wenn meine Tochter doch Kinder bekommen würde, solange sie noch kann! Aber es scheint ihr nicht das Geringste daran zu liegen.«

»Kinder sind nun mal nicht jedermanns Sache.«

»Enkelkinder aber schon. Sie machen einem viel Freude, ohne dass man für sie verantwortlich ist.«

»Theoretisch vielleicht.«

Evelyn tupfte sich mit der Serviette die Lippen ab, während Mead schweigend weiteraß. »Ich wollte nur sagen, dass ich mir vorstellen kann, wie schwer es für Sie seit Sophies Tod ist.«

Mead schwieg.

»Als George gestorben war, gab es Tage, an denen ich glaubte, die Zeit würde stillstehen.«

»Ich bin darüber hinweg.«

Sie beugte sich vor und drückte ihm kurz die Hand. »Es freut mich, dass Sie wieder besser aussehen. Zeitweilig habe ich mir Sorgen um Sie gemacht. Sie sahen so …« Sie verstummte.

Mead starrte auf die Tischplatte und entdeckte mehrere Flecken. Hätte er doch daran gedacht, ihn ordentlich zu putzen. Und die beiden silbernen Kerzenhalter sahen auch ein wenig angelaufen aus. Wieso war ihm das nicht schon früher aufgefallen?

»Ich würde gerne öfter vorbeikommen, aber ich weiß ja, wie sehr Sie Ihre Ruhe lieben.« Sie legte ihr Besteck säuberlich auf den leeren Teller und zog das gestickte Platzdeckchen gerade, das Sophie während ihrer leidenschaftlichen Platzdeckchen-Phase genäht hatte. »Ich bringe Ihnen immer etwas zu essen vorbei, weil ich nicht weiß, was ich sonst für Sie tun könnte.«

»Sie brauchen nichts für mich zu tun.« Mead räusperte sich erneut und spürte ihren Blick auf seiner Wange, der ihn wie ein Schwall heißer Luft von einem Ofen traf.

Sie beugte sich noch weiter vor. »Ich tue es aber gern.«

»Ich brauche keine Hilfe.«

»Aber falls Sie doch einmal ...«

Mead sah sie kurz an, konnte aber ihrem Blick nicht standhalten. »Es geht mir wirklich *gut.*«

Sie lehnte sich zurück. »Ich wollte Sie nicht in Verlegenheit bringen. Es ist nur so, dass Sie ... ich meine, Sie sollten sich nicht scheuen, mich um etwas zu bitten. Zum Beispiel, wenn Sie mit jemandem reden möchten oder wenn es sonst etwas gibt, was ich für Sie tun kann.« Mead nickte, als sie aufstand und anfing, den Tisch abzuräumen. »Danke für das Essen. Ich komme nicht sehr oft aus dem Haus.«

»Es war mir ein Vergnügen.« Er stand auf, um ihr zu helfen, aber sie schob seine Hände weg, als er die Teller einsammeln wollte.

»Das Mindeste, was ich tun kann, ist, Sie meinerseits einzuladen«, sagte sie.

»Das ist doch wirklich nicht nötig.«

»Aber ich bestehe darauf.«

Mead folgte ihr in die Küche, wobei er versuchte, nicht auf ihren Hintern zu schielen, der unter ihrem Kleid erstaunlich gut aussah. Wie alt war sie eigentlich genau? »Kann ich Ihnen noch einen Kaffee anbieten?«

Sie sah ihn an und lächelte. »Ich glaube, es ist besser, wenn ich euch beide jetzt allein lasse, damit ihr euch aussprechen könnt.« Nachdem sie ihm beim Einräumen der Spülmaschine geholfen hatte, nahm sie ihren Pullover von der Couch und legte ihn sich um die Schultern.

Mead blickte in den Flur. Sollte er Andrew rufen, damit er sich verabschiedete? Nein, zum Kuckuck mit ihm. Er wandte sich wieder Evelyn zu und spürte, dass sie seine Gedanken las. »Er ist manchmal ein bisschen launisch. Damit komme ich schon zurecht.«

»Erinnern Sie sich noch, wie Sie in seinem Alter waren?«, fragte sie.

»So ein Alter hat es zu meiner Zeit nicht gegeben.«

Sie lachte. »Nun, ich erinnere mich schon noch. Ich fühlte mich so voller Leben, dass mir die Welt zu eng war. Ich glaubte, ich würde *platzen* vor Lebenslust.«

»Verstehe«, erwiderte Mead und wich ihrem Blick aus.

»Natürlich war mir klar, dass mir niemals die Zeit bleiben würde für mehr als ein winziges Stückchen von diesem Leben, das ich ersehnte. Ach, wie oft habe ich nachts wach gelegen und an die vielen Orte gedacht, die ich nie sehen, all die Menschen, die ich nie kennen lernen würde. Das hat mich schier *verrückt* gemacht.« Sie schwieg einen Augenblick, und ein wehmütiger Ausdruck erschien auf ihrem Gesicht. »Eigentlich ist es heute immer noch so. Wahrscheinlich beschäftige ich mich deshalb so viel mit meinem Garten.«

»Sie sind eine fantastische Gärtnerin, wenn Ihnen das ein Trost ist.«

»Danke.«

Er knipste das Licht am Eingang an, öffnete die Tür und begleitete sie bis zum Bürgersteig. »Nun denn, eine gute Nacht«, sagte er.

»Gute Nacht, General«, erwiderte sie, zog die Nase kraus und zwinkerte ihm zu, bevor sie die Straße überquerte. An ihrer Haustür angelangt, drehte sie sich um und winkte ihm zu. Er winkte zurück und wartete, bis sie die Tür aufgesperrt, hinter sich geschlossen und das Licht auf ihrer Veranda ausgeschaltet hatte.

Vergib mir, Mäuschen.

Es erschien ihm wie die stillste Nacht seines Lebens, hier im Dunkeln, wo die Stille so erdrückend war, dass sie ihm in den Ohren gellte. Er musste schon seit zwei Stunden versucht haben einzuschlafen, und als es ihm schließlich gelang, war er plötzlich wieder in dem Wald und schrie Matt an, er solle endlich aufwachen.

Zuerst dachte er, Matt schliefe nur seinen Rausch aus. Um zehn Uhr brannte bereits die Sonne unbarmherzig auf sie herab. Lustlos wand sich Andrew ein Stück weit aus seinem Schlafsack und drehte sich zu Matt hinüber.

»Wach auf, Kumpel.«

Er rüttelte ihn einmal, dann nochmals.

»Komm schon, wir müssen los.«

Matt rührte sich nicht.

Schließlich kniete sich Andrew hin und zog das Kopfteil von Matts Schlafsack herunter. »Mann, du siehst aber gar nicht gut aus.« Er schüttelte ihn noch heftiger. »Wach endlich auf.«

Und auf einmal wusste er es. An der fahlen Blässe auf Matts Gesicht und Lippen und der Kälte seiner Haut erkannte er es. *Wach auf!* Und dann konnte er nur noch schreien.

Andrew fuhr im Bett hoch, das Laken war schweißnass. *Verdammt noch mal, Matt.* Er rieb sich das Gesicht, trank einen Schluck Wasser aus dem Glas neben dem Bett und legte sich wieder hin. Während er das Licht der Straßenlaterne betrachtete, das durch die Ritze zwischen den Vorhängen drang, überlegte er, ob Matt ihn wohl irgendwie sehen konnte. Er dachte immer, er würde irgendein Zeichen bekommen. Wenn einer von den Toten zurückkehren konnte, dann Matt. Der würde sogar die Hölle aufmischen. Aber es kam kein Zeichen, jedenfalls keines, das Andrew sicher deuten konnte.

»Was meinst du – ist der Tod endgültig?«, hatte Matt gefragt, als sie nebeneinander in ihren Schlafsäcken lagen und Southern Comfort aus der Flasche tranken. »Ich meine, ist dann alles aus und vorbei?«

»Wie soll ich denn das wissen?«

»Ich überleg nur so.« Matt redete immer gern über Tod,

Geister und Selbstmord, besonders wenn er betrunken war. Ein paar Monate zuvor hatte er sein Zimmer mit Postern toter Rockstars neu dekoriert, und es freute ihn diebisch, dass seine Eltern es nicht kapierten. »Würdest du zurückkommen wollen?«

»Nicht, wenn ich dann wieder sechzehn Jahre warten muss, bis ich endlich richtig geilen Sex haben kann.«

»Eher siebzehn oder achtzehn Jahre.« Matt nahm einen weiteren kräftigen Schluck. »Ich hätte nichts dagegen, ein Vogel zu sein oder so was. Aber es würde mir echt auf den Sack gehen, wenn ich noch mal ein Schwein zerlegen müsste.«

»Vielleicht wirst du im nächsten Leben Sieger bei ›Jugend forscht‹.«

»Sehr witzig.« Matt verschränkte die Hände hinter dem Kopf. »Ich würde jedenfalls lieber als Geist und nicht als Mensch zurückkommen.«

»Wahrscheinlich nur deshalb, damit du dich unbemerkt in die Mädchen-Umkleide schleichen kannst.«

»Am besten wär's, wir würden beide als Geister wiederkehren. Überleg doch mal, was wir da für Möglichkeiten hätten.«

»Aber als Geist könntest du nicht vögeln. Wahrscheinlich nicht mal wichsen.«

Matt runzelte die Stirn. »Daran hab ich noch gar nicht gedacht.«

»Ist ja auch egal – ich glaube, wir werden sowieso nicht die Wahl haben.«

Matt schwieg.

»Na, jetzt sag schon, was mit dir los ist.« Schon den ganzen Tag über hatte sich Matt merkwürdig benommen, und Andrew vermutete, dass er wieder mal Krach mit seinem Vater gehabt hatte.

»Nichts ist los.«

»Quatsch.« Andrew griff nach der Flasche und nahm noch einen Schluck. Dann streckte er sich aus und betrachtete den Mond, der sich über den Baumkronen erhob, während Matt große Rauchkringel in die Luft blies.

»Wir werden nie genug Geld haben«, sagte Matt nach einer Weile.

»Das also beschäftigt dich?« Schon seit Jahren träumten sie davon, sich einen Wagen zu besorgen, wenn sie alt genug waren, und nach Mexiko zu fahren, um dort in einer dieser schicken Ferienanlagen zu jobben. Matt hatte zweimal *Unterwegs* gelesen und sich ausgemalt, ein Buch über ihre Erlebnisse zu schreiben, das dann vielleicht sogar verfilmt werden würde.

»Ich sehe nur den Tatsachen ins Auge. Wir haben keine Chance, jemals genug Kohle zusammenzukriegen.«

Im Sommer hatte Matt bei Taco Bell gearbeitet, während Andrew als Einpacker in Supermärkten gejobbt hatte, aber der Großteil ihres Lohns ging für das Haschisch drauf, das sie von Matts älterem Cousin bekamen, und für das Bier, das sie sich von bestochenen Straßenbettlern bei 7-Eleven kaufen ließen.

»Doch, die haben wir.«

»Aber nicht schnell genug.«

»Was willst du damit sagen?«

»Dass ich nicht mehr warten kann«, erwiderte Matt mit piepsiger Stimme.

Andrew richtete sich auf und sah ihn an. »Alles okay mit dir?«

»Ich fühle mich einfach scheißgroßartig. Reich mal die Flasche rüber.«

Matt richtete sich auf und trank. Dann ließ er sich nach hinten fallen und bekam einen Schluckauf. »Du bist wirklich ein toller Typ, Andy. Hab ich dir das schon mal gesagt? Ganz ehrlich, du hast noch große Sachen vor dir. Lass dich bloß nicht von den Arschlöchern daran hindern.«

»Du bist ja besoffen.«

Matt seufzte laut und rülpste. »Herrgott, es gibt so viel Scheiße. Findest du nicht auch, dass es zu viel Scheiße gibt?«

»Viel zu viel.«

»Also, ich hab genug von dieser Scheiße. Endgültig.«

»Gratuliere.«

»Das ist mein Ernst, Andy. Ich halt es nicht mehr aus.«

»Fang jetzt nicht wieder mit diesem *Ich-bring-mich-um-*Mist an, sonst erschieße *ich* dich.«

»Würdest du mich wirklich erschießen, wenn ich dich darum bitte?«

»Führe mich nicht in Versuchung.«

Matt grinste und blickte zum Himmel hinauf. Sein Gesicht war vom Mondschein erhellt. »Weißt du, was komisch ist? Zum ersten Mal, seit ich denken kann, fühle ich mich *großartig.*« Er lallte schon sehr stark.

»Junge, Junge, du bist vielleicht schräg drauf.«

»Ehrlich, ich fühle mich richtig *großartig.*«

»Toll. Dann hör auf zu jammern. Ich will jetzt schlafen.« Andrew, der sich reichlich benebelt fühlte, drehte sich auf die Seite und vergrub den Kopf im Schlafsack.

»Ich hoffe, du schaffst es, Andy. Das hoffe ich wirklich.«

»Würdest du jetzt mal die Klappe halten?«

»He, Mann, du solltest dir mal diesen Mond ansehen. Der ist ja *riesig.*«

»Scheiße, *halt endlich die Klappe!*«

»Echt – ich hab noch nie einen so großen Mond gesehen. Ich glaub, der platzt gleich.«

Andrew vergrub den Kopf noch tiefer im Schlafsack und spürte, wie Haschisch und Alkohol ihre Wirkung taten.

Matt schwieg eine Weile, dann sagte er: »Ich kann den Mann im Mond sehen. Ich habe ihn noch nie gesehen, aber jetzt erkenne ich sein Gesicht *glasklar.*«

»Halt die Klappe!«

»Tut mir Leid. Es ist nur so, dass ...«

Andrew stöhnte unmutig auf. »Also gut, erzähl's mir. Ich sterbe vor Neugier.«

»Ich hab geglaubt, er würde lächeln.«

»Wer?«

»Der Mann im Mond. Ich hab immer geglaubt, dass er lächelt.«

»Ach, *bitte.*«

Eine weitere Minute verstrich.

»Du wirst mir fehlen«, flüsterte Matt schniefend.

»Willst du jetzt mal mit diesem Gejammer aufhören?« Hochprozentiges führte bei Matt häufig dazu, dass er unverständliches Zeug faselte.

»Das ist mein Ernst, Andy.«

»Schön, dann bring dich um. Was zum Teufel geht mich das an?« Andrew verschränkte die Hände über dem Kopf. Allmählich wurde ihm übel.

Und das waren die letzten Worte, die er zu seinem besten Freund sagte.

Nachdem er den Abwasch erledigt hatte, saß Mead, der normalerweise um halb zehn schlafen ging, noch lange im Wohnzimmer. Auf seinem Schoß lag ein Schreibblock; aus der kleinen Stereoanlage ertönte leise die Musik eines Klassiksenders. Was für ein fürchterlicher Tag. Er blickte zum Esstisch hinüber und zuckte zusammen, als er an die langen Gesprächspausen dachte. Das sollte genügen, um die Plätzchendame für eine Weile abzuschrecken. Doch trotz der gespannten Atmosphäre hatte sie sich anscheinend wohl gefühlt. Immer hatte sie gelächelt und versucht, Andrew aus der Reserve zu locken. Es war ihr sogar gelungen, ihn ein oder zwei Mal zum Lachen zu bringen, was für Mead praktisch einem Wunder gleichkam. Er dachte daran, wie sie ihm zugeblinzelt, wie gut sie geduftet und wie sich ihre Taille unter dem Kleid abgezeichnet hatte (und dass sie überhaupt eine Taille hatte). Ach Quatsch, ich bin zu alt für solchen Unsinn. Außerdem ist es einfach nicht recht.

Er starrte auf den Schreibblock und fragte sich, ob Andrew schon schlief. Wird Zeit, diesem kleinen Tunichtgut mal die Ohren lang zu ziehen. Als er sich daran machte, eine Liste mit gymnastischen Übungen aufzustellen, fiel ihm plötzlich wieder ein, wie sich damals in Camp Toccoa Sergeant Fisk vor ihm aufgebaut und ihn angebrüllt hatte. *Noch einmal vierzig, und zwar sofort!* Sosehr er diesen Leuteschinder auch hasste, war er doch froh über das Training, das er erhalten hatte, zuerst noch in der Heimat und später in England bei der Vorbereitung auf die Invasion. Sie hatten aus ihm einen richtigen Soldaten gemacht, der stark genug war, mit allem zurechtzukommen, was ihm im Leben begegnen sollte (außer mit seinem Enkel vielleicht). Aber wie erzieht man heutzutage einen Jungen? Wie schafft man es, erwachsen zu werden in einer Welt voller Drogen, Sex und Gewalt? Mead fiel ein, wie vor ein paar Jahren an einer Highschool keine fünf Kilometer entfernt eine Schießerei stattgefunden hatte. Ein Kind tot, ein anderes gelähmt. Amerikanische Jungs, die glücklichsten auf der Welt. Aber was machte sie denn noch zu Amerikanern, außer der Freiheit, einfach jeden Mist anzustellen, der ihnen gerade in den Sinn kam? Zum Teufel, in Kalifornien musste man beim Telefonieren auf die »1« drücken, um in seiner eigenen Sprache weiterreden zu können.

Er griff nach dem Stift:

Zwei Runden mit je zwanzig Liegestützen.

Fünfzig Hampelmänner.

Vierzig Mal Klappmesser.

Schaffte der Junge überhaupt vierzig Klappmesser? Er strich die Zahl durch und schrieb »dreißig« davor. Dann erhob er sich vom Sessel und ging zur Stereoanlage hinüber. Die Kniegelenke knackten, als er in die Hocke ging, um die alten Schallplattenalben durchzusehen, die unter der Anlage säuberlich aufgereiht waren. Seit Jahren schon hatte er keine mehr gespielt. Seit Sophies Tod. Wahllos zog er ein paar heraus: Harry Belafonte, *Calypso*. Edith Piaf, *Porgy and Bess*. Judy Garland, *Judy at Carnegie Hall* (Sophie hatte geweint, als die Garland starb). The Glenn Miller Band. Er musste lächeln, als er mit der Hand über die Cover strich, die Sophie an manchen Stellen mit Tesastreifen repariert hatte; das Klebeband war inzwischen gelb geworden und löste sich ab. Sie hatte ihre Schallplatten geliebt und ihn bei jeder Gelegenheit zu einem Tänzchen gedrängt. (Diese Frau konnte Swing tanzen wie keine andere.) Schließlich entschied er sich für die Piaf, ließ die Platte vorsichtig aus der Hülle gleiten, legte sie auf den Plattenteller und fummelte an den Knöpfen und Hebelchen herum, bis ihm wieder einfiel, wie man das Ding bediente. Dann drehte er die Lautstärke eine Stufe höher und setzte sich wieder, legte die Füße hoch und horchte auf das Knistern und Knacken der Platte, als die Musik zum ersten Chanson einsetzte.

Roy Rokowski war Fleischhändler polnischer Abstammung und lebte auf der South Side in Chicago. Seine Familie schickte ihm immer Fresspakete mit Räucherwürsten, die er stolz mit den anderen teilte. Der hochgewachsene, schlaksige Bursche hatte einen ausgeprägten Akzent, schönes schwarzes Haar, eine auffallend blasse Haut und tief liegende große braune Augen, um die ständig dunkle Ringe lagen, als habe er jahrelang über Problemen gebrütet. Obwohl er wegen seines unkomplizierten, gleichmütigen Charakters recht beliebt war, zog er sich gern zurück – soweit dies in der Armee möglich war –, um stundenlang mit seinem Fallschirmjägermesser Tierfiguren zu schnitzen, vor allem Enten und Fische. Sein Traum war, sich oben in Michigan eine Fischerhütte zu bauen. Wenn er ein paar Bier intus hatte, erzählte er gern mit verschleiertem Blick, welche Flüsse und Seen er am meisten liebte, und beschrieb, wo genau er seine Hütte errichten wollte. »Was würde ich dafür geben, jetzt angeln zu können«, seufzte er dann.

Während der neunmonatigen Ausbildung in England wuchs Rokowskis Ansehen beträchtlich, als einige der Männer regelmäßig eine Eislaufbahn besuchten, die nicht weit von der Basis entfernt lag. Es hatte sich herumgesprochen, dass es dort von einsamen englischen Mädchen nur so wimmelte und man bloß mit einer zusammenstoßen musste, um Bekanntschaft zu schließen. Leider war aber Rokowski der Einzige, der Schlittschuh laufen konnte.

»So ein Angeber«, meinte Tony Bertucci zu Mead und

klammerte sich dabei an das Geländer, während sie Rokowski zusahen, als dieser rückwärts über die Eisfläche glitt. Mead staunte über Rokowskis Eleganz, die Geschicklichkeit und Selbstsicherheit, mit der er zwischen den anderen Eisläufern Slalom fuhr. Schon bald standen die englischen Mädchen Schlange, um von ihm Unterricht zu bekommen, und nach wenigen Tagen waren Rokowski und eine kleine Brünette mit lockigem Haar und einem hübschen Mund ineinander verknallt, sehr zum Neid der restlichen Kompanie.

»Herrgott, dieser blöde Polacke hat eine zum Vögeln«, fluchte Bertucci eines Abends und ließ sich auf sein Feldbett fallen. Bertucci, ein für sein Lästermaul bekannter Amateurboxer aus der Bronx, hatte lockiges schwarzes Haar – das er vor der Invasion bis auf einen Streifen in der Mitte abrasierte, so dass er wie ein Irokese aussah –, einen Stiernacken und eine flache Nase, was ihm den Spitznamen Punchy eintrug. Er war berüchtigt für seine plötzlichen nächtlichen Fieberattacken, bei denen Blut aus den Poren trat, was dazu führte, dass niemand mit ihm im gleichen Stockbett schlafen mochte. »Ich muss mich hier mit euch Schnarchnasen abgeben, und Rokowski lässt es draußen krachen.«

Rokowski hatte sich freiwillig zu den Fallschirmjägern gemeldet, weil er Flugzeuge über alles liebte, aber nicht zur Pilotenausbildung zugelassen worden war. Am Tag der Invasion landete er fast auf dem brennenden Wrack einer C 47, wodurch er sich an der linken Kopfseite das ganze Haar versengte und am Hals die Haut verbrannte, die danach mit Blasen übersät war. Doch weil er damit gerechnet hatte, in einen See zu stürzen und zu ertrinken, war er heilfroh, überhaupt noch am Leben zu sein. »Die ganze Zeit denke ich, dass ich ersaufen werde, und was passiert? Mir brät es fast die Eier«, lachte er, als er und Mead ein paar Stunden nach dem Absprung aufeinander stießen. Beide hatten keine Ahnung, wo sie sich befanden, und Mead war immer noch so erschüttert von Jimbos Tod, dass er nicht die Worte fand, um es Rokowski zu erzählen.

»Schscht«, machte Mead, duckte sich hinter eine Hecke und bedeutete Rokowski, in Deckung zu gehen.

»Wir müssen die Landezone verfehlt haben«, meinte Rokowski.

»Ja, Scheiße«, flüsterte Mead. »Ich glaube, wir sind zu weit nördlich.«

»Und ich glaube, wir sollten uns mehr nach Westen halten.«

Nach einer kurzen Debatte beschlossen sie, einer schmalen Straße Richtung Westen zu folgen, mussten aber bald schon im Gebüsch Deckung suchen, als sich Fahrzeuge näherten. Schweigend und voller Abscheu beobachteten sie, wie zwei deutsche Lastwagen, voll geladen mit Landsern, an ihnen vorbeifuhren.

»Wo stecken bloß die anderen?«, fragte Rokowski.

»Ich glaube, wir müssen südwärts«, erwiderte Mead und sah dabei auf den Messingkompass, den er am linken Handgelenk befestigt hatte.

»Was gäbe ich dafür, jetzt in Michigan an einem Fluss zu sitzen und zu angeln«, sagte Rokowski. »Ich kenne so eine Stelle ...«

»Sei endlich still!«

Nachdem sie ein paar Minuten gewartet hatten, krochen sie weiter, immer am äußersten Straßenrand entlang.

»Ich muss scheißen«, sagte Rokowski, kaum dass sie ein paar hundert Meter geschafft hatten.

»Herr im Himmel, mach bloß schnell!« Rokowski ging neben einem Baum in die Hocke, während Mead Wache hielt.

»Was war das eben?«

»Was war was?«

Erst herrschte Stille, dann hörten sie aus einem Gebüsch rechts von ihnen ein metallenes Geräusch. Rokowski riss sich die Hose hoch und kroch zu Mead zurück. »Was gesehen?«

Mead schüttelte den Kopf und tippte Daumen und Zeigefinger aneinander, um anzudeuten, dass Rokowski seinen Knackfrosch benutzen sollte.

*Klick-klack.*

Keine Antwort. Beide hielten ihr Gewehr auf das Gebüsch gerichtet und versuchten angestrengt, etwas zu erkennen.

»Ich will keinen Amerikaner umlegen«, flüsterte Rokowski.

»Sollen wir es mit dem Losungswort versuchen?«, fragte Mead, der einen trockenen Mund bekam.

»Wenn es Amerikaner sind, ja. Wenn es Deutsche sind, auf keinen Fall.«

Sie hörten ein Rascheln im Gebüsch.

»Blitz?«, rief Mead halblaut.

Keine Antwort. Sie sahen einander an.

»Blitz?«

Die erste Kugel schlug unmittelbar vor Mead ein und schleuderte ihm Dreck ins Gesicht. Die zweite traf das Verbandspäckchen, das er rechts am Helm befestigt hatte, so dass es ihm den Kopf zur Seite riss. Beide feuerten ihr ganzes Magazin auf das Gebüsch ab, dann robbten sie rückwärts zu einem flachen Graben und luden nach. »Zu weit weg für Handgranaten«, meinte Rokowski. Er spähte über den Rand, schoss und ging wieder in Dekung.

»Ja, aber wenn sie näher kommen?«

Sie krochen ein Stück vor und feuerten erneut, dann pressten sie sich flach auf die Erde, während die Einschläge ringsum den Dreck aufspritzen ließen. »Erst mal müssen wir näher ran«, sagte Rokowski, dem vor Angst die Zähne klapperten. Mead versuchte die an- und abschwellende Panik, die in seinem Magen rumorte, zu unterdrücken. »Ich versuche durch die Hecke zu kriechen und von hinten ranzukommen. Zähl bis drei, dann wirf eine Handgranate und gib mir Feuerschutz.«

»Das ist doch Wahnsinn«, sagte Mead.

»Hier zu bleiben wäre Wahnsinn. Wahrscheinlich wollen sie uns von zwei Seiten in die Zange zu nehmen.«

Die Vorstellung, in diesem Moment könnte sich der Feind bereits anschleichen, versetzte Mead noch mehr in Angst. Vielleicht waren die Deutschen schon direkt hinter ihnen und machten sich gerade zum Angriff bereit. Mead blickte sich hastig um und versuchte in der Dunkelheit irgendwelche Umrisse zu erkennen.

»Bist du so weit?«, flüsterte Rokowski und ging in die Hocke.

Mead lud nach und riss den Sicherungsstift aus einer Handgranate, während er sich fragte, ob es normal war, dass er so sehr zitterte, oder ob er einer echten Kampfsituation einfach nicht gewachsen war. Mein Gott, kämpfen, bis einer tot ist? Aber er musste da durch. Es war nicht zu ändern. »Okay, es kann losgehen.«

»Eins, zwei, drei ...« Mead schleuderte die Handgranate so weit er konnte, warf sich flach auf den Boden und feuerte fünf Mal, während Rokowski durch die Hecke kroch. Die Handgranate explodierte, dann trat Stille ein, unterbrochen nur von fernem Geschützdonner.

Mead hielt den Atem an und horchte auf irgendwelche Geräusche. Nichts. Eine Minute verstrich und noch eine. War Rokowski tot? Was, wenn sie ihn erstochen hatten? Dann würden sie kommen, um ihn zu holen. *Lasst mich doch einfach nach Hause gehen.* Er robbte weiter nach vorn, feuerte drei Mal und lud ein neues Magazin nach, als Kugeln über seinen Kopf hinwegpfiffen.

Das war's also. Und ich bin doch erst neunzehn, genau wie Thomas. Kaum was vom Leben gehabt. Er dachte an den Geruch im Eisenwarenladen seines Vaters, an das Knarzen der abgetretenen Bodendielen, das Klingeln der Registrierkasse. Wie wird Mutter es verkraften? Er erinnerte sich an den Tag, als das Telegramm kam, dass Thomas' Schiff untergegangen sei, und wie seine Eltern wochenlang in Schweigen erstarrt waren. *Wirst mir fehlen, großer Bruder.* Dann dachte er an Sophie und an all die Briefe, die sie ihm schrieb, Briefe, die ihm mehr verhießen, als er je verdient hatte. Hätte sie mich wirklich geheiratet? Hätten unsere Kinder blaue oder grüne Augen gehabt? Wie lang wird es dauern, bis sie sich in jemand anderen verliebt?

Plötzlich gab es eine Explosion, auf die Gewehrfeuer folgte. Er hob den Kopf und sah, dass jemand im Zickzack auf ihn zu rannte. *Jetzt bin ich dran.* Er zielte und gab einen Schuss ab, doch der andere lief weiter. Er schoss noch einmal, aber wieder daneben. Als der andere einen Haken nach rechts schlug, zielte Mead nach links. Gerade als er abdrücken wollte, schrie der andere: »Ich bin's, du Idiot!«

Mead ließ das Gewehr sinken. Um Himmels willen, Rokowski.

»Verflucht noch mal, auf wen schießt du eigentlich?«

»Ich ... ich dachte, es wäre einer hinter dir her. Ich hab versucht, dir Feuerschutz zu geben.«

»Red keinen Mist.« Rokowski ließ sich neben Mead zu Boden fallen und schnappte nach Luft.

»Bist du in Ordnung?«

»Weiß nicht.« Rokowski sah an sich hinunter. »Noch alles dran.«

»Hast du sie erwischt?«

»Ja, hab ich.«

»Wie viele?«

»Vier.«

»Kein Scheiß? Ist ja klasse.«

Rokowski zog eine Zigarette aus dem Päckchen und schirmte beim Anzünden die Flamme ab. Mead sah, dass seine Hände zitterten. »So was hab ich noch nie getan«, sagte er und drehte sich auf den Rücken. Sein geschwärztes Gesicht glänzte vor Schweiß.

»Hätte auch nichts anderes vermutet.« Mead fragte sich, ob er so etwas fertig gebracht hätte. Nein, nie im Leben.

»Ehrlich gesagt kann ich's selbst kaum glauben, dass ich das getan hab.«

»Du bist eben ein geborener Killer.«

Rokowski blickte zurück, dorthin, wo die toten Deutschen lagen. »Wie lange es wohl dauert, bis ihre Familien es erfahren?«

»Wie zum Teufel kommst du denn jetzt *darauf*?«

»Na ja, ist doch seltsam, oder? Vier tote Deutsche, und bisher weiß niemand außer uns beiden davon. Da frage ich mich eben, wie lange es dauert, bis ihre Familien davon erfahren.«

»Ist mir ziemlich egal.«

Rokowski nahm einen tiefen Zug. »Schätze, sie erfahren nie, was wirklich geschehen ist. Tja, sie werden sich wahrscheinlich noch jahrelang den Kopf darüber zerbrechen.« So war Rokowski eben – immer grübelte er über Dinge nach, auf die andere Leute nicht einen Gedanken verschwendet hätten.

»Sei froh, dass es nicht unsere Familien sind.«

Einige Minuten lagen sie schweigend nebeneinander und horchten auf das ferne Geschützfeuer und das ständige Wummern der Artillerie sowohl vor als auch hinter ihnen. Es klang, als wären sie in einem riesigen Hallraum. Da sagte Rokowski: »Ich glaube nicht, dass ich jemanden mit bloßen Händen umbringen könnte.«

»Hoffen wir, dass du es nie tun musst.«

»Könntest du das?«

Insgeheim zweifelte Mead sehr daran. Und er hoffte inständig, sich den Krieg gewissermaßen vom Leib halten zu können. »Wenn mir nichts anderes übrig bliebe.«

In der Ferne flammte ein grelles weißes Leuchtfeuer auf und schwebte am Himmel, worauf erneut Gewehrschüsse zu hören waren. »Ist schon eine verrückte Welt, nicht?«, meinte Rokowski.

»Und sie wird von Minute zu Minute verrückter«, erwiderte Mead, stand auf und stellte sich vorsichtig an einen Baum, um zu urinieren. »Komm, gehen wir die anderen suchen.«

Wachsam und ohne richtige Orientierung schlichen sie bis zum Anbruch der Morgendämmerung über dunkle Felder und durch Gebüsch, feuerten auf Schemen und versteckten sich vor deutschen Truppenkonvois, bis sie schließlich von jenseits einer Hecke das *Klick-Klack* eines Knackfrosches hörten. Rokowski antwortete auf die gleiche Weise, und als sie über die Deckung spähten, erblickten sie Punchy und Jay Goldberg, die fünf deutsche Soldaten mit vorgehaltener Waffe vor sich hertrieben.

»Schaut mal, was uns ins Netz gegangen ist«, sagte Goldberg, der aus Long Island stammte und einmal bei einem Spiel der Yankees den ersten Ball hatte werfen dürfen. Wie andere Juden in der US-Armee hatte er für den Fall einer Gefangennahme seine Hundemarke abgelegt. »Von wem stammt denn die grandiose Idee, ein ›H‹ darauf zu prägen?«, hatte er sich immer wieder beschwert. »Steht das nun für *Hebräer* oder für *Himmler*?«

»Was zum Teufel sollen wir mit ihnen anstellen?«, fragte Rokowski und deutete auf die Deutschen. Sie alle wussten, dass sie in den ersten vierundzwanzig Stunden keine Gefangenen machen sollten. Das war zwar kein offizieller Befehl, aber jeder hatte verstanden, was damit gemeint war.

»Das wüssten wir selber gern«, erwiderte Punchy.

Neugierig betrachtete Mead die Deutschen und war ein wenig verunsichert, als sie seinen Blick erwiderten. Der Feind. Von Angesicht zu Angesicht. Zwei von ihnen lächelten und schienen froh zu sein, dass der Krieg für sie nun zu Ende war, während die anderen drei eher ängstlich oder verdrossen dreinschauten. Hinter ihnen ging gerade die Sonne zwischen den Bäumen auf und warf lange Schatten über die Straße.

»Unsere Panzer werden bald hier sein« sagte einer der Deutschen, der hervorragend Englisch sprach und sehr auf Haltung bedacht war. Er war der Größte der fünf, hatte eine lange, dünne Narbe am Kinn und ein verstümmeltes Ohr. »Sie werden euch ins Meer zurückwerfen.«

»Einen Dreck werden sie«, erwiderte Rokowski.

Interessiert betrachtete Mead einen stämmigen, muskulös wirkenden Blonden, dessen Blick voller Zorn war. Er sah sich die Abzeichen auf der verdreckten Uniform des Deutschen an: SS. Das also ist Hitlers Elite. Nicht mehr viel übrig vom Übermenschen, außer der Arroganz. Die ganzen Jahre über großspurige Eroberer. Als der Deutsche Meads Blick bemerkte, füllte sich sein Gesicht mit Abscheu. Wie schmeckt euch denn eure eigene Medizin? Der Deutsche kam ein wenig näher, worauf Mead sein Gewehr hob und ihm bedeutete, Abstand zu halten.

»Ich war einmal in Minnesota«, sagte der Älteste der Deutschen, ein Mann mittleren Alters, auf Englisch. Er hatte einen starken Akzent. »Mein Onkel lebt in Minneapolis.«

»Da hättest du in Minnesota bleiben sollen«, erwiderte Rokowski.

»Wir beide wissen doch, dass der eigentliche Feind die Russen sind«, sagte der hochgewachsene Deutsche. »Wieso also gegeneinander kämpfen?«

»Allein schon deshalb, weil ich Jude bin«, erwiderte Goldberg. »Im Grunde sind wir eine einzige große jüdische Armee. Mit Millionen zorniger Juden. Stimmt's, Jungs?«

Mead und die anderen nickten und verkniffen sich dabei das Lachen.

»Wir sind die Vorhut der Goldberg-Division«, fuhr er fort. »Ihr habt doch bestimmt schon von der berühmten Goldberg-Division gehört, oder?«

Zwei der Deutschen nickten beflissen.

»Und natürlich haben wir die Schwartz-Division zu unserer Rechten und die Cohen-Panzergrenadiere zu unserer Linken, auch wenn es, offen gesagt, keine der beiden mit dem Ruhm der glorreichen Goldberg-Division aufnehmen kann.«

Wieder nickten die Deutschen, worauf Punchy, Mead und Rokowski in schallendes Gelächter ausbrachen.

Goldberg sah dem großen Deutschen geradewegs ins Gesicht. »Isst du gern Suppe mit Matzeklößchen? Gut, denn unsere Köche sind wahre Meister, was diese Suppe angeht. Tja, wahrscheinlich wirst du ab jetzt gar nichts anderes mehr kriegen als Suppe mit Matzeklößchen: zum Frühstück, zu Mittag, zu Abend …«

Der Deutsche trat einen Schritt zurück und hob abwehrend die Hände.

»Jawohl, du blöder Scheiß-Nazi«, sagte Goldberg. »Wir werden dem Adolf ein paar Matzeklößchen in seinen dicken fetten Arsch stopfen.«

Plötzlich sprang der stämmige Deutsche auf Rokowski zu, der ihm am nächsten stand, und riss den Sicherungsstift aus einer der beiden Handgranaten, die Rokowski auf Brusthöhe an den Metallringen seiner Tragegurte hängen hatte.

Ungläubig starrte Rokowski auf die Handgranate an seiner Brust.

Einundzwanzig ...

»Wirf sie weg!«, schrie Mead.

Rokowski ließ sein Gewehr fallen und versuchte die Handgranate zu packen, aber der Deutsche packte Rokowskis Hände, drehte sie ihm auf den Rücken und hielt sie mit eisernem Griff fest. In dieser Umklammerung standen sie da, die Handgranate zwischen sich.

Zweiundzwanzig ...

»Reißt ihn weg!«

Mead packte den Deutschen von hinten an der Jacke und zerrte an ihm. Als das nichts half, schlug er ihm mit aller Kraft den Gewehrkolben an die Schläfe. Der Deutsche jedoch ließ nicht locker. Zwischen den gefletschten Zähnen rann ihm Speichel übers Kinn. Mead holte noch einmal aus.

Dreiundzwanzig ...

Vom Kopf des Deutschen floss Blut, aber er gab nicht auf und stemmte sogar Rokowski fast noch hoch.

»Helft mir doch!«

Wie gelähmt starrte Mead Rokowski an. *Ich kann dir nicht helfen, Roy. Siehst du nicht, dass ich nichts mehr für dich tun kann? Ich muss mich selbst retten, Roy. Das verstehst du doch, oder?*

Vierundzwanzig ...

»Um Himmels willen, Mead, hau ab!«, schrie Goldberg, der ebenso wie Punchy in Deckung gegangen war. Aus den Augenwinkeln nahm Mead wahr, dass die übrigen vier Deutschen Hals über Kopf Richtung Wald davonrannten.

*Es tut mir so Leid, Roy.*

Mead drehte sich um und wollte gerade in den Straßengraben springen, als die Handgranate explodierte. Er spürte einen Schlag im Rücken, der ihn in die Luft schleuderte, und dann etwas seltsam Feuchtes. Nach einem Augenblick der Stille hörte er, wie Goldberg auf die fliehenden Deutschen feuerte. »Ihr Dreckskerle!«

»Alles in Ordnung?«, fragte Punchy und kniete sich neben ihn.

Mead konnte nicht sprechen.

Punchy untersuchte seinen Rücken, der über und über mit Blut und Fleischfetzen bespritzt war. »Ich sehe keine Verletzungen. Im ersten Moment dachte ich schon, es hätte dich ... erwischt.«

Mead rappelte sich langsam hoch und blieb dann, den Kopf zwischen den Knien, sitzen.

»So ein blöder Scheiß-Kraut, was?«, sagte Punchy.

Mead nickte.

»Rokowski, das arme Schwein. Auf diese Weise abzukratzen. Herrgott, und du wärst fast auch noch draufgegangen.«

Mead hob langsam den Kopf.

»Ich rate dir, sieh bloß nicht hin.«

Aber Mead wusste, dass er hinsehen musste. Das war er Rokowski schuldig. *Alles, was ich will, ist eine nette kleine Fischerhütte in Michigan.*

Langsam, ganz langsam, drehte er den Kopf.

Als die Platte zu Ende war, blieb Mead reglos sitzen. Sein Hemd war völlig durchnässt. Er nahm noch einen Schluck, den Blick starr auf ein Petit-Point-Kissen geheftet, das Sophie während ihrer leidenschaftlichen Petit-Point-Phase genäht hatte. Schließlich raffte er sich auf, ging zur Stereoanlage und schaltete sie aus. Nachdem er die Haustür abgesperrt und alle Außentüren zweimal kontrolliert hatte, blieb er vor Sophies Zimmer stehen und horchte auf Geräusche; danach machte er sich fertig zum Schlafengehen. Bevor er die Nachttischlampe löschte, ging er noch einmal ins Wohnzimmer, nahm seine Liste und befestigte sie mit einem Klebstreifen an der Kühlschranktür.

Das sollte wohl ein Witz sein? Liegestütze? Andrew stand in der Küche und starrte auf den Zettel. Sein Großvater jätete draußen auf dem Rasen Unkraut. Hampelmänner? *Leck mich.* Der alte Sack hatte Recht gehabt, das war schlimmer, als in ein Heim gesteckt zu werden. In der Klapsmühle zwangen sie einen zumindest nicht, Hampelmänner zu machen.

Keine Telefonate.

Keine Musik.

Jeden Morgen den Küchenboden wischen.

Das Zimmer aufräumen, was täglich um 8 Uhr kontrolliert wird.

Kontrolliert? War er jetzt völlig durchgeknallt? Andrew las weiter:

Schularbeiten: drei Stunden täglich.

Lesen: mindestens eine Stunde täglich. Die Bücher sind zur Genehmigung vorzulegen.

Zur Genehmigung vorlegen? Der alte Kommisskopf hatte sie wohl nicht mehr alle. Musste Alzheimer sein.

»Guten Morgen«, sagte Mead, als er in die Küche kam und sich einen Becher Kaffee einschenkte.

Andrew brummte etwas.

»Der Wischlappen ist im Wandschrank im Flur. Ich werde dein Zimmer in zwanzig Minuten inspizieren. Danach machen wir ein paar Leibesübungen.«

»Aber ich ...«

»Noch Fragen?«

Andrew stand in seinem übergroßen T-Shirt und Unterhosen da und starrte seinen Großvater entsetzt an. »Glaube nicht.«

»Und komm nie wieder in Unterwäsche aus deinem Zimmer.«

Es war sonnenklar, dass er sich voll dröhnen musste. *Richtig* zukiffen. Mit einer ordentlichen Dröhnung könnte sogar das Putzen Spaß machen. Manchmal, wenn er sich auf dem Nachhauseweg von der Schule einen Joint reingezogen hatte, verbrachte Andrew den ganzen Nachmittag damit, sein Zimmer umzuräumen, die CDs neu zu ordnen und seine Zeitschriften säuberlich zu stapeln. Also ging er zum Wandschrank, wühlte die Schuhe seiner Großmutter durch und versuchte sich zu erinnern, wo er sein Haschisch versteckt hatte. Schließlich fand er den kleinen wieder verschließbaren Beutel in der Spitze eines orangefarbenen Abendschuhs. Mann, hatte die winzige Füße, dachte er und schnüffelte dabei vorsichtig an dem Schuh. Dann holte er das rote Bic-Feuerzeug und einen der drei Joints heraus, die er vor der Reise noch hatte beschaffen können. Behutsam ließ er ihn in der Hosentasche verschwinden.

»Ich dachte mir, zum Aufwärmen jogge ich kurz mal um den Block«, sagte er zu seinem Großvater, die Hand an der Haustür.

Verblüfft sah Mead auf. »Keine schlechte Idee. Aber verlauf dich nicht. Die Häuser hier sehen alle gleich aus. Meines ist das mit dem Namensschild.«

Andrew marschierte los, bis er einen kleinen Park mit einem Spielplatz an der einen Seite und einem kleinen Gehölz an der anderen entdeckte. Er blickte sich rasch um, dann kroch er ins Gebüsch und zündete den Joint an, den er nur zur Hälfte rauchen wollte, um sich den Rest aufzuheben. Eigentlich trank er lieber, als dass er kiffte, denn meist verschaffte ihm der Alkohol ein Gefühl von Überlegenheit, während er vom Haschisch ziemlich paranoid werden konnte, wenn er nicht aufpasste. Aber es gefiel ihm, wie das Dope seine Fantasie anregte, so dass er mit einem Mal die Poesie im *Herr der Ringe* voll und ganz verstand und manchmal sogar den tödlichen Sog des einen Rings spüren konnte. Er nahm einen tiefen Zug von dem Joint, den er in der hohlen linken Hand hielt. Ein paar Mal hatte er auch vor dem Unterricht gekifft, aber damit aufgehört, als er merkte, dass ihm

Kevin Bremer danach noch furchteinflößender erschien, als er in Wirklichkeit war. Seine Gesichtszüge traten so überdeutlich hervor, dass er schließlich aussah wie ein riesiger fieser Troll. Außerdem musste Andrew, wenn er Haschisch geraucht hatte, ständig kichern, manchmal so heftig, dass er davon Sodbrennen bekam. Er hielt den Rauch ein paar Sekunden in der Lunge, atmete dann geräuschvoll aus und spürte sogleich die Leichtigkeit in seinem Kopf. Wenn man es sich richtig überlegte, war im Grunde alles ziemlich witzig. Er kicherte vor sich hin. An manchen Tagen hatte er in der Schule das Gefühl, dass ihm gleich der Kopf zerspringen würde, weil er sich so beherrschen musste, um nicht lauthals loszugackern angesichts all dieser Lächerlichkeit. Er kicherte erneut, als ihm einfiel, wie er und Matt monatelang Modellautos gebastelt hatten und dabei peinlich genau sämtliche Details mit Sandpapier zurechtgeschliffen hatten, bis sie perfekt waren. Und als der letzte Anstrich mit Metalliclack getrocknet war, waren sie runter zum See gelaufen, hatten Chinaböller in die Autos gesteckt und sie mit Benzin übergossen, die Lunte angezündet und die Autos den Hang hinabgeschubst. Ja, das war wirklich lustig gewesen. Er nahm noch einen Zug, dann drückte er den Joint behutsam aus und steckte ihn in die Tasche zurück, um wieder aus dem Gebüsch herauszukriechen und sich das Gestrüpp abzuklopfen.

Reichen Sie mir Lappen und Eimer, Sergeant, und treten Sie zur Seite. Ich bin eine rasende Reinigungsmaschine!

Den ganzen Rückweg über sang er *Rocky Mountain High*.

»Hast du vielleicht Cheetos-Chips?«

Mead sah seinen Enkel an, der gerade die hintere Veranda gefegt hatte, den Besen noch in der Hand hielt und dabei ein komisches Gesicht zog. »Nimm doch ein Rosinenplätzchen.«

»Hab ich schon.«

»Dann hol dir ein paar Salzbrezeln. Im Schrank links neben dem Herd findest du eine Packung.«

»Hast du vielleicht Doritos-Chips?«

»Nein, Doritos habe ich nicht.«

Andrew schien einen Moment lang nachdenken zu müssen. »Na, dann nehm ich die Brezeln.«

Zwanzig Minuten später erhob sich Mead aus dem Sessel und ging in der Küche nachsehen, ob Andrew die Brezeltüte wieder ordentlich verschlossen hatte. Zuerst aber nahm er die große Dose mit den Keksen in Augenschein, die auf dem Kühlschrank stand. Leer. Nachdem er in allen Schränken nach der Brezeltüte gesucht hatte, fand er sie schließlich im Mülleimer neben einer leeren Packung gerösteter Mandeln, die Mead absichtlich hinter den Suppentassen versteckt hatte. Meine Güte, der Junge frisst einem ja die Haare vom Kopf! Rasch griff er nach dem Glas Erdnussbutter auf dem Regal und nach der Schachtel mit Melba-Toast und brachte beides in sein Zimmer, wo er es im Schrank verstaute.

Zumindest konnte der Junge putzen. Mead spähte ins Badezimmer, wo Andrew gerade energisch die Toilette schrubbte, wobei er laut vor sich hin summte. Mead musste an einen vorlauten Burschen aus Mississippi denken, den man zweimal dazu verdonnert hatte, mit einer Zahnbürste die ganze Latrine zu reinigen. Das Seltsame war, dass seinem Enkel das Putzen zu gefallen schien. Er machte dabei das gleiche Gesicht wie früher Sophie, wenn sie einen Knopf annähte – strahlend und entschlossen. Mehrmals hörte Mead sogar ein Lachen aus dem Badezimmer. Was für ein seltsames Kerlchen.

Am Nachmittag ging Mead in die Bücherei und durchforstete eine Stunde lang die Abteilung für Zeitgeschichte. Von Büchern und Filmen über den Krieg hatte er immer die Finger gelassen, weil er nicht einsah, weshalb er sich mit etwas beschäftigen sollte, das er von Anfang an gehasst hatte. Aber für den Jungen wäre es genau das Richtige. Ein bisschen Bildung kann nicht schaden. Und schließlich bin ich ja sein Großvater. Da sollte er schon wissen, mit wem er es zu tun hat.

Aber mit welchem Buch anfangen? *Die Brücke von Arn-*

*heim? Der längste Tag? Aufstieg und Fall des Dritten Reichs?* (Das würde den Jungen eine Weile von den Einkaufszentren fern halten.) Dann sah er es vor sich im Regal stehen: *Tapfere Männer,* eine Dokumentation von Ernie Pyle. Ja, das wäre ein guter Einstieg. *Tapfere Männer.* Damit fangen wir an.

An diesem Abend aßen sie schweigend am Küchentisch. Andrew hatte eine Art Tofu-Hotdogs, über die er sich mit großem Appetit hermachte, während Mead Schweinerippchen mit gebackenen Bohnen aß. Als sich Andrew das letzte Stück in den Mund schob, stand Mead auf, holte das Buch und schob es über den Tisch.

»Ich denke, wir fangen mit diesem hier an.«

»Anfangen? Was anfangen?«

»Du wirst ein paar Sachen lernen. Und damit fangen wir an.«

Andrew blickte auf das Buch, dann wieder zu Mead. »Hast du es meiner Mom schon erzählt? Kommt sie mich abholen?«

Mead ließ sich mit der Antwort Zeit. »Nein, ich habe es ihr noch nicht erzählt.«

»Aber du wirst es noch tun?«

»Ich denke darüber nach.«

»Soll das heißen, dass du es vielleicht nicht tust?«

»Es soll heißen: Ich denke darüber nach.«

Zum ersten Mal sah Mead auf Andrews Gesicht den Schimmer eines Lächelns.

Andrew hatte die Möglichkeit, dass sein Großvater nichts verraten und seine Mutter nichts erfahren würde, überhaupt nicht in Betracht gezogen. Bei dem Gedanken, dass sie in diesem Augenblick *nicht* heulend im Wohnzimmer saß, die Hände vors Gesicht schlug und sich mit der Frage quälte, was sie nur tun solle, hätte er am liebsten geweint und gelacht – beides zugleich. Würde sein Großvater es ihr doch noch erzählen? Warum sollte er es für sich behalten? Er schien nicht zu der Sorte Mensch zu gehören, die ein Geheimnis hüten kann oder mal fünfe gerade sein lässt. Aber vielleicht würde er doch den Mund halten. Und deshalb würde Andrew alles tun, um es seinem Großvater recht zu machen, bis die einundzwanzig Tage um waren. Dafür, dass seine Mom nichts erfuhr, lohnte sich jede Mühe.

Nachdem er lange geduscht hatte, setzte er sich aufs Bett, rieb sich die schmerzenden Schultern – ich bin völlig außer Form – und legte sich dann mit dem Buch ins Bett. Er stellte den Wecker seiner Armbanduhr auf eine Stunde und fing an zu lesen.

# *Kapitel 4*

Das Haus war wirklich tipptopp geputzt, keine Frage. Mead ließ seinen Enkel sogar jeden Morgen die Flagge aufziehen – was für ein Anblick! –, die Wäsche zusammenlegen, die Fenster putzen und seinen alten blauen Chevrolet Caprice polieren, der Sprit soff wie ein Sherman-Panzer, aber so unverwüstlich wie ein Streifenwagen war. Die morgendlichen Leibesübungen entpuppten sich allerdings als ein einziges Ärgernis. Der Junge schaffte kaum zehn Liegestütze, ohne mit dem Hintern zu wackeln wie ein alter Gaul. Anfangs versuchte Mead ihn dabei zu beaufsichtigen, konnte es aber bald nicht mehr mitansehen, wie Andrew keuchte und sich abmühte.

»Du musst die Arme durchdrücken!«

Sharon hatte er noch immer nichts erzählt. Einerseits wollte er ihr nicht noch mehr Kummer bereiten, andererseits war es ihm peinlich, dass Andrew sich erneut in Schwierigkeiten gebracht hatte. Außerdem hatte er sich mit dem Gedanken angefreundet, dass er und Andrew es vielleicht auch allein schaffen würden. Nicht nur vielleicht, sondern ganz bestimmt. Das hatte Mead sich fest vorgenommen. Nach drei Jahren Militärdienst sollte er doch wissen, wie man mit Straffälligen umging.

Mead saß in der Küche, aß seine Hafergrütze und sah zu, wie Andrew sich bückte, um den Scheuerlappen im Eimer auszuspülen. Da schlug Mead mit seinem Löffel auf den Tisch. »Herrgott, bei dir guckt die Unterhose raus, und sogar die rutscht dir fast über den Hintern.«

Andrew richtete sich auf und versuchte seine Hose hochzuziehen, aber kaum ließ er sie los, rutschte sie auch schon wieder hinunter und entblößte zehn Zentimeter Unterhose. »Tut mir Leid.«

»Ich sehe sie immer noch.«

»So sind diese Hosen nun mal geschnitten.«

»Aber sie passt doch gar nicht. Ich kenne einen guten Schneider …«

»Sie sollen aber so sein.«

»Na, du müsstest dich mal von hinten sehen. Da vergeht einem ja der Appetit.«

Andrew wrang den Lappen aus, dann wischte er damit langsam über den Küchenboden.

»Hör mal, ich weiß, dass ihr zu Hause ein bisschen knapp bei Kasse seid. Und ich bin gern bereit, dir ein paar anständige Sachen zu kaufen. Wenn du nicht neulich in dem Laden geklaut hättest, wäre ich mit dir zu Nordstrom gegangen, um …«

»Ich brauche nichts zum Anziehen.«

Und damit brachte er Mead wieder auf hundertachtzig. Am liebsten hätte er gesagt: *Zum Teufel mit dir, Junge. Zieh die blöde Hose hoch!* Es war wie damals, als man seine Stiefel blitzblank halten musste, als man für den Kampf gegen Rommels Panzerdivisionen ausgebildet wurde. Anfangs hatte Mead den Zusammenhang nicht verstanden, es war ihm nur als eine Schikane von vielen erschienen. Aber nach ein paar Kriegswochen in Europa hatte er es begriffen. Dieser ganze psychologische Mechanismus leuchtete ihm nun vollkommen ein. Wenn man nämlich in einer Sache Schludrigkeit duldete, würden weitere Schludrigkeiten folgen. Und man konnte es sich nicht erlauben, nachlässig zu sein. Man brauchte *hundertprozentige* Perfektion.

Er stand auf, ging mit seiner Schale Hafergrütze ins Wohnzimmer und nahm sich fest vor, die Sache noch mal aufs Tapet zu bringen.

»Sieht aus, als hätten wir eine Einladung gekriegt«, sagte Andrew aufgeregt, als er mit der Post hereinkam und seinem

Großvater einen handgeschriebenen Brief in den Schoß legte. Vorsichtig öffnete Mead den beigefarbenen Umschlag, der keine Briefmarke trug und an »Andrew« und »Der General« adressiert war.

Würdet ihr beiden Herren mir die Freude machen, mich heute zum Abendessen mit eurer Anwesenheit zu beehren, vielleicht gegen sechs Uhr? Wie mir aus gut unterrichteten Kreisen mitgeteilt wurde, habt ihr beide heute Abend noch nichts vor, Entschuldigungen werden deshalb nur höchst ungern akzeptiert!

Evelyn

P.S. Ausschließlich vegetarische Kost!

Vegetarische Kost? Mead warf einen Blick auf Andrew. »Woher weiß sie, dass wir nicht was anderes vorhaben?«

»Könnte sein, dass ich ihr was gesagt habe«, meinte Andrew verdruckst.

Mead funkelte ihn an.

»Also, gehen wir hin?«

Mead las die Einladung noch einmal und war beeindruckt von der makellosen Schreibschrift. »Ich lasse es mir durch den Kopf gehen.«

»Klasse!« Andrew schien zufrieden mit sich. »Ich frage mich bloß, wer der andere Herr sein mag?«

»Sehr witzig.«

Mead überlegte sich alle möglichen Ausreden: sein Rücken, seine Nebenhöhlen, ein Kühlschrank voll Fleisch, das verbraucht werden musste, langfristig vereinbarte Termine, von denen Andrew nichts wusste. Doch ihm war klar, dass das alles vor Evelyns gekränktem Blick nicht standhalten würde. Also würden sie das Essen eben hinter sich bringen, danach waren sie quitt. Diese Logik würde bestimmt auch Sophie einleuchten.

Am frühen Abend schickte Mead Andrew dreimal in sein Zimmer zurück, damit er ein besseres Hemd anzog, bis er merkte, dass der Junge gar nichts Passendes eingepackt hatte. Schließlich gab er widerwillig seinen Segen zu einem dunkelblauen T-Shirt mit dem Bild eines tollwütig aussehenden Gürteltiers, das auf einem Skateboard einen Berg hinunterschoss. Immerhin war es nicht ganz so abstoßend wie Andrews übrige T-Shirts.

»Na, das ist ja schön!«, zwitscherte Evelyn fröhlich, als sie die Tür öffnete. Im Haus roch es nach den verschiedensten köstlichen Gewürzen, was Mead an Weihnachten erinnerte, als Sophie immer einen Topf Apfelglühwein auf dem Herd stehen hatte. Mit ein klein wenig schlechtem Gewissen folgte er Andrew ins Haus.

»Ich habe genau den gleichen«, sagte Evelyn, während sie Andrews Ohrring bewunderte. Mead verdrehte die Augen. »Ich finde, er passt prima zu deinen blonden Strähnen.«

»Evelyn …«

»Lass mich raten: Der General ist nicht ganz meiner Meinung.«

»Er findet es unmöglich, wie ich herumlaufe.«

»Der Junge ist immerhin *sechzehn*«, erklärte Mead.

»Na, eben!«, sagte Evelyn. »Wenn nicht jetzt, wann denn dann? Ehrlich gesagt, ich wünschte, ich hätte mich tausend Mal mehr getraut, als ich jung war.« Lächelnd schüttelte sie den Kopf. »Ich war in meiner Jugend schrecklich prüde.«

»Ich finde nicht, dass der Junge auch noch ermuntert werden sollte.«

»Ich hab dir doch gesagt, sie ist echt klasse«, meinte Andrew und grinste.

Mead rieb sich die Schläfen und versuchte sich zu erinnern, was die ersten Anzeichen eines Schlaganfalls waren. »Hätten Sie vielleicht einen kleinen Bourbon für mich?«

»Ich warte schon lange darauf, dass mir jemand hilft, Georges Restbestände aufzubrauchen. Wissen Sie, ich trinke so was ja nie.« Sie verschwand in die Küche.

Mead wandte sich an Andrew. »Und du benimmst dich manierlich, hast du verstanden?«

»Wieso bist du denn so gereizt?«

»Wenn ich dir das alles sagen würde, wären wir morgen noch hier.«

Evelyn kam mit einem Bourbon für Mead und einer Cola für Andrew zurück und bedeutete den beiden, im Wohnzimmer Platz zu nehmen. Es war zwar klein, wirkte aber mit den vielen Weiß- und Gelbtönen hell und freundlich. »So, dann bist du wohl in der ersten Highschool-Klasse?«

»In der zweiten.«

»Ich fand mein zweites Highschool-Jahr entsetzlich. Ja, ich dachte damals, die Highschool sei eine einzige Zeitvergeudung.«

»Ganz genau!«

»Himmel, Evelyn.« Mead begann zu schwitzen und bereute es, kein Unterhemd angezogen zu haben.

»Ist Ihnen das unangenehm?«

Mead rieb sich das Kinn. »Könnten wir nicht über etwas ... *Konstruktiveres* reden?«

»Gewiss. Ich würde zu gern von Ihren Kriegserlebnissen hören.« An Andrew gewandt, fügte Evelyn hinzu: »Dein Großvater ist ja so bescheiden. Man würde gar nicht glauben, dass er hohe Auszeichnungen erhalten hat.«

Andrew grinste. »Ja, diese Geschichten würden mich auch interessieren.«

»Ich habe aber keine *hohen* Auszeichnungen bekommen.«

»Glaub ihm kein Wort. Du hättest hören sollen, was deine Großmutter alles über ihn erzählte.« Erwartungsvoll schauten Evelyn und Andrew Mead an.

»Ein andermal.« Mead genehmigte sich einen kräftigen Schluck Bourbon und fragte sich, wie er dieses Essen nur durchstehen sollte. »Sind das eigentlich alles Einjährige im Vorgarten?« Erleichtert seufzte er auf, als Evelyn den Ball aufgriff und auch noch während des Essens über Wasserspeicherung, Wurzeltypen und Bodenbedingungen sprach. Als sie den Nachtisch servierte – gedeckter Kuchen mit Pekannüssen und Rosinen und Schlagsahne darauf –, sah er auf seine Uhr und fand, dass eine weitere halbe Stunde genügen müsste. Dennoch hatte er es nicht eilig aufzubrechen. Mehrmals ertappte er sich dabei, wie er auf Evelyns Hals starrte, der erstaunlich wenig Falten hatte. Er blickte herunter auf seinen Bourbon und versuchte nachzurechnen, wie viele Gläser er schon intus hatte. Evelyn und Andrew plauderten unterdessen munter wie zwei Seelenverwandte, die ihr Wiedersehen feierten.

»Wann ist Ihr Mann gestorben?«, erkundigte sich Andrew.

»An diesem Thanksgiving werden es zehn Jahre. Während des Feiertags hat er uns allen noch was vorgespielt, dann brach er zusammen, wenige Stunden nachdem unser Sohn und unsere Tochter zum Flughafen gefahren waren.«

»Was hatte er?«

»Andrew …«

»Offiziell war es ein Herzinfarkt, aber ich weiß, dass es der Stress war – und wahrscheinlich auch seine Ernährungsgewohnheiten. Er ist sozusagen von innen heraus zerfressen worden.« Sie faltete ihre Serviette auf dem Schoß zusammen, breitete sie wieder aus und faltete sie erneut. »George war ein Weltmeister im Sich-Sorgen-Machen. Als er jünger war, ging es noch; ich dachte, es wäre einfach sein Pflichtgefühl. Aber mit den Jahren wurde es immer schlimmer, bis er halbe Nächte lang wach lag und sich die größtmöglichen Katastrophen ausmalte.« Wieder breitete sie die Serviette aus und strich die Falten glatt. »Es scheint mir so albern: Da zerbricht er sich all die Jahre den Kopf über dies und jenes, und jetzt ist er alle Sorgen los.«

»Er ist von innen heraus zerfressen worden?«

»Nehmen Sie es Andrew nicht übel …«

Doch Evelyn lächelte. »Ja, in gewissem Sinne.«

Einen Moment lang schien Andrew darüber nachzudenken. »Was hat er denn gearbeitet?«

»Er besaß ein kleines Lampengeschäft. Reich sind wir davon nicht geworden, aber für unseren Lebensunterhalt hat es gereicht.«

»Ach, deshalb ist es hier drinnen so hell.« Andrew blinzelte zu der indirekten Beleuchtung hinauf.

»Andrew ...«

»Ist es zu hell?«

»Es stört mich nicht«, versicherte Andrew rasch.

»Es ist bestens«, sagte Mead. Er nahm erneut einen kräftigen Schluck von seinem Whisky und fühlte sich ein wenig wie eine Anstandsdame.

»Ich kann es dunkler machen. Das läuft alles über Dimmer.« Sie lächelte. »George war ganz vernarrt in seine Dimmer. Um ehrlich zu sein, ich glaube, am liebsten hätte er mich auch an einen angeschlossen, wenn das möglich gewesen wäre.«

»Ich habe mich an das Licht gewöhnt«, sagte Andrew.

»Ich drehe es trotzdem etwas runter.« Sie stand auf und hantierte am Schalter. »Besser so?«

»Viel besser.« Andrew lächelte, als Mead sich einen weiteren Bourbon genehmigte. »Haben Sie auch in dem Lampengeschäft gearbeitet?«

»Ich war zu sehr von meinen Kindern in Anspruch genommen, bis sie älter wurden. Dann bin ich ins Wohndesign eingestiegen – frag nicht, wie es dazu kam. Eigentlich habe ich davon geträumt, eine Konditorlehre zu machen und als Patissière zu arbeiten. Aber George wollte nichts davon hören.«

»Sie wären eine tolle Konditormeisterin«, meinte Andrew, der drei Teller Gemüsecurry mit Reis und vier selbst gebackene Brötchen verzehrt hatte.

»Oh, vielen Dank.« Sie begann wieder mit ihrer Serviette zu spielen. »Deine Großmutter konnte aber auch hervorragend kochen.« Sie wandte sich an Mead. »Andrew hat mir erzählt, dass Sie all ihre Sachen aufbewahren?«

Mead legte seine Gabel hin. »Nicht alle.«

»Ich habe Georges Sachen noch jahrelang aufgehoben. Wahrscheinlich, weil ich den Gedanken nicht aufgeben wollte, er würde eines Tages zurückkommen.« Sie nahm einen Schluck von ihrem Weißwein, umfasste das Glas mit beiden Händen und starrte hinein. »Erst als ich mich von ihnen getrennt hatte, konnte ich wirklich Abschied von ihm nehmen.«

Mead spürte, wie er errötete.

Das hinterhältige kleine Luder.

Es ist nur ein Abendessen, Mäuschen. Mir blieb keine andere Wahl.

*Es ist* ein Rendezvous.

Mead erhob sich. »Es wird Zeit für uns zu gehen.«

»Was?«, sagte Andrew.

»Ich wollte Ihnen nicht zu nahe treten«, meinte Evelyn.

»Es ist schon spät.«

»Es ist erst viertel nach acht«, stellte Andrew mit Blick auf seine Armbanduhr fest.

»Ich habe gesagt, *es wird Zeit.*«

Nachdem Mead sich bei Evelyn für die Einladung bedankt hatte, scheuchte er Andrew aus dem Haus und auf die andere Straßenseite hinüber.

»Tut mir Leid, wenn ich Sie mit irgendetwas verärgert habe«, rief Evelyn ihm nach.

»Ich bin nicht *verärgert.*«

Mead lag angezogen auf dem Bett, als Sharon anrief. Nachdem Andrew am Telefon in der Küche kurz mit ihr gesprochen hatte, nahm Mead den Hörer wieder ab.

»Wie geht's, Liebes?«

»Mein Auto ist kaputt«, stöhnte sie.

Meine Güte, dachte Mead, was ist mit manchen Menschen bloß los? »Der alte Celica? Wo hakt's denn diesmal?«

»Überall. Die Werkstatt sagt, er braucht eine neue Kupplung, und das ist nur der Anfang.«

»Wie viele Kilometer hat er denn drauf?«

»Gut 280000«, antwortete Sharon.

»Ich kaufe dir einen neuen.«

»Dad, das kann ich nicht von dir verlangen.«

»Du hast es ja auch nicht verlangt. Jetzt nimm dir erst mal für ein paar Tage einen Mietwagen und besorg dir den *Con-*

*sumer Reports* mit den Testberichten über Autos. Und ich höre mich auch mal um.«

Langes Schweigen.

»Alles in Ordnung?«, fragte Mead besorgt, weil ihre Stimme so zitterte. Dabei war ihre Mutter so stark gewesen.

»Ich glaube, meine Firma schmeißt mich raus.«

»Aber du hast doch gerade erst dort angefangen.«

Wieder eine lange Stille. »Ich habe versehentlich alle Daten über die Spesenabrechnungen meines Chefs gelöscht. Ich weiß selbst nicht, wie das passiert ist.« Ihre Stimme klang so dünn, dass Mead befürchtete, sie würde einen Nervenzusammenbruch bekommen.

»Dann such dir einen anderen Job. Du könntest aber auch wieder aufs College gehen und deinen Abschluss nachholen.«

Nachdem sie sich in einen geschniegelten Typen aus Los Angeles verliebt hatte, war Sharon vom College abgegangen. Und als er ihr den Laufpass gab, hatte sie auch keinen zweiten Anlauf mehr unternommen, trotz der Bitten ihrer Eltern.

»Das College ist nicht mein Ding, Dad«, hatte sie damals gesagt.

»Aber heute geht doch jeder aufs College, Sharon. Willst du nicht wenigstens dieses eine Mal auf uns hören?«

Doch das wollte sie nicht. Und seither schmerzte es ihn mitanzusehen, wie sie sich abstrampelte, erst als Empfangsdame, dann als so eine Art Verwaltungsassistentin – die gute alte Sekretärin gab es heutzutage anscheinend nicht mehr. Anschließend übernahm sie die Buchhaltung eines Geschäfts für Autoersatzteile, die prompt pleite machte (kein Wunder), worauf sie die Bücher eines Händlers für medizinischen Bedarf führte. Und zu alledem versuchte sie auch noch, allein einen Teenager großzuziehen. Was für ein Leben war das denn? Keines, wie es sich ein Mädchen je hätte träumen lassen.

Die nackte Wahrheit lautete nun mal, dass sie nie ein Kind hätte bekommen sollen. Nicht Sharon. Elternschaft lag nun mal nicht jedem. Ja, sie lag sogar *kaum* jemandem, dachte Mead. Herrgott, neun von zehn Eltern waren mit der Erziehung ihrer Kinder überfordert, und für diese Bälger schien sich die Mühe ohnehin nur selten zu lohnen, jedenfalls wenn sie die Jahre, in denen sie klein und süß waren – und auch Mead sie nett fand –, hinter sich hatten. (Und Andrew war wirklich ein süßes Kind gewesen, mit großen braunen Augen und einem mit Sommersprossen übersäten Stupsnäschen.)

»Am liebsten würde ich mich morgen gar nicht erst blicken lassen.« Wieder seufzte sie.

»Sie geben dir bestimmt noch mal eine Chance.«

Abermals Stille.

»Bekommst du noch Unterhaltszahlungen?«

»Wenn er daran denkt.«

»Ich könnte ihn umbringen.«

»Dad ...«

»Ich würde es sogar eigenhändig tun. Als Beitrag zum öffentlichen Wohl.«

»Ich *bitte* dich.«

»Dann lass mich einen Anwalt engagieren. Wir erwirken eine richterliche Verfügung.«

»Ich möchte nicht darüber reden. Hör mal, ich muss jetzt weg. Ich sage dir Bescheid, wie es weitergeht.«

An ihrer Stimme erkannte Mead, dass sie nur auflegen wollte, um sich auszuheulen. Wenn sie in so einem Zustand war, wusste er nie, was er sagen sollte. Kann ich irgendetwas tun? Am Ende fiel ihm nur ein: »Pass auf dich auf, Liebes, hörst du?«

»Ich will's versuchen, Dad.«

»Und mach dir um Himmels willen unseretwegen keine Sorgen.«

Gleich nachdem sie das Gespräch beendet hatten, klingelte das Telefon erneut. Er riss den Hörer vom Apparat. »Wo hast du denn gesteckt, altes Haus?« Verdammt. Es war Harry Braxton.

»Harry.«

»Was hältst du davon, wenn wir am Dienstag ein paar Runden golfen?«

»Ich hab momentan ziemlich viel zu tun.«

»Du? *Viel zu tun?* Willst du mich auf den Arm nehmen?« Harry gluckste laut.

Mead biss die Zähne zusammen. »Mein Enkel ist gerade zu Besuch.«

»Sharons Junge? Prima! Warst du mit ihm schon im Baseballstadion? Ich kann euch Logenplätze besorgen.«

»Er macht sich nicht viel aus Baseball.«

»Wie schade. Mein Enkel ist gerade an der medizinischen Fakultät von Harvard angenommen worden, hab ich das schon erzählt?«

»Ich glaube schon.«

»Und unsere Enkeltochter heiratet im Juli. Sind wunderbare Schwiegerleute. Eleanor ist ganz hin und weg.«

»Mein Glückwunsch.«

»Wir haben uns in letzter Zeit selten gesehen. Hast du irgendwelche Geheimnisse?«

»Ich war mit ein paar Dingen hier im Haus beschäftigt.«

»Dann musst du ja schon eine ganze Etage aufgestockt haben.« Harry gluckste erneut.

Mead sah auf seine Uhr, hielt den Hörer ans andere Ohr und schaute zur Decke, wo er einen kleinen Wasserfleck in der Ecke bemerkte.

Harry atmete tief durch. »Hör mal, Kumpel, ich weiß, dass du es nicht leicht hast.«

»Mir geht's gut, danke.«

»Aber ab und zu musst du auch mal ausgehen. Hat doch keinen Sinn, den ganzen Tag im Haus zu hocken und Trübsal zu blasen.«

»Ich blase *keineswegs* Trübsal, Harry. Und wie schon gesagt, bin ich gerade sehr mit meinem Enkel beschäftigt. Aber schön, dass du angerufen hast.«

»He, komm doch nächste Woche mit ihm mal zum Abendessen zu uns. Eleanor würde sich freuen. Dann hat sie einen Vorwand, um ihre Fleischklöße zu machen.«

Mead zuckte zusammen bei dem Gedanken, wie sie zu

viert um Harrys riesigen Esszimmertisch sitzen und über Eleanors Fleischklöße reden würden. Zugegeben, sie waren köstlich. Sogar noch besser als die von Sophie, um ehrlich zu sein. (Das war ihr verdächtig vorgekommen, und so hatte sie ihm jedes Mal, wenn sie von einem Essen bei den Braxtons heimfuhren, auf den Zahn gefühlt.) Aber nicht mit Andrew. Wirklich nicht. Er würde dieses Bürschchen mit dem halb nackten Hintern doch nicht in seinen Freundeskreis einführen. »Das ist sehr nett von dir, Harry, aber ich habe dir ja schon gesagt, dass es zeitlich bei uns gerade sehr eng ist.«

»Ruf an, falls du es dir anders überlegst.«

»Mach ich.«

Als er aufgelegt hatte, merkte er, dass Andrew in der Schlafzimmertür stand. Mead zog die Augenbrauen hoch.

»Ich wollte nur fragen ... wann ich meinen CD-Spieler zurückbekomme?«

»Du meinst: *ob*.«

Andrews Gesicht wurde noch länger. Man musste fast Mitleid mit ihm haben, wenn er so eine Miene zog. Andererseits hatte er die Strafe verdammt noch mal verdient. Was bildete er sich denn ein? »Setz dich lieber wieder an deine Hausaufgaben.« Andrew drehte sich um und schlurfte davon.

Am nächsten Abend stand Mead im Flur vor dem Badezimmer, um Andrew abzupassen, wenn er herauskam. Gerade waren die Straßenlampen angegangen, und der Jack Russell der Nachbarn hatte wieder seinen allabendlichen Anfall von Hysterie und bellte ununterbrochen. Als Mead ihn zum ersten Mal hörte, hatte er die Polizei gerufen aus Sorge, dort drüben wäre ein Massaker à la Charles Manson im Gange.

»Bist du in die Kloschüssel gefallen?«, rief Mead durch die Tür.

»Hab's gleich.«

»Herrgott, du brauchst ja länger als deine Großmutter, und die hat sich so viel Zeit gelassen, dass ich mich einmal sogar hinter der Garage erleichtern musste.« Endlich ging die Tür auf. »Was zum Henker ist denn mit deinem Gesicht los?«

»Akne«, murmelte Andrew.

»Da solltest du besser nicht dran rummachen.« Mead erinnerte sich an einen Soldaten namens Smitty, der die schlimmste Akne in der ganzen Kompanie hatte, als wäre sein ganzes Gesicht von Bienen zerstochen worden. In jeder freien Minute betrachtete er sich in seinem Taschenspiegel, stöhnte über seine jüngsten Verunstaltungen und machte die Einmannpackungen dafür verantwortlich. Und dann wurde Smitty von einem Heckenschützen in den Kopf getroffen, und Mead dachte bei sich: Na ja, nun kriegt er wenigstens keine Pickel mehr. »Ich habe gedacht, wir könnten eine Partie Backgammon spielen.«

»Ich wollte eigentlich lesen.«

»Für heute hast du genug gelesen. Machen wir ein Spiel.« Mead wollte ihm keine Wahl lassen.

»Ich weiß nicht, wie das geht.«

»Dann bringe ich es dir bei.«

Mead öffnete den Schrank im Flur, nahm sein Backgammonbrett vom obersten Regal und trug es ins Wohnzimmer. Dabei dachte er daran, welche Spiele Sophie und er gespielt hatten, vor allem Zweier-Solitaire und Scrabble. Als er das Brett auf dem Couchtisch aufgebaut hatte, erklärte er Andrew die Regeln.

»Bereit?«

»Ich glaube schon.«

Andrew gewann die erste Partie.

»Anfängerglück«, meinte Mead, fragte sich aber insgeheim, ob sein Enkel geschummelt hatte. Beim nächsten Mal gab er sich mehr Mühe, verlor aber erneut.

»Backgammon gefällt mir«, verkündete Andrew. »Noch eine Partie?«

»Eigentlich spiele ich lieber Karten«, erwiderte Mead und klappte das Brett rasch zu. Er zog einen Stift aus dem Bleistiftbehälter und griff nach seinem Kreuzworträtselheft auf dem Beistelltisch. Sein Enkel saß da und schaute ihm zu.

»Großmama fehlt dir bestimmt«, sagte Andrew unvermittelt.

Mead errötete. »Selbstverständlich.« Er widmete sich wieder dem Rätsel.

»Ich hab mir gerade überlegt, wie hart es sein muss, wenn man jemand nach so vielen Jahren verliert.«

»Ja, das ist hart.«

»Wie lange wart ihr verheiratet?«

Mead ließ das Heft auf den Schoß sinken. »Einundfünfzig Jahre.«

»Irre.«

»Es kommt nur darauf an, dass man zusammenhält.«

»Mir fehlt sie auch. Sie war immer total nett zu mir.«

»Sie hat dich angehimmelt.« Mead sah, wie ein verlegenes Lächeln auf Andrews strahlendem Gesicht erschien.

»Wir alt warst du, als du sie kennen gelernt hast?«

»Siebzehn. Wir sind ein paar Monate miteinander gegangen, bevor ich mich bei der Armee verpflichtet habe. Sie hat auf mich gewartet, bis ich zurückkam.«

»Du hast nicht geglaubt, dass sie warten würde?«

»Ich hatte meine Zweifel.«

Das schien Andrew zu amüsieren. »Wie lange hat es dann noch gedauert, bis ihr geheiratet habt?«

»Vier Monate.«

»Mann, ihr hattet es ja eilig!«

Mead musste unwillkürlich lächeln. »Wir wussten einfach, dass wir füreinander bestimmt waren. Damals musste man nicht zwanzig Jahre zusammenleben, um sich zu entscheiden.«

»Hast du dir mal überlegt, wieder zu heiraten?«

»Natürlich nicht.

»Warum nicht?«

»Allein schon, weil ich zu alt dafür bin. Außerdem ...« Mead wusste nicht, wie er den Satz zu Ende bringen sollte.

»Na ja, es wäre einfach nicht recht.« Rasch wandte er sich wieder seinem Kreuzworträtsel zu, spürte aber, dass der Blick des Jungen immer noch auf ihm ruhte. Was sah er wohl in ihm? Dunkel erinnerte sich Mead an seinen eigenen Großvater, der starb, als Mead zwölf war. Er schien weniger ein Mensch als eine Institution zu sein, so alt und ehrwürdig wie die Kirche. Und ungefähr genauso unterhaltsam. Mead sah ihn noch vor sich, wie er nach dem Abendessen auf der Veranda saß, mit vom Alter gezeichneten, aber noch immer vornehmen Gesichtszügen, und tief in Gedanken versunken. Zuweilen saß er so reglos da, dass er Mead an eine Statue erinnerte, so eine wie die auf dem Marktplatz, die über und über mit Taubendreck bedeckt war. Als Mead älter wurde, bedrückte es ihn, dass er seinen Großvater nie richtig kennen gelernt und nie erfahren hatte, wie er mit all den Verlusten und Enttäuschungen zurechtgekommen war, vor allem aber mit der erschreckenden Erkenntnis, dass das Leben beinahe schon hinter einem lag (und dass man seine besten Karten nie ausgespielt hatte, als man sie noch in der Hand hielt).

»Warum erzählst du eigentlich nie vom Krieg?«, fragte Andrew plötzlich.

»Muss ja nicht sein.« Meads Blick blieb auf das Kreuzworträtsel geheftet.

»Mom findet das schade.«

»Ach, tatsächlich? Und warum?«

»Weil wir keine Lehren aus deinen Erfahrungen ziehen können. Wo es doch so was wie unsere Familiengeschichte ist.«

Mead ließ das Heft sinken. »Familiengeschichte?«

»Ja, das sagt sie immer. Einmal wollte ich dich wegen einer Schularbeit anrufen und dir ein paar Fragen dazu stellen, aber Mom meinte, du erzählst nichts vom Krieg.«

»Das hat sie gesagt?«

Andrew nickte. »Andere Kriegsveteranen reden gern darüber. Man sieht sie immer im Fernsehen, wie sie ihre Kampfeinsätze schildern und was sie dabei gedacht haben und …«

»Manche Leute hören sich eben gern reden.« Mead tippte mir der Bleistiftspitze auf die Zeitschrift.

»Du hast an der Invasion in der Normandie teilgenommen, stimmt's? Gegen die Deutschen gekämpft?«

»Richtig.«

»Echt cool.«

»So würde ich es nicht unbedingt ausdrücken.«

»Warum habt ihr sie *Krauts* genannt?«

»Das kommt von ›Sauerkraut‹.«

»Hä? Versteh ich nicht.«

»Ist auch egal.« Mead senkte den Blick wieder auf sein Rätsel.

»Mom hat gesagt, du warst Fallschirmjäger und bist nachts von einem Flugzeug abgesprungen.«

Mead nickte.

»Das ist ja … äh … krass.«

»Ich kann es nicht gerade empfehlen.«

»Denkst du oft daran zurück?«

»Nicht allzu oft.«

»Das würde ich schon.« Andrew nickte langsam, als dächte er nach. »Welche Waffen habt ihr gehabt?«

»Ich weiß wirklich nicht, wieso …«

»Mich würde nur interessieren, ob du so eine Art Spezialgebiet hattest.«

»Ich war Schütze.«

»Hattest du denn auch Handgranaten?«

»Alle hatten Handgranaten.«

»Und ein Messer?«

Mead seufzte. »Ja, auch ein Messer.«

Andrew ging zu dem kleinen Glaskästchen auf dem Kaminsims hinüber. »Wofür hast du die gekriegt?«, fragte er, während er die Ehrenabzeichen begutachtete.

»Die meisten bloß für die Kriegsteilnahme.« Nach Sophies Tod hatte er die Orden in seinen Schrank geräumt, doch immer, wenn er sich ein Hemd oder eine Hose herausnahm und das Kästchen dort auf dem Regal sah, hörte er, wie Sophie missbilligend mit der Zunge schnalzte. Schließlich stellte er es auf den Kaminsims zurück und achtete fortan streng darauf, dass alles im Haus so blieb, wie es zu ihren Lebzeiten gewesen war.

»Was ist mit diesem roten und goldenen? Dem herzförmigen?«

»Das Purple Heart wird für Verwundungen verliehen.«

»Ja, ich dachte mir doch, dass du verwundet worden bist. Wo hat's dich denn erwischt?«, fragte Andrew voller Neugier.

Mead zog die Augenbrauen hoch. »Am Hintern.«

»Am Hintern?« Andrew konnte sich nur mühsam das Lachen verkneifen, so dass es wie ein Prusten klang. »Das ist echt hart.« Er betrachtete nochmals die Orden. »Sind auch welche für Heldentum dabei?«

»Nicht direkt.« Was nicht ganz der Wahrheit entsprach. Den Bronze Star hatte Mead nämlich bekommen, weil er drei Mal unter feindlichem Beschuss über ein verschneites Feld gekrochen war, um verletzte Kameraden in Sicherheit zu bringen. Es war jedoch nicht Mut, sondern eher blinder Zorn, der ihn angetrieben hatte. Aber wenn man anfing, von einer Sache zu erzählen, blieben zwangsläufig zu viele andere unerwähnt. Er blickte wieder auf das Rätsel und versuchte sich auf den nächsten Begriff zu konzentrieren.

»Willst du mich über das, was ich lese, ausfragen?«

»Hatte ich eigentlich nicht vor.« Mead sah auf. »Wie findest du es denn bisher?«

»Teilweise ganz interessant. Manches ist richtig lustig.«

»Lustig?«

»Ja, die Art, wie sie reden. Aber es passieren auch traurige Sachen.« Andrew lehnte sich ins Sofa zurück und blätterte in der Zeitung. Nach einer Weile fragte er: »Hast du an vielen Schlachten teilgenommen?«

»Mir hat's gereicht.« Mead hob den Blick nicht von seinem Rätsel.

»War es wirklich so wie in *Der Soldat James Ryan*?«

»Hab ich nicht gesehen.«

»Echt nicht? Mann, da würdest du abdrehen! He, sollen wir ihn uns vielleicht ausleihen?«

»Nein.«

Nach einer kurzen Pause meinte Andrew: »Mom hat Recht.«

»Was willst du damit sagen?«

»Dass du nicht gern darüber redest.«

»Warum sollte ich auch?«

»Weiß nicht.«

Mead legte sein Kreuzworträtselheft beiseite. »Na schön, was genau willst du wissen?«

Andrew dachte einen Moment nach. »Hast du viele Leute sterben sehen?«

»Ja, allerdings.«

»Und war es wie ...« Andrew fuchtelte mit den Armen in der Luft.

»Ja.«

»Wahnsinn, das muss heftig sein. Du hasst die Deutschen wohl immer noch, was?«

»Wer hat denn gesagt, dass ich sie hasse?«

»Hab ich mir so gedacht.«

»Nur manche.«

»Wie Hitler?«

»Ja, wie Hitler.«

»Den hätte ich auch gehasst.«

»Er war auch richtig hassenswert«, meinte Mead.

»*Hassenswert?* Gibt es dieses Wort überhaupt?«

»Na, sonst hab ich es eben jetzt erfunden.« Sophie war ihm immer dahinter gekommen, wenn er sich eigene Wörter ausdachte und bei den Kreuzworträtseln schummelte, doch er fand die Wörter, die er benutzte, durchaus sinnvoll. Sprache, so meinte er, müsse sich ständig weiterentwickeln.

»Und die Japsen? Hast du sie gehasst?«

»Ich glaube schon. Das tat so ziemlich jeder.«

»Mehr als die Deutschen?«

»Anfangs schon.«

»Weil sie so … anders aussehen?«

»Weil sie uns angegriffen haben.«

»War es für dich schlimm in der Armee?«

»Manches.« In Wahrheit hatte Mead eine ganze Menge als schlimm empfunden. Doch was in seinem Leben war auch nur annähernd damit vergleichbar?

»Ich bin sicher, dass ich es schlimm finden würde.«

»Manchen Leuten tut die Armee ganz gut. Da lernen sie Disziplin.«

»Ich riskiere doch nicht mein Leben dafür, dass ein paar reiche Leute ihren Profit mit Öl machen können. Wirklich nicht.«

»Es ist nicht immer so einfach.«

»Ihr habt wenigstens gegen echte Verbrecher gekämpft. Die waren ja richtig *fies*.« Er spielte mit dem kleinen Goldring in seinem linken Ohr, eine Angewohnheit, die Mead auf die Palme brachte. »Erinnert Hitler dich nicht irgendwie an Darth Vader?«

»Was für einen Darth?«

»Ist egal.« Andrew tippte mit dem Fingernagel gegen den Ohrring. »Ist bestimmt cool, ein Held zu sein.«

»Ich habe mich nie als Helden betrachtet.«

»Nein?« Andrew blickte ihn verdutzt an.

Allmählich wurde Mead immer unbehaglicher zumute. »Weißt du, ich habe nur getan, was meine Pflicht war, und konnte es gar nicht erwarten, endlich wieder nach Hause zu kommen, klar?«

»Mom hält dich für einen großen Helden. Evelyn übrigens auch.«

»Evelyn?«

»O ja.« Andrew lächelte.

»Ich möchte jetzt wirklich dieses Kreuzworträtsel zu Ende bringen.«

»Entschuldigung.« Andrew stand vom Sofa auf und ging in Richtung Flur, doch dann zögerte er. »Ich hätte nur noch gern gewusst …«

»Was denn?«

»Na ja ...«

»Raus mit der Sprache.«

»Hast du mal jemanden getötet?«

Mead nahm seine Brille ab und rieb sich den Nasenrücken. *Du hast viele von ihnen getötet, nicht wahr, Vater?* Und sein Vater hatte ihn stumm angesehen, tiefes Entsetzen grub sich in seine harten Züge – bis er vom Tisch aufstand. An jenem Abend kam er nicht mehr nach Hause. *War das nicht der Sinn des Ganzen, Vater? Das Töten?*

»Gute Nacht, Andrew.«

Einen Moment lang starrte ihn der Junge schweigend an, dann drehte er sich um und zog sich schnell in sein Zimmer zurück.

Achtundvierzig Stunden nach seinem Absprung über Frankreich wusste Mead zweifelsfrei, dass er einen Menschen getötet hatte. Monatelang hatte er sich gefragt, was für ein Gefühl es sein würde. Und insgeheim hatte er sich vor dem Augenblick gefürchtet, wenn er schließlich an vorderster Front inmitten des Kampfgeschehens stehen würde, wie auf der Spitze eines langen Schwerts, das tief in den Feind gebohrt wird. Nur wenige bekamen die Front je zu Gesicht, die er sich als eine dünne, gezackte Verwerfungslinie vorstellte, an der die Kontinentalplatten aufeinander stießen. Doch er kam auf dem Luftweg, und das Ziel der Luftlandetruppen war das Schlachtfeld, auf dem getötet und gestorben wurde. Würde er zögern? Oder würde es ganz von selbst gehen? Manche Männer schienen einen Tötungsinstinkt zu haben. Nicht so Mead. Er fürchtete vielmehr, dass er sich über seine Instinkte würde hinwegsetzen müssen.

Und das hatte er auch getan.

Die Deutschen versuchten eilig, Verstärkungstruppen heranzuführen, um den Brückenkopf abzuschneiden. Daher erhielt Meads Einheit den Befehl zum Angriff; sie sollten sich durch die Hecken vorarbeiten und dann einen kleinen Weiler einnehmen, den die Deutschen verbissen verteidigten.

»Ich finde, wir sollten lieber auf die Panzer warten«, meinte Punchy, als er neben Mead auf dem Boden lag und auf den Befehl zum Sturmangriff wartete. Zwar murrte so mancher über das Soldatendasein, aber keiner tat es so laut wie Punchy, der bei jeder unsinnigen oder demütigenden Anweisung lautstark protestierte und mit beachtlicher Energie in allen Einzelheiten erklärte, was er anders machen würde. »Hier haben nur Trottel das Sagen«, schimpfte er. »Mein Leben ist in den Händen von Schwachköpfen.« Doch obwohl er sich ständig beschwerte, meldete er sich immer als Erster freiwillig für die gefährlichsten Aufträge, wenn auch nur, um sicherzugehen, dass sie ordentlich ausgeführt wurden. So sehr drängte es ihn danach, möglichst viele Feinde zu töten und den Krieg hinter sich zu bringen, dass er mit der Zeit fast leichtsinnig wurde.

Punchy steckte sich wieder einen Kaugummi in den Mund und kaute nervös. (Er hatte beim Absprung zwanzig Päckchen Wrigley's und zwölf Schoko-Erdnussriegel im Gepäck.) »Meinst du nicht auch, dass wir lieber auf die Panzer warten sollten?«

»Mich hat keiner gefragt.«

»Ich sage dir, wir sollten auf die Panzer warten.« Einige Minuten später hieß es, dass die Deutschen eine Flak 8.8 hinter einem der Gehöfte in Stellung gebracht hätten. Punchy platzte fast vor Wut. »So eine Scheiße, das ist ja nicht zu fassen!«, fauchte er und kaute schmatzend weiter.

Mead hatte viel von der Flak 8.8 gehört. Wie auch die anderen. Aber er hatte noch nie gesehen, was sie anrichten konnte. Die Geschosse aus diesem Flachbahngeschütz schlugen ein, bevor man sie überhaupt hörte. Geriet man in sein Visier, konnte man sich nur platt auf den Boden werfen oder vorwärts stürmen und hoffen, dass ein paar Überlebende nahe genug herankamen, um die Flak-Schützen auszuschalten.

Die erste Granate schlug zu ihrer Linken ein, zerfetzte zwei Männer in winzige rote Klümpchen und verstümmelte ein Dutzend weitere. Punchy bedeutete Mead, sich zum Schutz vor der Druckwelle die Ohren zuzuhalten und den Mund zu öffnen. Unmittelbar darauf detonierte ein weiteres Geschoss rechts von ihnen, Männer schrien auf, Erde flog durch die Luft.

»Los!«

Punchy sprang als Erster auf, stieß einen Kampfschrei aus und rannte wie ein Irrer über das Feld auf die Bauernhäuser zu. Mead rappelte sich auf und zwang sich, ihm zu folgen. Im Zickzacklauf versuchte er zu ihm aufzuschließen, während ihm die Ausrüstung gegen den Körper schlug. Schon bald sah er die Flak 8.8 hinter einer Scheune hervorlugen, ihr Lauf war direkt auf ihn und Punchy gerichtet.

Hinter ihm schlug eine Granate ein, dann noch eine, und gleichzeitig peitschte MG-Feuer den Boden vor ihm auf. Mead merkte, dass er beim Laufen schrie, er schrie so laut er konnte, Angst und Zorn brachen aus ihm heraus, als würde er nur überleben, wenn er laut genug brüllte. Mittlerweile waren sie so nah herangekommen, dass Mead die deutschen Schützen sah, die hektisch nachluden und ein letztes Mal feuerten, ehe sie den Verschluss des Geschützes sprengten und in Deckung sprangen. Andere Deutsche, versteckt in Häusern oder hinter Steinmauern, nahmen die Angreifer unter Beschuss.

Mead schoss zwei Magazine leer, ohne zu wissen, ob er überhaupt irgendetwas getroffen hatte. Als immer mehr Männer niedergemäht wurden, sich am Boden krümmten oder stumm übereinander fielen, blickte sich Mead verzweifelt um, ob das Zeichen für den Rückzug gegeben wurde. Doch stattdessen drangen sie weiter vor, schleuderten Handgranaten durch Fenster und traten Türen ein. Er sah, wie die Explosion einer Granate einen Amerikaner rückwärts durch die Luft fliegen ließ und ein anderer in den Kopf getroffen wurde. Und genau in diesem Augenblick wurde ihm klar, dass er einen schrecklichen Fehler begangen hatte, als er sich zu den Fallschirmjägern meldete – denn er hatte nicht den Mut, die *Kampflust*, die die anderen anscheinend besaßen.

Trotzdem hielt er mit seinen Kameraden Schritt und blieb in Punchys Nähe, während sie, einander Feuerschutz gebend, sich Haus für Haus vorankämpften und die Deutschen langsam zurückdrängten. Zwei Mal sah Mead, wie ein Deutscher auf ihn zielte und schoss, und beide Male gingen die Kugeln daneben. Aber meistens hatte Mead gar keine Ahnung, woher die Schüsse kamen. Die Deutschen benutzten rauchfreies Schießpulver, was es ihnen leichter machte, sich zu verstecken, während aus Meads Gewehr bei jedem Schuss ein verräterisches Rauchwölkchen aufstieg. Als würde man mit einer Kuhglocke um den Hals in die Schlacht geschickt, dachte er. Im Lauf der Monate musste Mead voller Zorn feststellen, dass die Deutschen nicht nur das beste Bodengeschütz dieses Krieges – die Flak 8.8 – hatten, sondern auch stärkere und widerstandsfähigere Panzer, eine wirkungsvollere Panzerabwehrwaffe – die Panzerfaust – und sogar ein besseres Leichtmaschinengewehr.

Und ganz plötzlich, aus nächster Nähe, tötete er erstmals einen Menschen – zumindest den ersten, bei dem er es sicher wusste. Der Deutsche war bereits verwundet und an den Überresten eines Schützenpanzers zusammengesackt, als Mead und ein paar andere vorbeistürmten, um in einem unkoordinierten Vorstoß die deutsche Verstärkung anzugreifen, die sich auf der Straße näherte. Überall lagen Tote und Verwundete, aber aus irgendeinem Grund wurde Mead auf jenen Deutschen zu seiner Linken aufmerksam.

Gerade als Mead zu ihm hinüberblickte, hob der Deutsche das Gewehr, das auf seinem Schoß lag. *Du oder ich.* So einfach war das. Da gab es nichts zu überlegen oder abzuwägen, man brauchte weder Mut noch List noch Geschicklichkeit. Mead zielte aus der Hüfte und schoss drei Mal. Die erste Kugel traf den Deutschen in den Bauch, die nächsten beiden zerfetzten sein Gesicht. Und das war's.

»Ich war mir nicht sicher, ob du den Mumm dazu haben würdest«, sagte Punchy und bot Mead einen Kaugummi an, den dieser aber ablehnte.

Als er den Toten betrachtete, spürte er, wie seine Hände zu zittern begannen. Herrgott, ich hab's getan. Ich habe einen Menschen umgebracht. Und da musste er sich gleich neben der Straße übergeben.

»He, nimm's leicht«, meinte Punchy und klopfte Mead auf den Rücken. Mead bedeutete ihm, schon mal vorauszugehen, spritzte sich Wasser aus seiner Feldflasche ins Gesicht und spülte sich den Mund. Dann eilte er den anderen hinterher. Den ganzen restlichen Tag versuchte er seine Übelkeit zu verbergen, denn er schämte sich und fühlte sich wie ein Feigling. Himmel noch mal, er war schließlich Fallschirmjäger!

Eine weitere Erfahrung dieser Art blieb ihm in den nächsten beiden Tagen erspart. Irgendwie war er zwar immer am Rande des Kampfgeschehens und geriet auch unter Feindbeschuss, bekam den Gegner aber nie richtig zu Gesicht. Er war gespannt und begierig darauf, sich abermals auf die Probe zu stellen, hatte jedoch auch Angst davor – womöglich würde er wieder zu zittern anfangen oder es einfach nicht fertig bringen. Am besten nicht nachdenken, sagte er sich. Da muss man einfach durch, mit der Zeit gewöhnt man sich schon irgendwie daran.

Und als die Deutschen dann noch mehr Truppen schickten, erhielt Meads Zug den Befehl, einen Hinterhalt zu legen. Vierzehn Mann von ihnen versteckten sich im Gehölz am Straßenrand. Zwei Stunden später, im letzten dunstigen Licht der Abenddämmerung, kam eine deutsche Patrouille die Straße entlangmarschiert. Mead zählte zwölf Landser, die zwar ein wenig Abstand voneinander hielten, aber offenbar nicht ahnten, wie weit die Amerikaner schon vorgedrungen waren, und deshalb nicht mit einem Angriff rechneten. Leise legte Mead im Gestrüpp an, nahm zunächst den vordersten Soldaten, dann den nächsten ins Visier, und während er auf das Zeichen wartete, versuchte er sich auf ein Ziel festzulegen. *Du oder ich*. Darauf lief es letztlich immer hinaus. Trotzdem spürte er ein Kribbeln in der Hand, als er auf die Brust eines Deutschen mittleren Alters mit rundlichem Gesicht zielte. Sein feuchter Finger glitt unruhig am Abzug entlang. Wie heißt du? Bist du verheiratet? Hast du Kinder, Haustiere, Nichten und Neffen? Warst du Landwirt, Kaufmann oder Angestellter? Bist du ein gottesfürchtiger Mensch? Aber wie könntest du das sein? Mead schwenkte mit dem Lauf ein paar Zentimeter nach rechts und richtete ihn auf den nächsten Deutschen, der jünger war, schmale Schultern hatte und müde aussah. Wie wär's mit dir? Woran denkst du gerade? An deine Familie? Ein dralles Fräulein? Deine Füße? Ist dir schon einmal in den Sinn gekommen, dass Adolf Hitler dich auf Abwege geleitet hat, dass du mit all deinen Lieben auf der Verliererseite stehst? Und woran würdest du denken, wenn du wüsstest, dass es deine letzten Gedanken sind?

Es war atemberaubend, Menschen in den letzten Sekunden ihres Lebens zu beobachten und die gottgleiche Macht zu spüren, dass man sie vernichten, Zeit, Ort und Ursache ihres Todes bestimmen konnte. Ins Herz oder in den Kopf? Der Große oder der Kleine? Merkwürdig. Als wären sie von Geburt an auf Kollisionskurs gewesen. Ein Bursche aus Akron. Ein Bursche aus Hamburg, Stuttgart oder vielleicht Köln. Und ganz unverhofft war der Moment des Zusammenpralls gekommen.

»Feuer!«

Dreißig Sekunden später waren zwölf Deutsche tot.

»Das war ja das reinste Truthahnschießen«, meinte Punchy und verschlang einen Schoko-Erdnussriegel, ehe er die Taschen der Toten durchwühlte. Während die anderen die Leichen nach brauchbaren Andenken durchsuchten, hielt Mead sich etwas abseits und versuchte seiner Übelkeit Herr zu werden.

»He, schaut mal«, rief Punchy, der gerade durch einen deutschen Feldstecher spähte. »Ich kann fast bis Berlin gucken.«

Mead steckte sich eine Zigarette an und vermied es, die zusammengekrümmte Leiche des schmalschultrigen jungen Deutschen anzusehen.

»Alles in Ordnung?«, fragte Punchy und kam zu ihm, um mit seinem Fernglas zu prahlen.

»Klar. Alles bestens.«

»Wie viele hast du erwischt, was meinst du?«

Mead zuckte mit den Achseln. »Ich weiß nicht.«

»Ich denke, ich habe drei erledigt. Die drei ganz hinten. Weißt du, ich habe von hinten angefangen.«

Mead nickte.

»Du musst mindestens zwei erwischt haben.«

»Ich kann's nicht sagen.«

»Zwei, da bin ich mir ganz sicher.« Nach einem neuerlichen Blick durch den Feldstecher schlug er Mead auf den Rücken. »Denen haben wir eine schöne Überraschung bereitet, was?«

»Allerdings.« Und trotz seiner weichen Knie wusste Mead, er würde es wieder tun können.

Am nächsten Morgen fand Mead auf der vorderen Veranda eine kleine, als Geschenk verpackte Schachtel. Evelyn, dachte er, hob das Schächtelchen auf und trug es hinein. Er hatte sie in letzter Zeit nicht in ihrem Garten arbeiten sehen und überlegte nun, ob er sie an dem Abend neulich vielleicht ein wenig zu grob behandelt hatte.

»Mach's auf«, meinte Andrew, der mit einer Schale Müsli im Schoß auf dem Wohnzimmersofa saß.

»Vielleicht später.« Mead hatte noch nie etwas für Geschenke übrig gehabt. Das Einzige, was er Sophie jemals übel genommen hatte, war eine Überraschungsparty zu seinem Geburtstag, wo plötzlich die unmöglichsten Leute auf ihn zustürmten und ihm ins Gesicht brüllten, als er nach einem furchtbar harten Arbeitstag nach Hause kam.

»Dann mach ich es eben.« Andrew nahm die Schachtel, riss das Geschenkpapier herunter, klappte den Deckel auf und kippte den Inhalt auf den Couchtisch.

Mead versuchte, in diesem Häufchen weißer Vierecke mit Wörtern darauf irgendeinen Sinn zu erkennen. Eine Art Rätsel?

»Das sind Wörter mit Magneten dran«, erklärte Andrew.

»Man kann sie am Kühlschrank befestigen und Sachen damit schreiben, Gedichte und so was.«

»Gedichte?«

»Klar. Das haben viele Leute.«

»Am Kühlschrank?«

»Ich hab dir doch gesagt, Evelyn ist echt klasse.« Andrew sammelte die Magneten auf und ging in die Küche. Als Mead aufstand, um nach ihm zu sehen, war er schon in sein Zimmer verschwunden. Am Kühlschrank stand: DANKE FÜR NICHTS SAGEN.

Mead nahm die Magneten einen nach dem anderen ab und verstaute sie in einer Schublade.

# *Kapitel 5*

Noch elf Tage. Mead lag bei ausgeschaltetem Licht im Bett und überlegte, wie er in der verbleibenden Zeit bei dem Jungen noch etwas ausrichten konnte. Natürlich würden sie noch mehr Gespräche führen. Er musste das Übel an der Wurzel zu fassen kriegen und herausreißen. Welche Bücher sollte er ihm als Nächstes geben? Er hatte selbst nie viel über den Krieg gelesen, wozu auch? Anders als Sophie, die jede Woche ein Buch zu diesem Thema verschlungen und sich dann lang und breit über jedes Kapitel ausgelassen hatte. Die Bibliothekarin hatte ihm netterweise eine Liste mit empfehlenswerten Titeln geschrieben. Wie sie sagte, war es ihr Spezialgebiet. »Aber bestimmt wissen Sie mehr darüber als ich«, meinte sie begeistert und errötete. Tja, da hatte sie vielleicht Recht. Also, was kam nun als Nächstes? Ein Roman? *Insel der Verdammten* oder *Der Feuersturm*? Oder doch lieber bei den Fakten bleiben, etwas über die Ardennenschlacht oder Stalingrad? (Zu Meads Bedauern wussten die wenigsten Amerikaner, dass eigentlich die Russen die Deutschen besiegt hatten; mehr als achtzig Prozent der gefallenen deutschen Soldaten ließen an der *Ost*front ihr Leben, Hitler kämpfte im Westen sozusagen nur mit halber Kraft.) Er drehte sich auf die Seite, dann wieder auf den Rücken. Noch besser wäre etwas über den Holocaust. Damit er mal eine Ahnung von echtem Grauen bekam. Mead erinnerte sich, wie Sophie *Die Nacht* von Elie Wiesel gelesen und danach so schrecklich geweint hatte, dass beide wieder aufgestanden und im Wohnzimmer die Spätnachrichten angesehen hatten, bis Sophie schließlich einnickte.

Er wälzte sich auf die Seite zurück. Das Einschlafen, fürchtete er, würde ihm heute schwer fallen. Um sich zu entspannen, dachte er an das Eisenwarengeschäft seines Vaters, wo er einen großen Teil seiner Kindheit verbracht und mit fünfzehn Jahren seinen ersten Lohn verdient hatte. Von all den Orten, an die er sich erinnern konnte, war es derjenige, an den er immer zurückkehrte – ein Zufluchtsort, wo er in Ruhe nachdenken konnte und sich geborgen fühlte. Häufig fragte er sich, ob dies wohl die letzte Erinnerung wäre, an die er sich im Augenblick des Todes klammern würde, ob dann alles andere von ihm abfallen und er wieder ein Junge zwischen Männern und Werkzeugen sein würde. Noch heute entsann er sich jenes angenehmen, unverkennbaren Dufts: das Sägemehl auf dem Boden, die Hartholzstiele der Schaufeln, Beile und Hämmer, der metallische Geruch von Rohren und Installationsteilen und den großen Körben mit den Schrauben und Nägeln. Vor der Wirtschaftskrise hatte es im Norden von Ohio vier solcher Geschäfte gegeben, dann nur noch eines. Aber der Krieg würde die Wirtschaft wieder ankurbeln, davon war sein Vater überzeugt gewesen. (Und der Krieg würde unweigerlich kommen, hatte er seinen Kunden prophezeit.) Mead fragte sich, was sein Vater von Wal-Mart halten würde, von seinem Urenkel gar nicht zu reden. Der Alte wäre zweifellos an die Decke gegangen.

Nach mehreren Minuten spähte er mit einem Auge zum Wecker hinüber. Er wusste, er würde pünktlich wie ein Uhrwerk in drei Stunden aufstehen müssen, um zu pinkeln, und dann nochmals drei Stunden später, wo er gewöhnlich eine Tasse warme Milch trank, ehe er wieder ins Bett schlüpfte. Der Jack Russell von nebenan verbellte noch ein letztes Mal die Nachbarschaft, ehe er sich zur Nachtruhe zurückzog.

Mead war mit Retrievern aufgewachsen, aber Sophie war ein Katzentyp. Also legten sie sich Katzen zu, jeweils zwei, die verstohlen umherschlichen und jedes Mal davonjagten, wenn Mead das Zimmer betrat.

»Ich glaube, Missy hat sich seit Thanksgiving nicht mehr von mir anfassen lassen«, beschwerte sich Mead. »Was soll das denn?«

»Du musst eben Geduld haben«, erwiderte Sophie, während Missy auf ihrem Schoß schnurrte.

»Ich finde, acht Monate warten ist Geduld genug. Sie mögen mich nicht. Und ehrlich gesagt, ich mag sie auch nicht.«

»Wie kann man Missy denn nicht mögen?« Sophie kraulte die Katze am Hals, dann hielt sie sie hoch und rieb ihre Nase an Missys Schnauze.

»Das geht ganz leicht, mein Schatz.«

Abermals wechselte Mead seine Lage und fragte sich, ob er die Lampe einschalten und lesen sollte.

Seit er nicht mehr in Sophies Zimmer gehen konnte, fehlte ihm etwas. Er empfand ein beinahe körperliches Bedürfnis danach, ihre Kleider und Schuhe um sich herum zu haben, in ihrem Schaukelstuhl zu sitzen und sie sich zu vergegenwärtigen. Aber jetzt roch das Zimmer nach dem Jungen, ein säuerlicher Schweißgeruch, der Mead an die Armee erinnerte. Er würde das Zimmer tagelang lüften müssen. Und vielleicht sogar den Teppich mit Shampoo reinigen. Und als er so im Dunklen lag, kam ihm plötzlich der entsetzliche Gedanke, Sophies Duft könnte für immer verschwunden sein.

Als Andrew am nächsten Tag seine häuslichen Pflichten, seine Leibesübungen und seine Schularbeiten erledigt hatte, holte er sein Skateboard aus der Garage und begann, am Bordstein draußen vor dem Haus damit zu üben. Er war nicht besonders gut. Zu Hause war der nächste Skatepark so weit weg, dass seine Mom ihn hinfahren musste, deshalb konnte er nicht oft trainieren. (Das Skaten war sonst ja praktisch überall verboten, was ihn maßlos aufregte.) Doch er liebte sein Board über alles – das Deck von Zero, die Krux-Achsen und Pig-Räder, die Aufkleber, die die Unterseite völlig bedeckten, und das Geräusch, wenn es über einen Randstein schrammte.

Evelyn kam aus ihrem Haus und schaute ihm zu. »Sehr beeindruckend«, meinte sie. Andrew lächelte stolz. »Was dagegen, wenn ich's auch mal probiere?«

Andrew fiel fast die Kinnlade runter.

Evelyn lachte auf. »War nur ein Witz.«

Ein paar Minuten später erschien Mead mit erregtem Gesichtsausdruck in der Haustür.

»Hallo, General!«, grüßte ihn Evelyn.

Mead bedachte sie mit einem knappen Kopfnicken, während er auf Andrew zuging. »Was tust du da eigentlich?«

»Er amüsiert sich«, erklärte Evelyn.

»Ich bin Skateboard gefahren.«

»So einen Radau hab ich ja noch nie gehört.«

»Tut mir Leid.«

»Und was zum Teufel machst du denn mit dem Bordstein?« Mead trat näher heran und inspizierte die Stelle. »Lauter Schrammen!«

»Ist doch nur ein Bordstein«, meinte Andrew.

»Es ist *mein* Bordstein«, entgegnete Mead wütend.

»Seien Sie doch nicht so«, mischte sich Evelyn ein.

»Entschuldigen Sie, aber ich weiß selbst, wie ich mit meinem Enkel umgehen muss«, erwiderte Mead. Er wandte sich wieder Andrew zu. »Ich gehe davon aus, dass dir etwas einfällt, wie du deine Zeit nützlicher verbringen kannst.« Damit machte er kehrt und marschierte zum Haus zurück.

»Gibt es hier in der Nähe einen Platz, wo man skaten kann?«, rief Andrew ihm nach.

»Woher soll ich das wissen?« Mead schlug die Fliegengittertür hinter sich zu.

»Manchmal ist er ein richtiger Miesepeter«, meinte Evelyn.

»Ich kenne ihn nur so.«

»Er lebt eben schon zu lange allein. Wie ich ja auch, weiß Gott.« Lächelnd zog sie eine kleine Gartenschere aus der Tasche und ging zu ihren Blumenbeeten hinüber.

Andrew stand da, das Board in der Hand, und überlegte, ob er noch ein paar Mal ordentlich über den Bordstein brettern sollte. Doch dann trottete er ins Haus und durchforstete seine mitgebrachten Skatermagazine, in denen sich hinten ein Verzeichnis von Skatespots befand, nach Bundesstaaten geordnet. Er schlug Südkalifornien auf. Massenhaft Plätze.

Dann nahm er seinen ganzen Mut zusammen und marschierte mit der Zeitschrift in die Garage, wo sein Großvater an der Werkbank einen kleinen hölzernen Vogelfuttertrog reparierte. »Weißt du vielleicht, ob einer von diesen Plätzen hier in der Nähe liegt?«

Mead schlug vor, stattdessen ins SeaWorld oder in den Zoo zu gehen, aber Andrew schien so sehr darauf erpicht, zu einem Skatepark zu fahren, dass er am Ende nachgab. Der Junge sollte ja auch mal ein bisschen Spaß haben. Doch als sie an der mit Graffiti beschmierten Betoneinfriedung ankamen, bereute Mead seine Entscheidung schon. Vor und auf dem Gelände – das eher wie ein Gefängnishof aussah, nur schmutziger, mit Müllhaufen in den Ecken – trieben sich Dutzende von Halbnacktärschen mit tief hängenden Hosen herum, und alle sahen aus, als wollten sie jeden Moment auf den erstbesten Zuschauer losgehen. Mead dachte an die Lieblingsplätze seiner Kindheit zurück: den trüben Tümpel, wo sie im Sommer schwammen, die Schlucht, wo ein Junge namens Joe Figura an einem Asthmaanfall starb, der Wald, in dem er und Tommy Green ein zweistöckiges Baumhaus bauten, das in Flammen aufging, als ein durchreisender Landstreicher sein Lagerfeuer zu löschen vergaß.

Andrew war schon ausgestiegen, ehe Mead ihn zurückhalten konnte. Also blieb er neben dem Maschendrahtzaun im geparkten Wagen sitzen, die Türen verriegelt, und hielt Wacht. Dabei versuchte er den vierschrötigen Jugendlichen zu ignorieren, der mit größtmöglicher Lässigkeit am Zaun lehnte, eine Zigarette rauchte und ihn böse anfunkelte. Was für ein blöder Heini. Hatte er jemals auch nur einen Finger für sein Land krumm gemacht? Bedeutete ihm die Verfassung irgendetwas? Grimmig erwiderte Mead den Blick des

Jungen. Reiner Dusel, dass er nicht in einem Schützenloch frieren musste, während eine Viertelmillion Deutsche anrückte, was jedoch niemand ahnte, weil ja angeblich die Wehrmacht kurz vor dem Zusammenbruch stand und Hitler nichts mehr in petto hatte. Aber dann kamen sie, und zwar in Massen.

Mead schaute zu Andrew hinüber, der allein in einer Ecke auf seinem Skateboard hin und her raste, als wollte er sich sämtliche Knochen brechen. Wo war das nächste Krankenhaus? Meilenweit weg.

Als er an Evelyn dachte, bedauerte er seine Unbeherrschtheit, dann plagte ihn das schlechte Gewissen, weil er in letzter Zeit so oft an sie dachte. Warum war sie ihm bislang nie aufgefallen? Hatte sie sich äußerlich verändert? Er überlegte, ob etwas an ihr anders aussah als früher. Hatte sie abgenommen? Lag es an ihren Haaren? Wenn sie sich nur nicht immer in alles einmischen würde. Na, mit dieser kleinen *Geschichte* würde jedenfalls in Kürze Schluss sein. Sobald er Andrew nach Chicago zurückverfrachtet hatte, wollte er nur noch seine Ruhe haben, Schluss, aus.

Er musterte mehrere Teenager, die beim Eingang zum Skatepark herumlungerten, und versuchte abzuschätzen, welcher wohl der Gefährlichste war. Wie mürrisch sie alle dreinschauten! Trotz der Hitze hatten manche Strickmützen auf dem Kopf, als wollten sie eine Bank ausrauben. Kein Wunder, dass die Gefängnisse aus allen Nähten platzten. Im Land der Freiheit sind mehr als eine Million Menschen hinter Gittern, hatte Mead neulich gelesen, worauf er sich sofort einen Bourbon genehmigen musste. Und die Politiker waren alle nur geschniegelte Dummköpfe.

Er beschloss, Andrew eine Stunde herumtoben zu lassen, aber nachdem er dreißig Minuten im Auto vor sich hin geschmort hatte, musste er dringend auf die Toilette. Das war ein weiterer Grund, warum er so ungern ausging, vor allem wenn er keinen Sinn darin sah. Er schaute zu dem grünen transportablen Toilettenhäuschen auf der anderen Seite der

Anlage hinüber. Es war über und über mit Graffiti besprüht. Nun, er würde es schon noch aushalten. Nach weiteren zehn Minuten stieg er aus und versuchte Andrew herbeizuwinken, doch der Junge sah ihn nicht.

»Verdammt«, murmelte er, schloss den Wagen ab und bahnte sich einen Weg durch eine kleine Ansammlung von Halbnacktärschen. Die haben nicht mal eine Ahnung davon, was wirklich harte Kerle sind, dachte er und merkte, wie er sich verkrampfte, während er erneut Andrew winkte.

»Da kommt so ein alter Trottel«, hörte er jemanden sagen.

Mead spürte, dass er errötete.

»Zum Rollstuhlfahrerpark ist's noch ein Stück weiter«, rief einer, was die anderen mit höhnischem Gelächter quittierten.

Ein langer, dürrer Kerl rauschte auf seinem Skateboard vorbei und fuhr Mead fast über den Haufen.

»Pass gefälligst auf, junger Mann«, rief ihm Mead nach. Ach, wenn jetzt Punchy und Jimbo hier wären! Wir würden sie allein mit unseren Blicken auf die Knie zwingen.

»Aus dem Weg, Komposti!«

Wären sie auch dann noch so mutig, wenn sie einen deutschen Tiger-Panzer um die Ecke kommen sähen, der den Boden erzittern ließ, während sein riesiges Geschützrohr hin- und herschwenkte? Oder wenn sie auf Patrouille durch den Schnee schleichen müssten und aus den Augenwinkeln heraus einen deutschen Bunker entdeckten, von dem aus sie ins Visier genommen wurden?

Zwei weitere Jugendliche sausten an Mead vorbei, einer streifte ihn an der Schulter. Mead wahrte Haltung, während er weiterging, auch wenn er vor Zorn weiche Knie bekam. *Für euch sind* Menschen *gestorben*, schoss es ihm durch den Kopf. Vielleicht sogar eure eigenen Großväter, zermantscht unter den Ketten eines Panzers in Belgien, ertrunken im überfluteten Laderaum eines sinkenden Schiffes oder begraben in den Malariasümpfen von Guadalcanal. Endlich bemerkte Andrew ihn und lief zu ihm. Einer der Teenager rollte ihm fast über die Zehen, ein anderer knuffte ihn im Vorbeifahren.

Mittlerweile begann Mead zu schwitzen, und er spürte eine schwache Ahnung jener Kraft, die er einst besessen hatte. Könnte ich es noch mit ihnen aufnehmen? Nein, zu viele. Aber wenn ich mich auf den Dicken da drüben konzentriere …

»Gehen wir«, sagte Andrew mit panischem Blick.

»Gute Idee«, bemerkte einer der Skater.

Mead dachte daran zurück, wie er zum ersten Mal eine Kugel an seinem Ohr vorbeizischen hörte, so knapp, dass sie fast seine Nackenhaare streifte. Das Leben hing von wenigen Zentimetern ab. Würde die nächste Kugel nach links oder nach rechts gehen? Und wo immer sie sich auch versteckten, die Deutschen schienen Zielpunktkarten für jede einzelne Senke in der Normandie angefertigt zu haben.

»Komm«, sagte Andrew und zerrte an Meads Ärmel.

Mead spürte, wie etwas Nasses seine Wange traf. »Ihr gottverdammten Taugenichtse«, schimpfte er und drohte der immer größer werdenden Menge mit erhobenem Zeigefinger. »Ihr habt keine Ahnung, wen ihr vor euch habt.«

»Wir müssen weg«, flehte Andrew, während er neben dem Wagen stand und wartete, dass sein Großvater einstieg. Doch Mead ließ sich Zeit und blickte dem Teenager, der ihm am nächsten war, fest ins Auge. »Eure Eltern würden sich für euch schämen«, rief er aus dem Fenster, als er den Motor anließ. Eine leere Mineralwasserdose landete hinten auf dem Wagen und kullerte über die Straße. Zitternd rutschte Andrew tiefer in seinen Sitz.

»Du hättest nicht dort reingehen sollen«, sagte er nach einigen Minuten des Schweigens. »Ich hätte dich warnen müssen.«

»Ich gehe, wohin es mir passt, verdammt noch mal.«

»Auf solchen Plätzen treiben sich immer ein paar Idioten rum.«

»Ich hab schon Schlimmeres erlebt.«

Erneutes Schweigen.

Während Mead vor sich hin fuhr und das Lenkrad umklammert hielt, ertappte er sich plötzlich bei dem Gedanken, dass Sophie ihn hoffentlich nicht beobachtet hatte. Normalerweise fand er die Vorstellung schön, dass sie gewissermaßen ein Auge auf ihn hatte und mit ihm über die Torheiten dieser Welt lachte. (Und davon gab es genug.) Das gab ihm ein Gefühl von Kameradschaft und machte ihm das Dasein erträglicher. Doch nicht heute. Er war sich noch nie so alt vorgekommen, so gebrechlich und gedemütigt. Nein, er hoffte, dass Sophie heute nicht zugesehen hatte. Denn sonst würde es ihr bestimmt das Herz brechen.

Einen kurzen Moment hatte Andrew gedacht, sein Großvater würde mitten auf dem Skateplatz eine Rauferei anfangen. Mit seinem Großvater in einen Straßenkampf zu geraten war so ziemlich das Schlimmste, was er sich vorstellen konnte. O Mann, die hätten sie abgeschlachtet. Vielleicht hätten sie sogar ein Bild von ihnen beiden in der Zeitung gebracht, wie sie nebeneinander in einem Krankenhaus lagen, von Kopf bis Fuß im Streckverband.

Heilige Scheiße, das war echt knapp gewesen.

Immer wieder dachte er an den Blick des alten Mannes zurück, in dem sich nicht Angst, sondern etwas viel Unheimlicheres spiegelte. Er hatte immer das Gefühl gehabt, wenn jemand so mit seinem Großvater redete, würde er das nicht überleben. Allerdings wussten diese Arschlöcher nicht, was Andrew über seinen Großvater wusste, dass er im Krieg gewesen und mit Orden ausgezeichnet worden war und eine Pistole in seiner Nachttischschublade hatte. Der alte Feldwebel hatte nicht klein beigegeben, o nein. Dennoch tat er Andrew irgendwie Leid, da er plötzlich erkannt hatte, wie hilflos sein Großvater war, an diesem Platz, wo er nicht hingehörte. Was zum Teufel hab ich mir nur dabei gedacht?

»Warum hast du es getan?«, fragte Mead, als sie an jenem Abend im Garten beim Essen saßen. Seit ihrer Rückkehr hatten sie kaum ein Wort gewechselt.

»Ich wollte das Ding doch bezahlen. Ich …«

»Ich rede von dem Messer. Warum hast du ein Messer in die Schule mitgenommen und einen Klassenkameraden bedroht?«

Andrew starrte auf seinen Teller. »Weiß nicht.«

»Du weißt es nicht?«

Der Junge zuckte mit den Achseln.

»Schwachsinn.«

Bei dem Wort fuhr Andrew erschrocken zusammen.

»Ich bin ganz Ohr.«

»Ich glaube, ich war wütend.«

»Wo zum Teufel kämen wir denn hin, wenn jeder ein Messer zücken würde, weil ihm was gegen den Strich geht?«

Andrew hielt den Blick gesenkt und rieb sich die Schenkel.

»Dieser Kerl hat dich also schikaniert?«

»Und meinen Freund«, fügte Andrew nickend hinzu.

»Derjenige, der …«

»Matt. Er hat auch Matt schikaniert.«

»Verstehe. Und um dich zu rächen, wolltest du … ihm den Bauch aufschlitzen?«

Andrew sah auf. »So was hatte ich nie vor.«

»Was in Gottes Namen wolltest du denn dann?«

»Ich weiß nicht«, antwortete der Junge zögernd. »Wahrscheinlich wollte ich ihm klar machen, dass er mich in Ruhe lassen soll.«

»Weil du sonst *was* tun würdest?«

Verlegen ließ Andrew den Blick über den Garten schweifen. »So richtig hab ich das nicht durchdacht.«

»Das hättest du aber weiß Gott tun sollen, findest du nicht? Wenn man mit so was anfängt, sollte man verdammt noch mal wissen, wie man es zu Ende bringen will.«

»Wahrscheinlich hab ich mir gedacht, er würde mich dann ernst nehmen.«

»Aha.« Mead überlegte kurz. »Hast du schon mal gesehen, wie jemand aufgeschlitzt worden ist?«

»Nur in Filmen. Und du?«

»Darum geht es jetzt nicht.«

»Nein, hab ich nicht«, murmelte Andrew und schlug nach einer Mücke.

»Es ist kein schöner Anblick.«

Andrew schnippte die tote Mücke von seinem Arm und schlug nach einer weiteren.

»Weißt du, was mein Vater getan hätte, wenn ich mir so was geleistet hätte? Er hätte mich totgeprügelt.«

»Echt?«

»Echt.« In Wahrheit hatte Mead keine Ahnung, wie sein Vater reagiert hätte. Ein derartiges Betragen war einfach undenkbar. Von den möglichen Konsequenzen ganz zu schweigen.

»Meinem Dad ist es egal, was ich tue.«

»Dein Vater ist ein Schwachkopf.«

Wieder zuckte Andrew zusammen.

»Pech, aber so ist es nun mal. Du kannst nur zusehen, dass du nicht so wirst wie er.«

»Für mich ist er kein Schwachkopf.«

»Natürlich nicht. Er ist ja dein Vater.« Mead überlegte, wie er fortfahren sollte. »Schau, ich weiß ja, dass du es nicht leicht gehabt hast. Und es hat deine Großmuttter und mich sehr bedrückt, unter welchen Bedingungen du aufgewachsen bist. Aber das ist keine Entschuldigung für solche Mätzchen. Wir müssen uns alle mit dem abfinden, was uns das Leben gegeben hat, und versuchen, das Beste daraus zu machen. Weißt du, ich habe Leute gekannt, die sich aus Verhältnissen, wie du sie dir nicht einmal vorstellen kannst, hochgearbeitet haben.« Er merkte, dass die Augen seines Enkels glasig wurden. Wenn er doch nur begreifen würde, dachte Mead. Himmel, allein dass er noch beide Arme und Beine hat, nicht frieren und hungern muss. »Du kannst gehen«, sagte er unvermittelt und ballte dabei die Fäuste.

»Was?«

»Ich sagte, du kannst gehen.«

Nachdem Andrew ins Haus getrottet war, aß Mead gemächlich sein Steak mit Kartoffeln auf. Dann schob er den

Teller weg, lehnte sich zurück und lauschte dem gleichmäßigen Zirpen der Grillen.

Er wollte Bremer sehr wohl töten. Noch ein paar Augenblicke länger, und der Riesenarsch wäre tot gewesen, niedergestreckt wie der Große Ork von Gandalfs Hand. *Ich habe ihn erledigt, Matt. Du kannst jetzt zurückkommen, denn ich habe ihn erledigt.*

Andrew hockte im Schneidersitz auf dem Bett und betrachtete seine Hände. Dies wären dann die Hände eines Mörders. Während er die Handflächen nach oben und wieder nach unten drehte, stellte er sich vor, wie sie die Eisenstangen einer Gefängniszelle umklammerten, während die Jahre dahinschlichen.

Er konnte es selbst noch immer nicht fassen, dass er es getan hatte – oder hatte tun wollen. Als er erstmals das Messer in die Schule mitnahm, hatte er nicht im Traum daran gedacht, es tatsächlich einmal zu benutzen; ihn faszinierte einfach nur der Gedanke, dass er die Möglichkeit dazu hatte, dass es da wäre, wenn er es brauchen würde, dass er eine verborgene Macht besaß. Bis sich eines Tages Bremer mit ein paar seiner Football-Kameraden an den Ecktisch in der Schulcafeteria setzte, wo Andrew, Bill Humphrey und Stuart Smith aßen, und anfing, sich über ihn lustig zu machen. Zunächst versuchte Andrew ihn zu ignorieren, auch wenn sein Gesicht dabei glühte. Aber dann zog Bremer über Matt her. Und da merkte Andrew, wie etwas in ihm krachend entzwei ging, als zerbräche ein trockenes Stück Holz.

»Du brauchst dem Zwerg wirklich keine Träne nachzuweinen. Wenn du mich fragst, hat er allen nur einen Gefallen getan.« Bremer wandte sich an seine Freunde. »Der kleine Scheißer hat Mädchen belästigt, habt ihr das gewusst? Ihr solltet mal lesen, was für einen Mist er Megan geschrieben hat. Eine total erbärmliche Scheiße.« Bremer zog ein zerknülltes Stück Papier aus der Tasche. »Hört euch das an.« Er legte eine Hand aufs Herz und deklamierte mit Fistelstimme:

Liebe Megan,

vielleicht hast du Recht, vielleicht bin ich wirklich nur ein Widerling. Aber was du auch von mir denken magst, ich bereue kein einziges Wort, das ich dir geschrieben habe. Manchmal kann ich den Tag nur deshalb überstehen, weil ich weiß, dass ich dich vielleicht sehe (selbst wenn du mich nicht leiden kannst). Ja, ich denke mir in letzter Zeit sogar, dass es Menschen wie dich gibt, um einen Ausgleich zu Menschen wie mir zu schaffen. Egal, was geschieht, zumindest werde ich stets wissen, dass diese blöde Welt *eine* Sache richtig gemacht hat.

Für immer dein
Matt

Bremer schlug sich lachend aufs Knie, ehe er den Brief in kleine Fetzen riss, die er zu Boden fallen ließ. »Das hältst du echt im Kopf nicht aus!«

Andrew beobachtete, wie seine linke Hand unter dem Tisch zu seiner Hosentasche glitt. Er tat es nicht einmal bewusst, es geschah ganz von allein.

»Schade ist nur, dass ihr Weicheier nicht so eine Art Selbstmordpakt geschlossen habt.«

Andrew sah, wie sich auch seine andere Hand unter den Tisch schob, dann spürte er den kalten Stahl und hörte die Klinge mit einem Klicken einrasten.

»Oder vielleicht doch, und du hast dein Versprechen gebrochen? Ja, so ist es bestimmt. Du bist ja ein schöner Freund, Sonnenschein.«

*Überraschung!*

Andrew stürzte sich auf Bremer und hielt ihm das Messer unters Kinn, so dass die Spitze seine fleischige Kehle berührte.

»Mein Gott!«

»Du hast ihn umgebracht. Du hast Matt auf dem Gewissen.«

»Bleib ruhig, Mann. Was zum Teufel redest du da?« Bremer hob die Hände in die Luft und versuchte nach hinten auszuweichen, doch Andrew blieb an ihm dran, folgte ihm wie bei einem langsamen Tango durch die Cafeteria, während die Menge der erschrockenen Schüler sich vor ihnen teilte. Aus den Augenwinkeln sah Andrew ihre ungläubig glotzenden Gesichter.

»Er hat ein Messer!«

»O mein Gott!«

»Holt einen Lehrer!«

»Ruft die Polizei!«

»Sei vernünftig, Andy.«

Vernünftig? Ich will nicht vernünftig sein, kapiert ihr das nicht? *Ich bin durchgeknallt.* Nun betrachtete er die Gesichter näher, die Gesichter von Jugendlichen, die er jahrelang beneidet hatte, die in ihren eigenen Häusern wohnten, zu Partys gingen, Rendezvous, Autos, Väter und Geld hatten. *Warum nicht ich?* Tränen liefen ihm über die Wangen, und die Gesichter verschwammen. *Warum nicht ich?*

»Du hast Matt umgebracht. Du hast ihn in den Tod getrieben.«

»Ich habe niemand umgebracht. Du spinnst doch!«

»Und jetzt bringe ich dich um.«

»He, Mann, ganz ruhig. Es tut mir Leid. Lass uns darüber reden.«

»Ruft die Polizei!«

Als Andrew in Bremers Augen blickte, sah er zum ersten Mal Todesangst. *Na, wie schmeckt dir das?*

Was auch immer geschehen mochte, Andrew würde niemals Bremers Gesichtsausdruck vergessen, als ihm klar wurde, dass Andrew es ernst meinte. Und was sie auch mit ihm machen würden, es würde ihm immer in Erinnerung bleiben, dass er letztlich nicht klein beigegeben hatte. Dieses eine Mal wehrte sich Andrew. Eine Woge des Zorns wallte in ihm auf, schoss durch den Arm und die Faust in das Messer, so dass es zu zittern begann. *Pass jetzt gut auf, Matt.*

Andrew schloss kurz die Augen, um sich innerlich zu sammeln, bis er es spürte, direkt in diesem Arm – *zuschlagen, zuschlagen, zuschlagen* –, da packte ihn plötzlich Mr. Vickers, der Mathelehrer, von hinten und schlug ihm das Messer aus der Hand.

»*Nein!*«

Als er mit Tränen in den Augen aus der Cafeteria hinausgeführt würde, hörte er, wie Megan Bremer fragte, ob alles in Ordnung sei. Und Bremer antwortete: »Sonnenschein wird mit einem Tritt in den Arsch von der Schule fliegen.«

Andrew lag seit einer Stunde wach, ehe er aufstand, sich schnell anzog und den dicksten Joint, sein Feuerzeug und fünfzehn Dollar in seinen Taschen verstaute. Auf dem Bett kniend öffnete er langsam das Schiebefenster, nahm das Fliegengitter ab und stellte es behutsam auf den Boden. Dann kletterte er hinaus, mit den Füßen voran, und schloss das Fenster hinter sich. Das reinste Kinderspiel. Er hielt inne und horchte, hörte aber nur den Nachbarshund kläffen. Leise schlich er durch die niedrigen Hecken hindurch zum Gehsteig. Als er einen Straßenblock entfernt war, holte er den Joint heraus, zündete ihn an und inhalierte tief. Genau das, was er brauchte.

Er wollte die Tüte eigentlich nur bis zur Hälfte rauchen, aber das Gefühl war so toll, dass er nicht widerstehen konnte, seinen Gehirnzellen die volle Dröhnung zu geben. *Viel Spaß da oben!* Nach einem weiteren kräftigen Zug überprüfte er eingehend den Zustand seines Zentralnervensystems. *Die Dämonen liegen in der ersten Halbzeit mit 17:0 zurück, und keine Anzeichen von Paranoia.* Er blieb stehen, um in ein Fenster zu gucken, wo sich anscheinend gerade ein Mann mittleren Alters mit einer Frau stritt. *Sie verpasst ihm einen linken Haken, dann einen rechten …* Die meisten Häuser lagen im Dunklen, wie kleine Grabsteine im Tal der Niemands, nur gelegentlich verriet ein bläuliches Leuchten, wo ein unter Schlaflosigkeit leidender Mensch bei einer Dauerkochsendung eingenickt war.

Zum 7-Eleven-Supermarkt brauchte er fast eine Stunde,

allerdings nur fünf weitere Minuten, um einen Mexikaner in einem rostigen Lieferwagen voller Gartenwerkzeug mit Hilfe von fünf Dollar dazu zu überreden, ihm Bier zu kaufen. Zwei Flaschen Mickey's leerte er sofort, den Rest nahm er in einer Papiertüte mit. Als er den vier Straßen vom Haus seines Großvaters entfernten kleinen Park erreichte, hatte er schon zweimal in die Büsche gepinkelt und noch zwei Biere niedergemacht.

*Prost, Matt.* Er hob eine weitere, frisch geöffnete Flasche hoch und gab einen langen Rülpser von sich. Dann zündete er den kurzen Stummel der Haschzigarette wieder an und inhalierte tief, denn er wollte jeden Gedanken auslöschen, der es wagen sollte, in seinem Kopf aufzutauchen. *Endlich frei von Gedanken. Dem Allmächtigen sei Dank, ich bin endlich frei von Gedanken.* Wozu war es denn gut, wenn man so viel nachdachte? Es mochte vielleicht intelligent erscheinen, und seiner Meinung war er den meisten Leuten weit voraus, wenn es darum ging, das »große Ganze« zu kapieren, aber im Grunde war das große Ganze eine verdammt deprimierende Angelegenheit. Eine neuerliche Gedankenwelle rollte heran. *Alle auf Gefechtsposition. Ruhig bleiben. Wartet, bis ihr das Weiße in ihren Knopfaugen seht. Jawohl. Lasst sie noch ein wenig näher kommen. Noch ein wenig. Bereit? Feuer!* Mit einer Salve aus Rauch und Bier wehrte er die Attacke ab. Ah, welch süße Leere.

Nachdem er das letzte Bier ausgetrunken hatte, brachte er einige Minuten damit zu, die Straßenschilder zu betrachten. Via Flores, Via Fernandez ... warum kam ihm das alles nur so unbekannt vor? Na, egal, dann würde er eben seinem Instinkt folgen. Wenn er erst einmal in der Nähe war, brauchte er nur die Häuser von der Ecke an abzuzählen. Das siebte Haus auf der rechten Seite – je nachdem, aus welcher Richtung er kam –, oder war's das sechste? Während er an den Häusern vorüberging, suchte er nach kleinen Besonderheiten, aber sie sahen alle absolut gleich aus: weiß, einstöckig, ein winziges Stück Rasen auf der einen Seite der Einfahrt, auf der anderen vielleicht ein Blumenbeet und ein oder zwei Sträucher. Bevor ich den Rest meiner Tage in so einer stinklangweiligen Gegend zubringe, lasse ich mich lieber erschießen. Er rülpste mehrmals hintereinander, dann stellte er sich mitten auf die Straße, direkt unter den fahlen gelben Lichtkegel einer Straßenlaterne. *Hallo, Leute, seid ihre alle gut drauf?* (Ohrenbetäubendes Brüllen.) *Okay, ich hab heute Abend die Wahnsinnsshow für euch.* (Mächtiger Applaus.) Er blies ein paarmal gegen das Mikro, warf den Kopf in den Nacken und begann zu singen, während er von einer gelben Bühne zur nächsten hüpfte. *An-drew! An-drew! An-drew!* Direkt hinter dem Scheinwerferlicht tanzten und kreischten Tausende von wild mit den Armen fuchtelnden Cori-Fletcher-Klonen, während Slips und BHs auf die Bühne regneten. Und ganz vorn, in der ersten Reihe, saß Matt, den Arm um Megan gelegt, und hob beide Daumen in die Höhe. *Der nächste Song ist für dich, alter Kumpel.* Tausende brennende Feuerzeuge erleuchteten die Nacht, so weit das Auge reichte, während er von Bühne zu Bühne weiterwirbelte.

Als er zum nächsten Lichtkegel tänzelte, blieb er mit der Hüfte am Kotflügel eines Autos hängen, prallte gegen einen Telefonmasten und plumpste mit dem Gesicht voran ins feuchte Gras.

»Hoppla aber auch.«

Ringsum herrschte gespenstische Stille, während er sich mühsam aufrappelte und überlegte, dass er an seiner letzten Nummer wohl noch arbeiten müsse. War er am Haus seines Großvaters schon vorbeigelaufen? Aber nein, da war es ja, direkt vor ihm. Bingo. Das Kraut-Killer-Lager. Er versuchte, auf die Beine zu kommen, bekam aber einen so heftigen Lachanfall, dass er sich wieder hinsetzen musste. Himmel, wenn man es sich recht überlegte, war alles wirklich zum Kaputtlachen. Sex. Noten. Zähne putzen. Pickel. Titten. Und die Leute – o Mann, die Leute waren einfach die *Härte*. So, wie er es sah, gab es im Grunde nur zwei Sorten von Menschen: die emsigen Bienchen, die sich fürchteten, still dazusitzen, weil ihnen dann ja ein ernsthafter Gedanke kommen könnte – und die Dumpfbacken, die zu keinem vernünftigen Gedanken imstande waren. Und was war das Problem unseres Kommisskopfs? Im Grunde wartete der alte Sack nur darauf zu sterben. Was übrigens viele Leute taten, sie schlugen nur auf möglichst sichere und bequeme Weise die Zeit tot. Wie erbärmlich. Er drehte sich auf den Bauch, atmete die feuchte grüne Luft ein und dachte, wenn er nicht so benebelt wäre, würde er jetzt vielleicht Mutter Erde bespringen. Aber ich bin anders, ich vergeude mein Leben nicht. Mit mir nicht, Mann. Er wälzte sich auf die Seite und musste über das Geräusch seines eigenen Gelächters lachen, das sich beinahe mädchenhaft anhörte. Bin ich möglicherweise ein gaaaanz klein wenig bekifft? Ein paarmal gab er sich einen leichten Klaps auf die Wange, was ihn noch mehr zum Lachen brachte. Sogar Matts Verschwinde-Nummer war irgendwie lustig, weil sie so scheißverdammt unglaublich war.

Er setzte sich auf und verschnaufte. Was würde er jetzt für ein paar Rosinenplätzchen geben. Vorsichtig stand er auf und hielt sich am Telefonmasten fest, dann torkelte er in Richtung Haus und bahnte sich einen Weg durch eine Reihe Sträucher, die ihm das Gesicht zerkratzten, was ihn ebenfalls erheiterte. Wenn es nur nicht so scheißdunkel wäre. Auf Zehenspitzen schlich er einen Fußweg entlang, mal kichernd, mal mit einem Finger an den Lippen und einem »Psst«, um sich zur Ruhe zu ermahnen. So, welches Fenster jetzt? Ene mene miste, was rappelt in der Kiste ... das muss es sein. Er zertrat mehrere Pflanzen und stolperte über irgendetwas, bevor er zum Fensterbrett gelangte. Herrgott, das Fenster war zu. Hatte er es selbst geschlossen? Oder hatte der Feldwebel ihm einen Strich durch die Rechnung gemacht? *Ab in die Arrestzelle, Rekrut!* Er suchte eine Kante, die ihm Halt bot, dann drückte er mit beiden Händen gegen die Scheibe, schob ein wenig nach links, ein wenig nach rechts, und Stück für Stück ließ sich das Fenster öffnen. Hallelujah. Noch mal schnell pinkeln, dann ab in die Falle. Gegen die Hauswand gelehnt, ließ er es plätschern und dachte dabei, dass von den schlichten Freuden auf Erden dies die schönste war. Als er fertig war, tastete er mit dem Fuß im Dunklen nach etwas, worauf er sich stellen konnte. Doch beim Versuch, ins Fenster zu spähen, wurde ihm plötzlich ganz flau im Magen. Oh, oh, ich fahre Achterbahn. *Mach einfach einen Satz wie ein Panther, und schon bist du drin.* Er vergewisserte sich, dass der Jointstummel noch in der Tasche war, und rülpste noch einmal, ehe er sich wieder am Fensterbrett festklammerte und hochzuziehen versuchte. *Houston, wir haben ein Problem.* Beim dritten Anlauf gelang es ihm, den Oberkörper so weit hineinzuhieven, dass er zu einem Drittel drinnen und zu zwei Dritteln draußen war. Ein Teil seines Gehirns meldete akute Schmerzzustände, gleichzeitig versuchte sich ein anderer Teil zu erinnern, wann ihm das letzte Mal so etwas Lustiges passiert war. Er versuchte ein Kichern zu unterdrücken, während er mit den Beinen strampelte. Nur noch ein paar Zentimeter. Ein letzter Beinschlag, und da kippte er nach vorn und landete kopfüber auf etwas, was eindeutig härter war als ein Bett.

*Luuuucy? Bin zu Haus!* (Seine Mom liebte *Hoppla Lucy* beinahe so sehr wie John Denver, und Andrew kannte Dutzende von Folgen auswendig.)

Er versuchte sich aufzurichten, spähte angestrengt ins Dunkel und gab sich alle Mühe, eine plötzliche Anfrage der zentralen Kommandostelle zu ignorieren, die um Erlaubnis zum Erbrechen bat. *Erlaubnis verweigert!* Unter ihm bewegte sich der Teppich nach links, dann nach rechts. Himmel, ein Erdbeben! Oder war es nur das Marihuana? Kichernd und rülpsend rollte er sich in Embryohaltung zusammen und wartete darauf, dass das Schwanken aufhörte. Natürlich konnte es auch der Stoff *zusammen* mit einem Erdbeben sein. Ein echtes *Rodeo*! Er zog die Knie an und schlang die Arme um sie. Wie lautete die Regel noch mal? Gebäude meiden, Schutz suchen und Nerven bewahren? Oder war es Gebäude bewahren, Schutz meiden und Nerven suchen? Andrew kicherte in sich hinein. Wieder vollführte der Teppich eine scharfe Links-Rechts-Wendung. Andrew versuchte mitzugehen und lehnte sich in die Kurven. *Woooaa-eeh!* Siehst du das, Matt? Der Teppich ruckte ein paar Mal, als in Andrews Kopf kleine rote Telefone wie wild zu schrillen begannen. Ich mache mal für einen Moment die Augen zu. Er tastete nach dem Bett, gab es schließlich auf und legte sich einfach hin. Sollte ihn der Teppich doch bringen, wohin er wollte.

*Die Vorstellung ist zu Ende, Leute.*

Mead lag in jener Nacht wach im Bett und fragte sich, wie viel Zeit vergangen war, seit er zuletzt auf die Uhr gesehen hatte. Wenn er schon nicht schlafen konnte, wollte er wenigstens so tun als ob, wobei er hoffte, dass zwei Stunden simulierter Schlaf eine Stunde echten Schlaf aufwogen. Er lag, wie früher auch immer, auf der linken Seite des Doppelbetts. Seit Sophies Tod hatte er nie auch nur einen Arm oder ein Bein in die andere Hälfte gestreckt, in jene kalte, weite Leere neben ihm, als fürchte er sich vor dem, was er dort finden könnte.

Eine Zeit lang führte er im Geiste Selbstgespräche (das übliche Geplauder, das in guter Absicht begann – keine größeren Katastrophen heute, gesundheitlich geht's mir gut –, aber unweigerlich in ein gnadenloses Verhör überging, so dass er sich wie ein Zahnarzt vorkam, der nach empfindlichen Stellen suchte), dann alberte er ein bisschen mit Sophie herum – vor allem hörte er zu, wie sie seine großväterlichen Fähigkeiten kritisierte und ihm zu mehr Geduld riet –, ehe er sich schließlich den zufälligen Bildern überließ, die hinter den geschlossenen Augenlidern auftauchten und ihn in eine Art Trunkenheit lullten. Nur selten handelte es sich um angenehme Bilder. Er war schon zufrieden, wenn sie nicht richtig unangenehm waren. Aber er wusste, heute Nacht würden sie ziemlich unerfreulich sein – er würde nicht die Kraft besitzen, die Tür geschlossen und die Gesichter draußen zu halten. Und davor fürchtete er sich.

Deutsche Gefangene hatten begonnen, die Leichen einzusammeln. Wenn es bei denen nichts mehr zum Anpacken gab, benutzten sie Decken. Vom anderen Ende der Stadt waren immer noch Schüsse zu hören. »Soll das denn bis Berlin so weitergehen?«, fragte Punchy, während er sich eine Zigarette an der anderen anzündete und den Leichen zweier Deutscher auswich, die auf ihrem Weg lagen. Sie befanden sich nur ein paar Kilometer von der Küste landeinwärts, und der deutsche Widerstand nahm zu.

Mead dachte über diese Möglichkeit nach, doch sie überstieg seine Vorstellungskraft. Nachdem er drei Nächte kaum geschlafen hatte, fiel es ihm schon schwer, die Augen aufzuhalten.

»Es sollte mal einer durchrechnen, was uns das pro Meile kostet«, meinte Punchy.

»Ich glaube nicht, dass das jemand wissen will«, erwiderte Mead. Er hatte festgestellt, dass er an keiner Leiche vorbeigehen konnte, ohne ihr ins Gesicht zu sehen, trotz seines empfindlichen Magens.

Während sie vor sich hin marschierten, fragte er sich immer wieder, wie sein Vater mit all dem zurechtgekommen war. Was hatte er beim Anblick dieser Gesichter empfunden, und wie viele hatte er gesehen? Machte er sich Gedanken über die Männer, die er getötet hatte, oder darüber, wie er jeden Tag aufs Neue durchstehen konnte? Sein ständiges Schweigen bei Tisch und abends auf der Veranda erschien jetzt beredt. Dort bist du also gewesen, dachte Mead. Wieder im Krieg, bei den Gesichtern.

Das Geräusch von Gewehrfeuer kam nun näher. Als sie auf die Leichen von sechs soeben gefallenen Deutschen stießen, blieben Punchy und ein paar andere Männer stehen, um hastig die Taschen der Toten zu durchsuchen.

»Was macht ihr denn da?«, fragte Mead.

»Einkaufen, was sonst?«, erwiderte Punchy und schob seine Hand tief in die Hosentasche eines Deutschen, der rücklings und mit offenem Mund dalag.

»Das ist nicht recht.«

»Leck mich, Mead«, entgegnete Tom Anson, Sohn eines Tabakpflanzers aus North Carolina, der eine große Klappe hatte und leicht aufbrauste. »Meinst du, dass das den Krauts hier noch was ausmacht?«

Mead sah zu, wie Anson einem der Toten das Koppel von der Hose riss und es stolz herumzeigte. »Das wird meinem Dad gefallen.«

»Trotzdem, es ist nicht recht«, sagte Mead, diesmal nur zu Punchy, der von einem leblosen Handgelenk eine Armbanduhr abzog.

»Weißt du, was dein Problem ist, Mead? Dass du ein verdammter Chorknabe bist.«

Nachdem sie den Gefallenen alle Wertsachen abgenommen hatten, zogen die Männer weiter. Bei einer Gabelung, an der ein großes Denkmal an den Ersten Weltkrieg erinnerte, schlugen zwei Korporalschaften den linken Weg ein, während die beiden anderen sich nach rechts wandten. Alle standen unter höchster Anspannung, unruhig befingerten sie ihre Waffen. Sie stießen auf mehrere tote Pferde, einen noch qualmenden deutschen Schützenpanzer und einen Panther mit abgerissenen Ketten. Wieder Gewehrfeuer, nur ein paar Häuserblocks entfernt. Mead spürte, wie die Angst durch sein Gedärm kroch.

»Ich hasse diese Ortschaften«, sagte Punchy. »Viel lieber wäre ich in einem Wald.« Sie verlangsamten ihren Schritt und spähten mit angelegter Waffe vorsichtig in jede Gasse, ehe sie weiterzogen. »Warum umgehen wir nicht einfach die Ortschaften und umzingeln die Scheißkerle?«

»Weil uns keiner gefragt hat.«

Punchy spuckte seinen Zigarettenstummel weg, als ein paar Straßen weiter eine lange MG-Salve abgegeben wurde. »Weißt du, was das Problem ist?«

»Welches meinst du?«, fragte Mead zurück, während er mit seinem Gewehr auf einen Hauseingang, dann auf ein Erkerfenster zielte.

»Wir sind absolut entbehrlich.«

»Danke für deinen Zuspruch.«

»Es stimmt doch. Ich meine, wen kümmert es denn? Dem ollen Eisenhower geht der Nachschub garantiert nicht aus.«

»Weißt du, Punchy, manchmal gehst du mir wirklich auf die Nerven.«

»Ich muss einfach reden. Wenn ich rede, fühle ich mich wohler.«

»Das ist mir nicht entgangen.«

Punchy begann, die Melodie von *Oh, What a Beautiful Morning* zu summen, während Mead nervös die oberen Fenster der zweistöckigen Gebäude beiderseits der Straße im Auge behielt. Welches würde sich ein Heckenschütze aussuchen?

Es wäre Selbstmord. Der Heckenschütze konnte vielleicht ein paar Schüsse abgeben, ehe er selbst getötet wurde. Zwar hatte man Mead beigebracht, dass Heckenschützen gewöhnlich günstigere Kampfbedingungen bevorzugten, ihren Fluchtweg genau vorausplanten und nur einzelne Soldaten ins Visier nahmen, die sich vom Rest der Truppe entfernt hatten. Allerdings fand er schnell heraus, dass es der deutschen Wehrmacht keineswegs an Männern fehlte, die bereit waren, ihr Leben für das Vaterland zu opfern, und sei es nur, um für einen Truppenrückzug ein paar Minuten Zeit herauszuschinden. Und wenn gerade in diesem Moment sein Kopf im Fadenkreuz eines Gewehrs war? Ein Stückchen nach links, ein Stückchen nach rechts. Sachte den Abzug drücken. *Jetzt!*

»Ich sag dir, Mead, wir sollten die Ortschaften links liegen lassen.«

Meads Blick wanderte von Fenster zu Fenster, während ihm Schweißbäche übers Gesicht liefen. Ich werde sterben, nicht wahr? Er dachte daran, wie tapfer er sich einst vorgekommen war. Insgeheim hatte er geglaubt, er sei irgendwie unverwundbar. Aber letztlich bin ich nicht anders als die anderen. Wird er auf meinen Kopf oder auf meine Brust zielen? Bald wurde die Angst so übermächtig, dass er nur mit Mühe das Wasser halten konnte. *Bitte nicht ich.*

Die erste Kugel durchschlug Ansons Helm. Gerade als Mead nach links sprang, um in einem Hauseingang Deckung zu suchen, knallte es wieder. Er spürte den Schuss mehr, als dass er ihn hörte, keinen Schmerz, sondern den Aufprall an seiner Ausrüstung. Er duckte sich und schoss blindlings auf die Fenster, während vom anderen Ende der Straße weiteres Gewehrfeuer kam.

Dann merkte er, dass seine Hose von Blut durchtränkt wurde. Erst war es nur ein Rinnsal, dann floss es immer stärker. Ihm war klar, binnen weniger Minuten würde er das Bewusstein verlieren. »Es hat mich erwischt!«, rief er Punchy zu, der nicht weit von ihm in einer Ecke kauerte. Nachdem er noch einmal gefeuert hatte, ließ er sich im Hauseingang auf den Boden sinken und rollte sich zusammen. Er spürte, wie seine Unterhose immer mehr von Blut durchtränkt wurde.

Punchy kroch zu ihm, griff nach dem an seinem Helm befestigten Verbandspäckchen und suchte nach der Wunde.

»Du musst die Blutung stoppen«, sagte Mead und bemühte sich, nicht ohnmächtig zu werden.

»Wo ist es?«

»Da unten. An der Hüfte, im Schritt. Herrgott, ich weiß es nicht genau.« Mead schloss die Augen und warf den Kopf hin und her. Ihm wurde klar, dass er nicht den Mumm besaß, würdevoll zu sterben. *Himmel, Sophie, ich sterbe. Und ich hab es sogar gewusst. Ich habe gewusst, dass ich es nie und nimmer schaffe.* Er spürte, wie ihm das Blut die Schenkel hinunterlief. *Anscheinend war es so vorherbestimmt: Ich sollte dich finden, Sophie, aber nicht behalten. Was hätte ich mehr erwarten können?*

»Ich sehe nichts«, sagte Punchy.

»Was zum Henker soll das heißen? Ich bin doch völlig durchnässt«, keuchte Mead. Verzweifelt und voller Angst befühlte er seine Hose.

Plötzlich brach Punchy in schallendes Gelächter aus. »Das gibt's doch nicht! Mead, sie haben deine Feldflasche erwischt.«

»Was?«

»Sie haben deine gottverdammte Feldflasche getroffen. Das ist Wasser, du Trottel! Deine Feldflasche hat soeben den Geist aufgegeben.«

»Wasser?« Mead setzte sich auf und starrte ungläubig auf seinen Schritt, als wäre die Zeit plötzlich zurückgedreht worden. Und zum ersten Mal seit seiner Kindheit ließ er den Tränen freien Lauf.

Andrew wurde durch die Geräusche eines Anrufbeantworters geweckt. Die typische Pause mit dem anschließenden Piepen wiegte ihn einen kurzen, lieblichen Moment lang in dem Glauben, er sei wieder zu Hause. Dann kam die Stimme.

»Hallo, Mom, ich bin's. Ich hab gerade mit Dr. Coleman telefoniert, und er sagt, du hättest überhaupt keine Chemotherapie begonnen. Mom, bist du da? Ich möchte wissen, was los ist, Mom. Mom? Ich rufe dich gleich noch mal an.« Langes Tuten.

Andrew öffnete eines seiner verklebten Lider, worauf sich seinem Auge der Ausschnitt eines dicken weißen Teppichs in Nahaufnahme darbot. Beim zweiten Auge war der Blickwinkel etwas größer und reichte bis zu den klauenartigen Beinen einer Kommode. Höchst interessant. Zwar hatte er sich das Leben nach dem Tod ganz anders vorgestellt – mit Seidenlaken, Cori an seiner Seite und Meeresblick –, aber es gab nichts, was ihm auch nur annähernd vertraut vorkam. Er schloss beide Augen und öffnete sie wieder in der Hoffnung, dass ein weiterer Klick auf sein eingebautes Stereoskopiegerät mehr Klarheit brachte.

Erneut klingelte das Telefon. »Hallo, Mom? Ich bin's noch mal. Bitte geh dran.« Pause. »Ich hoffe nur, dir ist klar, wie egoistisch du bist.« Schnief, schnief. »Das ist wirklich wichtig, Mom. Mom. Antworte, Mom.« Langes Tuten.

Andrew setzte sich auf, in seinem Zentralnervensystem breitete sich Panik aus.

Wieder schrillte das Telefon. »Okay, Mom, wenn du nicht

reden willst, dann sage ich dir, was Sache ist, und du hörst einfach nur zu. Ohne eine Chemo hast du vielleicht noch ein Jahr zu leben – *höchstens*. Du bist erst vierundsiebzig, Mom. Das ist doch kein Alter! Und warum willst du dich nicht mit dem Immobilienmakler treffen? Wir haben uns doch darauf geeinigt, dass du das Haus verkaufen musst. Hast du dir mal die Geschäftsberichte angesehen, die ich dir geschickt habe? Du musst der Realität ins Auge blicken, Mom. Peter hat alles *vermasselt*. Diese Aktien können wir abschreiben.« Pause. Schnief, schnief. »Das wäre alles nicht passiert, wenn du auf mich gehört hättest.«

Andrew schloss die Augen und hielt sich krampfhaft die Ohren zu, weil er die sich verdichtenden Beweise nicht wahrhaben wollte, dass er als irgendeine von Krankheit gezeichnete Mutter wiedergeboren worden war – dabei hatte er immer angenommen, man werde auf einer höheren Stufe reinkarniert. Und da ging die Tür auf.

»Was um alles auf der Welt machst du denn hier?«

Andrew sah auf, und da stand Evelyn vor ihm. *Heilige Scheiße.* »Evelyn?«

Sie wirkte kaum minder überrascht als er. »Andrew. Wie bist du denn hier reingekommen?«

»Ich, äh, hm … Augenblick, bitte.«

Evelyn schaute zu dem offenen Fenster hinter ihm, dann bückte sie sich und fasste ihm ans Kinn. »Du armer Kerl, du hast dir ja das ganze Gesicht zerkratzt. Und wie dreckig du bist!«

Andrew bemerkte den Schmutz und die Grasflecken auf dem weißen Teppich. »Tut mir Leid.«

Sie schloss das Fenster, nahm ein Taschentuch und wischte ihm das Gesicht ab. »Meinst du nicht, dass eine Erklärung angebracht wäre?«

Langsam setzte Andrew sich auf und verdrängte das Gefühl von platzenden Blutgefäßen in seinem Kopf. »Muss das sein?«

»Ja. Weiß dein Großvater, wo du bist?«

»Wo genau *bin* ich denn?«

»In meinem Arbeitszimmer.«

»Oh.« Andrew sah sich in dem Raum um, der so hell und so weiß war – sogar der Korbstuhl, der Schreibtisch und die Kommode waren weiß –, dass er sich kurzzeitig fragte, ob er nicht vielleicht doch tot war.

»Er ist bestimmt ganz krank vor Sorge um dich.«

»Er wird mich umbringen.«

»Du hast getrunken.«

Andrew schlug die Hand vor den Mund. »Wie kommen Sie denn darauf?«

Obwohl Evelyn die Stirn runzelte, fühlte er sich durch ihre unverändert freundliche Miene ermutigt. Zeit für eine größere Charme-Offensive. Vielleicht würde sie ihn sogar ein paar Wochen verstecken, bis Gras über die Sache gewachsen war, und ihn dann an der mexikanischen Grenze absetzen. Er stand langsam auf, war aber so benommen, dass er fürchtete umzukippen.

»Wenn ich dir helfen soll, musst du ganz ehrlich zu mir sein«, sagte Evelyn und führte ihn zu einem Sessel. Dann ging sie hinaus und kam mit einem warmen, feuchten Handtuch und einem Glas Wasser zurück. »Also?«

Andrew stürzte das Wasser hinunter und blickte kurz zum Fenster hinüber. *Ich Volltrottel.* »Na ja, wissen Sie, ich wollte eigentlich nur kurz vorbeischauen und Ihnen sagen, dass mein Großvater von diesen Poesiemagneten sehr angetan ist und …« Sie verschränkte die Arme vor der Brust und schüttelte missbilligend den Kopf. »Unterwegs hab ich wohl ein oder zwei Biere getrunken.«

»Bist du dafür nicht noch ein bisschen zu jung?«

»Ich hab das Gesetz nicht gemacht.«

Sie stemmte die Hände in die Hüften und musterte ihn von Kopf bis Fuß, als überlege sie, ob sie noch einmal Gnade vor Recht ergehen lassen sollte. »Ihr beide kommt nicht besonders gut miteinander aus, stimmt's?«

»Es ist wie im Rekrutenlager. Der Kerl spinnt – aber die

Poesiemagneten haben ihm wirklich gefallen. Ich glaube, er hat sogar ein Gedicht über Sie geschrieben.«

»Der General?« Evelyn lachte.

»Kein besonders tolles Gedicht, aber jedenfalls mit Gefühl.«

»Hör mal, Andrew, dein Großvater ist ein einsamer alter Mann, der nicht weiß, wie er mit einem Teenager umgehen muss, das ist alles. Er tut sein Bestes, und du solltest stolz auf ihn sein. Weißt du, er ist ein wahrer Held.«

»Erinnern Sie mich nicht daran.«

Sie kniete sich hin und tupfte ihm das Gesicht mit dem feuchten Handtuch ab. »Und was ist mit dir?«

»Was soll mit mir sein?«

»Ich sehe es dir doch an, dass dich etwas bedrückt.« Sie strich ihm eine Strähne aus der Stirn.

»Es ist nur so, dass ich …« Und wie aus heiterem Himmel rannen große, heiße Tränen über Andrews Gesicht.

Er erzählte ihr fast alles – außer dass er Matts Asche gestohlen hatte, das ging nun doch zu weit –, dann wurde er knallrot und entschuldigte sich dafür, überhaupt irgendetwas gesagt zu haben. *Bin ich denn übergeschnappt?* Aber der Kater machte ihn so nackt und schutzlos, dass er einfach nicht aufhören konnte. Und zum ersten Mal in seinem Leben hatte er das Gefühl, dass ihm jemand wirklich zuhören wollte.

»Bei dir liegt ja einiges im Argen, ist dir das klar?«, meinte Evelyn.

»Na, vielen Dank.«

Sie setzte sich auf die Lehne seines Sessels. »Als ich in deinem Alter war – oder vielleicht ein paar Jahre älter –, habe ich einen Fehler begangen, der mein ganzes Leben verändern sollte.«

»Was war denn?«

Sie schwieg einen Moment. »Kurz gesagt: Ich wurde schwanger.«

»*Echt?*«

»Ja. George war der Vater. Er war selbst noch fast ein Kind –

wie naiv wir doch waren! –, aber er besaß genug Anstand, mich zu heiraten und unser Kind mit mir großzuziehen.«

»Dann ist es doch gut gelaufen.«

Langsam schüttelte sie den Kopf. »Jein.«

»Was heißt das?«

»Ich fürchte, wir haben uns einfach nicht geliebt.«

Sprachlos saß Andrew da und vergaß vorübergehend sogar das stroboskopartige Pulsieren in seinem Kopf.

»Oh, wir sind gut miteinander ausgekommen, und er fehlt mir noch immer. Er war ein guter Mensch. Aber die große Liebe war es nicht – nicht die, von der ich immer geträumt habe.«

»Sie hätten sich doch scheiden lassen können.«

Sie faltete die Hände im Schoß. »Nein, das wäre nicht gegangen.«

»Warum nicht?«

»Manchmal kann man seine Fehler hinter sich lassen, manchmal aber auch nicht.« Sie trat ans Fenster und kehrte Andrew den Rücken zu. »Im Lauf der Jahre bin ich mehr und mehr zu der Ansicht gelangt, dass das Leben ein langer Gang mit vielen Türen auf beiden Seiten ist. Allerdings reicht unsere Zeit, unsere Kraft und unser Glück nur aus, um ein paar davon zu öffnen. Und der Haken ist, dass wir nicht wissen, ob wir die richtigen öffnen.« Mit einem gezwungenen Lächeln drehte sie sich wieder zu ihm um. »Und was all die anderen betrifft: Ich glaube, dafür gibt es Träume, Bücher, Filme und Lieder.«

»Ich habe noch gar keine richtige Tür geöffnet.«

Evelyn lachte. »Vielleicht ist deine Pechsträhne ja bald zu Ende.«

»Vielleicht gibt es gar keine richtigen Türen.« Andrew versuchte das Brodeln in seinem Magen nicht zu beachten.

»Und vielleicht gibt es gar keine falschen Türen.« Sie sah flüchtig zu ihrem blinkenden Anrufbeantworter hinüber. »Ich nehme an, du hast meine liebe Tochter gehört?«

»Ja, da war was.«

»Sie kann einen ziemlich unter Druck setzen.«

»Wer ist Peter?«

»Mein Sohn – das Finanzgenie.« Sie seufzte, und Andrew befürchtete schon, sie würde in Tränen ausbrechen. *Scheiße, was für ein Morgen.* »Wir haben also beide unsere Geheimnisse.« Einen Moment lang kreuzten sich ihre Blicke, dann holte sie ihm ein Glas Orangensaft und einen Toast, während er ins Badezimmer ging. Nach mehreren Minuten Pinkeln quetschte er sich ein langes Stück Zahnpasta in den Mund und bearbeitete damit seine Zähne. *Nie wieder Alkohol.*

»Als Erstes müssen wir dich nach Hause bringen.«

»Heißt das, Sie verraten mich nicht bei meinem Großvater?«

»Irgendetwas müssen wir ihm aber sagen.«

»Er wird mich umbringen.«

»Überlass das einfach mir.« Sie brachte ihn zur Haustür.

»Kann ich vorher noch ein Plätzchen haben?« Wozu mit leerem Magen sterben, sagte er sich und hoffte, auf diese Weise sein gravierendes Blutzuckerproblem zu lösen.

Lächelnd gab sie ihm zwei große Rosinenplätzchen aus einer Dose und schaute amüsiert zu, wie er sie gierig verschlang. Gerade als sie am Ende des schmalen Ziegelpflasterwegs angekommen waren, ging gegenüber die Haustür auf und Mead stürmte heraus.

»Wo in Gottes Namen ...«

»Guten Morgen, General«, sagte Evelyn ruhig und feuerte eine Breitseite von einem Lächeln ab, die über die Straße zu schweben schien und Mead erstarren ließ. Zornig funkelte er Andrew an, während dieser sich dicht hinter Evelyn hielt und seinem Blick auswich. »Andrew hat mir gerade hinten bei meinen Rosensträuchern geholfen. Der arme Kerl hat sich dabei völlig zerkratzt.« Sie kniff Andrew in die Wange.

Meads breiter Unterkiefer klappte herunter. An diesem Morgen hatte er bis acht Uhr gewartet, ehe er die Tür zu Andrews Zimmer geöffnet hatte, weil er dem Jungen mal eine kleine Pause gönnen wollte. Zunächst hatte er gedacht, sein

Enkel stecke irgendwo unter dem Haufen Decken, so mager wie er war. Dann war er voller Panik ins Badezimmer und in die Garage und wieder zurück gerannt, ehe er nach draußen lief. Er sah auf seine Uhr. »Es ist fünf Minuten nach acht …«

Evelyn wandte sich an Andrew. »Entschuldige, ich wollte dich nicht von deinem Morgenlauf abhalten.«

*»Morgenlauf …«*

Andrews verschlafenes Gesicht – er sah entsetzlich aus – wurde schlagartig munter. »Ach was, kein Problem.« Er blickte zu seinem Großvater hinüber. »Na ja, weißt du, ich konnte nicht schlafen, deshalb bin ich früh aufgestanden und habe mir gedacht, ich könnte vor dem Frühstück ein bisschen Sport treiben, aber dann bin ich Evelyn über den Weg gelaufen …« Er lächelte hoffnungsvoll.

»Er ist recht geschickt bei der Gartenarbeit«, meinte Evelyn. »Da schlägt er wohl seinem Großvater nach.«

*»Morgenlauf …«*

Andrew wehrte mehrere algengrüne Wellen von Übelkeit ab, während Evelyn seinen Großvater mit Fragen bombardierte. Himmel, sie ist fantastisch.

»Sagen Sie, wäre es zu viel verlangt, wenn ich Sie bitte, mit mir mal eben einen Blumenkasten umzustellen?«

Endlich wandte Mead den Blick von Andrew ab. »Selbstverständlich nicht.«

»Ich mache mich nur schnell frisch«, erklärte Andrew und bedachte seinen Großvater mit seinem strahlendsten Lächeln, ehe er sich an ihm vorbeidrückte und ins Haus flitzte. *Puh*. In seinem Zimmer angelangt, beugte er sich aus dem Fenster, hob das Fliegengitter auf und klemmte es wieder in den Fensterrahmen. Danach eilte er ins Badezimmer, streifte sich die Kleider vom Leib, stieg in die Dusche und stellte die Temperatur so heiß ein, wie er es gerade noch aushielt. Als er über und über mit Seifenschaum bedeckt war, begann er vor sich hinzuträllern und fühlte sich trotz der pochenden Kopfschmerzen leicht und unbeschwert. Das war sehr, sehr knapp gewesen.

# *Kapitel 6*

Mead musste sich eingestehen, dass er immer öfter und länger an Evelyn dachte und dadurch immer weniger an Sophie. In seinem Kopf spielte sich eine Art Galaball ab, auf dem er der einzige verfügbare Tänzer war.

Er wusste nichts über Evelyn, außer dass sie sich für ihr Alter erstaunlich gut gehalten hatte, leidenschaftlich gern backte und gärtnerte und seinen Enkel dazu brachte, hysterisch zu lachen. Mead war stets darauf bedacht gewesen, nicht zu viele persönliche Fragen zu stellen, weil er auch selbst nicht damit belästigt werden wollte. Aber er ertappte sich dabei, dass er mehr und mehr über diese Frau nachdachte. Hatte es jemals einen Tag gegeben, an dem sie nicht in Gedanken bei George war? Fühlte sie sich einsam? (Aber warum wirkte sie immer so verdammt vergnügt, als hätte sie gerade in der Lotterie gewonnen?) Was ging ihr wohl bei der Gartenarbeit durch den Kopf? (Ob sie manchmal auch an ihn dachte?) Doch zugleich grollte er ihr auch – zum einen, weil sich Andrew in ihrer Gegenwart so verwandelte, als sei sie für jedes Enkelkind ein Gottesgeschenk, und zum anderen, weil er wusste, dass allein schon seine Gedanken Sophie das Herz gebrochen hätten.

Am besten, man blieb allein und zufrieden.

Dennoch arbeitete er immer öfter in seinem Garten vor dem Haus, in der Hoffnung, sie auf diese Weise zu Gesicht zu bekommen. Als er sämtliche Möglichkeiten, den Anschein von Geschäftigkeit zu erwecken, ausgeschöpft hatte – der Rasen stand schon völlig unter Wasser und war gleichzeitig gefährlich überdüngt –, begann er zu Andrews Entsetzen sogar mit Korbwerfen.

»Guten Morgen, General.«

»Oh, guten Morgen, Evelyn.« Für den folgenden Wurf sprang er besonders hoch, verfehlte aber den Korb.

»Ich wusste gar nicht, dass Sie ein so spät berufenes Talent sind«, meinte sie schmunzelnd.

Mead errötete. »Nur um den Kreislauf in Schwung zu halten.«

Sie sah ihm dabei zu, wie er sich an ein paar weiteren Würfen versuchte, die allesamt danebengingen. Schließlich gesellte sich auch Andrew kurz zu ihnen. Jedes Mal, wenn sein Großvater zum Wurf ansetzte, zuckte er zusammen.

»Wieso spielt ihr beide nicht gegeneinander?«, wollte Evelyn wissen. »Dann mache ich die Cheerleaderin.«

»Was meinst du dazu?«, fragte Mead Andrew und hielt ihm den Ball hin.

Andrew zuckte die Achseln. »Ich muss noch eine Menge Schulaufgaben machen«, erwiderte er und schlurfte wieder ins Haus. Sein Hosenboden hing ihm bis zu den Kniekehlen herab.

»Gibt 'ne ziemlich komische Figur ab, was?«, meinte Mead.

»Er mag Sie sehr.«

»Eine große Auswahl an Großeltern hat er ja nicht.« Mead versuchte sich wieder am Korb und warf erneut daneben.

»Er hat mir von der Sache in der Schule erzählt.«

Mead hob den Ball auf und dribbelte ein wenig.

»Seien Sie nicht zu streng mit ihm. Er ist einfach ein sehr verwirrter junger Mann. Aber er hat das Herz auf dem rechten Fleck. Darauf sollten Sie stolz sein.«

»Wie ich schon sagte, wir kommen prima miteinander aus.«

»Natürlich. Lassen Sie mich raten – von Ihnen beiden ist er Costello?«

Mead wollte ihr eigentlich sagen, sie solle sich um ihren eigenen Kram kümmern und sie beide in Ruhe lassen, aber sie strahlte so viel Mitgefühl aus, dass er sie am liebsten geküsst hätte. War sie überhaupt schon siebzig? »Zugegeben, wir sind ein paarmal aneinander geraten …«

»Wissen Sie, was er meiner Ansicht nach braucht?«

Mead spürte, wie sich etwas in ihm anspannte.

»Ein wenig Zärtlichkeit. Er ist ein verschüchteter, einsamer Sechzehnjähriger, der gerade jetzt ein wenig liebevolle Zuwendung braucht.«

»Gibt es sonst noch was, das ich wissen müsste?«, gab Mead säuerlich zurück.

Evelyn trat näher an ihn heran und und blickte ihm so eindringlich in die Augen, wie es seit Jahren niemand mehr getan hatte. »Ja – dass Sie anscheinend genau das Gleiche brauchen.« Und mit einem Lächeln ging sie davon.

Am nächsten Morgen um neun musste Mead zum Augenarzt, ließ aber Andrew erst allein, als dieser über Bauchschmerzen klagte. »Wenn du auch nur einen Fuß auf die Straße setzt, sperre ich dich in Zukunft ein.« Nachdem Andrew vom Wohnzimmerfenster aus beobachtet hatte, wie der Wagen seines Großvaters im Schneckentempo die Straße hinunterrollte, holte er rasch die Pistole aus dessen Nachttischschublade. Die Waffe erschien ihm noch schwerer, als er sie in Erinnerung hatte, und diesmal spazierte er damit im Haus umher und tat, als würde er auf bestimmte Ziele feuern. *Halt, keine Bewegung!* Er fingerte am Abzug herum und fragte sich, wie fest man wohl drücken müsste und wie viele Kugeln das Magazin hatte. Was hätte er dafür gegeben, ein paar Mal abzudrücken. *Peng peng peng.* Wie gern würde er Bremers Gesicht sehen, wenn er ihm dieses Ding in seine hässliche Nase rammte. »Wie hast du Matt genannt?«

»Ich hab doch nur Spaß gemacht, Andrew. Ehrlich.«

»Auf die Knie, Arschloch.«

Andrew tat so, als ziehe er die Pistole aus einem Hüfthalfter, und malte sich aus, wie er mit einer solchen Macht Angst und Schrecken verbreiten könnte. *Du sattelst jetzt besser dein Pferd und verschwindest aus der Stadt, Cowboy.* Dann setzte er sich in den blauen Polstersessel und hielt die Pistole neben dem Kopf senkrecht in die Höhe, als würde er gerade bei einem Duell die Schritte abzählen. Das war es: Bremer zu einem Duell herausfordern. Zehn Schritte und dann *peng*! Er zielte erst auf das Dartkästchen, sprang hoch und duckte sich hinter den Polstersessel, als müsste er einem Eindringling auflauern. *Peng, peng!* Schließlich legte er sich rücklings auf den Teppich und hielt sich die Pistole vors Gesicht, drehte sie hin und her und lachte dabei in sich hinein. Leben und Tod direkt in meiner Hand. Sanft legte er den Finger an den Abzug und zielte. *Auf die Knie.*

Nachdem er die Pistole behutsam zurückgelegt hatte, machte er sich ein Tunfischsandwich und kochte noch einmal seine Batterien. Dann ging er durch die Flurtür in die Garage, die gerade Platz für einen Wagen bot. Darin befand sich eine Werkbank, über der an einem Gestell fein säuberlich aufgereiht verschiedene Werkzeuge hingen, ein altmodisches Trimm-dich-Rad, der Handrasenmäher, eine Trittleiter aus Metall und einige Gartengeräte. Auf einem großen Regal, das hoch oben an der Rückwand befestigt war, lagen mehrere große beschriftete Schachteln. Andrew nahm die Leiter und lehnte sie an das Regal, um vorsichtig so weit hinaufzuklettern, dass er die Etiketten entziffern konnte. *Weihnachtsbeleuchtung. Dekoration. Halloween. Kochbücher. Fotos.* Ob sein Großvater wohl immer noch zu Halloween das Haus schmückte? Kaum vorstellbar, dass er den Kindern, die von Haus zu Haus zogen und einem einen Streich androhten, wenn man ihnen keine Süßigkeiten schenkte, überhaupt die Tür aufmachen würde. *Haut ab, ihr Lausebengel!* Und eigentlich war es auch schwer vorstellbar, dass es in diesem Viertel überhaupt solche Kinder gab.

Andrew kletterte noch eine Sprosse höher und schob eine der Schachteln zur Seite. Dahinter befand sich noch eine zweite Reihe Schachteln und links davon eine dunkelgrüne Holzkiste. Als er eine weitere Schachtel weggeschoben hatte, entdeckte er auf der Kiste den Namen seines Großvaters, aufgemalt in weißer Farbe und mit Hilfe einer Schablone. Armeesachen, dachte er. Das schau ich mir an.

Erst musste er zwei mit *Weihnachten* beschriftete Schachteln nach unten stellen, um auf dem Regal genügend Platz zu haben, dass er die Kiste nach vorn ziehen und aufklappen konnte. Zuoberst lag eine Uniform, darauf ein zusammengelegtes Schiffchen. Er entfaltete es, besah sich den Aufnäher auf der Vorderseite, der einen geöffneten Fallschirm darstellte, setzte es auf und salutierte. *Zu Befehl!* Dann holte er die Uniformjacke heraus; auf der linken Schulter befand sich ein großer Aufnäher mit einem Adlerkopf, über dem in Gelb »Airborne« geschrieben stand. Über der linken Brusttasche waren mehrere farbige Streifen angebracht, darunter ein silbernes Abzeichen, das ein langläufiges Gewehr auf hellblauem Untergrund zeigte. Muss ein großes Tier gewesen sein. Andrew knöpfte die Jacke auf und probierte sie an, wobei er die Nase in die Armbeuge hielt, um an dem modrigen Stoff zu riechen. Sie war ihm mehrere Nummern zu groß.

Als Nächstes zog er ein Paar großer brauner Lederstiefel heraus. Echte Kampfstiefel. Wahrscheinlich waren sie sogar schon durch Blut gewatet. Mit den Fingern strich er an der Reihe der Ösen entlang und zog an den Lederschnürsenkeln, dann drehte er die Stiefel um und begutachtete die abgelaufenen Sohlen. Als er ein Auto vorbeifahren hörte, hielt er kurz inne. Dann drückte er mit dem Daumen gegen die verstärkte Schuhspitze und fuhr mit der Hand in den Schaft des einen Stiefels; er war überrascht, wie unbequem er sich anfühlte.

Nachdem er eine Art Handbuch für Armeeangehörige durchgeblättert hatte, fand er ein kleines Messer, das in eine weiße Socke gewickelt war. Daneben lag ein größeres Messer mit einer dunkelgrünen Scheide. Das kleinere Messer war fast identisch mit demjenigen, das ihm sein Großvater geschenkt hatte. Er klappte es auf und prüfte die Schärfe der Klinge. Nicht schlecht. Auf dem Griff war Meads Name eingraviert, genau wie bei Andrews Messer. Dann nahm er das größere Messer und zog es aus der Scheide; ihm gefiel, wie sich der hölzerne Griff anfühlte. Zweischneidige Klinge, zum Töten gedacht. Sanft ließ er den Daumen über die Schneiden gleiten und versuchte, Blutspuren darauf zu entdecken, ehe er mit dem Messer ein paar Mal in die Luft stach. *Stirb, Judenmörder.*

Nachdem er die Messer auf den Stapel neben der Kiste gelegt hatte, nahm er zwei Hosen heraus. Unter diesen waren ein hölzernes Zigarrenkistchen und ein größerer Metallkasten verborgen. Das sieht ja viel versprechend aus. Zuerst öffnete er das Holzkistchen. Es enthielt verschiedene Orden und Abzeichen und auch die Hundemarken seines Großvaters. Voll cool. Er hängte sich die silberfarbenen Hundemarken um den Hals und betrachtete ein angelaufen aussehendes Abzeichen in Form eines Fadenkreuzes, an dem drei Metallspangen befestigt waren. Auf der oberen stand »Gewehr«, auf der mittleren »Karabiner« und auf der unteren »Pistole«. Der alte Haudegen muss ein ziemlich guter Schütze gewesen sein. Er sah sich auch noch die anderen Orden an, nahm sie nacheinander in die Hand und überlegte, wofür sie wohl verliehen worden waren. Schließlich entdeckte er auf dem Boden des Zigarrenkistchens eine kleine blaue Pappschachtel, die eine mit Stoff umwickelte Medaille enthielt. Auf der einen Seite war das Bild einer Frau eingraviert, die ein zerbrochenes Schwert in Händen hielt; darunter stand »Zweiter Weltkrieg«. Auf der Rückseite las er: »Freiheit statt Furcht und Willkür, Freiheit der Rede und des Glaubens.« Und wie steht's mit der Freiheit, vor Arschlöchern bewahrt zu werden, dachte er und kicherte in sich hinein. Er prüfte die Medaille mit den Zähnen und legte sie dann wieder in die Schachtel zurück, räumte ein wenig Platz frei und hievte sich den großen schwarzen Metallkasten auf die Knie, überrascht von dessen Gewicht.

Als er den Deckel anhob, spürte er, wie ihm vor Aufregung die Röte ins Gesicht stieg. Nazi-Sachen. Und – heilige Scheiße – eine Luger.

Andrew kannte sich nicht sehr gut mit Schusswaffen aus, wusste aber, wie eine Luger aussah. Wer hätte nicht sofort diesen unverwechselbaren gerundeten Griff oder wie man das Ding nannte, wiedererkannt, und den schmalen Lauf? Die Luger war so etwas wie *die* Nazi-Pistole schlechthin. Und es war sonnenklar, dass die deutsche Wehrmacht von allen Armeen die coolste Ausrüstung hatte. Schon als kleiner Junge wusste er aus den Fernsehsendungen über den Krieg, dass die Krauts die geileren Uniformen und Helme hatten und krassere Panzer und diese brutalen Handgranaten an einem Stab und tolle Wüstenfahrzeuge, in denen Rommel immer herumbrauste. Wenn Andrew und seine Freunde mit kleinen Plastikfiguren Krieg spielten, gab es stets ein Gerangel, wer die Deutschen haben durfte, denn sogar in Spielzeuggröße sahen sie und ihre Waffen besser aus. Und jetzt hatte er tatsächlich eine dieser hammermäßigen Luger in der Hand. *Du laberst mich an? Peng!*

Nachdem er eine Weile mit der Pistole herumgespielt hatte, legte er sie in den Metallkasten zurück und stöberte in den restlichen Sachen herum. Zuerst fischte er drei verschiedene Nazi-Medaillen heraus und staunte, wie sehr sie glänzten, fast wie neu; von ihrem Rot und Schwarz schien immer noch die Macht des Bösen auszustrahlen. Ist ja die volle Härte, dachte er, als er sie hochhielt, um sie genauer zu betrachten. Als Nächstes entdeckte er eine silberne Armbanduhr, die viel zu groß für sein schmales Handgelenk war, eine kleine Leica und eine Gürtelschnalle mit einem Adler, der auf einem Hakenkreuz thronte. Dann stieß er auf ein kleines, flaches Ding, das in grünen Filz eingewickelt war. Er versuchte zu erraten, was es sein könnte. Keine Ahnung. Als er es vorsichtig auspackte, sah er, dass es sich um die Scherbe eines edel aussehenden Tellers handelte, dessen Rand mit einem goldenen Ornament verziert war. Sehr seltsam. Wahrscheinlich irgend so ein Schmuckteller, schloss er, vielleicht auch eine Art Auszeichnung. Genau das war es – und der Kommisskopf hat ihn bei der Verleihung fallen lassen. Bei dieser Vorstellung musste Andrew kichern. Dann legte er die Scherbe wieder zurück.

Auf dem Boden des Kastens, eingewickelt in ein Taschentuch, entdeckte Andrew eine ovale Hundemarke, eine schwarze lederne Brieftasche und ein nicht identifizierbares, abgegriffenes kleines Buch. Er hängte sich die Hundemarke um, schlug vorsichtig das kleine Buch auf und erstarrte, als ihm von einem Schwarzweißfoto auf der linken Innenseite, das teilweise mit einem Nazi-Stempel überdeckt war, ein Gesicht entgegenblickte. Er blätterte die Seiten durch, die handbeschrieben waren und von denen sich einige lösten. Muss irgendein Armeedokument sein. Er schlug die erste Seite auf: Hans Müller. Hans, der Judenschlächter. Eingehend betrachtete er das Foto. Vor allem verblüffte ihn, wie jung der Mann aussah – praktisch sein Alter –, das dunkle Haar an den Seiten ganz kurz geschnitten, vorne jedoch etwas länger. Eigentlich sah er gar nicht aus wie ein Deutscher, nicht so, wie sich Andrew jemanden aus dem Reich des Bösen immer vorgestellt hatte. Im Grunde wirkte er sogar irgendwie traurig, mit den hängenden Ohren und einer hohen, glänzenden Stirn, so dass man meinen konnte, die Augen lägen schon in der unteren Hälfte des Gesichts.

Wie war sein Großvater nur an diese Sachen gekommen? War der Typ tot? Oder gefangen genommen worden? Als er noch das Gesicht betrachtete, kam er zu dem Schluss, dass der Typ tot sein musste; sein Blick war eindeutig der eines Todgeweihten. Vielleicht hatte ihn sein Großvater sogar mit der Pistole erschossen, die er in seinem Nachttisch aufbewahrte. Andrew versuchte sich das Aufeinandertreffen der beiden Männer vorzustellen; er malte sich aus, wie sein Großvater dem deutschen Wachposten auflauerte, und ihm – *peng*! – direkt eins zwischen die Augen ballerte, dass Blut und Gehirnmasse nur so umherspritzten.

Die Brieftasche enthielt fünf abgegriffene deutsche Banknoten. Nazi-Geld. Musste ein Vermögen wert sein. Er steckte die Scheine zurück und zog aus einem schmaleren Fach drei Fotos heraus, deren Ränder ausgefranst waren. Eins war ein Familienbild – Mama, Papa und ein kleines Mädchen im Garten vor einem Haus; keiner von ihnen lächelte. Auf dem zweiten Foto war Mama – eine richtige Bissgurke – allein zu sehen, und das dritte zeigte ein junges Mädchen, wahrscheinlich die Freundin. Gar nicht übel, auch wenn ihre Frisur irgendwie bescheuert aussah, so komisch gewellt und mit Seitenscheitel. Auf der Rückseite stand handschriftlich etwas auf Deutsch. Andrew überlegte, was es wohl heißen mochte. *Pass auf dich auf? Murks ein paar für mich ab? Ich werde auf dich warten?* Wartete sie vielleicht immer noch?

Er legte die Brieftasche beiseite und begutachtete eine runde silberne Medaille, die an einem roten Band mit einem dünnen schwarzen und zwei weißen Streifen in der Mitte hing. Auf der Medaille waren ein Adler, ein Hakenkreuz, ein Helm und eine Handgranate abgebildet. War das eine Auszeichnung für das Töten von Amerikanern? Oder für das Vergasen von Juden? *Gut gemacht, Hans, du Teufelskerl.* Andrew hielt sich die Medaille an die Brust. *Heil Hitler!* Mann, wenn Matt das sehen könnte! Der würde glatt ausflippen.

Da kam Andrew *die* Idee: Wie wäre es, wenn ich ein paar von den Sachen mitgehen lasse? Sehr unwahrscheinlich, dass sein Großvater jemals in die Kiste schaute. Der mochte ja nicht einmal über den Krieg reden. Also würde es ihm überhaupt nicht auffallen, wenn ein paar Dinge fehlten. Oder er war dann schon so alt, dass er sich nicht mehr erinnern würde, was er hier alles verstaut hatte. Ich könnte die Medaillen und das Nazi-Geld und die Knarre ja ins Leihhaus bringen und mir auf diese Weise Kohle beschaffen. Dann vielleicht einen Sportwagen kaufen und ab nach Mexiko. Quasi mit einem Nazi-Stipendium.

Andrew erstarrte, als ein Auto vorüberfuhr. Hastig stopfte er sich die Brieftasche und die drei Medaillen in die Taschen und nahm die Luger an sich. Dann legte er die übrigen Gegenstände in die Kiste zurück, wobei er die Jacke, die er anprobiert hatte, wieder sorgfältig zusammenfaltete. Nachdem er alle Schachteln ins Regal zurückgestellt hatte – und zwar möglichst so, wie sie vorher gestanden hatten –, rückte er die Leiter an ihren alten Platz zurück, ging in sein Zimmer und versteckte seine Beute unter der Matratze. Gerade als er seine

Schularbeiten auspackte, hörte er, wie der Wagen seines Großvaters die Auffahrt heraufkam.

»Ich dachte mir, wir könnten heute Vormittag an den Strand fahren«, sagte Mead, nachdem er zehn Minuten gewartet hatte, dass Andrew endlich aus dem Badezimmer herauskam.

Andrew ließ ein leises Grunzen hören.

»Deine Begeisterung ist richtig ansteckend.« Mead eilte ins Badezimmer, um sich zu erleichtern.

»Klar komm ich mit.« Andrew lehnte sich lässig an den Türpfosten, während Mead an seinem Reißverschluss nestelte.

»Würdest du bitte die Tür schließen?«

»Ja, natürlich. Tut mir Leid.«

Unwillkürlich stöhnte Mead vor Erleichterung auf. Herr im Himmel – für alles, was weiter weg war als der Strand, würde er einen Katheter brauchen.

»Alles in Ordnung mit dir?«

»Selbstverständlich ist bei mir alles in Ordnung.« Als Mead herauskam, stand Andrew immer noch da. »Ist was?«

»Wollte nur sicher sein, dass dir nichts fehlt.«

Gerade als sie die Auffahrt hinabrollten, rief Andrew plötzlich: »Halt!«

Der Wagen blieb ruckartig stehen. »Herrgott, nur gut, dass ich keine Airbags habe.«

»Tut mir Leid.«

»Musst du denn schon wieder aufs Klo?«

»Nein.«

»Was dann?«

Andrew sah zur anderen Straßenseite hinüber und fummelte dabei an seinem Ohrring herum. »Na ja, mir ist gerade eingefallen, dass wir doch Evelyn fragen könnten, ob sie mitkommen möchte. Bestimmt hat sie nichts Besseres vor, und wo sie doch das Meer so liebt und …«

»Woher weißt du, dass sie das Meer liebt?«

»Weil sie ein Naturfreak ist.« Andrew öffnete die Wagentür.

»Augenblick mal!«

Andrew blieb stehen.

»Das gehört sich nicht, so überfallartig.«

»Das ist *spontan.*« Er strahlte seinen Großvater an »Bitte.«

Steht der Junge womöglich auf ältere Frauen? Zugegeben, sie bringt seine besten Seiten zum Vorschein. Und war das nicht genau das, was auch Mead versucht hatte? Er sah zu Evelyns Haus hinüber und stellte sich vor, wie sie drinnen ganz allein vor ihren Plätzchen und Blumen saß. Ach, was soll's, es kann ja nicht schaden. »Gut, aber sag ihr, sie soll sich sputen, wenn sie mitkommen will.« Schon sprintete Andrew über die Straße.

»Macht es Ihnen auch bestimmt nichts aus, mich mitzunehmen?« Evelyn stellte diese Frage jetzt bereits zum zweiten Mal während der Fahrt.

»Natürlich nicht.« Mead kurbelte sein Fenster noch ein wenig mehr herunter, weil ihn ihr Parfüm ablenkte.

»Das freut mich aber sehr.« Sie gab ihm einen flüchtigen Klaps aufs Knie.

Mead wählte bewusst einen Platz aus, der direkt vor dem Hochsitz der Rettungsschwimmer lag. Diesmal blieb Andrew näher am Ufer; er suchte die Nähe einer Gruppe von Mädchen, die kreischend in der Brandung herumhüpften.

»Ich war schon seit Monaten nicht mehr am Strand«, meinte Evelyn mit einem zufriedenen Seufzer. Sie und Mead saßen nebeneinander in Liegestühlen. Mit ihrer übergroßen Sonnenbrille und dem breitkrempigen Strohhut erinnerte sie Mead an Sophie, die seit einer Stunde wie eine wild gewordene Biene um seinen Kopf herumschwirrte.

»Sie hätten einen Badeanzug mitnehmen sollen.«

»Habe ich ja.« Lächelnd ließ sie unter ihrer vom Wind geblähten weißen Bluse einen der Träger schnalzen.

»Oh.« Mead hatte ebenfalls die Badehose angezogen, aber nur für den Notfall.

Ein junges Mädchen blieb direkt vor ihnen stehen und zupfte sich umständlich ihren silberfarbenen Stringbikini zurecht, worauf Mead seine Aufmerksamkeit sogleich der leinenen Badetasche zuwandte, als würde er nach etwas suchen.

»Vielleicht bin ich altmodisch, aber ich fand immer die Vorstellung ganz schön, dass manches der Fantasie überlassen bleiben sollte«, sagte Evelyn. »Wobei in meinem Alter für die Fantasie natürlich nicht mehr viel übrig bleibt.« Mead wühlte noch tiefer in seiner Tasche.

»Was früher aber auch nicht anders war.« Sie lachte und fuhr mit den nackten Füßen durch den Sand. Mead stellte überrascht fest, dass sie sich die Zehennägel lackiert hatte. »Am meisten ärgert mich am Älterwerden, dass mein Körper mich völlig entstellt.« Sie ließ die Hände vom Kopf über den Oberkörper bis zu den Beinen gleiten. »Es ist, als hätte ich so ein jämmerliches Kostüm an und der Reißverschluss klemmt.«

»So habe ich das noch nie gesehen.« Mead verscheuchte eine Möwe, die es auf seine Zehen abgesehen hatte.

»Meine Mutter hat immer gesagt, das Altsein ist wie ein Maskenball mit grässlichen Kostümen.«

»Was für eine reizende Vorstellung.«

Evelyn lachte und deutete auf eine vorbeigehende Frau Mitte zwanzig mit langem, glänzendem Haar und wohl geformten Hüften. »Warten Sie nur, bis die ihr Kostüm zu sehen bekommt.«

»Ich muss gestehen, dass ich mich durch und durch alt fühle«, meinte Mead. »Man könnte sagen, ich bin gleichmäßig durchgebraten.«

»Kommen Sie mir nicht mit Ihrer Masche vom Greis, der des Lebens überdrüssig ist.« Sie drohte ihm mit dem Zeigefinger.

»Ich wusste gar nicht, dass ich eine Masche habe.«

»O doch, Sie haben sie bis zur Perfektion entwickelt. Leider ist das nichts als Zeitverschwendung.«

Mead spürte, wie er vor Ärger rot anlief. Wie kam sie dazu, sich solche Urteile anzumaßen?

»Ich wollte nicht unhöflich sein. Mir geht's nur darum, dass uns Binsenweisheiten nicht weiterhelfen.«

Darauf wusste Mead nichts zu erwidern. Also blickte er starr aufs Meer hinaus und versuchte einen Anflug von Schwermut zu ignorieren. Machte das Meer auch andere Leute traurig?

»Es gibt etwas, das ich Ihnen gern sagen würde«, meinte Evelyn, ohne ihn anzusehen.

Mead merkte, wie er nervös wurde. Sogar Sophie schien nervös zu werden.

»Es fällt mir nicht leicht.«

»Wir könnten es auch auf sich beruhen lassen.«

Sie lächelte, obwohl ihrem Gesicht die Anspannung anzusehen war. Dann holte sie tief Atem. »Ich muss mich bei Ihnen entschuldigen.«

»Es ist Ihnen alles verziehen.«

Sie blickte verwirrt drein. »Was glauben Sie denn, wofür ich mich entschuldigen möchte?«

»Sagen wir einfach, dass es nicht leicht ist, mit Teenagern zurechtzukommen.«

»Es hat aber nichts mit Andrew zu tun.«

»Ach so.«

Sie holte noch einmal tief Luft. »Also gut: Ich möchte mich dafür entschuldigen, dass ich vor Jahren diese albernen Gedichte geschrieben habe. Ich weiß, das war nicht richtig. Ich glaube, ich habe einfach ...«

»Welche Gedichte denn?«

Verblüfft starrte sie ihn an. »Aber Sie müssen sie doch bekommen haben. Vor Jahren habe ich Ihnen drei oder vier Gedichte – ich erinnere mich nicht mehr genau, wie viele – ins Büro geschickt. Ich weiß, das war töricht. Ich wollte Sie damit nicht in Schwierigkeiten bringen. Deshalb habe ich sie anonym geschickt, aber gehofft, dass Sie erraten, von wem sie stammen. Ich war einfach so ...« Mit einem Mal hatte sie völlig die Fassung verloren.

Mead sank in seinen Liegestuhl zurück. »*Sie* waren das also?«

»Was dachten Sie denn, wer es war?«

»Ich … also, ich weiß nicht. Ich will damit sagen, ich …« Er war knallrot angelaufen und hätte sich am liebsten den Hut tief ins Gesicht gezogen.

Evelyn, die wieder hinaus aufs Wasser blickte, knetete sich verlegen die Hände. »Und ich dachte, Sie wüssten es. Ich dachte, das sei der Grund, weshalb …«

»Der Grund wofür?«

»Weshalb Sie mich stets ignoriert haben.«

Mead beobachtete Andrew, der immer noch um die Mädchen herumscharwenzelte. Ich sollte ihm den Hals umdrehen, dass er mich in diese Lage gebracht hat. Dennoch war ihm der Gedanke viel angenehmer, dass die Gedichte – die tatsächlich gar nicht übel gewesen waren – von Evelyn stammten, und nicht von der hünenhaften Frances aus der Buchhaltung. Er spürte ein Prickeln auf der Haut und ärgerte sich insgeheim, dass er sie nicht aufbewahrt hatte. Wenn ich mich nur erinnern könnte, was genau sie geschrieben hat.

»Ich habe Sie belästigt.«

»Nein, ich würde sagen, nun, es war ein wenig … unpassend.« Sophie schwirrte ihm nun so laut ums Ohr, dass er fürchtete, sogar Evelyn könnte es hören.

»Es war nicht recht von mir, sie Ihnen zu schicken.«

»Darauf müssen wir nun wirklich nicht näher eingehen.«

»Ihnen muss es doch völlig überspannt erscheinen: eine verheiratete Frau, die ihrem Nachbarn Gedichte schreibt.« Langsam drehte sie den silbernen Armreif am linken Handgelenk hin und her. »Wissen Sie, aus irgendeinem Grund habe ich mir eingebildet, ich hätte ein Talent für Poesie. Ich habe wohl Dutzende von Gedichten an verschiedene Zeitschriften geschickt; die Ablehnungsschreiben müssen noch irgendwo bei mir zu Hause herumliegen. Ich wollte einfach, dass jemand die Gedichte liest. Jemand, dem sie vielleicht gefallen. Jemand wie … Sie.«

Mead räusperte sich und rückte den Hut gerade.

»Weiß Gott, George interessierte sich überhaupt nicht dafür.« Sie seufzte. »Wie auch immer – ich hoffe, Sie können mir verzeihen. Ich war nur einfach verwirrt. Oder einsam, um ehrlich zu sein. In mir drin steckte so vieles, und ich wusste nicht, wie ich damit umgehen sollte.« Ihre Stimme zitterte. »Und da waren Sie, Tag für Tag, gleich gegenüber auf der anderen Straßenseite. Sie wissen ja nicht, wie oft ich am Fenster gestanden und hinausgesehen habe, wenn Sie von der Arbeit nach Hause kamen, das Auto wuschen oder den Rasen mähten. Manchmal kam es mir vor, als wäre diese Straße tausend Kilometer breit.«

Mead saß sprachlos da.

»Nun, wenigstens habe ich es jetzt gesagt.« Sie versuchte zu lächeln.

Gerade als Mead etwas erwidern wollte, kam Andrew plötzlich herbeigeflitzt, triefend vor Nässe. »Wer kommt mit mir ins Wasser?«

»Nicht ...«

»Ich komme mit«, sagte Evelyn, stand auf und nahm den Hut ab.

»Wenn sie schwimmen geht, musst du auch«, sagte Andrew zu Mead und grinste über das ganze Gesicht.

»So?«

»Wenn du ein Gentleman sein willst.« Er zwinkerte ihm zu, bevor er zum Wasser zurücksprintete.

Sie plantschten eine Stunde lang in den Wellen. Zuerst konnte Mead gar keinen klaren Gedanken fassen, und er schämte sich schrecklich, als er sich vor Evelyn bis zur Badehose auszog. (Das sollte sie von ihrer Leidenschaft kurieren, dachte er, als er an seiner blassen, schlaffen Haut heruntersah.) Aber bald schon gab er sich ganz dem schlichten Vergnügen hin, das ihm das Spiel der Wellen bereitete. Wenn eine größere kam, stemmte er sich dagegen oder tauchte unter ihr hindurch und genoss den salzigen Geschmack auf den Lippen. Zwar nahm er sich fest vor, nicht zu oft zu Evelyn hinüberzuschielen, doch schnell hatte er das Wesentliche erfasst: Für ihr Alter hatte sie noch eine erstaunlich gute Figur mit langen Beinen und einem hübschen kleinen Hintern, wenngleich sie ein wenig mager war. Ihm schien, als sei ihr Gesicht in letzter Zeit sogar etwas schmaler geworden. Sie isst zu wenig Fleisch, dachte er.

Wenn er sich doch nur an die Gedichte erinnern könnte. Und was meinte sie damit, dass er sie die ganzen Jahre über ignoriert habe? Vielleicht hatte er sich reserviert verhalten, aber zum Teufel, er war doch glücklich verheiratet gewesen. Später dann, nach Sophies Tod, hatte ihn der Kummer so überwältigt, dass er kaum mehr von irgendetwas Notiz nahm. Aber nun zu sehen, wie sie, patschnass und lachend, jede einzelne Welle begrüßte wie einen Gast auf einer ausgelassenen Party – das stellte ihn auf eine harte Probe.

»Macht das nicht einen Riesenspaß?« Sie hüpfte gerade durch eine anbrandende Welle. Neben ihr plantschte Andrew und jauchzte.

Mead nickte und strahlte dabei übers ganze Gesicht.

Auf dem Heimweg hielten sie an einem Surferladen, weil Mead seinem Enkel ein paar neue T-Shirts spendieren wollte – »alles ist mir recht, wenn nur keine Satansfratze drauf ist«. Andrew brauchte eine Dreiviertelstunde, bis er – mit Evelyns Unterstützung – seine Wahl traf. Ein Shirt nach dem anderen hielt er sich vor die Brust und betrachtete sich damit im Spiegel. Mead freute sich über die Begeisterung des Jungen, auch wenn er sie etwas übertrieben fand. Bildete er sich wirklich ein, ein paar überteuerte T-Shirts könnten das Blatt wenden? Evelyn schien ganz in ihrem Element zu sein, wenn sie ihren Senf dazugeben und Andrew versichern konnte, wie hübsch er aussehe. Eines seiner neuen T-Shirts – es hatte vorne eine Art Gecko in psychedelischen Verrenkungen drauf – gefiel ihr so gut, dass sie sich selbst auch eins kaufte.

»Dann könnt ihr ja im Partnerlook herumlaufen«, murmelte Mead unhörbar.

Zu Hause angekommen, ließ sich Andrew zu einem Imbiss bei Evelyn einladen, während sich Mead in seinen Sessel zurückzog und das Gefühl hatte, jetzt mindestens eine Woche

Ruhe zu brauchen, um diesen Tag verdauen zu können. Gütiger Himmel, das geht allmählich über meine Kräfte.

Er dachte an Frances und kam sich wie ein Schuft vor, weil er sie zwei volle Jahre lang so abweisend behandelt hatte, bis sie schließlich wegen Diebstahls von Büromaterial gefeuert wurde. Dann kreisten seine Gedanken um Evelyns Mann George. Ob er wohl je gemerkt hatte, wie einsam seine Frau war? George war kein schlechter Kerl gewesen, nur schwerfällig und sehr mit sich selbst beschäftigt und ohne jeden Elan. »Was für eine Schlaftablette«, meinte Sophie, nachdem sie ihre Nachbarn einmal zum Abendessen eingeladen hatten. »Ich danke meinem Glücksstern immerzu, dass ich nicht so einen Langweiler geheiratet habe. Und glaub mir, vier von fünf Männern sind Langweiler.«

Aber wieso gerade Mead? Bedeutete er ihr wirklich etwas – wie konnte das denn sein –, oder war es einfach eine vorübergehende Schwärmerei, die schon längst wieder abgeklungen war? Als er sich ausmalte, wie sie ihn heimlich vom Fenster aus beobachtet hatte, stieg ihm wieder die Röte ins Gesicht.

Und was nun? Er saß reglos da, nur das linke Knie hüpfte auf und ab. Was nun?

Als es langsam zu dämmern begann, stand er auf und zog die Staubschutzhülle von seinem Acht-Zoll-Teleskop der Marke Celestron Schmidt-Cassegrain, das im Wohnzimmer in der Ecke stand. Er wollte die Linse polieren. Seit Sophies Tod hatte er keine Sterne mehr beobachtet. Einige Monate nach ihrer Beerdigung, in einer mondlosen Nacht, hatte er es einmal versucht; doch allein der Anblick dieses kalten, unendlichen Raums genügte, dass er sich entsetzlich einsam fühlte. So hatte er das Teleskop hastig wieder abgebaut und im Kofferraum verstaut, um so schnell wie möglich nach Hause zu fahren.

Er trat vor die Haustür und sah empor. Klarer Himmel. Da fiel ihm ein, dass es Sophie beim Blick durchs Okular jedes Mal vor Begeisterung schier den Atem verschlagen hatte, als sei das alles Zauberei. Aber vielleicht war es das ja auch.

»Nur, wenn wir Evelyn dazu einladen«, sagte Andrew, als er, noch kauend, wieder zurückkam.

»Glaubst du nicht, dass sie allmählich genug von uns hat?«

»Nö.«

»Ich hoffe, Andrew hat Sie nicht dazu gedrängt«, meinte Evelyn während der Fahrt. Als Ziel hatte sich Mead den großen Park im Osten ausgesucht, den er und Sophie oft besucht hatten, meist mit Picknickkorb und Decke und manchmal sogar mit einer Flasche Wein.

»Überhaupt nicht.« Vom Rücksitz reckte Andrew den Hals so weit vor, dass sein Kopf zwischen den beiden war. Er lächelte spitzbübisch und zufrieden.

Mead parkte am äußersten Rand des leeren Kiesplatzes, unweit eines steilen Hangs. Die umliegenden Hügel waren mit Kakteen und Chapparral bewachsen. »Eine Bilderbuchnacht«, sagte Mead, setzte das Teleskop auf das Stativ und zog die Stellschraube fest.

*Ehebrecher,* zischte ihm Sophie ins Ohr.

»Ich kann's gar nicht fassen, so viele Sterne«, staunte Andrew, den Kopf weit in den Nacken gelegt. »In Chicago sehen wir fast nie welche.«

»Weil ihr dort zu viel Streulicht habt«, erwiderte Evelyn, legte sich ein Tuch um die Schultern und lächelte Mead an.

»Das da ist der Große Bär – der Große Wagen – und dort drüben der Kleine Bär«, sagte Mead und wies mit dem Finger nach oben.

Andrew drehte sich langsam um die eigene Achse, den Blick gen Himmel gerichtet. »Das müssen ja Tausende sein.«

»Eher Hunderte von Milliarden«, sagte Mead, dessen Geruchssinn inzwischen vollständig von Evelyns Parfüm betört war, was er als angenehm erregend empfand.

»Du meinst wohl: Millionen.«

»Ich meine *Milliarden.*«

»*Milliarden* von Sternen?«

»Genau genommen Milliarden von Galaxien, wovon jede wiederum aus Milliarden von Sternen besteht.«

»Ach, du Schei... äh, Schreck. Wie kann das sein?«

»Sehr gute Frage.«

Andrew zog hastig den Kopf ein, als etwas über ihn hinwegflatterte. »Was war denn das?«

»Eine Fledermaus«, erwiderte Evelyn lachend.

»Eine Fledermaus?«

»Aber eine von der harmlosen Sorte«, sagte Mead.

»Ach so.« Andrew blickte suchend in den Himmel und dann zum Gebüsch neben ihm. »Gibt's hier auch Wölfe?«

»Nur Kojoten«, erwiderte Mead. »Und ein paar Pumas.«

*»Pumas?«*

»Deine Großmutter und ich haben mal vor rund zehn Jahren einen gleich da oben auf dem Hügel entdeckt. Aber sie sind sehr selten.«

»Du hast einen Puma gesehen?« Unruhig spähte Andrew zu den dunklen Hügeln hinüber.

»Nun jagen Sie dem armen Jungen doch keinen Schrecken ein«, meinte Evelyn und trat ein wenig näher zu Andrew.

»Großstädte jagen einem einen Schrecken ein«, gab Mead zurück. »Hier aber sind wir auf dem Land.« Er beugte sich über das Teleskop und versuchte sich zu erinnern, wie man den computergesteuerten Nachführmotor handhabte. Schließlich deutete er auf das Okular. »Seht mal hier durch.«

Andrew machte den Anfang. »Toll, was ist das für ein Stern?«

»Der Merkur. In ein paar Minuten verschwindet er hinter dem Horizont.«

»Geil.«

Mead verdrehte die Augen und sah Evelyn an. In der Ferne heulte ein Kojote.

»Was war denn das?«, fragte Andrew.

»Eine einsame Seele«, erwiderte Evelyn.

»Nein, im Ernst.«

»Ein Kojote«, sagte Mead.

»Wirklich? Wie groß sind die denn?«

»Ungefähr so wie ein mittelgroßer Hund«, erwiderte Mead. »Kein Grund zur Sorge.« Er beobachtete Evelyn, als sie durch das Okular sah.

»Einfach wunderschön«, sagte sie mit einer Stimme, die plötzlich ganz brüchig klang. Sie blieb so lange am Teleskop, dass Mead ein paar Mal hüstelte und sich fragte, ob ihr nicht allmählich der Rücken wehtat. Schließlich hob sie den Kopf und sah ihn an. »Danke«, flüsterte sie fast unhörbar. Ihr standen die Tränen in den Augen.

O Gott, dachte Mead und spürte, wie ihm unwillkürlich fast selbst die Tränen kamen. Was haben die Leute nur alle?

Andrew trat wieder ans Teleskop. »Wofür braucht man das hier?«, wollte er wissen und deutete auf das Bedienungskästchen, das über ein Kabel mit dem Sockel des Geräts verbunden war.

Mead war froh über diese Frage. »Damit wird der Nachführmotor gesteuert, so dass man ein bestimmtes Himmelsobjekt auf seiner Bahn verfolgen kann. Das Teleskop muss sich ständig bewegen, um so die Erddrehung auszugleichen.«

Andrew war beeindruckt. »Ich wusste gar nicht, dass du dich so mit ... Hightech auskennst.«

»Dein Großvater liebt technische Spielereien«, sagte Evelyn, während Mead seinem Enkel zeigte, wie man den Nachführmotor bediente.

»Ich könnte mir durchaus vorstellen, mich mit Astronomie zu beschäftigen«, sagte Andrew und spähte dabei wieder durchs Okular.

»Dafür müsstest du aber besser in Mathe sein«, erwiderte Mead.

»Hat das denn viel mit Mathe zu tun?«

»Mathematik ist dabei die Hauptsache.« Mead starrte, die Hände in die Hüften gestemmt, zum Himmel.

»Ach, Mann, ist das dein Ernst?«

»Rauben Sie ihm doch nicht gleich allen Mut«, sagte Evelyn.

»Ich meinte ja nur, ein wenig Realitätssinn kann nicht schaden.« Mead justierte das Teleskop neu. »Hier, sieh dir das mal an.«

Andrew blickte durchs Okular.

»Das ist der Polarstern, auch Polaris genannt. Er sitzt am Ende der Deichsel des Kleinen Wagens und ist über vierhundert Lichtjahre von deiner Nasenspitze entfernt.«

»Im Ernst?«

»Echt geil, was?«

Mit gequälter Miene blickte Andrew auf, dann wandte er sich wieder dem Okular zu. »Ich fass es nicht, dass sich das All unendlich ausbreitet.«

»Ich ebenso wenig«, erwiderte Mead.

»Auch meine Tochter pflegt sich unendlich auszubreiten«, meinte Evelyn.

Andrew sah kurz zum Himmel empor, dann spähte er wieder durchs Teleskop. »Wenn man darüber nachdenkt, ergibt das überhaupt keinen Sinn.«

»Wie bei den meisten Dingen«, sagte Evelyn.

»Aber *unendlich*?«

»Wenn es plötzlich irgendwo aufhören würde, ergäbe das doch genauso wenig einen Sinn, oder?«, meinte Mead.

Andrew überlegte kurz. »Trotzdem, es ist schon verrückt. Und was, wenn es dort draußen noch anderes Leben gibt?«

»Wieso nicht? Für uns allein wäre das ja schrecklich viel Platz«, sagte Evelyn. »Ich hoffe nur, dass das dort draußen, was immer es sein mag, mehr Verstand hat als wir.«

»Oder zumindest weniger Scheiße im Hirn«, entfuhr es Andrew. Sogleich schlug er sich die Hand vor den Mund. »Tut mir Leid.«

»Ein reizender Junge, nicht?«, sagte Mead.

»Um ehrlich zu sein – ja, ich finde schon«, erwiderte Evelyn und hakte sich bei Andrew unter.

Andrew grinste stolz. »Können wir auch den Mond angucken?«

»Der geht gerade auf«, erwiderte Mead und versuchte,

nicht auf Sophies Stimme in seinem Ohr zu achten. *Was bildet die sich denn ein?*

»Mann, so nah habe ich ihn noch nie gesehen. Sogar die Krater sind zu erkennen«, sagte Andrew. »Diese Burschen, die auf dem Mond herumspaziert sind, müssen ja völlig ausgeflippt sein. Was Tolleres gibt's doch gar nicht.«

»Nein, was Tolleres gibt es wirklich nicht«, stimmte ihm Mead zu.

Plötzlich fuhr Andrew hoch. »Habt ihr das auch gehört?«

»Was?«, fragte Mead.

»Mich dürft ihr nicht fragen«, sagte Evelyn. »Entweder ist mein Gehör schon völlig hinüber, oder die ganze Welt ist heutzutage viel stiller als früher.«

»In dem Gebüsch dort drüben. Dieses Geräusch.«

»So ist es eben nachts«, meinte Mead unwirsch. »Für viele Tiere ist jetzt praktisch Hauptverkehrszeit.«

Andrew rückte näher an Evelyn heran. »Da ist es wieder«, sagte er und starrte auf einen Busch.

»Ich kann dir versichern, dass es kein Puma ist«, erwiderte Mead.

»Wie willst du das wissen?«

»Erstens, weil sie große Scheu vor Menschen haben. Zweitens, weil wir von einem Raubtier, das uns auflauert, nicht das Geringste hören würden. Zumindest so lange nicht, bis es zu spät wäre.«

Vor Schreck riss Andrew die Augen auf. »Können wir jetzt gehen?«

»Warum hast du's auf einmal so eilig?«, wollte Mead wissen.

»Mir wird langsam kalt.«

»Willst du mein Schultertuch?«, fragte Evelyn.

»Nein, danke.«

Mead warf einen Blick durch das Teleskop, während sich Andrew ständig unruhig umsah. »Hier gibt es nichts, wovor man Angst haben müsste«, sagte Evelyn.

»Wer hat denn was von Angst gesagt?«

»Niemand.«

»Habt ihr vielleicht Angst?«

»Könnte ich nicht behaupten«, erwiderte Mead.

»Was mich angeht, ich würde am liebsten die ganze Nacht hier draußen bleiben«, seufzte Evelyn und legte den Kopf in den Nacken, um den Himmel zu betrachten.

Andrew runzelte die Stirn, grub die Hände in die Hosentaschen und scharrte mit den Füßen.

»Schau mal«, begann Mead, »ich hoffe, es hört sich nicht blöd an, wenn ich das sage, aber im Laufe meines Lebens habe ich herausgefunden, dass man die Angst am besten in den Griff bekommt, wenn man sie sich eingesteht. Man kann sie ja ohnehin nicht wegzaubern.«

»Haben Sie es im Krieg so gemacht?«, wollte Evelyn wissen.

Mead zögerte kurz. »Ich habe es zumindest versucht.«

»Also hast du im Krieg Angst gehabt?«, fragte Andrew.

»Ja, und wie.«

»Und was hat dir am meisten Angst eingejagt?«

»Leicht zu beantworten: Patrouillengänge.«

»Wieso?«

Mead überlegte. »Weil man dann seine Deckung aufgeben musste, was immer das auch war – ein Erdloch, ein Gebäude oder sonst was. Und man wusste nie, worauf man stoßen würde.«

»Zum Beispiel deutsche MG-Stellungen und Minen und solches Zeug?«

»Ja, zum Beispiel.«

»Davor hätte auch ich eine Scheiß… äh … Mordsangst gehabt.«

»Ja, das hat mir wirklich eine Scheißangst gemacht«, erwiderte Mead lachend.

Andrew sah ihn erstaunt an, dann grinste er. »Nur aus Neugier: Hat man damals auch *Scheiße* gesagt, oder gab es dafür ein anderes Wort?«

»Ihr beide habt ja noch einiges zu klären«, meinte Evelyn.

»Manche der Jungs verwendeten in fast jedem Satz das Wort *Scheiße* und noch andere obszöne Ausdrücke.«

Andrew sah Evelyn besorgt an. »Keine Bange, ich werde schon nicht gleich ohnmächtig«, beruhigte sie ihn.

»Obszöne Ausdrücke auch? Wirklich? Ich dachte, die wären neu.«

»Es gibt nicht viel Neues unter der Sonne, außer vielleicht die Beobachtung, dass es hinreißend aussieht, wenn du die Hose bis zu den Knöcheln herunterhängen lässt.«

»Lassen Sie ihn doch«, sagte Evelyn und wandte sich wieder dem Teleskop zu. Abermals stand sie mehrere Minuten reglos da, so dass Mead schon dachte, sie habe sich vielleicht die Wimpern eingeklemmt.

»Wieso weinen Sie denn?«, fragte Andrew, als sie wieder aufsah.

»Ich weiß nicht«, antwortete sie und versuchte zu lächeln, während sie sich die Augen abtupfte. »Jedes Mal, wenn ich in dieses dumme Teleskop schaue, muss ich einfach ...« Sie machte eine hilflose Geste.

»Vielleicht wegen der Unendlichkeit?«, mutmaßte Andrew.

»Andrew ...«

»Ich bin mir nicht sicher, was es ist. Vielleicht, weil es einfach so ... schön ist.«

»Wenn ihr mich fragt, hat dieses Weltall etwas Unheimliches an sich. Im Grunde ist dort alles kalt und tot.«

»Es hat dich aber niemand gefragt.«

»General, bitte.«

»Es tut mir wirklich Leid, dass Sie beim Sternegucken weinen müssen«, sagte Andrew.

»Danke.«

Mead schüttelte den Kopf, bevor er noch einmal durch das Okular spähte. Die Größe des Alls überwältigte ihn. Als er genug hatte, steckte er die Schutzkappe auf die Linse und zeigte Andrew, wie man das Teleskop vom Stativ abschraubte. Dann trugen sie es zum Wagen zurück. Zum Abschluss lehnten sie sich alle drei an den Kofferraum, Evelyn in der Mitte, und blickten noch einmal zum Himmel empor.

»Was denken Sie, wenn Sie die Sterne beobachten?«, wollte Evelyn wissen.

»Gar nichts.«

»Aber Sie müssen doch etwas fühlen?«

»Ehrlich gesagt, ich fühle mich dann ... ziemlich klein.«

»Ich auch!«, warf Andrew ein.

»Seht mal, ihr beide habt mehr gemeinsam, als ihr glaubt«, meinte Evelyn.

»Klein ist ein relativer Begriff«, erwiderte Mead.

»Ich persönlich finde es ganz schön, sich klein zu fühlen«, sagte Evelyn. »Denn es bedeutet, dass all unsere Probleme ebenfalls klein sind.«

»Das leuchtet mir nicht ein«, entgegnete Andrew.

»Außer *deinen* Problemen natürlich«, erwiderte sie.

»Und woran denken Sie beim Sternegucken?«, fragte Mead.

Evelyn überlegte kurz. »Ich denke an all die Wünsche, die die Menschen haben.«

»Und fühlen Sie sich auch klein, oder was?«, wollte Andrew wissen.

Sie holte tief Luft. »Ich glaube, ich fühle mich dann ...« Aber sie konnte den Satz nicht beenden.

Einige Minuten saßen sie schweigend da und betrachteten den Himmel. Dann stand Mead auf und streckte sich.

»Ich glaube, ich mach mal rasch einen Spaziergang.«

»Einen Spaziergang?«, fragte Andrew entgeistert. »Bist du verrückt?«

»Ich glaube, er meint damit ein natürliches Bedürfnis«, flüsterte Evelyn Andrew ins Ohr, als Mead in der Dunkelheit verschwand.

»Verstehe«, meinte Andrew, legte die Hände wie einen Trichter an den Mund und rief: »Aber lauf nicht zu weit weg.«

»Er kann schon ganz gut auf sich selbst aufpassen, glaube ich«, sagte Evelyn.

»Ich fühle mich eben irgendwie verantwortlich für ihn.«

»Du bist ein sehr umsichtiger Enkel.«

»Zumindest versuche ich es zu sein.«

Sie lehnte sich wieder an den Kofferraum und sah in den Himmel. »Das gibt einem ganz schön zu denken, nicht?«

»Was?«

»Der Himmel. All die Sterne.«

»Glaub schon. Es flößt mir irgendwie Respekt ein.«

Sie lächelte. »Mir auch.«

»Wirklich?«

»Ja, wirklich.«

Andrew blickte erst Evelyn an, dann wieder empor zum Himmel.

»Ich möchte dir danken, dass du mich eingeladen hast, heute Abend mitzukommen. Es war sehr schön.«

»Keine Ursache. Eigentlich könnten wir doch mehr miteinander unternehmen – vielleicht wieder an den Strand fahren oder einen Ausflug machen.«

»Ich möchte aber nicht das fünfte Rad am ...« Plötzlich stöhnte sie leise auf, begann zu zittern und fiel fast auf Andrew, so dass er sie stützen musste.

»Was ist denn?«

Sie kniff die Augen zusammen und umklammerte seinen Arm.

»Ich hole Großvater. Wir bringen Sie ins Krankenhaus. He, Groß...«

»Nein, nein, bitte nicht.« Sie schnappte nach Luft. »Es geht gleich wieder.«

»Aber wir brauchen Hilfe.«

»Ich schaff das schon.« Sie atmete mehrmals tief durch, um sich wieder zu fangen, musste sich aber immer noch an Andrew festhalten.

»Wir müssen Großvater rufen.« Verstört blickte sich Andrew um und überlegte, wie weit sein Großvater gegangen sein mochte.

»Nein, du versprichst mir jetzt, ihm kein Wort davon zu sagen.«

»Aber warum denn nicht?«

»Weil du keine Ahnung hast, was er in den letzten Monaten vor dem Tod deiner Großmutter durchgemacht hat. Ich will ihm nicht zur Last fallen. Nicht jetzt, wo er gerade wieder ins Leben zurückfindet.«

»Aber …«

Sie drückte seinen Arm noch fester. »*Versprich es mir.*«

»Gut, gut, aber …«

»Da sind Sie ja wieder«, sagte Evelyn und ließ Andrew los, als Mead aus der Dunkelheit auftauchte. »Wir haben uns schon Sorgen gemacht.«

Verwundert sah Mead die beiden an.

»Ja, wir haben uns Sorgen gemacht«, sagte Andrew und musterte dabei Evelyn, die zu lächeln versuchte.

»Seid ihr müde?«, fragte Mead.

»Ich fürchte schon«, erwiderte Evelyn.

»Ja, ich auch«, sagte Andrew und gähnte demonstrativ.

»Zeit, schlafen zu gehen«, meinte Mead und hielt Evelyn an der Beifahrerseite die Wagentür auf.

»Es war ganz zauberhaft«, sagte sie beim Einsteigen. Während der Fahrt drehte sie sich einmal um und zwinkerte Andrew zu. Aus ihrem Gesicht war aller Schmerz verschwunden, und Andrew dachte, dass er noch nie jemanden gesehen hatte, der so glücklich wirkte.

Kaum hatten sie die Auffahrt erreicht, sprang Andrew aus dem Wagen und lief ins Haus, so dass Mead und Evelyn im Auto allein waren.

»Man könnte sagen, ihr beide macht Fortschritte«, meinte sie, die Handtasche auf dem Schoß.

»Das ist allein Ihr Verdienst. Er ist ganz verrückt nach Ihnen.«

»Ich bin nicht mit ihm verwandt, da hat man es viel leichter.«

Mead hatte die Hand schon am Türgriff, hielt dann aber inne. Warum so eilig?

»In der heutigen Zeit aufzuwachsen muss schrecklich hart sein«, sagte Evelyn.

»Ich würde eher sagen, es ist ziemlich einfach.«

»Das meinen Sie doch wohl nicht im Ernst?«

»Meine Güte, gibt es denn irgendwas, worüber sich die Kinder beklagen können?«

»Erstens glaube ich, dass die Welt wie eine Bombe über sie hereinbricht.«

»Da müssten Sie erst mal einen Beschuss durch Artilleriegranaten erleben.«

»Ich wollte nicht ...«

»Tut mir Leid. Das war Unsinn.«

Schweigend saßen sie nebeneinander und lauschten dem Knistern und Knacken des abkühlenden Motors.

»Danke für diesen wunderbaren Tag«, sagte Evelyn und streckte die offenen Hände aus. »Ich hoffe nur, Sie können mir verzeihen, dass ich so töricht war.« Sie schüttelte den Kopf. »All die Jahre hatte ich geglaubt, Sie wüssten ...«

»Es gibt nichts zu verzeihen.«

»Ich denke doch.« Sie lachte in sich hinein. »Zumindest könnten Sie mir verzeihen, dass meine Gedichte so jämmerlich waren.«

»Ihre Gedichte waren sehr schön.«

»Ach was.«

»Nein, wirklich.« Mead spürte, dass sie ihn ansah, während er geradeaus auf das Wohnzimmerfenster starrte. Dahinter hatte sich etwas bewegt, glaubte er, genau dort, wo der gelbe Lichtschein durch den Spalt zwischen den zugezogenen Vorhängen fiel.

»Ich bringe Sie jetzt schon wieder in Verlegenheit.«

»Es ist ein ereignisreicher Tag gewesen.«

»Davon haben Sie in letzter Zeit wohl ziemlich viele gehabt, nicht wahr?«

Mead seufzte. »Es war eine interessante Woche.«

»Jetzt haben Sie sich Ihren Schlaf verdient.« Sie tastete nach dem Türgriff.

»Warten Sie.«

Sie hielt inne.

»Weshalb haben Sie mir von den Gedichten erzählt?« Er ließ die Hände über das Steuerrad gleiten. »Ich meine, warum jetzt?«

Verlegen senkte sie den Blick und spielte mit ihren Fingern. »Weil die Wahrheit zu sagen vielleicht die letzte Freiheit ist, die mir bleibt.« Rasch beugte sie sich hinüber und küsste ihn auf die Wange, öffnete die Wagentür und lief über die Straße zu ihrem Haus.

*Bist du es, Matt?* Andrew lag im Bett und versuchte wieder einzuschlafen, nachdem er aufgestanden war, um aufs Klo zu gehen. Ihm war, als hätte sich der Schaukelstuhl bewegt.

*Matt? Mann, wenn du das bist, dann hör bitte damit auf, weil es mich ganz irre macht.* Er schlüpfte tiefer unter die Bettdecke und starrte den Schaukelstuhl an. Hatte er sich wirklich bewegt? Andrew kniff angestrengt die Augen zusammen. Das konnte nicht sein. Oder doch? Er krümmte sich noch mehr zusammen. Draußen blies der Wind, und durch den Vorhang hindurch konnte Andrew den Schatten eines großen Astes erkennen, der im gelblichen Schein der Straßenlaterne hin- und herschwang.

Und dann spürte er Matt. Er konnte nicht sagen, wie, aber es war so. Genau hier, im Zimmer seiner Großmutter.

*Matt?*

*Wie geht's denn so, Andy?*

*Mein Gott, Matt. Bist du's wirklich?*

*Wer sonst?*

*Himmel, du hast mir gefehlt, Kumpel.*

*Du mir auch.*

*Warum hast du das getan? Warum hast du mich verlassen?*

*Ich hab's nicht mehr ertragen. Ich hab's einfach nicht mehr ausgehalten, Andy.*

*Ich hätte dir doch geholfen. Gemeinsam hätten wir es geschafft.*

*Ich bin nicht so wie du. Ich bin nicht so stark.*

*Ich habe versucht, dich wachzurütteln. Ich habe es wirklich versucht.*

*Tut mir Leid, Andy. Ich wollte einfach nicht allein sein. Ich habe keinen anderen Ausweg mehr gesehen.*

*So war das doch gar nicht gemeint, dieser Quatsch, den ich gesagt hab. Konnte ja nicht ahnen, dass du das ernst nimmst. Ich hätte dich davon abgehalten. Ich …*

*Ich weiß, dass du das getan hättest. Deshalb habe ich es dir ja nicht gesagt.*

*Verdammt noch mal, Matt.* Andrew brach in Tränen aus.

*Bitte sei nicht traurig.*

Andrew setzte sich auf und wischte sich die Augen. *Hat es wehgetan?*

*Am Schluss nicht mehr. Das war das Komische daran. Eigentlich hab ich mich ganz toll gefühlt. Aber die Tage vorher waren brutal, weil ich wusste, dass ich das alles zum letzten Mal erlebe. Das ist das unheimlichste Gefühl überhaupt, Andy, wenn man weiß, man tut oder sieht etwas zum allerletzten Mal. Es war total traurig, aber auch gewaltig, weil ich mich zum ersten Mal im Leben unbesiegbar gefühlt habe. Nichts konnte mir mehr etwas anhaben. Zum ersten Mal in meinem Leben.*

*Sie ist einfach nur bescheuert, Matt. Du hättest dein Leben nicht für ein bescheuertes Mädchen wegschmeißen sollen.*

*Sie ist viel mehr als das, Andy. Aber es war nicht nur wegen ihr. Ich habe dieses Leben nicht gewollt. Das weißt du doch. Ich habe mein Leben gehasst.*

*Ich habe mein Leben auch gehasst.* Andrew fing wieder an zu weinen.

*Aber du bist anders als ich. Das bist du schon immer gewesen.*

*Du fehlst mir wirklich.*

*Ja, du fehlst mir auch. Wie geht's dir?*

*Nicht so toll. Ich hab versucht, Bremer umzubringen. Hast du das mitgekriegt?*

*Ja, ich hab's gesehen. Da hast du eine tolle Nummer abgezogen, Andy, wirklich eine tolle Nummer.*

*Wie hat dir das Gesicht gefallen, das er gemacht hat?* Jetzt musste Andrew lachen.

*Du hast ihn wirklich zu Tode erschreckt.*

Andrew starrte auf den Schaukelstuhl und glaubte, er habe sich wieder bewegt. *Wie ist das, wenn man tot ist?*

*Irgendwie ganz ruhig.*

*Ich weiß nicht, ob mir das gefallen würde.*

*Es ist die einfachste Sache der Welt.*

*Bist du glücklich?* Matt antwortete nicht. *Komm schon, sag's mir. Ich will wissen, ob du glücklich bist.*

*Ich bin frei, Andy. Ich bin vollkommen frei.*

*Kein Scheiß?*

*Kein Scheiß.*

Andrew lachte in sich hinein. *Ich kann's kaum erwarten.*

*Hat keine Eile.*

*Wieso nicht? Ich hab diese Scheiße genauso satt.*

*Weil du Talente hast, Andy. Du bist ein Kämpfer.*

*Ich weiß nicht, ob ich es schaffe, Matt. Alles ist so beschissen.*

*Du musst es schaffen, Andy. Einer von uns muss es doch schaffen.*

*Ich weiß nicht. Ich fühle mich so …* Auf einmal spürte Andrew einen eisigen Hauch, der ihm über die Haut fuhr und bis zur Schädeldecke hinaufkroch. *Matt, bist du noch da?* Er starrte auf den Schaukelstuhl, zog dann den Vorhang zur Seite und sah aus dem Fenster. *Matt? Verlass mich nicht, Matt. Bitte verlass mich nicht.*

»Gut so, und jetzt noch drei Mal.« Andrew stemmte in der Garage Hanteln, während Mead auf dem Trimm-dich-Rad strampelte. Zum ersten Mal seit Jahren hatte er es wieder geölt und abgestaubt, weil ihm der Gedanke gekommen war, er könnte ja selbst mit gutem Beispiel vorangehen.

Andrew mühte sich mit den Gewichten ab. »Kann nicht mehr.«

»Klar kannst du noch. Die Kraft der Sojabohne, weißt du nicht mehr?«

Andrew grunzte nur und keuchte, und schließlich hob er die Hanteln noch drei Mal bis in Brusthöhe, bevor er sich auf eine Bank fallen ließ. »Ich bin erledigt.«

»Zu Hause werden sie dich nicht wiedererkennen.«

»Bis dahin bin ich tot.«

»Treibst du denn überhaupt keinen Sport?«

»Mom hat mich eine Zeit lang zum Ringen geschickt. Ich fand's ätzend.«

»Du scheinst eine Menge Dinge ätzend zu finden.«

»Aber das Ringen war *wirklich* ätzend.«

»Für einen Ringer würde ich dich auch nicht halten.« Mead trat kräftiger in die Pedale. »Eher für einen Schwimmer oder einen Basketballer.« In Wahrheit hielt Mead seinen Enkel für nichts von alledem, aber er wollte ihm etwas Aufmunterndes sagen.

»War's das jetzt?«

»Noch zwanzig Klappmesser.«

Andrew stöhnte, legte sich auf den Rücken und begann zu zählen.

»Im Rekrutenlager sind wir morgens vor dem Frühstück immer fünfzehn Kilometer gelaufen«, sagte Mead. »Und das nur zum Aufwärmen.«

»Ich bin aber kein Rekrut«, ächzte Andrew.

»Die Armee wär doch vielleicht was für dich.«

»Nie im Leben. Das würde ich *total* ätzend finden.«

Mead nahm das Handtuch, das am Lenker hing, und wischte sich das Gesicht ab. »Was hast du denn für Zukunftspläne?«

»Keine genauen.«

»Du musst doch irgendwelche Vorstellungen haben?«

Andrew unterbrach seine Übungen. »Ich würde gern irgendwas mit Musikvideos machen oder vielleicht sogar eine eigene Band haben.«

»Du meinst so eine Art Rockband?«

Andrew nickte begeistert.

»Was würdest du spielen? Schlagzeug? Gitarre?«

»Ich möchte singen.«

*»Singen?«*

»Ist nur so eine Idee.« Andrew machte noch ein letztes Klappmesser, dann streckte er sich der Länge nach auf dem Boden aus, die Hände auf dem Bauch. »Wie ist es mit dir? Was wolltest du machen, als du jung warst?«

Mead lächelte. »Teufel noch mal, ich wollte einfach nur am Leben bleiben.«

»Ja, so ähnlich geht's mir auch.«

»Na, das dürfte ja nicht so schwierig sein. Neulich erst hab ich gehört, dass wir Frieden haben.« Mead beschleunigte sein Tempo, um gleich darauf wieder langsamer zu werden, damit er nicht aus der Puste geriet.

»Du weißt ja nicht, wie das ist.«

»Was, jung zu sein? Klar weiß ich das. Eine Menge Leute meinen, das sei die schönste Zeit im Leben.«

»Wenn das die schönste Zeit ist, will ich ...« Andrew verstummte.

»Was ist denn daran so schlimm?«

»Alles.«

»Zum Beispiel?«

»Alle sagen einem ständig, was man zu tun hat.«

»Du bist ja auch noch ein Kind. Was erwartest du denn?«

»Genau das meine ich.«

»Und was sonst noch?«

»Die Schule nervt.«

»Weshalb nervt sie?«

»Weil dort lauter Idioten rumlaufen.«

»Herrje, die ganze Welt ist voller Idioten. Du musst dir einfach die Guten herauspicken und die Übrigen links liegen lassen.«

Andrew setzte sich auf und schlang die Arme um die Knie.

»Hör mal, es tut mir Leid, was deinem Freund passiert ist«, sagte Mead.

Andrew zuckte die Achseln.

»Was er getan hat, war dumm von ihm. Ich hoffe, du begreifst das. Es gibt nichts Dümmeres, was ein Mensch tun kann.«

»Matt war nicht dumm.«

»Tja, aber er war auch nicht besonders klug.« Mead zögerte und überlegte, was es dazu noch zu sagen gab. »Du hast doch hoffentlich nichts mit Drogen am Hut, oder?«

Andrew fuhr hoch. »Wie kommst du denn darauf?«

»Weil ich Zeitung lese.«

»Nein, ich habe mit Drogen nichts zu tun.«

»Gut. Auf dieser Welt braucht man nämlich alle Gehirnzellen, die man hat.«

Andrew grinste.

»Und ich sag dir noch was: Ich glaube, ihr Burschen habt mit dem Fernsehen und den Filmen so viel Unsinn in euch hineingestopft, dass ihr nicht mehr wisst, wo oben und unten ist. So sehe ich das.«

Andrew stand auf und legte die Hanteln beiseite. »Magst du denn keine Filme?«

»Nicht die, die man heutzutage als ›Unterhaltung‹ bezeichnet. Nein, danke.«

»Aber was machst *du* denn gern?«

Mead blickte ihn verdutzt an.

»Ich meine, um dich zu amüsieren?«

»Ach, da gibt es eine Menge Dinge. Was soll denn diese Frage?«

Andrew steckte die Hände in die Hosentaschen. »Ich möchte bloß wissen, womit du dich so beschäftigst.«

Mead dachte einen Augenblick lang nach. »Ich habe mein Teleskop und natürlich die Darts. In England während des Kriegs habe ich meine Leidenschaft dafür entdeckt. Und ab und zu spiele ich ein bisschen Golf. Himmel, eine Menge Dinge.«

»Ich dachte nur …«

»Was?«

»Tja, ich …«

»Heraus damit.«

»Ich dachte nur, dass du vielleicht ... also irgendwie depressiv bist seit Großmutters Tod.«

*»Depressiv?«*

»Ja. Dass dich das vielleicht – na, du weißt schon – ziemlich mitgenommen hat.«

Mead machte ein finsteres Gesicht. »Findest du etwa, dass ich depressiv aussehe?«

Andrew blickte ihn ängstlich an. »Na ja, irgendwie schon. Ja.«

»*Irgendwie?* Zum Kuckuck, ich bin überhaupt nicht depressiv.« Mead stieg vom Trimm-dich-Rad und warf sich das Handtuch um den Nacken. »Das reicht jetzt. Machen wir uns was zu essen.«

Depressiv? Was fiel diesem Kerl ein, seinem Großvater so etwas ins Gesicht zu sagen? Mead trat ganz dicht an den Badezimmerspiegel heran. Ihm fiel auf, dass sein Gesicht ein wenig müder wirkte, als er es in Erinnerung hatte. Depressiv?

Weiß Gott, sie fehlte im. Es war, als müsse er verdursten. Zuerst hatte er geglaubt, es nicht aushalten zu können, weil er nichts als endlose Tage vor sich sah, die sich bis zu seinem eigenen Tod hinziehen würden. Jede Stunde war ein langer dunkler Tunnel, durch den er kriechen musste. Aber er hatte es geschafft. Er hatte erst den einen Fuß nach vorn gesetzt und dann den anderen, bis er wieder einigermaßen in Gang gekommen war. Das Haus war tipptopp. Er selbst hielt sich fit. Und ein bisschen kochen hatte er auch gelernt. Er strich sich mit den Fingerspitzen über die Wangen. Ja, irgendwie hast du's geschafft, alter Junge. Im August sind es drei Jahre. Drei Jahre, seitdem er zum letzten Mal diese lebhafte Stimme gehört hatte, die nie zu altern schien. Und ehrlich gesagt hatte er bei ihrem Tod sogar so etwas wie Erleichterung verspürt, weil damit ihr Leiden endete. In den letzten Monaten hatte er mitansehen müssen, wie sie ständig um Atem rang. Es hatte ihn fast in den Irrsinn getrieben. Ihr Körper war völlig abgemagert und fühlte sich kalt an, und ihre Augen hatten ihn angefleht, etwas zu tun, das er nicht vermochte. Guter Gott, wie hilflos hatte er sich doch gefühlt.

»Erzähl mir noch eine Geschichte«, sagte sie immer und nahm seine Hand in die ihren, die von den Infusionen voller Blutergüsse waren.

»Welche denn?«

»Die Geschichte mit dem Schokohasen.«

Und so erzählte er ihr noch einmal die Geschichte mit dem lebensgroßen Hasen aus massiver Schokolade. Er stand auf dem Tisch in dem Warteraum, wo Mead aufgeregt saß, als Sophie am Ostermorgen Sharon zur Welt brachte. Zuerst, als niemand hinsah, knabberte er den Schwanz an. Vorsichtig und nur ein ganz klein wenig. Es war weder Hunger noch Lust auf Süßes, sondern die Nervosität, die ihn dazu trieb. Dann verzehrte er den kleinen Korb, den der Hase hielt, die Pfoten und eine der Schultern.

»Schau mal, Mom, der Mann isst den Osterhasen auf«, rief ein Kind, das gerade von seiner Mutter durch den Flur gezerrt wurde.

Mead versteckte sich hastig hinter einer Zeitung.

Aber dann war er wieder allein und genehmigte sich noch einen Bissen. Und noch einen, wobei er stets die große Wanduhr im Blick behielt. Schließlich brach er den Kopf des Hasen ab und verschlang ihn. Danach blieb ihm nichts anderes übrig, als die Spuren der Tat zu beseitigen. Als vier Stunden später eine Krankenschwester kam, um ihm zu sagen, dass es ein Mädchen sei, waren von dem großen Schoko-Osterhasen nur mehr ein paar Krümel übrig.

»Ein ... Mädchen?« Unsicher stand Mead auf und griff sich an den Bauch. Und kippte einfach um, als ihm der ganze Zucker in den Kopf schoss.

»Ich werde nie vergessen, wie sie mir sagten, dass sie dich zur Behandlung dabehalten müssten«, meinte Sophie und rang lachend nach Luft. »Du bist einfach in ein Zuckerkoma gefallen, du dummer Kerl.«

Mead errötete.

»Wie groß war dieser Hase eigentlich?«

»Es war ein sehr großer Hase, mein Mäuschen.«

Andrew hatte sein Zimmer fertig geputzt und war nun auf dem Weg zum morgendlichen Training in der Garage, als ihn sein Großvater abfing. »Ich gehe zum Grab deiner Großmutter und möchte, dass du mitkommst.«

»Jetzt?« Es war noch nicht mal acht Uhr.

»Ja.«

Wie Andrew auffiel, war sein Großvater noch mehr herausgeputzt als sonst. Er trug braune glänzende Lederschuhe, eine khakifarbene Hose mit makellosen Bügelfalten und ein blaues Sportsakko. »Warum so früh?«

Mead schwieg einen Moment und furchte die Stirn. »Es ist halt die beste Tageszeit für einen Friedhofsbesuch«, murmelte er. »Schön ruhig.«

Ruhig? Wann ist es denn auf einem Friedhof *nicht* ruhig? Aber Andrew spürte, dass jetzt nicht der richtige Augenblick für Diskussionen war.

»Und ich möchte, dass du das hier trägst«, sagte sein Großvater.

Mit Schrecken starrte Andrew auf den zusammengerollten, glänzend braunen Gürtel, den ihm sein Großvater hinhielt. »Aber ich …«

»Ich erwarte dich in zehn Minuten vor dem Haus.«

Im Grunde hatte Andrew Friedhöfe immer gemocht. Er und Matt hatten sich oft auf einem großen Friedhof unweit ihres Viertels herumgetrieben. Sie waren durch die langen, stillen Reihen der Gräber gestreift und hatten sich für jeden, der hier lag, eine passende Todesursache ausgedacht. *Herzschlag beim Geschlechtsverkehr. Krebs. Überdosis Drogen. Asthmaanfall. Flugzeugabsturz. Zu viel Algebra. Gebrochenes Herz.* Oft machten sie sich ein Spiel daraus, das Alter der Verstorbenen um die Wette auszurechnen. *Zweiundsechzig! Achtzehn! Vierundachtzig! Neun! Nein, warte, acht!* Und natürlich warfen sie sich auch gegenseitig Schummelei vor.

»Etwas sagt mir, dass der gute alte Howard C. Walker umgelegt wurde«, meinte Matt und täschelte dabei einen großen Grabstein aus dunklem Granit. *3. April 1922 – 13. Mai 1977.*

»Wie kommst du denn darauf?«

»Ich hab einfach so ein komisches Gefühl.«

»Du und dein komisches Gefühl. Wer soll's denn getan haben?«

»Seine Frau. Hat ihm Strychnin in den Pudding gemischt. Sie hat den alten Labersack einfach nicht mehr ertragen.«

Mit das Coolste beim Herumstrolchen auf Friedhöfen war: Auch wenn man sich noch so mies fühlte, wusste man, dass man immer noch besser dran war als alle anderen um einen herum. Auf einem Friedhof, wo fünfhundert Leute lagen, war man der Einzige, bei dem noch etwas lief. Außerdem empfand Andrew Genugtuung darüber, dass so viele Arschlöcher tot waren; reiche, arrogante Arschlöcher, die nun von den Würmern unter seinen Füßen zerfressen wurden. Wenn man über einen Friedhof spazierte, schien selbst das Leben in einer Mietwohnung nicht mehr so schlimm, weil man dort immerhin noch die Radieschen von oben ansah. Was spielte es da schon für eine Rolle, dass er nicht in einem großen schicken Haus wohnte oder die richtige Schuhmarke trug? Im Grunde war alles vergänglich, auch die Hölle. (Natürlich landete man damit wieder bei der grundsätzlichen Blödheit der ganzen Welt, die es einem ja so schwer machte, die Algebra ernst zu nehmen.)

»Deine Großmutter hat wirklich was hergemacht, als sie jung war«, sagte sein Großvater während der Fahrt plötzlich, wobei ein Lächeln über sein ernstes Gesicht huschte.

Andrew wusste nicht recht, was er darauf erwidern sollte. »Kann ich mir vorstellen.«

»Ich will damit sagen, dass sie nicht schon immer eine Großmutter war. Weißt du, sie war praktisch in deinem Alter, als wir uns kennen lernten.«

»Cool.« Andrew spähte zu seinem Großvater hinüber und fragte sich, worauf er hinauswollte. »Hatte sie viele Verehrer?«

»Sie war nicht gerade ein Mannequin. Aber sie war eine Schönheit.«

Andrew dachte an die Schwarzweißbilder, die er gesehen hatte. Hübsch vielleicht, aber keine Schönheit. »Hattest du viele ... Verehrerinnen?«

Mead lachte. »Weiß Gott, nein.«

»Mit was für Leuten hast du denn so herumgehangen?«

»Es waren nur ganz wenige. Deine Großmutter meinte immer, ich sei ein bisschen altmodisch.« Andrew grinste. »Damit wollte sie mich natürlich nur aufziehen.«

»Natürlich.« Sie schwiegen beide eine Weile. »Besuchst du oft ihr Grab?«

»Hin und wieder.«

»Ist das nicht irgendwie ... deprimierend?«

Zuerst antwortete sein Großvater nicht, und Andrew fürchtete schon, dass er etwas Falsches gesagt hatte. *Natürlich ist es deprimierend, du Dummkopf. Sie ist schließlich tot.* Nach einer Weile sah Mead ihn an und sagte: »Manchmal geht es mir danach besser, manchmal schlechter.« Oha, dachte Andrew, das kann ja noch heiter werden.

Sie fuhren durch ein großes steinernes Tor, das beiderseits von einer hohen Palme gesäumt wurde, und bogen nach links zu einem neu gepflasterten Parkplatz ab. Der weitläufige Friedhof hatte eine leichte Hanglage, sein Rasen wirkte so perfekt wie der künstliche von Astro-Turf, da und dort waren Blumenschalen aufgestellt. Eindeutig Oberklasse, dachte Andrew, während er darauf wartete, dass sein Großvater ausstieg. Aber Mead schien nach etwas in der Ferne Ausschau zu halten. Plötzlich schlug er mit der flachen Hand aufs Lenkrad.

»Was ist los?«, wollte Andrew wissen. Waren sie etwa zum falschen Friedhof gefahren? Oder hatte sein Großvater die Blumen vergessen?

»Nichts.« Mead seufzte. »Das wird ein kurzer Besuch. Komm.«

Als sie sich der Grabstelle näherten, bemerkte Andrew eine

dicke, violett gekleidete Frau, die auf einem Klappstuhl saß und lautstark Selbstgespräche führte. »Mit wem redet die denn?«, fragte er, bekam aber keine Antwort. Als sie direkt auf die Frau zusteuerten, beschlich Andrew das unangenehme Gefühl, dass es sich hier um eine Art Familientreffen handeln könnte. »Sie ist doch keine Verwandte, oder?«, flüsterte er.

Mead blickte finster drein, marschierte aber weiter auf die Frau zu. Dem ist wohl eine Laus über die Leber gelaufen, dachte Andrew. Hab ich vielleicht was Falsches gesagt? Er blickte auf den Gürtel herab. Muss man ihn vielleicht mit der glänzenden Seite nach innen tragen?

Sie blieben erst stehen, als sie kaum mehr einen Meter von der Frau entfernt waren, die wie eine riesige Pflaume aussah. Sie war so damit beschäftigt, einem gewissen Henry Vorträge zu halten, dass sie die beiden gar nicht zu bemerken schien. Andrew fragte sich gerade, ob sie womöglich gemeingefährlich oder geisteskrank war, als er auf dem Grabstein vor sich den Namen seiner Großmutter entdeckte. Irre! Noch nie hatte er den Namen von jemand, den er kannte, auf einem Grab gesehen. Irgendwie unheimlich. Am liebsten hätte er die eingemeißelten Buchstaben berührt, hielt sich aber zurück. Stattdessen versuchte er sich schöne Erinnerungen an seine Großmutter ins Gedächtnis zu rufen, wurde jedoch von dem Geplapper der violett gekleideten Verrückten nebenan zu sehr abgelenkt. Die ist ja richtig nervig.

»Wen haben wir denn da?«, fragte die Frau und lächelte Andrew an, als sei er ein köstliches Bonbon, das sie sich gleich in den Mund stecken würde.

»Mein Enkel«, nuschelte Mead. Andrew hatte ihn noch nie zuvor nuscheln gehört.

»Wie schön! Und woher kommst du, mein Kleiner?«

»Chicago.«

»Aus *Chicago*?« Sie musterte Andrew so eindringlich, dass er schon fürchtete, sie wolle ihn küssen. Dann blickte sie Mead bewundernd an. »Sie müssen ein gutes Händchen haben, denn von meinen Enkeln würde weiß Gott keiner einen Gürtel tragen, nicht um alles in der Welt.«

»Er hat eben seinen eigenen Kopf«, erwiderte Mead, legte Andrew die Hand auf die Schulter, worauf beide sich von ihr abwandten.

»Henry, da ist ein ganz, ganz netter Junge zu Besuch gekommen«, sagte sie über die graue Grabplatte gebeugt.

*Aha, das ist also Henry.* Andrew versuchte ein Kichern zu unterdrücken. Ein Glück, dass ich nicht bekifft bin. Aber vielleicht ist sie bekifft? Nö, zu alt dafür. Aber schon ziemlich abgedreht.

Sein Großvater kümmerte sich nicht weiter um die Frau, sondern kniete sich hin und legte beide Hände auf Sophies schmalen weißen Grabstein, der Andrew bis zur Hüfte reichte. »Ich dachte mir, du würdest das hier mal gern sehen wollen.«

»Es sieht ... toll aus«, sagte Andrew. »Diese Inschrift, die gefällt mir. Ich meine, wie die Buchstaben gemacht sind.«

Liebevoll tätschelte sein Großvater den Stein. »Sie hat dich vergöttert.«

Andrew sah ihn aufmerksam an und fragte sich, ob er gleich losweinen würde. Niemals. Nicht der alte Feldwebel. Aber da waren eindeutig immer noch starke Gefühle im Spiel. Mead starrte schweigend auf das Grab, und Andrew folgte seinem Beispiel. Was gab es da zu sehen?

»Es tut mir Leid, dass du sie nicht besser kennen gelernt hast.«

Andrew hatte seinen Großvater noch nie so sanftmütig sprechen hören. »Ich habe wirklich nur die besten Erinnerungen an sie«, sagte er aufmunternd.

»Bewahre sie dir gut.«

»Ganz bestimmt.«

Sein Großvater blickte weiterhin unverwandt auf den Grabstein, während die dicke Irre in Violett mit Henry schimpfte, weil er drei Jahre lang keine Steuererklärung abgegeben hatte. »Nun, ich ... ich wollte einfach, dass du einmal hierher kommst. Aus Respekt.«

»Klar.«

»Sie hätte alles für dich getan, weißt du das?«

»Ja.«

Mead lächelte traurig. »Weißt du, sie konnte gut mit Menschen umgehen. Hatte einfach ein Gespür dafür.«

Andrew nickte.

»Und wie gesagt, sie hat dich vergöttert. Sie hat immer …«

»Findest du nicht auch, dass das hier der schönste Platz auf dem ganzen Friedhof ist?«, unterbrach ihn die Frau und zupfte Andrew am Arm.

Andrew blickte sich um, aber die Gräber sahen alle ziemlich gleich aus. »Nicht schlecht hier«, meinte er achselzuckend.

»Es ist so schön, dass du gekommen bist. Ich habe gerade Henry erzählt, dass unsere Enkeltochter beim Schultheater mitspielt. In der Hauptrolle!«

Andrew nickte und wandte sich wieder seinem Großvater zu.

»Es muss dir doch fast das Herz gebrochen haben, als sie dahingegangen ist«, fuhr die Frau fort.

»Dahingegangen?«

»Ja, allerdings«, sagte Mead schroff und erhob sich.

Die Frau starrte Andrew unverwandt an. »Nun, hast du ihr denn nichts zu sagen?«

»Wie bitte?«

Sie machte eine Kopfbewegung zum Grab. »Wenn du schon so eine lange Reise gemacht hast, musst du ihr doch hallo sagen?«

»Wir hätten nur einfach gern ein wenig Ruhe«, entgegnete Mead.

O Mann, dachte Andrew, das darf ja nicht wahr sein.

»Sie haben es ihm nicht erzählt, stimmt's?«, fragte die Frau.

»Wie bitte?«, sagte Mead.

Sie beugte sich vor und flüsterte: »Von den Gesprächen.«

»Welche Gespräche?«, wollte Andrew wissen.

»Nichts«, sagte Mead. »Ich glaube, wir gehen jetzt lieber.«

»Aber Sie sind doch gerade erst gekommen«, rief die Frau.

»Und zufällig habe ich ein paar Freikarten fürs Theater.« Sie griff in ihre Handtasche und wedelte mit den Karten, wobei auch ihr riesiger Hintern wackelte.

»Keine Zeit zum Plaudern«, rief Mead und steuerte bereits auf den Parkplatz zu. »Wir müssen uns sputen.«

Andrew hatte Mühe, mit ihm Schritt zu halten. »Du bist ja ein richtiger Frauenschwarm«, sagte er, als sie am Wagen angekommen waren.

»Kein Wort mehr«, erwiderte sein Großvater.

Beide bemerkten im selben Moment das Schild vor Evelyns Haus. »Zu verkaufen« stand darauf.

»O nein«, entfuhr es Andrew.

Mead spürte, wie ihm ganz flau wurde. Vielleicht handelte es sich ja um einen Irrtum. Denn sie hatte gar nichts davon erzählt, und außerdem, wo wollte sie denn hinziehen? Vage erinnerte er sich, dass sie irgendwo im Osten einen Sohn und eine Tochter hatte. Wollte sie etwa bei einem von beiden leben? »Sieht so aus, als müsste ich meinen Plätzchenkonsum einschränken«, meinte er so beiläufig wie möglich.

»Sie *will* doch gar nicht wegziehen«, sagte Andrew mit einem Anflug von Panik in der Stimme.

Mead fuhr die Auffahrt hoch und stellte den Motor ab. »Woher willst du das wissen?«

»Na ja ... sieh doch bloß, wie sorgfältig sie ihren Garten pflegt. Ich meine, wieso sollte sie den aufgeben?«

Das schien tatsächlich nicht zusammenzupassen. »Dann muss es wohl irgendein Versehen sein.«

»Das ist kein Versehen. Ich muss mit ihr reden.« Andrew sprang aus dem Wagen.

»Warte ...« Aber Andrew lief bereits über die Straße. Verwirrt und aufgeregt ging Mead ins Haus, die Hände zu Fäusten geballt, um sich wieder zu beruhigen.

»Sie dürfen nicht wegziehen«, sagte Andrew, als Evelyn die Tür öffnete.

»Sei nicht albern«, erwiderte sie traurig.

»Aber das können Sie doch nicht machen. Ihr Garten ist hier, mein Großvater ist hier ...«

»Dein Großvater?«

»Er mag Sie.«

Sie errötete.

»Ganz ehrlich.«

»Ich glaube, ihm würde es nicht einmal auffallen, wenn ich nicht mehr da wäre.«

»Soll das ein Scherz sein? Es würde ihm das Herz brechen. Er ist einfach nur schüchtern, das ist alles. Er benimmt sich ... äh ... irgendwie bescheuert, wenn es um Mädchen geht ... um Damen, meine ich.«

»Das ist wirklich lieb von dir, aber ...«

»Und Sie dürfen sich nicht von Ihrer Tochter herumkommandieren lassen.«

»Aber leider hat sie Recht. Ich kann es mir nicht mehr leisten, hier ganz für mich allein zu leben.«

»Wohin wollen Sie denn?«

»Nach Connecticut. Dort lebt meine Tochter.«

»*Connecticut?* Aber was wird dann aus Ihrem Garten?«

»Ich glaube, dass es auch in Connecticut Blumen gibt.«

Andrew überlegte kurz. »Sie könnten doch bei meinem Großvater einziehen. Ich verschwinde ja sowieso bald wieder.«

Evelyn lachte. »Du bist ja ein richtiger kleiner Kuppler.«

»Sie wären genau die Richtige für ihn. Sehen Sie sich nur mal seinen Garten an. Der ist *tot.* Und er braucht jemanden, der ...« – Evelyn zog die Augenbrauen hoch – »... der hip ist.«

»Hip? Meine Tochter bekäme einen Anfall, wenn sie wüsste, dass mich jemand als hip bezeichnet hat.«

»Ich rede mit ihm.«

»Untersteh dich.«

Andrew stand auf der Schwelle und trat linkisch von einem Bein aufs andere.

»Kann ich dir einen Schokokuchen anbieten?«

»Hab keinen Hunger.«

»Willst du nicht wenigstens hereinkommen?«

Er schüttelte den Kopf. »Ich möchte nur wissen ... machen Sie eine Chemotherapie?«

»Hat dir schon mal jemand gesagt, dass es unhöflich ist, allzu neugierig zu sein?«

»Machen Sie eine oder nicht?«

»Ehrlich gesagt, nein. Du siehst, meine Tochter schafft es nicht immer, ihren Kopf durchzusetzen.«

Andrew runzelte die Stirn. »Aber vielleicht sollten Sie doch eine machen.«

»Ich habe keine Zeit für solchen Unsinn.« Lächelnd legte sie die Hand auf seine Wange.

Stundenlang kreisten Meads Gedanken um die Angelegenheit. Er versuchte, die Dinge gelassen zu sehen. Aber wie er es auch drehte und wendete und wie oft er sich auch all die Kleinigkeiten ins Gedächtnis rief, die ihn an Evelyn störten, er wurde das Gefühl nicht los, dass ihm das Leben wieder einmal einen Strich durch die Rechnung machte.

Sein Cube-Steak rührte er nicht an. Stattdessen ging er in sein Schlafzimmer, schloss die Tür hinter sich und legte sich flach aufs Bett, die Hände auf dem Bauch. Nichts hatte mehr einen Sinn. Evelyn nicht, sein Enkel nicht, ja nicht einmal seine Tochter. Die Welt war so aus den Fugen geraten, dass er nicht mehr aus noch ein wusste.

Er lag noch immer so da, als eine halbe Stunde später das Telefon klingelte.

»Schlechte Neuigkeiten.« Es war Sharon.

»Hat man dich gefeuert?«

»Es ist noch schlimmer.« Ihre Stimme klang vor Verzweiflung ganz heiser.

Mead rieb sich mit der Hand die Stirn und wartete darauf, dass sie weiterredete.

»Sie haben beschlossen, Andrew ein Jahr zurückzustufen. Aufgrund seiner schlechten Leistungen, der verlorenen Zeit und des Vorfalls wollen sie ihn nicht versetzen.«

»Aber sie bestehen nicht auf einer Anzeige?«

»Nicht, wenn er freiwillig dreißig Stunden gemeinnützige Arbeit ableistet und sich in Therapie begibt.«

»Aber das sind doch gute Neuigkeiten.«

»Das wird Andrew anders sehen. Er wird am Boden zerstört sein.«

»Wenigstens muss er nicht ins Kittchen.«

»Unter diesem Aspekt wird er es nicht sehen.«

»Vielleicht ist ihm das eine Lehre.«

Sharon schwieg einen Moment, dann fragte sie: »Wie geht es ihm denn?«

»Ganz gut.«

»Andrew geht es nie *ganz gut.*«

»Na, dann sagen wir, wir kommen klar.«

»Er macht dir doch hoffentlich nicht zu viel Kummer?«

»Das soll er mal wagen!«

»Ich will nur nicht, dass er dich in die Raserei treibt. Ich kenn das ja von dir.«

»Er ist mein Enkelkind.«

»Er ist ein Teenager.«

»Das bestreite ich nicht.«

Sie holte tief Luft. »Hör mal, ich sage es ihm wohl lieber jetzt. Holst du ihn mal an den Apparat?«

»Ist mit dir alles in Ordnung?«

»Mir geht's gut, Dad.«

»Und du hast auch nicht wieder angefangen zu rauchen?«

»Nein, *ehrlich.*«

»Und was ist mit dem neuen Auto, das du kaufen wolltest?«

»Ich bin noch am Suchen.«

»Gut. Ich ruf ihn mal.«

Mead holte gerade die Fahne ein, als er hörte, wie drinnen eine Tür knallte. Er wollte schon ins Haus eilen und nach dem Rechten sehen, bremste sich dann aber. Vielleicht sollte er dem Jungen heute Abend ein wenig Ruhe gönnen; dann konnte er morgen frisch in den Tag starten, und alles würde nur noch halb so schlimm aussehen. Mead knüpfte die Fahne von der

Leine, faltete sie zusammen und ging vor bis zum Bordstein, um das Verkaufsschild auf der anderen Straßenseite zu betrachten. Evelyns Haus war dunkel, nur hinter einem Fenster brannte Licht. Einige Minuten lang stand er so da, sah hinüber und fühlte sich so müde wie seit Jahren nicht mehr.

Nachdem Andrew den Hörer auf die Gabel geknallt hatte, rannte er in sein Zimmer, schlug die Tür hinter sich zu, warf sich aufs Bett und trommelte mit den Fäusten auf die Matratze. Wieder in der ersten Klasse anfangen, während alle seine Klassenkameraden vorrückten? Ohne mich. *Diese Scheiße mach ich nicht mit.*

»Alles in Ordnung mit dir da drin?«

Andrew antwortete nicht.

»Ich habe gefragt: Alles in Ordnung?«

»Klar doch.«

»Ich bin im Wohnzimmer, falls du mit mir reden willst.«

Andrew blieb jedoch den Rest des Abends in seinem Zimmer, wo er vor Wut gegen die Wände und das Bett schlug, bis er schließlich mitten im Raum stehen blieb, die Arme um den Rumpf geschlungen, und sich am liebsten in Luft aufgelöst hätte.

»Ist wirklich alles in Ordnung mit dir da drin?«

»Ja doch.«

»Du hast nichts gegessen.«

»Hab keinen Hunger.«

Kurzes Schweigen. »Tja, dann geh ich jetzt zu Bett. Ich erwarte dich morgen zum Frühstück.«

»Gute Nacht.«

»Gute Nacht.«

Andrew wartete eine halbe Stunde. Ab und zu, wenn er es nicht mehr aushielt, malträtierte er das Kissen mit den Fäusten. Schließlich öffnete er leise die Tür und spähte in den Flur, um sich zu vergewissern, dass das Licht im Schlafzimmer seines Großvaters schon aus war. Nach weiteren zehn Minuten schlich er ins Wohnzimmer und schnappte sich die Flasche

Bourbon aus der kleinen Bar, um damit rasch wieder in seinem Zimmer zu verschwinden.

Als Erstes nahm er einen tüchtigen Schluck, dann setzte er sich aufs Bett und trank in kleinen Schlucken weiter. Dabei hörte er Musik vom CD-Player und klopfte mit den Füßen den Takt dazu.

Diese Scheiße mach ich nicht mit. Noch ein Jahr länger würde er nicht aushalten. Und sich vor allen Leuten derart erniedrigen lassen?

*Ohne mich.*

Der Alkohol bewirkte, dass er sich anfangs besser fühlte, dann wieder schlechter und schließlich so gut, dass ihm alles egal war. In gewisser Weise war er erleichtert, dass die Sache so klar lag. Zurückgehen kam nun nicht mehr in Frage. Wieder überlegte er, ob er per Anhalter nach Mexiko fahren sollte, um dort ein ganz neues Leben anzufangen. Das würde alle umhauen. Eines Tages würde er wieder auftauchen und sie alle in die Tasche stecken, mit seinem tollen Schlitten, einem Haufen Geld und einem klasse Job, während sie noch in der Schule für den Abschluss büffelten. Alle überholen. Das große Los ziehen. Vielleicht konnte er sogar in einer dieser Poolbars Barkeeper werden. Er stellte sich vor, wie er Flaschen und Gläser durch die Luft wirbelte und sie hinter dem Rücken wieder auffing, während die weiblichen Gäste – alle im Bikini – hingerissen applaudierten. Gab es dort ein Mindestalter, wenn man eine Bar besuchen wollte? Keine Ahnung.

Er hob die Matratze, zog die Medaillen, die Brieftasche und die Luger hervor und legte alles säuberlich aufgereiht aufs Bett. Wenn Matt das jetzt sehen könnte!

Ob die Luger wohl geladen war? Er fummelte am Griff herum, bis es ihm gelang, das schmale Magazin herauszuziehen. Fünf Patronen. Das genügte.

Er genehmigte sich noch einen Schluck Bourbon und starrte mit unverwandtem Blick auf den Schaukelstuhl. *He, Matt, bist du da? Ich muss dringend mit dir reden, Matt.*

Stille.

*Sie wollen mich eine Klasse zurückstufen.* Er blickte unablässig auf den Schaukelstuhl, während ihm die Tränen über die Wangen liefen. *Ich will aber nicht, Matt. Ich werde nie und nimmer ein Jahr wiederholen.*

Er stand auf und ging langsam durch das Zimmer, die Pistole in der Linken, die Flasche in der Rechten. *Du hast Recht gehabt, Matt, es gibt einfach zu viel Scheiße.* Er setzte sich in den Schaukelstuhl, nahm einen großen Schluck und gleich darauf noch einen. *Ich hätte mit dir gehen sollen. Warum hast du mich nicht mitgenommen?*

Wieder dachte er daran, abzuhauen und sich nach Mexiko durchzuschlagen. Würde er es wirklich schaffen? Nein, nicht allein. Wie sollte er das denn anstellen?

Er blickte auf die Waffe in seiner Hand. *Ich halt's nicht mehr aus, Matt. Ich will bei dir sein, Kumpel. Hörst du? Ich komme zu dir. Aber Herrgott noch mal, ich habe solche Angst. Hast du keine Angst gehabt?*

Er stellte die Flasche auf den Boden, hielt sich die Pistole vors Gesicht, starrte sie an und fragte sich, wie viele Leute wohl schon damit getötet worden waren. Bemüht, nicht zu schwanken, stellte er sich in die Mitte des Zimmers, hielt sich den Lauf der Waffe an die Stirn und legte den Finger an den Abzug. Aber seine Hand zitterte so stark, dass er fürchtete, die Pistole fallen zu lassen. Deshalb setzte er sich auf den Bettrand, stülpte sich die Kopfhörer über, drehte die Musik voll auf und ließ seinen Tränen freien Lauf. Nach ein paar Minuten nahm er die Brieftasche des deutschen Soldaten in die Hand, zog vorsichtig die Fotos heraus und betrachtete sie eingehend. *Hallo, Hans. Du bist tot, nicht? War's schlimm? Hattest du Angst? Was vermisst du am meisten? Deine Freundin? Deine Orden? Sex?* Er drehte das Foto der jungen Frau um und sah sich die auf Deutsch geschriebenen handschriftlichen Zeilen an. *Hättest kein Nazi werden sollen, Hans. War ein Riesenfehler.* Dann steckte er die Fotos in die Brieftasche zurück und legte sie auf die Kommode. Er wechselte die CD, ließ das Gerät zum dritten Titel vorlaufen, presste sich den Kopfhörer gegen die Ohren und nickte im Rhythmus der Musik. Als er den Kopf wandte, fiel sein Blick wieder auf die Pistole, die neben ihm auf dem Bett lag. *Ich komme, Matt. Warte auf mich, ich komme.*

Schon streckte er die Hand nach der Waffe aus, aber dann zögerte er. Nach einem weiteren großen Schluck Bourbon, der ihm unangenehm in der Kehle brannte, legte er den Kopfhörer beiseite, stand auf und öffnete vorsichtig die Tür, um nachzusehen, ob das Licht im Zimmer seines Großvaters immer noch aus war, ehe er sich mit unsicheren Schritten auf den Weg in die Küche machte. Muss wohl ein wenig angesäuselt sein. Er schaltete die kleine Lampe über dem Tisch an und durchwühlte die Schubladen, bis er den Beutel mit den Magneten gefunden hatte. Er schüttete den Inhalt auf den Tisch und suchte die passenden Wörter zusammen, was eine ganze Weile dauerte. Dann stand er auf, bemüht, das Gleichgewicht zu halten, und versuchte die Wortmagneten auf dem Kühlschrank in die richtige Reihenfolge zu bringen. Doch er war zu betrunken, um noch sagen zu können, ob es stimmte. Wird schon passen. Er schaltete das Licht aus und ging wieder in sein Zimmer, schloss leise die Tür und setzte sich den Kopfhörer auf. Nachdem er einen weiteren Schluck genommen hatte, der ihm beinahe wieder hochkam, schraubte er die Flasche zu, stellte sie auf den Boden und ließ sich aufs Bett fallen.

*Ich komme jetzt, Matt, wirklich.*

Er nahm die Pistole in die Hand.

Jetzt, da er wusste, dass er wieder bei Matt und nie mehr allein sein würde, fühlte er sich besser. Und als er so auf dem Bett lag, begriff er auf einmal, dass er sich dann nie wieder um irgendetwas Gedanken machen musste. *Keine Scheiße mehr, stimmt's, Matt?* Er lächelte, wischte sich mit dem Ärmel übers Gesicht und dachte daran, welche Macht er in Händen hielt, die Macht, sämtliche Probleme ein für allemal verschwinden zu lassen – die Macht, sich von allem zu befreien, von Schularbeiten und Prüfungen und Akne. Nie wieder würde er sich mit Arschlöchern herumschlagen müssen und zu knapp bei Kasse sein, seine Mutter weinen sehen und ihren neuen blöden Freund kennen lernen; nie mehr würde er Cori Fletcher anstarren müssen und dabei genau wissen, dass er sie nie würde anfassen dürfen. Und vor allem würde er nie mehr Nacht für Nacht der Dunkelheit ausgeliefert sein, ohne ihr entkommen zu können. Schon jetzt empfand er ein merkwürdiges Gefühl des Friedens, weil er wusste, dass nun alles zu Ende war. Ja, zum ersten Mal in seinem Leben konnte er alles hinter sich lassen. Es war genau so, wie Matt gesagt hatte: Jetzt kann dir niemand mehr etwas anhaben.

*Ich bin unbesiegbar.*

»Heilige Scheiße, Matt, wir beide werden jungfräulich in die Ewigkeit eingehen«, sagte er laut und musste lachen, während er die Pistole zuerst auf sein Herz und dann gegen die Schläfe richtete, um sich schließlich den Lauf in den Mund zu stecken, wobei er merkte, wie ihm wieder die Hand zitterte. *Okay, Matt, ich komme wirklich. Halt die Augen offen, denn Andy ist auf dem Weg zu dir.*

Um viertel nach eins wachte Mead auf. Seine Blase drückte ihn so sehr, dass er es nur noch mit knapper Not ins Badezimmer schaffte. Nachdem er sich erleichtert hatte – den einen Arm gegen die Wand gestützt und seufzend nach überstandener Qual –, ging er in die Küche, um sich eine Tasse warme Milch zu machen, mit der es ihm gewöhnlich gelang, wieder einzuschlafen. Er warf einen Blick auf die Wanduhr. Das nächste natürliche Bedürfnis würde ihn zwischen vier und fünf wecken.

Als er den Kühlschrank öffnen wollte, sah er die Reihe der kleinen schwarzweißen Wortmagneten. Er trat näher heran, kniff die Augen zusammen und zog schließlich seine Brille aus der Tasche des Morgenmantels.

*ES TUT MIR LEID WEGEN ALLEM SAG MOM DASS ICH SIE LIEBE*

Was? Mead las noch einmal.

O mein Gott.

Er rannte durch den Flur und stürzte in Andrews Zimmer. Der Junge lag auf dem Bett, hatte Kopfhörer auf und den Lauf einer Pistole im Mund.

*»Andrew!«* Mead sprang vor und riss ihm die Waffe aus der Hand. »Um Himmels willen!«

Mit glasigem und verwirrtem Blick sah sein Enkel zu ihm auf und brach in Tränen aus. Zitternd stand Mead über ihm; einen Augenblick lang dachte er, er müsste gleich aus diesem schrecklichen Albtraum erwachen. *Das ist doch nicht wahr.* Unfähig, etwas zu sagen, nahm er das Magazin aus der Pistole und steckte es in seinen Morgenmantel; die Waffe legte er auf die Kommode. Dann blieb er wie angewurzelt stehen und starrte auf die Brieftasche und die Medaillen, die er seit fünfzig Jahren zum ersten Mal wieder sah.

*Hans Müller.*

»Wie konntest du es wagen?« Er beugte sich über Andrew, der immer noch weinend dalag, das Gesicht in die Hände vergrub und die Knie angezogen hatte, packte ihn an den Schultern und schüttelte ihn. »Wie konntest du es nur *wagen*!«

»Ich wollte es doch gar nicht!«, heulte Andrew.

»Erzähl mir keinen Blödsinn!« Ohne nachzudenken, schlug Mead dem Jungen ins Gesicht. »Steh auf, du Mistkerl!«

»Bitte schlag mich nicht!«

»Ich sagte, steh auf!« Mead riss Andrew hoch und roch nun seine Alkoholfahne. Die Flasche Bourbon lag umgekippt auf dem Boden. »Du glaubst wohl, du kannst hierher kommen und dir im Zimmer deiner Großmutter dein blödes Hirn wegpusten? Du glaubst wohl, du kannst alles kaputtmachen?«

»Mach mit mir, was du willst. Ist mir egal.« Schwankend versuchte Andrew nach der Pistole auf der Kommode zu greifen. Mead schnellte herum und schlug noch einmal zu, so dass Andrew zurück auf das Bett taumelte. Vor Zorn bebend beugte sich Mead über ihn und sah, wie aus einem Riss in Andrews Oberlippe Blut floss.

»Wie hast du ihn umgebracht?«, fragte Andrew. »Wie hast du diesen deutschen Soldaten umgebracht?«

»Halt den Mund!«

»Ist mir egal, wenn du mich auch umbringst.« Andrew drehte sich zur Seite, krümmte sich zusammen und schluchzte.

Mead blieb vor ihm stehen. Hinter den Augen spürte er ein Stechen, so dass er sich an der Kommode festhalten musste, um nicht das Gleichgewicht zu verlieren. Schließlich trat er einige Schritte zurück und ließ sich in Sophies Schaukelstuhl fallen, wobei er seinen Enkel nicht aus den Augen ließ.

»Warum?«, flüsterte Mead. »Warum nur?« Doch der Junge gab keine Antwort.

Andrew wimmerte fast noch eine halbe Stunde lang, bis seine Schultern allmählich aufhörten zu beben und sein magerer Körper ruhig wurde. Mead lauschte den Atemzügen des Jungen und hörte, wie er langsam und stetig in den Schlaf sank. Er stand auf, sah ihn prüfend an, holte einen Waschlappen, um dem Jungen Lippen und Gesicht zu säubern, und setzte sich schließlich wieder in den Schaukelstuhl, wo er das Zittern seiner Hände zu bändigen versuchte. Unentwegt ging ihm die Frage durch den Kopf, was er nun am besten tun sollte.

Zuerst spielte er mit dem Gedanken, einen Arzt zu rufen; sollten sich doch die Fachleute darum kümmern. Als er aber das Gesicht des schlafenden Jungen betrachtete, erschien es ihm undenkbar, ihn einfach jemand anderem zu übergeben, ohne zu wissen, was aus ihm werden würde. Und wie sollte er das Sharon beibringen?

Sein Blick wanderte zu der Waffe auf der Kommode. Gütiger Himmel, sich mit sechzehn Jahren umbringen zu wollen, wo das ganze Leben noch vor einem lag! Wie konnte einem ein Leben, das noch kaum begonnen hatte, so wertlos erscheinen, dass man es wegwarf? War der Junge denn nicht imstande, weiter als bis zum nächsten Tag zu denken? War die Zukunft wirklich so schrecklich finster? Der Junge hatte doch noch nie in seinem Leben hungrig zu Bett gehen müssen und immer einen warmen Platz zum Schlafen gehabt. Er konnte sich *glücklich* schätzen.

Mead schaukelte langsam hin und her, lauschte dabei dem

vertrauten Ächzen des Stuhls und fühlte sich so verloren und allein wie noch nie in seinem Leben.

Wieso empfanden Kinder, die so jung und gut versorgt waren, eine solche Verzweiflung? Lag es an der Sinnlosigkeit, die heute die ganze Welt erfasst hatte, an dieser hoffnungslosen Vermischung von Fakten und Fiktion, die Hollywood verbreitete, dass jedermanns Blick getrübt war? Jane und Max Harquets Enkel hatte sich wie aus heiterem Himmel umgebracht. Sie fanden ihn auf dem Speicher, er hatte sich an einem Balken aufgehängt. Gute Schulnoten, Mitglied in der Fußballmannschaft, sympathischer Kerl. Keiner ahnte auch nur das Geringste. Und solche Kinder brachten nur so aus Spaß ihre Klassenkameraden um – die glücklichste und zugleich die verdorbenste Generation, die es je gab. Keine Wirtschaftskrise. Kein Krieg. (Wie viele junge Männer hatten nie die Chance bekommen, alt zu werden?) Mead hatte nicht vergessen, was einmal in der Zeitung stand: In Kriegszeiten gingen die Selbstmordraten stark zurück. Das sagte ihm alles über die menschliche Natur. Mein Gott, sind Frieden und Wohlstand denn so langweilig, dass die Menschen – und sogar Kinder – vor lauter Aggressivität selbst Hand an sich legen?

Er sah zu den Habseligkeiten des deutschen Soldaten hinüber, die auf der Kommode lagen und ihn zu rufen schienen. Jahrelang hatten sie nach ihm gerufen, ein Ruf, der im Lauf der Zeit schwächer wurde, bis er so tun konnte, als hörte er ihn nicht mehr. *Hast du schon vergessen?* Nach einer Weile stand er auf, nahm die drei Medaillen und die Brieftasche von der Kommode und setzte sich damit wieder in den Schaukelstuhl. Stirn und Handflächen waren schweißnass. *Hans Müller.*

Er zog ein Foto aus der Brieftasche, betrachtete es kurz und steckte es gleich darauf wieder zurück. *Vergebung.* Davon sprachen doch diese Pfaffen in der Kirche ständig. Alles konnte vergeben werden, so lautete jedenfalls das Versprechen. Absolution. Mead jedoch hatte nie Vergebung gespürt. Nicht eine Sekunde lang. Wie konnte er auch, nachdem er immer noch den Blick des jungen Deutschen vor sich sah, den

Blick dieser letzten stummen Sekunden, als sich die beiden gegenübergestanden hatten und die Zeit sich dehnte, bis sie schließlich entzweiriss.

*Bitte.*

Und doch ...

Darüber konnte er aber jetzt nicht nachdenken. Er schaute seinen Enkel an, der nach Bourbon stank und zusammengekauert unter der Decke lag, die Mead sanft über ihn gebreitet hatte. Ihm fiel ein, dass er ihn ja geschlagen hatte, und er war über sich selbst entsetzt.

*Vergib mir, Sophie.*

Was soll ich nur tun? Die Polizei rufen? Er stand auf und ging zum Bett hinüber, beugte sich über Andrew, um sich zu vergewissern, dass er atmete. Würden sie ihn in Handschellen abführen oder in eine Zwangsjacke stecken? Nein, ich kann die Polizei nicht rufen. Behutsam legte er die Hand auf Andrews Stirn, die sich feucht anfühlte. Mein Enkelkind. Mein Fleisch und Blut. Kaum zu glauben, aber dennoch ein Teil von mir. Und was ist mit Sharon? Wie wird sie damit fertig werden?

Er setzte sich wieder, wischte sich die Tränen aus den Augen und versuchte zum ersten Mal seit Jahren wieder zu beten. Aber er schaffte es nicht. Jedes Mal, wenn er dazu ansetzte, hallten die Worte, die er aussprach, wie ein spöttisches Echo in ihm wieder. Und als er die Augen zusammenkniff, die Hände zu Fäusten ballte und inständig an Gott zu denken versuchte, war das Einzige, was ihm in den Sinn kam: Wo warst *Du*? Er hatte nicht vergessen, dass alle, die gebetet hatten, genauso schnell umgekommen waren wie die Übrigen, manchmal sogar noch schneller. Und Deutschland war voll von Kirchen.

Als sich das Sonnenlicht langsam durch den Vorhang schob, kam ihm schließlich die Idee: Ich fahre mit ihm in die Normandie. *Ja, natürlich.* Dich interessiert die Familiengeschichte? Dann zeige ich dir ein Stück davon. Mead nickte sich selbst zu, als dieser Gedanke immer klarere Formen annahm, und trommelte nervös mit den Fingern auf die Armlehne. Andrew drehte sich auf die Seite und stöhnte. Die *Nor-*

*mandie*. Als er an die Strände und Friedhöfe dachte, spürte er ein Prickeln an den Unterarmen. Er hatte sich geschworen, nie mehr dorthin zurückzukehren; um seiner selbst willen. Aber um seines Enkels willen? Für den Jungen würde er alles tun. Er blickte Andrew ins Gesicht, das im Schlaf so friedlich und kindlich aussah. Würde die Normandie immer noch die Kraft haben, dem Jungen gesunden Menschenverstand einzuflößen? Bestimmt. Selbst von Südkalifornien aus hatte Mead die Kraft der Normandie immer gespürt, so dass er jedes Mal den Fernseher ausschaltete, wenn die berühmten Bilder gezeigt wurden, was offenbar immer häufiger geschah, je mehr Veteranen das Zeitliche segneten.

Die Normandie. Warum nicht, in Gottes Namen?

Zuerst fliegen wir nach London und schauen uns die Sehenswürdigkeiten an. Mead hatte wunderbare Erinnerungen an Englands Hauptstadt, die er mehrmals besucht hatte, als er vor der Invasion zur Ausbildung auf einer Basis in Aldbourne stationiert gewesen war. Während er gemächlich in Sophies Schaukelstuhl hin- und herschaukelte und zusah, wie das Licht nach und nach unter dem Vorhang hervorkroch und die Bettdecke hinaufwanderte, legte sich ein Lächeln auf sein Gesicht. Genau so werden wir es machen. Nur wir beide. Ich gehe mit ihm ins Museum und zeige ihm den Palast und den Tower und erzähle ihm von den deutschen Luftangriffen. Genau das braucht er: dass er über etwas nachdenkt, das außerhalb seiner selbst liegt. Glaubt er denn, er ist der erste Mensch, der sich schon vor Beginn des Kampfs wie der sichere Verlierer fühlt und sich vor Angst am liebsten in eine Ecke verkriechen und das Handtuch werfen möchte? Er blickte erneut zu seinem Enkel hinüber und sah, wie sich unter der Bettdecke die schmale Brust des Jungen hob und senkte. Ja, ich gehe um seinetwillen dorthin zurück. Schließlich ist das ein Teil unserer Familiengeschichte.

Am Nachmittag vereinbarte er mit einem Reisebüro einen Termin.

»Machst du Witze?«, fragte Sharon, als Mead sie anrief, die Vorfälle der vergangenen Nacht jedoch mit keiner Silbe erwähnte.

»Es wird ihm gut tun. Und ich selbst war auch schon seit Jahren nicht mehr dort.«

»Seit dem Krieg nicht mehr! Mom sagte, du wolltest nie mehr dorthin zurück. Sie wollte doch immer mal gern nach Europa, aber sie sagte, du würdest nie und nimmer dorthin fahren.«

»Ich habe es mir eben anders überlegt.«

»Nicht zu glauben.« Es entstand eine Pause. »Was meint Andrew dazu?«

»Ich habe es ihm noch gar nicht gesagt.«

»Oh.«

»Ich wollte es zuerst mit dir besprechen.«

Erneute Pause. »Ehrlich gesagt, Dad, ist das sehr großzügig von dir, aber ich bezweifele, dass er mitkommen will. Es wird ihm ein bisschen peinlich sein.«

»Mit seinem Großvater auf Reisen zu gehen?«

»Er ist eben noch ein Teenager.«

»Auch mit mir kann er eine Menge Spaß haben.«

»Dein Hausarzt hat dir nicht zufällig einen dieser Stimmungsaufheller verschrieben?«

»Ich will ihm einfach helfen. Seinen Horizont erweitern.«

»Aber Europa wird dich ein Vermögen kosten.«

»Das spendiere ich ihm gern.«

»Und was ist mit dem Pass?«

»Du musst mir seine Geburtsurkunde schicken. Nimm dafür einen dieser Kurierdienste, ich erstatte dir die Kosten.«

»Ich kann's nicht glauben.«

»Ich denke, wir werden etwa acht Tage unterwegs sein. Zuerst will ich in London Halt machen – um der alten Zeiten willen.«

»Willst du wirklich Andrew nach Europa mitnehmen?«

»Klar. Wieso denn nicht?«

»Dafür fallen mir Millionen Gründe ein.« Sie lachte fassungslos. »Mom würde sich im Grab umdrehen.«

»Das würde sie wirklich.«

Nachdem Mead aufgelegt hatte, sah er nach Andrew, der in seinem Zimmer saß und las. Dann ging er in die Garage, stellte die Leiter an das hohe Regal, das er kurz nach seinem Einzug selbst gebaut hatte, und kletterte langsam hinauf. Es war schon lange nach Mitternacht, als er endlich zu Bett ging.

Während des Flugs sprach Andrew nicht viel. Selbst nachzudenken war unangenehm. Er blickte durch das Bullauge auf die Wolken und wunderte sich noch immer ein wenig, dass er nicht tot, sondern auf dem Weg zu einem seltsamen neuen Ziel war. Typisch, dass ich den Mittelsitz in der Economy Class kriege.

Alles war so schnell gegangen. Als er an jenem Morgen aufwachte – o Scheiße, wie ihm der Schädel brummte –, saß sein Großvater ihm gegenüber im Schaukelstuhl und sah ihn an. »Du hast jetzt die Wahl«, sagte er bedächtig. »Und ich möchte, dass du mir sehr genau zuhörst.« Andrew drehte sich von ihm weg auf die Seite und stöhnte, als ihm wieder bewusst wurde, was er getan beziehungsweise zu tun versucht hatte. Hätte er es wirklich getan? O Gott, sein Großvater hatte alles gesehen. »Entweder gehst du mit mir auf eine kleine Reise und wir versuchen herauszufinden, ob du etwas über den Wert des menschlichen Lebens lernen kannst – darüber, was Elend und Opfer wirklich bedeuten –, oder wir rufen deine Mutter an, erzählen ihr, was vorgefallen ist, und stecken dich in eine Klinik. Offen gesagt, ich hätte gute Lust, dich gleich in eine Klinik zu stecken.« Sein Großvater trommelte mit den Fingern ungeduldig auf die Armlehnen.

»Eine Reise?« Andrew stöhnte auf. »Wohin denn?«

»In die Normandie.«

Plötzlich drehte sich Andrew der Magen um. Er beugte sich über die Bettkante und erbrach sich auf den grünen Teppich.

# *Teil zwei*

# *London*

Elf Tage nachdem sie in New York in See gestochen waren, legten sie an einem wolkenverhangenen Nachmittag in Liverpool an. Die ganze Überfahrt brachten sie in banger Furcht vor den U-Boot-Rudeln zu, bis sie eines Morgens beim Anblick der grünen Küste Irlands in Jubelrufe ausbrachen. Während Mead gespannt darauf wartete, von Bord gehen zu dürfen, fielen ihm die Geschichten über seinen Urgroßvater ein, der kurz vor dem amerikanischen Bürgerkrieg mit nichts als seinem Zimmermannswerkzeug und den Kleidern, die er am Leib trug, von Manchester nach Amerika ausgewandert war. Hat auch er nachts wach gelegen aus Furcht vor dem Unbekannten? Und welche Reise hat mehr Mut erfordert: meine oder seine?

Mead staunte über die schönen alten Dörfer, die sie durchquerten, als sie per Zug und dann auf Lastwagen zur Basis in Aldbourne gebracht wurden, hundertdreißig Kilometer westlich von London. Das ländliche England wirkte beinahe mittelalterlich, ja fast schon unecht mit seinen immer gleichen Herden dumm glotzender Schafe hinter uralten Zäunen und den betagten, in Tweedmäntel gehüllten Männern auf ihren Fahrrädern, die sich durch den endlosen Konvoi schlängelten.

Und dann, bei seinem ersten Wochenendurlaub: London.

»Ich habe mich jetzt schon drei Mal verknallt«, erklärte Punchy, als sie sich durch die Massen von Fußgängern drängten, viele davon in Uniform.

»Wir haben doch erst zwei Straßen überquert«, wunderte sich Mead.

»Das wird ein langer Tag«, seufzte Punchy und gaffte einer vorbeigehenden Brünetten hinterher. »Herrgott, ich brauche was zu trinken.«

Zuerst suchten sie jedoch das Hauptquartier des amerikanischen Roten Kreuzes auf, wo sie eine Stunde Schlange stehen mussten, bis sie am Informationsschalter eine billige Bruchbude für zwei Nächte reservieren konnten. Dazu zwei Eintrittskarten für das Winter Garden Theatre sowie eine verbilligte Taxirundfahrt durch die Innenstadt. Punchy versuchte wacker, bei der hübschen jungen Helferin zu landen, aber sie ging über seine Avancen ungerührt hinweg. »Ich glaube, ich bin ein wenig aus der Übung«, meinte er, als sie hinausgingen.

»Vielleicht solltest du es mit einer etwas dezenteren Methode probieren.«

»Was ist denn an meiner Methode verkehrt?«

»Zunächst mal kam deine Frage, ob sie mit dir ausgehen will, ein bisschen plötzlich.«

»Findest du?«

Mead verdrehte die Augen.

»Na ja, mag sein, aber sie kam von Herzen. Hast du denn ihre Lippen gesehen und wie sie die Oberlippe immer unter die Unterlippe geschoben hat, wenn sie sich konzentrierte? O mein Gott …«

»Hör doch auf mit diesem Gesäusel!«

»Ich hab eben italienisches Blut in den Adern.« Punchy schüttelte den Kopf. »Das verstehst du nicht.«

»Sie aber auch nicht.«

Nach der Taxirundfahrt spazierten sie ein paar Stunden ziellos durch die Stadt und versuchten so viele Eindrücke wie möglich zu sammeln, als wollten sie einen Vorrat an heilen Bildern anlegen, um sich gegen das, was vor ihnen lag, zu wappnen. Mead konnte das Ausmaß der Zerstörung nicht fassen, es war das erste konkrete Zeugnis des Krieges, das er zu Gesicht bekam. Das eine Gebäude sah völlig unversehrt aus, während das daneben regelrecht entzwei gerissen worden war wie ein Puppenhaus, so dass die Rohre des Badezimmers in der Luft baumelten. Trotzdem strahlte die Stadt eine ungeheure Würde aus, und St. Paul's ragte trotzig zwischen den Ruinen empor.

»Es ist, als wäre die ganze Stadt scharf wie Nachbars Lumpi«, meinte Punchy und blickte lüstern zu einer Gruppe von Schwestern an einer Bushaltestelle hinüber. »Das muss am Krieg liegen. Ich sage dir, wir könnten zu Hause auch mal ab und zu einen Luftangriff brauchen.«

»Halt bloß den Mund.«

»Spürst du es nicht? Man kann es förmlich riechen.«

»Du bist nicht zufällig in einer Hundehütte groß geworden?«

Punchy verzog das Gesicht. »Weißt du was, Kumpel? Du solltest dich langsam mal entspannen.« Er schüttelte die Arme aus und rollte übertrieben mit den Schultern. »Und glaub nur nicht, dass ich auf dein Spießergetue reinfalle. Ich merke doch, dass du auch ganz schön geil bist.«

»Bist du jetzt fertig?«

»Fürs Erste.« Punchy pfiff leise einer Frau hinterher. »Herrgott, ich bin ganz hin und weg, wenn sie Uniformen anhaben! Als wären sie in Geschenkpapier verpackt.«

»Darf ich dich mal was Persönliches fragen?«

»Schieß los.«

»Hast du eigentlich schon mal ein Mädchen gehabt?«

»He, soll das ein Witz sein?« Punchy lachte lauthals auf.

»Wie kommt's, dass du nie Post kriegst?«

Punchy zögerte. »Ich behaupte ja nicht, dass sie alle aufs College gehen.«

»Dann sind es wohl Analphabetinnen?«

»Jedenfalls keine Bücherwürmer.«

Als sie in einem lauten Lokal in der Nähe des Trafalgar Square aßen – die Restaurants boten amerikanischen Armeeangehörigen ein Abendessen für einen Dollar an –, beäugten sie neidisch die GIs an einem Nebentisch, die verschiedene Medaillen, Ordensbänder und Purple Hearts zur Schau trugen. Mead stellte sich vor, wie er mit einer Brust voller Orden und ein wenig hinkend zu Sophies Haus marschieren und sie ihm mit Tränen in den Augen die Tür öffnen und um den Hals fallen würde. *Du hast es geschafft.*

»Irgendwie freue ich mich schon darauf«, sagte Punchy, den Blick noch immer auf die anderen Soldaten gerichtet. »Ich bin bereit, verstehst du? Es ist, wie wenn man in den Ring steigt und darauf wartet, dass der Kampf beginnt.«

»Na, dann immer feste druff.«

Punchy schlang seine Kartoffel hinunter und machte sich dann auch noch über die von Mead her. »Ich sag dir was, ich habe es bis oben hin satt, ständig darüber nachzudenken.«

»Und worüber genau denkst du ständig nach?«

»Ist doch klar. Dass es mich an den Eiern erwischt. Glaub mir, als Italiener zerbricht man sich nur darüber den Kopf.«

»Schön, dass du weißt, worauf es am meisten ankommt«, meinte Mead grinsend. Punchys Miene verriet, dass er schon unzählige Male über eine solche schlimme Verwundung nachgedacht haben musste – als hätte das ganze Dritte Reich seinen Unterleib im Fadenkreuz.

Nachdem sie in verschiedenen Pubs gezecht und bei den Damen – die alle schon vergeben waren – nur wenig Anklang gefunden hatten, stolperten sie auf die verdunkelte Straße hinaus, die nun der abendliche Nebel einhüllte.

»Ich sag dir, Mead, wenn ich nicht bald eine Frau kriege, bekomm ich einen Herzinfarkt«, stöhnte Punchy, als sie sich Piccadilly Circus näherten. »Ich spüre es regelrecht.« Er schlug sich auf die Brust. »Als ob ich sterben müsste.«

»Du bist krank, weißt du das? Du solltest zu einem Arzt gehen.«

In diesem Moment tauchten aus einem Hauseingang zwei Frauen auf. »He, Jungs.«

»Heilige Mutter Gottes«, keuchte Punchy, der manchmal im Schlaf ein Ave Maria murmelte, ein Überbleibsel aus seinen Jahren in der katholischen Schule. (»Ich sage dir, Schwester Henrietta könnte es mit der ganzen deutschen Wehrmacht aufnehmen«, feixte er oft. »Die war gebaut wie ein Scheißhaus aus Ziegeln. Die sollten wir über Berlin abwerfen, dann würde Hitler in null Komma nichts nur noch Klos putzen.«)

»Siehst du, was ich sehe?« Eine der Frauen begann Punchys Uniform zu streicheln, während die andere Mead bearbeitete. »Danke, o Herr!«, rief Punchy und legte den Arm um die Frau, die einen Kopf größer war als er.

»Ich fürchte, die Sache hat einen kleinen Haken«, sagte Mead und versuchte die Regungen in seiner Lendengegend nicht zu beachten. »Komm, lass uns abhauen.«

»Machst du Witze? Ich fühle mich so wohl wie ein Schwein in der Suhle.«

»Wenn wir nicht verschwinden, bist du bald ein sehr armes Schwein.« Mead zerrte Punchy weg, während er Bilder von Sophie heraufzubeschwören suchte.

»An einem solchen Wunder kann man doch nicht achtlos vorübergehen.«

»Sieh es so: Alles, was du verpasst, ist ein Tripper.«

Bis zur übernächsten Ecke wurden sie noch vier Mal angesprochen. Es war ihre erste Erfahrung mit den bekanntermaßen aggressiv auftretenden Piccadilly-»Kommandos«, die die Gegend unsicher machten und sich auf jeden Mann in Uniform stürzten (ein Pfund für eine schnelle Nummer irgendwo in einer stillen Gasse, fünf für eine Nacht).

»Noch nie in meinem Leben habe ich mich so begehrt gefühlt«, meinte Punchy und winkte ein paar Frauen zu, die nebeneinander an einem Gebäude standen. »Schau sie dir an. Die geifern doch förmlich nach mir.«

»Das muss an deinem italienischen Charme liegen.« Mead löste sich mühsam aus dem Griff einer auf jung geschminkten Brünetten, während Punchy die Schmeicheleien zweier Blondinen auskostete. »Nein, nein, meine Damen, *ihr* müsstet *mich* bezahlen«, sagte er. »Nur weil ich heute Abend so gut gelaunt bin, lasse ich mich vielleicht erweichen, euch einen Mengenrabatt zu gewähren.« Er legte die Arme um die beiden Frauen, die rasch das Interesse verloren. »Ach, was soll's, ich lade euch ein – aufs Haus –, was meint ihr?«

»Verpiss dich.«

»Das sind mir vielleicht Herzchen«, meinte Punchy, als sie weitergingen. »Ich sage dir, die Engländerinnen werden völlig falsch gesehen.«

In einem Pub genehmigten sie sich noch eine letzte Runde und schielten wieder zu Soldaten hinüber, die in Afrika und Italien gekämpft hatten; Männer von Anfang zwanzig, die schon genug Geschichten für ein ganzes Leben zu erzählen hatten.

»Ein Purple Heart könnte ich gut gebrauchen«, überlegte Punchy und schüttelte den Kopf. »Himmel, die Mädels zu Hause würden förmlich über mich herfallen.«

»Nicht, wenn sie dich den ganzen Tag im Rollstuhl herumschieben müssten«, wandte Mead ein.

Seufzend starrte Punchy auf die Beine einer vorbeigehenden Kellnerin. »Ich will dir ein kleines Geheimnis anvertrauen«, sagte er plötzlich mit gedämpfter Stimme. An seinem Blick erkannte Mead, dass er betrunken war. »Ich *kann* nicht sterben.«

»He, das ist ja prima. Gratuliere.«

»Nein, ich meine …«, nun flüsterte er fast, »ich habe noch nicht genug Nummern geschoben, bei weitem noch nicht. Es wäre einfach …«, er suchte nach dem passenden Wort, »… *ungerecht*.«

»Meinst du, dass Gott das in Betracht zieht?«

Nachdenklich runzelte Punchy die Stirn. »Genau das bereitet mir ja dauernd Kopfzerbrechen.«

Eine halbe Stunde später, als sie gerade leicht schwankend auf dem Weg zu ihrer Unterkunft waren, heulten über der verdunkelten Stadt die Sirenen auf und verkündeten mit klagendem Ton, dass sich feindliche Flugzeuge näherten. Die beiden Männer blieben stehen, spähten in den Himmel und rechneten damit, die Schatten von Hunderten deutscher Bomber auftauchen zu sehen. Sollten sie in einen Luftschutzraum flüchten? Doch die anderen Passanten gingen unbeirrt ihres Wegs und sahen kaum einmal nach oben. Dann hörten sie das ferne Wummern von Flugabwehrfeuer, das den Himmel aufleuchten ließ wie bei einem Sommergewitter. Nach ein paar Minuten erloschen die Blitze.

»Sie haben sie wohl verjagt«, meinte Punchy.

»Wahrscheinlich.«

Punchys Blick wanderte über den Nachthimmel, während er um sein Gleichgewicht rang. »Ich hatte eigentlich gehofft, wir bekämen mehr zu sehen, du nicht?«

»Vielleicht klappt's ja ein andermal.«

»Ja, vielleicht in einer anderen Nacht.« Ein letztes Mal sah Punchy nach oben, dann legte er den Arm um Mead, und sie gingen weiter.

Mead und Andrew nahmen ein Taxi von Heathrow zu ihrem Hotel in Kensington, einem kleinen roten Ziegelbau, wo sie kurz vor Mittag eintrafen.

»Wichtig ist, dass man sich gleich an die Ortszeit anpasst«, erklärte Mead, auch wenn er seit dem Krieg nie weiter als bis Hawaii gereist war. »Denk gar nicht erst daran, wie spät es in Kalifornien ist.« Er sah flüchtig auf seine Uhr und rechnete es rasch aus: fast vier Uhr morgens.

»Ich bin nicht müde«, meinte Andrew und beäugte die beiden schmalen Betten, die nur durch ein kleines Nachtkästchen getrennt waren. Über jedem Bett hing an der Wand eine Leselampe, deren schmutzig gelber Schirm von der Hitze der Glühbirne angesengt war.

»Gut. Packen wir aus, danach machen wir einen Spaziergang. Möglicherweise schaffen wir ja heute noch Westminster, Whitehall und St. Paul's. Morgen dann Buckingham und der Tower und übermorgen ein paar Museen.«

Mead nahm seine Sachen aus dem Koffer, legte seine Unterwäsche ordentlich in die untersten beiden Schubladen der Kommode und hängte Hemden und Hosen auf. Er blickte flüchtig zu Andrew, der seinen schwarzen Matchsack in der Ecke fallen gelassen hatte und nun, etwas verloren dreinschauend, auf dem Bett neben dem Fenster saß.

Hätte er zwei Zimmer buchen sollen? Aber dass er seinen Enkel unbeaufsichtigt ließ, kam gar nicht in Frage. Sollte der kleine Trauerkloß ruhig ein bisschen leiden. Mead verstaute seine restlichen Sachen und ging, ungeachtet der Müdigkeit in seinen Beinen, in das winzige Badezimmer. Nachdem er sich Gesicht und Hände gewaschen hatten, packte er seine Pillenfläschchen aus und überlegte, ob er in Anbetracht der Zeitverschiebung eine doppelte Dosis nehmen oder eine weglassen sollte. Letzteres war billiger.

Beim Rasieren dachte er an Evelyn und wie aufgeregt sie gewesen war, als er ihr von seinen Plänen berichtete. Sie hatte in die Hände geklatscht und aufgezählt, was sie bei einer solchen Reise alles besichtigen würde. »Wenn ihr zurückkommt, will ich ganz genau wissen, wie es war«, sagte sie und backte eine riesige Menge Plätzchen als Proviant für unterwegs (die Andrew allerdings schon verdrückt hatte, bevor die Maschine abhob). Sie freute sich so sehr für die beiden, dass Mead es nicht über sich brachte, ihr von dem nächtlichen Vorfall zu erzählen, obwohl er gern ihren Rat dazu gehört hätte. Als er sie aber nach dem Grund für ihren Umzug fragte, war ihre Miene plötzlich wie versteinert. »Es ist besser so«, erwiderte sie, nachdem er zum Abschied herübergekommen war und sie ihn auf ein Glas Eistee in ihr Wohnzimmer gebeten hatte.

»Wohin ziehen Sie?«

»Meine Tochter – die Staranwältin mit dem Stundensatz von 350 Dollar! – wohnt in einem hübschen Haus in Connecticut. Da hat sie viel Platz – obwohl ich, ehrlich gesagt, nicht weiß, wozu, wenn sie keine Kinder bekommen will –, und ich brauche ja eigentlich nicht viel. Warum soll ich denn ständig drei Zimmer sauber halten?« Dabei deutete sie mit einer ausladenden Geste um sich.

»Ich … weiß nicht.«

Ein Anflug von Trauer huschte über ihr Gesicht, und ihr Lächeln verschwand für einen Moment. »Um ehrlich zu sein: ich auch nicht.«

»Stimmt etwas nicht?«

Sie griff nach ihrem Glas Eistee, nippte daran und stellte es wieder ab. »Irgendwas stimmt doch nie, oder?« Scheinbar mühelos kehrte das Lächeln auf ihr Gesicht zurück. »Aber da muss man eben durch, nicht wahr?« Sie ging zu dem kleinen Geschirrschrank, öffnete die Glastür und rückte verschiedene Teetassen zurecht. »George hat dieses Zimmer nie gemocht. Er fand es zu feminin.« Sie nahm einen Unterteller und betrachtete ihn von beiden Seiten. »Er hätte immer lieber so eine mit Kiefernholz verkleidete Bauernstube gehabt.«

»Ich habe ihn nicht gut gekannt.«

»Ihr beide wart sehr verschieden.« Sie lachte gequält. »Und wir auch. Obwohl er sich große Mühe gab, und ich auch, fehlte uns einfach etwas.« Sie schloss die Tür des Schränkchens. »Ehrlich gesagt, ich weiß nicht einmal, was es war. Es klaffte einfach bei allem mittendrin ein großes Loch. An manchen Tagen fürchtete ich, es könnte mich verschlucken.«

Mead rutschte auf der Couch mit dem Blümchenmuster bis zur Kante vor. Erneut überlegte er, ob er Evelyn von Andrew erzählen sollte. Aber wie nur?

Sie blieb stehen. »Sie sollen jedoch nicht glauben, dass ich unglücklich bin. Ich wäre ja dumm, wenn ich mein Leben damit vergeudete, den Dingen nachzutrauern, die mir versagt blieben, anstatt mich über all das zu freuen, was ich genießen konnte.«

Mead merkte, dass sie um Fassung rang, als sie sich zum Fenster umdrehte. Da stand er auf und trat zu ihr. »Was ist?«, fragte er, legte den Arm um sie und merkte, wie mager sich ihre Schulter unter der Bluse anfühlte. Sie reagierte nicht darauf. »Sagen Sie es mir bitte.«

»Das wollen Sie doch gar nicht wissen.«

»Doch, das will ich.« Er drückte sie etwas fester an sich und erschrak über ihre plötzlich so schmerzliche Miene. »Ich bin so dumm gewesen. Ich bin mein Leben lang so dumm gewesen.« Bevor er sie küsste, schloss er die Augen und bat Sophie um Verzeihung.

Andrew saß auf dem Bett und schaute seinem Großvater beim Auspacken zu. Hätte er sich wirklich umgebracht, wenn sein Großvater ihn nicht daran gehindert hätte? Jedes Mal, wenn er darüber nachdachte, wurden ihm die Knie weich. Ich könnte jetzt tot sein. (Obwohl er bezweifelte, dass er tatsächlich hätte abdrücken können.) Das Schlimmste daran war der Gedanke, wie es für seinen Großvater gewesen wäre, ihn so aufzufinden. *Scheiße.* Seit sie ins Flugzeug gestiegen waren, hatten sie nicht mehr darüber gesprochen, aber das Thema stand immer noch im Raum. Deshalb konnte Andrew seinem Großvater nicht in die Augen sehen. Und jetzt sollten sie sich auch noch ein Zimmer teilen? Das *nervte* doch.

Von Evelyn hatte er sich nur zwischen Tür und Angel verabschieden können. »Er will mit mir eine Besichtigungsreise machen«, erklärte er, als er sie eines Nachmittags im Garten arbeiten sah und sich hinausgeschlichen hatte. (Mead hatte ihn unter Hausarrest gestellt und nur hinausgelassen, als sie die Reisepässe abholten.)

»Das habe ich gehört«, erwiderte sie und beugte sich über einen Rosenbusch. »Was ist nur in ihn gefahren?«

»Alles Mögliche.« Nervös blickte Andrew zum Haus zurück.

»Ich finde das wunderbar. Ich wäre selbst gerne viel mehr gereist.«

»Aber wir werden uns nicht wiedersehen.«

»Doch, natürlich. So schnell ziehe ich ja nicht fort. Ich werde etwas ganz Besonderes für euch kochen, wenn ihr zurück seid.«

»Aber was ist, wenn Sie etwas brauchen? Wenn ...«

»Ich komme schon zurecht.« Sie schnitt eine Rose ab und überreichte sie ihm. »Für den General«, sagte sie.

Während des gesamten Fluges machte er sich Sorgen. Wer würde sich um sie kümmern, wenn sie richtig krank wurde?

Sollte er mit seinem Großvater darüber sprechen? Ob sie wohl wirklich bald sterben würde? Sie hätten sie nicht allein lassen dürfen. (Zumal es gerade anfing, zwischen den beiden zu funken.)

Allerdings musste er zugeben, dass England geil war. Er kriegte sich kaum ein, als er den Akzent des Taxifahrers hörte, der sie vom Flughafen in die Stadt mit all diesen uralten Gebäuden brachte (auf der falschen Straßenseite!). Es war irre, dass er sich jetzt praktisch am anderen Ende des Planeten befand. Wenn Matt nur dabei gewesen wäre!

»Willst du nicht auspacken?«, fragte sein Großvater. »Ich habe dir zwei Schubladen übrig gelassen.« Er deutete auf die Kommode.

Andrew blickte auf seinen Matchsack. »Ist vielleicht besser, wenn ich alles drin lasse«, antwortete er. »Dann weiß ich wenigstens, wo meine Sachen sind.«

»Du kannst das Ding nicht dort liegen lassen. Da fallen wir bloß drüber.«

»Ich stelle es auf den Schrankboden.«

»Da gehören die Schuhe rein.«

»Dann vielleicht unter mein Bett?« Andrew hatte sich schon hingekniet, um den Matchbeutel unter das Bettgestell zu quetschen.

Mead beobachtete ihn, die Hände in die Hüften gestemmt. »Na, von mir aus.« Kopfschüttelnd ging er wieder ins Badezimmer. Andrew hörte aus der Toilette ein schwaches, sporadisches Tröpfeln und fragte sich, ob sein Großvater Probleme beim Pissen hatte oder womöglich gar Peniskrebs, oder wie das hieß. Alt werden musste ätzend sein.

»Bist du fertig?« Sein Großvater stand schon an der Tür, in der einen Hand den Zimmerschlüssel, in der anderen einen Regenschirm.

»Wohin gehen wir?«

»Die Stadt besichtigen.« Auf dem Gesicht seines Großvaters lag ein seltenes Lächeln.

Kaum hatten sie die Westminster Abbey betreten, erinnerte Andrew sich an die Bilder von Prinzessin Dianas Begräbnis (seine Mom hatte die ganze Nacht vor dem Fernseher gesessen und hysterisch geheult). Und sofort wusste er, dass dies der ideale Ort war, um Matts Asche zu verstreuen. Er hatte sie dabei, in dem zusammengerollten Ziploc in seiner Hosentasche, die dadurch merkwürdig ausgebeult war und noch tiefer herabhing als sonst. Der Gedanke war so genial, dass ihm fast schwindlig wurde, während sein Großvater ihn eifrig auf verschiedene Grabmäler aufmerksam machte und aus einem Reiseführer vorlas. Was war geeigneter als Westminster Abbey? Und mal ehrlich, all diesen Königen und Königinnen und Dichtern und Staatsmännern tat es wahrscheinlich ganz gut, wenn einer wie Matt ihren erlauchten Kreis ein bisschen aufmischte. He, Kumpel, wer hätte gedacht, dass du mal ein Staatsbegräbnis kriegst? Er unterdrückte ein Kichern, während er die praktische Durchführung plante. Dazu brauchte er nur die Hand in die Tasche zu stecken, von Zeit zu Zeit eine Hand voll Matt herauszunehmen, sie im Gehen zwischen den Fingern durchrieseln zu lassen und vielleicht eine passende Melodie dazu zu summen. Sicher, das dauerte eine Weile, aber er konnte ja jederzeit wiederkommen.

»Nicht schlecht, was?«, meinte seine Großvater und blickte stumm zur Decke empor.

»Echt scharf.«

»Wie bitte?«

»Es ist cool.«

Sie gingen zu den königlichen Grabmälern. »Sind die echt?«, wollte Andrew wissen und steckte die Hand beiläufig in die Tasche.

»Was meinst du damit?«

»Liegen die Leute wirklich *da drin*?«

»Meines Wissens schon.« Sie folgten anderen Touristen durch einen kleinen Durchgang in eine Kapelle. Mead deutete auf die große Grabstätte. »Elisabeth die Erste.«

»Die mit der vielen Schminke im Gesicht, nicht? Ich hab mal einen Film gesehen …«

»Genau.«

Andrew versuchte sich vorzustellen, wie Elisabeth inzwischen aussah. Wahrscheinlich gar nicht mehr gut. Hatte man sie mit viel Schmuck beigesetzt? Er malte sich aus, wie er nachts in die Kirche einbrach, das Grab aufstemmte und große, glänzende Ringe von ihren Knochenfingern abzog. Lizzy brauchte sie doch sowieso nicht mehr. Dann überlegte er, ob Matts Geist und Lizzys Geist sich begegnen würden, was ja ein echter Knüller wäre. Ob Matt daran denken würde, sich zu verbeugen?

Als sie Poet's Corner erreichten, war es Andrew gelungen, mit einer Hand den Plastikbeutel zu öffnen. Vor dem Shakespeare-Monument griff er vorsichtig hinein und nahm eine Hand voll heraus. Okay, jetzt geht's los. Er zog die geschlossene Faust aus der Tasche und ließ sie unauffällig herabbaumeln, während ihm Tränen in die Augen traten, von denen sein Großvater hoffentlich nichts bemerkte. *Mach's gut, alter Freund*. Gerade als er die Finger öffnen wollte, sah er einen Hausmeister, der mit großen, weit ausgreifenden Bewegungen den Boden fegte. Ach du Scheiße. Der Mann kehrte ein Häufchen auf eine Schaufel und kippte es in eine Plastikmülltonne, ehe er weiterzog. Behutsam manövrierte Andrew seine Faust zurück in die Tasche, und ließ die Asche wieder in das geöffnete Ziploc rieseln. *Puh!*

Big Ben erinnerte Andrew an *Peter Pan*, sein Lieblingsvideo, als er klein war. Er hatte es bestimmt an die hundert Mal gesehen und war mit einem Plastikschwert auf dem elterlichen Bett herumgehüpft. *Nimm das, Käpt'n Hook!* Er starrte zur Uhr hinauf und stellte sich vor, wie Peter Pan dort oben auf dem großen Zeiger hockte und ihm zuwinkte. Einen Moment lang fühlte er sich fast wieder wie damals, als er sich kreischend unter der Bettdecke verkrochen hatte, wenn sein Vater ihn kitzeln wollte. *Ich krieg dich, Pan!*

In St. Paul's spielte Andrew abermals mit dem Gedanken, Matts Asche zu verstreuen. Vielleicht in irgendeinem Winkel, wo sie sicher wäre. Während er und sein Großvater an den Grabstätten und Statuen entlangspazierten, suchte er nach einem geeigneten Platz, fand aber keinen in greifbarer Nähe. Sachte klopfte er gegen die Hosentasche. *Keine Sorge, Matt, ich lasse dich nicht im Mülleimer landen.*

Als sie die zur Kuppel führende Wendeltreppe erreichten, schlug Mead vor, Andrew solle hinaufgehen und den Ausblick genießen.

»Kommst du nicht mit?«

»Ich glaube, ich setze mich ein Weilchen hin. Geh nur.«

Andrew stieg rasch hinauf, fasziniert vom wackelnden Hintern eines Mädchens direkt vor ihm. An der Whispering Gallery blieb er stehen und lauschte den hallenden Stimmen, bis ihm einfiel, dass er große Höhen nicht leiden konnte, und ihm ganz schwummerig wurde. Dann folgte er dem Mädchen zur nächsten Ebene und staunte über den Rundblick auf London, der sich dort bot. *Was sagst du dazu, Matt?* In seiner Fantasie sah er die Asche durch die Luft wirbeln und sich als feinen Nebel auf die Stadt herabsenken. *Was Besseresgibt's doch nicht, oder, Kumpel?* Er griff nach dem Beutel in seiner Tasche und hoffte, dass sein Magen mitspielte. Matt war ja auch kein Freund großer Höhen gewesen. Andrew spähte über den Rand und wich rasch zurück. Würde Matts Asche sanft hinabschweben oder einfach nur *runterplumpsen*? Er riskierte noch einen Blick hinab, aber da wurde ihm schwindlig, so dass er sich an der Mauer festhalten musste. *Nein, wirklich nicht, Kumpel, ich lass dich doch nicht runterplumpsen.* Er blickte auf den Hintern des hübschen Mädchens, um sich wieder zu fangen. Gleich ging es ihm besser. Während er tief durchatmete, folgte er ihr langsam um die Kuppel herum. Viel, viel besser. Gerade als sein Magen sich einigermaßen erholt hatte, drehte sie sich um und warf ihm einen so vernichtenden Blick zu, dass er wie angewurzelt stehen blieb und wieder die Treppe hinunterstieg. Unten sah er seinen Großvater mit einem seltsamen Gesichtsausdruck in einer Kirchenbank sitzen. Betete er? Andrew wartete in der Nähe und blickte auf eine Gruppe uniformierter Schulmädchen, die einem Vortrag ihrer Lehrerin lauschten. Nicht übel. Manche waren sogar richtig scharf. Er versuchte mit einer von ihnen Blickkontakt aufzunehmen, doch sie guckte nach oben, als die Lehrerin über die Bauweise redete. Auch Andrew sah hoch und dachte, wenn es einen Gott gebe, müsse er von so einer Decke ziemlich beeindruckt sein. Eine Zeit lang beobachtete er noch das Mädchen, dann blickte er wieder zu seinem Großvater hinüber, der sich nicht gerührt hatte. Glaubte er an Gott? Andrew hatte ein paar Mal versucht zu beten und auf Beistand in seinem Kampf gegen die Akne gehofft. Als er eines Nachts wach im Bett lag und vor lauter Einsamkeit in Tränen ausbrach, versuchte er sich sogar in einer Art Wiedergeburt: Er versicherte Jesus, dass er *absolut* an ihn glaube und nie wieder wichsen würde. Doch am nächsten Morgen sah er beim Blick in den Spiegel eine neuerliche Akne-Attacke direkt zwischen den Augen und kam zu dem Schluss, dass es entweder keinen Gott gab oder dass er genauso ein Arschloch war wie alle anderen. Und nachdem er eine dicke Schicht vom Make-up seiner Mutter aufgetragen hatte, setzte er sich auf die Toilette und holte sich schnell einen runter.

Sein Großvater erhob sich mit wackeligen Beinen.

»Alles okay?«, fragte Andrew.

»Bestens.«

Bei der Taxifahrt zurück zum Hotel sprach keiner der beiden ein Wort.

Mead konnte es nicht fassen, wie sehr sich London verändert hatte – große, moderne Klötze, kalt und steril, ragten über den alten viktorianischen Gebäuden auf. Irgendwie hatte er gedacht, die Stadt wäre noch genauso wie früher, jedenfalls in baulicher Hinsicht. Trotzdem fügte sich manches noch so gut in seine Erinnerungen ein, dass er fast schon glaubte, Punchy ginge neben ihm und gaffte den Mädchen nach. Doch erst als er und Andrew von dem italienischen Restaurant, wo sie zu Abend gegessen hatten, zum Hotel zurückspazierten, wurde ihm die größte Veränderung bewusst: Er hatte London nachts nie beleuchtet gesehen. Er blieb auf dem Bürgersteig stehen, betrachtete die Skyline und war selbst überrascht von den Tränen in seinen Augen.

»Was hast du denn?«, erkundigte sich Andrew.

Mead blinzelte und wartete, bis er wieder sprechen konnte. »Ich habe mir nur gerade gedacht, dass es sonst immer so finster war.«

»Häh?«

»Während des Krieges. Da war alles verdunkelt. Mit Vorhängen vor jedem Fenster.«

»Echt? Ist ja irre. Ich wäre gern in einer verdunkelten Stadt. War das gruselig?«

»So ist es mir nicht vorgekommen.« Beim Weitergehen lächelte Mead still in sich hinein, als ihm einfiel, dass sich damals oft Pärchen in die verdunkelten Parks schlichen und dass er und Punchy einmal versehentlich auf ein Liebespaar gepisst hatten, das sich unter einem Busch wälzte. »Tschuldigung«, stammelte Punchy, als die Frau aufkreischte, und versuchte seinen Strahl zu stoppen. »Wir haben wohl den falschen Busch erwischt.«

»Na, wie findest du es bis jetzt?«, fragte Mead, als sie in ihren Betten lagen.

»Ist okay«, murmelte Andrew.

»Okay?«

»Ja, ich meine, es ist cool.«

Mead grinste im Dunkeln. »Was hat dir am besten gefallen?«

»Die Gräber der Könige und Königinnen. Mit Abstand. Ich war den Royals noch nie so nahe.«

»Näher wirst du wohl kaum kommen.«

Andrew drehte sich auf die Seite. Draußen im Flur ging kichernd ein Pärchen vorbei. »Hast du dich mal gefragt, wie sie heute aussehen?«

»Natürlich«, antwortete Mead. »Das tut doch jeder.«

»Wirklich?«

»Klar.«

»Das wusste ich nicht.«

Schweigend lagen sie da und horchten beide, ob der andere schon schlief. Nach einer Weile sagte Andrew: »Es tut mir Leid, was passiert ist.«

Mead ließ sich Zeit mit seiner Antwort. »Mir auch.«

»Ich werde es nie wieder tun.«

»Das will ich hoffen.«

»Und danke, dass du mich hierher mitgenommen hast. So was wie hier habe ich noch nie erlebt.«

»Gern geschehen.«

»Muss eine ganz schöne Stange Geld kosten.«

»Schon gut.«

Das Paar im Flur lachte wieder, dann ging eine Tür auf und zu.

»Gute Nacht.«

»Gute Nacht, Andrew.«

Nachdem sie im Hotel gefrühstückt hatten, schauten sie sich den Wachwechsel am Buckingham Palace an. Mead bekam eine Gänsehaut, vor allem wegen des rhythmischen Klapperns der Pferdehufe auf dem Pflaster, das so majestätisch und doch so verloren klang.

»Sie muss ja *stinkreich* sein«, meinte Andrew, der sich auf die Zehenspitzen stellte, um etwas zu sehen.

»Geldadel«, sagte Mead.

»Was ist das?«

»Etwas, wozu wir nie gehören werden.«

Doch Andrew hörte schon gar nicht mehr zu. »Sind diese Typen echte Soldaten oder nur Schauspieler?«

»Ein wenig von beidem.«

»Das wäre eine Armee nach meinem Geschmack. Ich meine, den ganzen Tag rummarschieren und sich fotografieren lassen kann ja so schlimm nicht sein.«

»Wo du davon sprichst: Du würdest prima in die königliche Leibwache passen.«

Andrew straffte die Schultern. »Meinst du?«

»Ich habe dich fast nie lächeln sehen, und das ist bei diesem Job die halbe Miete.«

»Sehr witzig.«

Im Tower war Andrew fasziniert von den Kronjuwelen, den mittelalterlichen Waffen und den Gefängniszellen. Matt würde ausflippen, wenn er all das Zeug sehen könnte. Als sie auf dem Rasen von Tower Green vor der Stelle standen, wo Anne Boleyn geköpft worden war, befühlte er die Ausbuchtung in seiner Tasche. Soll ich ihn hier im Gras verteilen? Immerhin würde er dann nicht weggefegt werden. Und nicht jeder kann von sich behaupten, dass sein Freund am Tower von London beerdigt ist. Andererseits war es nicht gerade ein heiterer Ort (besonders heiter war Matt allerdings auch nicht gewesen). Und was, wenn er nach seiner Wiedergeburt auf die Streckbank gerät und gefoltert wird? Nein, lieber nicht.

»›Wie man mir sagte, versteht der Henker sein Geschäft, und mein Hals ist zierlich‹«, las Mead aus einem Reiseführer vor.

»Was?«

»Anne Boleyns letzte Worte.«

Andrew rieb sich den Nacken, während er unverwandt einen großen, dicken Raben betrachtete, der ihn anzusehen schien. »Warum hat er sie umgebracht?«

»Ich nehme an, weil sie erst seine zweite Frau war und er noch vier weitere zu ehelichen gedachte. Ihre Tochter war übrigens Elisabeth die Erste.«

»Der Kerl war ja schlimmer als mein Dad«, meinte Andrew.

»Ich glaube, so schlimm nun auch wieder nicht.«

Nach dem Mittagessen unternahmen sie eine Bootsfahrt auf der Themse und saßen trotz des leichten Nieselregens draußen auf dem Oberdeck. Während Mead Kaianlagen, Gebäude und vorbeifahrende Boote betrachtete, war er in Gedanken bei Evelyn. Ob sie wohl schon einen Interessenten für ihr Haus hatte? Er musste sich darauf gefasst machen, dass sie bei seiner Rückkehr nicht mehr da sein würde. Dann schloss er die Augen und dachte daran, wie er sie in den Armen gehalten hatte – das erste Mal seit Jahren, dass er jemanden so hielt. Und ohne nachzudenken, hatte er sie geküsst.

»Komm doch mit uns nach Europa«, hatte er gesagt und sie in seiner Begeisterung fast vom Boden hochgehoben. »Du wolltest doch immer schon mehr von der Welt sehen. Und du weißt, wie sich Andrew freuen würde, wenn du dabei wärst.«

»Es geht nicht«, erwiderte sie und entzog sich plötzlich seiner Umarmung.

»Natürlich geht das.«

Sie wirkte unschlüssig.

»Ich kümmere mich um die Flugtickets. Dein Haus kannst du verkaufen lassen, wenn du zurück bist. Oder noch besser: Zieh das Verkaufsangebot zurück. Eigentlich willst du nämlich gar nicht zu deiner Tochter ziehen, stimmt's? Und was ist mit deinem Garten und all den Erinnerungen, die du mit diesem Ort verbindest? Was ist mit ...« Er wusste nicht mehr weiter.

»Ich kann nicht mitkommen. Bitte verlang keine Erklärung von mir. Ich ... ich kann einfach nicht.«

Er stand da, sah sie an und versuchte sich einen Reim darauf zu machen. Hatte er sie irgendwie gekränkt? Dann fiel es ihm wie Schuppen von den Augen, und er hätte sich am liebsten mit der Hand an die Stirn geschlagen: Sie interessiert sich nicht mehr für dich. Diese Gedichte hat sie *vor Jahren* geschrieben. Verlegen und verwirrt wandte er sich zur Tür. »Ich muss noch fertig packen.«

»Es tut mir Leid, dass ich nicht mit euch fahren kann.«

»Ich hätte nicht fragen sollen.«

»Aber ich fühle mich durchaus geschmeichelt, dass du gefragt hast.«

Er zögerte. »Aber warum ...«

»Ich kann im Moment einfach nicht weg. Es gibt zu vieles, was ich erledigen muss. Bitte versteh das.«

»Aber ich …«

»*Bitte.*«

Einen Moment lang standen sie noch wortlos im Flur, dann gab sie ihm rasch einen Kuss. »Gute Reise«, rief sie ihm nach, als er mit schnellen Schritten den Gartenweg entlangging. »Und gib gut auf deinen entzückenden Enkel Acht, hörst du?«

Mead hatte die Szene in Gedanken immer wieder durchgespielt, sie in alle Einzelteile zerlegt und behutsam wieder zusammengesetzt. Doch mit jedem Mal kam er sich noch ein wenig törichter vor, und schließlich ärgerte er sich über sich selbst, weil er sich so hatte gehen lassen. Nun wurde der Regen stärker, und er schlug den Kragen hoch. Zum Teufel mit ihr. Sie wäre ihm ohnehin nur im Weg gewesen, hätte ihm vorgeschrieben, was er tun sollte, und Andrew verhätschelt.

Er warf einen Blick auf den Jungen. Entzückend? Von wegen! Aber es schien ihm hier wirklich zu gefallen. Im Tower hatte er gar nicht vor sich hin geschmollt wie sonst immer, und die Kronjuwelen hatten ihn sogar richtig begeistert. Doch es gab so vieles, was sie noch besprechen mussten. Mead musste wieder daran denken, wie er in Sophies Zimmer gekommen war und Andrew mit der Pistole im Mund gefunden hatte, und dabei krampfte sich etwas in ihm schmerzlich zusammen.

»Wie läuft's denn in letzter Zeit zwischen deiner Mutter und dir?«, fragte er, um das Eis zu brechen.

Andrew zuckte die Achseln. »Wir reden nicht viel miteinander. Sie … na ja … hat eben eine Menge um die Ohren. Und ist irgendwie immer gestresst.«

»Sie tut ihr Bestes. Es ist nicht ihre Schuld, dass dein Vater euch verlassen hat.«

»Ist ja auch egal.«

»Was ist dir eigentlich nicht egal?«

Andrew sah einem vorbeirasenden Polizeiboot nach.

»Sag schon.«

»Möchtest du das wirklich wissen? Mir ist *alles* egal.«

Mead musterte forschend das Gesicht seines Enkels. »Warum bist du so wütend?«

»Wer sagt denn, dass ich wütend bin?«

»Ich.«

Andrew schien um Worte verlegen. »Alles ist einfach so ... blöd«, erwiderte er schließlich.

»Was zum Teufel soll das denn heißen?«

»Ich kann es nicht erklären.«

»Hat das dein Freund auch so empfunden?«

»Matt?«

»Derjenige, der ...«

»Ja, das ist Matt.« Andrew trank seine Cola aus und fummelte an seinem Ohrring herum.

»Wie war er so?«

Ein Lächeln huschte über Andrews Gesicht, das im Regen glänzte. »Oh, er war echt cool. Ich persönlich glaube, dass er ein Genie war, das wussten die meisten Leute nur nicht. Und er war auch witzig. Es gab fast nichts, was er nicht zeichnen konnte.«

»Hat er irgendeinen Sport getrieben?«

Andrew lachte. »Matt? Soll das ein Witz sein? Er fand Sport total daneben!«

»Also kein sportlicher Typ?«

»Wirklich nicht.« Erneut lachte Andrew auf. »Er konnte diese Sportskanonen nicht ausstehen.«

»Was ist denn an denen so verkehrt?«

Andrew starrte seinen Großvater an, als hätte er den Verstand verloren. »An denen ist praktisch *alles* verkehrt, jedenfalls bei denen in meiner Schule. Sie sind die letzten Idioten und bilden sich ein, sie wären tolle Typen. Dabei haben sie null Durchblick, was Sache ist.«

Mead rieb sich beim Zuhören das Kinn. »Was ist denn Sache?«

Andrew zuckte die Schultern. »Na ja, wie es eben so ist. Weißt du, das war das Besondere an Matt. Er wusste genau, was Sache ist.«

»Ich fürchte, ich verstehe immer noch nicht, was du meinst.«

»Na ja, dass eben alles …«, Andrew senkte die Stimme, »… eine totale Scheiße ist.«

»Totale Scheiße?«

»Genau. Findest du nicht?«

Mead zögerte. »Wenn ich es mir recht überlege, ist ziemlich viel totale Scheiße.«

Andrew grinste, als habe sein Großvater einen entscheidenden Test bestanden und ihre Beziehung könne sich nun auf einer ganz neuen Basis weiterentwickeln. »Der Punkt ist, dass diese Sportskanonen überhaupt keinen Schimmer von all dieser Scheiße haben. Denn sie interessieren sich für nichts als Sport, was ja die totale Megascheiße ist.«

»Aber du hast natürlich einen Schimmer?«

»Klar. Fällt dir nie auf, wie verrückt die Wirklichkeit ist? Ich meine, wenn du so *richtig* drüber nachdenkst?«

»Ich schätze, ich habe mich inzwischen daran gewöhnt.«

Andrew machte ein enttäuschtes Gesicht. »Matts Theorie war, dass wir es gar nicht mit der echten Realität zu tun haben. Die Gesellschaft macht sich sozusagen eine zensierte, jugendfreie Version der echten Realität, weil die Leute mit der Hardcore-Realität letztlich nicht klarkommen würden. Es ist ein einziger Schwindel, nur dass die meisten Leute nicht mal mehr merken, dass sie sich und alle anderen beschwindeln. Und deshalb ist die Schule so nervig.«

»Inwiefern schwindeln wir?«

»Na, wenn es darum geht, was wir wirklich denken und was für eine totale Scheiße in der Welt abgeht. Ist dir noch nie aufgefallen, wie albern die meisten Unterhaltungen sind? Ich meine nicht unsere jetzt, aber die meisten anderen.«

»Nimmst du auch wirklich keine Drogen?«

»Ich bin nicht auf Drogen.«

Mead schüttelte den Kopf. »Mit solchen Gedanken treibst du dich ja selbst in den Irrsinn.«

»Ich kann nichts dagegen tun.«

»Vielleicht solltest du mal überlegen, in die Kirche zu gehen. Das würde dir möglicherweise den Kopf wieder zurechtrücken.«

»Ich brauche niemanden, der mir den Kopf zurechtrückt.«

»Aber irgendetwas brauchst du.«

»Sag mal ehrlich: Findest du das Leben nicht manchmal … lachhaft?«

»Selbstverständlich. Deshalb lacht man ja.«

»Aber die Leute nehmen die blödesten Sachen ernst. Wie die Sportskanonen, von denen ich gerade erzählt habe. In Afrika sterben gerade Millionen Menschen – hast du von der Aids-Epidemie dort gehört? –, die Regenwälder werden bald alle abgeholzt sein, die Polkappen schmelzen, und in der Schule interessieren sich alle nur dafür, welche Schuhmarke man trägt und ob wir uns für die Meisterschaften qualifizieren.«

Mead lächelte. »Nun, ich denke, man kann sich in alles reinsteigern, ob es nun um Schuhe oder Sport oder Weltuntergangsfantasien geht. Letztlich hängt das wohl von der persönlichen Veranlagung ab.«

»Matt konnte es besser erklären. Er hat haufenweise Bücher gelesen über das, was Sache ist.«

Mead sah einem vorbeifahrenden Lastkahn nach. »Als ich in deinem Alter war, konnte ich mir nicht den Luxus leisten, über solche Dinge nachzugrübeln.«

»Da hattet ihr Glück.«

»*Glück?*«

»Ich meine natürlich nicht die Leute, die umgekommen sind, ich sage nur, bei euch ging es um etwas wirklich Wichtiges. Da müssen Sachen passiert sein, die euch richtig unter die Haut gegangen sind, nicht?«

Mead wusste nicht so recht, was er darauf antworten sollte. »Ich glaube schon, aber …«

»Tja, und an meiner Schule ist alles total dröge, das kannst du mir glauben.«

»Sag mal, hast du eigentlich eine Ahnung, wie glücklich du dich schätzen kannst?«

Andrew zuckte mit den Schultern.

Meads Blick schweifte über den Fluss, er überlegte, wo er anfangen sollte. »Warum hat er es getan?«

Wieder Schulterzucken.

»Du musst doch eine Ahnung haben.«

»Klar.«

»Es würde mich interessieren – wenn es dir nichts ausmacht, darüber zu reden.«

Andrew musterte Mead, als sei er sich nicht sicher, ob sein Großvater es ernst meinte. Dann fuhr er sich mit den Handflächen über die Oberschenkel. »Also, da war so ein Mädchen – ich fand sie nicht so toll, aber Matt war ganz verrückt nach ihr –, und, um es kurz zu machen: Sie hat zu ihm gesagt, er sei ein Widerling.«

»Und deshalb hat er sich umgebracht?«

»Nicht allein deswegen. Es war alles zusammen. Weißt du, sein Dad ist ein totaler Versager. Ständig hat irgendeiner auf ihm rumgehackt, und er war eben …« – Mead sah, wie Andrew schluckte – »… er war … er war sehr sensibel. Er hat *alles* gespürt.«

»So wie du?«

Hastig wandte Andrew das Gesicht ab.

»Es gibt immer einen Ausweg«, sagte Mead. »Meistens sieht es schlimmer aus, als es ist. Und alles geht vorüber. Alles.«

»Du verstehst das nicht.«

»Ich versuche es gerade.«

»Alle haben ihn fertig gemacht. Sie haben ihn dazu getrieben.«

»Und wie steht's mit dir?«

Andrew gab keine Antwort.

»Bitte. Ich möchte verstehen, was dich so … fertig macht.«

»Vergiss es.«

»Nein.« Mead beugte sich zu Andrew vor. »Hör mal, was auch immer es ist, was dich innerlich zerfrisst, es lohnt sich nicht, dafür sein Leben wegzuwerfen, hast du verstanden? Himmel, dein Leben wird weiß Gott früh genug zu Ende sein.« Mead überlegte, was es noch zu sagen gab, während das Boot unter der Tower Bridge hindurchfuhr.

»Ich hab versucht, ihn zu wecken, aber ich hab's nicht geschafft«, sagte Andrew plötzlich. Sein Gesicht verzerrte sich. »Ich hab's wirklich versucht.«

»Ich glaube dir.«

»Er fühlte sich so kalt an. Ich hab noch nie in meinem Leben so etwas Kaltes angefasst.«

Mead legte Andrew den Arm um die schmalen Schultern, die zu zittern begannen. »Es tut mir Leid. Es tut mir wirklich Leid.«

»Du kannst dir nicht vorstellen, wie das gewesen ist«, flüsterte Andrew.

»Doch, vielleicht kann ich das.«

Jenes Weihnachten in den Ardennen war das schönste, das Mead je erlebt hatte. Schnee bedeckte die Felder, Bäume und Häuser. Sogar die erstarrten Leichen sahen friedlich aus. Wie albern, Krieg zu führen inmitten solcher Schönheit, die ihn an seine Kindheit erinnerte. Flocken tanzten vor seinem Gesicht, und die Äste bogen sich unter ihrer kristallweißen Last.

»Bei dieser Saukälte würde ja nicht mal ich einen hochkriegen«, meinte Punchy und legte eine Verschnaufpause ein, als sie in der vereisten Erde ein Schützenloch gruben.

»So kalt ist es doch gar nicht.«

»Es ist scheißkalt.«

Drei Stunden später hatten sie ein Loch von gut einem Meter Tiefe, sechzig Zentimeter Breite und eineinhalb Meter Länge ausgehoben. Sie teilten sich einen Schoko-Erdnussriegel und eine Lucky Strike, ehe sie Kiefernnadeln sammelten und auf den Boden streuten. Mit einer Axt fällten sie zwei Bäume in der Nähe, hackten die Stämme klein und legten sie über das Loch, so dass nur zwei kleine Öffnungen frei blieben. Zum Schluss deckten sie die Stämme mit Zweigen ab, die sie wiederum mit Schnee tarnten.

»Ich glaube, mir fällt der Schwanz ab«, ächzte Punchy und kauerte sich zitternd auf den Kiefernnadeln zusammen.

»Was mir mehr Sorgen macht, sind deine Füße«, sagte Mead. »Komm, ich massiere sie dir.«

»Die gefallen dir wohl, was?«

»Mach schon, sonst überlege ich es mir anders.« Punchy streckte ihm den linken Fuß hin, worauf Mead sich den Stiefel auf die Knie stellte und mit klammen Fingern mühsam die Schnürsenkel löste.

»Langsam«, stöhnte Punchy, als Mead ihm den Stiefel auszog.

»Herrgott, so einen Gestank hab ich noch nie erlebt.«

»Dabei ist das mein guter Fuß.«

»Gib mir einen trockenen Strumpf.« Punchy griff unter seinen Mantel und zog ein Ersatzpaar Strümpfe hervor, die er um den Hals gewickelt trug. Ohne Zögern streifte Mead den feuchten Strumpf ab und begann den Fuß zu massieren, damit wieder etwas Wärme in das kalte, gefühllose Fleisch kam, das sich bereits bläulich verfärbt hatte.

Punchy nahm den feuchten Strumpf und steckte ihn zum Trocknen unter sein Hemd. Dann lehnte er sich zurück und schloss die Augen. »Ich habe mir so meine Gedanken gemacht«, sagte er. »Und da sind mir eine Menge Fragen für Schwester Henrietta eingefallen.« Immer wenn er sich elend fühlte, suchte Punchy Zuflucht bei den katholischen Lehren seiner Kindheit. Allerdings konnte er sich immer nur an einzelne Bruchstücke erinnern, bei denen es hauptsächlich darum ging, dass man aufrecht sitzen und seine Fingernägel sauber halten musste. »Vor allem wüsste ich gern, was zum Teufel ich angestellt habe, dass ich das hier verdient habe.«

»Dazu würde mir schon einiges einfallen«, entgegnete Mead, der jetzt behutsam an den Zehen rieb, weil er fürchtete, die kleineren könnten unter seiner Berührung abbrechen.

»Du hättest Schwester Henrietta mal hören müssen. Sie wusste auf alles eine Antwort. Ehrlich gesagt, jetzt bereue ich, dass ich nicht besser aufgepasst habe.«

»Wusste sie auch Rat bei Erfrierungen?«

Punchy lachte. »Sie wusste *immer* Rat.«

Als Mead mit dem linken Fuß fertig war, wandte er sich dem rechten zu, legte zwischendurch aber eine kurze Pause ein, um aufzustehen und zu horchen, ob sich in dem Wald vor ihrer Stellung etwas bewegte. Am Ende zitterten seine Hände so sehr, dass er kaum die Schnürsenkel binden konnte.

»Die Frau, die dich kriegt, hat das große Los gezogen«, meinte Punchy.

»Versuch jetzt zu schlafen.« Mead schob die Hände in die Achselhöhlen, um sie zu wärmen.

Nach einer Weile fragte Punchy: »Hattest du je Angst davor, einzuschlafen und nicht mehr aufzuwachen?«

»Dann wären wir wahre Glückspilze.« Mead bückte sich und sammelte ein paar Hände voll Kiefernnadel zusammen, die er zu einem Nest um Punchy aufhäufte. »Träum was Schönes.«

»Gute Nacht, Schätzchen.« Punchy warf Mead eine Kusshand zu, ächzte noch einige Male und schlief schließlich ein.

Mead stand auf, betrachtete den verschneiten Wald und versuchte sich die Schatten einzuprägen, falls diese sich bewegen sollten. Wieder begann es zu schneien, dicke, feuchte Flocken, die am Nacken kleben blieben. Er spitzte die Ohren, doch von den anderen Schützenlöchern und dem Vorposten drang kein Laut herüber. Aber es herrschte völlige Stille. Woran mochten die anderen Männer denken? An Essen? Ein Mädchen? Gott? Er versuchte mit den Zehen zu wackeln, doch nur die beiden großen schienen sich zu bewegen. Ihm fielen die gefangenen SS-Leute ein, die er am Vortag gesehen hatte. Man hatte sie gezwungen, barfuß im Schnee zu stehen, weil sie amerikanische Stiefel getragen hatten. Als Meads Einheit dann zur Nachhut geschickt wurde, waren Amputationen fällig geworden. Doch die Nachricht von dem Massaker an GIs in Malmédy ließ wenig Raum für Mitleid. »Bitte, Kamerad«, hatte einer von ihnen Mead angebettelt, als sie vorbeigingen. Aber er hatte nicht das geringste Mitgefühl empfunden.

Zehn Minuten verstrichen. Zwanzig. Der Wind wurde stärker, und Mead blinzelte unablässig in das Schneegestöber. Er versuchte sich auszumalen, wie Sophie im Bett lag, wie warm und sauber, wie weich und lieblich sie war. Werde ich sie je wieder berühren? Solche Freuden schienen ihm völlig unwirklich. Dann dachte er an seinen Bruder Thomas. Wie mochten die letzten Minuten seines Lebens gewesen sein? War er schon tot gewesen, bevor das Schiff unterging, oder hatte er im öligen Wasser noch um sein Leben gekämpft? Mead hatte keine Ahnung, wie kalt der Südpazifik war, aber bestimmt war jedes Meer ziemlich eisig. Er erinnerte sich an die warmen Sommernachmittage, als sie in der schwülen, von Mücken schwirrenden Luft hinter dem Haus Fangen gespielt hatten. Und dann dachte er daran, wie sie in Thomas' Zimmer immer Deckenburgen gebaut hatten, in denen sie mit ihren Taschenlampen im Dunklen saßen, Süßigkeiten naschten und sich Gespenstergeschichten erzählten. Sie hatten keinerlei Geheimnisse voreinander, bis Thomas sein erstes Rendezvous hatte. Danach war es damit vorbei. Thomas wollte ein Baseballstar bei den Red Sox werden, Mead Erfinder oder Wissenschaftler. Lächelnd dachte Mead daran, dass sich damals die Zukunft ins Endlose auszudehnen schien, wie die Bahngleise hinter ihrem Haus. Wohin bist du gegangen, großer Bruder? Aber der Gedanke an Thomas' Schicksal nahm ihm ein wenig die Angst vor dem eigenen Tod, als würde sein Bruder drüben auf der anderen Seite auf ihn warten. Was du kannst, kann ich auch. Sogar das.

Plötzlich tauchte Sergeant Fry neben Meads Schützenloch auf. »Wir verlassen die Stellung. Befehl.«

»Soll das ein Witz sein?« Sie hatten sich vor gerade erst einer Stunde eingegraben.

»Ein Irrtum. Wir sollten fünfhundert Meter weiter südlich liegen.« Fry verschwand in der Dunkelheit.

Mead blickte in den Schnee. Am liebsten hätte er losgeheult, aber selbst dafür war er zu erschöpft. Er kauerte sich nieder und stupste Punchy. »Wach auf.« Nach einem weiteren vergeblichen Stupser gab er ihm einen leichten Tritt. »Morgenstund hat Gold im Mund, Casanova.«

Punchy stöhnte. »Ach, waren das schon drei Stunden? Ich habe es mir doch gerade erst bequem gemacht.«

Mead brachte es nicht über sich, ihn zu korrigieren. Außerdem fühlte sich Punchy vielleicht ausgeruhter, wenn er ihn nicht über seinen Irrtum aufklärte. »Wir sind an der falschen Stelle.«

»Was?«

»Fry sagt, wir sollten fünfhundert Meter weiter südlich sein.« Mead kletterte aus dem Schützenloch.

Punchy saß da und versuchte diese Neuigkeit zu verdauen. Dann schlug er mit der Faust gegen die Erdwand. »Okay, jetzt reicht's! Ist mir piepegal, ob sie mich vors Kriegsgericht stellen. Sollen sie mich doch erschießen! Ich rühre mich keinen Zentimeter von diesem Schützenloch weg. Kapiert?«

»Kapiert.«

»Und wenn der Befehl von Patton höchstselbst kommt, ist mir scheißegal. Ich bleibe heute Nacht in diesem Schützenloch!«

»Ist ja gut.«

»Herrgott, und wenn ich eine ganze Panzerdivision allein aufhalten muss – ich rühr mich nicht vom Fleck!« Punchy rollte sich wieder auf den Kiefernnadeln zusammen.

»Okay.«

Zwei Stunden später hatten sie fünfhundert Meter südlich ein weiteres Schützenloch ausgehoben, diesmal nur einen knappen Meter tief und gerade groß genug, dass sie beide hineinpassten. Vor ihrer Stellung platzierten sie zwei Landminen, dann deckten sie ihren Unterschlupf mit Zweigen ab, ehe sie hineinkrochen. Bei Tagesanbruch wollten sie tiefer graben und das Dach verstärken. Punchy hielt Wache, während Mead sofort einschlief. Kaum hatte er die Augen geschlossen, fand er sich auf Händen und Knien in einem warmen Tunnel wieder.

»Schön, dich zu sehen, kleiner Bruder«, sagte Thomas, der im Schneidersitz am anderen Ende der Deckenburg kauerte, das Gesicht von einer Taschenlampe beleuchtet. Es war tatsächlich Thomas, und er hatte eine perfekte Deckenburg gebaut, mit drei verschiedenen Kammern und einer Geheimtür an der Rückseite. Mead war überglücklich, das Gesicht tat ihm weh vom ständigen Lächeln. Während sie Karten spielten und heiße Schokolade tranken, musterte Mead immer wieder das hübsche Gesicht seines Bruders, fragte sich, wie man nur so viel über alle möglichen Dinge wissen konnte, und wünschte sich, später einmal genauso zu werden wie er. Da kam ihm jäh zu Bewusstsein, was geschehen war, und er hätte am liebsten aufgeschrien.

»Geh nicht, Thomas! Sonst ertrinkst du im Meer!«

»Wovon redest du, Holzkopf?«

»Ich mach keinen Spaß, Thomas.« Nun weinte Mead. »Wenn du weggehst, wird dein Schiff versenkt, und du wirst sterben, und ich werde dich nie wiedersehen.«

»Sei nicht albern.« Thomas knipste die Taschenlampe aus und ließ Mead allein im Dunklen.

»Thomas? Bitte mach das Licht wieder an, Thomas. Bitte, Thomas!«

Eine Explosion riss Mead aus dem Schlaf. Vor ihrer Stellung war eine Mine detoniert. Er fuhr hoch, packte sein Gewehr und feuerte an Punchys Seite blindlings in die Finsternis. Auch aus den anderen Schützenlöchern wurde geschossen, und einige Männer warfen Granaten. Nach ein paar Minuten verstummte das Feuer.

»Siehst du was?«, flüsterte Punchy.

»Nicht das Geringste«, erwiderte Mead, nuschelnd vor Erschöpfung.

Punchy stapfte mit den Füßen auf den Boden. »Woher wollen wir wissen, dass unsere Flanken geschützt sind? Verdammt, ich wette, dass wir immer noch an der falschen Stelle hocken.«

Mead fuhr sich mit der Hand übers Gesicht und versuchte seine Müdigkeit abzuschütteln. Schlafen kam jetzt nicht mehr in Frage. »Ich sag dir was: Du sondierst die Lage, und ich bleibe hier und halte alles schön warm.«

Unruhig lauschten sie, doch sie hörten nur, wie der Wind durch die Bäume fuhr. Punchy stopfte sich zwei Kaugummis in den Mund. »Ich habe noch nie in meinem Leben so gefroren.«

»Das hast du schon gestern Nacht gesagt.«

»Jetzt friere ich noch mehr.« Schmatzend kaute er auf seinem Kaugummi. »Was schätzt du, wie kalt es ist?«

»Reden wir lieber von was anderem.«

»Gern. Und worüber?«

Mead glaubte, dass sie in den letzten, gemeinsam verbrachten Monaten über so ziemlich alles mindestens ein Mal geredet hatten, über viele Dinge sogar ein Dutzend Mal, so dass jeder die Antworten des anderen schon auswendig kannte. Nach kurzem Nachdenken fragte er: »Warum wolltest du Boxer werden?«

Punchy kaute geräuschvoll. »Möchtest du das wirklich wissen?« Mead nickte und rechnete damit, dass Punchy erzählen würde, er sehe in Boxershorts unwiderstehlich aus. »Weil ich so eine krumme Nase habe.«

»Ich dachte, die hättest du erst im Ring bekommen?«

»Das solltest du auch denken. Aber in Wahrheit habe ich schon immer eine krumme Nase gehabt. Das Boxen war meine Ausrede dafür. Boxer *müssen* schließlich eine krumme Nase haben.«

Mead lachte. »Du nimmst mich wirklich nicht auf den Arm? Aber das Boxen hat dir Spaß gemacht, oder? Ich meine, warst du nicht gut darin?«

Punchy zögerte. »Eigentlich nicht.«

»Und all die Geschichten, die du erzählt hast ...?«

Punchy machte ein betretenes Gesicht. »Das bleibt aber unter uns, klar?«

»Klar.« Mead wischte sich Schnee von den Wimpern. »Weißt du, du bist ein komplizierterer Mensch, als man meinen würde.«

Punchy sah ihn zweifelnd an. »Ist das ein Kompliment?«

»Auf jeden Fall.«

»Danke.« Punchy rieb sich die Hände aneinander. Mittlerweile schneite es so stark, dass ihre Helme weiß waren.

»Dann warst du also gar kein besonders guter Boxer?« Mead musste immer noch grinsen.

»Ich möchte nicht mehr darüber reden, okay?«

»In Ordnung. Jetzt bist du an der Reihe.«

Punchy schob den Kaugummi im Mund herum. »Erinnerst du dich an das Mädchen im Rotkreuz-Büro in London? Die mit den klasse Lippen?«

»Die, mit der du gleich ausgehen wolltest?« Punchy lächelte wehmütig. »Denkst du immer noch an sie?«

»Ich denke an sie alle.« Vorsichtig schnippte er den Schnee von seinem Gewehr. »Ich habe mir jede Einzelne eingeprägt.«

»Was in deinem Fall keine geringe Leistung ist.«

»Weißt du, es ist, als hätte ich Karteikarten mit Fotos von ihnen im Kopf.«

»Darf ich fragen, wie viele Karten es sind?«

»Keine Ahnung, vielleicht dreihundert. Jede Nacht fange ich ganz oben an und arbeite mich bis zur untersten durch.«

»Machst du deshalb immer so komische Geräusche, wenn du schläfst?«

Plötzlich explodierte erneut eine Mine, diesmal links von ihnen. Einige Dutzend Männer eröffneten sofort das Feuer, aber da es auf der anderen Seite ruhig blieb, hörten sie bald wieder auf.

»Meinst du, sie wollen unsere Kampflinie testen?«, fragte Mead, der noch immer das Gewehr in Anschlag hielt. Inzwischen war ihm vor Müdigkeit schwindlig.

»Nee, die haben sich bestimmt nur verirrt«, meinte Punchy. »Hier draußen würde man ja nicht mal seinen eigenen Arsch finden.«

Mit Mühe gelang es ihnen, die übrige Nacht wach zu bleiben. Sie spähten ins verschneite Dunkel und schmiegten sich aneinander, um sich warm zu halten. Am nächsten Morgen nach Sonnenaufgang verwandelte sich der Schnee in Eisregen. Sie erblickten die Überreste zweier großer Hirsche, die in ihre Stellung gewandert waren. Eine Stunde darauf erhielten sie Befehl, sich für den Abmarsch bereitzumachen.

»Und das schöne frische Wild vergammelt«, murrte Punchy, der bei seinem letzten Erdnussriegel angelangt war. »Ich sag dir, Mead, unser Schicksal liegt in den Händen von Idioten.«

Am nächsten Morgen vor dem Frühstück machte Andrew unter der Aufsicht seines Großvaters seine Leibesübungen im Hotelzimmer. »Du hast schon zwanzig geschafft«, lobte Mead, während Andrew sich auf den Bauch fallen ließ. »Wenn du so weitermachst, nehmen sie dich nächstes Jahr vielleicht sogar in die College-Mannschaft auf.«

»War's das?«

»Noch ein paar Klappmesser.«

Während Andrew duschte – kaum lief das Wasser, begann der Junge loszuträllern wie ein Kanarienvogel –, setzte sich Mead an den kleinen Ecktisch und schrieb eine Postkarte an Sharon. Er schilderte, was sie bisher besichtigt hatten, und erinnerte sie daran, sich nach einem neuen Wagen umzusehen. Als Andrew aus dem Badezimmer kam, bemerkte Mead rosa Flecken im Gesicht des Jungen, wodurch es seltsam zweifarbig erschien. »Trägst du … *Make-up*?«

Andrew legte die Hand aufs Kinn. »Das ist nur Abdeckcreme.«

»Abdeckcreme?«

»Wegen meiner Akne.«

»Aha?«

»Ich hab sie von Mom.«

»Hat sie dir gezeigt, wie man sie benutzt?«

»Ja.«

»Wer hätte das gedacht.« Mead stand auf und griff nach dem Zimmerschlüssel, doch da huschte Andrew noch einmal ins Badezimmer. Als er wieder herauskam, sah sein Gesicht schlimmer aus als zuvor.

»Wohin geht's heute?«

Mead lächelte. »In den Krieg. Imperial War Museum.«

Kaum hatte Mead den großen Hauptraum betreten und die deutschen Abzeichen an dem »Panther«-Jagdpanzer gesehen, überfiel ihn unwillkürlich Angst. Wie albern, sagte er sich, doch sie ließ sich nicht abschütteln. Andrew trat näher heran und steckte den Arm durch eines der drei Einschusslöcher in der dicken Panzerung. »Schau mal«, meinte er. »Die Deutschen da drin müssen regelrecht gebraten worden sein.«

Mead betrachtete einen Sherman-Panzer, während Andrew ein deutsches Ein-Mann-U-Boot und danach ein kleines Fischerboot aus Holz inspizierte, das bei der Evakuierung aus Dünkirchen verwendet worden war. Über ihnen ragte eine V-2-Rakete auf, und an der Decke hingen eine Spitfire, eine Heinkel und eine P-51 Mustang. Mead wunderte sich, dass alles so glänzend und neu und spielzeugmäßig aussah. Was würde sein Enkel denn lernen, wenn er nur Spielzeug anguckte?

Nach der Besichtigung der Hauptausstellung gingen sie die Treppe hinunter und nach links zur Abteilung, die dem Ersten Weltkrieg gewidmet war. Sie spähten durch Glasscheiben auf ein Dutzend Waffen, Landkarten und Erinnerungsstücke. Während Mead eine Gasmaske begutachtete, dachte er an seinen Vater. Hätte er doch die endgültige, totale Niederlage Deutschlands noch erleben dürfen.

»He, Großvater, sieh dir das mal an«, rief Andrew aufgeregt. Da war das lebensgroße Modell eines Schützengrabens mit verletzten Soldaten, Geräuscheffekten und bedrohlichen roten Blitzen in der imaginären Ferne. Zögernd folgte Mead seinem Enkel in den Raum und dachte an die unzähligen Schützenlöcher, die er in den Ardennen gegraben hatte, an den ständigen Gestank von Dreck und Verwesung, der noch so viele Jahre an ihm haftete, dass er stets eine Dose Pfefferminzbonbons in der Tasche trug.

»Ist es so gewesen?«, fragte Andrew und spähte über den Wall in das trostlose Niemandsland, hinter dem die feindlichen Linien begannen.

»Wir hatten meistens Schützenlöcher«, erklärte Mead. »Die sind viel kleiner.« Er betrachtete die beiden lebensgroßen britischen Soldaten, die zum Sturmangriff ansetzten, während über verborgene Lautsprecher Stimmen eingespielt wurden. »Aber man kriegt hier einen guten Eindruck.«

»Mann, ich hätte es ätzend gefunden.«

»Ja, das glaube ich auch.«

Nach der Besichtigung des Grabens gingen sie weiter zu einer Ausstellung über Hitlers Aufstieg zur Macht. Sie blieben eine Weile vor großen Fotografien stehen, die erst jubelnde Menschen zeigten, dann endlose Reihen von Soldaten und schließlich einen wild dreinschauenden Führer, der das Volk gegen seine vermeintlichen Feinde hetzte wie Jagdhunde auf einen Fuchs. Mead erinnerte sich, wie er mit seinen Eltern nach dem Abendessen vor dem Radio saß und dabei dachte, dass sich die deutsche Sprache doch sehr komisch anhörte.

»Warum muss er denn andauernd schreien?«, meinte seine Mutter.

»Vermutlich sind die Deutschen schwerhörig«, erwiderte Thomas, der schon immer schlagfertiger gewesen war als Mead.

»Also, ich finde das ordinär.«

»Der Kerl will Krieg«, sagte sein Vater dann und paffte düster seine Pfeife.

»Wir haben sie schon einmal besiegt und können es wieder tun«, hatte der junge Mead geprahlt und dabei versucht, besonders mannhaft zu klingen.

Sein Vater blickte ihn an und sog tief an seiner Pfeife. »Da irrst du dich, mein Junge.« Er leerte die Pfeife in einen Aschenbecher und kratzte mit einem kleinen silbernen Utensil, das er in der Tasche seines grauen Pullovers aufbewahrte, den Pfeifenkopf aus. »Weißt du, wir haben sie nie wirklich besiegt.« Zu jener Zeit hatte Mead nicht begriffen, was sein Vater damit sagen wollte.

Beim weiteren Rundgang durch die Ausstellung blieb Mead vor einer Totenmaske Himmlers stehen und musterte die friedlichen Züge des Toten. Dann verharrte er vor einer weißen Sommeruniform, die einst Göring gehört hatte. Mit Ekel dachte er daran, dass dieser Stoff einst an der schwitzigen Haut dieses teuflischen Dickwansts geklebt hatte. Hatte man den Rock gereinigt? Oder stank er immer noch nach dem fetten Schwein? Und da war auch Goebbels, des Führers treuer Schoßhund. Du kleiner Scheißer. Hättest du all das für ein ansprechenderes Äußeres und ein paar Zentimeter mehr Körpergröße eingetauscht? (Und wie hast du dich gefühlt, als deine Frau am Ende eure sechs kleinen Kinder vergiftet hat?) Er blickte in die fanatischen Gesichter der Deutschen, die die Straßen säumten, wenn Hitlers Wagenkolonne vorbeifuhr. »Wir waren nie überzeugte Nazis«, beteuerten sie, als sie den Krieg verloren hatten und die amerikanischen Konvois an jedem Haus mit weißen Laken begrüßt wurden. »Wir wollen nur Frieden.« Und das Härteste daran war, dass es zunehmend schwieriger wurde, die Deutschen zu hassen, wenn sie so eifrig die Trümmer wegräumten und an Ostern bemalte Eier für ihre Kinder versteckten und in die Kirchen strömten, als sei ein böser Zauber gebrochen.

Als sein Blick wieder auf seinen Enkel fiel, fragte er sich, ob all das dem Jungen irgendetwas sagte. Oder war es für ihn wie eine Ausstellung mittelalterlicher Schwerter und Rüstungen, an denen ihn lediglich die handwerklich-technische Seite interessierte?

»Das müssen wir uns ansehen«, sagte Andrew und reihte sich in die Schlange vor dem Eingang zu »The Blitz Experience« ein. Nachdem sie mit einer Horde Schulkinder und zwei alten Damen zehn Minuten gewartet hatten, betraten sie die Nachbildung eines Luftschutzkellers. Gleich darauf verloschen die Lichter, und Sirenengeheul übertönte die plappernden Stimmen vom Band. Es war, als kauerten sie zusammen mit anderen Menschen in diesem Schutzraum unter der Stadt, während oben die Bomben fielen. »Genau so war es«, sagte eine Frau. »Ich kriege eine richtige Gänsehaut.« Nach dem simulierten Angriff verließen sie den Keller und gingen durch das lebensgroße Diorama einer bombardierten Straße. Überall lagen Trümmerhaufen, man hörte Menschen um Hilfe rufen. »Sieh dir das mal an«, meinte die andere Frau und deutete auf eine zerstörte Ladenfassade. »Trockenei zu verkaufen!«

»Das war aber ziemlich dick aufgetragen«, bemerkte Andrew danach. Mead schwieg, während sie zur nächsten Abteilung, »Operation Overlord«, gingen. »Jetzt kommt die Invasion in Frankreich«, sagte Andrew aufgeregt, als erwarte er, dass sein Großvater Freudensprünge machte.

»Ganz recht.« Mead verlangsamte seinen Schritt.

»Ich kann's gar nicht glauben, dass du wirklich dabei warst. Das muss echt krass gewesen sein.«

»Manchmal kann ich es selbst nicht glauben.« Sie standen nebeneinander vor einer großen Karte mit den Landezonen.

»Wie ist es für dich, wenn du das jetzt siehst?«

Mead wandte sich der lebensgroßen Puppe eines deutschen Soldaten zu, der gerade nach seiner Pistole griff. »Nicht ganz leicht, um ehrlich zu sein.«

»Dachte ich mir.«

Einige Minuten lang betrachteten sie schweigend die Ausstellungsstücke, bis Andrew plötzlich fragte: »Hast du da diesen Deutschen getötet?«

»Ich ... wie kommst du darauf, ich hätte ihn getötet?«

»Nur so ein Gedanke. Weil du all seine Sachen aufgehoben hast. Natürlich hätte er auch schon tot sein können, als du ihn gefunden hast. So genau hab ich nicht darüber nachgedacht.«

»Es ist in Deutschland passiert«, sagte Mead plötzlich und wandte sich rasch dem nächsten Objekt zu.

Andrew folgte ihm auf den Fersen. »Was genau ist denn passiert?«

Mead blieb stehen und drehte sich zu dem Jungen um. »Ich hab ihn getötet. Das ist passiert.«

»Oh.«

Mead steuerte auf den Ausgang zu, hielt jedoch vor einer großen Tafel inne, die den Blutzoll des Krieges auflistete.

»Ist er auf dich losgegangen? War es ein richtiger Kampf?«

Mead zögerte. »Das ist jetzt nicht mehr von Belang.«

Als sie zu ihrem Hotel zurückfuhren, hatte Mead das Gefühl, mit dieser Reise einen schrecklichen Fehler begangen zu haben.

Andrew versuchte unter der Dusche zu onanieren, aber es kam ihm ziemlich daneben vor, wenn sein Großvater gleich da draußen vor der Tür war. Verdammt noch mal, der Alte verließ das Zimmer ja nie auch nur eine Minute. Ich drehe noch durch, dachte Andrew und schnappte sich ein Handtuch. Kann man an Geilheit sterben?

Am nächsten Morgen wollten sie in aller Herrgottsfrühe nach Frankreich aufbrechen, und er hörte, wie sein Großvater packte. Seit dem Besuch im Kriegsmuseum war er sehr still gewesen, und Andrew fragte sich, ob ihn vielleicht irgendwie seine Vergangenheit eingeholt hatte. Er hatte mal eine Sendung über Vietnamveteranen gesehen, die bei jedem lauten Geräusch durchdrehten und ganze Familien niedergeschossen hatten. Himmel, was mach ich, wenn der Kommisskopf mitten in der Nacht aufwacht und mich für einen Kraut hält?

Nachdem sie das Licht ausgeknipst hatten, wartete Andrew, bis er seinen Großvater tief und gleichmäßig atmen hörte. Dann fasste er sich zwischen die Beine und begann sich leise zu streicheln. QUIETSCH. Er probierte es noch behutsamer und hoffte, einen geeigneten Rhythmus zu finden, der die Bettfedern nicht in Bewegung brachte. Doch so vorsichtig er auch zu Werke ging, das Bett reagierte wie ein hoch empfindlicher Bewegungsmelder. *Scheiße*. Schließlich verschränkte er die Hände hinter dem Kopf und versuchte durch schiere Willenskraft zu einem Orgasmus zu kommen, aber das machte ihn nur noch geiler.

Er lauschte auf die ruhigen Atemzüge seines Großvaters und fragte sich, was er wohl träumte. Wie er gegen Krauts kämpfte? Wie einer seiner Kameraden erschossen wurde?

Wie er Großmama zu ihrem ersten Rendezvous ausführte? Dann dachte er an Evelyn, die so eine tolle Frau war. Es war so ungerecht, dass sie sterben musste. Hatte sie Krebs? Welche Art von Krebs, und tat es sehr weh? Er erinnerte sich an ihre Miene, als sie sich an ihm festgehalten hatte, sie sah aus, als hätte jemand sie geschlagen. *Halt durch, Evelyn. Du musst durchhalten.* Einige Minuten später wälzte er sich auf den Bauch, schloss die Augen und dachte an die verschiedenen Kronjuwelen und Schwerter, die er gesehen hatte. Als ihm das langweilig wurde, versuchte er vor seinem inneren Auge ein naturgetreues dreidimensionales Bild von Cori Fletcher heraufzubeschwören, was ihn aber so erregte, dass er wieder an seine Nichtversetzung in der Schule denken musste. Schließlich wanderten seine Gedanken zu Matt und dem Ziploc mit der Asche, den er in einem Reißverschlussfach seines Matchsacks unter dem Bett aufbewahrte. *Was soll ich nur mit dir machen, Kumpel?*

Es war erstaunlich einfach gewesen, Matts sterbliche Überreste zu stehlen. Andrew besaß einen Schlüssel zu Matts Wohnung, was aber niemand wusste. Und als er erfuhr, dass Matts Eltern die Asche am nächsten Samstag zur Beisetzung nach Indiana bringen wollten, folgerte er, dass die Asche irgendwo in der Wohnung sein musste. (Man hatte ihn nicht zur Trauerfeier eingeladen. Also schloss er sich stattdessen in seinem Zimmer ein und hörte die Lieblingssongs von Matt komplett durch.)

Am Freitag um die Mittagszeit fuhr er mit dem Fahrrad hinüber und umkreiste einmal den Block, um sich zu vergewissern, ob auch alle Autos weg waren. Dann rannte er zum Haus Nummer 3C, zog die limonengrünen Spülhandschuhe seiner Mutter an und schloss die Tür auf, die er sogleich wieder hinter sich zuzog.

Himmel, war das gruselig! Als er an der Tür stand und horchte, rechnete er fast damit, aus Matts Zimmer die Stereoanlage dröhnen zu hören. Er unterdrückte den Drang, kehrtzumachen und davonzulaufen. Ich kann nicht zulassen, dass sie Matt in Indiana begraben. Außerdem würde Matts Geist ihm doch nichts tun ... oder?

»Hallo?«

Stille. Er schaltete das Licht ein, ging dann schnell den Flur entlang zu Matts Zimmer, dessen Tür geschlossen war. Wieso das? Um etwas drinnen zu behalten oder etwas nicht reinzulassen? Er streckte die Hand nach dem Türgriff aus, zögerte, legte ein Ohr an die Tür. Treiben sich Geister noch in ihren früheren Zimmern herum? Leise klopfte er an. »Matt?« Er drehte am Griff und öffnete die Tür einen Spalt, obwohl er am liebsten das Weite gesucht hätte. »Matt?« Er drückte die Tür noch ein wenig weiter auf. »Bring mich nicht auf einen schlechten Trip, Matt, hörst du?«

Als er eintrat, stellte er überrascht fest, dass das Zimmer immer noch sehr nach Matt roch. Allerdings war es sauberer, als er es je gesehen hatte – das Bett perfekt gemacht, nicht eine einzige Socke auf dem Boden. Er blickte zum Schrank hinüber, der geschlossen war. »Ich bin's – Andrew. Versuch bitte nicht, mir Angst einzujagen, okay?«

Die kleine weiße Urne stand auf der Kommode neben Matts Bett. Vorsichtig nahm er sie in die Hände und schüttelte sie sachte. Er hatte gefürchtet, sie könnte versiegelt sein, doch sie ließ sich problemlos öffnen. Er lugte hinein. »Mein Gott, was haben sie aus dir gemacht?« Nachdem er die Spülhandschuhe ausgezogen hatte, griff er in das Gefäß und nahm behutsam eines der größeren Stückchen heraus. Heiße Tränen strömten über seine Wangen. *Wir müssen weg aus dem Mittleren Westen, Andrew. Ich sage dir, das wahre Leben spielt sich an den Küsten ab.*

»Keine Sorge, Kumpel, ich lasse nicht zu, dass sie dich nach Indiana bringen. Echt nicht.«

Schluchzend betrachtete er die Asche und dachte, dass es eigentlich gar nicht wie Asche aussah. Dann ging er in die Küche und durchwühlte die Schubladen, bis er eine Schachtel mit großen Ziplocs fand. Optimal. Nachdem er die Asche in eine der Tüten geschüttet und verschlossen hatte, steckte er diese noch in eine zweite Tüte. Sicher ist sicher. Er kramte noch weiter in den Schränken herum und entschied sich schließlich für eine Packung reines Rohrzuckergranulat. Unterschiedlich in der Konsistenz, aber zumindest ein Gewichtsausgleich. Als er die Urne bis zum Rand damit gefüllt hatte, stellte er sie auf die Kommode zurück. Er grinste, als er sich ausmalte, wie Matts Arschloch von Vater einen Finger hineinsteckte, ihn ableckte und feststellte, dass sein Sohn letztlich doch ein süßer Bengel gewesen war.

Danach plünderte er in der Küche noch eine Schachtel Schokokekse, wobei er die Hälfte gleich verdrückte und sich den Rest in die Taschen stopfte. Satt, aber niedergeschlagen hockte er sich in Matts Zimmer aufs Bett, die Plastiktüte auf dem Schoß. Er betrachtete die Poster von Jimi Hendrix, Kurt Cobain, Bob Marley und Sid Vicious. Ob Matt jetzt mit ihnen irgendwo Partys feierte? Bei diesem Gedanken fühlte er sich völlig verlassen. Er durchsuchte Matts Schreibtischschubladen, bis er auf seinen Zeichenblock stieß, der zahlreiche Entwürfe für Häuser enthielt. Die schönste der Zeichnungen riss er heraus, faltete sie sorgfältig zusammen und steckte sie in die Tasche. Dann zog er die Handschuhe wieder an, nahm die Plastiktüte, schaltete das Licht aus und schloss die Tür leise hinter sich.

Am nächsten Tag kam ein Anruf aus Indiana. Andrew wusste sofort Bescheid, als er seine Mom am Telefon sah – ihr Gesicht wurde immer länger, während sie energisch ihre Zigarette ausdrückte. Jetzt gab's Stunk. Sogleich setzte er die ernste Miene auf, die er vor dem Spiegel eingeübt hatte, und wappnete sich für das, was da kommen würde.

»So, junger Mann, was zum Teufel hast du mit ...«, sie fuchtelte mit den Armen, »... du weißt schon, mit *ihm* gemacht?«

»Mit wem?«

»Mit Matt.«

»*Matt?* Wovon redest du?«

Sie trat näher und starrte ihm ins Gesicht. Oh, oh. Gedanken lesen. *Sofort alle Mann an Deck. Schutzschilde aktivieren. Wir fahren bereits volle Kraft, Scotty.*

»Du weißt *genau*, wovon ich rede.«

Zwei Mal stellte sie in seinem Zimmer alles auf den Kopf, entfernte sogar die Blende vor dem Heizungsrohr. Aber Matt war gut versteckt in dem Kunststoffbehälter im Wald. »Vielleicht haben sie in der Leichenhalle Mist gebaut«, mutmaßte Andrew nach der zweiten Durchsuchung. »So was liest man ja ständig in der Zeitung.«

»Es war *Zucker.*«

»Echt? Du weißt doch, dass er immer etwas für Süßigkeiten übrig hatte.«

Anfangs drohten Matts Eltern mit rechtlichen Schritten, und bei einem besonders unerfreulichen Besuch hätte Matts Vater beinahe Andrew verprügelt. Aber die ganze Angelegenheit war so peinlich, dass alle eher darauf bedacht schienen, nichts an die Öffentlichkeit dringen zu lassen, als Matts sterbliche Überreste zu finden.

Als Andrews Mom die Suche endlich aufgab, grub er die Plastiktüte im Wald aus. Von da an nahm er sie jeden Tag in seinem Rucksack in die Schule mit, denn er hatte das Gefühl, jede nur denkbare Unterstützung zu brauchen. Eines Nachmittags während des Englischunterrichts schaute er zu Megan Wynn hinüber und fragte sich, was Matt nur an ihr gefunden hatte. Und da hatte er eine Idee. Am nächsten Morgen erschien er schon früh zum Unterricht und ging schnurstracks zur Bank vorne links, wo Megan immer auf einem der beiden Stühle saß. Aber auf welchem? Nach kurzem Zögern entschied er sich für den rechten Stuhl. Er zog ein kleines Tütchen mit einer – eigens für diesen Zweck abgefüllten – Portion von Matts Asche hervor, entnahm eine Prise davon und streute sie auf die Sitzfläche, ohne dabei die Klassenzimmertür aus den Augen zu lassen. Nachdem er dafür gesorgt hatte, dass die Asche nicht allzu leicht sichtbar war, setzte er sich rasch auf seinen Platz an der Rückseite des Zimmers und wartete. *Das wird dir gefallen, Matt.*

Unmittelbar vor dem Klingeln spazierte Megan herein. Sie warf ihr gewohntes Lächeln in die Runde, fuhr sich mit einer Hand durchs Haar, damit auch alle merkten, wie unglaublich schön es war, und schlenderte hüftwackelnd zur Bank vorne links. Beide Stühle waren noch frei. Andrew biss die Zähne zusammen, während er sie mit schierer Willenskraft auf den rechten Stuhl zu zwingen versuchte. *Bitte, bitte, bitte.* Vor dem Stuhl mit Matts Asche blieb sie stehen und setzte sich dann auf den daneben. *Verdammt!* Da klingelte die Glocke. Na, wenigstens würde Matt nichts passieren. Doch gerade als der Lehrer mit dem Unterricht begann, ging die Tür auf und Bill Humphrey schlurfte herein. *O nein.* Aber Humphrey würde es niemals wagen, sich neben Megan zu setzen. Das war undenkbar. Humphreys Blick wanderte durch den Raum, auf seinem roten, verschwitzten Gesicht lag ein Ausdruck von Hilflosigkeit. *Worauf wartet er denn?* Und dann begriff Andrew. Humphrey konnte nicht zu einem der beiden anderen freien Tische gehen, ohne sich durch die von Schultaschen zugestellten schmalen Gänge zu zwängen. Mit schüchterner Miene trottete er zu dem Stuhl neben Megan, die entsetzt zurückfuhr. Andrew schloss die Augen, als Humphrey sich auf Matts Überresten niederließ.

Nicht verzagen, Matt.

Andrew unternahm noch drei weitere Versuche, doch Megan suchte sich jedes Mal den anderen Stuhl aus und überließ Matt immer wieder aufs Neue einem unsäglichen Schicksal. Endlich, beim vierten Anlauf, bekam Matt sein Mädchen. *Wir sind gelandet.* Andrew geriet fast aus dem Häuschen, als er sah, wie Megan sich direkt auf Matts Asche platzierte und mit dem Hintern ein bisschen hin und her rutschte, um es sich richtig bequem zu machen. *Jetzt geht's los, Matt!*

»Stimmt was nicht, Andrew?«, fragte der Lehrer, weil Andrew so auf seinem Stuhl herumzappelte.

»Doch, doch«, antwortete er. »Alles bestens.«

# *Normandie*

Bei Einbruch der Dunkelheit trafen sie mit der Fähre von Portsmouth in Caen ein. Während der sechsstündigen Überfahrt langweilte sich Andrew, zudem verursachte ihm der Seegang Übelkeit. Die meiste Zeit hatte er den Kopfhörer aufgesetzt, und immer wieder fragte er, wie lange es denn noch dauere. Mead hingegen saß ruhig auf seinem Platz und ging nur ab und zu an Deck, um auf die raue See hinauszublicken und später auf die normannische Küste, als sie in Sichtweite kam. Nachdem sie an Land gegangen waren, mieteten sie ein Auto – das kleinste, das Andrew je gesehen hatte – und brachen zu ihrem Hotel auf. Dreimal mussten sie Einheimische nach dem Weg fragen, darunter auch ein hübsches französisches Mädchen, das Andrew anstarrte, als sei er der dämlichste Tourist weit und breit.

»Jetzt könnte ich einen Burrito mit Bohnen vertragen«, meinte Andrew, als sie sich in ihrem kleinen Zimmer im zweiten Stock und mit Blick auf eine Seitenstraße einquartierten. »Meinst du, es gibt hier in der Nähe ein Taco Bell?«

»Nur über meine Leiche«, erwiderte Mead.

Sie landeten schließlich in einem hell erleuchteten, fast leeren Café, wo Mead mit Hilfe eines Reiseführers mühsam die Speisekarte zu enträtseln versuchte, während ein kleinwüchsiger, fast kahlköpfiger Ober ihn mit verächtlicher Miene beobachtete.

»*Schafhirn?*«, fragte Andrew entgeistert.

»Und ich dachte, das würde dich zu Begeisterungsstürmen hinreißen«, meinte Mead. »Hättest du lieber Hühnchenmägen?«

»Ich muss gleich kotzen.«

»Sag, wie heißt noch mal ›Frosch‹ auf Französisch?«

Andrew war ganz blass geworden und sank immer tiefer in seinen Stuhl. »Gibt es irgendwas, das die Franzosen *nicht* essen?«

»Nicht, wenn es sich bewegt.«

Schließlich entschied sich Andrew für eine dreifache Portion Pommes frites und Mead für ein Steak. Nach dem Essen holte Mead eine Landkarte aus der Tasche, breitete sie auf dem Tisch aus und erläuterte in groben Zügen die militärische Lage in Europa unmittelbar vor der Landung in der Normandie.

»Haben sich wirklich manche Jungs vor Angst in die Hose gepisst?«

»Du hörst mir ja gar nicht zu.«

»Ist mir gerade so in den Sinn gekommen. Hab davon gelesen, aber gedacht, das sei vielleicht auch nur so eine Behauptung wie die, dass manche Leute vor Schreck weiße Haare bekommen haben.«

Mead runzelte die Stirn. »Tatsache ist: Ja, es kam vor.«

»Haben sie ...«

»Einmal.«

»Krass. Ich kann mir gar nicht vorstellen, wie es ist, eine solche Angst zu haben. Hast du mal gesehen, wie bei jemandem das Haar ...«

»Zurück zur Karte.« Mead schob sie Andrew hinüber. »Das hier sind die Hauptlandezonen. Die britischen und kanadischen Sektoren lagen hier, während die Amerikaner hier und hier landeten. Die Absprungzonen der 101. und der 82. Luftlandedivision lagen in diesem Gebiet, und ich bin ungefähr hier gelandet.« Er tippte mit dem Finger auf die Karte. »Wo genau, weiß ich allerdings nicht.«

»Wieso nicht?«

»Es war ja stockfinster.«

Andrew betrachtete interessiert die Karte. »Und wo waren die Deutschen?«

Mead lächelte. »Überall.«

»Kein Wunder, dass ihr euch in die Hosen gemacht habt.«

»Die Deutschen aber auch. Jedenfalls habe ich mir überlegt, dass wir hier beginnen und morgen über Sword, Juno und Gold Beach nach Omaha Beach fahren. Vielleicht schaffen wir es sogar bis Pointe de Hoc. Übermorgen könnten wir dann vielleicht Carentan und Ste.-Mère-Église besichtigen, danach zu den Absprungzonen fahren und uns schließlich Utah Beach ansehen.«

»Klingt cool.«

»Ein anderes Wort, das Begeisterung ausdrückt, kennst du wohl nicht?«

»Interessant. Es klingt interessant.«

Mead lehnte sich zurück. »Wie weit bist du mit *Der längste Tag* gekommen?«

»Gestern Abend war ich so müde ...«

»Ich möchte, dass du vor dem Schlafengehen mindestens noch eine Stunde liest. Du hast viel mehr von unserer Reise, wenn du ein bisschen was weißt von dem, was hier geschehen ist.«

Andrew seufzte, als Mead dem Kellner winkte, um zu bezahlen.

Im Hotelzimmer sprach Mead kaum ein Wort. Stattdessen setzte er sich in einen Sessel in der Ecke und starrte aus dem Fenster. Nach einer Weile zog er seinen hellblauen Pyjama an und schlüpfte ins Bett.

»Bist du sauer auf mich?«, fragte Andrew.

»Wie kommst du denn darauf?«

»Du wirkst irgendwie schlecht gelaunt.«

»Nein, ich bin nicht sauer auf dich.« Mead drehte sich auf die Seite. »Gute Nacht.«

»Gute Nacht.«

Andrew blieb noch ein halbe Stunde lang auf, um zu lesen. Dazu hörte er Musik aus dem Kopfhörer, was die Schlachtbeschreibungen noch sehr viel dramatischer machte. Schließlich schaltete er seine Lampe aus, kroch tief unter die Decke und versuchte zu onanieren. Das Bett quietschte. O Gott, ich halt es nicht mehr aus. Er fühlte seinen Puls und fürchtete, gleich völlig durchzudrehen. Nie und nimmer würde er damit warten können, bis er wieder zu Hause wäre. Es war, als hätte man eine geladene und entsicherte Pistole in der Hand; nein, eigentlich keine Pistole, sondern eher eines dieser riesigen Geschütze auf einem Zerstörer, das mit einem Schuss einen VW Käfer in dreißig Kilometer Entfernung wegpusten kann. Die kleinste Provokation – und *kawumm!* würde er die ganze Normandie mit einer Springflut der Geilheit überschwemmen. Er zwang sich, an die fünf peinlichsten Ereignisse in seinem Leben zu denken. Die Liste wuchs bald auf über zwanzig derartige Erlebnisse an, wodurch die Lust in seinen Lenden schwand und stattdessen seine Wangen zu glühen begannen. Als er endlich einschlief, träumte er, Matt und er wären Möwen, die hoch über einem wunderschönen weißen Strand ihre Kreise zogen und gelegentlich hinabtauchten, um den Sportskanonen auf den Kopf zu kacken und den Mädchen in die Bikinis zu spähen.

Mead horchte auf das Quietschen des Betts nebenan und fragte sich, warum Andrew so unruhig war und keinen Schlaf fand. Schließlich hörte das Quietschen auf; stattdessen waren die typischen gleichmäßigen Atemzüge zu vernehmen, wie von einem Kind. Und er war ja auch noch ein Kind, ein verwirrter, zorniger Junge. Meads Gedanken wanderten zu Evelyn, ihrem Lächeln, ihren Wangen, ihrem Nacken, bis ihn plötzlich eine tiefe Traurigkeit überkam. Was fantasierte er sich da zusammen – dass er einfach wieder von vorne anfangen könnte? Dass Sophie ersetzt werden könnte? Zumindest Evelyn hatte mehr Vernunft bewiesen. In gewisser Hinsicht war es besser, dass sie fortzog. Weiß Gott, er hatte es wirklich bitter nötig, einen klaren Kopf und wieder Boden unter die Füße zu bekommen. Anfangs würde es nicht leicht sein, weil er jedes Mal an sie erinnert werden würde, wenn er vors Haus trat. Aber er würde es überleben. Wie alles andere.

Genau das bist du nämlich, alter Mann: ein Überlebender. Er dachte an Jimbo und Rokowski und Punchy. Warum war es gerade ihm vergönnt gewesen weiterzuleben? War es einfach nur Dusel? Oder gab es Gründe dafür, die er nie erfahren hatte? Selbst nach so langer Zeit noch fühlte er sich schuldig und glaubte, dass jeder der anderen mehr aus seinem Leben gemacht hätte als er. War es wirklich schon so lange her? Er versuchte sich zu erinnern, wie anders sich damals sein Körper angefühlt hatte, straff und wendig, wie wenn man einen Sportwagen lenken würde. Was würden die Jungs denken, wenn sie ihn heute sehen könnten? Er starrte im Dunkeln zur Decke empor und lächelte in sich hinein. *Bist du das, Mead? Himmel, du siehst ja beschissen aus.* Er versuchte sich vorzustellen, wie die anderen gealtert wären, aber es gelang ihm nicht. Das war das Einzige, was sie ihm voraushatten: ewige Jugend, weil sie in der Blüte ihres Lebens gestorben waren. Und nun war er mehr als ein halbes Jahrhundert älter, als sie je gewesen waren. Alt genug, um ihr Großvater zu sein. Wie absurd.

»Wir fangen am Sword Beach an und fahren dann die Küste entlang zum Omaha Beach«, erklärte Mead, als sie am nächsten Morgen vom Parkplatz des Hotels losfuhren. Beim Frühstück hatte er keinen Bissen heruntergebracht. Den ganzen Morgen war er nervös und ängstlich. Würde die Vergangenheit wieder mit Macht auf ihn einstürmen? Andrew dagegen wirkte aufgeregt wie ein Kind vor einer Zirkusvorstellung. »Wenn du die Landkarte aufschlägst, zeige ich dir die Strecke.«

Aber Andrew war zu sehr damit beschäftigt, aus dem Fenster zu gucken. »He, sehen wir uns doch mal den Friedhof an«, sagte er und deutete dabei auf ein Schild. Mead beschloss anzuhalten. Am besten gleich ins kalte Wasser springen.

Nachdem sie den Wagen abgestellt hatten, betraten sie den kleinen, sorgfältig gepflegten Friedhof und wanderten langsam durch die Reihen der Gräber von britischen, kanadischen und deutschen Gefallenen. Okay, damit kann ich umgehen. Dennoch wurde er das Gefühl nicht los, als schliche jemand hinter ihm her, als würde sich etwas – was genau, das wagte er sich nicht vorzustellen – im nächsten Moment auf ihn stürzen.

»Findest du's nicht auch cool, dass die Gräber der Briten Inschriften von ihren Familien haben?«, wollte Andrew wissen.

Mead nickte. Er stand vor dem Grab von E. G. Winter, gefallen am 8. Juli 1944 im Alter von 21 Jahren:

DER WELT
WAR ER NUR EIN TEIL
SEINER MUTTER
WAR ER DIE GANZE WELT

Und im Grab daneben lag J. H. Norman, gefallen am 22. Juli 1944 im Alter von 24 Jahren:

UNVERGESSEN WIRD ER BLEIBEN
MIT SEINEM FESTEN SCHRITT
UND DEM SANFTEN VERTRAUTEN GESICHT

Und R. B. Vinall, gefallen am 22. Juli 1944 im Alter von 17 Jahren:

VIEL STILLES HERZELEID
EINE STILLE TRÄNE
VON UNS GEGANGEN, ABER UNVERGESSEN
MOM UND DAD

»Ob hier wohl auch welche liegen, die sich gegenseitig umgebracht haben?«, fragte Andrew, als er zu dem Abschnitt mit den Gräbern der Deutschen hinüberging.

»Jedenfalls scheinen sie inzwischen ganz gut miteinander auszukommen«, erwiderte Mead und zwang sich, keine weiteren Inschriften auf den britischen Grabsteinen zu lesen, um nicht die Fassung zu verlieren. Er dachte an den einfachen Stein, den seine Eltern für seinen Bruder Thomas auf einem kleinen Friedhof sechs Straßen von ihrem Haus hatten setzen lassen. Oft hatte er stundenlang davor im Gras gesessen, auf den Namen seines Bruders geblickt und sich gewünscht, er wäre nicht im Meer verschollen, denn dadurch schien er noch weiter fort zu sein. Auch Mead ging zu den deutschen Gräbern hinüber, auf denen jeweils nur Name und Datum standen. 1925 – was für ein Geburtsjahr. Er beobachte Andrew, der von Grabstein zu Grabstein wanderte und jede einzelne Inschrift las. Dann trat er ein paar Schritte zurück und blickte zu den Bäumen empor, die dichtes, frisches Laub trugen. Vielleicht heilt die Zeit doch alle Wunden. Obgleich er daran seine Zweifel hatte.

Als Nächstes machten sie an der Pegasus-Brücke am Orne-Kanal Halt. Mead schilderte, wie die britischen Fallschirmjäger die Brücke eingenommen hatten, aber Andrew interessierte sich mehr für den dort ausgestellten Cromwell-Panzer.

»Hast du auch hier in der Nähe gekämpft?«

»Ich sagte dir doch, dass wir hier im britischen und kanadischen Sektor sind«, erwiderte Mead ungeduldig und hatte die dunkle Ahnung, dass sein Enkel überhaupt nichts begreifen würde. Genauso gut hätte er ihm Yorktown oder Los Alamos zeigen können. Er beschloss, das kleine Museum auszulassen und gleich weiter in Richtung Küste zu fahren.

»Da vorne sind sie also, diese *Beaches*?«, fragte Andrew, als das Meer in Sicht kam.

Mead nickte und war überrascht, dass alles so normal aussah, mit den gepflegten, aber bescheidenen Häuschen und Bungalows, die sich entlang der friedlichen Küste aneinander reihten. »Das hier ist Sword Beach. Daneben liegt Juno, dann kommt Gold, und dahinter Omaha und Utah, die beiden amerikanischen Abschnitte.«

»Und wo ist dieses Point Huck?«

»*Pointe du Hoc.* Das liegt bei Omaha Beach.«

Andrew sah Mead aufmerksam an. »Ist es dir unangenehm, wieder hier zu sein?«

Mead dachte kurz nach und wusste, dass sich seine Empfindungen nicht mit Worten ausdrücken ließen. »Sagen wir mal, es ist ein bisschen merkwürdig, dich hier zu sehen«, antwortete er. Hätte er doch darauf bestanden, dass Andrew sich die gelbe Farbe aus dem Haar wusch!

Sie parkten beim Hafen am Juno Beach und gingen zum Strand, wo sie einen restaurierten Sherman-Panzer inspizierten, den man aus dem Meer gefischt hatte. Dann lief Andrew zu einer deutschen Panzerabwehrkanone hinüber und strich mit den Fingerkuppen über die vielen Einschusslöcher in der Panzerung. »Sie müssen diese Typen durchsiebt haben«, sagte er.

Mead sah sich die Kanone eine Weile an, bevor er in einen Andenkenladen eilte, um die Toilette aufzusuchen. Nachdem sie einige Postkarten gekauft hatten, fuhren sie weiter die Küste entlang und hielten kurz, um sich einen zerbombten deutschen Bunker und ein großes Kreuz anzusehen, das die Stelle markierte, wo Churchill, Montgomery und de Gaulle an Land gegangen waren. Im Küstenort Arromanches besichtigten sie die Reste des Mulberry-Hafens, bevor sie das Musée du Débarquement besuchten, wo Dioramen und Modelle der Landung gezeigt wurden.

So weit, so gut, dachte Mead, während er die Schwarzweißfotos mit Gesichtern ängstlicher junger Soldaten betrachtete. Ihm war ein wenig flau im Magen, und zuweilen spürte er ein leichtes Brennen in der Kehle, doch das war alles noch erträglich. Er hatte sich im Griff. Er empfand sogar einen gewissen Stolz, dass er sich so gut hielt. Er sah zu Andrew hinüber, der gerade ein Foto von einem mit Leichen übersäten Strand studierte. Entscheidend war, ihm einen Eindruck zu vermitteln, dem Jungen etwas beizubringen.

»Das interessiert dich vielleicht«, sagte Mead, als sie bei

Longues-sur-Mer auf eine deutsche Batterie zufuhren, vier mächtige Geschütze des Kalibers 155 mm, die aufgereiht am Felsufer standen. Die Geschütze waren dick mit Beton ummauert, der durch die zahllosen Einschusslöcher wie vernarbt aussah.

»Ist ja die Härte.« Andrew sprang aus dem Wagen und lief auf das nächstgelegene Geschütz zu. »Schau mal, man sieht ganz genau, wo die Bomben eingeschlagen sind.« Er ließ die Hand über den zerschossenen Beton und den freiliegenden Armierungsstahl gleiten, der wie ein Dornenstrauch herausragte.

Mead betrachtete die verrostete Kanone und war verblüfft, dass sie bereits so verwittert aussah wie ein Überbleibsel der spanischen Armada. Dann blickte er auf seine Hände. Genau wie du auch, dachte er.

»Trotz massiven Bombardements durch unsere Streitkräfte waren diese Geschütze am Tag der Invasion noch in Funktion«, erklärte er. »Erst als die großen Schiffskanonen ein paar Volltreffer landeten, brachte man sie zum Schweigen.«

Andrew stellte sich hinter eines der Geschütze und schien angestrengt nachzudenken. »Du musst zugeben, dass die Deutschen ziemlich tapfer waren.«

»Das habe ich schon vor langer Zeit zugegeben.« Mead zog eine Einwegkamera aus der Tasche und machte von Andrew mehrere Aufnahmen. Dann bat er einen älteren britischen Touristen, sie beide neben dem langen Rohr eines der Geschütze zu fotografieren.

»Das glaubt Mom nie«, sagte Andrew, als er sich an Mead lehnte und in die Kamera lächelte.

»Deshalb sammle ich ja Beweise.«

Nachdem sie alle vier Geschütze begutachtet hatten, folgten sie dem Pfad zu einem massiven Beobachtungsbunker, der etwa dreihundert Meter entfernt direkt auf der Klippe lag. Andrew rutschte ein schlammiges Stück Weg hinunter und kletterte dann auf ein Metallgeländer, um in den Bunker hineinzukriechen. Mead war außer Atem, als er dort ankam.

»Das musst du dir ansehen«, rief Andrew durch einen Sehschlitz in der Betonmauer. Von dort aus konnte er aufs Meer hinausblicken.

»Die hier drin stationierten Männer waren so etwas wie die Augen der Geschütze«, erklärte Mead und fragte sich, was die deutschen Landser wohl von seinem Enkel gehalten hätten, einem Jungen mit gelbem Haar und Ohrring. »Über ein Telefonkabel, das im Boden verlief, haben sie die Kanoniere instruiert, wie die Geschütze auszurichten waren.«

»Aber als sie gesehen haben, wie all die vielen Schiffe auf sie zukamen, muss ihnen der Arsch auf Grundeis gegangen sein.«

Mead stellte sich vor, wie diesen jungen Männern plötzlich klar wurde, dass ihr sicherer Untergang bevorstand, und hatte auf einmal Mitleid mit ihnen. Pech, in der ersten Hälfte des zwanzigsten Jahrhunderts als Deutscher geboren zu werden. Alles war nur eine Frage des Zufalls, es hing einzig davon ab, wie der biologische Würfel fiel, der bestimmte, dass das eine Kind Deutscher und das andere Amerikaner, der eine Arier und der andere Jude war. Und ich, hätte ich selbst mich eher erschießen lassen, als in Hitlers Wehrmacht zu kämpfen? Diese Frage hatte er sich wieder und wieder gestellt, und die Antwort war stets die Gleiche: Ich hätte niemals den Mut aufgebracht, nicht zu kämpfen. Niemals. Und genau das ist doch das Schreckliche – dass nach wie vor überall auf der Welt Menschen töten und sterben für eine Sache, die durch bloßen Zufall zu der ihren wird, durch den Zufall der Geburt, der einen zum Serben oder zum Kroaten macht, zum Hindu oder zum Muslim, zum Araber oder Juden, zum Hutu oder Tutsi. Warum muss das so sein? Warum?

Als Mead und Andrew nebeneinander standen und schweigend auf das Meer hinausblickten, das tief unter ihnen lag, musste er sich zusammenreißen, um nicht einem plötzlichen Impuls zu folgen und den Arm um Andrew zu legen. Stattdessen machte er noch eine Aufnahme von Andrew, bevor sie zum Wagen zurückgingen und zum Omaha Beach weiterfuhren.

Das wird nun der schwierigste Teil, dachte Mead, als er vor dem amerikanischen Soldatenfriedhof parkte und den Motor abstellte. Wie viele Namen würde er wiederfinden? Waren Jimbo und Rokowski hier begraben? Er hatte keine Ahnung, ob ihre sterblichen Überreste hier in Frankreich bestattet waren oder ob man sie in ihre Heimat überführt hatte. Er sah zu Andrew hinüber, der unschlüssig dastand.

»Nimm den Ohrring ab.«

»Wie bitte?«

»Das ist respektlos.«

»*Respektlos?* Ist doch nur ein Ohrring.«

»Tu einfach, was ich dir sage.« Mead war selbst überrascht von seinem energischen Ton.

Andrew zögerte, als überlege er, welche Alternativen ihm blieben. Langsam griff er sich ans linke Ohrläppchen, nahm den Ring ab und legte ihn aufs Armaturenbrett. »Zufrieden?«

»Nein, aber es ist zumindest ein Anfang. Gehen wir.«

Hinter dem Haupttor blieben sie stehen, um die langen Reihen weißer Marmorkreuze und Davidsterne auf sich wirken zu lassen. »Das ist ja riesig hier«, flüsterte Andrew. »Sind die alle bei der Landung umgekommen?«

Mead gab keine Antwort.

»Alles in Ordnung mit dir?«

Mead räusperte sich. »Ja. Sehen wir uns doch als Erstes mal den Strand an.« Hastig stapfte er über den Friedhof zu den Klippen.

»Klar doch.«

An der Treppe, die zum Strand hinunterführte, blieben sie stehen und studierten eine Schautafel, auf der die Landungsoperationen eingezeichnet waren. »Sieh mal, man kann noch erkennen, wo was im Wasser versunken ist«, sagte Andrew und deutete auf mehrere lang gestreckte Schemen unter der Wasseroberfläche. »Glaubst du, dass da drin noch Leichen eingeschlossen sind?«

»Nichts, was sich noch identifizieren ließe.«

Mead war überrascht, wie sauber und leer der Strand war. Gott sei Dank hatte man ihn nicht zugebaut. Er sah Andrew an und fragte sich, was der Junge wohl denken mochte. Fühlte er irgendetwas? Begriff er überhaupt etwas? Eine Viertelstunde später standen sie am Meer. Mead bückte sich nach einem glatten, nassen Stein und steckte ihn in die Tasche.

»Jetzt hätte ich gern einen Metalldetektor«, meinte Andrew und stocherte mit der Fußspitze im Sand herum. »Ich wette, hier könnte man alle möglichen coolen Sachen finden.«

Das erinnerte Mead an Punchy, der sich die Taschen so prall mit Souvenirs voll gestopft hatte, dass er nichts Neues mehr mitnehmen konnte, ohne zuvor etwas anderes loszuwerden.

»Das ist die reinste Qual«, hatte er immer gejammert, wenn er aus seiner Sammlung etwas weggeben musste.

»Du bräuchtest eine Schubkarre«, erwiderte Mead, der selbst schwer an seiner Sammlung von deutschen Pistolen, Orden, Uhren und Koppelschlössern zu schleppen hatte (einige Wochen später wurde ihm alles gestohlen).

Mead wandte sich um zur Klippe und deutete auf die Reste von deutschen Bunkern und Maschinengewehrnestern. »Sie konnten jeden Zentimeter des Strandes unter Beschuss nehmen. Viele der Jungs haben es nicht mal bis ans Ufer geschafft.« Mead sah, wie sein Enkel versuchte, sich dieses Blutvergießen auszumalen. »Sie waren nicht viel älter als du.«

Andrew kauerte sich nieder und grub mit den Fingern im Sand. »Hattest du je das Gefühl, dass du gleich sterben wirst?«

»Das hatte ich oft.«

»Wie ist das?«

Mead überlegte. »Kann ich nicht beschreiben.«

»Hast du dann dein Leben wie einen Film vor dir ablaufen sehen?«

Mead lächelte. »Nur die Höhepunkte davon.« Er setzte sich in Bewegung.

»Ist ziemlich einsam hier, findest du nicht?«, fragte Andrew, der dicht hinter ihm ging.

»Das soll es auch sein.«

»Ich meine, irgendwie gespenstisch.«

»Das wäre mir nicht in den Sinn gekommen.«

»Glaubst du, dass es an manchen Orten Gespenster gibt, dass Leute als Geist wiederkehren können?«

Mead dachte daran, wie oft er Sophies Gegenwart gespürt hatte, direkt hinter seinem rechten Ohr. »Kommt mir ziemlich unwahrscheinlich vor.«

»Ich weiß, wissenschaftlich gesehen ist es Unsinn. Aber wenn Menschen viel Lebenskraft oder so haben, dann leuchtet mir nicht ein, wie das alles … verschwinden kann.«

»Daran muss man sich eben gewöhnen.«

Sie wanderten noch zehn Minuten am Strand entlang, dann machten sie kehrt und steuerten auf den gewundenen Pfad zu, der die Klippe hinauf zum Friedhof führte.

»Verglichen mit deinem Leben ist meines ziemlich öde«, sagte Andrew.

»Unser Leben war auch nicht gerade das reinste Vergnügen.«

»Ich weiß, aber du hast tolle Sachen erlebt. Ich habe nie etwas richtig Großartiges gemacht.«

»Du hast noch ein ganzes Leben lang Zeit, großartige Dinge zu tun.«

Andrew gab eine Art Grunzen von sich. »Ich überlege, ob ich die Schule schmeiße.«

Mead blieb abrupt stehen. »*Was?*«

Andrew sah ihn nervös an. »Ich könnte irgendwo richtig arbeiten. Geld verdienen.«

Mead spürte, wie sein Gesicht vor Wut rot anlief. »Wie kannst du *hier an diesem Strand* davon reden, die Schule zu schmeißen?«

»Das hat doch überhaupt nichts mit diesem Strand zu tun.«

Mead richtete seinen Zeigefinger drohend auf Andrew.

»Und du wirst auch aufs College gehen, verstanden?« Eine Gruppe Touristen sah zu ihnen herüber.

»Aufs *College*?«

»Jawohl, verdammt noch mal.« Mead setzte sich wieder in Bewegung.

»Aber ich hasse die Schule. Sie ist totale Zeitverschwendung.«

»Ich will jetzt nicht darüber reden.«

»Du weißt doch gar nicht, wie das ist.«

»Ich sagte, ich will jetzt nicht darüber reden.«

Als sie oben an der Klippe angelangt waren, musste Mead sich setzen, um Atem zu schöpfen. Wie konnte der Bursche es wagen, so etwas zu sagen? Verlegen stand Andrew in seinen Baggie-Hosen und dem schwarzen Drachenkopf-T-Shirt neben ihm.

»Ich werde jetzt ein wenig spazieren gehen« sagte Mead. »Und zwar *allein*. Wir treffen uns in einer halben Stunde am Wagen.«

»Es tut mir Leid.«

»Und mach keinen Blödsinn, hörst du?«

»In Ordnung.«

Mead steuerte auf die große halbkreisförmige Kolonade zu, wo der Schlachtverlauf auf Mosaiken dargestellt war. Währenddessen versuchte er sich wieder zu beruhigen. Er sah sofort, wer von den Besuchern ein Veteran war, und bemühte sich, seine Waffengattung und seinen Dienstrang zu erraten. Und er hoffte, dass keiner von ihnen ihn ansprechen würde. Erstaunlich, wie alt sie alle aussahen, und auch ein wenig komisch mit ihren Baseballmützen und blauen Westen, die über und über mit Anstecknadeln und Abzeichen geschmückt waren. Nachdem er den Garden of the Missing durchquert hatte, wanderte er zwischen den Reihen der Grabsteine umher und fürchtete sich fast ein wenig davor, einen bekannten Namen zu entdecken. Schließlich ging er ins Besucherzentrum, wo ihm ein Mitarbeiter zeigte, wie man sich in den Listen zurechtfand.

*Roy Rokowski.*

Als er sich dem Grab näherte, ballte er die Fäuste, um nicht die Fassung zu verlieren. Hier links, dann die achte Reihe. Im Vorübergehen zählte er die Kreuze ab. Da war es: 6. Juni 1944.

Neben dem Grabstein kauerte Mead sich nieder und legte die Hand auf den glatten weißen Marmor. *He, Roy, ich bin's, Mead.*

*Na, wurde ja auch allmählich Zeit. Warum hat es so lange gedauert?*

*Schwer zu erklären. Irgendwie sind die Jahre verflogen, und, ja, ehrlich gesagt, liegen mir solche Sachen nicht besonders.*

*He, von uns beiden hast du es doch leichter gehabt.*

Mead lächelte. *Du fehlst mir, wirklich.*

*Es kommt einem vor, als wär's erst gestern gewesen, was? Und ich hab immer geglaubt, ich würde im Wasser landen und ersaufen.*

Mead presste die Kiefer zusammen. *Ich hab versucht, ihn von dir wegzureißen. Ich hätte ihn erschießen sollen, aber ich konnte nicht klar denken und hatte Angst, auch dich zu treffen. Es ging doch alles so rasend schnell.*

*Mach dir deswegen keine Gedanken.*

*Es tut mir so Leid, Roy.*

*Wir haben ihnen höllisch eingeheizt, stimmt's?*

*Da hast du verdammt Recht. Wir haben es der ganzen Welt gezeigt, Roy.* Mead umklammerte den Grabstein mit beiden Händen.

*Bist du je an den kleinen Ort in Michigan gekommen, von dem ich dir erzählt habe? Der beste Platz zum Angeln, den man nur finden kann?*

*Noch nicht. Aber wenn ich es mir so überlege, fahre ich vielleicht bald mal hin.*

*Die Fische haben noch nie so gut gebissen wie jetzt.*

*Du willst damit sagen, dass du … vor kurzem angeln warst?*

Was sonst?

*Ich weiß nicht, ich dachte nur …* Mead blickte auf und sah, dass Andrew ihn aus der Ferne beobachtete.

*Ist das dein Junge?*

*Mein Enkelkind.*

*Kein Witz? Ich dachte mir gleich, dass du um die Schläfen herum ein wenig grau aussiehst.*

*Ach Gott, sogar innen drin ist bei mir alles grau.*

*Wieso hängt ihm die Hose halb herunter?*

*Mach mich nicht wahnsinnig, Roy.*

»Kanntest du ihn?«, fragte Andrew leise, als er näher kam. Mead nickte. »War er ein Freund von dir?«

»Ja, das war er wirklich.«

Andrew blickte auf das Grab. »Wie ist er umgekommen?«

»Durch eine Handgranate.«

Offensichtlich war Andrews Wissbegier noch nicht befriedigt. »Warst du dabei?« Mead nickte erneut. »Krass.« Andrew berührte den Grabstein.

*Pass auf dich auf, Mead.*

*Ich tu mein Bestes, Roy. Wirklich.*

Mead erhob sich, und seine Kniegelenke knackten. »Viele dieser Jungs hätten jetzt Enkelkinder in deinem Alter.« Andrew blickte um sich, als würde er an einer Mathematikaufgabe knobeln. »Ich will damit sagen, dass ich Glück hatte. Und das bedeutet, dass auch du Glück hast. Großes Glück.«

Andrew nickte, aber Mead spürte, dass seine Worte ihn nicht berührten. Wie töricht von mir zu glauben, dass sich irgendetwas ändern würde, wenn ich ihn hierher bringe! »Ich wäre gern noch ein paar Minuten allein«, sagte er.

»Klar«, erwiderte Andrew und zog sich zurück. »Wir treffen uns dann am Wagen.«

Da war noch so eine Hecke jenseits der Wiese, genauso eine, wie sie eben eingenommen hatten. Die Deutschen hatten sich dort eingegraben; ein Maschinengewehr in der einen Ecke, vielleicht auch in beiden. Kein Sherman-Panzer verfügbar, um die Hecke niederzuwalzen. Und als der Befehl zum Angriff kam, merkte Mead, dass ihm die Beine versagten. Er versuchte sie auszuschütteln, aber sie blieben taub.

»Bereit, Männer?«

Behelmte Köpfe nickten. Mead schlug sich auf die Schenkel, spürte jedoch nichts. Er schlug nochmals zu, fester.

»Los!«

Hilflos beobachtete Mead, wie Punchy und fünf andere aus dem Gebüsch hervorkrochen, losstürmten und im Laufen Handgranaten schleuderten. Zwei Mal mühte er sich verzweifelt, auf die Beine zu kommen, dann versuchte er sich mit den Händen hochzuziehen, aber die leblosen Beine hielten ihn zurück. *Feigling.* Punchy drehte sich um und winkte ihm, dann rannte er zu ihm zurück und versuchte ihn hochzuhieven. »Los jetzt, du Schweinehund!«

»Ich kann nicht!«

»Klar kannst du, zum Teufel!«

Schließlich ließ Punchy von ihm ab und stürmte allein den anderen hinterher. Mead schrie seine Beine an, dass sie sich endlich bewegen sollten, aber sie rührten sich nicht. Die anderen hatten inzwischen die Wiese halb überquert, als die Deutschen das Feuer eröffneten. Mead sah, wie seine Kameraden fielen, einer nach dem anderen. Er merkte, dass er den Mund bewegte, aber es kam kein Laut heraus. Als Letzter fiel Punchy, kurz bevor er die deutsche Stellung erreicht hatte. Er konnte noch eine Handgranate schleudern, dann stürzte er vornüber zu Boden, und sein Helm rollte davon. Und dann war alles still.

Einige Minuten lag Mead reglos da. Warum kommen die Deutschen mich nicht holen? Sind sie tot? Haben sie sich zurückgezogen? *Bitte holt mich doch.* Er sah zu den zusammengekrümmten Gestalten auf der Wiese hinüber, ballte die Faust und schlug sich mit aller Kraft auf die Schenkel. Tränen liefen ihm übers Gesicht.

»Mead!«

Er blickte auf und sah, dass Punchy sich aufrappelte. Sofort griff Mead zum Gewehr und feuerte mehrmals in die

Hecke auf der anderen Seite der Wiese, während Punchy taumelnd auf ihn zulief und schließlich mit blutüberströmter Stirn neben ihm zusammenbrach. Mead riss das Verbandspäckchen auf und beugte sich über ihn. »Sieht aus, als wär's nur ein Kratzer«, sagte er und säuberte die Wunde. »Herrgott, ich dachte schon, du bist tot.«

»Ja, ich auch«, erwiderte Punchy, immer noch nach Atem ringend. Er erwähnte diesen Vorfall nie mehr.

Andrew wartete bereits am Wagen, als Mead kam. Wortlos stiegen sie ein und schnallten sich an.

»Ich habe dich aus einem ganz bestimmten Grund hierher mitgenommen«, sagte Mead schließlich, die Hand am Zündschlüssel.

»Das weiß ich«, erwiderte Andrew leise.

»Aber ich glaube, das war ein Fehler.«

»Tut mir Leid.«

»Hör auf, ständig ›Tut mir Leid‹ zu sagen.«

»Okay.«

Mead seufzte. »Ich dachte, es würde dir die Augen öffnen, und du würdest begreifen, wie froh du sein kannst, dass dir das Schicksal dieser Jungs erspart bleiben wird.«

»Ich hab wirklich große Achtung vor dem, was ihr damals auf euch genommen habt.«

»Aber im Grunde bedeutet es dir nichts, stimmt's?«

»Sieh mal, es tut mir Leid um all die Soldaten, die umgekommen sind, aber das ändert doch nichts an meinem Leben.«

»Dann sag mir doch bitte, was an deinem Leben so gottverdammt schlecht ist. Ich habe da anscheinend etwas nicht mitbekommen.«

Andrew sank tiefer in seinen Sitz. »Alles.«

»Du bist ein undankbarer, kleiner Mistkerl, weißt du das?« Mead bebte vor Zorn.

»Werd doch nicht gleich so böse.«

»Das bin ich aber. Jeder der Männer, die unter diesen

Grabsteinen liegen, hätte seinen rechten Arm dafür gegeben, um mit dir zu tauschen.«

»Ich würde gern mit ihnen tauschen. Wär mir egal.«

»Du verdammter Mistkerl!«, brüllte Mead und schlug Andrew ins Gesicht.

»Du willst doch bloß, dass jeder so ist wie du«, schrie Andrew zurück. »Damit du's weißt: Ich will nicht so sein wie du!«

»Halt den Mund!«

»Wieso sollte sich jemand wünschen, so zu sein wie du? Du hast keine Freunde, du sitzt den ganzen Tag nur herum, du hast nicht einmal den Mumm, mit Evelyn auszugehen. Alles, was du hast, sind deine blöden Orden und deine blöden Geheimnisse und Erinnerungen an Sachen, die schon *Jahrzehnte* zurückliegen.«

Mit versteinerter Miene saß Mead da, während Andrew fortfuhr: »Du hast doch genauso viel Schiss wie ich, weißt du das? Seit Großmama tot ist, traust du dich doch nicht mal mehr aus dem Haus. Nein, ich will nicht so werden wie du. Lieber *sterben.*« Er griff nach dem Ohrring, der auf dem Armaturenbrett lag, und steckte ihn sich wieder an. »Und ich werde meinen Ohrring nie mehr abnehmen, egal, was du sagst. Nie mehr.« Er wischte sich mit dem Ärmel die Tränen von der Wange und drehte den Kopf zum Fenster.

Eine ganze Weile sprach keiner von beiden ein Wort. In der geladenen Stille spürte Mead, wie in seinem Inneren etwas nachgab wie ein Gerüst, das plötzlich in sich zusammenfällt. »Ich bringe dich nach Hause«, flüsterte er und ließ den Motor an. Feiner Nieselregen legte sich auf die Windschutzscheibe. Seine Hände klebten am Lenkrad. Im Rückspiegel sah er, dass sich hinter ihnen eine Schlange aus Fahrzeugen gebildet hatte, die immer länger zu werden schien.

»Ich möchte noch nicht nach Hause«, sagte Andrew leise. »Wo wir schon mal hier sind, können wir uns auch noch den Rest ansehen, findest du nicht?«

Mead, der nicht recht wusste, was er tun sollte, fuhr noch

ein Stück weiter, dann bog er in eine Seitenstraße ab, wendete und steuerte auf Pointe du Hoc zu.

Andrew lag bereits im Bett und tat, als würde er lesen, während sein Großvater in der Ecke saß und eine Postkarte schrieb. Aus dem Augenwinkel sah Andrew ihm dabei zu und überlegte, ob es am trüben Licht der zierlichen Lampen lag, dass er so alt wirkte. Wie alt genau war er eigentlich? Würde er in ein paar Jahren krank werden und sterben? Er versuchte sich vorzustellen, wie sein Großvater in einem Sarg lag oder in den Verbrennungsofen eines Krematoriums geschoben wurde. Dann dachte er an Evelyn. Ob es ihr wohl gut ging und sie das Haus bereits verkauft hatte? Wie bald würde sie sterben, und sollte er es seinem Großvater erzählen? Er hatte geschworen, es niemandem zu verraten, aber andererseits …

»Es tut mir Leid, dass ich das alles gesagt habe.«

Sein Großvater sah nicht auf. »Du hattest Recht.«

Andrew war überrascht. »Nein, hatte ich nicht. Außer vielleicht mit dem, was Evelyn betrifft.«

Sein Großvater legte den Stift auf den Tisch und schob den verblichenen gelben Vorhang ein wenig beiseite, um auf die Straße hinauszuschauen. Der Regen rann über die Fensterscheiben. »Als deine Großmutter starb, dachte ich, das ist das Ende. Ich wollte nicht mehr weiterleben, keine einzige Stunde mehr.« Er seufzte tief. »Wir hatten einundfünfzig Jahre miteinander verbracht.«

»Ich war doch bloß sauer.«

»Aber irgendwie habe ich den ersten Tag hinter mich gebracht, und auch den nächsten, und genauso habe ich dann weitergemacht bis heute.« Er ließ den Vorhang los. »Weißt du, ich dachte, mehr brauche ich nicht. Es ist mir nie in den Sinn gekommen, ich könnte diese Tage … genießen.«

»Es tut mir Leid, Großpapa.«

»Dafür gibt es keinen Grund.« Sein Großvater nahm wieder den Stift zur Hand.

»Schreibst du an Mom?«

Sein Großvater nickte.

»Ich wette, auch Evelyn würde sich über eine Postkarte freuen.«

Sein Großvater blickte auf und zog eine Augenbraue hoch.

»Großmama ist seit drei Jahren tot«, meinte Andrew sanft.

»Was hat denn das damit zu tun?«

»Ich will damit nur sagen, dass sie dir deshalb nicht böse wäre.«

»Andrew …«

»Und sie würde auch nicht wollen, dass du einsam bist. Das weiß ich genau.«

»Wer sagt denn, dass ich einsam bin?«

»Ich. Und ich glaube, es ist höchste Zeit, dass du mal wieder mit jemandem ausgehst.«

Sein Großvater schüttelte den Kopf. »Dafür bin ich ein wenig zu alt.«

»Quatsch. Und Evelyn steht definitiv auf dich.«

»Da irrst du dich aber.«

»Jetzt mach mal einen Punkt! Sie ist völlig verknallt in dich. Was soll sie denn noch tun?«

»Sie ist nichts weiter als eine Bekannte.«

Andrew lachte. »Den Witz hab ich schon mal gehört. Also, wenn du mich fragst: Ich würde mit ihr schon allein wegen der Plätzchen ausgehen.«

»Ich mag ihre Plätzchen nicht.«

»Hast du jemals ihren Schokokuchen mit Pekannüssen probiert?«

»Andrew …«

»Sei ehrlich – magst du sie denn gar nicht?«

Sein Großvater zögerte. »Sie ist meine *Nachbarin.*« Er sah auf die Postkarte und klopfte mit dem Stift auf den Tisch.

»Aha? Und in deiner Generation geht man mit Nachbarinnen nicht aus?«

»Was ich sagen will, ist …« Sein Großvater hob die Hände und ließ sie ratlos wieder sinken.

Andrew setzte sich auf und deutete mit dem Finger auf ihn. »Du magst sie. Das seh ich doch.«

»Ich hab nicht gesagt, dass ich sie mag.«

»Es ist aber so. Und sie ist wirklich gut in Schuss – für ihr Alter. Sie braucht noch nicht mal eine Gehhilfe.«

»Andrew!«

»Also wirst du mit ihr ausgehen?«

»Nein.«

»Aber du denkst darüber nach?«

»Du verstehst das nicht.«

»Was gibt es denn daran zu verstehen?« Plötzlich dämmerte es Andrew. »O Gott, hast du vielleicht so ein medizinisches Problem? Weil es dieses neue …«

»Jetzt hör mal …«

»Warum gehst du dann nicht mit ihr aus?«

»Ich hab's dir doch schon gesagt: Sie ist nicht interessiert an mir.«

»Und ich sage dir, dass sie das sehr wohl ist – und dass nicht mehr viel Zeit dafür bleibt.«

Sein Großvater rieb sich die Stirn und wirkte verlegen. »Weshalb bist du dir so sicher, dass sie … interessiert ist?«

»Na, meinst du denn, ich bin blind?«

»Manchmal. Außerdem – weshalb sollte ich mich auf eine Frau einlassen, die ans andere Ende des Landes zieht?«

»Genau das ist der Punkt. Sie bräuchte gar nicht fortzuziehen. Ihr beide könntet euch … zusammentun.«

»Du hast Ideen …«

»Eine einzige Verabredung. Mehr verlange ich gar nicht.«

»Ich habe dir schon gesagt …«

»Bitte. Denk zumindest darüber nach.«

Sein Großvater seufzte und verdrehte die Augen. »Ich werde darüber nachdenken.«

Triumphierend reckte Andrew die Faust. *»Jippie!«*

In dieser Nacht schlief Mead kaum. Stattdessen versuchte er im schützenden Lichtschein des Bewusstseins zu bleiben wie ein Mann an einem Lagerfeuer mitten in einem Wald voller Wölfe. Und als das Feuer immer mehr niederbrannte, hörte er ein Rascheln im Gehölz, und dann sah er Schatten durch die Bäume huschen und roch den salzigen Gestank von Schweiß und Urin. Er rückte näher ans Feuer heran, beugte sich vor und blies in die glimmende Asche, um sie wieder anzufachen, während die Geräusche aus dem Wald immer näher kamen. Aber er hatte kein Feuerholz mehr, und langsam, ganz langsam, erstarben auch die letzten Flammen.

*Andy?*

*Bist du es, Matt?*

*Wer sonst?*

*Himmel, hast du mich erschreckt.* Andrew setzte sich auf und sah sich im dunklen Zimmer um. *Du musst leise sein, Matt. Mein Großvater schläft schon.*

*Das glaubst nur du.*

Angestrengt blickte Andrew zu dem zweiten Bett hinüber, auf dem sich die Silhouette seines Großvaters abzeichnete. Er hatte ihm den Rücken zugewandt. *Ist er wach?*

*Sagen wir mal, er hat Besucher.*

*Besucher? Welche Besucher denn?*

*Alle möglichen.*

Andrew glitt wieder unter die Decke. *Du meinst so etwas wie Geister?*

*Nenn es, wie du willst.*

*Du machst doch Scherze, oder?*

*Nein.*

Andrew sah erneut zu seinem Großvater hinüber. *Du machst mir Angst, Matt.*

*Tut mir Leid.*

*Wo bist du? Ich meine, wieso kann ich dich nicht sehen?*

*So ist das nun mal.*

*Bist du auch ein … Geist?*

*Was glaubst du?*

*Ich weiß nicht.* Andrew vergrub sich noch tiefer unter

seine Decke. *Ich muss mit dir über etwas reden. Über etwas Ernstes.*

*Schieß los.*

*Es geht um eine Frau, die ich kennen gelernt habe.*

*Du hast eine Freundin?*

*Nein, so meinte ich es nicht. Sie ist schon älter.*

*Du hast mit einer älteren Frau angebandelt?*

*Ich meine richtig alt. Eine Seniorin.*

*Seniorin?*

*Und wir sind auch nicht verbandelt. Aber sie ist wirklich nett. So einen netten Menschen wie sie habe ich noch nie getroffen. Und was ich dir sagen wollte, ist, dass sie bald sterben wird. Sie hat irgendeine Krankheit, es geht nicht mehr lange.*

*Das tut mir Leid.*

*Und da dachte ich mir, dass du vielleicht … also, ich dachte, dass du vielleicht ein Auge auf sie haben könntest. Du weißt schon – ihr das Gefühl geben, willkommen zu sein. Ihr alles zeigen und so.*

Matt lachte.

*Was ist daran so komisch?*

*So funktioniert das nicht.*

*Wie funktioniert es denn?*

*Kann ich nicht sagen.*

*Komm schon, wir erzählen einander doch alles, weißt du nicht mehr?*

Die Dinge haben sich geändert.

*Das gefällt mir aber gar nicht. Besser gesagt, ich finde es zum Kotzen.* Andrew spürte, dass seine Augen feucht wurden.

*Dann lass mich gehen.*

*Wie meinst du das?*

*Du solltest mich gehen lassen, Kumpel.*

*Wieso?*

*Du willst doch nicht so enden wie er, oder?*

Andrew sah wieder zu seinem Großvater hinüber, der sich nicht bewegt hatte. *Wovon sprichst du, Matt?*

*Das weißt du genau. Ich kann dir nicht mehr helfen.*

Andrews Kehle schnürte sich zu, als hinge er mit dem Hals in einer Schlinge.

*Aber du bist doch mein bester Freund. Du bist der Einzige, der mich versteht.*

*Ich bin tot, Andy. Ich bin nicht mehr aufgewacht.*

*Sag das nicht.*

*Du musst ohne mich zurechtkommen. Dir bleibt keine andere Wahl.*

Andrew vergrub das Gesicht im Kissen und unterdrückte ein Schluchzen. *Das will ich nicht. Ich will nicht mehr allein sein.*

*Du wirst es schaffen, Andy. Ich weiß es. Lass dir niemals von irgendjemandem einreden, du seist nicht gut genug, hörst du? Du bist besser als jeder von denen.*

*Ich habe solche Angst.*

*Leb wohl, Andy.*

*Nein, warte!* Andrew setzte sich auf. *Matt? Geh nicht fort, Matt. Bitte lass mich nicht allein. Matt? Matt? Matt?*

Am nächsten Morgen aßen Mead und Andrew während der Fahrt Croissants. Um zehn Uhr erreichten sie Carentan. Mead war überrascht, wie vertraut die Gebäude und Straßen aussahen, nur sauberer und unbeschädigt. »Man nannte dies die Purple-Heart-Gasse«, erklärte er, als sie einen langen Damm überquerten. »Die Deutschen fluteten das ganze Gebiet. Beiderseits der Straße war ein Riesensumpf. Viele Männer, die hier in der Nacht der Invasion landeten, sind ertrunken.« Mead sah, wie Andrew sich vorzustellen versuchte, welches Drama sich in der am Fenster vorbeiziehenden Landschaft abgespielt hatte, jedoch keine Anhaltspunkte fand.

Sie hielten mehrere Male an Hinweis- und Gedenktafeln neben der Straße. Während der Fahrt sah sich Mead nach Stellen um, wo die Deutschen einen Hinterhalt hätten legen können. Fast erwartete er, da und dort aus dem Gebüsch graue Helme hervorlugen zu sehen. In Ste.-Mère-Église parkten sie vor der Kirche, an deren Turm eine Fallschirmjägerpuppe hing.

»Über diesen Typ habe ich schon gelesen«, meinte Andrew aufgeregt.

»Er hat sich tot gestellt, aber die Deutschen haben ihn schließlich heruntergeholt und gefangen genommen«, erklärte Mead.

»Das ist übel.«

»Übler, als in der Schule sitzen zu bleiben?«

»Fast.«

Bei einem kurzen Besuch in der Kirche begutachtete Mead die Buntglasfenster, die dem Andenken der Fallschirmjäger gewidmet waren. Währenddessen bestaunte Andrew die Einschusslöcher, die immer noch die Wände verunstalteten. Danach machten sie sich auf den Weg zum Fallschirmjäger-Museum gegenüber der Kirche. »Du hast freien Eintritt«, bemerkte Andrew stolz und bestand darauf, dass Mead sich ins Ehrenbuch der Veteranen eintrug. »Du bist ja sozusagen eine Berühmtheit.«

»Schluss jetzt.«

Insgeheim empfand Mead wirklich ein wenig Stolz, in den sich jedoch so viel Trauer und Scham mischte, dass ihm jegliche Freude vergällt war und er sich plötzlich ganz erschöpft fühlte. Verstohlen musterte er die anderen Veteranen. Was ging wohl in ihnen vor? Sahen sie ebenfalls Gesichter von Gefallenen vor sich? Und welche Geheimnisse hatten sie? Bestimmt hatten sie auch welche. Oder hatten sie es geschafft, ihre Geheimnisse zu verdrängen? (Und wie?)

Gemeinsam wanderten sie eine Stunde lang zwischen den Schaukästen und militärischen Exponaten umher. Andrew stellte eine Menge Fragen, und Mead versuchte sie so gut wie möglich zu beantworten. »Was, du bist tatsächlich aus einer solchen Kiste gesprungen?«, wollte Andrew wissen, als sie eine restaurierte C-47 betrachteten, die an der Decke aufgehängt war.

»So ist es.«

Andrew sah zu dem Flugzeug hoch und blickte dann wieder seinen Großvater an, als versuchte er, beide zusammenzubringen. »Irgendwie kann ich mir schwer vorstellen, dass du aus einem Flugzeug herausgesprungen bist.«

Mead lächelte. »Glaub mir, es ist noch schwerer, sich vorzustellen, dass *du* aus einem Flugzeug springst.«

Sie nahmen das Flugzeug noch einmal von allen Seiten in Augenschein. »Ich hätte schon Schiss, wenn ich nur in so einem Ding mitfliegen müsste, in so etwas, das so …«

»… das so alt ist? Tja, als ich darin geflogen bin, war es nicht alt.«

»Noch nicht.«

Mead legte Andrew die Hand auf die Schulter. »Manchmal würde ich mein rechtes Bein dafür geben, wenn ich noch miterleben könnte, wie du in mein Alter kommst – falls das je der Fall sein wird.«

Andrew runzelte die Stirn.

Sie streiften durch die Stadt, sahen sich verschiedene Gedenktafeln an, die an Mauern und Bäumen angebracht waren, stöberten in einem Militarialaden herum und gingen schließlich zum Mittagessen in ein Café. Mead holte eine Karte hervor und erläuterte, wie die 101. Luftlandedivision dazu ausersehen war, die Ausgänge von Utah Beach abzusichern, die deutschen Küstenbatterien auszuschalten und die südliche Flanke zu schützen. Anschließend mussten sie Carentan einnehmen und den heftigen Gegenangriff einer SS-Panzerdivision abwehren. Beim Erzählen merkte er, wie ihm die Bedienung, eine Frau mittleren Alters, zulächelte. »Du solltest ihr sagen, wer du bist«, meinte Andrew. »Ich wette, dann bekommst du von ihr gratis eine Nachspeise.«

»Ich brauche keine Gratis-Nachspeise.«

»Die würde *ich* essen.«

Mead verdrehte die Augen und bestellte die Rechnung.

»Wohin als Nächstes?« Noch immer war Andrew eine gewisse Aufregung anzumerken, was Mead freute. Er hatte schon befürchtet, dass es seinem Enkel bald langweilig werden würde.

»Ich dachte mir, wir fahren vielleicht ein wenig hier durch

die Gegend, sehen uns ein paar von den Absprungzonen an und machen uns dann auf den Weg nach Utah Beach.«

»Super.« Andrew trommelte mit den Händen auf seine Schenkel wie ein Bongospieler. »Ich kapiere immer noch nicht, wie man im Finstern aus einem Flugzeug springen kann. Wie konnte man erkennen, wann der Boden erreicht ist?«

»Das konnte man nicht.«

»Hattest du nicht furchtbare Angst, du könntest auf etwas ... Spitzem landen?«

»O doch.«

»Hast du einen Unterleibsschutz getragen?«

Mead lächelte und dachte dabei an Punchy. »So was gab es nicht bei uns. Aber hätte man uns welche angeboten, dann hätte bestimmt jeder einen getragen.«

Wieder im Wagen, studierte Mead kurz die Landkarte, legte sie dann aber beiseite und beschloss, sich auf sein Gedächtnis zu verlassen.

»Ist alles noch so, wie du es in Erinnerung hast?«, fragte Andrew während der Fahrt.

»Nur ein wenig friedlicher«, erwiderte Mead, der angenehm überrascht war, wie wenig sich die Landschaft verändert hatte. Im Vorbeifahren warf er einen Blick auf eine Wiese. War das die Stelle, wo Jimbo verblutet war? Und dieser alte Baum dort drüben? War das derselbe, in dem er Louie fand, tot an seinem Fallschirm baumelnd? Er suchte nach markanten Punkten, die ihm vertraut vorkamen, entdeckte jedoch keine. In gewisser Weise wirkte dies alles vertraut – die engen, tief liegenden Straßen, die Heckenreihen und Gehöfte, die üppigen Weiden –, jeder Teil dieser Landschaft rief eine lang unterdrückte Erinnerung hervor, bis Mead sich von den Geräuschen, Gerüchen und Gesichtern wie umzingelt fühlte.

»Das sind also diese Hecken?«, fragte Andrew, als sie eine von dichtem Buschwerk gesäumte Straße entlangfuhren.

»Genau.« Mead spürte ein Kribbeln in den Beinen. »Unsere Aufklärung hat sie vor dem Angriff mit keinem Sterbenswörtchen erwähnt. Offenbar sahen sie aus der Luft nicht sonderlich beeindruckend aus.«

»Also hast du vielleicht mal in diesem Gebüsch hier gekämpft?«

»Könnte möglich sein.«

»Ist ja *stark.*«

»Die Schlacht um die Normandie war in den ersten Tagen noch völlig unentschieden. Die Deutschen hatten sämtliche Straßen, Kreuzungen und möglichen Verstecke mit ihrer Artillerie abgedeckt. Es war verdammt schwer voranzukommen.«

»Aber dann habt ihr sie in den Arsch getreten.«

Mead zuckte zusammen. »Nach sieben Wochen Kampf waren wir bestenfalls ein paar Dutzend Kilometer landeinwärts vorgedrungen – und auch das nur dank totaler Luftüberlegenheit.«

»Aber ich habe gelesen, dass wir Deutschland total zerbombt haben, bis dort alles in Schutt und Asche lag.«

»Stimmt. Ich weiß noch, wie ich hochsah und der Himmel war schwarz von B-17-Bombern, die in Formation über uns hinwegflogen wie ein Schwarm Elritzen – und kein anderer Anblick hätte uns glücklicher machen können.« Andrew schaute nach oben. »Aber trotzdem haben die Deutschen im Herbst 1944 mehr Waffen produziert als je zuvor während des Kriegs.« Mead erinnerte sich wieder an die ausgezehrten Gesichter der Sklavenarbeiter, die sie um Essen anbettelten und ihnen die Hände küssten.

»Du musst dir wirklich mal den *Krieg der Sterne* ansehen«, meinte Andrew. »Da dreht sich alles um den Kampf gegen die Dunkle Seite.«

»Ich habe genug von der dunklen Seite gesehen.«

Andrew fing wieder an, sich auf die Schenkel zu trommeln, als hätte er ein paar Tassen Espresso intus. »Wie sind denn eigentlich die Deutschen so? Sind das alles totale Arschlöcher?«

»Ich weiß nicht, wo ich da anfangen sollte. Und benutz nicht solche Ausdrücke.«

»Tut mir Leid.«

Mead bog in eine kleine Straße ein und parkte dort.

»Was wollen wir hier?« Andrew sah plötzlich ängstlich drein.

»Ist an der Zeit, ein paar Gefangene zu machen.« Mead stieg aus dem Wagen.

»Was?«

»War nur ein Scherz. Ich dachte, du wolltest dir vielleicht mal eine Hecke aus der Nähe ansehen.«

»Oh.« Andrew seufzte erleichtert und öffnete die Wagentür.

»Versuch doch mal, da durchzukriechen, wie wär's?«, schlug Mead vor, als sie an dem dichten Gebüsch entlanggingen und sich das dunkle Gestrüpp ansahen.

»Ohne mich.«

»Ideal für die Verteidigung, weniger gut für den Angriff.«

Andrew steckte die Hand in das Gebüsch.

»Vorsicht!«

»Glaubst du, da drin liegen noch Knochen und alte Granaten?«

»Man kann nie wissen.«

»Ich würde alles tun, um ein Souvenir zu finden.«

Mead wollte etwas sagen, hielt sich aber zurück. »Komm jetzt, wir haben noch eine Menge vor.«

Als sie Utah Beach erreichten, musste Mead dringend auf die Toilette. Andrew folgte ihm, stellte sich an das Urinal neben ihm und spähte gelegentlich herüber, so dass Mead sich zusammennehmen musste, um nicht aufzustöhnen. (Und dabei war ihm gar nicht bewusst, wie sehr er dennoch stöhnte.)

Sie besuchten zuerst das Museum, wo sie sich alte Filmaufnahmen ansahen und Landungsvorrichtungen, Geräte und maßstabsgetreue Modelle begutachteten. Anschließend besichtigten sie draußen die Gedenkstätten und die Reste der Befestigungsanlagen. Als Mead auf den Strand blickte, überkam ihn ein Gefühl der Verlorenheit. Er wirkte so unglaublich ruhig und verlassen, als könnten ihm selbst die gewaltigsten menschlichen Anstrengungen nichts anhaben. Mead betrachtete das Meer und dachte an die Männer, die zu früh aus den Maschinen gesprungen waren. Das Schlimmste, was einem hatte passieren können.

»Du hast mir noch nicht erzählt, wie du am Hintern verwundet wurdest«, sagte Andrew, als sie am Wasser standen. Die Brandung war rau, und der Wind wirbelte Sand zu ihren Füßen auf. Andrew musste sich offensichtlich ein Grinsen verkneifen.

»Das war in Holland. Herbst '44.«

»Ich wusste gar nicht, dass du auch in Holland gekämpft hast.«

»Es war ein fürchterliches Schlamassel. Jedenfalls bin ich dort eines Tages von einem kleinen Granatsplitter getroffen worden.«

»Au weiah. Wie ist denn das passiert?«

»Nicht der Rede wert, wirklich. Wir saßen gerade beim Essen, da schlug plötzlich eine Granate von einer 8.8 ein, und mein Hintern begann schrecklich wehzutun.«

»Hast du gedacht, du stirbst?«

»Ich war mir nicht sicher, ob ich je wieder sitzen kann.«

»Und dann?«

»Man hat mich verbunden und nach England ausgeflogen, wo ich ins Lazarett kam.«

»Zumindest musstest du nicht mehr an die Front.«

»Wie kommst du denn darauf?«

»Soll das heißen, man hat dich wieder zurückgeschickt?«

»Ganz recht.« Mead erinnerte sich an die Verleihung des Purple Heart vor dem amerikanischen Hospital in Coventry und daran, wie er das Schutzwachs von seinem neuen Gewehr entfernte. Drei Wochen später traf er wieder bei seiner Kompanie ein, überglücklich, Punchy lebend anzutreffen. »Nur die Toten und die Krüppel hat man nach Hause geschickt.«

»Das ist aber nicht gerade fair.«

»Nichts war fair. Himmel, selbst als Deutschland schon besiegt war, dachten wir, man würde uns anschließend gegen die Japaner kämpfen lassen. Wir rechneten nicht damit, das Kriegsende noch zu erleben.«

»Ich schätze, du bist richtig ausgeflippt, als du nach Hause durftest.«

»Ich habe eine Menge Eiscreme vertilgt.«

Enttäuscht schüttelte Andrew den Kopf. »Ich hätte es ganz anders krachen lassen.«

»Scheint, als würdest du das jetzt schon.«

Andrew wurde kleinlaut. »Ich weiß ja, dass du mich für einen totalen Versager hältst.«

»Nein, ganz bestimmt nicht. Aber ich glaube, dass du einige echte Probleme hast.«

Andrew blieb stehen, die Hände tief in den Hosentaschen vergraben. »Du aber auch.«

»Was hast du gesagt?«

Andrew räusperte sich. »Ich sagte: Du aber auch. Du bist genauso durch den Wind wie ich.«

»Ach, wirklich?«

»Ja. Du verbirgst es nur besser. Ich meine, du hast mir im Grunde immer noch nicht erzählt, was dir im Krieg passiert ist oder weshalb du so ein Geheimnis darum machst. Warum sind wir denn so weit gereist, wenn du mir nichts erzählen willst?«

»Vielleicht, weil es dich einen feuchten Kehricht angeht.«

»Warum hast du solche Angst, darüber zu reden? Alle anderen tun das doch auch.«

Mead blickte auf die weißen Schaumkronen am Horizont, griff nach einem Taschentuch und wischte sich über die Stirn. »Du willst eine Geschichte hören, ist es das?«

»Ich will wissen, was du erlebt hast. Wie Mom sagt: Das ist Familiengeschichte.«

Sorgfältig faltete Mead das Taschentuch zusammen, schob es ein und setzte sich wieder in Bewegung. »Also gut, dann erzähle ich dir eine kleine Familiengeschichte.«

Punchys Tod war der letzte, den Mead bewusst erlebte. Danach erfasste ihn eine Art Taubheit. Zuweilen erschien ihm seine Umgebung wie ein Traumgebilde, als liege er wie ein Kind mit Fieber im Bett, unberührt von der übrigen Welt. Außerdem bestand seine Einheit mehr und mehr aus Ersatz, der bald erneut ersetzt wurde. Aber Punchys Tod war anders. Jahrelang hatte Mead darüber gegrübelt, was man Punchys Familie wohl erzählt hatte. Bestimmt nicht die Wahrheit, denn die Wahrheit wäre unannehmbar gewesen.

Achtzehn von ihnen waren in den Ardennen auf Patrouille gewesen – zwölf Gewehrschützen und zwei Trupps von je drei Mann mit einem Browning-MG –, als Bruce McCullum auf eine Schützenmine trat, die ihm den linken Fuß abriss. Sekunden später schnellte vor Mark Foley und Jay Goldberg eine Springmine hoch und explodierte in Hüfthöhe, so dass beiden der Unterleib mit Stahlkugeln durchsiebt wurde. Als die Übrigen in ihren eigenen Fußstapfen den Rückzug antraten, explodierte eine weitere Mine und dann noch eine. Als ein deutsches MG das Feuer eröffnete, rannten die Überlebenden in den Wald.

Mead und Punchy warfen sich hinter einem Baum flach in den Schnee und schossen blindlings in das dichte Gehölz jenseits der Lichtung. Sie sahen, wie Foley sich aufzurappeln versuchte und dabei tödlich getroffen wurde. Goldberg lag auf dem Rücken, hatte den Arm hochgerissen und schrie um Hilfe, bis einige weitere Schüsse ihn verstummen ließen. (Seit kurzem hegte Mead den Verdacht, dass Goldberg zu den Soldaten gehörte, die trotz ihrer Prahlereien niemals einen gezielten Todesschuss abgaben, um so mit reinem Gewissen den Krieg zu überstehen.) Dann wurden sie mit Mörsergranaten beschossen, die einen Texaner namens Walt Slocum töteten. Rindenstücke spritzten Mead ins Gesicht, als die Kugeln in die umstehenden Bäume einschlugen.

»Alles zurück!«, schrie Tom Duncan, der befehlshabende Sergeant. Erneut explodierten Granaten, und Duncan war auf der Stelle tot. Aus mehreren Richtungen wurden sie nun unter Gewehrfeuer genommen, und Mead hörte deutsche Stimmen, die immer näher kamen.

»Nichts wie weg hier!«, schrie Punchy und rannte los. Mead folgte ihm und fiel dabei zweimal in den schweren

Schnee. Im Zickzack rannten sie durch den Wald, rutschten einen Abhang hinab, wateten durch einen eisigen Bach und kletterten auf der anderen Seite den verschneiten Hang hinauf, wobei sie sich an Zweigen hochzogen. Mead hielt kurz an, schoss sein Magazin leer, lud nach und rannte dann hinter Punchy her.

»Welche Richtung?«, fragte Mead, als sie, an einen Baum gelehnt, verschnauften.

Punchy sah sich unsicher um. »Die Straße, von der wir gekommen sind, müsste eigentlich in dieser Richtung liegen«, sagte er.

»Bist du dir sicher?«

»Ist mehr eine Vermutung.«

Sie durchquerten zwei weitere Schluchten und schlichen dann vorsichtig am Rand einer großen Lichtung entlang. Als sie die Höhe eines Kamms erreicht hatten, sahen sie schließlich die Straße unter ihnen – voll mit deutschen Truppen, die in Richtung Westen zogen.

»Scheiße«, sagte Punchy. In die Büsche gekauert, beobachteten sie, wie vier Tiger-Panzer vorüberdonnerten. Sie versuchten, denselben Weg zurückzugehen und in einem Bogen nach Norden zu gelangen, aber eine Stunde später wären sie beinahe wieder deutschen Truppen in die Arme gelaufen. Bei Einbruch der Nacht wurde ihnen klar, dass sie hinter die feindlichen Linien geraten waren.

»Okay, jetzt wissen wir, dass wir im Arsch sind«, sagte Punchy, zog sich den Mantel fester um den Hals und stampfte mit den Füßen auf. »Die Frage ist nur, ob wir endgültig im Arsch sind.«

Mead versuchte nachzudenken, aber vor Kälte tat ihm der Kopf weh. Hungrig und müde, wie er war, wollte er sich nur noch hinsetzen und heulen.

Punchy zündete sich eine Zigarette an und reichte sie Mead. »Entweder wir versuchen, morgen früh unsere Linien zu erreichen, oder wir warten, bis die Hurensöhne dorthin zurückgeworfen werden, wo sie hergekommen sind.«

»Ich würde sagen, wir versuchen unsere Linien zu erreichen«, erwiderte Mead und nahm einen tiefen Zug. »Die Frage ist: Was tun wir jetzt?«

»Wir suchen uns ein warmes Plätzchen zum Schlafen.«

»Ich vermute, du hast noch kein Zimmer für uns gebucht?«

»Ich bin noch auf der Suche nach was Passendem.«

Vor dem ersten Gehöft, das sie entdeckten, standen zwei deutsche Schützenpanzer. Die Fenster waren hell erleuchtet, und eine dünne Rauchfahne kräuselte sich über dem Kamin, was Mead an eine Weihnachtskarte erinnerte. »Ich weiß, was du jetzt denkst, aber nicht mit mir«, sagte er.

»Das wäre eine Mordsgeschichte«, meinte Punchy. »Für uns beide.«

»Nein.«

Sekunden später traten zwei deutsche Landser aus dem Haus, lehnten sich an einen der Schützenpanzer und plauderten lachend.

»Verdammt«, murmelte Punchy.

Sie zogen sich leise zurück und folgten einer schmalen Straße, bis sie die Ruinen eines anderen Hauses erreichten. Aus der Asche stieg noch Rauch auf, und im Schnee daneben lag ein Hundekadaver. Sie beobachteten das Gebäude vom nahen Wald aus, bevor sie sich vorsichtig näherten und ihre Hände über die Glut hielten, die einen orangefarbenen Schimmer auf ihre Gesichter warf. Die Wärme machte Mead schläfrig.

Anschließend schlichen sie weiter, angelockt von den fernen Lichtern eines Bauernhauses hinter einem großen Feld. Beim Heranpirschen – zuletzt kriechend auf dem Bauch – erspähten sie drei deutsche Soldaten, die um einen Tisch saßen und aßen. Ein weiterer Landser stand auf der Veranda, das Gewehr über der Schulter und die Hände in die Achselhöhlen gesteckt.

»Die können wir erledigen«, flüsterte Punchy. Mead hatte bereits befürchtet, dass er das sagen würde. »Du nimmst dir den hier vor, und ich schnappe mir die drei drinnen.«

»Im oberen Stock sind vielleicht noch mehr.«

»Die erledigen wir auch noch.«

Mead sah sich um. »Das gefällt mir nicht.«

»Du willst also die ganze Nacht hier draußen bleiben?«

»In Anbetracht unserer Chancen? Ja.«

»Ich nicht. Ich will mir nicht die Eier abfrieren. Außerdem spüre ich, dass mir das Glück hold ist.«

»Ich spür nichts dergleichen.« Mead beobachtete, wie sich der Deutsche auf der Veranda eine Zigarette anzündete. Vier gegen zwei. Gewiss würde ihnen der Überraschungseffekt zugute kommen. Und Punchy war ein Meisterschütze. Mead malte sich aus, wie er nach einem warmen Essen gesättigt in ein weiches Bett kroch. »Und was ist mit der Scheune?« Er deutete auf ein im Dunkeln liegendes Gebäude hinter dem Haus.

»Ich seh mir das mal an. Du bleibst hier.« Bevor Mead ihn aufhalten konnte, war Punchy schon losgekrochen und schlich zur Rückseite des Hauses. Einige Minuten später war er zurück.

»Sie ist leer.«

»Vielleicht könnten wir ja dort drinnen schlafen?«

»Wo uns hier ein warmes Feuer und Essen winkt? Vergiss es.« Mead kam in den Sinn, dass Punchy vor allem aus einer Ansammlung körperlicher Bedürfnisse bestand. »Also, machst du mit?«

Zögerlich nickte Mead.

»Dann lass uns mal den Tanz eröffnen.« Sie krochen näher heran, bis sie aus dem Haus Lachen hörten. Punchy warf Mead einen Blick zu. »Bereit?«

Mead nickte und legte an.

»Jetzt.«

Mead traf den Deutschen auf der Veranda bereits mit dem ersten Schuss, feuerte aber noch zwei Mal auf ihn, bevor er durch das Fenster zielte, wo ein Landser taumelnd versuchte, aus dem Schussfeld zu kommen. Punchy und Mead feuerten gleichzeitig, worauf der Deutsche nicht mehr zu sehen war.

»Hast du die anderen beiden erwischt?«

»Klar.« Punchy grinste, griff nach einer Handgranate und rannte zur Eingangstür, wo er über den toten Deutschen sprang. Mead folgte dicht hinter ihm und hielt sein Gewehr auf die am Boden liegenden drei Landser gerichtet, während Punchy die Treppe hinaufstürmte.

»Nur ein paar warme Betten«, sagte Punchy, als er wieder herunterkam.

»Die beiden hier leben noch«, sagte Mead und deutete mit dem Lauf seines Gewehrs auf sie. Der eine Deutsche stöhnte leise, während der andere Mead angsterfüllt anstarrte. Ehe Mead etwas sagen konnte, trat Punchy vor und schoss den beiden in den Kopf.

»Herr im Himmel, warum hast du das getan?«

»Die wären sowieso abgekratzt. Ich habe ihnen nur einen Gefallen getan.« Punchy beugte sich über einen der Toten und nahm ihm eine nagelneue Schmeisser-MP 40 ab. »He, schau mal, ist die nicht schön?«, sagte er und hielt sie hoch.

Mead wandte sich ab. Ihm war speiübel.

»Was hätten wir denn sonst tun sollen? Sie mitnehmen? Komm, jetzt essen wir was.« Er zog sich einen Stuhl heran, setzte sich und verschlang gierig den Käse und das Brot auf den halb geleerten Tellern.

Mead trat an das zerschossene Fenster und sah auf den schneebedeckten Hof hinaus, der fahl im Mondlicht schimmerte. Er schloss die Augen und sog die kalte, feuchte Luft ein.

»Willst du denn nichts essen?« Punchy hielt ihm einen Teller hin.

»Du bist ein gottverdammtes Schwein, weißt du das?«

Punchy grinste und schob sich noch ein Stück Brot in den Mund.

Plötzlich klopfte es leise an die Tür. Sofort griffen Mead und Punchy nach ihren Gewehren und gingen hinter einem kleinen Sofa in Deckung.

»Amerikaner?«, rief eine Stimme. »Sind Sie Amerikaner?«

Mead und Punchy hielten schweigend die Gewehre auf die Tür gerichtet. »Bitte nicht schießen. Wir sind Belgier.« Langsam öffnete sich die Tür. Ein älterer Mann und seine Frau traten ein. Beide waren in dicke Mäntel gehüllt und zitterten. »Willkommen«, sagte der Mann und streckte ihnen die Hand entgegen.

»Ist das Ihr Haus?«, fragte Mead argwöhnisch und erhob sich.

Der Mann lächelte, während die Frau schweigend auf die toten Deutschen hinabsah. »Wir hatten uns in der Scheune versteckt. Meine Frau friert sehr.«

»Bitte, kommen Sie herein«, sagte Mead. »Wir haben gerade ...« Er brachte den Satz nicht zu Ende.

Der alte Mann schob seine Frau sanft vorwärts und schloss rasch die Tür hinter sich. Dann nahm er den Hut ab und wischte sich über die Stirn. »Sie müssen sehr vorsichtig sein«, sagte er. »Die Deutschen sind überall.«

»Ist uns auch schon aufgefallen«, erwiderte Punchy.

»Sie sind gestern gekommen. Auf den Straßen wimmelt es von ihnen.« Die Frau starrte immer noch die Leichen an. Ihr kleines, runzliges Gesicht zeigte keinerlei Regung.

Punchy sah Mead an und gab ihm ein Zeichen, worauf er sich über einen der Toten beugte und ihn an den Armen packte. Mead legte sein Gewehr beiseite und griff nach den Beinen. Einige Minuten später lagen alle vier Leichen nebeneinander im Schnee.

»Heute Nacht verstecken wir sie hinter dem Holzstoß«, sagte der alte Mann. »Und morgen müssen wir sie im Wald begraben.«

Als sie wieder ins Haus kamen, schrubbte die alte Frau auf den Knien das Blut vom Boden. »Tut mir Leid wegen dieser Sauerei«, sagte Punchy. Die Frau erwiderte nichts. Mead fragte sich, ob man ihr trauen konnte.

»Sie spricht kein Englisch«, sagte der alte Mann. »Genau genommen spricht sie überhaupt nicht sehr viel. Aber was gibt es nach fünfzig Jahren Ehe auch noch viel zu bereden, eh?« Er lachte in sich hinein und fachte das noch glimmende Feuer in dem kleinen Herd an. »Ich würde Ihnen ja gern unsere Betten anbieten, aber da wären Sie nicht sicher. Die Deutschen tauchen zu jeder Tages- und Nachtzeit auf.«

Punchy runzelte die Stirn. »Haben Sie eine andere Idee?«

Der Mann grinste, nahm eine Laterne vom Haken und bedeutete den beiden, ihm zu folgen. Durch den harschen Schnee, der unter ihren Füßen knirschte, führte er sie zu der kleinen Scheune. »Sie haben mir alles Vieh weggenommen«, sagte er, als sie eintraten.

»Teufel noch mal, hier ist's ja saukalt«, stöhnte Punchy und beäugte einen Stapel Stroh in der Ecke.

Der alte Mann reichte Mead die Laterne und deutete auf den abgetretenen Holzboden, der aus einem Sammelsurium von Dielen verschiedener Länge und Breite bestand. »Sehen Sie es?«

Mead vermutete, dass dort irgendeine Falltür war, konnte aber nichts erkennen. Punchy klopfte mit der Fußspitze den Boden nach einer hohl klingenden Stelle ab.

Amüsiert beobachtete ihn der alte Mann. Dann kniete er nieder, um mit den Fingernägeln in eine enge Spalte zu greifen und eine kleine Diele anzuheben, unter der ein größerer Metallgriff sichtbar wurde. Diesen zog er ruckartig hoch, und eine schwere Falltür kam zum Vorschein. »Gut, nicht? Mein Vater hat das im letzten Krieg gebaut«, sagte er und demonstrierte ihnen, wie dick die Tür war. »Er war Zimmermann.«

Punchy und Mead sahen einander an und kletterten nacheinander die schmale Leiter in einen kleinen, aber tiefen Keller hinab, der mit einem Holzboden, zwei Holzpritschen und einem Regal ausgestattet war, das Kerzen, einen Laib Käse, ein Kartenspiel und drei Krüge Wasser enthielt. In der Ecke stand eine Flinte, und auf jeder Pritsche lag eine große Decke. Die Luft war feucht, und es stank. Mead sah zu einem Eimer in der Ecke hinüber, der halb mit menschlichen Ausscheidungen gefüllt war.

»Wir mussten uns drei Nächte lang verstecken«, sagte der

alte Mann entschuldigend und griff nach dem Eimer. »Bitte machen Sie es sich bequem. Ich hole Ihnen etwas heiße Suppe.«

»Sie meinen also, wir sollen hier schlafen?«, fragte Punchy.

»Natürlich!«

Nachdem der alte Mann gegangen war, streckte sich Mead auf einer der Pritschen aus und verschränkte die Hände hinter dem Kopf. »Kann mir nichts Kuscheligeres vorstellen«, sagte er.

Punchy starrte zur Decke hoch, die von vier Holzbalken gestützt wurde. »Ich habe Platzangst.«

»Ach Gott, du Armer.«

»Das kapierst du nicht.« Punchys unrasiertes Gesicht glänzte vor Schweiß. »Weißt du, als Kind hat mich mein älterer Bruder mal in einen Kofferraum gesperrt. Zwei beschissene Stunden lang war ich da drin.«

»Da muss es dir hier ja richtig geräumig vorkommen.«

Punchy knöpfte sich den Kragen auf und wanderte wie ein Tiger im Käfig auf und ab. »Findest du nicht auch, dass man hier drinnen kaum Luft kriegt?«

»Bisher nicht.«

Punchy schnaufte immer heftiger. »Ohne mich – hier unten bleibe ich nicht.«

»Hast du denn einen besseren Vorschlag?«

»Die Scheune«, sagte Punchy und wollte schon die Leiter hinaufklettern.

»Warte.« Mead setzte sich auf.

»Was ist?«

»Horch!«

Es war kein Zweifel möglich – das Geräusch heranrollender Panzer. Die Deutschen.

Punchy kletterte die Leiter halb hinauf und steckte den Kopf aus der Falltür. »Müssen mindestens zwei sein.«

»Komm sofort wieder runter.«

»Nein, zum Teufel, machen wir uns lieber davon.«

Mead griff nach seinem Gewehr und folgte Punchy die Leiter hinauf. Oben angekommen, zögerte er, ob er die Falltür schließen oder für die zwei alten Leute offen lassen sollte. Wo waren die beiden nur?

»Hauen wir ab«, sagte Punchy, der schon am Scheunentor stand. Inzwischen waren die Panzer so nahe, dass man kaum noch sein eigenes Wort verstand. Gemeinsam schoben sie das Scheunentor einen Spalt weit auf und spähten hinaus. Im Mondlicht erkannten sie die Umrisse von Dutzenden deutscher Infanteristen, die näher kamen.

»Das schaffen wir nicht«, sagte Mead.

»Klar schaffen wir's.«

»Keine Chance.« Mead rannte zur Falltür zurück. Er kletterte bis zum Oberkörper hinunter und winkte Punchy aufgeregt.

»Komm schon!« Punchy zögerte sogar noch, als bereits der Boden zu vibrieren anfing. »Los jetzt!«

Schließlich drehte sich Punchy um und sprang in die Öffnung, wobei er fast auf Mead fiel. »Mach zu!« Punchy kletterte noch einmal hastig hoch und schloss die Falltür. Mead blies die Laterne aus. Reglos standen die beiden in der vollkommenen Finsternis.

»Ich krieg keine Luft«, flüsterte Punchy.

»Halt die Klappe.«

»Ich hau ab.«

Mead hörte, wie Punchy auf der Suche nach der Leiter durch den Raum stolperte. »Willst du uns beide umbringen?«

»Ich krieg keine Luft!«

Erdbrocken lösten sich von der Decke und prasselten auf sie herab. Sie konnten das Knirschen der Panzerketten hören.

»Der Keller wird einstürzen!«, schrie Punchy hysterisch.

Plötzlich hielten die Panzer an. Mead tastete im Raum nach der Leiter, stieg ein Stück weit hinauf und lauschte. Gott sei Dank hatten sie die Leichen versteckt. Doch die Deutschen würden das Blut im Schnee und die zerschossenen Fenster sehen. Wo waren die beiden Alten? Sekunden später hörte er eine Frau aufschreien. O mein Gott.

»Sie werden unser Versteck verraten«, sagte Punchy. »Wir werden hier unten krepieren.«

»Still!«

»Ich sterbe lieber im Kampf.«

Die Schreie der Frau wurden lauter. Wurde sie gefoltert, oder musste sie mitansehen, wie man ihren Mann folterte? Als die Schreie nicht aufhörten, biss Mead die Zähne zusammen. Bestimmt würde der alte Mann alles verraten. Wer würde das nicht? Punchy hatte Recht, sie hätten sich aus dem Staub machen sollen.

Als ein einzelner Schuss knallte, zuckte er zusammen. Kurz darauf folgte ein zweiter Schuss. Er sah in die Dunkelheit hinauf und stellte sich vor, wie die Deutschen gleich die Falltür öffnen und Handgranaten herunterwerfen würden. Oder würden sie einfach die Scheune abbrennen? Er hörte deutsche Rufe, gefolgt von Schritten auf den Holzdielen über ihnen. Mead verharrte wie versteinert auf der Leiter, den Kopf nur Zentimeter von der Falltür entfernt. Unter ihm atmete Punchy flach und schnell. Oben, ein wenig entfernt, war ein Klopfgeräusch zu hören, dann ein weiteres, diesmal näher. Schließlich hörte er direkt über sich Schritte und nach einer kurzen Pause weiteres Klopfen.

Mead schloss die Augen und betete. Erneutes Klopfen, dann Stimmen. Mead biss sich auf die Lippe, bis er merkte, dass ihm Blut übers Kinn rann. *Leb wohl, Sophie.* Wieder Klopfen, worauf es lange still blieb. Dann entfernte sich das Klopfen mehr und mehr. Mead traten Tränen in die Augen. Der alte Mann war zu Recht auf seinen Vater stolz gewesen. Als die Geräusche vollständig verstummt waren, kletterte Mead leise die Leiter hinab, tastete nach einer der Pritschen und setzte sich. »Alles in Ordnung mit dir?«, flüsterte er.

Keine Antwort.

»Bist du okay, Punchy?«

»Ich will nicht hier drin sterben.«

»Das wirst du auch nicht. Versprochen.«

Eine Stunde verging. Und noch eine. Mead lag auf der Pritsche und horchte, wobei er sich oft nicht sicher war, ob er die Augen offen oder geschlossen hielt. Er fragte sich, ob Punchy eingeschlafen war. Mehrere Male hörte er Schritte über sich, aber kein Klopfen mehr.

»Wir hätten es nicht geschafft«, sagte Punchy plötzlich.

»Was?«

»Wenn wir abgehauen wären, hätten wir es nicht geschafft.«

»Ich weiß.«

»Aber wir werden hier unten sterben. Uns wird die Luft ausgehen.«

Daran hatte Mead auch schon gedacht. Falls der Keller luftdicht war, würden sie dann nicht ersticken? Aber der alte Mann hatte gesagt, sie hätten sich hier drei Nächte lang versteckt. Mead sog prüfend die Luft ein. Bekam er genug Sauerstoff? Fühlte er sich ein wenig schwindlig? Je mehr er darüber nachdachte, umso schwerer fiel es ihm zu atmen. »Um Himmels willen, red bloß nicht davon.«

»Es ist, als wäre man tot«, sagte Punchy. »Wie in einem Sarg.«

»Himmelherrgott, hältst du jetzt die Klappe?«

Punchys rasselnder Atem durchbrach die Stille. »Ehrlich gesagt habe ich eine Scheißangst vor dem Sterben.«

»Ich auch.«

»Ich halt's nicht mal aus, nur dran zu denken.«

»Dann lass es.«

»Ich kann aber nicht anders.«

»Schlaf ein bisschen.«

Mead legte sich die Finger auf die Augenlider, um sicher zu sein, dass sie geschlossen waren. Er konzentrierte sich immer noch auf jeden Atemzug, bis ihm ganz schummerig wurde. Sterbe ich jetzt? Ist die Luft schon aufgebraucht? Er atmete mehrmals hintereinander hastig ein. Seine Brust hob und senkte sich unkontrollierbar, während er dem Drang widerstand, die Falltür aufzureißen. Nachdem er nochmals seine Augenlider befühlt hatte, dachte er an Sophie und versuchte sich an möglichst viele Rendezvous mit ihr zu erinnern, und zwar in ihrer zeitlichen Abfolge. Dann, immer noch um Atem ringend, fing er an, sich die Preise sämtlicher Waren im Eisenwarenladen seines Vaters ins Gedächtnis zu rufen. Er sah die aufgereihten Hämmer vor sich und die Säcke mit den Nägeln und die Schneeschaufeln für den Winter, und dann hörte er die Stimme seines Vaters und die Glocke der Ladentür. Er bückte sich und hob eine Hand voll Sägemehl auf, hielt es sich an die Nase und dachte, wie gut es war, wieder zu Hause zu sein. Vielleicht konnten er und Thomas nach der Arbeit sogar ein bisschen Ball spielen. Auf dem Weg in den Lagerraum ließ er das Sägemehl langsam durch die Finger rieseln und achtete darauf, allen Kunden zuzulächeln. Nachdem er die Tür hinter sich geschlossen hatte, nahm er den Krug, den seine Mutter neben eine Schale Äpfel auf den Tisch gestellt hatte, und goss sich ein Glas Limonade ein. Dann rollte er sich auf einem alten Sofa zusammen, um ein kurzes Nickerchen zu machen.

Er konnte es sich nicht erklären, weshalb das Sofa plötzlich zu beben anfing und aus den Lagerregalen alles zu Boden purzelte. Vater? Thomas? Er versuchte die Augen zu öffnen, aber es gelang ihm nicht. Wo ist das Licht? Der Lärm war inzwischen ohrenbetäubend. *Vater!*

»Wir werden lebendig begraben!«, schrie Punchy, als große Erdklumpen von der Kellerdecke herabprasselten. Durch das Dröhnen und Kreischen eines Panzers hindurch hörte Mead, wie Holz splitterte. Sekunden später war der Panzer direkt über ihnen. Die Ketten zermalmten das Holz und ließen noch mehr Brocken herabstürzen. In Todesangst kauerte sich Mead an eine Wand und rechnete jeden Moment damit, dass der Keller einstürzte.

»Wir werden sterben!«, schrie Punchy, doch seine Stimme war durch den Höllenlärm kaum zu hören. Er wird versuchen rauszukommen, dachte Mead, sprang auf und tappte in der Dunkelheit umher. Schließlich fand er die Leiter, die Punchy schon halb erklommen hatte. »Wir werden sterben!«

»Nein!« Mead packte Punchy am Bein und versuchte ihn von der Leiter zu zerren, bis ihn ein heftiger Schlag ins Gesicht rückwärts taumeln ließ. Über ihnen wurde das Kreischen von Holz und Metall immer lauter. »Ich will hier raus!«, schrie Punchy und hämmerte gegen die Falltür. Auf den Knien rutschend, suchte Mead nach seinem Gewehr, stand dann auf und suchte wieder nach der Leiter. Als er Punchys Beine ertastet hatte, holte er aus und schlug mit dem Kolben zu.

»Wir werden sterben!«

»Komm runter!« Mead holte erneut aus und schlug noch fester zu. Er hörte, wie Punchy aufstöhnte und zu Boden fiel. Mead erstarrte, als der Panzer ein letztes Mal über sie hinwegfuhr, bevor er sich langsam entfernte. Gott sei Dank. Er wartete, bis von dem Panzer nichts mehr zu hören war, dann tastete er umher, bis er Punchy fand.

»Alles in Ordnung?«

Punchy stöhnte wieder auf. »Ich bin tot, oder?«

»Noch nicht.« Mead kletterte die Leiter hinauf und horchte.

»Woher weißt du, dass ich nicht tot bin?«

»Deshalb.« Mead stieß die Falltür einen Spalt weit hoch, worauf ein Strahl von blendend weißem Licht hereinfiel. Er lauschte erneut, stemmte die Tür noch ein wenig weiter auf und spähte hinaus. Das Dach der Scheune war verschwunden und von den Wänden stand nur noch auf einer Seite ein Rest. Aus dem Haus jenseits des Hofs züngelten windgepeitschte Flammen.

»Lass mich hier raus«, sagte Punchy und drückte von unten gegen ihn.

Vorsichtig krochen sie aus dem Keller, sogen gierig die frische, kalte Luft ein und schützten mit den Händen die Augen vor dem grellen Licht. Mead tupfte sich das Blut von der Lippe; Punchy sickerte aus dem Haaransatz ein dünnes rotes Rinnsal über die Stirn.

»Sie haben uns nicht verraten«, sagte Punchy und deutete

auf einen großen Baum in der Mitte des Hofs. Mead blickte hoch. Man hatte den alten Mann und seine Frau, beide mit blutenden Kopfwunden, an zwei kurzen Seilen aufgehängt. Neben ihnen markierten einfache Holzkreuze, auf die je ein Helm gestülpt war, vier frische Gräber. Mead und Punchy schnitten die Leichen der beiden Alten ab, waren aber zu erschöpft, um sie zu begraben. Also deckten sie sie nur mit einer dünnen Schicht Schnee zu, stiegen noch einmal in den Keller hinab und holten sich den Käse und das Wasser, bevor sie aufbrachen, um nach den amerikanischen Linien zu suchen.

Den übrigen Tag verbrachten sie damit, zu marschieren und sich zu verstecken. Zwei Mal stießen sie auf deutsche Patrouillen, die direkt an ihnen vorbeizogen. Und am Abend konnte Punchy kaum mehr humpeln.

»Lass mich mal deine Füße sehen« sagte Mead, als sie sich in ein kleines Erdloch kauerten, das sie sich hinter einem Gebüsch ein wenig abseits der Straße gegraben hatten.

»Du ziehst mir die Stiefel nicht aus!«

»Und ob ich das tue.« Mead hatte Mühe mit den Schnürsenkeln, aber schließlich schaffte er es, den linken Stiefel herunterzubekommen, auch wenn Punchy dabei aufschrie. Behutsam zog er ihm den Strumpf aus und hielt den Fuß ins Mondlicht. Die Zehen waren schwarz, während der übrige Fuß eine bläulich-weiße Färbung aufwies.

»Ich kann deine Hände nicht spüren«, sagte Punchy.

»Bleib ganz ruhig.« Mead rieb ihm langsam Ferse und Sohle, vermied es aber, die Zehen zu berühren.

»Sie müssen amputiert werden, oder?«

»Ich weiß nicht.«

»Die kleinen Zehen sind mir egal. Wofür sind sie schon gut? Aber ich will meine großen Zehen nicht verlieren. Wer will schon einen Kerl heiraten, der keine großen Zehen hat?«

Vorsichtig berührte Mead den großen Zeh und fing an, ihn sanft zu massieren. Als er Punchy wieder den Strumpf und den Stiefel übergestreift hatte, hielt ihm Punchy den anderen Fuß hin. »Den nehme ich mir morgen früh vor«, sagte Mead, der kaum noch die Finger bewegen konnte.

Am Nachmittag des folgenden Tages stießen sie auf eine Straßensperre der Amerikaner. Der humpelnde Punchy musste sich auf Mead stützen. Als sie näher kamen, legten zwei Wachposten die Gewehre an und befahlen ihnen, ihre Waffen fallen zu lassen.

»Wir sind Amerikaner, du Idiot«, gab Punchy zurück.

»Ich sagte: *fallen lassen.*« Hinter den beiden Wachposten saß ein dritter GI an einem Maschinengewehr, das auf einen Jeep montiert war.

Mead legte sein Gewehr auf den Boden, hob die Hände und versuchte zu lächeln. Punchy zögerte. »Ich habe zwei beschissene Tage lang fast nichts gegessen, ich bin hundemüde, und die Zehen sind mir abgefroren. Und jetzt …«

»Auf der Stelle!«

»Herr im Himmel, ihr seid mir 'ne Cowboytruppe.« Punchy legte sein Gewehr auf den Boden, behielt aber die Schmeisser umgehängt auf dem Rücken.

»Die andere Kanone auch.«

Fluchend nahm Punchy die deutsche MP ab und legte sie neben sein Gewehr. Die beiden Wachposten wechselten einen Blick. »Bildet euch bloß nicht ein, dass ihr sie mir wegnehmen könnt«, sagte Punchy.

»Wie lautet die Parole?«

»Vor ein paar Tagen war es Maiblume oder Maibaum oder …«

Der größere der beiden Wachposten fiel Mead ins Wort: »Falsch.«

»Wie zum Teufel sollen wir denn das Passwort kennen?« erwiderte Punchy.

»Wir sind von der 101.«, erklärte Mead rasch. »Unsere Patrouille ist in einen Hinterhalt geraten, und seit zwei Tagen versuchen wir durchzukommen.« Er zählte die Namen sämtlicher Offiziere auf, die ihm einfielen.

Die Wachposten berieten sich. »Ich traue ihnen immer noch nicht«, sagte der eine zum anderen. »Wieso haben sie eine gottverdammte Schmeisser dabei, und wie zum Teufel sind sie über die deutschen Linien gekommen?«

»Wir sind unter ihren Panzern durchgekrochen«, entgegnete Punchy und machte einen Schritt vorwärts. »Das ist ein prima Trick. Schon mal unter einem Tiger-Panzer gelegen?«

»Halt, stehen bleiben!«

»Tu, was er sagt«, sagte Mead.

»Ich bin nicht in Stimmung dafür«, erwiderte Punchy, blieb aber stehen.

»Hände hoch.«

»Ich komme aus der Bronx, du Idiot.«

»Ich sagte: *Hände hoch!*«

Punchy hob die Hände.

»Das könnte ein Hinterhalt sein«, meinte der kleinere Wachposten und beobachtete nervös den Straßenabschnitt hinter Mead und Punchy.

»Ein Hinterhalt«?, sagte Mead lachend. »Hört mal, Jungs, ich stamme aus …«

»Wir haben Befehl, jeden zu erschießen, der die Parole nicht kennt.«

»… Akron in Ohio. Ich bin auf die Millfield Highschool gegangen, meinem Vater gehört ein Eisenwarenladen, die Grundausbildung habe ich in Camp Toccoa gemacht. Ich bin über Holland und über der Normandie abgesprungen, und wenn ihr wollt, zitiere ich euch aus der Unabhängigkeitserklärung.«

Der größere der Wachposten hielt sein Gewehr auf Punchy gerichtet. »Wie viele Home-Runs hat Gehrig bei besetzten Bases gemacht?«

»Scheiße, das wüsste nicht mal ich«, meinte der kleinere Wachposten.

Der Größere kniff die Brauen zusammen. »Na gut: Wie viele Spiele hat Cobb gewonnen? Die ungefähre Zahl.«

»Ehrlich gesagt, ist mir das scheißegal«, erwiderte Punchy.

»Das wüsste ich auch nicht«, sagte der kleinere Wachposten.

»Na, dann versuch du's doch«, meinte der größere Wachposten, deutete mit einer Kopfbewegung auf die beiden und spuckte verärgert aus.

Der kleinere Wachposten überlegte kurz. »Ich hab's. Zähl mir die Namen der sieben Zwerge auf.«

»Die sieben Zwerge?«, fragte Punchy verächtlich.

»Los, mach schon«, sagte Mead.

»Zwei von ihnen stehen direkt vor mir«, sagte Punchy.

Mead sprang für ihn ein: »Da gibt es Brummbär und Hatschi und ...«

»Ich glaube, das sind Krauts«, sagte der größere Wachposten.

»Schaut mal, Kumpels, wir haben die letzten Tage einiges durchgemacht«, sagte Mead.

»Gestern hat man drei Krauts erwischt, die unsere Uniformen anhatten und einen gestohlenen Jeep fuhren. Haben perfekt Englisch gesprochen. Außerdem gefällt mir der da nicht.« Dabei deutete der Mann mit dem Gewehr auf Punchy.

»Du verdammter Klugscheißer«, sagte Punchy, trat auf ihn zu und holte aus, um ihm das Gewehr aus der Hand zu schlagen.

»*Nein!*«, schrie Mead.

Der GI drückte ab und traf Punchy in die Brust. Punchy tat noch einen Schritt vorwärts und stürzte dann zu Boden. Mead kauerte sich über ihn. »Holt einen Sani!«

»Ihr seid doch Krauts, oder?«

Mead zog sein Verbandspäckchen heraus und spritzte Punchy Morphium in den Arm. Dann riss er Punchys Jacke, Hemd und Unterhemd auf und drückte eine Kompresse sanft auf die Wunde, was ein gluckerndes Geräusch verursachte.

»Du darfst ihnen nicht erzählen, dass ich auf diese Weise krepiert bin«, wimmerte Punchy mit zitternden Lippen.

»Du bleibst bei mir. Hier bei mir.«

»Ich glaube nicht, dass das ein Kraut ist«, meinte der kleinere Wachposten aufgeregt.

»Wieso ist er dann so auf mich losgegangen?«

»Gottverdammt, holt endlich einen Sani!«, schrie Mead.

Der kleinere Wachposten drehte sich um und rannte Richtung Jeep, während der größere stehen blieb und Punchy ängstlich anstarrte.

Plötzlich packte Punchy Mead am Kragen. »Erzähl niemandem, dass ich auf diese Weise gestorben bin, hörst du?«

»Schscht«, machte Mead und legte Punchy die Hand auf die Wange.

»Ich wollte ihn nicht erschießen. Gott ist mein Zeuge, ich wollte es nicht«, jammerte der Wachposten.

»Halt's Maul!«, fuhr Mead ihn an.

Punchy bewegte die Lippen, aber Mead konnte ihn nicht mehr verstehen. Er hielt das Ohr an Punchys Mund und lauschte angestrengt. »Ich hatte Recht«, wisperte Punchy. Mead wartete, dass er weitersprach. »Ich wusste, dass ich tot bin. Du hast es bestritten, aber ich wusste es.«

»Du wirst wieder gesund.«

Krämpfe durchzuckten Punchys Körper. »Du erzählst ihnen die Wahrheit: Du sagst ihnen, dass Punchy unter diesem Tiger-Panzer umgekommen ist.«

»Ich erzähle es ihnen.«

»Ich kriege hier unten keine Luft mehr.«

»Die Sonne ist untergegangen, alter Kumpel. Schau mal.«

Aber Punchy schien ihn nicht mehr zu hören. »Heilige Mutter Gottes, lass mich nicht hier unten bleiben. Bitte, überall, aber nicht hier unten …«

Als der Sanitäter eintraf, war Punchy tot.

Als sein Großvater geendet hatte, schwieg Andrew und tat, als bemerke er nicht, dass dem alten Mann Tränen in den Augen standen. Seine Stimme war zum Schluss immer dünner geworden. Es war zutiefst verstörend, seinen Großvater, den *Kommisskopf*, so aufgewühlt zu erleben – so, als gäbe es nichts mehr auf der Welt, worauf man sich wirklich verlassen konnte. Andrew richtete seine Aufmerksamkeit auf eine Möwe, die über ihren Köpfen gekreist war. Sie ließ sich am Boden nieder, trippelte ein paar Schritte auf ihn zu und neigte dabei den Kopf ein wenig zur Seite, als erwarte sie, dass Andrew etwas sagte. *Bist du es, Matt?* Die Möwe kam näher und steckte den Kopf in ihr Gefieder, das erstaunlich weiß war. *Matt?* Das würde genau zu ihm passen. Die optimale Methode, sich am Strand herumzutreiben. Und in gewisser Weise sah der Vogel Matt sogar ähnlich, mit diesem großspurigen Blick. Als sich Andrew in den Sand kniete, breitete die Möwe ihre Schwingen aus und flog hinauf in den Himmel, um von dort wieder hinabzugleiten und dicht über den Wellen dahinzusegeln. Andrew sah ihr nach, bis sie am grauen Horizont verschwunden war. *Komm zurück, Matt.*

»Ich habe seine Asche.«

»Was?«

»Matts Asche. Sie wollten ihn in Indiana bestatten, und deshalb habe ich ihn, ich meine, seine Asche gestohlen.«

»Du willst mich wohl veräppeln?«

»Überhaupt nicht.« Andrew machte sich schon auf das Schlimmste gefasst. »Bitte werd jetzt nicht wütend.«

»Gütiger Himmel.«

»Tut mir Leid.«

»Du hast sie tatsächlich gestohlen?«

Andrew nickte langsam und sah, wie das Gesicht seines Großvaters vor Zorn zu zucken begann.

»Wieso zum Teufel hast du sie *hierher* mitgenommen?«

»Ich wollte sehen, wo ich ihn am besten bestatten kann.« Andrew schluckte und fuhr hastig fort: »Zuerst dachte ich an Kalifornien, vielleicht an diesem einen Strand, weil Matt immer am Meer und in einer Gegend wie Kalifornien leben wollte. Aber als du dann gesagt hast, wir würden nach Europa fahren, dachte ich, das könnte ihm noch besser gefallen. Er ist ja nie nach Europa gekommen.«

»Hast du den Verstand verloren?«

»Ich konnte doch nicht zulassen, dass sie ihn nach Indiana bringen.«

Sein Großvater schlug sich mit der Hand auf die Stirn. »Um Himmels willen, du hast die Asche ja sogar durch den Zoll geschmuggelt.«

»Da hatte ich schon ein wenig Bammel.« Andrew tippte auf die dicke Ausbuchtung in seiner Hosentasche.

Ungläubig blickte Mead auf die Stelle. »Du hast die Asche in der *Hosentasche*?«

»Zumindest das meiste. Ein bisschen was habe ich in diesem Wald in Chicago verstreut, als ich …«

»Ich kann's nicht fassen.«

»Tut mir Leid.«

»Gib sie mir.« Mead streckte die Hand aus.

Andrew errötete. »Nein, bitte.«

»Wir werden jedenfalls *nicht* weiter mit dieser … *Asche* … durch Europa gondeln.«

»Du kannst sie doch nicht einfach wegwerfen!« Andrews Stimme überschlug sich, während er beide Hände schützend vor die Hosentasche hielt.

Mead war drauf und dran, ihn zu packen, hielt dann aber inne und murmelte etwas Unverständliches. »Was genau hattest du damit vor?«, fragte er schließlich.

»Weiß nicht. Erst wollte ich sie in der Westminster Abbey verstreuen, das erschien mir irgendwie perfekt. Aber dann sah ich diesen Typen, der den Boden fegte, und das hat mich total geschockt. Dann habe ich gedacht, ich verstreue sie am Tower – du musst zugeben, dass der Tower um Längen besser ist als Indiana –, aber dann kam mir in den Sinn, dass an diesem Ort womöglich die Geister all dieser Leute herumspuken, denen man den Kopf abgehackt hat.«

»Verstehe.« Mead spürte wieder ein Zucken im Gesicht.

»Und gestern hätte ich sie fast am Omaha Beach verstreut – dort war es so krass, und Matt war ein total krasser Typ –, aber dann fand ich es doch zu deprimierend. Deshalb habe ich schon überlegt, sie wieder mit nach Kalifornien zu nehmen und sie doch auf dem Strand zu verstreuen, zu dem du mit mir gefahren bist. Ihm hätte es dort sehr gefallen.«

Sein Großvater stand da und rieb sich die Stirn.

»Bitte nimm sie mir nicht weg.«

»Jetzt gehen wir erst mal zum Wagen.«

Die Arme an den Körper gepresst, stapfte Mead den Strand entlang. Er stellte sich vor, wie sie vom Zoll durchsucht wurden und er zu erklären versuchte, weshalb sein Enkel mit der gestohlenen Asche eines Freundes, der sich in Illinois umgebracht hatte und eigentlich in Indiana hätte bestattet werden sollen, in die USA zurückkehren wollte. Natürlich klang diese Geschichte so unwahrscheinlich, dass man vielleicht sogar damit durchkam.

Gütiger Himmel.

Er dachte an seinen blauen Sessel zu Hause. Wie gerne hätte er jetzt dort gesessen und ein Kreuzworträtsel gelöst. Ja, alles wäre besser, wenn er nur zu Hause wäre. Er stellte sich vor, wie er sich ein schönes, dickes Porterhouse-Steak auf dem Grill brutzelte und abends in der Dämmerung, wenn es rasch kühler wurde, einen Spaziergang unternahm. Wie war er nur auf die Schnapsidee gekommen, hierher zu fahren? Hatte er sich wirklich eingebildet, in seiner eigenen Vergangenheit – dem schier Unaussprechlichen, das er erlebt hatte – würde sich irgendwo die Lösung finden, wie er seinen Enkel auf den rechten Weg zurückbringen konnte? Was für ein alter Narr ich doch bin! Was hatte er denn schon anderes erreicht, als Erinnerungen aufzuwühlen, die ihn nun zu ersticken drohten? Dutzendweise stürmten die dreckverschmierten Gesichter junger Männer auf ihn ein, Gesichter mit traurigen, flehenden Augen, in denen Fragen lagen, auf die er keine Antwort wusste. Und auch Geräusche. Laute Rufe, das Krachen von Gewehrschüssen und Explosionen, die tierischen Schreie der Verwundeten und das zornige Stakkato von deutschen Wörtern – all das weckte tief in seinem Inneren immer noch eine entsetzliche Angst. Er sah seinen Enkel an und empfand Abscheu vor seiner mürrischen Arroganz, vor seinem gelb gestreiften Haar, seinem Ohrring und der verhuschten Art, in der er sich gefiel, als sei er ein halb verhungerter umherstreunender Straßenköter. Das ist alles nur seine Schuld. Aber bald schon wäre der Junge wieder daheim in Chicago, und Mead würde sein Haus wieder ganz für sich allein haben. (Und auch Sophies Zimmer.) Was würde er Sharon erzählen? Er hatte keine Ahnung. Vielleicht könnte er ja einen Psychiater engagieren oder den Jungen in die Armee stecken. Er fuhr sich mit seinem Taschentuch übers Gesicht und ging noch schneller, obwohl er eine gewisse Schwäche in den Beinen spürte. Wenn ich mich bloß eine Minute hinsetzen könnte.

Aber er konnte nicht nach Hause fahren, zumindest jetzt noch nicht. Nicht solange das, was er am meisten fürchtete, so nah war, dass es ihm buchstäblich seinen feuchten Atem in den Nacken blies. *Das wirst du doch nicht tun, oder?* Irgendwie hatte er immer gewusst, dass es dazu kommen würde, dass er am Ende nicht mehr die Kraft aufbringen würde, es unter dem Deckel zu halten. *(All diese Jahre.)* Es reichte nicht, dass er anständig und seiner Frau treu geblieben war, seine Arbeit ordentlich getan und für die Kirche gespendet hatte. Denn was immer er auch tat und wie viele Jahre er auch Gras hatte darüber wachsen lassen – die Anklage blieb bestehen, und die Anschuldigung dröhnte ihm immer lauter in den Ohren, bis er kaum noch etwas anderes hören konnte: *Mörder.* Und nun blieb ihm nichts anderes übrig, als mit dem Davonlaufen endlich aufzuhören und Manns genug zu sein, seinem Ankläger offen ins Gesicht zu blicken – sich dem zu stellen, was ihn zerstört hatte – und zu sagen: *Es tut mir Leid. Bitte lasst mich alten Mann jetzt zufrieden.*

Ihm blieb keine andere Wahl.

»Fahren wir jetzt ins Hotel zurück?«, fragte Andrew unsicher, als sie am Wagen ankamen.

Mead studierte die Landkarte, bevor er den Motor anließ. »Noch nicht.«

»Was ist denn das?«, fragte Andrew und deutete auf das Schild *Cimetière Militaire Allemand.*

»Ein deutscher Friedhof.«

»Wirklich?« Andrew sah seinen Großvater an, der in Gedanken woanders zu sein schien. »Gehen wir rein?«

»Ja.«

Nachdem sie kurz in dem modernen Besucherzentrum verweilt hatten, schritten sie durch das steinerne Bogentor und betraten das Gräberfeld, das keinem der Friedhöfe ähnelte, die Andrew bisher gesehen hatte. In regelmäßigen Abständen standen Gruppen von kleinen, grob gemeißelten Schmuckkreuzen aus dunklem Stein zusammen, während die eigentlichen Gräber nur mit kleinen, flachen Platten markiert waren. Auf einem großen, mit Blumen bepflanzten Erdhügel in der Mitte stand ein großes Steinkreuz und daneben die Skulptur eines Paares mit gramgebeugten Häuptern. Eltern.

»Der amerikanische Friedhof ist viel schöner«, sagte Andrew.

»Hier herrscht eben nur Trauer, aber kein Stolz«, erwiderte Mead.

»Es ist irgendwie unheimlich.« Im Vorübergehen betrachtete Andrew die Namen auf den Tafeln und versuchte sie auszusprechen. »Wieso stehen da mehrere Namen drauf?«

»Das ist Kameradschaft über den Tod hinaus.«

»Was?«

»Soll heißen, dass sie sparsam mit dem Platz umgehen mussten.«

»Ah.« Andrew lief Mead hinterher, sah sich wieder die Namen der Gefallenen an und fragte sich, wie sie wohl umgekommen waren. »Sind hier wirklich 21000 Deutsche begraben?«

»Und das ist nur ein kleiner Bruchteil.«

Andrew versuchte sich sämtliche Schüler von Montrose auf einem Haufen vorzustellen und das Ganze mit sieben zu multiplizieren. Nicht zu fassen. Und das Unheimlichste daran war, dass sie alle getötet worden waren: 21000 Leute, umgekommen durch *Gewalt.* Dann versuchte er, sich den schlimmsten Schmerz, den er je erlitten hatte, in Erinnerung zu rufen – als er sich einmal bei dem Versuch, eine Bierflasche zu öffnen, einen Zahn abgebrochen hatte –, und wie es wäre, wenn man diesen Schmerz immer mehr steigerte, bis man starb. Heilige Scheiße. Und dann auch noch für die falsche Seite zu sterben. Schwierig, daran noch etwas gut zu finden. Er blickte auf den Rasen und fragte sich, ob manche der Skelette wohl noch solche Medaillen umhängen hatten, wie sein Großvater sie besaß. Wäre spannend, da mal rumzugraben.

Als er hörte, wie links von ihm jemand etwas auf Deutsch sagte, drehte er sich um und sah eine kleine Gruppe, die langsam mehrere Gräberreihen abschritt, nach rechts ging, dann nach links und sich schließlich vor einer kleinen Tafel sammelte. Krass – die Familie. Neugierig beobachtete er einen Jungen in seinem Alter, sah aber rasch weg, als sich ihre Blicke kreuzten. Das also wäre der Feind gewesen. Er oder ich. *Peng!*

Nachdem Andrew die Familie eine Weile beobachtet hatte, überfiel ihn unversehens eine Bedrücktheit. Wie gut, dass er kein Kraut war. Er blickte sich nach seinem Großvater um, der auf der anderen Seite des großen Grashügels ganz allein vor einem Grab stand. Um ihn nicht zu stören, ging Andrew von hinten langsam auf ihn zu. Vielleicht hat er ein paar dieser Burschen mit bloßen Händen umgebracht; vielleicht sogar den Deutschen aus der Familie dort drüben.

Plötzlich nahm sein Großvater aus der Schultertasche mehrere Gegenstände und legte sie nacheinander auf die Grabplatte. Andrew kniff die Augen zusammen, um sie besser erkennen zu können, und trat noch ein paar Schritte näher. Mann, er hat das Zeug von diesem Deutschen dabei. Nicht zu glauben! Da sah er, wie sich sein Großvater auf die Knie niederließ. Hat er einen Herzanfall? Andrew wollte schon zu ihm hinlaufen, entschied sich aber, noch ein wenig zu warten. Sein Großvater schien die Lippen zu bewegen, aber aus der Entfernung konnte Andrew nicht verstehen, was er sagte.

Mein Gott, hoffentlich dreht er nicht durch. Andrew blickte sich um, ob sie vielleicht beobachtet wurden, aber auf dem Friedhof waren jetzt außer ihnen keine anderen Besucher mehr. Er wandte sich wieder seinem Großvater zu, der nun zu den beiden großen Steinskulpturen aufblickte. Bitte, bloß kein Herzinfarkt. Schließlich erhob sich sein Großvater und streckte sich. Also wird er das Zeug dalassen. Andrew überlegte, ob er sich die Sachen holen könnte, ohne dass sein Großvater es merkte. Aber gerade, als es so aussah, als wollte er wieder gehen, hielt er inne, kniete noch einmal nieder und sammelte die Dinge wieder ein, um sie in seiner Schultertasche zu verstauen.

»Was hältst du davon, nach Deutschland zu fahren?«, fragte Mead, während er raschen Schrittes zum Ausgang ging.

Andrew lief hinter ihm her. »Deutschland? Wieso Deutschland?«

»Weil ich dort etwas zu erledigen habe.«

Das wird ja immer seltsamer. »Wann?«

»Morgen.«

»*Morgen?* Du machst Scherze, oder?«

»Keineswegs.« Sein Großvater marschierte in Richtung Parkplatz.

»Warum? Willst du seine Sachen zurückgeben?«

Sein Großvater verlangsamte das Tempo. »Ich will es versuchen.«

»Wem willst du es denn geben?«

»Das weiß ich noch nicht. In seinen Papieren steht eine Adresse. Wir fangen dort an und sehen mal, wohin sie uns führt.« Er drehte sich zu Andrew um und blickte ihn forschend an. »Du hast doch für diesen Sommer noch keine anderweitigen Pläne, oder?«

»Eigentlich nicht, aber …«

»Gut«, sagte sein Großvater und ging zum Wagen.

# *Deutschland*

Früh am nächsten Morgen stiegen sie in den Zug nach Paris. Dort nahmen sie an der Gare St.-Lazare ein Taxi zur Gare de l'Est, wo sie sich an einem Imbissstand mit Proviant eindeckten, bevor sie in Richtung Deutschland weiterfuhren.

»Er stammt also aus Stuttgart?«, fragte Andrew und steckte sich den Rest seines zweiten Croissants in den Mund, während der Zug den Bahnhof verließ.

»Der Landkarte zufolge kommt er aus einer Kleinstadt in der Nähe. Wir steigen in eine Regionalbahn um, wenn wir in Stuttgart sind.«

»Vielleicht hat man im Krieg den Ort in Schutt und Asche gelegt, und er wurde nicht wieder aufgebaut?«

»Möglich.«

»Vielleicht ist seine ganze Familie tot oder schon vor Jahren weggezogen.«

»Auch möglich.«

Andrew rutschte auf seinem Sitz hin und her. »Mein Hintern tut mir jetzt schon weh. Wieso sind wir denn nicht geflogen?«

»Weil ich mit dem Zug fahren wollte. Reicht das?«

»War ja nur eine Frage.«

Sie saßen sich gegenüber, beide am Fenster. Andrew klopfte auf die Ausbuchtung in seiner Hosentasche, wo Matts Asche in dem Ziploc-Beutel steckte. Würde man sie an der Grenze durchsuchen? Er malte sich aus, wie knurrende deutsche Schäferhunde und Dobermänner an seiner Hose herumschnüffelten. Vielleicht sollte ich Matt unter dem Sitz oder in meinem Matchsack verstecken. Was, wenn sie ihn konfiszieren?

Er sah zu seinem Großvater hinüber, der aus dem Fenster starrte. Seine Ledertasche hatte er auf den Boden zwischen die Beine gestellt. Also tragen wir beide die Überreste toter Menschen mit uns herum: die eines ermordeten Nazi-Krauts und die eines kleinen grünhaarigen Teenagers aus Chicago, der sich umgebracht hat. Tolle Familie. Sind andere Familien auch so krass?

»Was meinst du, wie lange wir in Deutschland bleiben?«, wollte er wissen.

»So lange wie nötig.«

»Bedeutet das nun eher ›Tage‹ oder ›Monate‹?«

»Ich bezahle doch die Rechnungen, oder?«

»Es könnte aber ziemlich teuer werden.«

»Mach dir mal keine Sorgen.«

Andrew vertrieb sich ein wenig die Zeit mit Musik aus dem Kopfhörer und ärgerte sich, dass er nicht mehr Batterien gekauft hatte. Dann aß er ein weiteres Croissant. Unterdessen saß sein Großvater nach wie vor reglos am Fenster und starrte nach draußen. Andrew wunderte sich, wie schlecht der alte Mann aussah, als habe er völlig erschöpft die ganze Nacht mit dem Gesicht auf der Matratze gelegen. Bestimmt treiben ihn irgendwelche ätzenden Gedanken um. »Bist du aufgeregt?« Im selben Moment bereute er die Frage. Sein Großvater blickte ihn stumm an und wandte dann den Kopf wieder zum Fenster. »Ich wollte nur sagen, dass ich aufgeregt wäre. Das ist alles.«

»Ja, wenn du es genau wissen willst – ich bin ein wenig aufgeregt.«

Andrew zog sein Notizbuch hervor, um ein wenig an seinen Songtexten zu feilen. Er kritzelte ein paar Zeilen aufs Papier, doch seine Gedanken wanderten immer wieder zu der Geschichte von Punchys Tod. War das schlimmer, als im Wald neben der Leiche seines besten Freundes aufzuwachen? Schwer zu sagen. Er sah seinen Großvater an und überlegte, wie er wohl den Deutschen getötet hatte und weshalb ihn das so sehr beschäftigte – es war doch im *Krieg* gewesen –, aber er traute sich nicht zu fragen. Nachdem er sich einige Zeilen für einen langen Song ausgedacht hatte, den er Matt widmen wollte, klappte er das Notizbuch wieder zu und lehnte sich zurück. Bald darauf wurde er vom sanften Schaukeln des Zugs in einen tiefen Schlaf gewiegt. Er träumte von sabbernden Dobermännern, die nach seiner Hose schnappten. Als er wieder erwachte, starrte ihn sein Großvater an. Jetzt sah er noch mitgenommener aus. »Willkommen in Deutschland.«

Das Erste, was Mead auffiel, als amerikanische Truppen das Konzentrationslager bei Landsberg am Lech betraten, war der Gestank, an den er sich noch Jahre später erinnern konnte. Fassungslos betrachteten sie die endlosen Reihen aufeinander gestapelter Leichen, die kaum mehr etwas Menschliches an sich hatten. Und als sich Dutzende von Häftlingen, verdreckt und voller Ungeziefer, um ihn scharten, um ihn zu küssen und zu umarmen, hatte Mead Mühe, gegen seinen Ekel anzukämpfen.

Also hatten die Gerüchte doch gestimmt.

Mead konnte seinen Brechreiz nicht unterdrücken, und später, hinter einer Scheune, beobachteten er und ein weiterer GI mit lähmendem Entsetzen, wie eine Gruppe Häftlinge einen Wärter in die Enge trieb, anspuckte, trat, um ihn dann wie Piranhas in Stücke zu reißen. Keiner der beiden wagte einzuschreiten. Es erschien ihnen wie eine ganz persönliche Angelegenheit.

In der Baracke mit den Häftlingen, die nicht mehr gehen konnten, verteilten sie Süßigkeiten und Essensrationen und bemühten sich, den auch hier herrschenden infernalischen Gestank zu ignorieren. Neben einem Jungen mit riesigen braunen Augen kniete Mead nieder. »Wie heißt du?« Sachte legte er dem Jungen die Hand auf die Stirn. Der Junge erwiderte etwas in einer Sprache, die Mead nicht verstand. Ein älterer Gefangener auf dem hölzernen Stockbett darüber übersetzte.

»Sein Name ist Grzegorz. Gregor. Er ist Pole. Er sagt, dass er mit Ihnen nach Amerika gehen will und ein guter Arbeiter ist.«

»Er kann nach Hause gehen. Er ist frei.«

Der ältere Gefangene dolmetschte wieder. »Er sagt, er hat kein Zuhause mehr.«

»Wie lange ist er schon hier?«

Der Ältere und der Junge wechselten einige Sätze. »Seit zwei Monaten. Er hat für eine wohlhabende deutsche Familie als Haussklave geschuftet, bevor sie vor der näher kommenden Front fliehen mussten. Er sagt, er weiß, wo sie ihr Silber vergraben haben. Sehr teure Sachen, sagt er. Er will Sie dorthin führen, wenn Sie versprechen, ihm Englisch beizubringen und ihn nach Amerika mitzunehmen.«

Mead lächelte. »Als Erstes muss er wieder Fleisch auf die Rippen bekommen.« Er zog einen Schokoriegel hervor, brach ein Stück davon ab und schob es dem Jungen in den Mund. Da riss der Junge ihm unversehens den Rest des Riegels aus der Hand, stopfte ihn sich in den Mund und kaute gierig. Mead lachte. »Immer mit der Ruhe.«

»Um Himmels willen, gib ihnen bloß keine feste Nahrung«, rief ein Sanitäter, der gerade in die Baracke kam. Aber es war zu spät. Schon nach wenigen Augenblicken wand sich der Junge in Krämpfen. Mead sah hilflos zu, wie sein ausgemergelter Körper bebte und zuckte, das Gesicht dunkelrot anlief und die großen braunen Augen aus den Höhlen traten. Fünf Minuten später war der Junge tot. Als Mead die Baracke verließ, lagen noch zwei weitere Häftlinge in Krämpfen.

Sie mieteten sich in einem Hotel in Bahnhofsnähe ein und aßen in einem kleinen Speiseraum neben der Empfangshalle zu Abend. Andrew meinte, dass es hier wie in einem Fleischerladen roch. Er konnte niemandem ins Gesicht sehen, ohne an die Nazis zu denken, besonders an den widerlichen Kerl in *Der Soldat James Ryan*, der den Juden mit dem Messer erstach. Während er an seinem Brot knabberte, beäugte er die anderen Abendgäste misstrauisch. Es ist hier wie auf dem Todesstern aus dem *Krieg der Sterne*. Hätte mir lieber ein Messer mitnehmen sollen.

Als sie wieder auf ihrem Zimmer waren, putzte Mead seine Schuhe und bügelte seine Freizeithose, um sich dann den Pyjama anzuziehen, die Zähne zu putzen und zu Bett zu gehen.

»Du willst schon schlafen?« Andrew hatte keine Lust, allein wach zu bleiben.

»Ich bin müde.«

Zu gerne hätte Andrew gewusst, ob sein Großvater wohl von bösen Erinnerungen verfolgt wurde. Und was er für morgen geplant hatte. Allein schon der Gedanke daran machte ihn kribblig. »Was dagegen, wenn ich noch ein bisschen aufbleibe?«

»Nur wenn du liest.«

Also quälte sich Andrew durch zehn Seiten, konnte sich aber nicht konzentrieren. Nach einer Weile stand er auf, ging auf die Toilette und versuchte dann, das Kapitel zu Ende zu bringen, fand aber immer noch keinen rechten Zugang. Er blickte zu seinem Großvater hinüber, der ihm den Rücken zukehrte. Träumte er gerade vom Krieg? Brachte er vielleicht in eben diesem Moment den Deutschen um?

Andrew legte *Der längste Tag* beiseite und blätterte in einem der Fotobände, die sie in der Normandie gekauft hatten: Zuerst ein Bild mit drei Leichen neben einem brennenden Panzer, dann ein verwundeter Deutscher mit erhobenen Händen, die Augen vor Angst geweitet, dann weitere Leichen, manche davon seltsam verrenkt, danach zwei GIs mit schlammverschmierten Gesichtern, die Munition schleppten und vor Erschöpfung fast zusammenzubrechen schienen. Er versuchte sich seinen Großvater so verdreckt vorzustellen, aber es gelang ihm nicht. Der olle Saubermann wäre bestimmt durchgedreht. Schließlich beugte er sich zu der kleinen Nachttischlampe hinüber und knipste das Licht aus. Sofort spürte er, wie ihn die Stille bedrängte, bis ihm die Ohren schmerzten, als läge er am Grunde eines tiefen Sees. War in diesem Zimmer genug Luft, oder atmete er nur das ein, was sein Großvater ausatmete? Erst wälzte er sich auf die eine, dann auf die andere Seite. Was gäbe ich jetzt für einen dicken, fetten Joint und ein paar Bier! Er versuchte sich auszumalen, wie Cori in Champagner badete, woraus er schloss, dass er wohl eher geil als paranoid war. Doch sosehr er sich auch anstrengte, ihr Bild vor seinem geistigen Auge aufleben zu lassen, er schaffte es nicht. Ein schlechtes Zeichen.

Andrew schwitzte und hätte am liebsten auch noch das letzte Laken weggestrampelt, scheute sich aber, nackt dazuliegen. In der Dunkelheit stürzten die Gedanken auf ihn ein und klammerten sich an ihm fest wie Hunderte von Fledermäusen, deren Flügel ihm ins Gesicht klatschten. Er dachte an den Tag, als sein Vater ihn und seine Mutter verlassen hatte und wie er wochenlang immer zur Wohnungstür gerannt war, sobald er eine Autotür zufallen hörte, weil er jedes Mal glaubte, Dad sei zurückgekommen. Er dachte an die Farbe von Matts erkalteten Lippen und wie friedlich er ausgesehen hatte, und dann an die endlosen Tränen seiner Mutter und an all die Gesichter in der Schule, die ihn höhnisch angegrinst hatten. Er dachte an seinen Großvater und die schrecklichen Dinge, die er durchgemacht hatte, an das Töten und die Zerstörung und dass er seine Kumpels hatte sterben sehen und dann seine Frau verloren hatte, so dass ihm am Ende nur seine Geister geblieben waren. Er dachte an Evelyn und dass sie irgendwo in einem Haus in Connecticut sterben würde und nicht einmal mehr ihre Blumen zur Gesellschaft hätte und dass es ihr einziger Wunsch war, einen griesgrämigen alten Mann lieben zu dürfen, ohne ihm wehzutun. Und dann kam ihm der Gedanke, dass vielleicht alle Menschen einsam waren, ja dass die Einsamkeit vielleicht der unausgesprochene Grund für alles andere war: für Musik und Sex und Drogen, für das Gärtnern und die Tränen seiner Mutter und Matts Selbstmord und sogar für Gott. Also waren sie alle verloren: seine Mutter und sein Vater und Großvater und

Evelyn und selbst seine Lehrer und Cori Fletcher und Arschlöcher wie Kevin Bremer. Jeder von ihnen war verloren und allein, und doch hatte niemand den Mumm, es zuzugeben. Die Einsamkeit war das schmutzige kleine Geheimnis, über das niemand zu sprechen wagte. Und das, so begriff Andrew jetzt, war das, was er am meisten hasste. Nicht die Einsamkeit, sondern das Schweigen. Das allgegenwärtige, undurchdringliche Schweigen. Er fuhr sich mit den Fingern durch die Haare und riss an ihnen, spürte einen solchen Zorn auf alles, dass er am liebsten etwas zerschmettert hätte. *Es war das Schweigen, das dich umgebracht hat, stimmt's, Matt?*

Als Andrew die Augen aufschlug, schien das fahle Mondlicht durch den Vorhang. *Ich habe immer gedacht, der Mann im Mond würde lächeln.* Er schlug die Bettdecke beiseite und schlich auf Zehenspitzen ans Fenster. Sein magerer Körper schlotterte vor Angst. Er spähte zu seinem Großvater hinüber, zog lautlos den Vorhang ein Stück zurück und sah mit zusammengekniffenen Augen in den Himmel.

Mann, Matt hatte Recht gehabt. Der Mann im Mond lächelte nicht. Nicht, wenn man richtig hinsah. Andrew drückte das Gesicht an die Scheibe. Der Mann im Mond sah sogar ein wenig aus wie Matt, kalt und blass und weit entfernt. Wut stieg in Andrew auf. Wieso sagten die Leute, er lächle? Konnten sie nicht einmal in diesem Punkt ehrlich sein? Zornig ballte Andrew die Fäuste, während er in der Finsternis stand und zu dem traurigsten Gesicht hochblickte, das er je gesehen hatte; ein Gesicht, das Nacht für Nacht auf die Erde hinabschaute und nicht ertrug, was es dort sah, ein Gesicht, das die schreckliche, kalte, einsame Wahrheit des Universums verstand. Wieder im Bett, schlang Andrew die Arme um das Kissen und wiegte sich langsam hin und her. Gott, was hatte es überhaupt für einen Sinn, geboren zu werden?

»Evelyn wird sterben«, stieß er plötzlich hervor.

Mit einem Mal war das Atmen seines Großvaters nicht mehr zu hören.

»Eigentlich darf ich nicht darüber reden, aber es ist wahr. Sie wird *sterben.*« Er schluchzte auf. »Ich habe zufällig gehört, was ihre Tochter sagte. Sie will sich keiner Chemotherapie unterziehen und ist pleite, deshalb muss sie das Haus verkaufen. Und sie wird bald sterben.«

Im Zimmer war es so still, dass Andrew zu hören meinte, wie der Mond langsam über das Firmament glitt. Da knarzte das Bett neben ihm, und er spürte die große, warme Hand seines Großvaters auf der seinen.

»Es ist wahr. Ich schwöre es. Sie hat mir das Versprechen abgenommen, dir nichts zu sagen, weil sie dir nicht wehtun will. Aber du musst mir glauben.«

»Ich glaube dir, Andrew.«

»Ich ertrage das einfach nicht. Ich finde die ganze Welt zum Kotzen.« Er konnte sich jetzt nicht mehr zurückhalten. All der Zorn und der Schmerz brachen sich Bahn, Tränen liefen ihm über Nase und Kinn.

»Manchmal geht es mir genauso.« Andrew spürte, wie die raue Wange seines Großvaters kurz die seine berührte. Die Hand ruhte auf der seinen, bis der letzte schreckliche Gedanke in die Nacht entschwunden war.

Beim Frühstück am nächsten Morgen sprach sein Großvater kein Wort. Nachdem sie schweigend gegessen hatten, setzte sich Andrew in die Empfangshalle, während Mead eine Weile mit dem Mann an der Rezeption sprach. Der Deutsche, ein Mann mittleren Alters mit rundem, gerötetem Gesicht und einer kleinen Nickelbrille, bat Mead und Andrew, ihm in ein Hinterzimmer zu folgen. »Gott sei Dank hat unsere Stadt keine großen Kriegsschäden erlitten. Es gab hier nichts, was sich zu bombardieren lohnte.« Er griff nach einem Telefonbuch. »Nun, wie sagten Sie, war der Name?«

»Müller«, antwortete Mead.

»Haben Sie vielleicht auch eine Anschrift?«

»Die steht hier.« Mead zog die Brieftasche hervor. Andrew sah, wie sich die Augen des Deutschen weiteten.

»Sind Sie vielleicht ein ... Ermittlungsbeamter?«, fragte der Mann argwöhnisch. Andrew versuchte sich vorzustellen, wie er den Arm zum Hitlergruß hob. Und doch wirkte er ganz freundlich.

»Nein, nein«, erwiderte Mead. »Ich ... habe nur ... ein paar Sachen von ihm aufbewahrt und würde gern seine Familie ausfindig machen. Es ist eine rein persönliche Angelegenheit.«

»Verstehe.« Der Deutsche warf einen kurzen Blick auf die Brieftasche und sah Mead dann wieder forschend an. Doch offenbar war er mit der Erklärung zufrieden, denn er schlug das Telefonbuch auf und blätterte darin. Sein dicker Zeigefinger fuhr mit einem leisen Quietschen über die Spalten. Schließlich griff er zum Telefon und wählte.

Na toll, dachte Andrew, jetzt alarmiert er seine Neonazi-Kumpels aus der Skinheadszene.

Nach dem dritten Telefonat legte der Deutsche den Hörer auf und lächelte. Er schien mit sich zufrieden. »Wir haben drei Müllers im Telefonbuch – es ist ein sehr häufiger Name –, und leider stimmt bei keinem die Adresse mit der überein, die Sie mir gegeben haben. Ich konnte einen der drei sprechen, aber der Mann weiß nichts von einem Hans, der im Krieg war. So bleiben noch die beiden anderen, aber die scheinen zur Zeit nicht zu Hause zu sein.«

»Trotzdem, danke für Ihre Hilfe«, sagte Mead.

Puh, dachte Andrew und hätte sich jetzt gern den Kopfhörer aufgesetzt, die Augen geschlossen und Hitlerland weit hinter sich gelassen.

»Aber die gute Nachricht ist, dass einer unserer Müllers ganz in der Nähe der Adresse wohnt, die Sie haben. Vielleicht drei, vier Straßen entfernt. Im selben Viertel. Der dritte Müller wohnt in einem Neubaugebiet außerhalb der Stadt. Hässliche Häuser, wenn ich das sagen darf.«

Mead erstarrte.

»Möchten Sie, dass ich es später noch einmal versuche?«

Mead schwieg so lange, dass Andrew ihn anstubste.

Schließlich sagte er: »Kann ich die Adresse haben – von dem einen, der im selben Viertel wohnt?«

»Natürlich.« Der Deutsche kritzelte sie auf einen Zettel, den er Mead reichte.

»Gibt es hier irgendwo einen Autoverleih?«

»Geradeaus bis zur dritten Kreuzung, direkt gegenüber dem Bahnhof. Kommen Sie mit zur Rezeption, dann gebe ich Ihnen einen Stadtplan.«

Auf dem Weg zum Autoverleih lagen Andrew verschiedene Fragen auf der Zunge, aber sein Großvater wirkte so angespannt, dass er sich zurückhielt. Das kann ja noch ein richtiger Horrortrip werden. Als sie jedoch im Wagen saßen – ein Mercedes mit Ledersitzen, was der erfreulichste Aspekt der letzten Tage war –, konnte er sich nicht mehr bremsen: »Also, fahren wir jetzt einfach hin und klopfen an die Tür?«, fragte er und ließ den elektrisch verstellbaren Sitz vor- und zurückgleiten.

»Eigentlich dachte ich mir, ich lasse *dich* dort anklopfen.«

Andrew wurde kreidebleich. »Du ziehst mich doch nur auf?«

»Stimmt.« Sein Großvater lächelte ihn an, doch sein Gesicht war ganz grau. Er fuhr so langsam, dass Andrew im rechten Außenspiegel verfolgen konnte, wie sich hinter ihnen eine Schlange bildete, was ihn ganz kribblig machte.

»Mir gefällt dieses Auto«, sagte er. »Nett und geräumig. Fährt wahrscheinlich auch richtig schnell – wenn man ein bisschen Gas gibt.«

»Der Wagen ist etwas zu schick für meinen Geschmack. War aber der Einzige, den sie hatten.«

Andrew sah wieder in den Außenspiegel und überlegte, ob sie wohl verfolgt wurden. »Vielleicht halten sie dieses Auto speziell für Kriegsveteranen parat. Als so eine Art Ehrenwagen. Wäre ja das Mindeste, was man erwarten kann.« Er ließ seinen Sitz wieder nach vorne gleiten.

»Das bezweifle ich.« Zum zweiten Mal hielt sein Großvater an, um den Stadtplan zu studieren, und bog schließlich in eine schmale Wohnstraße ab, die von düsteren Reihenhäusern aus Backstein gesäumt war, jedes mit einem Streifen Grün davor.

»Ist es hier?«

Sein Großvater sah noch einmal auf den Zettel, den ihm der Hotelportier gegeben hatte, kurbelte das Fenster herunter und fuhr langsamer. »Wir suchen die Nummer 22.«

Andrew zählte die Häuser ab. »Das da müsste es sein.« Er deutete auf ein schlichtes, einstöckiges Backsteinhaus, dem man sein Alter ansah. Die Vorhänge im oberen Stockwerk waren zugezogen. In zwei kleinen Kästen links und rechts der Eingangstür wuchsen rote und gelbe Blumen.

Sein Großvater fuhr bis zum Ende der Straße und parkte dort. »Tja, da sind wir also«, sagte er, öffnete den Sicherheitsgurt und griff nach hinten auf den Rücksitz, wo seine Ledertasche lag.

Die Sachen des toten Deutschen, dachte Andrew ängstlich. »Wahrscheinlich kennen sie ja den Mann, den wir meinen, gar nicht mehr? Ist ja schon so lange her.«

»Es gibt nur eine Möglichkeit, das herauszufinden.«

»Aber andererseits könnte es auch sein, dass hier in der Straße lauter Verwandte von ihm wohnen. Bist du sicher, dass die nicht ... sauer werden?«

»Ich bin mir über gar nichts sicher.«

Andrew sah einem hochgewachsenen, muskelbepackten Jugendlichen mit kurz geschorenem Haar hinterher, der große schwarze Knobelbecher trug. Eindeutig ein SS-Mann. »Vielleicht sollten wir sie erst anrufen oder ihnen eine E-Mail schicken. Ich kenne mich mit Computern aus.«

Sein Großvater holte tief Luft und öffnete die Wagentür. »Komm jetzt.« Schnellen Schrittes ging er den Bürgersteig entlang und durchquerte das kleine Tor, das zur Nummer 22 führte. Er zögerte kurz, bevor er auf die Klingel drückte. Andrew stand ein paar Meter hinter ihm, bereit davonzulaufen. Gut, niemand zu Hause. Aber dann öffnete sich die Eingangstür einen Spalt weit, und eine ältere Frau spähte heraus. Oh, Scheiße.

»Sprechen Sie Englisch?«, fragte Mead.

»Nein«, antwortete sie auf Deutsch.

»Ich bin Amerikaner.«

Sie machte die Tür noch ein wenig weiter auf, sah ihn verwirrt an, schüttelte dann den Kopf und zog sie langsam wieder zu.

»Kein Englisch?«

»Nein.«

»Warten Sie.« Mead nahm das deutsche Soldbuch aus der Tasche und hielt es hoch. »Kennen Sie ihn? Hans Müller?«

Die Augen der Frau wurden größer. O Gott, dachte Andrew, trat noch einen Schritt zurück und ließ den Blick über die Straße schweifen. Langsam öffnete die Frau die Tür bis zum Anschlag und griff nach dem Buch. Ihre knorrige Hand zitterte sichtlich. Sie starrte auf das Foto, das sie sich ganz nah vor die Augen hielt. Andrew machte sich darauf gefasst, dass sie gleich losschreien würde. Stattdessen stieß sie nur einen leisen Laut aus und presste das Bild an die Brust. Andrew sah seinen Großvater an, der reglos und mit schmerzvollem Blick dastand. Herrgott, das pack ich nicht.

»Ich habe noch mehr«, sagte sein Großvater, griff in die Tasche und holte die Brieftasche und die Medaillen heraus.

Mit beiden Händen fuhr sich die Frau in ihr dichtes graues Haar und starrte die Sachen an. Dann ließ sie die Hände sinken, griff behutsam nach der Brieftasche und strich mit ihren krummen Fingern über das glatte schwarze Leder. Als sie sie schließlich öffnete, nickte sie bedächtig mit dem Kopf.

Aus einer Tür zwei Häuser weiter kam ein junger Mann und sah neugierig zu ihnen herüber. O Gott, die Verstärkung. Er sagte etwas auf Deutsch zu der Frau, die ihm antwortete und dabei auf Andrews Großvater wies. Andrew war wie vom Donner gerührt. Wenn ich jetzt doch bloß ein Laserschwert hätte.

»Sind Sie Amerikaner?«, fragte der junge Deutsche und blickte auf die Medaillen.

»Ja. Sprechen Sie Englisch?« Der Mann nickte. »Wunderbar. Ich …« Mead deutete auf die Brieftasche, schien aber nicht die richtigen Worte zu finden. »Ich …«

Die Frau unterbrach ihn und sagte etwas zu ihrem Nachbarn.

»Sie möchte, dass Sie hereinkommen. Sie bittet darum. Ich werde dolmetschen.«

Mead drehte sich um und warf Andrew einen kurzen Blick zu, bevor er der alten Frau ins Haus folgte. Andrew zögerte einen Moment, lief aber dann rasch hinterher. Kann doch den Feldwebel nicht allein in einem Haus voller Krauts lassen.

Die Frau führte sie in ein kleines Wohnzimmer mit zwei niedrigen Sesseln und einem Sofa, auf dem ein verschlissener vanillefarbener Überwurf lag. Zwar wäre Andrew am liebsten stehen geblieben, aber die Frau bedeutete ihm, sich einen der Sessel zu nehmen. Sein Großvater setzte sich in den anderen. Eine Reihe von Landschaftsbildern – hauptsächlich Bergseen – zierte die Wände. In einem kleinen, verstaubten Geschirrschrank standen Gläser und Porzellan. Andrew fragte sich, ob wohl alle deutschen Wohnzimmer so düster und deprimierend waren.

»Sie möchte wissen, was sie Ihnen zu trinken bringen darf.«

»Danke, ich möchte nichts«, erwiderte Mead.

»Ich auch nicht«, sagte Andrew, der halb versucht war, um einen doppelten Southern Comfort zu bitten.

Die Frau runzelte die Stirn und verschwand im Flur.

»Ihr geht es seit einiger Zeit nicht sehr gut«, sagte der Nachbar und blickte ihr nach. »Ich versuche mich ein wenig um sie zu kümmern.« Mead nickte. »Bis vor ein paar Jahren hat sie als Schneiderin gearbeitet. Sie hat Probleme mit dem Gleichgewichtssinn.«

Mead nickte wieder und rieb mit den Handflächen über die Sessellehnen.

»Kannten Sie ihren Mann?«

»Eigentlich nicht.«

Andrew rutschte unruhig in seinem Sessel hin und her.

»Es tut mir so Leid um all die Frauen, die ihren Mann verloren haben. Es gibt Millionen von ihnen. Meine Großmutter gehörte auch dazu. Nach dem Krieg gab es keine Männer mehr zum Heiraten.«

Keine Männer mehr? Andrew versuchte sich vorzustellen, dass eine ganze Generation Männer ausgelöscht worden war. Er dachte an den riesigen deutschen Friedhof in der Normandie. Wie viele gab es noch davon?

»Nun, was führt Sie denn nach Deutschland?«

Mead griff in die Tasche, holte die deutschen Hundemarken und die Armbanduhr heraus und legte sie neben die Medaillen, die Brieftasche und das Soldbuch auf den Couchtisch. »Das hier«, sagte er.

»Sie haben die ganze Reise gemacht, nur um das alles ... zurückzubringen?«

Mead nickte.

Der Deutsche musterte Mead forschend. Andrew schätzte ihn auf Mitte zwanzig. »Und das ist Ihr Enkel?«

»Ja. Entschuldigen Sie meine Unhöflichkeit. Das ist Andrew.«

Der Deutsche beugte sich vor und schüttelte Andrew die Hand. »Du hast großes Glück. Ich hätte mir immer gewünscht, meine Großväter kennen zu lernen. Sie sind beide an der Ostfront gefallen.«

Mein Gott, dachte Andrew, das ganze Land hier ist ja eine einzige Leichenhalle.

Als die alte Frau wiederkam, bot sie Andrew ein Glas Milch und Mead Kaffee an. Außerdem stellte sie einen Teller mit Käsewürfeln, Wurst und Gebäck auf den Tisch. Dann ließ sie sich auf dem Sofa nieder und betrachtete Mead, bevor sie sich zu ihrem Nachbarn hinüberbeugte und etwas zu ihm sagte.

»Sie erinnert sich noch gut an die vielen jungen amerikanischen Soldaten. Sie sagt, sie waren sehr freundlich, und ist ihnen dankbar.« Er unterbrach sich, um der Frau wieder zuzuhören, und dolmetschte weiter: »Ganz im Unterschied zu den Russen.«

Andrew beobachtete, wie sein Großvater die Kaffeetasse nahm und mehrmals etwas verschüttete, bevor er sie an die Lippen brachte.

»Sie fragt, ob Sie länger in Deutschland bleiben werden.«

»Nur ein paar Tage«, antwortete Mead und stellte die Kaffeetasse mit lautem Klirren wieder ab.

»Sie sagt, dass Sie einen sehr hübschen Enkel haben und sich glücklich schätzen dürfen.«

»Danke.«

Die Frau starrte Mead weiterhin an, ihr runzliges Gesicht wirkte nun wach und lebendig. »Sie würde gern wissen, ob Sie eine große Familie haben.«

»Eigentlich nur eine ziemlich kleine.«

»Eine sehr kleine«, setzte Andrew halblaut hinzu und hielt Daumen und Zeigefinger hoch. Dann griff er zu einem Plätzchen und stopfte es sich in den Mund, um seine Beklemmung loszuwerden.

Der Nachbar übersetzte weiter: »Sie sagt, Sie müssen während des Krieges noch sehr jung gewesen sein. Sie hätten wohl ein gutes und gesundes Leben geführt.«

»Er ist gut in Form«, sagte Andrew stolz. »Ein richtiger Gymnastikfreak.«

Die Frau deutete auf ihre Knie und tippte sich an die Brust, als sie weitersprach. »Sie sagt, dass sie viele Probleme hat und das Alter – wie soll ich es ausdrücken? – irgendwie lächerlich ist.« Die Frau unterbrach ihn. »Aber sie denkt, dass es vielleicht noch etwas Schlimmeres gibt, als alt zu werden.«

»Sagen Sie ihr, ich denke, dass sie Recht hat«, erwiderte Mead.

Andrew steckte sich ein zweites Plätzchen in den Mund und versuchte Blickkontakt zu seinem Großvater aufzunehmen, weil er fand, dass sie jetzt gehen sollten. Umsonst. Stattdessen sagte die Frau erneut etwas, und ihr Nachbar versuchte beim Übersetzen Schritt zu halten. »Sie sagt, ihr Ehemann sei ein sehr guter Mann gewesen, aber ein miserabler Soldat.« Die alte Frau lachte, und Andrew bemerkte, dass ihr zwei Zähne fehlten. »Er habe sich oft Ärger eingehandelt, weil er ein – wie heißt das noch gleich? – ein Spaßvogel war. Hat zu viele Witze gerissen.«

Andrew dachte an das Schwarzweißfoto von Hans und versuchte sich vorzustellen, wie dieser trübselige junge Mann einen Witz machte. Was war denn lustig daran, ein Nazi zu sein?

»Er wollte eigentlich wie sein Vater Lehrer werden. Englisch und Erdkunde, das wollte er unterrichten. Sie sagt, er sei sehr klug gewesen, aber sie warnte ihn, dass seine Schüler nie etwas lernen, sondern immer nur lachen würden. Sie glaubt, dass er in der Schule Schwierigkeiten bekommen hätte, genau wie in der Armee.« Der Nachbar musste lächeln, als er das übersetzte.

»Ich fange allmählich an, diesen Typ zu mögen«, sagte Andrew, der beschlossen hatte, sich jetzt ab und zu einzumischen. Sein Großvater hörte zu, ohne die Frau direkt anzusehen.

»Sie sagt, das letzte Lebenszeichen von ihrem Mann sei ein Brief zwei Wochen vor Kriegsende gewesen. Er schrieb darin, dass er nach Hause kommen werde.« Das Gesicht der alten Frau verkrampfte sich vor Schmerz. »Sie hat gewartet und gewartet, aber er ist nicht zurückgekommen.« Der Nachbar tätschelte die Frau, die sich die Unterlippe rieb und heftig blinzelte.

»Weiß sie, was mit ihm geschehen ist?«, fragte Andrew, ohne zu überlegen, worauf Mead ihm einen zornigen Blick zuwarf.

Der Deutsche übersetzte: »Sie meint, dass er vielleicht in der Gefangenschaft gestorben ist. Als Soldat war er oft krank. Die Lunge.« Und er fügte hinzu: »Wir hatten sehr viele vermisste Soldaten, vor allem an der Ostfront.«

Mead wollte gerade etwas sagen, als die alte Frau aufstand und ihnen bedeutete zu warten.

»Sie möchte Ihnen etwas zeigen.«

Bis die Frau zurückkam, hatte Andrew drei weitere Plätzchen verschlungen. Sie brachte ein kleines dunkelgrünes Fotoalbum, das sie Mead sanft in den Schoß legte. Dann stellte sie sich neben ihn, schlug die erste Seite auf und wies mit dem Finger darauf. Andrew lehnte sich hinüber, um auch etwas zu sehen.

Ach du Scheiße, das ist ja dieser Kraut! Die Frau blätterte bis zu einem Hochzeitsfoto um. Hans Müller in Nazi-Uniform und stolzer Pose, an seiner Seite eine hübsche junge Frau in einem schlichten weißen Kleid. Andrews Blick wanderte von der jungen Frau auf dem Bild zu der alten Frau im Zimmer. Nicht zu glauben. Erregt blätterte die Frau nun die Seiten um und tippte mit ihrem krummen Finger auf bestimmte Fotos. Andrew sah seinen Großvater an, dessen Gesicht grau und schweißnass war, als wäre er krank. Hoffentlich bekommt er keinen Herzinfarkt oder Schlaganfall. Mensch, brich mir jetzt bloß nicht zusammen, Feldwebel.

»Ich habe ihn getötet«, sagte Mead plötzlich und schob das Album beiseite.

Die Frau blickte verwirrt drein, während der Nachbar Mead unsicher anstarrte.

»Sagen Sie ihr, dass ich ihn getötet habe.«

»Vielleicht wäre es besser …«

*»Sagen Sie es ihr.«*

Die Frau redete auf ihren Nachbarn ein; offenbar wollte sie wissen, was gerade gesprochen worden war. Nach anfänglichem Zögern sagte der Mann dann einige Sätze auf Deutsch. Andrew krallte sich am Polster fest und ließ den Blick zwischen der Frau und seinem Großvater hin- und herwandern. Die Frau sah bestürzt drein, dann ging sie wieder zum Sofa und setzte sich, die Hände im Schoß gefaltet. Schließlich sagte sie etwas mit leiser und heiserer Stimme.

»Sie sagt, es sei Krieg gewesen. Deshalb tragen Sie keine Schuld.«

Mead zitterte. »Nein, Sie verstehen nicht. Begreifen Sie doch …« Er verstummte und fuhr sich mit dem Ärmel über die Stirn. »Sehen Sie, ich … ich habe ihn ermordet.«

»Aber …«

»Er war unbewaffnet.« Mead wandte sich der Frau zu. »Ihr Mann war unbewaffnet.«

Der junge Deutsche zögerte, bevor er übersetzte. Die Frau saß wie versteinert da und starrte Mead an. Schließlich beugte sie sich zu ihrem Nachbarn hinüber und flüsterte ihm etwas zu.

»Sie versteht nicht, wieso Sie ihr das erzählen.«

Mit weit aufgerissenen Augen saß Andrew auf der Kante des Sessels. Sein Großvater hob langsam die Hände und ließ sie hilflos wieder sinken. »Ich verstehe es selbst nicht.« Erneut wischte er sich mit dem Handrücken übers Gesicht, dann nahm er vorsichtig eine der Medaillen und ließ sie in der offenen Hand liegen. »Vielleicht, weil ich nicht anders kann.« Er sah kurz zu Andrew hinüber, die Augen gerötet und mit leerem Blick, ehe er wieder die Medaille betrachtete. Während sich langsam seine Hand schloss, begann er zu erzählen.

In den letzten Kriegswochen befürchtete die alliierte Aufklärung, Hitler könnte in den zerklüfteten bayerischen und österreichischen Bergen ein letztes Bollwerk errichten und von seiner »Alpenfestung« oberhalb von Berchtesgaden per Rundfunk zum Widerstand aufrufen. Obgleich die deutsche Wehrmacht vor dem Zusammenbruch stand, erwartete man, dass Reste der Waffen-SS und der Hitlerjugend zähe Gegenwehr leisten würden. Zudem hatte man kleine Sonderkommandos gebildet – so genannte Werwölfe –, die ausersehen waren, einen Partisanenkrieg zu führen.

Die Alliierten rückten rasch vor, um mögliche Festungen in den Alpen einzunehmen. In offenen Eisenbahnwaggons und später mit Lastwagen wurde die 101. Luftlandedivision aus dem Ruhrgebiet nach Bayern verlegt. Auf der Fahrt staunten die Männer über das Ausmaß der Zerstörungen, die die jahrelange Bombardierung durch die Alliierten hinterlassen hatte. Am 5. Mai marschierten amerikanische Truppen, ohne auf Gegenwehr zu stoßen, in Berchtesgaden ein, das einst das luxuriöse Feriendomizil der Nazi-Elite gewesen war, und stießen schnell zu Hitlers Berghof vor, einem Landsitz in eintausend Meter Höhe mit faszinierendem Blick auf die schneebedeckten Alpengipfel. Wenngleich durch britische Bomber weitgehend zerstört, war Hitlers Anwesen der Traum eines jeden Souvenirjägers. Kaum war das Gebäude besetzt, stürzten sich betrunkene GIs in die langen schwarzen Mercedes-Limousinen aus dem Stab des Führers und rasten damit umher oder testeten die kugelsicheren Fenster mit Gewehrschüssen aus nächster Nähe. Andere wiederum schwärmten aus, um die Ruinen der nahe gelegenen Villen von Martin Bormann und Hermann Göring, die Offiziersquartiere, SS-Baracken, Lagerhäuser und eine Reihe von unterirdischen Bunkern zu durchstöbern. Im Dienst- und Wohngebäude von Görings Offizieren entdeckten sie einen riesigen Weinkeller, in dem Tausende der erlesensten europäischen Tropfen lagerten. Für die Männer, die monatelang in Erdlöchern gehaust und sich von Feldrationen ernährt hatten, war diese Überfülle schier überwältigend.

Während sich manche hohen deutschen Offiziere als einfache Zivilisten zu tarnen suchten und andere ins Gebirge flohen, legten die meisten Deutschen rasch die Waffen nieder und waren erleichtert, dass für sie der Krieg nun endlich vorüber war. Das Dritte Reich existierte nur mehr zwei Tage, bis deutsche Generäle im alliierten Hauptquartier in Reims die bedingungslose Kapitulation unterzeichneten. Doch für manche Soldaten erwies sich der Übergang vom Krieg zum Frieden einfach als zu schwierig, was auf beiden Seiten zu unnötigen Tragödien führte.

Mead streifte erschöpft und wie betäubt durch die Straßen, stumm vor Staunen über die Schönheit der Bergwelt ringsum, die ihm nach den monatelangen Kämpfen geradezu unwirklich vorkam. Zugleich konnte er nicht vergessen, was er in Landsberg gesehen hatte – die flehenden Augen, die erstickten Schreie verhungernder Häftlinge, der

Gestank der faulenden Leichen, den er sogar in der frischen Bergluft noch wahrzunehmen meinte. Wenn er die wohlgenährten deutschen Zivilisten, ihre großen, herausgeputzten Häuser, ihre schönen Autos und ihren reichen Besitz ansah, stieg Zorn in ihm auf, bis er sich kaum noch beherrschen konnte. *Wie können sie es wagen.*

Eine gewisse Genugtuung verschaffte ihm die Verzweiflung deutscher Soldaten und Zivilisten, wenn amerikanische Truppen ihnen kurzerhand ihre Besitztümer wegnahmen. Geschieht ihnen recht, dachte er und wünschte sich, dass die Häftlinge von Landsberg an den Plünderungen hätten teilnehmen können. Da er sich selbst ein paar Andenken beschaffen wollte, durchsuchte er mehrere Häuser, die jedoch leer waren. Neidisch beobachtete er andere GIs, die mit Pelzmänteln, Nazi-Fahnen, Fotoapparaten, Uhren, Kunstwerken und Schnaps beladen in beschlagnahmten Schwimmwagen und Schützenpanzern, auf Motorrädern und in Luxuskarossen zechend durch die Stadt zogen, als sei Berchtesgaden eine gigantische Wundertüte, die man nur zu leeren brauchte. Als die Plünderungen kein Ende nahmen, überkam ihn allmählich fast eine Art Panik, wie ein Kind bei der Reise nach Jerusalem, wenn die Musik abbricht und alle Stühle besetzt sind. Und wo bleibe ich?

»Sieh mal, was ich für meine Süße ergattert habe«, meinte ein kleingewachsener GI aus New Jersey namens Joey Ovito und hielt ein Service Tafelsilber hoch, auf dem Hitlers Initialen prangten. »Und Phil hat sich ein paar der persönlichen Fotoalben des Führers unter den Nagel gerissen!«

Da der Berghof von Militärpolizei abgeriegelt war, ließ sich Mead in die Stadt zurückfahren, wo er noch einige weitere Häuser durchsuchte, aber nichts außer ein paar Spitzenvorhängen fand, die mitzunehmen er jedoch keine Lust hatte. Müde und frustriert marschierte er zu einem braun-weißen Landhaus, das sich an einen Hang schmiegte, und hoffte, dort wenigstens ein bequemes Bett zu finden; vielleicht würde er ja, wenn er sich ein wenig ausgeruht hatte, mehr Glück haben.

Die Eingangstür war unverschlossen. Vorsichtig trat er ein, das Gewehr schussbereit in Hüfthöhe. Das monatelange Kampfgeschehen hatte seine Nerven so sehr strapaziert, dass er ständig in Alarmbereitschaft war. Er schloss die Tür hinter sich und verriegelte sie. Nichts wünschte er sich sehnlicher als ein paar Stunden Ungestörtheit und vielleicht sogar ein Bad. Er durchquerte den kurzen Flur und betrat ein großes Wohnzimmer mit gebohnertem Parkettboden, in dem zwei Sofas und mehrere wuchtige Ledersessel standen. Verschiedene großformatige Landschaftsbilder zierten die Wände, daneben hingen zwei Paar Schneeschuhe. In einer Ecke lehnten Skier und Stöcke. Mead blieb eine Weile vor dem deckenhohen Panoramafenster stehen, um die Berge zu betrachten. So haben sie also gelebt. Lässt sich das Böse aus einer solchen Distanz besser ertragen?

Auf dem langen Wohnzimmertisch standen zwei silberne Kerzenleuchter, die er mitnehmen wollte, falls sie nicht zu schwer wogen. Er lauschte kurz auf verdächtige Geräusche und ging dann zu dem großen offenen Kamin hinüber, der schwarz von Ruß war. Auf dem mahagonifarbenen, kunstvoll verzierten Sims standen Fotos in Silberrahmen. Er griff nach dem erstbesten und betrachtete das aufgedunsene Gesicht eines freudestrahlenden deutschen Offiziers, der den Arm um eine hochgewachsene, attraktive Frau gelegt hatte. Auf einem anderen Bild posierte derselbe Offizier – nun im Kampfanzug – stolz vor einem Panzer, und auf einem dritten schüttelte er Himmler die Hand. Alte Kameraden. Mead stellte die Fotos zurück, lehnte das Gewehr an die Wand neben dem Kamin und zog die Pistole, bevor er durch einen weiteren Flur in ein düsteres holzvertäfeltes Arbeitszimmer ging. Dort betrachtete er die ledergebundenen Bände in den Regalen, die in die Wandvertiefungen gesetzt waren, zog auf gut Glück verschiedene Bücher heraus und versuchte ihre Titel zu entziffern. Er dachte an eine häufige Redensart seiner Mutter, die Mitglied im Bibliotheksausschuss gewesen war: Bücher sind die Grundlage der Kultur.

Gerade als er sich zur Treppe im Flur aufmachen wollte, hörte er, wie über ihm Bodendielen knarrten. Dann noch einmal. Blitzschnell ging er hinter einer Ecke in Deckung, die Pistole im Anschlag. Kurz darauf ertönten auf der Treppe Schritte von genagelten Stiefeln – deutschen Stiefeln. Mead drückte sich an die Wand und wartete. Am Fuß der Treppe hielt der Unbekannte kurz an, dann wanderte er langsam den Flur entlang, blieb erneut stehen und war schließlich so nah, dass Mead seinen flachen Atem hören konnte. Er wartete noch einen Moment, bevor er mit der gezückten Pistole hinter der Ecke hervorsprang.

»Nicht schießen!«, schrie ein jungenhaft wirkender deutscher Soldat, der in der einen Hand einen Koffer trug und mit der anderen ein kleines Bündel umklammerte.

*»Hände hoch!«*, rief Mead auf Deutsch.

Der Deutsche ließ den Koffer fallen, ging in die Hocke, um das Bündel vorsichtig vor seinen Füßen abzulegen, stand wieder auf und hob die Hände. »Willkommen, Kamerad«, sagte er in gutem Englisch und lächelte dabei nervös. Er war ein wenig kleiner als Mead, hatte schmale Schultern, weiche Gesichtszüge, eine hohe Stirn und einen leicht melancholischen Ausdruck in den braunen Augen, als wäre er ständig traurig. Seine Uniform war schmutzig und verschlissen, sein braunes Haar etwas verfilzt. Nur der Abschaum ist noch am Leben, dachte Mead.

»Ein Stück zurück!«

Der Deutsche machte zwei Schritte rückwärts. »Ich wollte gerade gehen«, sagte er.

»Wo hast du Englisch gelernt?«

»Meine Großmutter stammt aus England.«

Mead entdeckte nichts, was darauf schließen ließ, dass der Deutsche eine Waffe trug. »Ich vermute, dieses Haus gehört dir nicht?«

Der Deutsche lachte. »Sehe ich aus wie ein General?«

»Was macht man bei der deutschen Wehrmacht mit Soldaten, die im Haus eines Offiziers etwas gestohlen haben?«

»Es gibt keine Wehrmacht mehr.«

Mead blickte auf den Koffer, der teuer aussah.

»Was ist da drin?«

»Meine Sachen.«

»Ich wusste gar nicht, dass man bei der Wehrmacht mit so edlem Gepäck reist.«

Der Deutsche zuckte die Achseln. »Ich gehe jetzt.« Er bückte sich nach dem Koffer und dem Bündel.

»Hände hoch!«

»Aber …«

»Sofort!«

»Schon gut, Kamerad.«

Sie starrten einander an.

»Aufmachen!«, befahl Mead und deutete auf den Koffer.

»Das ganze Haus gehört allein dir. Hier drin ist nur meine Habe.«

»Ich sagte: *Aufmachen!*«

Der Deutsche zögerte kurz, beugte sich dann über den Koffer, legte ihn flach auf den Boden und ließ die beiden Verschlüsse aufschnappen. Dann richtete er sich wieder auf und trat zurück.

Mead kniete nieder, hielt aber weiterhin die Pistole auf den Deutschen gerichtet und hob den Kofferdeckel an. Unter einem Pelzumhang entdeckte er Silbergeschirr, zwei Zierdolche mit SS-Runen, ein neues Paar Herrenstiefel aus Leder, drei Paar Abendschuhe für Frauen, eine Luger, zwei Magazine Munition und mehrere Kleider.

»Du reist ja sehr vornehm.«

Der Deutsche schwieg.

»Was ist da drin?« Mead wies auf das aus Handtüchern geschnürte Bündel neben dem Koffer.

Der Deutsche wurde nervös. »Das? Nichts. Nur ein … Teller.«

»Ein Teller?« Mead nahm das Bündel vorsichtig an sich und schnürte es auf, worauf ein goldgeränderter Porzellanteller zum Vorschein kam, mit einem Adler und Hakenkreuz darauf und den Initialen A. H. auf der Unterseite. Als er den Teller betrachtete, wurde ihm vor Aufregung ein wenig schwindlig, wie einem Kind, das einen verborgenen Schatz entdeckt hat. Bestimmt ein Vermögen wert.

»Ach, A. H.?« Grinsend hielt Mead den Teller ins Licht, die Pistole immer noch in der Hand. »Kommt mir irgendwie bekannt vor.«

»Ich hatte noch fünf andere, aber die haben sie mir weggenommen.«

»Der Führer wäre aber nicht sehr zufrieden mit dir, oder?«

»Der Führer ist tot.«

Mead fuhr mit dem Finger über den Rand. »Wenn ich's mir recht überlege, könnte ich einen Teller wie diesen gut gebrauchen. Wäre ein prima Gesprächsstoff für Thanksgiving. Ist wohl auch ein bisschen was wert, was meinst du?«

Im Geiste sah Mead bereits, wie sich bei ihm zu Hause sämtliche Nachbarn versammelten und auf der Titelseite der Heimatzeitung sein Foto unter der Schlagzeile prangte: *Junge aus unserer Stadt schnappt sich Hitlers Teller.*

»Ich verkaufe ihn dir«, sagte der Deutsche.

»Verkaufen?« Mead lachte. »Du geldgieriger Scheißkerl.«

»Ich habe eine Frau und ...«

»Du scheinst nicht zu kapieren: Ihr habt verloren.«

»Der Krieg ist vorbei«, sagte der Deutsche und lächelte gequält. »Wir können jetzt alle nach Hause gehen.«

Mead spürte Zorn in sich aufsteigen, als er an die deutschen MG-Schützen dachte, die so lange gefeuert hatten, bis ihnen die Munition ausging, um sich dann zu ergeben – mit einem freundlichen Lächeln für ihre amerikanischen *Kameraden* kamen sie aus ihrem Bunker gekrochen und behaupteten, Verwandte in Milwaukee zu haben. »Du glaubst also, du kannst es dir so einfach machen?«

Der Deutsche zuckte wieder die Achseln. »Ich habe den Krieg nicht angefangen.«

»Aber du hast mitgemacht, oder?«

»Mir blieb keine Wahl. Ich bin nur ein einfacher Soldat.«

Mead trat einen Schritt näher. »Ich habe gesehen, was einfache Soldaten anrichten können.«

»Ich bin kein Nazi.«

»Plötzlich ist keiner mehr ein Nazi.« Mead sah auf den Teller in seiner Hand und versuchte sich vorzustellen, wie Hitler von ihm gegessen hatte, mit gesundem Appetit, weil er gerade wieder ein Land erobert hatte. Dann erinnerte er sich an die Souvenirs aus dem Ersten Weltkrieg, die sein Vater im Schrank aufbewahrte: ein Eisernes Kreuz erster Klasse, ein Helm, eine Armbanduhr und ein Messer, aber nichts, was dem hier gleichkam. Nicht annähernd.

»Warst du zufällig mal in einem Ort namens Landsberg? In der Nähe von München?«

»Ich weiß nicht, was das soll.«

»Red keinen Scheiß.«

»Du kannst alles haben, was in dem Koffer ist. Greif zu.«

»Aber du willst den Teller behalten?«

»Ich habe ihn gefunden.«

»Wo?«

»Auf dem Berghof.«

Mead betrachtete eingehend das Gesicht des Deutschen und versuchte den Menschen hinter der Uniform zu entdecken. »Du warst nicht zufällig in der Normandie? Oder in Bastogne?«

»Ich war an der Ostfront.«

Mead sah wieder auf den Teller und fühlte sich plötzlich überwältigt von dem Gedanken, dass der Krieg tatsächlich vorüber war. Warum hatte er überlebt? War es eine bestimmte berechnende Feigheit, die seine Chancen verbessert hatte? Hatte er wirklich seinen Teil geleistet? Und war er nicht jedes Mal heimlich erleichtert gewesen – ja sogar froh –, wenn es jemand anderen erwischte, als wären dann die Götter befriedigt bis zum nächsten Opfergang?

»Ich hatte einen Freund namens Rokowski«, sagte Mead langsam. »War Fleischhändler in Chicago. Ein schüchterner Bursche, aber Schlittschuh laufen konnte er wie der Teufel.

Du hättest ihn einmal auf dem Eis erleben müssen.« Mead lächelte in sich hinein. »Hat den englischen Mädchen schier den Kopf verdreht, weißt du, und dabei war Roy gar kein Schürzenjäger.« Er schwieg kurz. »Ein deutscher Gefangener hat ihn mit einer Handgranate umgebracht. Verflucht schlimme Sache.«

»Ich habe auch viele Freunde verloren.«

»Der gute alte Jimbo hat nicht einmal die Sonne in Frankreich aufgehen sehen.« Mead schüttelte den Kopf. »Der arme Hund kam gleich nach dem Absprung um. Ist verblutet. Und Punchy, ja, der war eine Klasse für sich.«

»Vielleicht finden wir in der Küche eine Flasche Schnaps.« Der Deutsche deutete Richtung Flur.

»Schnaps?« Mead lachte laut auf.

»Ich glaube, der hilft.« Der Deutsche wollte sich in Bewegung setzen.

»Wage es ja nicht!«

Sie blieben reglos stehen und beäugten einander argwöhnisch. Mead hielt den Teller hoch. »Was genau würde ein einfacher deutscher Soldat mit einem Teller aus Hitlers Speisezimmer tun?«

»Ihn verkaufen.«

»Na klar.«

»Bitte, meine Familie hat kein …«

»Erwartest du Mitleid von mir?«

»Ich erwarte gar nichts.«

»Aber du hast doch geglaubt, dass ihr siegt? Das hast du bestimmt erwartet, oder?«

»Man hat mich nie gefragt, was ich denke.«

Mead nickte langsam und spürte, wie seine Handflächen feucht wurden. »Macht keinen großen Spaß, wenn sich das Blatt wendet, nicht?«

»Komm schon, genehmigen wir uns einen Schluck. Wir haben beide diesen Krieg satt.«

»Zur Hölle mit dir«, fluchte Mead. Er blinzelte ein wenig und versuchte die Erschöpfung aus seinen Gliedern zu verscheuchen und die schreckliche Traurigkeit, die auf ihm lastete. Ach, einen Monat lang traumlos schlafen. Das war alles, was er brauchte. Außer – einem Teller vom Berghof. Er spürte, wie das Adrenalin in seine Adern zurückkehrte. Sein Vater würde Augen machen! Und Sophie, was würde sie sagen? Wenn nur Punchy jetzt hier wäre!

Mead merkte, dass er die Pistole immer weiter sinken ließ, und hob sie wieder. Der Deutsche starrte auf die Waffe.

»Mein Vater hat im Ersten Weltkrieg gekämpft«, sagte Mead.

»Meiner ebenfalls«, erwiderte der Deutsche und lächelte hoffnungsvoll. »Du siehst, wir sind gar nicht so verschieden. Bist du verheiratet?«

»Mein Vater hatte Recht: Wir hätten euch fertig machen sollen, als wir euch am Boden hatten.«

Der Deutsche schwieg nervös.

»Was ist bloß mit euch los?« Mead spürte, wie seine Arme zitterten.

»Ich weiß nicht, was …«

»Als ich ein Kind war, gab es in meiner Straße einen brutalen Schläger. Der hat jeden drangsaliert, der kleiner war als er. Hat mich immer grün und blau geprügelt.«

»Ich verstehe nicht.«

»Und dann gab es diesen Jungen namens Scotty – der war so ein dünnes, kleines Kerlchen und wurde ständig verhauen. Also, eines Tages merkte er, dass er inzwischen stärker ist als der Schläger. Nur war das keinem aufgefallen, weil ein Schläger immer stärker aussieht als alle anderen. Weißt du, was Scotty nun tut? Er wartet, bis ihn der Schläger wieder einmal an der Bushaltestelle provoziert, und dann holt er einfach aus und haut ihm mit der Faust so in die Fresse, dass ihm die Nase bricht.« Mead lachte, während der Deutsche immer ängstlicher dreinblickte.

»Los, nimm den Koffer«, sagte der Deutsche. »Er gehört dir.«

»Wie hat er das nur geschafft?«

»Wer?«

»Hitler. Wie konnte ein Irrer es nur so weit bringen?«

»Ich bin doch bloß ein einfacher Soldat.«

»Oder vielleicht seid ihr alle irre. Ja, das muss es sein.« Mead wischte sich den Schweiß von der Stirn und überlegte, ob er vielleicht Fieber hatte. »Ein ganzes gottverdammtes Land voller Schlägertypen.«

»Der Krieg ist vorbei, wir können jetzt nach Hause gehen.« Die Stimme des Deutschen klang nun fast kindlich, was Mead reizte. Wie hätte sie geklungen, wenn die Deutschen gesiegt hätten? Und wie würde diese Begegnung ausgehen, wenn *er* die Oberhand hätte? Mead erinnerte sich, dass er einmal eine belgische Familie gesehen hatte, die, die Hände auf dem Rücken gefesselt, erschossen worden war. Die Leichen lagen übereinander geworfen und steif gefroren vor ihrem zerstörten Haus, die Kinder zuoberst. Als sich der Deutsche rühren wollte, schwenkte Mead nur die Pistole.

»In Landsberg gab es einen polnischen Jungen. Gregor. Bis zu einem Skelett abgemagert. Die sanftesten Augen, die man sich vorstellen kann. Ich habe ihn mit ein wenig Schokolade gefüttert ...« Mead konnte nicht mehr weitersprechen.

»Du siehst nicht gut aus. Willst du etwas essen? Ich habe ...«

»Mir geht es ausgezeichnet, verflucht noch mal. Wir haben gesiegt, oder?«

»Also werde ich jetzt gehen.«

»Sag mir, wie fühlt man sich, wenn man verloren hat?« Der Deutsche starrte wieder auf Meads Pistole. »Bitte, ich will es wissen.«

»Wozu all diese Fragen?«

»Weil ich ein paar gottverdammte Antworten brauche.« Mead wischte sich wieder übers Gesicht. »Seit ich einen Fuß auf deutschen Boden gesetzt habe, frage ich mich, wie man sich fühlt, wenn man einen Krieg verloren hat.«

Der Deutsche gab keine Antwort.

»Also, ich sage dir, was ich denke. Ich denke, es fühlt sich beschissen an. Ich denke, ihr blöden Krauts habt alles komplett verspielt.« Mead lachte laut auf. Es war ein kaltes, höhnisches Lachen.

»Willst du mich töten?« Die Stimme des Deutschen klang leise und dünn.

Mead grinste, weil er merkte, welchen Genuss er dabei empfand, in dem Gesicht eines deutschen Soldaten Angst, ja sogar Unterwürfigkeit zu lesen. Nein, er wollte ihn nicht töten. Obwohl in gewisser Weise die Versuchung groß war. Denn weshalb sollte gerade der hier zu seiner Familie zurückkehren dürfen, während so viele andere es nicht mehr konnten? Was war das für eine Gerechtigkeit?

»Es wäre Mord.«

»Mord?«, zischte Mead höhnisch. »Du hast vielleicht Nerven.«

»Darf ich dir ein Foto meiner Frau zeigen? Die Hochzeit war erst vor ein paar ...«

»Halt's Maul!« Mead umklammerte die Pistole noch fester.

»Was hast du vor?« Das sanfte, junge Gesicht des Deutschen – war er überhaupt schon achtzehn? – sah jetzt mitleiderregend und schuldbewusst aus, wie das der Waschbären, die Mead mit einer Falle vor dem Hühnerstall gefangen hatte.

Mead sah auf den Teller in seiner rechten Hand, als plötzlich der Deutsche danach griff und ihn ihm entriss.

»Du Dreckskerl.«

Der Deutsche hielt den Teller in der ausgestreckten Hand. »Wenn du mich erschießt, lass ich ihn fallen.«

Mead hob die Pistole und zielte. »Gib ihn mir. Auf der Stelle!«

Die braunen Augen des Deutschen weiteten sich vor Angst. »Du kannst doch nicht einen Unbewaffneten erschießen!«

»Du wirst schon sehen, ob ich das kann.« Vor Zorn zitterte Mead am ganzen Körper. »Was war denn mit den Amerikanern in Malmédy? Oder mit den Sklaven, die ihr in Landsberg habt verhungern lassen? Wie viele von denen hatten denn die Chance, sich zu wehren?«

»Ich verstehe nicht, was du meinst.«

»O doch, ich glaube, du verstehst sehr gut.«

»Ich hab doch schon gesagt, ich bin nur ein einfacher Soldat. Du kannst mich nicht für alles verantwortlich machen.«

»Wen kann ich dann verantwortlich machen?«, schrie Mead. »Sag mir, *wen?*«

»Bitte beruhig dich doch.«

»Gib mir den gottverdammten Teller.«

»Wenn ich das tue, erschießt du mich.«

»Ich erschieße dich, wenn du es nicht tust.«

»Ich schlage dir einen Handel vor. Du übergibst mich einem amerikanischen Offizier, und ich gebe dir den Teller.«

Die plötzliche Trotzreaktion des Deutschen machte Mead noch wütender. Und gleichzeitig fühlte er sich verunsichert, weil er mit einem Mal und wider Willen vor einer Entscheidung stand, Auge in Auge mit dem Feind, aber unschlüssig, ob zwischen ihnen beiden noch Krieg herrschte oder bereits die vage Aussicht auf Frieden bestand. Mit schweißnasser Hand hielt er die Pistole, und sein Mund fühlte sich so trocken an, dass er kaum schlucken konnte. Sehnsüchtig blickte er auf den Goldrand des Tellers, den der Deutsche mit seiner kleinen Hand krampfhaft festhielt, und auf einmal wollte er ihn mehr als alles andere auf der Welt, als wäre das der Preis, um den er all diese Monate gekämpft hatte, eine Trophäe, die in seiner Familie von Generation zu Generation weitergereicht werden würde, zusammen mit den Geschichten von seinen Taten. Und er wäre auch für Punchy und Jimbo und Rokowski. Für sie alle. Sie hatten mit ihrem *Blut* dafür bezahlt.

»Einen Handel?« Abrupt streckte Mead die freie Hand nach dem Teller aus, aber der Deutsche war schneller und wich ihm aus. Mead griff erneut danach, und diesmal bekam er ihn zu fassen. Sie zerrten hin und her, da rutschte er ihnen aus den Händen, fiel zu Boden und zerbrach.

Wie angewurzelt standen sie da und starrten stumm auf die Scherben.

»Tja, jetzt kriegt ihn also keiner von uns«, sagte der Deutsche, und ein Grinsen breitete sich auf seinem langen Gesicht aus. Das Grinsen verschwand aber schnell wieder, als Mead die Pistole hob.

*Das wirst du doch nicht tun, oder?*

*Und ob ich das tun werde.*

*Aber es wäre kaltblütiger Mord.*

*Nein, das ist einfach Krieg.*

Mead drückte ab.

Der erste Schuss traf den Deutschen, der ihn ungläubig anstarrte, in die Brust. Noch während er rückwärts zu Boden taumelte, traf ihn ein zweiter Schuss in die Schulter. Der dritte zerfetzte ihm die Wange.

Dann trat Stille ein.

Eine Weile betrachtete Mead, die Pistole noch in der Hand, reglos die Leiche. Dann steckte er die Waffe ins Halfter zurück und durchsuchte rasch die Taschen des Deutschen. Er fand eine Brieftasche, ein Soldbuch und drei Medaillen und steckte alles ein, auch die Hundemarken und die Armbanduhr des Toten. Dann griff er in den Koffer und nahm die Luger an sich.

Gerade als er sich wieder erhoben hatte, stürmten zwei GIs durch eine Seitentür, die Gewehre im Anschlag. »Was ist hier los?«

»Er … er hat versucht, mir die Pistole zu entreißen«, sagte Mead und trat einige Schritte zurück.

»Alles in Ordnung mit dir?«

Mead nickte langsam.

»He, seht euch mal diese Sachen an«, meinte der eine und kniete sich neben den offenen Koffer. Der andere Soldat griff sich den Kerzenleuchter, während Mead die größte der Tellerscherben aufhob.

»Was dagegen, wenn wir uns bedienen?«

»Fühlt euch wie zu Hause«, erwiderte Mead, bemüht, dem

toten Deutschen nicht ins Gesicht zu blicken, der aussah wie ein kleiner Junge mit geschlossenen Augen. Er steckte die Scherbe in die Tasche, drehte sich um und ging.

Als Mead zu Ende erzählt hatte, blieb er schweigend sitzen, den Blick ins Leere gerichtet und mit einer solchen Verzweiflung im Gesicht, dass Andrew am liebsten losgeheult hätte. Niemand sprach ein Wort.

»Ich bin gekommen, um zu sagen, dass es mir Leid tut«, meinte Mead schließlich und sah dabei die deutsche Frau an, die sich die Tränen aus den Augen wischte. »Und ich möchte, dass Sie seine Sachen bekommen. Sie haben mir nie gehört.« Unsicher stand er auf und ging zu der Frau hinüber. Sie nahm seine Hand und täschelte sie, blieb aber sitzen. Zuerst schien es, als wollte Mead noch etwas sagen, doch dann drehte er sich abrupt um und steuerte in leicht gebückter Haltung auf die Tür zu. Andrew folgte sogleich.

»Sie sagt, es tut ihr ebenfalls Leid«, sagte der junge Deutsche, der neben der Frau stand und ihr die Hand auf die Schulter gelegt hatte. »Es war eine schreckliche Zeit.«

Mead blieb stehen und neigte leicht den Kopf, bevor er durch die Tür hinaus auf den Gehsteig trat. Andrew blieb dicht hinter ihm und wagte nicht, sich umzublicken.

Als Mead den Schlüssel ins Zündschloss gesteckt hatte, schien er zu zögern.

Andrew war überrascht, wie verändert sein Großvater jetzt aussah, kleiner und zerbrechlicher, was Andrew das Gefühl gab, vielleicht doch nicht ganz so allein zu sein. »Was tun wir jetzt?«, fragte er leise und ließ den Sicherheitsgurt einschnappen.

»Wir verschaffen deinem Freund ein ordentliches Begräbnis.« Mead ließ den Motor an.

»Wir fahren nach Indiana?«

»Nein, nach Kalifornien.«

Andrew spürte, wie sich ein Gefühl der Wärme in seiner Brust ausbreitete, während sein Großvater schweigend und mit beiden Händen den Wagen steuerte. Nach einer Weile fuhr er plötzlich an den Straßenrand, schaltete den Motor aus und lehnte sich in seinen Sitz zurück.

»Ich habe mir etwas überlegt«, sagte er und atmete tief aus, den Blick starr nach vorn gerichtet.

Andrew wartete gespannt darauf, was jetzt kommen würde.

»Also, ich habe mir gedacht, dass vielleicht nach all dem, was in letzter Zeit mit deiner Mutter los war – na ja, ich habe mir also gedacht ...«

»Was denn?«

Mead warf Andrew einen kurzen Blick zu, ehe er wieder geradeaus schaute. »Na ja, vielleicht hast du auch schon mal daran gedacht, für ein Jahr in Kalifornien zu bleiben. Du könntest auf die örtliche Highschool gehen und mal sehen, wie es dort so läuft. Soweit ich gehört habe, soll die Schule recht gut sein. Jedenfalls ist das kalifornische Wetter nicht zu überbieten. Vielleicht könntest du sogar Wellenreiten lernen. Und dann gibt es da ja auch noch Evelyn, die unsere Hilfe brauchen wird. Deine Mutter könntest du jederzeit besuchen – Mensch, vielleicht können wir sie dazu überreden, dass sie zu uns zieht! Wenn du natürlich lieber ...«

»Im Ernst?«

»Im Ernst.«

Andrew musste lächeln, bevor er hastig den Blick abwandte und mit tränenerfüllten Augen einem deutschen Jungen hinterhersah. Er fragte sich, ob das nicht vielleicht Matt war.

## *Zu Hause*

Die Nächte verbrachten sie abwechselnd auf dem Wohnzimmersofa, um Evelyn in ihren letzten Tagen Beistand zu leisten. Manchmal, wenn Mead mit müden Augen auf die im Dunklen grünlich leuchtenden Monitore starrte, kam es ihm fast so vor, als wäre es Sophie, deren flaches Atmen er aus dem Bett neben sich hörte. Aber eigentlich spielte das keine Rolle mehr, solange auf einen Atemzug immer ein nächster folgte, bis sich das Sonnenlicht unter dem Vorhang zeigte und er auf Evelyns Gesicht das trotzige Lächeln wiedersah, das er lieben gelernt hatte. Meistens lag er auf dem Rücken, um bequem durch das metallene Gitter am Bett greifen und ihre Hand halten zu können, auch wenn es ihn immer wieder aufs Neue erschreckte, dass jemand wie sie, die anderen so viel Wärme schenkte, sich so kalt anfühlte. Wenn sie zu müde waren, um sich noch länger zu unterhalten, wartete er geduldig, bis sie ihm ein letztes Mal sanft die Hand drückte, bevor endlich der Schlaf ihre Schmerzen linderte. Dann horchte er aufmerksam auf jeden ihrer stockenden Atemzüge und bangte bis zum Morgen darum, dass sie nicht plötzlich für immer aufhörten. Wenn ihm die Stille unerträglich wurde, beugte er sich über das Bett, um sein Ohr an ihren Mund zu halten und sich seines Versprechens zu erinnern, diesmal keinen Notarzt mehr zu rufen.

Sie hatte gerade ihre letzten Blumen in Sophies ehemaligen Garten umgepflanzt, als Mead und Andrew vom Flughafen zurückkamen. Mead war durch den Anblick so verwirrt, dass er einfach weiterfuhr, weil er meinte, in die falsche Straße abgebogen zu sein. Als er schließlich vor seinem Haus geparkt hatte, blieb er im Wagen sitzen und starrte fassungslos hinaus, während Andrew aus dem Auto sprang, Evelyn entgegenrannte und sie so stürmisch umarmte, dass er sie fast vom Boden hob.

Nachdem auch Mead endlich ausgestiegen war, zog sie die ledernen Arbeitshandschuhe aus, deutete auf das Blumenbeet und fragte: »Nun, was haltet ihr davon?«

Mead konnte nur nicken.

Abends tischte sie ihnen zu Ehren ein opulentes vegetarisches Menü auf und löcherte sie bis weit nach Mitternacht mit Fragen. »Lasst ja nichts aus«, sagte sie, als sie zwischen den beiden an Meads Esszimmertisch saß und die Teller füllte. Zu ihrer Freude stellte Andrew einen neuen Rekord auf, indem er sieben Makadamia- und Rosinenbrötchen vertilgte, während Mead bekannte, dass es das beste Essen sei, das er seit langem genossen habe.

»Ich glaube, mir hat noch nie etwas so viel Spaß gemacht«, sagte sie, während Mead sie nach Hause begleitete. »Und dabei bin ich gar nicht fort gewesen.«

»Ich wünschte, du wärst mitgekommen«, erwiderte Mead, als sie auf dem Gehsteig vor ihrem Haus standen.

»Ich auch«, meinte sie leise. »Aber Andrew hat diese Zeit mit dir allein gebraucht. Und überhaupt hatte ich so viel zu tun, seit das Kaufangebot für das Haus vorliegt und …«

Bevor sie den Satz vollenden konnte, nahm Mead sie in die Arme und küsste sie heftig auf die Lippen.

»Wir müssen miteinander reden«, sagte er, während er sie immer noch festhielt.

»Ehrlich gesagt wäre es mir lieber, wir würden später miteinander reden«, erwiderte sie lächelnd und küsste ihn nun ihrerseits. »Willst du vielleicht mit reinkommen?«

»Du meinst … jetzt?«

»Ich meine jetzt.«

Am nächsten Morgen rief Mead Sharon an.

»Ich war ganz krank vor Sorge um euch beide«, sagte

sie, bevor ihr versehentlich der Hörer entglitt. Er schlug auf eine harte Oberfläche auf, was Mead zusammenzucken ließ. »Tschuldigung. Sag jetzt bloß nicht, es war die große Katastrophe.«

»Überhaupt nicht.«

»Wie ist es denn gelaufen?«

»Wir sind sehr gut miteinander zurechtgekommen.«

»Und?«

»Und es war ... sehr lehrreich.«

»Lehrreich? Für dich oder für ihn?«

»Für uns beide. Er ist ein prima Reisegefährte. Ich würde ihn überallhin mitnehmen.«

»Sag mir mal, was dein Arzt dir verschrieben hat. Das will ich auch haben.«

Mead hörte, wie Sharon verräterisch tief die Luft einsog. »Rauchst du jetzt etwa?«

Es entstand eine Pause. »Himmel, Dad, wie hast du das nur gemerkt?«

»Ich bin eben dein Vater.«

»Du solltest für eine dieser Selbsthilfegruppen arbeiten. Aber keine Sorge, morgen höre ich wieder auf. Versprochen. Hab mir schon ein Antiraucherpflaster besorgt. Es ist nur alles so schwierig zur Zeit.«

»Haben sie dich gefeuert?«

»Na ja, weißt du, die Dinge haben eine recht interessante Wendung genommen.«

Mead klemmte sich den Hörer zwischen Schulter und Kinn, legte sich aufs Bett und rieb sich die Stirn. »Was ist passiert?«

»Ich weiß nicht recht, ob du das wirklich wissen möchtest.«

»Natürlich will ich es wissen.«

»Er hat mich zum Essen eingeladen.«

»Wer ist ›er‹?«

»Mein Chef.«

»Derjenige, dem du alle Daten über seine Spesenabrechnungen gelöscht hast?«

»Genau der.«

»Aber du hast abgelehnt?«

Neuerliche Pause. »Offen gestanden haben wir uns inzwischen schon öfter getroffen.«

»Sharon!«

»Ich weiß, ich weiß. Aber er hat sich als ein richtig netter Typ entpuppt.«

»Er ist kein Typ, sondern dein Chef.«

»Und ich bin doch kein Kind mehr, Dad.«

Mead betrachtete das Foto von Sophie, wo sie auf dem Balkon ihres Hotels in Hawaii stand. »Ich möchte mit dir etwas besprechen.«

»Du willst mir eine Standpauke halten.«

»Wäre reizvoll, aber nein, es geht um Andrew.«

»Ich kann kommen und ihn ...«

»Ich möchte, dass er bei mir wohnt.«

*»Wie bitte?«*

»Nur für ein Schuljahr. Mal sehen, wie es läuft. Es ist eine gute Highschool, und ihm tut so ein Wechsel vielleicht gut. Außerdem könnte ich jemanden brauchen, der mir hin und wieder zur Hand geht – und ich dachte mir, dass auch du eine Verschnaufpause brauchen könntest oder vielleicht sogar zu uns ziehen könntest.«

»Machst du Witze?«

»Keineswegs.«

Es trat ein langes Schweigen ein, bevor sie zu weinen begann. »Meinst du das wirklich ernst?«

»Er braucht einen Neuanfang, Liebes. Ehrlich gesagt denke ich, du auch, aber wenn du nicht zu uns ziehen willst, kannst du uns ja jederzeit besuchen. Wir könnten es einfach mal ein Schuljahr lang probieren und abwarten, wie es sich entwickelt.«

Schniefen am anderen Ende der Leitung. »Was meint Andrew dazu?«

»Er ist Feuer und Flamme. Ich glaube, Südkalifornien hat es ihm angetan. Du weißt schon, die Strände und so.«

»Ich kann's nicht glauben.« Mead hörte, wie sie hastig inhalierte und dann kräftig ausatmete. »Ich möchte mit ihm sprechen.«

»Natürlich. Und wie wäre es, wenn du dir das Ganze in Ruhe durch den Kopf gehen lässt und wir morgen noch mal telefonieren, ja, Herzchen? Denk einfach mal darüber nach.«

»Mom hätte das nie und nimmer geglaubt.«

»Es gibt so manches, was sie nicht geglaubt hätte.«

Erneut ein langes Ausatmen. »Ich weiß nicht, was ich sagen soll. Hast du dir das alles wirklich gut überlegt?«

»Klar.«

»Aber bist du nicht ein wenig zu alt, um einen Teenager zu erziehen?«

»Ach was, das schaffe ich mit links.«

Nachdem er Andrew ans Telefon geholt hatte, ging Mead in den Vorgarten, nahm den Gartenschlauch und goss die Blumen.

Am folgenden Sonntag fuhren Andrew, Mead und Evelyn an den Strand und hielten im Sonnenuntergang eine kleine Begräbniszeremonie für Matt ab, bei der sie sich im Kreis um den Ziploc-Beutel zu ihren Füßen aufstellten. Mead hatte für ein würdigeres Transportgefäß plädiert, aber Andrew war strikt dagegen und wandte ein, dass sich Matt nie um Äußerlichkeiten geschert habe. Außerdem habe dieser Plastikbeutel schon mehr von der Welt gesehen als die meisten Menschen. Dennoch bestand Mead auf Anzug und Krawatte, während Evelyn ein elegantes schwarzes Kleid trug, das Meads Bemühen, des Toten angemessen zu gedenken, völlig zunichte machte. Nach mehreren vergeblichen Anläufen gelang es Andrew schließlich, ein Lied zu Ende zu singen, das er eigens für diesen Anlass geschrieben hatte. Evelyn war davon so gerührt, dass die Zeremonie zwei Mal unterbrochen werden musste, damit sie sich wieder sammeln konnte. »Tut mir Leid«, brachte sie schluchzend hervor und tupfte sich die Augen. Sie beendeten die Feierlichkeit mit einer Schweigeminute, die in Wirklichkeit sehr geräuschvoll war. Dann nahm Andrew eine Hand voll von Matts Überresten aus dem Beutel, und nach einem kurzen Zögern schleuderte er den Arm in die Luft und ließ die Asche vom Wind davontragen. Mit einer weiteren Hand voll Asche, die er langsam durch die Finger rinnen ließ, ging er vor bis zum Wasser und lief dort den Strand entlang, zuerst im Schritttempo und dann so schnell er konnte, so dass sein bester Freund wie eine Rauchfahne hinter ihm her schwebte.

Bald darauf verschlechterte sich Evelyns Zustand rapide. Als ihr Haus verkauft war, halfen ihr Andrew und Mead, zu ihnen zu ziehen. Zuerst schlief sie bei Mead im Zimmer – der bloße Gedanke daran war Andrew entsetzlich unangenehm, obwohl er dieses Arrangement im Prinzip guthieß –, dann in einem Krankenhausbett, das sie im Wohnzimmer aufstellten. »Besser könnte es mir gar nicht gehen«, sagte sie oft, wenn sie den automatischen Matratzenheber betätigte und durch das Fenster auf ihre Blumen blickte, die Bettdecke übersät mit Zeitungsausschnitten von Kochrezepten, für die sie drei voluminöse Sammelbände zum Einkleben angelegt hatte.

»Das ist nicht dein Ernst, oder?«, fragte Andrew schließlich eines Nachmittags, als er von der Schule nach Hause kam.

»Doch, ganz ehrlich.«

»Aber wie kannst du nur so etwas sagen? Wir beide wissen doch, dass es sehr viel besser gehen könnte.« Sein Kinn zitterte.

»Nur wenn man in die Haut eines anderen schlüpfen könnte.«

Mead wollte jede Nacht auf dem Sofa verbringen, aber Andrew bestand darauf, dass sie sich abwechselten, und manchmal erledigte er seine Schulaufgaben beim Schein einer Taschenlampe. Er hatte seinem Großvater versprochen, ihn zu wecken, falls irgendetwas passierte, und unter keinen Umständen den Notarzt zu rufen. Aber insgeheim hoffte Andrew immer noch, dass das Schlimmste nicht eintreten werde, nicht, solange er über sie wachte.

»Erzähl mir noch mal, wie dein Großvater reagiert hat, als er die Strände in der Normandie sah«, sagte sie eines Nachts, als sie sich im Dunkeln miteinander unterhielten.

»O Mann, ich dachte, er würde durchdrehen. Ich hab keinen Mucks von mir gegeben.«

»Ich kann mir nicht vorstellen, wie er sich gefühlt hat.«

»Was meinst du, wie *ich* mich gefühlt habe? Ich hatte ja Matts Asche in der Hosentasche, um die ich mich kümmern musste, und gleichzeitig sah es so aus, als würde der General hier auf einem Strand in *Frankreich* einen Schlaganfall kriegen. Himmel, ich wäre komplett aufgeschmissen gewesen.«

Evelyn lachte auf. »Daraus hätte eine tolle Geschichte werden können.«

»Aber am unheimlichsten war es bei diesen Sauerkrauts.«

»Ich glaube, eigentlich sagt man *Krauts*, aber dieses Wort ist auch schon ein bisschen veraltet.«

»Nein, Kraut ist einfach die Kurzform für Sauerkraut. Es heißt Sauerkrauts.«

»Na, wenn du meinst.«

»Jedenfalls, als wir in das Haus der Witwe kamen, dachte ich schon, jetzt hat unser letztes Stündlein geschlagen. Ehrlich gesagt hatte ich mich schon darauf eingestellt, mir den Rückweg freikämpfen zu müssen.«

»Den ganzen Weg bis zur Grenze?«

»Zumindest bis zum Bahnhof.«

»Da hättest du ganz schön was zu tun gehabt.«

»Im Ernst. Dort drüben wimmelt es nur so von SS-Leuten.«

»Aber die tragen doch wohl keine Uniform?«

»Nein, das ist ja der springende Punkt. Das ganze Land hat sich getarnt. Aber man kann es spüren.«

»So so.«

»Du hättest dabei sein müssen, als er anfing, der Frau zu erzählen, wie er ihren Mann getötet hat. Ich konnte fast spüren, wie er geschwitzt hat.«

»Es wundert mich, dass *du* keinen Herzanfall bekommen hast.«

»Ja, das wundert mich auch, aber ich habe mir gedacht, dass zumindest einer von uns beiden die Nerven bewahren muss.«

»Das war eine gute Idee von dir.«

Fast jedes Mal, wenn Andrew mit der Nachtwache auf dem Sofa an der Reihe war, erzählte er Evelyn von der Reise und schilderte ihr ausführlich, wie die Kronjuwelen aussahen und das Grabmal von Elisabeth der Ersten, die Befestigungsanlagen in der Normandie und die Reihen weißer Kreuze und dass es in ganz Frankreich kaum etwas gab, das man essen konnte. Manchmal redete er sogar dann noch weiter, wenn sie bereits eingeschlafen war, denn auf diese Weise glaubte er sich selbst wach halten zu können. Und wenn er einzunicken drohte, riss ihn die Angst vor dem, was ihn erwarten mochte, wenn er die Augen aufschlug, jedes Mal schlagartig aus dem Halbschlaf.

Er war auch in jener Nacht an der Reihe, als Evelyn starb.

»Ich hätte gern, dass du bei meinem Begräbnis singst«, sagte sie, nachdem er das Licht gelöscht hatte.

»Das könnte ich nicht«, erwiderte Andrew ängstlich.

»Natürlich kannst du das. Und du hast eine wunderbare Stimme. Außerdem bleibt dir keine Wahl. Denn es ist der letzte Wille einer sterbenden Frau.«

»Sag nicht so was.«

»Es geht zu Ende mit mir.«

Er versuchte im Dunkeln ihre Gestalt zu erkennen und überlegte, ob es vielleicht etwas gab, worüber sie sprechen wollte. Schließlich fragte er: »Hast du Angst?«

»In manchen Augenblicken schon.« Sie seufzte heiser. »Aber ich sage mir immer, dass ein Weg, den schon so viele gegangen sind, zu irgendetwas Interessantem führen muss.«

»Glaubst du wirklich?«

»Ehrlich gesagt, so ganz überzeugt bin ich nicht.« Sie hustete mehrere Male, dann stöhnte sie leise auf, ein Geräusch, das Andrew jedes Mal einen Schrecken einjagte.

»Alles in Ordnung mit dir?«

»Nein ... aber es geht schon.«

»Soll ich dir noch eine von diesen blauen Pillen bringen?«

»Noch ein paar solche Drogen, und ich tanze auf dem Tisch.«

»Ich hole dir Wasser.« Er sprang auf, schaltete die Taschenlampe an, füllte ihr Glas nach und hielt es ihr an die Lippen.

»Zumindest habe ich hier einen Service erster Klasse«, flüsterte sie, ohne den Kopf vom Kissen zu heben.

Andrew legte sich wieder aufs Sofa, zog sich die Decke bis ans Kinn und wartete mit offenen Augen, dass sie einschlief. Doch jedes Mal, wenn ihr Atmen leichter und regelmäßiger zu werden schien, keuchte sie plötzlich, worauf ihre Atemzüge wieder schneller wurden.

»Ich halt das nicht mehr aus«, sagte er und ballte die Fäuste.

»Ich auch nicht«, flüsterte sie.

»Aber was kann ich bloß tun?«

»Halt einfach die Ohren steif, und versprich mir, dass du dich um den General kümmerst. Er hat schon genug durchgemacht.«

»Er ist viel stärker, als man glaubt.«

»So stark ist niemand.«

»Ich pass auf ihn auf. Versprochen.«

»Und achte darauf, dass er genug an die frische Luft kommt. Nach dem Tod deiner Großmutter saß er so lange in seinem Sessel, dass ich schon fürchtete, er würde dort zu Stein erstarren.«

In der Stille fragte sich Andrew, ob Steine es nicht vielleicht einfacher hatten. »Willst du dich noch weiter unterhalten?«, fragte er.

»Es wäre mir lieber, wenn du dich für die Schule ausruhen würdest.«

»Ich brauche nicht viel Schlaf. Unterhalten wir uns.«

»Na gut, und worüber?«

»Ich weiß nicht. Ich habe mich gefragt, worüber du wohl nachdenkst. Hauptsächlich über alte Sachen oder mehr über neue?«

Sie versuchte zu lachen, aber ihre Stimme klang heiser und dünn. »Von beidem ein bisschen. Das ist eines der wenigen Vergnügen im Alter. Man hat da eine enorme Auswahl.« Ihr Bett knarrte, als sie sich auf die Seite drehte. »Wenn ich ehrlich sein soll, mir fallen gerade eine Menge guter Ratschläge für dich ein, aber ich glaube nicht, dass du auch nur einen davon brauchst.«

»Was für Ratschläge?«

»Ach Gott, für alles Mögliche. Für Rendezvous, für die Arbeit, das Gärtnern und die beste Methode, Rotweinflecken zu entfernen. Das ist das Verrückte am Altwerden – man fühlt sich wie eine Gebrauchsanweisung, die keiner lesen will.« Sie hustete erneut. »Aber ich habe mir fest vorgenommen, dass ich nicht damit anfange, dir zu erzählen, wie du dein Leben führen sollst.«

»Das würde wahrscheinlich sowieso nichts helfen. Matt hat immer gesagt, jeder muss sich sein Leben auf seine Weise hinkriegen.«

»Ja, hat er das? Na, dann muss er ein schlauer Kopf gewesen sein.«

»Im Grunde war er ein Genie, nur hat niemand auf ihn gehört.«

»Er fehlt dir bestimmt sehr.«

»Ich wünschte, du hättest ihn kennen gelernt.«

»Ich auch.«

Andrew spürte, wie es ihm die Kehle zuschnürte. »Weißt du, er hat geglaubt, dass jeder früher oder später mit irgendeiner Riesenscheiße – 'tschuldigung – fertig werden muss und dass das nur eine Frage der Zeit ist. Also sollten wir sie schon möglichst früh hinter uns bringen, meinte er, dann wäre alles gebongt.«

»Gewissermaßen klar Schiff machen; erst die Arbeit und dann das Vergnügen.«

»*Ganz genau.* Nur ...« Andrew konnte nicht zu Ende sprechen.

»Tut mir Leid.«

Sie schwiegen beide, bis Evelyn sagte: »Weißt du, was für mich der eigentliche Trick ist? – Und darauf bin erst jetzt gekommen.«

»Was?«

»Du brauchst einen gewissen Schwung im Leben. Das ist es, was dich durch die schweren Zeiten bringt.« Andrew horchte, wie sie nach Luft rang. »So fühlt es sich also an.«

»Was fühlt sich wie an?«

»Das Sterben.«

»Sag nicht so was.«

»Aber es ist wahr. Nach all den bewegten Jahren fürchte ich, dass mir nun endgültig der Schwung verloren geht.«

»Vielleicht könnte ich dir wieder einen Schubs geben.«

Er hörte ihre Bettdecke rascheln und fühlte, wie ihre Hand über seine Wange glitt. »Ja, verstehst du denn nicht? Du hast ihn mir doch schon gegeben.«

# *Epilog*

Ihrem Wunsch gemäß wurde Evelyn eingeäschert, und ihre beiden Kinder waren damit einverstanden, in Kalifornien eine kleine Trauerzeremonie abzuhalten, bevor sie ihre Überreste zur Beisetzung nach Connecticut mitnehmen wollten. Mead feilte stundenlang an einer Trauerrede. Bis spät in den Abend saß er in seinem blauen Sessel vor dem Becher voll gespitzter Bleistifte und hielt gelegentlich inne, um Evelyns alte Gartenhandschuhe zu streicheln, die auf dem Tisch neben ihm lagen. Aber als er am Chorpult stand und sah, wie sein Enkel und seine Tochter ihn anblickten, wusste er, dass er niemals das ausdrücken konnte, was er eigentlich sagen wollte, nicht bei all den Stimmen, die er in seinem Kopf vernahm. Er nahm einen neuen Anlauf, konnte aber nur hilflos auf sein Manuskript starren und spürte, wie ihn die ganze Last seines Lebens niederdrückte. Gerade als er zu seinem Platz zurückgehen wollte, erhob sich sein Enkel.

Andrew blickte erst auf seinen Großvater und dann nervös zu den anderen Trauergästen. »Haltet euch fest, Leute, jetzt kommt etwas, was ich einfach tun muss.« Er hustete und holte tief Luft. »Ich habe es selbst geschrieben.« Dann legte er beide Hände auf die Kirchenbank vor ihm und fing an zu singen.

Er begann leise, mit geröteten Wangen und zittriger Stimme, die ihm fast zu versagen schien. Mead machte sich schon darauf gefasst, dass man sie beide aus der Kirche hinausbuhen würde. *Tut mir Leid, Evelyn.* Doch nach und nach gewann die Stimme des Jungen an Kraft, bis er schließlich aus voller Kehle sang, die Fäuste geballt, die Augen geschlossen. Als er geendet hatte, herrschte in der Kirche einen Moment lang verblüfftes Schweigen, ehe heftiger Applaus aufbrandete.

»Ich habe nichts hinzuzufügen«, sagte Mead stolz und trat vom Chorpult zurück.

Erst eine Woche später entdeckten Evelyns Kinder, dass die Asche ihrer Mutter verschwunden und durch eine Substanz ersetzt worden war, die auffällig nach Zucker schmeckte. (Ihr Sohn hatte sie mit angefeuchtetem kleinem Finger gekostet, als gerade niemand hinsah.) Trotz Nachforschungen der Polizei wie auch des Bestattungsunternehmens wurden Evelyns Überreste niemals gefunden, und es wurde gegen niemanden ermittelt.

In jenem Frühjahr blühte Sophies Garten so schön wie nie zuvor.